Philip Reeve

A DARKLING PLAIN

黑暗平原

[英] 菲利普·瑞弗 著　姜迪夏 译

上海译文出版社

献给莎拉

一如既往，

献给我的编辑科尔斯滕和霍利

（当然啦）

以及

献给山姆、汤姆和爱德华

（最后）

啊，爱人，让我们
相互坦诚！因为这世界，它仿佛
一片梦幻之地展现在我们眼前，
如此多彩，如此美丽，如此崭新，
其实它完全没有欢乐，没有爱情，没有光明，
没有信念，没有和平，没有办法让痛苦解脱；
我们在这里，如同在一片黑暗平原
搏斗与飞行遍布大地，引发令人无所适从的警钟，
愚昧的军队在此夤夜交锋。

——马修·阿诺德，于多佛海滩

第1卷

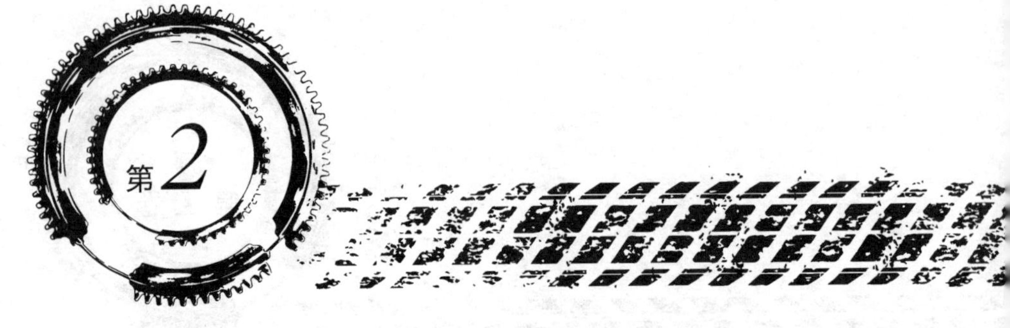
第2

第3卷

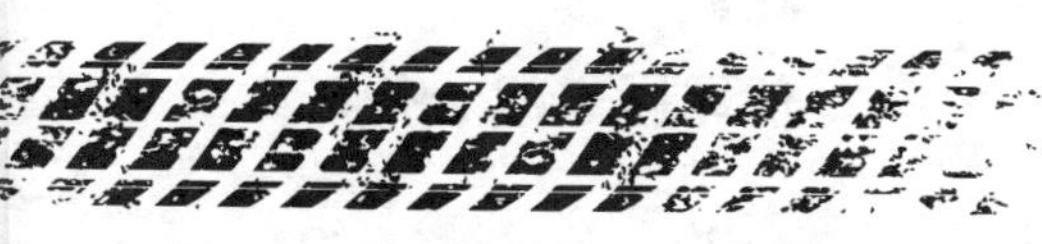

第4卷

第1卷

1 扎戈瓦上空的超级蚊蚋

西奥从拂晓开始就不停地攀爬，先是沿着陡峭的道路，再是逐渐狭窄的小径，然后是城市后方的羊肠小道，他穿过砾石滑泻的斜坡，一路尽可能地贴近山凹和岩缝的阴影汇聚之处，最终爬上荒瘠的山坡。当他到达山顶的时候，太阳已经高高地挂在了头顶上。他在那里停了一会儿，喝了点水，调整了一下呼吸。温暖的岩石上蒸腾起一层热气，隔着这层热气望去，四周的群山好像都在微微抖动着。

小心地，谨慎地，西奥慢慢地走上一条从山顶伸出的狭窄支脊。他的两侧都是悬崖峭壁，向下直落几千英尺，底部是一堆凌乱的巉岩，还有树林以及白浪翻滚的河流。一块石头被踢出了悬崖，悄无声息地下落、翻滚，仿佛永远都落不到尽头。西奥往前看去，除了清澈的天空之外便什么也看不到。他笔直站立，深深地吸了一口气，然后全速冲刺跑过最后的几码距离，跑到悬崖的边上，纵身一跃。

他往下不断掉啊掉啊，眼前的景色接连切换，山峰、天空、山峰、天空，晃得他头晕目眩。他叫出的第一声大喊的回音已经在山壁间来回反弹直至归于静谧，于是除了自己急速的心跳以及耳边呼啸而过的气流之外，他就什么也听不见了。他在风中翻滚着，从悬崖的阴影里进入阳光之下，便瞥见在他的下方——很远的下方——是他的家乡，定居城市扎戈瓦。从这儿望下去，黄铜的圆顶与彩漆的房子看起来就好像玩具一般；从港口进进出出的飞艇就好像被风吹起的花瓣；蜿蜒穿过峡谷的河流就好像一条银色的线。

西奥深情地望着这座城市，直到它被一道山肩遮住，消失在视野中。曾有一段时间他以为自己再也不会回到扎戈瓦来了。在绿色风暴的训练营里，他们教导他说，对家园和家人的爱是奢侈的；如果他要在让世界再次变绿的战争中发挥作用，他就必须忘掉这一切。之后，作为筏城布赖顿上的一名被俘的奴隶，他梦想过回家，但那时他以为他的家人并不希望他回去；他们都是老派的反牵引主义者，他觉得在逃家出来加入绿色风暴的过程中，他已经把自己永远地变成了一名被放逐者。然而现在他还是回到这儿了，回到了他从小生长的非洲群山之间；现在对他来说，在北方的那段时间就像是一场梦。

而这一切都源于芮恩的所作所为，他边下落边想。芮恩，那个他在布赖顿遇到的古怪、勇敢、有趣的女孩儿，他的奴隶同伴。“回家去找你的爸爸妈妈。”在他们一起逃出来以后，她对他说，“他们还爱着你，他们会欢迎你回去的，我能确定。”而她说对了。

一只受惊的鸟儿从他的左侧飞速掠过，提醒了他自己还身处半空之中，并且还在急速下坠，底下是一大堆看起来不怎么友好的岩石。他打开系在背上的巨大风筝，这对翅膀把他猛地拉向上方，使他头晕目眩的下坠变成了优雅的翱翔，他发出胜利的叫声。从他身侧呼啸而过的狂风怒吼逐渐消失，取而代之的是更为轻柔的声响；宽大的硅丝翼面迎风轻吟，缆索与竹制支架咯吱作响。

在更小的时候，西奥就常常带着他的风筝来这儿，在上升气流和风中测试自己的勇气。很多年轻的扎戈瓦人都这么做。自从六个月以前西奥从北边回来以后，他就时常羡慕地望着他们那些飞翔于山峰之间的色彩鲜艳的翅膀，可是他一直都没有勇气去加入他们。他离开的那段时光改变了他太多太多；他觉得自己比同龄的男生要老，可是又觉得在他们面前十分害羞，为自己曾经有过的那些身份而感到羞愧；他曾是孑孓自爆机的飞行员，也曾是一名囚犯，还曾是一名奴隶。不过今天早上，其他的那些驾云者都去城塞那儿看外国人了。西奥知道这片天空将只属于他自己，于是他醒来的时候便渴望着要再次飞行了。

他乘风滑下，仿佛一只雄鹰，看着自己的影子游过阳光下的山壁。真正的鹰群徘徊在他下方清澈如玻璃的空气中，在他翱翔飞过的时候就掉头飞开，发出吃惊与愤怒的尖唳声，因为一个背着天蓝色翅膀的瘦削黑人少年竟然侵入了它们的领域。

西奥在空中翻着筋斗，希望芮恩能看见他。但是芮恩在很远的地方，坐着她父亲的飞艇在鸟道上旅行。在逃离布赖顿市长的空中宫殿——云中9号以后，他们来到了牵引城市考姆翁布。在那里，她帮西奥在一艘南行货船上找到了一个铺位。当飞艇准备出发时，他们在码头上互道再见，然后他吻了她。尽管西奥以前吻过别的女生，其中有一些比芮恩漂亮得多，但芮恩的吻却一直留在他心中；他的心思总是在类似现在这样的意想不到的时候回到那个吻上。当他吻她的时候，她身上的戏谑和挖苦讽刺就都消失不见了，她的身体颤抖着，变得严肃起来，不同寻常地安静，就好像她正在努力倾听一些他听不到的东西。有那么一刻，他想要告诉她，他爱她，并请求她跟自己一起走，或让自己留下——但是芮恩一直非常担心她爸爸，因为爸爸会时不时心痛发作，还对她妈妈非常生气，因为妈妈抛弃了他们，跟云中9号一起坠落在了沙漠里。芮恩害怕她爸爸会感觉是西奥欺骗利用了芮恩。西奥跟芮恩有关的最后记忆，就是他在渐渐驶向天空远去的飞艇里回头望去，看见她在挥手，变得越来越小，直到消失不见。

那是六个月以前！已经半年了……现在绝对是他应该停止想她的时候了。

因此有那么一小会儿，他什么都没想，只是向下俯冲，乘着活跃的气流，转向西方，于是一座高山隔在了他与扎戈瓦之间；这是一座绿色的山峰，薄雾如破碎凌乱的旗帜，从云雾森林的树冠中飘流而出。

半年。整个世界在这段时间内发生了很多变化。突如其来而又令人战栗的变化，仿佛地质构造板块移动一样，在绿色风暴的多年战争之中累积下来的张力被一下子释放了出来。拉开序幕的就是潜猎者方的死亡。如今在碧玉宝塔有了一个新的领袖，纳迦将军，大家都说他是一位铁腕强将。他作为领袖的第一次行动便逆转了牵引城社会在锈水沼泽的前进势头，并碾碎了常年蚕食绿色风暴北方边界的那些斯拉夫人的城市。但是之后，令全世界都为之震惊的是，他解散了空中舰队，并与众多牵引城市达成了停战协定。从绿色风暴中流传出的小道消息说，他会释放政治犯，也会废除严苛的法律，甚至说到纳迦计划解散绿色风暴，然后重建旧时的反牵引联盟。现在他派出一支代表团与扎戈瓦的女王及议会进行会谈——代表团由他的夫人，纳迦女士所率领。

正是这个原因驱使着西奥黎明就起床，带着他的旧风筝一路爬到这城市上方的高处。会谈从今天开始，他的父母和姐妹们都去了城塞那边，想试试能否一睹外国人的尊容。他们满怀希望，兴奋极了。扎戈瓦在绿色风暴上台时就退出了反牵引联盟，因为联盟那全面战争的教条以及那支由复活的死尸组成的军队令他们无比恐惧。但是现在（西奥父亲是这么听说的），纳迦将军提议要与那些野蛮人城市建立正式的和平关系，甚至有暗示说他已准备好了要拆除风暴的潜猎者们。如果他真的这么做的话，扎戈瓦与其他非洲的定居城市可能会再次加入捍卫世界绿色土地的战线。西奥的父亲渴望自己的妻子与孩子能够在城塞见证这历史性的一刻，而且不管怎么说，他也想看一眼纳迦夫人，据他听来的说法，这位夫人十分年轻，而且貌美倾城。

但是西奥已经看够了绿色风暴的一切，他不相信纳迦或他的特使所说的任何话。所以在其他扎戈瓦人涌入城塞花园的这一刻，他却在这片金色天空中飞旋翱翔，同时思念着芮恩。

随后，在他的下方，他看到有什么东西在移动着，但那里是不该有任何东西移动的；除了鸟儿之外就不该有移动之物，而这些东西太大了，不可能是鸟。它们从云雾森林上方的白雾中升起，是两架小飞艇，气囊上漆着黄蜂般的黄黑条纹。它们的小船舱与流线型的引擎吊舱立刻就唤醒了西奥的记忆，他在绿色风暴培训时接受过熟记敌船轮廓的训练。这些是科斯格罗夫超级蚊蚋型飞艇，牵引城社会的那些城市把它们当作战斗轰炸机来使用。

不过他们在这儿做什么？西奥从没听说牵引城社会派飞艇来到非洲，更别提到这么南面的扎戈瓦来了。

然后他想到，它们是为了今天的会谈而来这儿的。他看到这些飞艇船舱下方的架子上，导弹像刀刃一样闪闪发光，它们马上就会向下急速扎进城堡里，而那里有纳迦的夫人，有女王，还有西奥的家人。

他必须得阻止他们。

真是奇怪，他现在感觉如此冷静。不久之前他还处于一种相当平静的状态，享受着阳光与清澈的空气，而现在他却可能马上就要死了，然而这一切却似乎很自然：仿佛是早晨的一部分，就像风和阳光一样。他操纵风筝微微一俯，朝第二架超级蚊蚋坠去。飞行员还没有看到他。蚊蚋型飞艇是双人飞艇，他很怀疑那些飞行员会时刻紧盯周围。风筝带着他越飞越近，直到他可以看到飞艇引擎罩上剥落的油漆。巨大的转向尾翼上装饰着牵引城社会的标志：一个带轮子的装甲拳头。西奥觉得自己几乎要赞赏起这些飞行员的大胆了，他们竟然驾驶着外形这么显眼的飞艇，如此深入反牵引主义者的领地。

他把风筝向后踢了踢，停在半空中，这是他小时候跟学校里的朋友们乘着列姆巴湖[1]上的热气流飞行时就学会了的招式。尽管这次他不是要落到水里，而是要落在飞艇气囊坚硬弧形的顶端。他降落的声音似乎响得吓人，但他告诉自己，船舱里的人除了巨大引擎的轰鸣声之外应该什么也听不见的。他把自己从风筝的肩带中解脱出来，并试着把它塞到笼罩在气囊外表的绳格之下，可是强风吹飞了风筝，他不得不放手，以免自己也被它拉走。他紧紧抓住绳格，眼睁睁地看着风筝翻着跟头向船艉方向吹去。

西奥失去了唯一的逃生手段，不过在他来得及担心这一点之前，一扇舱门突然在他身边打开，一个戴着皮革头盔的脑袋冒了出来，透过彩色飞行护目镜盯着他看。所以到底还是有人听到他的声音了。他飞扑向前，与那个飞行员一起翻进舱门，滚下一段短短的舱梯，重重地落在飞艇的两个充气单元中间的金属走道上。西奥爬了起来，但那

1. 即坦噶尼喀湖，世界第二深的淡水湖。列姆巴号是湖上的一艘著名渡船，现今已有百年历史。

个飞行员躺着不动，昏过去了。她是一个女人；看模样是泰国或者老挝人。西奥从没听说过有东方人在为牵引城社会而战。可她确实就在这儿，在他们的一架飞艇里，穿着他们的制服，带着满载的火箭朝扎戈瓦飞去。

这是一个谜，但西奥没有时间去细想。他用女飞行员自己的围巾堵住了她的嘴，然后从她的腰带上取过匕首，从裹住充气单元的绳网上切了一段绳子下来，把她的手绑在走道的扶栏上。当他打上最后一个结的时候，女飞行员醒了过来并开始挣扎，从破裂的护目镜后面恶狠狠地盯着他。

他把不停扭动的女飞行员留在原地，自己急匆匆地沿着狭窄的过道走到另一架扶梯那里，在充气单元的阴影之间攀爬而下。引擎在四周发出隆隆的轰鸣声，很快就淹没了上面传来的含糊不清的咒骂声。他跳进船舱里，窗口照进来的光线使他眼前一花。他眨着眼睛，看见另一位飞行员就站在控制台前，背对着他。

“是怎么回事？”那个人问道，他用的是空中世界语。(空中世界语？这是天空中的通用语言，但是西奥一直以为牵引城社会说的是德语……)

“是一只鸟吗？”那人一边问，一边在控制台上做着什么，然后转过身来。他也是东方人。西奥把他推到舱壁上，亮出刀来。

窗外，在山脉支脊的另一边，城市渐渐映入眼帘。领头那艘超级蚊蚋上的船员们，对此刻姐妹船上的情况一无所知，正调整飞行角度开始转向朝城塞飞去。

西奥逼着飞行员在他的座位上坐下，摸索着想找到无线电的控制设备。这里的无线电跟他在绿色风暴时的孑孓自爆机座舱里的并无二致。他对着麦克风咆哮："扎戈瓦！扎戈瓦！你们正遭到攻击！有两艘飞艇！我在后面的那艘里！"他匆匆加了一句，因为高射炮的炮火已经开始在他四周的空中爆炸出一团团烟尘，弹片叮叮当当地砸在装甲船舱上，把舷窗玻璃都震裂开了缝。

那个飞行员就挑在那一刻动手反抗，他挣扎着从椅子上站起来，像公牛般地一头撞上了西奥的肋骨。麦克风从西奥手中跌落，那个飞行员抓住了他拿着刀的那只手。两人扭打在一起，都想抢到那把刀，直到突然间到处都是血，西奥定睛一看，发现都是他自己的血。那个飞行员又捅了他一刀，他带着愤怒、恐惧和痛苦大喊起来，想要把刀刃拔出来。他盯着对手那张愤怒而扭曲的脸庞，甚至没有注意到领头的那艘飞艇消失在了一片橘黄色的火焰中。冲击波来得很突然，船舱里的所有舷窗同时被炸成碎片，然后残骸碎片猛烈撞击着飞艇气囊，发出刺耳的声响。一枚被爆炸撕裂的螺旋桨叶片像镰刀一样切穿了船舱，曾是舱壁的位置变成了一个巨大的裂口，那个飞行员从这个口子里旋转着飞了出去，只留下他那双睁得大大的、神情满是不可思议的双眼还残留在西奥的残余印象之中。

西奥跌跌撞撞地走向无线电设备，一把抓起晃来晃去的麦克风。他不知道麦克风还能不能用，但不管怎样，他还是大声呼喊，直到筋疲力尽，担惊受怕，失血过多，再也无法坚持下去。他滑倒在甲板上时所听到的最后声音，是有人告诉他救援已经在路上了。两道烟柱从城堡中升起。在其上方，扎戈瓦空军那色泽如豆娘般艳蓝的飞艇正升入金色天空之中。

2　心事

寄自：芮恩·纳茨沃西

“鬼面鱼”号飞艇

巡回城

牵引纪元 1026 年 4 月 24 日

亲爱的西奥：

希望你在扎戈瓦的生活不是太单调吧？万一不幸被我言中，我觉得我应该坐下来，给你好好地写一封信，告诉你我都做了些什么。真让人难以置信，已经过去了那么长时间……一切都好像是昨天发生的……布赖顿，云中 9 号，还有妈妈……

在你动身去扎戈瓦后不久，彭尼罗教授也离开了我们；他在别的城市有朋友，他要住到一些朋友那儿去——或者说，去向他们打秋风，我猜，因为他没有从云中 9 号的残骸里带出来任何东西，只有他的衣服，而那些奇装异服在考姆翁布的集市上可卖不出什么好价钱。我对他几乎感到有点抱歉。他对我们帮助很大，带我们到了考姆翁布，并对着医院里的医生们大吼大叫，直到他们愿意免费收治爸爸为止。不过他会没事的，我觉得（我指的是彭尼罗）。他告诉我他正计划写一本新书，内容全是关于布赖顿那场战争的。他向我保证他不会乱写，特别是关于你和我的部分，但是我猜这是属于他一坐在打字机前就会立刻忘掉的那些承诺之一。

爸爸也很好。那些考姆翁布的医生给他吃了一些绿色的药片，有助于他缓解疼痛，从云中9号那个可怕的晚上到现在都没发过病。可是他看上去十分苍老，从某种程度上来说，而且十分伤心。当然了，是因为妈妈的缘故。他真心爱着她，不管她是什么样子。没有她在身边，甚至不知道她是否活着，这让他沮丧极了，尽管他也试着想要变得勇敢起来。

我曾经以为，一旦身体好得差不多了，他就会想要直接把我带回桃花源里安克雷奇的家，但是他并没有这么提过。自从那时起，我们就一直在鸟道上旅行，见识了一点世界，也做了一点生意——基本上都是古董和古代科技，不过全是些无害的东西，不像那讨厌的《锡之书》！我们的生意做得相当好——好到可以给飞艇刷一层新漆并对引擎进行大修。我们已经把它的名字改回了“鬼面鱼”号，这是它多年以前被彭尼罗教授从爸爸妈妈手里偷走之前的名字。一开始我们还想着这是不是太危险了，不过我觉得没人会记得那是潜猎者方从前飞艇的名字。即使他们记得,他们也不会太在意。

你听说了停战协定吗?(我一直觉得纳迦将军是好人。当我们在云中9号上被绿色风暴俘虏的时候,他的士兵想用枪捅我,是纳迦阻止了他们那样做。真高兴风暴的新领袖在如何鞭策人这件事上有着坚定的立场。)不管怎么说,停战协定让每个人都很兴奋,并希望战争就此结束,我也是这么希望的。

我已经渐渐习惯了身为空中贸易商的生活。要是你能看到我,就会觉得我的改变之大前所未有。我的头发剪成了最时新的发型,有点不对称,一侧的头发垂到我的下巴下面,一侧却只到耳朵的长度。我不想听起来那么虚荣,但这发型确实看起来极其时髦,尽管有时候它会让我觉得好像是站在斜坡上一样。我还有了一双新靴子,高筒的,还有一件皮外套,不是爸爸和其他那些老派飞行员穿的那种,而是一件高腰上衣,有红色的丝绸衬里,下摆还有一些尖尖的小装饰,叫作吊饰还是垂饰还是别的什么的。此刻我正坐在巡回城空港后面的一家咖啡店里,感觉自己全身上下彻底就是个女飞行员,而且非常享受在牵引城市里的经历。我在沉闷的老安克雷奇里长大,从来想象不到真正的牵引城市是什么样子的,可现在我差不多有一半时间都在城市中度过,我发现我爱上了它们——爱上了这儿的人们,爱上了这儿的繁忙喧嚣,还爱上了引擎运转时路面都颤抖起来的样子,就好像整座巡回城是一头巨大的活生生的动物一样。我现在在等候爸爸,他去了城市上面的几层，看看巡回城的医生是不是能找到比考姆翁布的医生所开的更好的药。（当然啦，他本来是不想去的，但是我最终还是说服了他！）坐在这儿，我开始想你了，就好像我经常想你那样，我想……

不能这么写，芮恩做出了决定。她把纸揉成一团，扔进了旁边的垃圾桶里。她已经变成一个相当不错的投手了。这大概是她写给西奥的第二十封信，而至今为止一封也没有寄出去。她在圣诞节的时候寄过一张贺卡，因为尽管西奥并不怎么信神，他却住在一座基督教城市里，所以很可能也会庆祝他们所有那些奇奇怪怪的古老节日。不过她在卡里只写了“圣诞快乐”以及关于她自己和爸爸的短短几行近况。

问题是，现在西奥很可能已经把她给忘了。即使他还记得她，他也不太可能会对她的衣服、发型，或其他什么感兴趣。而关于她多么喜欢城市生活的那部分也许会让他震惊的，因为西奥是一个彻头彻尾的反牵引主义者，而且相当古板……

可是她忘不了他。他在云中9号上是那么地勇敢。还有那个临别之吻，在考姆翁布的空中码头上，四周全是油腻的缆绳、成堆的空中列车联轴、大声呼喊的装卸工人以及轰鸣的引擎。以前芮恩从来没有亲吻过任何人。当时她完全不清楚该怎么做；她不确定自己的鼻子要放在哪儿；当他们的牙齿撞在一起时她担心自己完全做错了。那时西奥笑了，他说那很有趣，那个吻，芮恩则说她觉得只要多做一点练习也许自己就能掌握接吻的技巧了，但就在那时飞艇的船长大喊“全体上船，开始登船！”并开始解开系泊夹具，于是就没有时间了……

那些都是六个月前的事了。西奥曾经写过一次信——那封信在1月份的时候寄到了芮恩手里，那时她正在唐怀瑟山脉中的某座简陋的空中驿站上——告诉她他已安全到家，并“像回头的浪子”（不管这是什么意思）[1]一样受到了家人的欢迎。不过芮恩一直就没能成功地写出回信来。

“好烦啊！”她说道，然后又点了一杯咖啡。

汤姆·纳茨沃西，芮恩的父亲，曾经多次面对死亡，也曾经身处各种令人恐惧的境地，但他从来没有感受过像这次一样寒冷的恐惧。

他躺在巡回城第二层的一位心脏专家的问诊室里，在一张冰冷的金属桌上，赤身裸体。在他的上方是一台机器，长长的液压颈子上有许多关节，金属脑袋左右来回扭动，在一片困惑的气氛中对他进行检查。汤姆相当肯定这架机器末端的那些绿色发光镜头是来自于某个潜猎者的。他猜想最近一定很容易弄到潜猎者的零件，他应该感到高兴，这场经年的漫长战争至少还带来了一些好东西，比如新的医疗技术，以及类似这台机器的诊疗机。不过当那个呆板的钢脑袋凑近他的

---

1. 浪子回头是《圣经》中的一个典故，因为西奥的家乡是一座基督教城市，故有此言。但芮恩对此则不甚理解。

身体时，他听到在那些闪亮的眼睛内部传出机械的摩擦声与旋转声，这时他心里唯一想到的就是那个老潜猎者史莱克，他在伦敦死亡的那一年追着他与赫丝塔一路穿越了野外世界。

诊疗全部结束之后，切诺威斯医生关掉机器，走出他那间小小的铅壁房，他告诉汤姆的都是汤姆早就猜到了的。他的心脏有问题。那是很多年前在安克雷奇的时候，彭尼罗开枪射他的那粒子弹所导致的。它正变得越来越糟，总有一天会要了他的命。他还能活一两年，也许五年，不会更久了。

医生噘起嘴唇，摇了摇头，告诉他放轻松些，可汤姆只是笑了起来。在空中贸易这一行里，怎么可能放轻松？他唯一可能放松的方法就是回到位于桃花源的安克雷奇的家里去，不过在他了解到赫丝塔的事情之后，他就再也没法回去了。他没有什么可羞愧的——他可没有把这座冰原城市出卖给阿尔汉格尔斯克的猎手团，也没有在那座城市的积雪道路上杀死过任何人——可是他为他的妻子感到羞耻，也为自己跟她生活了这么长时间，却从未对她说的谎言产生任何怀疑而感到愚蠢。

话说回来，如果现在他带着芮恩回家，她永远也不会原谅他。她渴望冒险，跟汤姆自己在她这个年纪时一样。她很享受在鸟道上的生活，并且具有成为一名出色女飞行员的资质。他会跟她待在一起，飞行，做买卖，教给她在空中生活的方式，尽力保护她周全。当死亡女士前来将他带往幽冥之国时，他就会把“鬼面鱼”号留给芮恩，她可以选择自己想要的任何生活方式；桃花源生活的平和，或是天空生活的自由。东边传来的消息听起来让人充满希望。要是这停战协定能够成立，很快便会出现各种各样的贸易机会。

当他离开切诺威斯医生的办公室后，汤姆立刻就感觉好多了。站在这外面，在傍晚的天空下，他似乎不可能会死。城市轻微地摇晃着，沿着大狩猎场岩石遍布的西海岸线辚辚北行。岸边，夕阳照耀在银色的海面上，一座捕鱼镇在一大群海鸥的下方与这座城市并驾齐驱。汤姆在一片观景平台上眺望了一会儿，然后便坐电梯回到底层，漫步穿过空港后面的热闹市集，不禁回想起二十年前他第一次跟赫丝塔还有方安娜一起来到这座城市的情景。他曾在这儿的某个摊位上给赫丝塔买了条红围巾，好让她不必总是得用手来遮住那张带着疤痕的脸……

但他并不愿想到赫丝塔。每当开始想起赫丝塔，最后他总是会想到他们是如何分开的，想到她的所作所为让自己那么生气，于是他的心脏就开始狂跳，在体内死死地扭曲。他再也无法承受对她的任何想念了。

他开始朝着港口走去，一边在脑子里排练着该如何对芮恩说起他看医生的事。（“没什么要担心的。甚至不需要动手术……”）在经过庞蒂切里的古代科技拍卖场时他停下脚步，让过一群蜂拥而出的贸易商，他觉得自己认出了其中一位，那是一位与他年纪相仿的女士，相当漂亮。看起来她似乎在拍卖中得手了，因为她正拿着一个又大又重的包裹。她没看见汤姆，汤姆继续往前走，一边试图回想起她的名字以及自己在哪儿见过她。凯蒂，是吗？不对，克莱蒂，是这个。克莱蒂·波兹。

汤姆停下来，转过身，盯着她看。不可能是克莱蒂，当年在伦敦被摧毁的时候，克莱蒂是一名历史学家，比他早一年进公会。她与那座城市里的其余人一起被美杜莎杀死了。她根本不可能还在巡回城里走来走去。他的记忆在和他开玩笑。

可是那个人看起来太像她了！

汤姆掉头往来的路上走了几步。那个女人正迅速地爬上一条楼梯；前往飞艇停泊的那一层。“克莱蒂！”汤姆大喊，她朝他的方向转过头来。就是她，汤姆突然能肯定了，他惊喜地大笑起来并再次喊道：“克莱蒂！是我！汤姆·纳茨沃西！”

一群商人横冲直撞地从他身边走过，挡住了他的视线。当他再次能看清前方时，她已经不见了。汤姆匆忙动身向楼梯跑去，不顾自己胸口的疼痛在隐约示警。他试图想象克莱蒂是如何在美杜莎的攻击下幸存下来的。难道说当那座城市被摧毁的时候她不在其中吗？他听说过有其他伦敦人在那场大爆炸中幸免于难，但那些人全都是商人公会的成员，在爆炸发生时身处遥远的异国他乡。在盗贼之窟的时候，赫丝塔曾遇到过那个可怕的工程师波普乔伊；不过美杜莎发射时他是在深肠监狱里的……

汤姆推开一条路走上拥挤的楼梯，就看见克莱蒂走在长期系泊平台之间，正疾步离他远去。他没法怪她，因为刚才他冲她那样大吼大叫的。一定是因为他离得太远了，克莱蒂没法认出他来，她肯定误会他是某个疯子，或是某个在拍卖场里输给她的愤怒的竞争商人。汤姆一路小跑追着她，急着想要解释清楚，却看到她快速跑上另一处通往七号平台的楼梯，那儿停泊着一架流线型的小飞艇。汤姆在楼梯脚下停了片刻，刚来得及看清那儿的一块黑板上用粉笔字写的一些信息，了解到这艘飞艇的名字叫“始祖鸟”号，在天空之城登记注册，由克吕维·莫查德驾驶。随后，汤姆尽量避免奔跑或是大声叫喊，或做出其他任何可能惊扰到一位女性空中商人的行为，跟在她的后面爬上楼梯。当然，凭借她在公会所受的训练，克莱蒂·波兹不费吹灰之力就能找到一个地方来从事古代科技商人的工作。毫无疑问，这位莫查德船长把她当作一名专业买家而收留了下来，这也正是她为什么会出现在拍卖场的原因。

汤姆在楼梯顶端停下脚步调整呼吸，心脏快速猛烈地跳动着。“始祖鸟”号在暮色中显得十分高大。这架飞艇进行了很好的伪装，它的船舱、气囊的底部以及引擎吊舱都漆成如天空一般的蓝色，上面的部分则由绿色、棕色和灰色构成了一种让人眼花缭乱的图案。在登船跳板的底部，两名机组成员正在一片黯淡的电灯光亮中待命。他们看上去粗鲁不堪，衣衫褴褛，就好像野外大地上的拾荒者。克莱蒂走近他们，汤姆听见其中一个人大声说道：“你都弄到了，对吧？”

“是的。”克莱蒂回答，并朝着她手里的包裹点了点头。另一个人走上前来帮她拿包裹，然后便看见汤姆尾随着她走上来。克莱蒂肯定也注意到了他表情的变化，于是转过头来看发生了什么事。

“克莱蒂？”汤姆说，“是我，汤姆·纳茨沃西。三等学徒，历史学家公会的。来自伦敦。我知道你也许认不出我来了。已经有……多少来着？……差不多二十年了！你可能以为我已经死了……”

一开始汤姆确信克莱蒂已经认出了他来，并且确信她很高兴能见到他，但很快克莱蒂的神情就变了；她退了一步，跟他保持距离，并瞥了一眼跳板旁边的那两个男人。他们中的一个——那是个高大、瘦削的光头男人——用一只手按在剑上，汤姆听见他说：“这家伙惊扰到你了吗，莫查德小姐？”

“没关系，鲁派克。”克莱蒂说，并示意他留在原地。她朝着汤姆走近了一点儿，和气地说道：“很抱歉，先生。恐怕你把我和别的女士搞错了。我叫克吕维·莫查德，这艘飞艇的女主人。我不认识任何从伦敦来的人。”

“可是你……”汤姆开口说道。他带着尴尬与困惑仔细地看着她的脸。他非常确定她就是克莱蒂·波兹。她胖了一点儿，就跟他一样，还有她的头发，以前是深色的，现在也已经有星星银斑，就好像有蜘蛛网附在上面一样，不过她的脸还是老样子……除了她的眉心中间，克莱蒂·波兹以前在那个地方相当自豪地刺着历史学家公会的蓝眼文身，现在却是一片空白。

汤姆开始不确定了。毕竟，已经过去二十年了。也许他是真的看错了。他说："我很抱歉，不过你看上去太像她了……"

"没关系。"她带着迷人的微笑说，"我有一张大众脸。别人总是错认我为其他人。"

"你看上去太像她了。"汤姆带着一丝希望又说了一遍，就好像她会突然改变想法，终究记起来她就是克莱蒂·波兹一样。

她朝汤姆鞠了一躬，转身离去。她的手下一边帮她拿着包裹走上跳板，一边紧紧盯着汤姆。没其他话好说了，所以汤姆又说了声"抱歉"，自己也转身走开，在走下系泊平台的一路上，脸都羞得滚烫通红。他动身穿过空港朝自家飞艇的停泊处走去，还没走出二十步远，便听到了"始祖鸟"号的引擎声在他的身后隆隆响起。他注视着飞艇升入夜空，很快便提升速度，离开城市的上空，朝着东方飞去。

这一点令人十分好奇，因为汤姆清楚地记得，这艘飞艇的系泊平台旁边的布告板上写着它还要在巡回城里再逗留两天时间的……

3　神秘的莫查德小姐

“我敢肯定那就是她！”那天晚上，在欢乐飞艇餐馆里吃晚饭的时候，汤姆说道，“她老了一点，这是当然的，眉毛中间的文身没有了，这就让我不太确定，但是文身是可以洗掉的，对吧？”

芮恩说：“别激动，爸爸……”

“我不是激动，只是激起了好奇心！如果她真的是克莱蒂，她是怎么活下来的？还有她为什么不承认自己就是克莱蒂呢？”

那天晚上他没怎么睡着，芮恩也一直醒着，躺在她那间位于“鬼面鱼”号气囊中间的狭小舱房里，听着爸爸从艉舱轻手轻脚地沿着过道走去，在凌晨三点给自己煮茶喝。

一开始芮恩很担心爸爸。她不太相信他所说的心脏科医生的话，而且她十分确定他不能这样整晚不睡，为了神秘的女飞行员的事烦恼。可是慢慢地，她开始猜想爸爸与那个女人的相遇说不定会是一件好事。在晚饭桌上谈论她的时候，爸爸看起来比芮恩过去几个月所见到的都更有活力；妈妈离开后他身上一直有的那种萎靡状态也消失不见，他又变回了以前的自己。芮恩说不清到底是因为神秘事件对他有巨大的吸引力，还是因为想到了与他那座业已消失的故乡城市的某种联系，抑或只是单纯因为他对克莱蒂·波兹有兴趣；不管是哪种，都能让他的心里有除了妈妈之外的东西可以思考，这对他来说难道不是比较好吗？

第二天吃早饭时，她说："我们应该进一步调查。多了解一些这位自称克吕维·莫查德的小姐的信息。"

"怎么做？"她的父亲问道，"'始祖鸟'号现在可能已经在一百英里以外了。"

"你说过她在拍卖场买了些东西。"芮恩说，"我们可以从那儿开始。"

庞蒂切里先生是一位身材肥硕、闪亮耀眼的绅士，当他从账本堆中抬起头来，看到汤姆·纳茨沃西和女儿光临他的小小陋室时，他似乎变得更肥硕闪亮了。这一季里"鬼面鱼"号通过庞蒂切里的古代科技拍卖场卖出了好几件珍贵的物品。"纳茨沃西先生！"他咯咯笑道，"纳茨沃西小姐！见到你们太高兴了！"他站起身来向他们问好，卷起一大截银丝刺绣的袖子，露出棕色的肥手，跟汤姆握了握："你们都还好吧？天空之神对你们还很眷顾吧？今天你们给我带来了什么呢？”

“恐怕只带来了一些问题。”汤姆承认道，“我想你能不能跟我说说一位叫作克吕维 · 莫查德的自由职业考古学家。她昨天在这儿买了些东西……”

“那位来自‘始祖鸟’号的女士？”庞蒂切里先生若有所思地说，“对，对，我很了解她，不过恐怕我没法告诉你太多信息……”

“当然。”汤姆说道，“抱歉，真不好意思。”

芮恩多多少少预料到一些这样的情况，她从夹克口袋里拿出一个小布包，放在了庞蒂切里先生桌子上的吸墨纸上。拍卖师一边打开，一边就像猫一样喉咙里发出心满意足的咕噜声。布包里躺着一小块扁平的银色金属壳体，上面嵌着一个个小方块，方块上还能看到模糊的数字。

“一台古代的移动电话。”芮恩说，“我们上个月买的，从一名根本不知道它是什么的拾荒者那里。爸爸本打算私下卖了它，不过我肯定要是能通过庞蒂切里的拍卖场出售的话他会很高兴的，只要……”

“芮恩！”爸爸叫道，被她的狡猾吓了一跳。

庞蒂切里先生低头凑近这件古董，并往一只眼睛上拧上了珠宝鉴定用的单片镜。“噢，太漂亮了！”他说道，“保存得如此完好！类似小玩意儿的交易现在又景气起来了，因为和平时代到来了。大家都说纳迦将军再没有时间打仗了，因为他现在娶了位年轻漂亮的老婆。跟克吕维 · 莫查德差不多一样漂亮……”他望着汤姆，眨了眨眼睛，单片镜让他的一只眼睛看起来巨大无比，"非常好。接下来的话我们就私下说说，莫查德女士昨天确实在这儿。她买了一批廉价的克莱斯特线圈。"

"她究竟要那些东西做什么？"汤姆问道。

"谁知道呢？"庞蒂切里先生眉开眼笑，摊开双手，就好像在说，只要我赚到了手续费，我才不会介意客户们买那些垃圾做什么，"它们在这世上根本没有用处。仅仅是贸易商品，我猜想。那是莫查德女士的工作。她是一位古代科技贸易商，而且相当不错，我想。她还是一个小女孩的时候就在鸟道上闯荡了。"

"她有没有提到过她是从哪儿来的？"芮恩急切地问道。

庞蒂切里先生想了片刻。"她的飞艇是在天空之城注册的。"他说道。

"哦，这我们知道，我是说，你知道她是在哪儿长大的吗？她在哪儿接受的训练？你瞧，我们认为她来自伦敦。"

拍卖师朝她宽容地笑了笑，一边把那台旧移动电话放进书桌一侧的抽屉里，一边又对汤姆眨了眨眼睛："啊，纳先生，这些年轻小姑娘有着多么浪漫的想法啊！真的，芮恩小姐！没人从伦敦来！"

之后他们在一家露台上的咖啡店里喝咖啡，越过大狩猎场一望无尽的平原眺望东方。这是一个温暖、金色的春日。过路的城市穿越过下方的平原时所留下的车辙与轨道痕迹里填满了绿色薄雾，天空中则到处都是翩跹飞行的雨燕。在遥远的东边，一座采矿小镇正在啃食着一条不知为何被忽视至今的山脉。

“奇怪的是……”汤姆若有所思地说道，“我肯定以前在哪儿听过那个名字。希望我能想得起来到底是在哪儿听过的。克吕维·莫查德。我猜是在鸟道上，在很久以前……”他给芮恩又倒了些咖啡，“你一定觉得我很蠢，让自己为这事受到这么大的影响。只不过一想到还有另一位历史学家，这么多年后依然还活着……”

他没法解释清楚。最近他越来越多地想到早年在伦敦博物馆的那些日子。如果有一天他死了，那么记忆中的那个地方也会随他而逝，一念及此，真是叫他伤感。假如真的有另一位历史学家还活着，一位跟他一样在遍布灰尘的画廊与满是蜂蜡气味的过道中长大的人，一位也在老阿肯伽斯的课堂上打过瞌睡、听过恰德雷·珀玛罗伊抱怨大楼防震装置毫无用处的人，那么保留这些记忆的责任就能从他身上卸下了；因为就算在他死了以后，那些旧事物的余韵也将萦绕在其他人的记忆之中。

“我不明白的是……”芮恩说道，“为什么她不愿意承认这一点。对于一位古代科技商人来讲，说他们自己来自伦敦，并受过历史学家公会的训练，这毫无疑问会是一个卖点。”

汤姆耸了耸肩：“当你妈妈和我在做生意的时候，我总是会对这一点保持沉默。伦敦在那些年里不太受欢迎。工程师公会的所作所为扰乱了整个世界的平衡。他们使很多城市担惊受怕，并且导致了绿色风暴的崛起。我猜这就是为什么克莱蒂改了个名字。波兹是一个很有名的伦敦家族，自魁科时代起就出了很多市议员与公会首领。克莱蒂的祖父，老庇西特拉图 · 波兹曾当了很多年的市长大人。要是你想假装自己不是伦敦人，就最好不要带着类似克莱蒂 · 波兹这样的名字四处走动。”

“她在庞蒂切里那儿买的那些东西又是什么？”芮恩问道。

“克莱斯特线圈？”

“我听都没听说过。”

“你是没理由听说过。”她的父亲说道，“它们来自电子帝国，在蓝金文化兴盛之前，大约在牵引纪元前 10000 年左右，电子帝国在这些方面相当发达。”

“它们有什么用呢？”

“没人知道。”汤姆回答，“扎努西 · 克莱斯特是第一个研究它们的伦敦历史学家，他宣称这些线圈是为了聚集某类电磁能量，可是没人能找出它们有什么实际用处。电子帝国似乎走到了某种技术的死胡同。”

“那么，这些线圈是没有价值的咯？”

“仅仅是古玩。它们相当漂亮。”

“那克莱蒂 · 波兹打算拿它们做什么？”芮恩问。

汤姆再次耸了耸肩：“她肯定有买家，我猜。也许她认识某位收藏家。”

“我们应该跟踪她。”芮恩说。

“去哪儿？昨天晚上我在港口办公室问过了。‘始祖鸟’号没有留下任何关于它目的地的信息。”

“它会去东边。”芮恩说道，带着研究了一整季空中贸易的信心，并觉得自己的推断有一定的把握，“每个人现在都在往东边走，因为休战协议似乎成立了，我们也应该去东边。就算找不到克莱蒂·波兹，那儿也会有好买卖，我还想看看中央狩猎场。我们可以去天空之城。那儿的注册局肯定有更多关于那个自称克吕维·莫查德的人与她的飞艇的详细信息。”

汤姆喝完了他的咖啡并说道：“我一直在想这个春天你也许想要去南边的。你的朋友西奥还在扎戈瓦，不是吗？我想我们可以得到那儿的降落许可……”

“噢，我真的没想过那些。”芮恩不经意地说道，脸却红得发亮。

“我喜欢西奥。”汤姆继续说着，“他是个好小伙子。心地善良，很有礼貌。长得也帅……”

“爸爸！”芮恩厉声叫道，警告他不许再开玩笑。随后她放松下来，叹了口气，握起了他的手：“你瞧，西奥那么有礼貌的原因是他来自上流社会。他的家庭很富有，他们所居住的城市曾是一个伟大文明的一部分，那时候我们的祖先还穿着动物皮毛，在欧洲的废墟上为了一些废品碎片而争吵不休。西奥怎么会对我感兴趣呢？”

“要是他对你没意思，他就是个傻瓜。”她的父亲说，“而他在我面前表现得并不像个傻瓜。”

芮恩恼怒地叹了口气。怎么爸爸就是不明白呢？西奥在他的家乡，被无数远比她漂亮的姑娘包围着。他的家人现在很可能已经安排他结婚了，即使没有，他也肯定把芮恩忘得一干二净了。那个对她来说意味深长的吻，很可能对西奥来说什么也不是。所以她不想追去扎戈瓦，敲开他的门，期望他能再续前缘，这会让自己看起来像个傻瓜。

她说道：“爸爸，我们去东边吧。我们去找克莱蒂·波兹。”

4 纳迦夫人

一连数日，西奥的意识都漂浮在一波波缓慢袭来的疼痛与麻痹感中，现在他终于在扎戈瓦医院一间干净、洁白的病房里清醒过来。透过一层层蚊帐，在模糊不清的记忆中，他看到了打开的窗户，还有夕阳照在山上。他的父母与两个姐姐米利亚姆和凯洛围在他的床边，随着西奥的意识逐渐恢复，他醒悟到自己一定伤得非常严重，因为姐姐们没有跟他开玩笑说他这样满身瘀青缠满绷带躺在这儿看起来有多傻，而是似乎都要哭出来了，还亲吻他。“感谢上帝，感谢上帝。”妈妈不停地重复着这句话。爸爸则俯下身来对他说：“你会好起来的，西奥。但之前一段时间可真是千钧一发。”

“那把刀。”西奥说道，他一边回忆，一边伸手摸自己的肚子，现在那里包扎着干净、清爽的绷带，“那些火箭……它们射到了城塞上！”

“它们在花园里爆炸了，没造成什么危害。”爸爸让他放心，“没人受伤。除了你以外。你伤得很重。西奥，你流了很多血。我们的飞行员带你进来的时候，医生已经准备要放弃并宣告你死亡了。但是大使听说了你的情况——绿色风暴的大使，纳迦夫人——她赶来这里，亲自救治你。她在结婚之前当过某类外科医生。显然她知道人体内部的一些知识。这让你大出风头，呃，西奥？你被纳迦将军的夫人治好了！”

“所以是你救了她的命在先，然后她也救了你一次。”米利亚姆说道。

“要是听到你正在康复，她会很高兴的！”恩戈尼夫人说道，“纳迦夫人对你的过人勇气留下了深刻的印象，并对你非常感兴趣。”她骄傲地指着西奥病房角落里的一大堆花，都是纳迦夫人派人送来的。“她亲自来见我，告诉我手术进行得相当顺利。”妈妈面露喜色，显然是因为那位来自山国的客人，“纳迦夫人是个大好人，西奥。”

“要是她真的那么好，她在绿色风暴里做什么？”西奥问道。

“命运的捉弄。”他的父亲回答，“真的，西奥，你会喜欢她的。我要不要传个话到城塞去，告诉她你好多了？我肯定她会想来看你并跟你谈谈的……”

西奥摇了摇头，说自己并不觉得身体好到能跟夫人谈话的程度。他很高兴自己能够阻止野蛮人的袭击，也十分感激纳迦夫人救了他的命，但他对自己欠一个绿色风暴成员人情的事觉得十分棘手。

第二天他被允许出院回家。在接下来的几个星期内，随着他渐渐恢复体力，尽管他的父母会经常提起纳迦夫人，他还是试着让自己不要去想她。事实上，整个扎戈瓦都在谈论纳迦夫人。每个人都听说了她是如何脱下自己的精美衣衫，换上医生的白大褂，来拯救年轻的西奥·恩戈尼的生命的。而随着一个个星期过去，又有了关于她的新故事。她去了古老的大教堂，那是在黑暗世纪里，在扎戈瓦山的岩石中开凿而成的。她在那儿与主教本人一起祈祷。每个人似乎都觉得这是一个好迹象，除了西奥。他怀疑这只是绿色风暴的又一个诡计。

两位女王的议员前来询问他对于曾登上的那艘飞船还记得多少。他们说正在审问那个被西奥俘虏的女飞行员，但她并不合作。议员们称赞西奥的勇敢。西奥说："我不是勇敢，只是别无选择。"不过他暗暗颇觉自豪，扎戈瓦的每个人都当他是英雄，而不是只记得他曾经出逃并加入过绿色风暴，这让他十分开心。"我很高兴能在那些城镇人伤害大家之前阻止他们。"他对议员说道。当他这样说的时候，两名议员交换了一个古怪而颇具深意的眼神。其中较年轻的那个似乎想说些什么，但年长一些的议员阻止了他，随后他们很快就离开了。

在西奥父母的房子外面，扎戈瓦正经受着太阳的炙烤。当你在地平线高度审视这座城市的时候，它就不那么宏伟了；建筑都十分简陋，鲜艳的油漆从墙上剥落下来，屋顶塌陷。开裂的人行道中间野草疯长。甚至城塞的众多圆顶也布满了铜锈。扎戈瓦的辉煌时期远在一千年以前，它曾经统治的强大帝国已被饥饿的城市们糟蹋得不成样子。沿路有树荫浓密如伞，男人们在下午时分聚集在树荫下，义愤填膺地谈论着最近的新闻，从北边传来的那些城镇人的暴行。也许其中一些年轻人会怒火中烧，以至于有一天他们会离开城市，去加入绿色风暴，就像西奥从前那样。有时西奥会从窗户眺望他们，试图回忆起那种坚信不疑的感觉，然而却怎么也想不起来了。

某天下午，差不多在那次空袭一个月之后，西奥正在花房里看书，他的父母带了一位客人来看他。他们进来的时候西奥几乎没怎么从书中抬起头，他已经习惯了他的众多阿姨叔叔前来探望，每个人都急切地想要查看他的伤口，实在令人尴尬。他们还不断提醒他三岁的时候是个行事多么莽撞的小孩儿，或者想把他介绍给他们朋友的漂亮女儿。直到他的妈妈问道：“西奥，我亲爱的，你还记得空军元帅坷拉吗？”西奥才意识到这位访客是与众不同的。

坷拉是非洲最优秀的飞行员之一，也是扎戈瓦空军的指挥官。他个子很高，虽已年近五十且头发转白，却仍然英俊帅气。他身穿礼仪盔甲，肩膀上挂着女王护卫的传统披风；黄底上有黑点图案，象征着一种叫作“猎豹”的神秘生物。他弯下身对西奥行礼，像对一位同等地位的人那样问好。他讲了一些琐碎无关的事，西奥激动得完全记不得他都说了些什么。还是小男孩的时候，坷拉就是西奥心目中的英雄。九岁那年，他花了整整一个雨季制作坷拉的旗舰——空中驱逐舰“辟疆王子”[1]号的模型，上面还有一个一英寸高的坷拉小人站在船舰的走廊上。能在自己家这样熟悉的环境里，见到真人大小的他，真是个太大的惊喜，这让西奥花了好一会儿工夫才注意到他并不是一个人来的。他身边站着两位女仆，都是外国人，穿着色如新雨的丝绸长袍。在她们的身后是另一位衣着更素的女士，身材十分瘦小，西奥在扎戈瓦报纸上的照片里见过她。

“西奥，”空军元帅坷拉说道，“我带了纳迦夫人来见你。”

西奥明白自己应该说：“我不想见她；我不想和她或者她的手下扯上任何关系。”但由于坷拉的突然造访，他依然还处于张口结舌的状态。不管怎样，那位大使径直朝他走来，他看到了她的精致面孔与粗黑镜框（她在新闻照片上可不戴这个），于是西奥突然发现自己认识她。

“你那时候在云中 9 号上！”他脱口而出，惊到了坷拉与女仆们，他们显然还期待着看到更为正式的问候场面，“绿色风暴来的那一晚！你是零博士！你跟纳迦在一起……”

“现在我仍和纳迦在一起。”那位女士回答道，她的脸上带着淡淡的、略显疑惑的微笑。她很年轻，中性打扮让她看起来很漂亮。她

---

1. 辟疆王子（Mwene Mutapa）原文为修纳语，但在 15—18 世纪，这个名字用来称呼一个建立在南非的修纳人王国，其国土包括现今的南非、津巴布韦、博茨瓦纳、纳米比亚等地。

的头发，在西奥初次见到她的时候还是绿色的短发，现在已经长得更长，并变成黑色的了。她的亚麻短上衣的领子敞开着，脖颈凹陷处戴着一条廉价的锡制十字架项链，一定是在大教堂外的某个小摊上买的。她伸出手去抚摸十字架，并说道："这么说来去年你跟我们一起在云中 9 号上喽，恩戈尼先生？恐怕我想不起来了……"

西奥赶紧点了点头。"我跟芮恩在一起。你带我们离开了潜猎者方，然后询问芮恩《锡之书》的事情……"他的声音逐渐低了下去。他刚刚记起了那天晚上她穿的制服。"她曾经当过某类外科医生。"爸爸这么说过，然而这话只说对了一半；她曾经是一名外科机械师；是一名为绿色风暴的那支恐怖复活军制造潜猎者的人。

"那是你啊？"她问，脸上仍然带着微笑，"我很抱歉，那天晚上发生了太多事情，在那以后也发生了太多……你的伤口怎么样？痊愈了吗？"

"好多了。"西奥勇敢地回答。

坷拉笑了起来，说道："年轻人恢复得很快！我自己有一次也受伤了，在永固寺，这事要追溯到 07 年了。一个该死的伦敦人用他的剑刺穿了我的肺。现在有时候那儿还很疼。"

"西奥，我的孩子。"他的父亲说道，"你为什么不带纳迦夫人参观一下花园呢？"

西奥笨拙地示意，走向敞开的门，纳迦夫人跟着他走到外面，女仆们一直尾随在一段礼貌的距离之后。西奥往身后瞥了一眼，看见坷拉元帅沉浸在与他父母的交谈中，而他的姐姐们则观察着他的行动，发出咯咯的笑声。西奥意识到，她们很可能是在猜测他会爱上大使的哪位女仆。那两个姑娘都非常漂亮。一个是汉人或山国人，另一个一定是来自印度南部的某个地方；她的皮肤颜色跟西奥的一样深，她的眼睛在西奥看她时与他对上了，这双眼睛是他所见过的人中最黑的。

西奥迅速地望向别处，为了试图掩盖自己的迷惑，他指出了一条小路，通向花园里自己最喜欢的那一处，那是一座露台，可以俯瞰整个峡谷。小径密布浓荫，上方的树木枝叶间垂下累累橙色花朵，纳迦夫人俯身拾起一朵掉落在路上的橙花，一边走一边在手里转弄着。西奥望着她，注意到她纤细的手指上布满了一片片漂白的皮肤与茶色的痕迹。“化学品。”她看见他留意到了，便解释说，“我为复活军工作了很长时间。是我们用的那些化学品……”

西奥想知道她究竟把多少死去的战士制成了潜猎者，更想知道怎样在短短的六个月里，她就从复活军里一名害羞的小军官变成了绿色风暴领袖的夫人。纳迦夫人似乎猜到了他的想法，她抬起头来望着他说：“是我在那一晚杀死了潜猎者方。我重建了另一个老潜猎者，史莱克先生，并设置让他去攻击潜猎者方。这给纳迦将军留下了深刻的印象。他似乎觉得我非常勇敢。我猜想他觉得我需要保护，因为绿色风暴里有很多人都崇拜潜猎者方，他们都会乐意见到我被杀死的。另外——呃，你知道士兵们会变得有多意气用事的。至少，在去天京的路上，纳迦将军把我照顾得很好，而当我们到了那儿，在他坐稳了首领的宝座之后，他就向我求婚了。”

西奥点了点头。跟她谈论如此私人的话题，让人多少有些尴尬。他见过纳迦将军；他是一位勇猛的战士，身穿机动金属外骨骼，哐当哐当地走来走去，以此来代替他业已失去的右臂与残废的双腿。他无法想象零博士会爱上这样一个人。一定是恐惧，或者对权力的欲望，驱使她回答“我愿意”。

“将军一定非常想念你。”这是他唯一能想到的说辞。

“我想也是。”纳迦夫人说道，“不过他是一个好人，真心渴望和平。他想要看到扎戈瓦与绿色风暴之间恢复友谊。我说服他应该让我来与你们的首领进行会谈。他也认为我来这里会更安全。绿色风暴里仍有一些人对纳迦试图终止战争而心存怨恨，也恨我摧毁了他们的旧领袖并让纳迦掌握了权力。他觉得飞过半个地球能让我暂时远离他们。看起来在这一点上他想错了……”

西奥想弄清楚她到底是什么意思。不过就在那时他们来到了树林的尽头；阳光下的露台敞开在他们的面前，接下来的几分钟里纳迦夫人说不出任何别的话，只能发出类似“噢！”“啊！”“这景色太壮观了”之类的感叹。

景色确实壮观。西奥从小就知道这里，但即使是他，有时站在这露台上从栏杆边俯瞰下去，依然会心存敬畏。扎戈瓦峡谷的陡峭两侧朝着下方远处海蓝宝石般的蜿蜒河流笔直地垂降下去，山脉耸立在河流之上，浓密的绿色云雾森林之上是皑皑白雪，层峦叠嶂的山峰往上刺向耀眼的天空，那儿悬挂着更加庞大的群山；巨大的风暴云在阳光下显现出白色与冰蓝色。几个乘风者在头顶上方的热气流中盘旋，令西奥想起了自己的那次飞行，以及他遗失的那只风筝。他突然想到，纳迦夫人还没有感谢过他从城镇人的空袭中救下了她。他一直以为那是夫人前来拜访的原因。

“到底是什么让你想要离开这里的一切去加入绿色风暴的？”她问道。

西奥笨拙地耸了耸肩，这让他想起了自己身为一颗飞行炸弹的日子，让他有些不快。“那是被逼无奈。”他说，“扎戈瓦空军部队已经竭尽所能保护我们的边境，但每一年还是有越来越多的耕地与森林被蚕食。沙漠城市向南移动，也把沙漠一起带过来了。我一直听父亲和朋友们谈论这些，我只是想做些什么。我以为绿色风暴会告诉我答案。那时我还很年轻。年轻人总是觉得事情都很简单。”

纳迦夫人静静地微笑：“你多大了，西奥？”

“现在？我快十七了。噢，小心！”他大喊道，因为那个皮肤黑黑的女仆，显然跟她的女主人一样无畏，也一样被风景所吸引，她把整个身子靠在摇摇欲坠的栏杆上探头向下望去。“小心！”西奥大喊，“栏杆很老了！可能会垮掉！”

那个女孩儿一点也没注意到西奥的警告，但另一位女仆柔声说道：“罗希妮。”并轻轻伸手把她拉了回来。她的黑色眼睛盯着西奥看，吃惊而又困惑。

“罗希妮听不到你说话。”纳迦夫人解释道，“她是一名聋哑人，这可怜的姑娘。她是以奴隶的身份送到我这儿来的；纳迦的老朋友德朱将军送的结婚礼物。当然，我不赞成奴隶制，所以她现在已经自由了，不过她自己选择留在我身边。她是一个好姑娘……”

那个叫罗希妮的少女对西奥鞠了一躬，感谢他的救命之恩，或者是为将自己陷入险境而表示歉意。“没事。”西奥说道，“没关系……”然后他就想起这个姑娘是听不见的，于是便像表演哑剧一样打手势，逗得那两个少女都笑了起来。她们就跟姐姐们一样坏，西奥想，不过他并不怎么介意。

就在那时，空军元帅坷拉与西奥的父母沿着一条阶梯从花园上层走了下来。三人都神情严肃。坷拉对纳迦夫人使了个意味深长的眼色，西奥猜不出那是什么意思。两个女仆不再笑西奥了，她们快步走到了露台的另一侧。一些家奴拿着折叠桌椅、冰红茶与蜂蜜饼干出现。恩戈尼太太忙得晕头转向，一边安排座位，一边传话到屋子里去要一把遮阳伞，因为她猜想像纳迦夫人这样拥有象牙色肌肤的女士一定极易中暑，她可不想这样的事在自己的花园里发生。

“现在……”当一切安排妥当之后，坷拉说道，“说正事，西奥。我在心里给你安排了一个工作。也许有点危险，但应该会很有趣，并对扎戈瓦和全世界都十分重要。当然，你不必非要接受，除非你真的想要这么做；你已经为扎戈瓦做了很多，即使你拒绝也没人会因此责备你。”

“是什么工作？”西奥问道。他瞥了一眼他的父母，父亲看上去很骄傲，母亲则有些担心，“您希望我做什么？”

坷拉并没有直接回答，他起身走向露台的栏杆，视线越过明亮的峡谷向外望去。“西奥。”他说，“当你登上那艘野蛮人的飞艇，你注意到上面的乘员有任何不同寻常之处吗？”

西奥不太明白他的意思。“他们是东方人。”他最终说道，“我记得自己那时在想，我从没听说过有东方人为牵引城社会而战……”

“我也没听说过。”坷拉说，“任何人都没听说过。你俘虏的那个女飞行员声称她和她的同志是来自筏城香水港的雇佣兵，报酬是一座日耳曼城市付的。她带着貌似能证明这一说法的文件，我们也在其他飞艇的残骸中找到了一封由装甲城市科布伦茨[1]的市长签署的私掠许可证。我们还无法证明这些文件是伪造的。然而它听起来也不太像是真的。他们的一些装备也很令人吃惊……”

“我登上的那艘飞艇上的无线电设备……”西奥想起来了，“那是绿色风暴的型号……”

坷拉回到座位上，倾身靠近西奥，十分温和地说道：“我觉得你破坏的不是一次野蛮人对扎戈瓦的袭击，而是绿色风暴内部有人企图刺杀纳迦夫人的行动。”

“为什么？”西奥张口问道，随即就想起了纳迦夫人刚刚告诉他

---

1. 德国西部城市。

的话，“因为她对潜猎者方所做的事情？”

“因为他们恨我。”纳迦夫人说道。

“不光是因为那个。”坷拉说，“纳迦夫人太谦虚了，其实最近的和平趋势很大程度上是拜她所赐。纳迦将军深爱着她，她说什么将军都照做。”

（“我只是试着引导他。”纳迦夫人红着脸说。）

“但是绿色风暴中一定有些人无法忍受要与牵引城市和平相处的想法。”坷拉继续说道，“要是纳迦夫人被杀死，他们会十分开心；要是夫人被牵引城的人杀死，他们就会更开心了。纳迦很难再会跟他认为谋杀了自己挚爱新娘的人推动和平进程。

“这也就是为什么他们要千辛万苦地把他们的攻击伪装成是牵引城社会所干的。不过现在他们的计划失败了，谁知道他们下次打算怎么做？她在这儿的时候还是安全的，可那些人难保不会在夫人回天京的路上袭击她的飞艇。他们会在扎戈瓦东部的鸟道上盯着她，伺机而动。”

“所以我们决定了……”他说，“要跟纳迦夫人的敌人们玩个小把戏。按原定计划会谈还要再持续一周，但我们私下已经都谈妥了。纳迦夫人令我们相信将军对和平的良好愿望，我们也已同意会提供帮助。几天之后一架不起眼的贸易飞艇将从扎戈瓦的空港出发，往西北方向飞过沙海，前往提贝斯提[1]定居地，再继续往北飞向阿哈加尔高

---

1. 提贝斯提高原位于撒哈拉中部。

原。但在沙漠上方的某处，飞艇会改变路线前往山国。纳迦夫人将用假名坐上那艘飞艇，只带一两个随从。没人想得到她会走这条路线，坐这样一艘飞船。到会谈正式结束，夫人自己的飞艇起飞的时候，她其实已经被安全送到了在天京的丈夫那里。”

（“你说得我好像一个包裹一样。”纳迦夫人抱怨道，她对给大家带来这么多麻烦而感到尴尬。）

“纳迦夫人乘坐的飞艇应该有一位非裔船长。”坷拉说道，“要是敌人听说有一艘由东方人驾驶的飞船离开扎戈瓦，他们也许会嗅出一丝端倪，但如果掌舵的是一位扎戈瓦人，那夫人就会完全被看作一位本地的商人。当然，船长必须是一个已经证明了自己的勇气与忠诚的人，并且也许要会说一点空中世界语。”

“我吗？”西奥问道，他终于明白了元帅的意图。他看看纳迦夫人，再看看自己的父母，发现大家都在等他的回答。他的父亲一动不动地坐在那里，蜂蜜饼干停在送到嘴里的半途上，就在西奥看着的时候，饼干断成两截，下面的半块黏糊糊地掉在父亲的膝盖上。“你们希望我去吗？”他问道。他有些害怕，又有些激动。要再度飞去北边，要看看这个世界，要被委以如此重要的任务……他环顾四周，目光望向这令人愉悦的房子，陡峭的阳光花园，然后又回到父母严峻的脸上。他曾经公然反抗过他们一次，跑去参加绿色风暴的战争。他们一定不想让他再次离开吧？

“爸爸，你怎么看？”他紧张地问道，“妈妈呢？”

“你自己决定，西奥。”他的父亲说着，伸出一只手臂搂住妻子的肩膀，“你已经证明了能把自己照顾得很好，我们也知道你焦躁不安，觉得被困在这里，你渴望回归天空。”

“就像一只被困在笼子里的鸟。”他的母亲说道。

“如果你走了，我们会想你，为你担心，为你的平安归来而祈祷，就像我们之前所做的那样，但是我们不会阻止你去，如果那确实是你想做的。”他的父亲说道，“空军元帅选择了你，这是一份莫大的荣誉。”

“你不必现在就决定。”珂拉柔声说道，“飞艇会在星期二的新月之夜起飞。今晚你好好考虑一下，跟你的父母谈谈，明天早上告诉我你的决定。”

但西奥并没有像珂拉预计的那样花很长时间才做出决定。纳迦夫人救了他的命，而且尽管在过去的一年他经历了很多危险，他的心中仍然有着强烈的冒险欲望。另外，他也忍不住猜想，自己是否会在北边的鸟道上再次遇见芮恩 · 纳茨沃西。

周二晚上，月晦星沉，西奥走在空军元帅的身边，一起穿过矗立在城墙之外一片低平土原上的扎戈瓦空港。纳迦夫人的游艇“梅花迎春”号停在一个灯火通明的机库中，看起来十分豪华气派。那是西奥迄今为止见过的最可爱的飞艇，但他都没怎么朝它看；他的注意力集中在另一艘停在一座暗乎乎的平台上，在空港最偏远角落里等待着他的飞艇上。这艘飞艇太不起眼了——事实上也正是因为它这么不引人注意才被选中——但西奥一眼就能看出这艘飞艇制造精良。这是一艘小巧坚固的阿契贝[1] 1040 型飞艇，带有锥形的引擎吊舱和长而优雅的转向尾翼。这样的飞艇在非洲各地普遍被当成货船及运输工具使用，眼前的这架显然寿命很长，它在过去的岁月里被用得肮脏不堪、破破烂烂，但它却是第一艘受西奥指挥的飞艇，西奥坚信它甚至比“梅花迎春”号更棒。它的名字叫“圣灵”号[2]。

西奥已经与家人道过了别，看起来纳迦夫人也一样，她正在“圣灵”号的舷梯脚下等着西奥，仅仅带了两位随从：一位年轻的军官，他已经把他的绿色风暴制服换成了宽松的商人长袍，还有那位聋哑女仆罗希妮。坷拉解释说另一位女仆周丽将会留下来，在下周的官方晚宴上穿上她女主人的衣服假扮成纳迦夫人。她比夫人高一点，而且是汉人而不是阿留申群岛人，不过她们已经像到足以糊弄那些可能监视着她们的间谍，使他们误以为大使还在扎戈瓦。

“西奥。”纳迦夫人一边说着，一边在他来到“圣灵”号面前停下时跟他握手问候，“你还记得罗希妮，对吧？这是拉斯普特拉船长，他坚持要来当我的保镖。”

“她是一件珍贵的货物。”拉斯普特拉说道，他朝西奥笑了笑，

---

1. 阿契贝来自于一位著名现代非洲作家的名字。

2. 原文为塞那语，使用于莫桑比克中部地区。

雪白的牙齿在一片黑色胡子中闪现，“我向纳迦保证过不会让她离开我的视线半步。”

“路上只会有我们四个人。”纳迦夫人说道。

“当你在提贝斯提加油时……”坷拉说，“要让所有的人相信纳迦夫人和船长是你的乘客，而罗希妮是你的妻子。”

“好的。”西奥答道，他对着那个美丽的女仆眨了眨眼睛，很高兴姐姐们不在这里讥笑他。

拉斯普特拉船长说：“起风了。”

纳迦夫人转过头来对坷拉说：“你的国家非常美丽，元帅阁下。我希望有朝一日还能回来，在和平回到世界上之后。”

“我希望那一天会很快到来。”坷拉说着，回鞠了一躬。微风吹动他们的斗篷。坷拉挺起身后说道：“纳迦夫人，我欠您一个特别的感谢，因为您让我们摆脱了潜猎者方。我认识在世时候的方安娜，我爱她。而一想到那个邪恶之物顶着她的脸四处行走……”

“我明白。”纳迦夫人说，“我懂你的感受。我自己的哥哥……不过你不用担心方安娜。她已经安息了。”她的视线越过他望向西奥，再次向他伸出纤细的小手，“西奥。我们登船好吗？”

5　一个男孩与他的潜猎者

俞饼匆匆地走在开罗下层深处的一条侧巷中。即使在这么晚的时间，周围也有很多人，但这并没有让他担心。他才十岁，只比大部分路人的腰高出一点点。人们不太会注意到他从他们的身边穿插经过，长袍下的手紧紧抓着一个口袋，里面装着偷来的古代科技。他时不时地在人堆中停下，人们聚集在摊子前面大声争论，讨价还价，摊子上高高地堆着机械装置的废料。他们喜欢在这个下层露天市场里争吵辩论，要是俞饼看准时机，等到争论到了高潮的时候出手，那些人就永远也不会看到他那只细瘦苍白的小手飞快地伸出，一下子就偷到一片电路或者一块凹陷的盔甲。

拿到了所有想要的东西后，俞饼在一个小吃摊前停下脚步，偷了一块黏糊糊的糕点，一路吃，一路匆匆沿着迷宫般漫长的楼梯、台阶与层间维修过道行走，最终来到开罗的下水道。这座城市正隆隆地穿过荒野驶向中海的海岸，巨大的车轴转动时发出尖啸与轰鸣声，暴雨排水系统那恶臭熏天的溢洪口也跟着叮当乱响。这里几乎都被笼罩在阴影之下，只有来自锅炉与冶炼厂的一道道红光穿过格栅喷洒下来。大部分人肯定无法忍受这里的恶臭、噪声与浓烟，但对俞饼来说这里就好像是回到了家一样。在这座城市嘈杂的肚子里他才感到安全，因为几乎没有人会到这儿来。

尽管如此他还是检查了一遍，以确保自己并没被人跟踪，然后才撬开主排水渠墙上的一道格栅，将他的沉重口袋扔进洞里，自己也跟着爬了进去。

他进入的这片狭小空间非常阴暗。既阴暗又干燥。一百年前，开罗曾远赴南边进行狩猎，那儿雨下得又大又频繁。那时它需要这种暴雨排水网络，但自从开罗回到沙漠里之后，这些下水道就被封闭并逐渐遗忘了。俞饼有时会在下层露天市场听人们说起下水道里有精怪和邪灵出没，这种说法总是令他很开心，因为他们说对了。

他拾起口袋，开始蹚过地板上一堆堆油腻的食物包装纸与空水瓶。在这间房间的后方，灯光透过另一道格栅照了进来，断断续续地闪烁着，有什么东西在灯光下移动。

“俞饼？”一个声音悄然问道。

“你好，安娜。”俞饼说道。他很高兴那是她。他打开灯，那是一个偷来的氩气灯泡，他从楼上的一根电线那儿偷电过来用。他的潜猎者斜倚在一个角落里。之前听到他过来的声音时，她亮出了自己的爪子，此时长长的刀刃还露在外面，高举在她失明的青铜面孔前面。俞饼又体会到了他回家见到她时常常体会到的那种感情：既骄傲，又厌恶，还有某种爱意。骄傲是因为他亲手制造了她，他从沙漠里把她业已损毁的残躯碎片救了回来，然后将她拼凑起来。厌恶是因为她并没有变得跟他希望的一样。她的盔甲，以前是那么地光滑，银光闪闪，现在却灰扑扑的，像旧水桶一样遍布凹陷，还到处是一块块焊上去或是铆上去的补丁，这些补丁是他敲平了一个个清汤罐头后做出来的。尽管他没见过活动的潜猎者，他也能肯定她的关节与轴承不该像现在这样，每当移动时就发出刺耳的摩擦声……

而说到爱，好吧，每个人都需要爱上什么人，而这个潜猎者就是俞饼的所有。她在沙漠中救了他，告诉他应该怎么做，告诉他如何重新建造她。她是一个奇怪的伙伴，有时让人害怕，但总比一个人孤孤单单的好。

“我找到了一些耦合挂钩。”俞饼一边说着，一边把口袋里的东西都掏空堆在这个房间的角落里，他在那儿存放偷来的工具。这个房间随着城市的行进而一道抖动、震颤。光线透过格栅刺进来，闪耀在潜猎者一成不变的面孔上，照在她温馨的青铜笑容上。“我很快就会把你再次组装起来的。”俞饼保证道，“今天晚上……”

“谢谢你，俞饼。谢谢你照顾我。”

“不客气。”

俞饼已经了解到他的潜猎者其实是两个人。一个是潜猎者方，她是一个严苛而残暴的存在，多年以来一直指挥绿色风暴，如今转而指挥俞饼。但时不时地她会抽搐发抖，并在片刻之间变得沉默，等她再次开口说话时她就会变成安娜，变得温柔得多，也带着一点茫然困惑。

起初俞饼以为安娜只是潜猎者复杂大脑中某个地方短路的产物，但几个月来他渐渐明白她并不是这样。安娜记得很久以前发生的各种事情，她喜欢谈论俞饼从来没有听说过的一些人和地方。她讲的很多故事都让人无法理解；它们只是一串串毫无关联的图像与名字，就好像从上百块打乱的拼图中随意拿出的碎片。有时她只是发出呜咽的声音，或是恳求俞饼杀了她。他不知该如何下手，即使他知道，他也不会去做，万一在他下手的时候她又变回潜猎者方，就会反过来杀了他的。但是他喜欢安娜。他很高兴今天晚上出现的是安娜。

他找到了她的双腿，正堆在角落里，盖在一些报纸下方。他几个月前重新制作了这两条腿，并对自己的成果相当满意，尽管右腿的底部与右脚不见了，这使他不得不用一根旧金属桌腿来代替。他一直都没能成功地将这双腿接到潜猎者身体的其余部分上去，因为他没找到合适的耦合挂钩，不过今晚在露天集市他终于被幸运眷顾了。这都是拜东边的休战所赐，商人们从各个不久前还是战区的地方，从牵引城社会的领地，从阿尔泰山的战场来到开罗（阿尔泰山那边从不缺损毁的潜猎者碎片）。

俞饼喝了些水，开始动手工作。他说：“我们很快就会离开这儿。”

“你找到飞艇了？”潜猎者轻声说道。她的声音里充满渴望（她潜猎者方的那部分与安娜的那部分有个共同点，就是她们都不停地对俞饼念叨着要早日完成修理工作，然后带她们离开这里去一个叫山国的地方。潜猎者方有一些重要的事要在那儿做。而安娜只是想回家）。“我以前有自己的飞艇。”她轻声说道，“‘鬼面鱼’号。我亲手建造的它，在阿尔汉格尔斯克，从斯蒂尔顿的废品场里偷来一个个零件，秘密建造，然后乘着它飞走……”

“不是飞艇。”俞饼说，他已经听腻了那个故事，“你怎么会觉得我们能偷得到飞艇呢？飞艇场在城市上面三层，太危险了。”

“但我们不能走到山国去。那样要花太长时间了。”

俞饼安上一条腿，忙着连接各种电线和电缆。“我们不用走着去。”他说，“我今天在下层露天集市听到了一些消息。你猜猜开罗正驶向哪里？布赖顿。我们将会停在海边，跟布赖顿做生意。会有小船和货物过去那边。我估计布赖顿上还有一些贝壳船。有了贝壳船我们就能很容易地到达山国。”

“眼睛。”他的潜猎者轻声说道。她把头转向他，给他看自己眼睛的破碎镜头：“要是我们想要到山国，我得能看见。你要替我找一双新眼睛。”

她的声音变了。音量还是很低，但听起来更刺耳一些，还带着呲呲声。俞饼知道他现在面对的是潜猎者方了。他得保持镇静：“对不起。没有眼睛。我哪儿都找不到。可能在布赖顿能找到，嗯？可能我能在布赖顿找到一些潜猎者的眼睛？”

但他有一种感觉自己不会这么做。事实上，下层露天集市他常去的几个摊子上就有潜猎者的眼睛出售；装满了一个个大玻璃罐，好像一颗颗硬糖球一样。俞饼很早就决定了他不会帮他的潜猎者去偷眼睛。他并不笨。他知道她比自己更强大、更敏捷，也更聪明。但只要她的眼睛还瞎着，她就需要待在她的小俞饼身边。

“也许在布赖顿。”他再次对她说道，然后埋头开始连接另一条腿。

6 雨色丝绸

“圣灵”号整晚都朝着西北偏北方向飞行。天亮的时候它已经游弋在看似一望无际的沙漠上方，平静无风的空气之中。西奥驾驶这艘小飞艇飞越扎戈瓦北方的群山时一直绷紧了神经，所以很快就开始感觉有点厌烦了。一切都运行平稳。大使待在她的船舱里，高高位于气囊之中。她的美丽女仆时不时地沿着舷梯下来，伴随着身上雨色丝绸发出的沙沙声，走过来盯着船舱窗口外的景色察看。那天有一两次他转身时发现她在看着他。每一次，她的黑眼睛都飞快地从他的目光下移开，似乎突然对主操控台上方的管道或是晃动的高度计指针来了兴趣一样。

她身上有一些让人似曾相识的东西，在一路北行的漫长沉闷的时间里一直都困扰着西奥，是因为她让他想起了芮恩吗？但她比芮恩漂亮得多……

另一方面，拉斯普特拉船长原来是个友好、礼貌、能力出众的人，他完全肯定自己能够带着纳迦夫人飞回天京的家，而不需要西奥·恩戈尼的任何帮助。“你瞧，我亲爱的伙计。”那天晚上他下来与西奥换班的时候说，“我们来讲清楚吧。我是一个有十二年经验的飞行员，一直在纳迦将军亲自率领的飞行中队里。而你，从另一方面来看，是什么？一个业余的、失败的孑孓机驾驶员。我不是故意想要不友好，不过你仅仅在场面上才是这艘飞艇的指挥官，好让我们保持它是一艘正在进行商贸航行的扎戈瓦舰船的假象。而实际上，当我们在这片蓝天里的时候，我认为你最好把所有事情留给我来处理，嗯？”

那天傍晚上床睡觉之前，西奥爬到了气囊的顶上，站在那儿的狭小瞭望平台上，伫立在风中，留意着是否有麻烦到来。他什么都没有看到；只有零星几座小小的沙漠镇子在移动，身后拖着长长的尘埃尾迹，它们忙于自己的事务，无暇关注一艘路过的飞艇。天空中同样空空如也，只有一辆远处的空中列车正驶向南方，其一长串气囊像一条琥珀项链一样在阳光下闪闪发光。

西奥叹了口气，他几乎都盼望着有空中海盗或刺客会来攻击，以便他能证明自己对纳迦夫人和拉斯普特拉船长是有用的。他想象着自己再做出一些什么英雄事迹来（自觉地忽略了上次他在那艘超级蚊蚋上的时候有多么害怕），然后这些事迹的传闻沿着鸟道传播开去一直传到芮恩那里。然而当他试着在心里描绘她的模样时，却发现他唯一能够回想起的脸庞是那个女仆罗希妮的。

独自待在“圣灵”号气囊艉部的船舱中，伊诺妮·零，也就是纳迦夫人，跪了下来，低下了头，沾染了色斑的双手合十，开始祷告。她不期望上帝会回应她，因为她不相信他是如此做工的。但自从经过云中9号的那一晚，以为自己要死了的时候起，她就能够很清楚地感应到他的存在。他给了她力量、安慰，以及勇气。在伊诺妮看来，她至少应该用祷告来回报他。

于是，她为她在扎戈瓦的这段时间，以及女王和主教还有空军元帅坷拉的友好而感恩。她为西奥·恩戈尼的英勇而感恩，并祈祷他在这趟秘密航行中不会受到伤害。到了这里她的思绪就被某个不太崇高的念头分散了。可惜了，她的丈夫没法像西奥那样既年轻又英俊……

她睁开了眼睛，看着她放在自己床铺边上的纳迦的肖像；他的残废躯体束缚在机械化战斗装甲之中，他伤痕累累的赭色面庞上挤出一个尴尬的微笑，就好像一个从来没有练习过微笑的人一样。每当她看到这幅肖像，她就会猜想到底是什么才会让这样一个人爱上了她。

她并不爱他。她只是感激他的保护，并且很高兴绿色风暴的领导权交到了一个像样的人物的手里。所以当他向她求婚的时候，她才无法说不。“当然了。”那时她如此说道。一种让人惊讶得麻木了的感觉笼罩了她，一直到她穿上了大红色的新娘礼服，在一大群聚集起来的军官、牧师和伴娘，还有一个紧张的基督教教区牧师——他从西部群岛的某个定居地花了相当大的一笔开销飞过来，就为了把伊诺妮的新神祇的祝福带进这场婚姻——的面前，踮起脚尖吻了她的新郎时，这种感觉仍然没有消散……

轻轻的敲门声打断了她的回忆。舱门打开了，罗希妮走了进来，依旧是那样害羞而沉默。伊诺妮坐在她的便携式梳妆台前，解开头发上的发夹，好让那个姑娘梳理她的头发。在灯光下，她的发梢末端微微闪耀着金棕色的光泽；这表明她的某些很久以前的祖先很可能是在六十分钟战争之后逃到遥远的阿留申群岛的美国人。这是绿色风暴的强硬派蔑视她的又一个理由……

她试着忘记它们，而去享受罗希妮双手的温柔触摸，以及梳子发出的唰唰声，轻柔而又令人昏昏欲睡。她很高兴这个姑娘自愿跟她一起进行这次航行。罗希妮比她其他的仆人可要安静得多，也可爱得多了，其他仆人在伊诺妮想要平等对待她们时，似乎都略有不满。而罗希妮是唯一一个似乎真心喜欢她的人，而且看上去也十分感激伊诺妮对她所展现的善意。

所以，当罗希妮扔下梳子，将她长袍上色如新雨的腰带绕在伊诺妮的喉咙上，紧紧地绞着的时候，就让人吃惊得可怕了。她用一种伊诺妮从来没有听过的声音嘶声说道："我们知道你做了什么，你这个卑鄙的城镇爱好者！我们知道你是怎样摧毁我们敬爱的领袖，并引诱那个傻瓜纳迦的！现在你就会看到真正的绿色风暴是怎么对付叛徒的……"

西奥被什么东西惊醒了，他没法继续入睡。他的舱房里很冷；他的床铺不舒服；他非常想念他的家乡。他打开灯，看了看腕表，但离他该去前舱与拉斯普特拉换班的时间还有好几个小时。他呻吟着关掉灯，蜷缩在那条让人浑身发痒的毛毯下，徒劳地想要再次入睡。

但当他躺在那里时，他慢慢地开始相信他的船已经改变了航线。风吹着气囊的声音有了一些微妙的变化。在孑孓军团的运载机上的时候，他已经学会了关注诸如此类的细节，因为那时候但凡不加解释而改变航线的话，就可能意味着这支部队要投入战斗了。“圣灵”号在能看见提贝斯提山之前是不应该改变航向的，而西奥并不觉得这应该在日出之前发生。

发生什么了？他想象着有一群野蛮人的飞行机器从上风处逼近过来，或是一艘海盗的武装快艇从某个位于沙丘之间的巢穴中升起。就好像拉斯普特拉正试图甩开它们，却甚至都不告诉他一声！他翻身滚下床铺，开始穿他的靴子和外衣，这些是他上床睡觉时唯一脱去的衣物。

走到中央舱梯的半路上时，他瞥见罗希妮就在他下方的过道里，朝着位于船尾的纳迦夫人的舱房走去。他正要呼唤她，问问她发生了什么时，才想起她听不见。此外，他也不想为了可能是无关紧要的航线修正而向她示警。他要先和拉斯普特拉谈谈再说。

他一直等到她已经走了过去，然后才滑下最后几节舱梯，跳进船舱里。“出什么事了？”他问。

可是拉斯普特拉船长已经没法告诉他了，因为有人割开了拉斯普特拉船长的喉咙，割得既深又专业，以至于他那张开心的脸上刚有一丝淡淡的惊讶驻留，人就已经死了。

“拉斯普特拉船长？”西奥说。他身边有什么动了一下，惊得他跳了起来，但那只是他自己的倒影映在一扇窗上，双眼圆睁，一脸傻相。他盯着自己。这是谁干的？是不是有一个入侵者登上了“圣灵”号？难道有某个刺客用他在扎戈瓦上空登上那些超级蚊蚋飞艇的相同方式登上了他的船吗？并非如此；鲜血的气味，还有发现自己独自置身于这个四周环绕着玻璃墙的地方，与一个死人在一起的恐怖感觉，都叫他鲜明地回想起他和芮恩在云中 9 号上所经历过的事情。现在他知道为什么罗希妮看起来如此眼熟了。

他从墙上的挂钩上拽下一把消防斧，强迫自己回到舱梯处，向上爬去。当他沿着过道跑到纳迦夫人的舱房门口时，他听到里面有人说了关于叛徒的什么话。有扭打的声音传来，然后又有什么东西掉下来滚动的声音。西奥大喊一声，给自己鼓起勇气，然后一斧头挥在门锁上。才一下，锁就断开了，门推了开来。

舱房里，床铺翻倒，被褥乱七八糟，梳妆台上的瓶瓶罐罐滚得满地都是，闪闪发光，纳迦夫人跪在这些东西之间，双手乱扒着那条罗希妮正死死勒紧她的腰带。当罗希妮扭过头来看见西奥站在砸碎的房门口时，她的胜利表情也只是稍微褪色了一丝而已。

“难道你就不能先敲门吗？”她生气地问。

“辛西娅 · 特怀特。”西奥说道。

“吃惊吧！”那个姑娘笑着回答。

纳迦夫人喉咙里发出了一声可怕的咕咕声，仿佛是洗澡水从浴缸下水口里流尽了的声音。西奥向前迈出了一步，挥舞着斧头，但他太文雅了没法向女生下手，而他也知道辛西娅明白这一点。他回忆起了这个姑娘的虚荣心，于是说：“你的模样变了……”

生效了。辛西娅暂时对纳迦夫人失去了兴趣，她将丝带最后用力拉了一下，然后放开手。她的受害者向前扑倒，脸朝下地躺在了地上，一动不动。“手法很棒，不是吗？”辛西娅指着她的黑色头发问，西奥上次见到她的时候她的头发还是金色的，还有她的棕色皮肤，之前则是白色的。她笑了起来，就好像西奥刚刚殷勤地恭维了她一样。这是她身为一名特工的唯一弱点。她为自己的聪明而感到如此高兴，所以永远也没法抗拒要告诉她的受害者她是如何欺骗他们的。

西奥希望如果他能让她一直讲足够长的时间，某些肯帮忙的神祇说不定就会把一个主意塞进他的脑子里。

“头发和皮肤很容易。”辛西娅说，“要改变眼睛才是真正的诀窍。我戴了一种古代科技的小东西，称作‘银星眼镜’[1]。”她的手指轻触一只眼睛，然后眨了眨眼。当她的手移开的时候，她的眼睛又变成了以前的矢车菊蓝色，不协调地从她黑皮肤的脸上盯着西奥。“但

1. 其实是隐形眼镜，辛西娅正如牵引时代的其他人一样，对于古代科技一知半解，所以往往误解名字。

凡你有点本事……”她说，“你就该试图攻击我了。但我看你还是个懦夫。我相当期待杀死你，西奥·恩戈尼。这就是为什么我把你留到最后。”

“求求你。”纳迦夫人喘着气说，从甲板上撑起身，好像差点要淹死的人一样，“不要伤害他……”

辛西娅一脚踩在她身上：“我们在说话呢！”

“辛西娅。”西奥吼道，“为什么你要这样做？”

辛西娅又走近了一步，那双色彩奇异的眼睛紧紧盯着他：“这个阿留申群岛的婊子背叛了我们的领袖，好让纳迦能够夺权。你真的以为我们那些热爱潜猎者方的人会听任她这样逃脱吗？”

“可为什么是在这里？”西奥无助地喊着，“为什么是现在？你是她家里的一分子；你可以在天京就杀了她的……还能把纳迦也杀了。”

辛西娅重重地叹了口气，被他的无知激怒了。

“我们不想要纳迦死。”她解释说，“这只会意味着内战，以及对我们杀戮城镇人的大业产生更多的干扰。我们只想让他放弃这个停战协定。如果之前我呼叫我们的飞艇来扎戈瓦的时候你没有干涉，这一切早就结束了。但我很有耐心。几分钟后这个老锈桶将熊熊燃烧着坠落大地。罗希妮将是唯一的幸存者，她会告诉纳迦扎戈瓦是如何将我们出卖给了城镇人，然后城镇人是如何将我们击落的。那样应该就能破坏纳迦和你们这些人之间的任何联盟了。至于城镇人，嗯，等他听说他们对他的漂亮小妻子做了什么，他就不可能坐下来和他们和谈了。炮火将再次开始轰鸣。我们的女主人回到天京后会奖励我们的！”

“你是说方吗？但她已经死了！”

辛西娅诡异地笑了笑：“她一直都是死了的，非洲人。这就是为什么她永远不会被杀死。她正等待着我们终结这场背信弃义的和平会谈。然后她就会回来，并带领我们走向全面胜利！”

“你疯了！”西奥说道。

“哦，听听这话，还是从一个用一把肮脏的大斧头到处砸坏门的人嘴里说出来的。”辛西娅说。她毫无预兆地飞起一腿，将他往后踢去，随后趁他爬过门口，跌跌撞撞地沿着舱梯朝下层跑去的时候，把那把沉重的消防斧从他手里夺了过来。

铁条铸成的过道重重地撞在他的脸上，他在那里躺了一会儿，满嘴血味，侧耳细听辛西娅追来的声音。他听到她的脚步声沿着头顶上方的过道走来，看到她的影子贴着上方充气单元的侧壁移动。他拖动自己的身体躲进一个维修凹槽里。片刻后脚步声停了下来。“西奥？”辛西娅向下喊道，“不要以为我会来找你。我本来期待着杀掉你，但是我真的没空玩捉迷藏的游戏。这也改变不了任何事情。在中央充气单元的下面有一枚炸弹，设成在午夜爆炸。所以我要去拿上一个你那种傻乎乎的扎戈瓦风筝，现在就开溜了；我已经安排好不久之后要和我的几个朋友在沙漠中见面。回见喽！”

脚步声又响了起来，然后随着她离他远去而渐渐安静下来。西奥猜想她正朝着气囊侧面的紧急出口而去。那里面有一个柜子，储藏着五六只风筝，都是他在扎戈瓦的时候飞过的那个风筝的普通版本。他等着，听到舱门打开，风灌了进来，气囊内的声音顿时改变了。他飞快地沿一根侧向支架攀爬到了一个铆接在气囊外皮上的玻璃钢舷窗处。外面的星光下，在很远的地方，一对黑色的蝙蝠翅膀在一波波银色的沙漠背景下一瞬而逝。

其他风筝呢？他了解辛西娅，她肯定会将它们摧毁的。但也许西奥造成的延迟令她没有时间去处理它们。他扫了一眼腕表，就松了口气，距离午夜还有八分钟时间。他忽视了胸口和体侧的疼痛，开始朝放风筝的柜子方向攀爬而去。即使他之前不知道它在哪里，他也能通过追踪呼啸着穿过打开的逃生舱口的寒风源头而找到它。果不其然，柜子是空的；在辛西娅自己飞走之前，她已经把多余的风筝都从舱门口扔掉了。但当西奥探出头去，就看见一只风筝挂在离舱口只有几码远的绳梯横索上，他很容易就能伸出手去将它拖回船上。

他大口大口地喘着气，开始把自己绑到风筝上去。然后他便想起了纳迦夫人。风筝很大，而她身材娇小；西奥确信它能够承载他们两个。可是她还活着吗？他飞快瞄了一眼腕表。爬到风筝柜子上并没有花掉他想象中那么久的时间。他必须尝试去救纳迦夫人。他保证过的。

他把风筝留在柜子边，纵身向下跳回到通向她舱房的那条陡峭舷梯上。她就躺在他离开时的地方，不过当她听见他进来时，她开始呻吟，想要试着爬开，因为她还以为他是辛西娅。

“没事了。”他一边对她说，一边跪在她身旁，将她翻过身来。

“罗希妮。”她沙哑地说。

“她走了。”西奥说着，尽力帮她站起身来，“反正她也从来就不是罗希妮。她的名字叫辛西娅·特怀特；她是潜猎者方的私人特工之一。”

“特怀特？”纳迦夫人皱起了眉头，呻吟着。思考似乎会带来痛苦，“不，特怀特是个白人女孩，那个潜猎者派到云中9号上的特工……纳迦乘着‘安魂旋涡’号把她带回家，可当我们抵达山国的时候她消失了……哦，西奥，我得回家。要是我不回去，她或她的朋友们会告诉纳迦是城镇人杀死了我，于是和平就将破裂……”

“别再试图说话了。”西奥说。他担心她要是还想继续强迫用自己可怜的伤痕累累的喉咙发出这些词句，她就会伤害到自己。“我会带你回家，我保证。但首先我们要离开这艘飞艇。”他看看腕表，“有一个——”他刚开口，就停住了。

离午夜还是八分钟。

从楼梯上摔下来的时候，他想，我的表摔坏了……

他刚来得及回想起他父亲说过的话：“我不知道为什么你们这些年轻人要戴这种华而不实的手镯表。怀表才更有范儿，而且远远可靠得多。”这时爆炸便在脚下将他的飞艇撕开了。

7 震惊布赖顿

自打芮恩和西奥离开以后，布赖顿越变越糟。飞行宫殿云中9号不见了，它也带走了这座城市的大部分统治阶级精英。布赖顿现在被迷失小子统治着。他们被史金公司当作俘虏拖上城，然后在绿色风暴袭击的那一晚逃出了奴隶棚，很快就放开手脚如入无人之境，在皇后公园漂亮洁白的街道，以及蒙彼利埃，还有巷区的潮湿迷宫里建立了他们自己的一座座小小王国，在身边聚集起由乞丐和逃奴组成的私兵。他们相互之间或是战斗，或是建立不可靠的盟约，一双偷来的鞋子或是某人贪婪地瞧了某个漂亮女奴一眼都会破坏这种脆弱的联盟。你永远说不清一个迷失小子下一步会做什么。他们既恶毒又敏感，既贪婪又慷慨。他们中的很多人都疯了。到了晚上他们的追随者们就在满地垃圾的步行街上连续不断地开战，为搞砸了的电线交易或是想象中的侮辱而复仇。

但布赖顿仍然是一个热门的度假胜地。它的那些上层阶级游客已经全都抛弃了它（豪华酒店都成了废墟，或被迷失小子改建成了要塞据点），也不再有那些幸福的家庭登上这座城市，来住满较为便宜的小旅馆并在海池里嬉戏。不过有那么一种人——手头宽裕的艺术家们，他们来自各个城市舒适的中间几层，战争从来没有影响到他们，以及被宠坏了的年轻人们，他们幻想着要在父母花钱给他们安排好的职业中安定下来之前，先来上一段小小冒险——他们认为新的布赖顿既前卫又令人兴奋。他们很激动，因为能在俱乐部和酒吧里与真正的罪犯和叛乱分子擦肩而过；他们也很开心，因为他们在餐厅里吃饭的时候会有一些迷失小子与其随从大摇大摆地走进来；他们觉得漂浮在水面上随浪拍打着海滨步行街的污物、沙哑而永无休止的音乐，以及黎明时分堆在城里的死尸，种种这些迹象都表明布赖顿在某种程度上比他们故乡城市更加真实。他们中有些人在逗留期间被抢劫了，而他们每个人都被敲过竹杠，还有一小部分人被发现倒在鼹鼠村和白兽人区的小巷里，口袋被掏空，喉咙被割开。不过幸存者会回到米兰、巡回城，以及圣约翰四千马力城，在今后的几年里给他们的朋友和亲戚不厌其烦地讲述他们在布赖顿欢度假日的故事。

从开罗所停泊的海滩出发的汽艇上，就有一些这样的乘客，大多数乘客前往布赖顿却有着更加见不得光的目的。他们是来交易大麻的毒贩，或者小偷，或者军火走私犯，或者看起来鬼鬼祟祟的人，他们都听说最近在布赖顿你可以买到任何东西。每当这艘汽艇圆钝的船头劈开一道海浪，波涛撞碎在船舷上缘，就激起一阵水雾，淋湿了船首，俞饼就站在水雾之中，盯着那座逐渐接近的度假胜地，心里真希望自己此刻还安全地待在岸上。

在开罗的藏身之洞里，想要让他的潜猎者高兴，向她承诺会为她偷一艘贝壳船，这么说说是很简单的，可是现在，当布赖顿生锈的侧腹从前方的汹涌波涛上升起，他就开始产生严重的怀疑了。他不断回想起来，他的那些迷失小子同伙都视他为叛徒。最后一次遇到他们之中的某些人时，他们显而易见地想要用各种新颖的方式将他杀死，于是他被迫跳入海中，冒险于波浪中求得生机。他本来还以为到了如今布赖顿当局肯定已经将他们都围捕了，然而从同船的乘客们的交谈听起来，他似乎大错特错了：迷失小子们成了布赖顿当局。

汽艇穿过布赖顿腐朽的船尾部分，经过一个个肮脏的桨轮和废弃的步行街区，以及一片叫作海滨商场的地区，那儿有一整排贝壳船拴在一个脏兮兮的金属码头上。一个姑娘站在附近，她是一位来自某个富裕城市的旅行者，对她的男朋友说："哎哟！那些可怕的机器！好像巨大的蜘蛛一样！"

"迷失小子的潜艇！"那少年说，"你可以买票乘坐它们进行观光航行，从水下看看这座城市。而且这也不是它们的全部用处。迷失小子在内心深处还是一群海盗。我听说过传闻，说有些小镇子与布赖顿的航线交错，然后就再没人见过它们了……"

"哎哟！"那姑娘又叫了一声，但她看起来很高兴，因为想到能够登上一座有着真正的、活生生的海盗居住着的城市。

俞饼可没有被她的热情感染。回到这里来似乎越来越不像是个好主意了。

汽艇进入了一条波澜不兴的肮脏水道里，夹在中央船体与称作肯普敦的外伸支架区域之间。被遗弃的观光码头横跨在头顶上方，当布赖顿随着波浪起伏的时候，码头上的生锈龙门吊就落下一阵阵铁锈雨来。汽艇船员的声音回荡在狭窄的夹道之中，传到等候在系泊台阶上的码头工人们那儿。到处都是机油和海水的气味。一只死猫在厚如床垫的漂浮垃圾中沉沉浮浮。汽艇将引擎熄火，其他乘客开始整理他们的包袋并轻拍衣服，以检查皮夹和藏钱腰带是否都还安全，但俞饼只是竖起衣领，又将他那顶油腻帽子的帽舌压低，心里只希望能待在汽艇上，让它把他带回开罗。

他的潜猎者默默地站在他身边，全身裹在一件长长的连帽袍子里，这是他从下层露天市场里帮她偷来的。她似乎感觉到了他的恐惧。钢手指轻轻地握住了他的胳膊，悄声说道："没什么可害怕的。我和你一起。"

她今天是安娜。他握住她的手，紧紧地抓着她，于是便感觉到变得略微勇敢了一些。甚至当一阵狂风吹掉了他的帽子，将帽子吹得在阳光下飞旋着升入空中时，他都没有怎么太担心。

在城市两层之上，海洋大道上的一座重重加固的酒店里，一个名叫海蛇尾的迷失小子猛地转身，盯着那顶被吹飞的帽子旋转着飞过他的窗口。

“那是什么？”他质问道。

他的朋友们和保镖们摸着插在腰带里的武器说他们不知道。他的一个奴隶说他以为那只是一顶帽子。

“只是一顶帽子吗？”海蛇尾嘶声说道，“没有什么只是什么东西！它肯定意味着什么！它是哪里来的？是谁的？”

保镖们、朋友们和奴隶们交换了一个疲惫的眼神。海蛇尾变得越来越神经质，有时候在夜里，他会在睡梦中拼死挣扎，尖声叫着格里姆斯比以及某个叫作大叔的人，把整个黑帮都吵醒。保镖和朋友们开始觉得，可能很快就会是时候得把他扔下城，转而向某些不那么敏感的迷失小子效忠，比如林虾或者俞求。

海蛇尾的绸缎晨衣下摆拖在他身后的昂贵地毯上，他冲进摆放屏幕的那个房间里。所有的迷失小子都有屏幕，也都有摄像蟹，他们派出这些摄像蟹在布赖顿里四处潜行，以窥探其他迷失小子。所有人都已经听惯了这些机器的金属脚在城市通风管道里刮爬的声音，以及每当两只敌对的摄像蟹碰头时爆发激烈战斗的回声。有时到了黎明，通风口下方的路面上就堆满了断裂的金属腿和粉碎的镜头，这些就是在通风管道里整夜拼死激战后所剩下的碎片。

“任何东西都意味着某些东西！”海蛇尾向他的追随者们保证道。他们聚集在门口，看着他与屏幕的控制开关奋战：“你说这是一顶帽子，我说它是一个标志。这可能是一条来自大叔的消息！”海蛇尾最近一直在做很多关于大叔的梦。大叔总是对他窃窃私语。他开始相信那个老头还活着，并且很快就会为了他的迷失小子被布赖顿抓住而惩罚他们。

然而当他将某只摄像蟹镜头对准一群正在肯普敦台阶那儿下船的游客时，他看见的并不是大叔。一开始他不确定他看见的是谁，只不过那个带着一个黑袍跛子的小男孩身上有某种熟悉的东西。然后他的一名奴隶，一个曾在史金公司工作过的名叫莫妮卡·威姆斯的女人，她对人脸的记忆力比海蛇尾更好，突然指着屏幕说：“看啊！快看，主人！这是小俞饼啊！”

小俞饼催促着他的潜猎者急急地沿着城市边缘廊柱下面遍地垃圾的人行道走着，经过用木板封起来的咖啡馆和掠夺一空的电子游乐场，最后走进了海滨商场里泛着金属光泽的阳光之中。“前往海滩”，白墙上喷刷着这样的标志，于是俞饼和潜猎者跟随标志的指向，路过废弃的酒店和空空的游泳池，路过这座度假城市的米歇尔和尼克松型引擎的巨大外罩，来到了贝壳船停靠的滩涂硬地上。

滩涂周围有一道铁链围栏，大门口上了挂锁，但围栏和挂锁对潜猎者来说毫无意义。她一把扯断挂锁，俞饼便推开大门，跑到了这些贝壳船之间，一股对于旧日身在格里姆斯比的奇异怀念之情顿时涌上他的心头。这些贝壳船的装甲船舱与弯曲的长腿上头覆盖着一片片藤壶和海鸥粪便，令贝壳船看上去像是某种庞大的史前巨蟹。俞饼认得它们每一艘："海虱"号，"变温层少女"号，"八目鳗 2"号，"鱼鳍居民"号，但他锁定了最小、最时髦、最新的一艘，"蜘蛛宝宝"号。它停得比其余贝壳船更接近海水，还有一块木板搁在它的前腿上，提供前往城市下方的观光旅行，所以他希望它已经加满燃料了。

他在寻找他的潜猎者，可是他已经把她落在了后面。那个可怜的东西，用那条桌子腿一步步重重地走着，她跟不上他！他开始穿过贝壳船下方曲折的阴影往回走，一边唤道："安娜！到这里来！我需要你来打开舱门！"

随着电动引擎的一声轰鸣，两辆甲壳虫车加速驶出城市引擎外罩下方的街道，穿过了贝壳船滩涂的大门。它们开得太快，还都超载了，许多男人和男孩一起挤在甲壳虫车的狭窄车厢里，还有的站在车顶上和两侧踏板上。俞饼注意到他们朝他挥舞着剑、照明弹手枪，还有鱼叉枪，于是转身就跑，但唯一的出路就是通过大门，而那些从甲壳虫车里快速涌出来的男子已经飞快地把大门关上了。俞饼一边呜咽着一边冲向大海，但那些旱地人已经围在了他身边，而和他们在一起的、盯着他的，是个他认识的少年；他既高，又瘦，神经兮兮，一头红发。名字叫作——

"海蛇尾。"海蛇尾说道，"还记得我吗？因为我记得你，俞饼。"他的手里拿着一支鱼叉枪，"你就是那个告密的人，对吗？那个把格里姆斯比的位置告诉史金的人？不要认为我已经忘了。我们没一个人忘记，我们所有的迷失小子都是。也许等我让他们瞧瞧我抓到了你，他们就会多尊重我一点。也许当大叔来惩罚我们的时候，他就会饶恕我。也许——”

不知怎的，突然间，俞饼的潜猎者就站在了海蛇尾的背后。她抓住他的下巴和他的红发，一把就扭转了他的脑袋，其速度之快，令他脖子折断的声音仿佛一声枪响一般回荡在滩涂上空。海蛇尾看到的最后一样东西是他自己惊讶的脸倒映在她的青铜面具上。他的手指扣紧了鱼叉枪的扳机，枪口正指着天空。一支银色的鱼叉射入阳光之中，穿过空转引擎所排出的蒸汽，高高飞入城市上方的清澈天空里。

子弹乒乒乓乓地在贝壳船之间呼啸飞过，俞饼只来得及趴在海蛇尾还在不断扑腾的身体边上。他看着那支鱼叉越飞越高，越飞越慢，直到它看上去似乎在蔚蓝天空中悬停了片刻，如同在无数飞翔的海鸥之中的一片银屑。他的潜猎者亮出了刃爪。鱼叉开始向下坠落的时候，她也开始动手一个接一个地杀死海蛇尾手下的黑帮，通过他们的气味和朝她射击的枪声找出他们的位置。而当鱼叉咔嗒一声掉在滩涂另一侧的甲板上的时候，他们已经都死了。

潜猎者收回她的刃爪，把俞饼扶了起来，一边轻声地问他是否受了伤。

“安娜？”俞饼说，他吃了一惊，“我以为你变成了……”

“另一个还睡着，我想。”他的潜猎者轻声说道，然后拍了拍她的长袍，因为有人对着她射了一发照明弹，所以袍子还在冒着烟。

“我没想到你会那么……”俞饼笨拙地说着，望着鲜血沾满了她的双手和袖子。在他旁边的甲板上，海蛇尾不再扑腾了，一动不动地躺着。俞饼还记得在格里姆斯比的时候，海蛇尾对他一直是比较和气的。他说：“我还以为只有她才会做这样的事情。”

他的潜猎者说：“我有时候也不得不杀人。我以前忘记了，但现在又想起来了。我曾经相当擅长这种事。在我为联盟工作的时候。还有在斯泰因的那一次，为了拯救可怜的汤姆和赫丝塔……”

“你认识汤姆和赫丝塔？”俞饼问。这两个名字给他带来的震惊几乎不亚于海蛇尾和他手下们的突然死亡。

但他的潜猎者已经抓着他的手腕，带着他轻快地朝选定的那艘贝壳船走去。她也懒得去回答他的问题，在她爬上登船舷梯，开始用力打开沉重舱门的时候，她自言自语地念叨着山国和奥丁。既善良又残忍的安娜已经再次沉入了她意识表层的下面，现在她又一次变成潜猎者方了。

8　在边界线上

芮恩一直梦到西奥，但她却不知道他在她的梦中说了什么或是做了什么；那些细节就在片刻之前似乎还是如此生动清晰，可当她一觉醒来就立刻消散了。她的父亲正轻轻摇着她，叫着她的名字。

“好烦啊。”她喃喃自语，“出什么事了？”

她正睡在“鬼面鱼”号的床铺上，蜷缩在一大堆毛皮和毯子的下面，因为尽管已经到了春天，鸟道上还是十分寒冷。舷窗外面天空一片漆黑。她坐起身来，揉着惺忪睡眼，驱赶睡意。“出什么事了？”她问，这一次口齿更清楚了，“有什么不对吗？你不是生病了吧？”

“不，不。”汤姆说，“我很抱歉这么早把你叫醒，不过你不会想要错过前方的景色的。”

芮恩的父亲坚定地认为世界上有某些特殊的景色，它们是如此美丽，或是如此壮观，或是富有教育意义，假如他让芮恩因为睡觉而错过了它们，那么芮恩将永远也不会原谅他。他经常回想起他自己第一次看到永固寺的时候，还有第一眼见到唐怀瑟火山链的时候，于是这趟东行旅程期间，他好几次都把芮恩从床铺上拖起来，去看美丽的日出，或者某座接近的漂亮城市。而芮恩，身为一个十几岁的年轻人，迫切需要睡眠，所以并不总是如他期待的那样心怀感激。

但在这天早晨，当她没好气地走到飞行甲板上，看见镶嵌在“鬼面鱼”号前窗中的景色时，她瞬间就原谅他了。

他们飞得很低，辙痕累累没有特色的平原一如既往地在他们下方延伸，这几天来一直都是如此。在南边，一抹白雾笼罩着锈水沼泽与哈萨克海，不过这并不是汤姆叫醒她起来看的东西。前方，一大群牵引城矗立在它们自己喷发出的昏暗烟雾之中，其数量比芮恩一辈子见过的都多。灯光闪亮的窗户和锅炉的通风口像宝石一样在黎明前的黑暗中闪闪发光。一座座以往芮恩会觉得印象深刻的城镇和城市正来回行驶，但与这个聚落东侧的那些庞大的装甲神庙之城相比，就显得相形见绌了，这些神庙之城有着十到十五层的住宅和工厂，矗立在一英里方圆的底板上，每一层都覆盖重重装甲，好像中世纪的骑士一样，浑身上下刺出无数火炮以及空中战舰的系泊吊架。“鬼面鱼”号已经抵达了城市达尔文主义最东部的边界线。现在它正飞进牵引城社会最大的城市停泊地之一。

十四年前，当芮恩正忙着学习爬行，把各种石头、甲虫和小饰品吃进嘴里，让她的父母惕然心惊的时候，绿色风暴已经从他们位于山国的群山之中的众多要塞里席卷而下，将战争和毁灭散布于大狩猎场上。他们的空中舰队和潜猎者大军一路向西狂飙，赶着那些吓坏了的牵引城市在他们前头狂奔，并摧毁任何逃得不够快的城市。然后阿米尼乌斯·克劳斯，牵引城市魏玛[1]的市长，派遣使节到其他十一个讲德语的城市，并提议它们联合起来，在所有的移动城镇都被驱赶出大狩猎场的西部边缘掉到海里去之前，一起掉头对抗绿色风暴。

于是牵引城社会就诞生了。很快就有其他城镇不断加入这十二座大型城市，它们共同发誓，在绿色风暴被摧毁之前，不再吞噬任何移动城镇。它们要转而靠着吞噬蘑栖人的船舶、堡垒以及定居地而生存，直到它们让世界再度变得安全，适合城市达尔文主义运作，因为每一个文明人都知道，这是有史以来最自然、最明智、最公平的生活方式。

它们掉头了，它们战斗了，它们逼迫吃惊的绿色风暴陷入战争僵局。如今，一条宽阔的无人地带蜿蜒穿过大狩猎场，从锈水沼泽的南部边缘，一直延伸到冰封荒原的边境，标记出了两个世界之间的边界。在这条线的东部，绿色风暴艰苦奋斗，让新的定居地扎根下来，

1. 位于德国中部的城市。20 世纪初曾于此地召开国民议会制定宪法建立了德国历史上第一个共和国。

帮他们的农民收复被几个世纪以来的城市达尔文主义所犁翻和污染过的土地。在这条线的西部，生活几乎和以前一样，城市猎食城镇，城镇猎食村庄；唯一的区别就是大多数市长会把他们抓到的猎物的一部分送去补给牵引城社会。

多年以来两边都尝试了各种各样的战争手段来打破这条界线。绵延不绝的翻腾淤泥和空旷沼泽一次又一次地易主，每一次的代价都是成千上万人的生命，然而通常情况下，当持续数月的突击与反突击的雷鸣炮火平息下来后，这条界线依然大致没有变化，死寂的土地如同一条大河一样蜿蜒穿过这片大陆。

现在，休战协定似乎维持了下来，于是一些勇敢的商业城市和工业平台从西边过来，亲眼看一看这条界线，它们围绕着牵引城社会的城市，形成了一个个贸易聚落。“鬼面鱼”号正飞进这样一个聚落之中。汤姆将飞艇降低，钻进这些城市喷出的烟雾所形成的灰色盖子下方，芮恩向下俯瞰这些城市和贸易镇的上层建筑，然后又进一步向下朝地面望去，大城市的履带犁出的深深沟壑之间，小城镇沿着狭窄的土脊匆匆往来。她看到下面有一些小小的拾荒镇，还有一些速度飞快的战斗郊镇，汤姆告诉她那些叫作收割镇。天空中挤满了其他飞艇，气球出租车，还有笨重的空中列车。一个由笨拙的飞行机器所组成的中队，粗鲁地呼啸着冲过“鬼面鱼”号的船首前方。“一群飞猪！”汤姆说，他抱怨着这些新奇的发明和不尊重鸟道习俗的飞行员，但是芮恩却激动不已；这些扑打翅膀，翻翻滚滚的机器让她回想起了飞貂军，回想起了她曾经在云中9号上空见过的那些勇敢行动的飞行员。

一座叫作穆尔瑙[1]的战斗城市从窗外滑过，这是一座顶天立地的楔形装甲城市，其上密布着炮口和禁门。它的每一层都是狭长的三角形，向前逐渐收缩成尖锐的艏部，在城市巨颚的下方刺出一根撞角。它大得令人窒息，外表看上去极其强大，不过随着它滑过，天空很快又亮了起来，现在芮恩可以看到远处还有五六个类似的城市，沿着锈水沼泽的西部边缘铺展开一条漫长的连线。其中几座看起来甚至比穆尔瑙更大。

“鬼面鱼”号的目的地则平和多了。它挂在离穆尔瑙几英里远的天空中，是一座形似甜甜圈的小小甲板，其上堆满了轻质建筑物，一根根系泊支柱像流苏一样点缀着，无数色彩鲜艳的气囊仿佛是一大团乐于助人的雷雨云，将它悬吊在空中。芮恩在鸟道上度过的短暂时光里经常登上那个甜甜圈；有时是在寒冷的北方天空中，有时则是在潮湿黏稠的南方天空里。在这片装甲城市聚落的上空发现它，令她有点儿觉得好像是回到了家里一样。

天空之城！

当汤姆开口询问关于“始祖鸟”号的事情时，港务办公室的那个长脸办事员若有所思，他拖着脚步走到档案抽屉那儿仔细翻找起来，几分钟后他带着一本满是霉味儿的账本回来了，说是里面有在这座飞

1. 穆尔瑙是现今德国巴伐利亚州的一座小镇。

行自由港里注册的每一艘飞艇的详细信息。“克吕维·莫查德，女主人兼指挥官。”他一边说着，一边透过他的夹鼻眼镜端详着夹在“始祖鸟”号详细信息页面上的一张朦朦胧胧的女飞行员照片，“啊，是的，我想起来了！一个漂亮的女人。购买古代科技的。”

“什么样的古代科技？”汤姆问。

“大多数是磁力小玩意儿，根据她的海关记录来判断。电子帝国的无害旧装置和便宜货。不过她也买了医疗用品，还有一头小牲畜。她在我们这里注册的时候，还只是一个姑娘。那是十八年前的事了！”

“伦敦被摧毁后的第二年。”汤姆说。他取下照片，将它转向自己。照片是很久以前拍的，那时候照片里的主角还是一个年轻的女人，有着一头乌云般的卷发。“这就是克莱蒂·波兹！”他喃喃地说道。

“哎，先生？”那个办事员有点儿聋。他用一只手拢在耳边，另一只手夺回那张照片，“你说啥？”

“我认为她的真名叫作波兹。”汤姆说。

那个办事员耸了耸肩：“不管叫什么，先生，天空诸神一定十分眷顾她。在空中贸易这一行里可没多少人能坚持十八年的。”为了证明他的观点，他把那本账本翻过来，给汤姆和芮恩看索引页，在那里的一长串飞艇列表中，很多名字都已经用红笔画掉了，边上用整洁的小字记着诸如“失踪”“撞毁”或是“在系泊平台上爆炸”之类的话。

那个办事员认为莫查德小姐是在牵引城市赫尔辛基购买了她的船，等汤姆从账本封面下面悄悄塞了一个金币过去，他就突然想起来她是在那儿的昂桑克飞艇场里买的船。但在那之前她从哪里来，她又是从哪里弄到钱买的飞艇，还有她到底是做什么的，他就都不知道了；而且，唉，昂桑克老先生和他的所有记录都在十年前被摧毁了，那时他的一个学徒在一艘科斯格罗夫云莓型飞艇的气囊里点了一支雪茄，没想到气囊是漏的。（“你至今还能在赫尔辛基空港的边缘看到烧焦的痕迹。”那个办事员热心地说，好像是希望这样就能再赚一个金币似的，不过没有成功。）

他的小办公室外面，高街正开始活跃起来，摊贩们卷起卷帘门，陈列出一盘盘蔬果、鲜花、奶酪和布匹。看着他们，汤姆不禁回想起二十年前那个天色醇如晶蜜的黄昏，他跟着方安娜走过这些一模一样的小摊。那次是他第一次来到天空之城。他回想起赫丝塔是如何偷偷摸摸地走在他身边，在路人的目光下举起手遮掩自己……

“哎呀神哪！”芮恩跟在他身后走出港务办公室的时候，指着附近码头上的某个人说，“快看那是谁！”

一瞬间，汤姆的记忆忽然混淆了一下，以为可能是赫丝塔来找他们了。当他看到一位身穿粉红色皮飞行服，身材曼妙的女飞行员时，他竟然有种奇怪的失望。

芮恩激动地上下跳着，喊道：“图旺布利小姐！图旺布利小姐！”

那个女飞行员正沉浸在与几个同伴的交谈之中，闻声惊讶地环顾四周，随后步态优雅地穿过码头，来寻找是谁在这么热情地呼唤她。“这是奥拉·图旺布利。”芮恩告诉她的父亲说，“她以前为布赖顿工作。”随着那位女飞行员走近，她困惑的皱眉变成了认出对方的微笑。她和芮恩相互不怎么熟，但两人都很高兴地发现对方安全地离开了云中9号上的那场战斗。

“是芮恩，对吗？”图旺布利小姐问，她握住了芮恩的手，“穹顶宫里的那个小女奴？我还以为你死了，或者被绿色风暴俘虏了。见到你安然无恙真是太好了！那么这位优秀的绅士是你的丈夫喽，我想？”

“是父亲。”汤姆说，脸色通红，“我是芮恩的父亲。”

“而我还一直以为芮恩是那些迷失小妹之一哪！”图旺布利小姐大吃一惊，喊了起来，“一个失去母亲的可怜孤儿，来自遥远的西方海域某处……”

“失去母亲，但没有失去父亲。”芮恩说，“说来话长。不过我很高兴见到你一切安好，图旺布利小姐。我还以为你那天被击落了……”

“那是个糟糕的夜晚，这点毫无疑问。”那个女飞行员承认道，她回想起在云中9号周围发生的激烈缠斗，不禁摇了摇头，“不过想要击落我的‘战斗树袋熊’号，光是几只潜猎鸟和小样的老狐狸精型飞艇还远远不够。我重建了飞貂军。我们现在为阿德莱·布朗，曼彻斯特的市长大人工作。他正要带着他的城市到边界线来，所以他派了我们来作为先锋。”

芮恩点了点头。他们一周前路过了曼彻斯特；那是一座巨大阴森的城市，步履笨重地向东南驶去，其上有无数起重机林立，忙忙碌碌地将闪亮崭新的反火箭装甲板覆盖在城市上层。

“不过你们来这里是做什么的呢？”奥拉·图旺布利问。她满怀期待地看着汤姆，但汤姆什么也没有说。他一直在想，来的时候掠过“鬼面鱼”号的是否就是图旺布利小姐手下的几架飞行机器，以及他是否应该向她抱怨，但图旺布利小姐太美丽了，以至于他没法说出那些话来。

芮恩迅速插进话头来：“我们来找爸爸的一个老朋友。她自称为克吕维·莫查德。我想你该不会认识她吧？”

“那个考古学家吗？”奥拉·图旺布利点了点头，“我有一次在穹顶宫里见过她，在布赖顿的时候。她曾经向彭尼罗购买过古代科技。事实上，我想人们一度认为他们曾经有一腿——不过嘛，彭尼罗的名字一直都和很多女士传出过绯闻。甚至和我也是！”

“但我还以为你和彭尼罗教授是……”芮恩说。

“哦，那只是在他妻子的想象之中，以及《布赖顿夜间稿件报》的八卦版上。”奥拉·图旺布利笑了起来，“我只是稍微挑逗了一下那个老流氓，好确保他会更新飞貂军的合同。你要知道，当我听说那天晚上他有多么勇敢之后，我几乎都快希望我真的曾是他的情人了。谁能想到像彭尼罗那样一个老古董还能智胜潜猎者方呢……”

芮恩笑了起来："大家都说他是这么干的吗？"

"你没有听说过吗？"奥拉·图旺布利叫了起来，好像芮恩承认了不知道世界是圆的，或者不知道高领飞行服已经不再流行了一样，"这可是这一季里在边界线上最热门的话题了！难道彭尼罗教授不是全世界最伟大的英雄吗？难道他不正是靠着他那些英勇事迹而在整个牵引城社会享有盛名吗？"

汤姆喊道："他在这里吗？"

"就在穆尔瑙上，就在此刻。"那个女飞行员肯定道，"我知道，你一定要问他关于你的朋友克吕维·莫查德的事！他一定知道关于她的一切！要是我了解得没错的话，他现在肯定会在月亮餐馆吃早餐，就在穆尔瑙的第二层。"

"哦，好啊，爸爸！"芮恩高高兴兴地说，"走吧，我们去找他，去问他！"

汤姆把一只手放到胸前，捂在彭尼罗的子弹造成的伤口上。他不想去和一个开枪射他的人吃早餐。不过彭尼罗在考姆翁布上表现得倒是相当好，现在回想起来，他隐约记得彭尼罗有一次对他说过一个故事，提到某个女飞行员曾经冒险进入伦敦的残骸内部。她的名字会不会就是克吕维·莫查德呢？

"我会亲自带你们去见他。"奥拉·图旺布利说。于是事情就这么定了下来。她带着他们俩离开，朝天空之城中央走去，出租气球都等待在那里，把人们运送到下方的各个城镇去。

在他们的出租气球朝穆尔瑙下降的时候，芮恩兴奋地聊着飞貂军的英勇事迹，讲述他们渺小的飞行机器是如何冲向布赖顿上空巨大的空中驱逐舰的。但汤姆一点儿也没有听进去。他忙于思考克莱蒂·波兹的神秘之处。她的飞艇的母港是哪里呢？她为什么购买古代科技和医疗用品呢？为什么还买牲畜呢？

几天前，当他躺着睡不着，脑海里思索着他在巡回城与她相遇的事情时，他曾经想到过一个答案。现在，当他思考着办事员刚告诉他的资料时，这个答案再度出现在他心中。这是一个疯狂的答案，看起来不太可能，他都不太敢去相信，因为他担心它可能是来自自己对于伦敦的思乡之情，而不是对事实的冷静分析。他必须先等一等，看看彭尼罗知道什么，他心中暗自如此决定。彭尼罗也许会记得一些关于“始祖鸟”号以及它的女主人的事情，来证明汤姆的理论，不管是从正面还是反面。

他发现自己相当期待再次见到那个杀他的凶手。

9　在月亮餐馆吃早餐

出租气球在穆尔瑙装甲层上的一个入口外面的平台上停了下来，那里有很多卫兵，问了很多问题。卫兵们还挺礼貌，但不怎么愿意让看起来可疑的人物比如汤姆和芮恩到第二层去，甚至就算奥拉·图旺布利答应她会为他们担保，并给卫兵们看了她因为在孟加拉湾战役中击落了三架绿色风暴驱逐舰而获赠的佩剑后也是一样。最后，她生气了，说："他们是宁禄·彭尼罗教授的非常非常老的朋友！"这样一说就足够了。卫兵们不再只是略显礼貌，而是变得相当友善；其中之一打了一通电话给他的指挥官，一分钟后，汤姆、芮恩和图旺布利小姐就已经乘坐在一辆上行升降梯上了。

在最近的和平日子里，穆尔瑙已经会在白天的时候打开其装甲上的百叶窗，好让阳光透进来。即便如此，第二层还是让人感觉阴森森的。他们离开电梯站的一路上，汤姆和芮恩有好多次都路过了一些空空荡荡的地方，那儿整条整条的街道都被火箭和飞行炸弹轰塌了。还屹立着的建筑物的窗玻璃上被贴了X形的胶带，让它们看上去就好像是漫画里醉鬼的脸一样。每一寸的墙上都贴满了海报，刷满了标语，你不必会讲新日耳曼语，就能明白它们在敦促穆尔瑙的年轻人志愿参加防卫军，也就是穆尔瑙的军队。芮恩所能见到的大多数年轻男子都听从了海报和标语的劝说，身穿午夜蓝的潇洒军装。少数几个没有穿军装的，他们要么就是缺了一条胳膊或者一条腿，要么就是缺了半张脸，要么就是坐在带篷轮椅里被人推着，他们都戴着勋章以显示他们为抵御绿色风暴做出了自己的一份贡献。很多年轻女性也都穿着军装，但没有男人的军装那样好看。奥拉·图旺布利说："穆尔瑙的妇女是不允许参战的，这些可怜的小亲亲。她们做贡献的方式就是在工厂和引擎区里干活，而男人们则去炮台上戍守。"

他们穿过一个叫作韦尔特·默尔斯[1]广场的地方，朝着一座门面既高又窄、名叫月亮餐馆的小餐厅走去。几条街外，城市装甲外罩上的一扇百叶窗打开着，透进了明媚的春光，但这阳光来得太迟了，广场中央小公园里的花草树木多年以来一直生活在阴影之中，都枯死了，呈现出一片棕色。在光秃秃的树枝之间，芮恩瞥见了一座枯寂的喷泉和一个锈迹斑斑的演奏台。她觉得这是她到过的最悲惨的城市了。

1. 韦尔特·默尔斯是德国著名的奇幻小说作家、插画家。

但当她跟着奥拉·图旺布利穿过月亮餐馆的前门，却好像已经走出了穆尔瑙，走进了完全另一个城市一样。这家小餐馆里的样式不同、略带磨损的家具看上去颇具艺术气息，墙上则挂满了绘画和摄影，呈现了人们寻欢作乐的场景。它让芮恩想起了布赖顿，而两者之间的这种相似也是刻意设计的。穆尔瑙上有整整一代的年轻人一辈子就在战争和责任中生活。他们听说了其他城市的人民所享受的那种自由，于是就决心自己也要尝一尝这种滋味。于是他们就来到了月亮餐馆，来的人包括艺术家、作家和诗人，还有休假的年轻防卫军，他们也梦想着成为艺术家、作家和诗人。他们尽了最大的努力想要具有浪漫情调和波希米亚风格。

当然啦，他们做得不是很好。他们窝在月亮餐馆的破旧皮扶手椅里的漫不经心姿态，总有那么一点太僵硬的意思在里面。他们休闲宽松的衣服都穿得太笔挺了，而他们过长的头发也总是梳得非常整齐。而他们之中的几个真正的艺术家，好比画家斯柯达·盖斯特，他们却觉得他相当可怕。所以，当宁禄·彭尼罗抵达穆尔瑙时，他们热切地欢迎了他。这个人从事非常浪漫的冒险活动，并通过把这些经历写成书而赚足了钱，而且他还曾经是布赖顿的市长，那座最具艺术性的城市。但他又与盖斯特不同，他从不讥笑他们，或者嘲弄他们的诗歌和绘画作品，恰恰相反，他总是愿意赞美他们的那些小小成果，并乐于让他们给他的酒菜买单。

汤姆和芮恩朝他走过来时，他对着一顿丰盛的早餐正吃到中间。

所谓的吃到中间从字面上讲相当正确，因为他在楼上的房间里，坐在沙发上，四面八方全都被小桌子包围了，桌上满载着小面包卷和煮熟的肉食、水果、牛角面包、海藻华夫饼、荷包蛋和蘑菇、烤面包片、什锦饭、煎蛋饼、果酱和奶酪。一只银咖啡壶中冒出袅袅蒸汽，升入从贴着胶带的窗户里照进来的阳光之中，四周富有艺术气息的年轻穆尔瑙人挤坐在其他沙发上，或是大胆地直接坐在地板上，听他描述正在写作的那本书。

"……我刚写到我面对那个恐怖的潜猎者方。"他解释道，嘴里塞满了苔藓面包，"落笔相当痛苦的一章，因为我不介意承认我很害怕。我大为震怖！我浑身颤抖！我从来没有计划要和她战斗，你们明白吗——我不是要把自己放到某种英雄的地位上。不，我是偶然碰上她的，那时候我正匆忙穿过花园，想要找到一条路来逃避绿色风暴……"

他的听众们急切地点了点头。其中一些人在穆尔瑙的裙围要塞里服过役，自己也面对过潜猎者，他们大多数都回想起了 14 年的那几场恐怖战役，那时候绿色风暴的飞艇将一队队的复活军投放到了穆尔瑙的上层。他们都想要听听这位英勇的老绅士如何成功地战胜了所有潜猎者中最可怕的一个。

但这一次，彭尼罗似乎失语了。他张着嘴，放下手中的叉子，他的听众们一个接一个转过身，就看到那几个新来的人站在门口。

"两个老朋友来看你了，教授！"奥拉 · 图旺布利一边说着，一边在穆尔瑙人之间给自己找了个位置坐了下来。

“汤姆！”彭尼罗说着，站了起来，“还有芮恩！我亲爱的孩子！”

他张开双臂前来迎接他们。他们的突然出现令他吃惊，但他是真的高兴见到他们两个。他一向都为朝汤姆开枪而觉得内疚，不过他从迷失小子那里救下了芮恩，帮她驾驶“北极面包卷”号飞往考姆翁布，然后大度地让他们继续拥有那艘小飞艇，他希望他已经弥补了安克雷奇的那起不幸事件。现在汤姆那个可怕的老婆已经消失了，彭尼罗便很高兴能把纳茨沃西一家算在他的朋友之中。

“我亲爱的们！”他眉开眼笑地挨个儿拥抱他们，“真高兴见到你们！我刚刚在对我的朋友们说我们在云中9号上的冒险呢，那会是我即将出版的新书的内容。一家可敬的穆尔瑙出版社，韦睿德罗布和斯普尔，预付了一大笔钱，请我从我的角度来平实地讲述潜猎者方的垮台，以及纳迦将军，那位热爱和平的绅士的崛起。当然啦，你们俩都会在这个故事里出现！毕竟，芮恩，当所有的希望似乎都消失了的时候，难道不是你，我忠诚的前女奴，驾驶着‘北极面包卷’号飞到云中9号来救我的吗？”

“是吗？”芮恩问，“我记得的可不是这样……”

“她就是谦虚的化身！”彭尼罗叫道，他回头看了一眼他那些年轻的朋友们，又更迫切地看看芮恩自己，喃喃自语道，“我不得不稍许改变一点事实，只是各处零散地改改，为了增添一些色彩，你懂的。”

芮恩望着她的父亲，他们俩都耸了耸肩。她觉得像彭尼罗这样给自己的过去编造出这么多彼此关联的谎言，会是多么让人疲倦的事啊。他肯定要花大量的时间来打造他的故事，以确保它们不会自相矛盾，到了整座摇摇欲坠的谎言大厦崩溃的那一天，他肯定是生活在恐惧之中的吧？

然而彭尼罗也许觉得说谎的奖励会让一切都变得值得的。他看上去绝对是过得很不错，身穿一套他自己发明的衣服，让他看起来身份尊贵，又很军事化，但实际上又不是一件军服：一件短短的，天蓝色的蝙蝠袖短上衣，罩在一件红色的马甲外面（两者都钉满了纺锤形钮扣和毫无意义的银色按钮），淡紫色的腰带，绣着金线和六寸宽深红条纹的紫色马裤，以及缀着金色流苏的桶顶靴[1]。与她在布赖顿所认识的彭尼罗相比，芮恩觉得他现在看起来相当有品位，也比较克制。

他在自己的沙发上给芮恩和汤姆腾出地方，并邀请他们自己动手来享用一些他的早餐，与此同时他介绍了他的朋友们。芮恩不习惯这么匆忙地认识这么多人。她努力设法记住了那个戴着眼镜身穿平民长袍的男人是散普佛德 · 斯班尼[2]，是一本叫作《内窥镜》的杂志派驻穆尔瑙的通讯员，他正在写彭尼罗的传记。而那个安静的戴着眼镜的

1. 桶顶靴是 17 世纪英国内战时期时髦骑兵的典型靴样，其靴筒上部宽阔如桶。
2. 这个名字来自于英国德文郡的一个小镇。

年轻女子，手里抓着一个巨大的相机，则是他的摄影师，克鲁泡特金小姐。其余的介绍就在一片模糊的军衔和名字之中一晃而过了。唯一一个芮恩真正感兴趣的人——一个又高又瘦的年轻男子，独自站在火炉边上——彭尼罗似乎不知道他是谁，这真是遗憾。他不像其他的年轻军官那样英俊，蓝色大衣破旧不堪，风尘仆仆，但他身上有某种带着磁性的东西，一直吸引芮恩的目光回到他那张揶揄而警惕的脸上。

彭尼罗为他的客人们斟上咖啡，他们礼貌地聊了一会儿休战协定、天气，还有彭尼罗的新出版商所预付的丰厚稿酬。然后他问汤姆："那艘'老北极面包卷'号怎么样啦？是什么让你们驾驶着它来到这里呢？"

"它现在又叫作'鬼面鱼'号了。"汤姆说，"而我们则是来找人的，找一位女士。"

"真的吗？"彭尼罗若有所思地眯起眼睛，他认为自己是一位女性方面的专家，"会是我认识的某个人吗？"

"我想是的。"汤姆说，"她的名字叫作克吕维·莫查德。"

"克吕维！"彭尼罗大叫起来，"是的，以保斯基的名义，我非常了解她。伟大的诸神啊，不过离我第一次遇见她肯定都有二十年了。"（记者斯班尼用一段铅笔在他的笔记本上潦草地记下这些话。）"她到云中 9 号来探望了我几次。"彭尼罗继续说道，"她还驾驶着她的那艘'始祖鸟'号，还一样是一个巨大的谜团……"

"为什么是个谜团，先生？"一个穆尔瑙人问。

“为什么？因为没有人知道她是从哪里来的。”彭尼罗说，“我是不是应该告诉你们我所知道的她的事情呢？这是一个非凡的故事……”

“哦，请你快讲，教授。”芮恩喊道，“而且要告诉我们真相，不要修改事实，也不要添加色彩……”

“哦，是的，请讲！”彭尼罗的一大半听众都喊了起来。其余的也赞同地用日耳曼语叫着：“请讲！”他们那些会说盎格鲁语的朋友则帮他们做翻译。

“很好。”彭尼罗说，不过芮恩的请求让他紧张，“也许我应该说，这是一个还挺非凡的故事。我相信我平时也听说过各种奇怪的人。可是克吕维·莫查德不管怎样都一直留在我的记忆中，既因为她那非凡的个人魅力，也因为我俩的初次邂逅。”

“那是在赫尔辛基，大约十九年前。”彭尼罗说，“这座城市正在阿尔泰山附近狩猎半定居城。我在城市之肠里，拜访一位非常迷人的年轻的废品主管，名叫能多益·冰山[1]。莫查德小姐就在那时登上了城市，边上还有两个同伴——看上去都是相貌粗鲁的家伙，但都对她忠诚得令人感动。他们从冻土地带走了出来，直接登上城市（城市的

---

1. 能多益是花生酱的牌子。牵引纪元的不少人都不明就里地使用现在（对他们来说是远古时代）的流行品牌作为姓名。

巨颚那时候是打开的，好让维修人员清洁它的牙齿），并向城市之肠的工头请求庇护。

“这引起了一阵骚动，我可以向你保证！那是伦敦爆炸之后一年，已经发生了几起由绿色风暴狂热分子制造的暴行，所以东部狩猎场的城市都变得越来越不安。我觉得赫尔辛基的人会把莫查德小姐和她的朋友们直接踢回野外，因为害怕他们可能会是闹事者或间谍，但幸运的是那时我正巧经过，于是我说我会为她担保。她的美貌打动了我，你明白吗？当然，还有她的青春，因为那时候她不比现在的芮恩大多少。”

（每个人都转过头来盯着芮恩，弄得她羞红了脸。）

“我带着莫查德小姐到了城市上层。”彭尼罗继续说道，“我甚至愿意让她住在我自己位于新地[1]酒店的套房里，如果我们可以为她那些浑身是毛的朋友找到合适的住所的话。但她说：‘我不需要接受捐助，先生。我有很多很多钱，我是来这座城市买一艘飞艇的。如果你想帮我，也许你能把我介绍给某位诚实的二手飞艇经销商。’好吧，我带她直接去了那个老头昂桑克那里。你们知道吗，她真的很有钱！那位迷人的小姐身上藏着一条秘密腰带，里面裹着好几十个金币，她的每个同伴也都带着同样多。在她跟昂桑克讨价还价的时候，我看了看这些东西，而我立刻就认出来了：伦敦的金币，每一枚都印着魁科

1. 是芬兰南部的一个行政区。

的头像，那座不幸的城市的守护神！

“你可以想象到我有多么吃惊！伦敦已经毁灭了。难道我不是亲眼看见过它爆炸时的那道邪恶闪光的吗？‘你是怎么弄到这些魁科的，我亲爱的？’我问，莫查德小姐在片刻的迷惑之后，便承认她是一位考古学家，一直在伦敦的废墟之中打捞残余的物品！”

彭尼罗的听众之间卷过一阵兴奋的涟漪。人们彼此用新日耳曼语（一种悦耳的语言，每个字都有棱有角）急切地低声交谈。汤姆坐在椅子上着急地向前倾出身去。一位身穿一件装饰着数百只蓝眼睛的连衣裙的年轻女士说：“但是教授先生，伦敦的废墟里闹鬼啊！”

“的确如此。”彭尼罗答道，“在伦敦毁灭之后的几个月里，十几座不同的拾荒郊镇都急匆匆地向东行驶，去吞噬伦敦扭曲烧焦的残骸。没有一座能够回来的。”

“因为当它们接近残骸所在地区的时候，反牵引联盟的空中舰队逮到了它们，把它们轰炸成了碎片。”一个清晰而略带一丝嘲弄的声音说道。那个芮恩先前就已经注意到的年轻男子已经走到彭尼罗的朋友们围成的圈子边缘，双手插在外套口袋里，站在那里认真听讲。他的眼睛闪闪发亮。他细长的嘴唇朝两侧拉伸，形成了一个几乎是嘲笑的表情。

“人们是这样告诉我们的，先生。”彭尼罗凝视着他，赞同地说，“人们是这样告诉我们的。但是我们难道都没听说过那些更加阴森恐怖的传说吗？”

那些穆尔瑙人点点头，低声交谈着。看来他们都听说过。

“克吕维·莫查德是那种理性、严谨的人，就像我们这位朋友一样。”彭尼罗继续说道，“她对鬼怪的传言不予理会。可是她在伦敦里面见过某些东西，把她的头发都变成灰色的了！她那群人刚降落到废墟之中，就有一道神秘的叉形闪电噼里啪啦地从废墟中射了出来，摧毁了他们的飞船！紧接着又是更多的闪电，从死寂的金属中向上跃起，击中了四周的探险者，就好像是被那艘熊熊燃烧的飞艇的温度所吸引过来——或者，也许是被莫查德小姐和她的同伴们的体温吸引过来的！她的同伴之一被焚成了灰烬。其他人仓皇逃走，但那座废墟在他们周围移动扭曲，所以他们找不到路离开那片废墟。他们花了一周时间才挣扎着回到野外，而在这段时间里已经死了十几个人。杀死他们的不光是闪电，还有……其他东西。即使是英勇的莫查德小姐，在谈到那些东西的时候也脸色苍白。那些东西把人们逼疯了，宁可从残骸废墟的高处跳下去，也不要面对它们。”

“什么样的东西？”那位衣服上全是眼睛的年轻女士心痒难耐地问。

“鬼！”彭尼罗悄声说道，“我明白的，欣布里克小姐，你会告诉我说这种东西不存在；你会说没人能从幽冥之乡回来。但莫查德小姐向我发誓说她在伦敦残破的街道上见过幽灵。而由于莫查德小姐是唯一一个走过那儿的街道后还能活下来讲述她的故事的人，我觉得我们应该把她的话当回事。”

房间里一阵沉默。似乎一下子变得冷起来了。欣布里克小姐朝她的同伴依偎得更近了些，一个佩着缎带勋章、一只手是木头假肢的年轻人轻声说道：“那儿是一个闹鬼的地方。我在防卫军执行飞行任务的时候，从远处看到过那里。那儿夜里有幽灵般的灯光闪烁不已，就连绿色风暴也害怕它。在大狩猎场东部的其余地区，他们建立起定居地、森林、农场，还有风力电厂，但在伦敦的残骸周围一百英里之内，什么也没有。”

汤姆在他的座位上向前探着身子。现在是时候该他来试一试过去几天里一直在构思的理论了。他有些微微颤抖起来。他开口说道：“我觉得莫查德小姐可能有点欺骗了你。你瞧，我相信她是伦敦人。她叫作克莱蒂·波兹的时候我就认识她了，她是历史学家公会的成员。不知如何，她在美杜莎的攻击中幸存了下来。也许她编造出了鬼魂和闪电的故事，好让人们不要到伦敦去？好吓跑可能试图劫掠那座废墟的拾荒者？说不定还有其他伦敦人也在爆炸中幸存了下来，而她则用‘始祖鸟’号在废墟里飞进飞出，帮他们运送补给？”

那些年轻的穆尔瑙人都太客气了，没有直接说他们不相信他，但是芮恩可以从他们的脸上看出来他们全都不信。只有那个衣衫褴褛的年轻人感兴趣地望着他。

“医疗用品和牲畜。”汤姆满怀希望地说，“天空之城的那个办事员告诉我们说她运送这些东西……”

彭尼罗摇摇头："一个很好的点子，汤姆，但不太可能，你说呢？就算有人从那场可怕的灾难中幸存下来，为什么他们还要生活在废墟里，待在绿色风暴的边界线数百英里之后呢？"

芮恩为她的父亲而感到尴尬。她真希望他在让所有人听他的疯狂点子之前能先试着讲给她听一遍。可怜的爸爸！他真的很想念他那座旧时的城市，即使已经过了这么多年，这就是为什么他让他的想象力跑得漫无边际了。

早餐群体开始要散伙了，房间到处都是嗡嗡的低语交谈声，汤姆急切地在和彭尼罗说话，欣布里克小姐向她的一些不懂盎格鲁语的朋友们解释刚才说了些什么。他们之中的几个人疑惑地看着汤姆，还有人发出了一阵笑声。芮恩转身想寻找奥拉·图旺布利，却发现那个衣衫褴褛的陌生人就站在自己身后。

"你父亲的想象力几乎就和彭尼罗教授的一样生动。"他说。

"爸爸自己就是一个伦敦人。"芮恩对他说，"所以很自然地，他应该会对伦敦变成了什么样感兴趣。"

这人似乎对这个解释很满意。

他比芮恩一开始所以为的要更好看，也更年轻，实在只能算是一个少年，十八或十九岁，皮肤干净而苍白，下巴和上唇上略有几点胡楂。但他那双冰蓝色的眼睛却似乎应该属于一张年纪大得多的脸。在他说话的时候，这双眼睛便越过芮恩盯着她的父亲："我想和他谈谈。但是不在这里。"他想了片刻，然后伸手从他的大衣里面拿出一张四四方方的奶油色厚卡片，并递给芮恩。上面印着弯弯曲曲的手写体，那是一个地址，位于高等阶层，也就是穆尔瑙的上层。“我的父亲明天下午会举行一个派对。你们两个都应该来。我们可以在那里私下谈谈。”

他仔细地审视了一会儿她的脸。芮恩低头看着邀请卡，等她再次抬起头的时候，那个年轻男子已经转身走开了；她看见他的风衣下摆随步翻卷，走到了楼梯口，然后开始向下走去；他的头发在灯光下闪烁着金色的光亮。接着他就不见了。

芮恩转向她的父亲，但汤姆在和记者斯班尼说话，斯班尼想从他那儿套出他是如何认识彭尼罗教授的，而汤姆则努力不漏出太多的真相来。芮恩转而走向奥拉·图旺布利。“那个人是谁？”她问，“那个打断了教授的故事的人？”

“他吗？”女飞行员飞快地往四下里看了看，见那个年轻男子已经离开了，便说，“他的名字是沃尔夫·科波尔德[1]。大元帅冯·科波尔德的儿子。他父亲是一个老战士，当这场战争开始的时候，人们让他当上了穆尔瑙的市长。你看，他们俩都在壁炉上面的那张照片上……沃尔夫是一个勇敢的战士，长得也很帅，你不觉得吗？”

芮恩的确觉得如此，但是她太害羞了，不敢承认这一点。她努力

1. 沃尔夫意为“狼”，而科波尔德则是德国民间传说中的一种小妖精，会以动物、人类，或火焰的形象出现。

在那位女飞行员带着她穿过还相当拥挤的房间去看那张照片时不要脸红。照片上，大元帅站在那里，他是一个严厉而刚硬的绅士，巨大的白胡子使他看起来就好像有一只游荡的信天翁选择了他的上唇作为落脚之地。他的身边是芮恩刚才与之交谈过的那个年轻男子，看上去更加年轻——这张照片一定已经有五六年之久了，因为那上面的沃尔夫还是个长得像天使一样的小男生。芮恩很想知道在那之后的几年里他身上发生了什么事，让他变得如此阴沉。

“等那位老人最终退休或者死亡的时候，他自己就会成为大元帅了。”奥拉·图旺布利说，“在那之前，他一直担任穆尔瑙下辖的一个收割郊镇的镇长。他因为家里的事情而来穆尔瑙的时候，有时就会到月亮餐馆来，不过他是那种孤僻的人。我从来没有和他说过话。”

芮恩给她看了自己收到的邀请卡，于是奥拉轻轻地吹了一声口哨：“芮恩，我亲爱的，你可真是飞黄腾达了啊！我得说，你登上这座城市才仅仅不到一个小时，而你已经被邀请参加大元帅的花园派对了……”

10 黑色天使

哟，这是什么？这片沙漠仿佛大海一样，波涛起伏的地平线似乎更像是液体而不是地面，然而在它之上，某个固体的东西出现了。一开始，它只是一个斑点，一个黑色的三角形，浮在沙丘上方的银色蜃气上，粼粼闪动，但它每时每刻都在变得越来越清晰，越来越坚固；它像一片刀刃，像一只鲨鱼鳍，像一面黑色的帆被沙漠里的风鼓起。听，你能听到沙砾在飞驰的轮胎下歌唱。看，你能看到太阳如同钻石般映照在一排舷窗上。

想象一只水蝇，但是把它放大到和一艘游艇一样大。在它的每一条长腿上装上一个轮子，并在它上面竖一根桅杆，然后让它掠过沙地而不是水面。这是一艘沙船，沙漠拾荒者和赏金猎人首选的交通工具，当它经过时，如果我们转过头看，就可以看到是什么将它引入了这片矿物海洋。它前方的地区挤满了城镇，沙丘反射的热量将空气蒸成摇摆的帘幕，这些城镇的烟囱和上层建筑在热气后方扭动起舞。

这是一起罕见事件，是你在这个城吃城的世界上，在干旱至极的沙漠深处，所能发现的最接近于贸易聚落的东西。一座大而迟缓的郊镇，它本应沿着遥远的海岸猎食那些捕鱼村，却犯了个错误跑进了沙海里，于是被一群迅猛的收割镇猎杀，最终停顿了下来。那些猎杀者有着巨大的轮子，巨大的钢颚，巨大的引擎，以及与之相匹配的巨大欲望。它们把猎物逼在一个尘土飞扬的沙凹里，这个地方被称为柏油湾，四面环绕着被开采一空的山丘。它们将它撕扯开来，在差不多整整一天的时间里，它们都忙于消化猎物，无暇相互吞噬，于是呈现出一种难得的和平。商人在凶猛的镇子之间来回奔波，远航飞艇不知从何而来，售卖古代科技和小摆设。甚至就连那些敏捷而羞涩的拾荒镇也悄悄潜近，试图出售它们在沙漠中找到的各种废品。

那艘无名沙船的驾驶员将它迎着风向驶去，船上的黑帆卷曲飘拂，如同罂粟的花瓣。沙船缓缓扫过一条长长的曲线，驶进围在聚落周围的其他沙船之间。

名叫鲸吞的小镇停泊在了距离那片饕餮狂欢之处半英里的一片巨大沙丘的斜坡上，让它的引擎空转，做好准备，万一有任何掠食者露出想把它当成甜点的迹象，就随时可以起飞。它的外形狭长低伏，单层甲板掩盖在肥大的沙地轮胎之下。它主要就是由众多引擎构成的，还有为引擎服务的臃肿管道、烟囱，以及排气管。镇民们在剩余的小小空间里安了家，在管道之间张开遮阳篷，又在引擎外壳之间的小块甲板上用泥土和纸板搭起了小房子。一条条沙船从它腹部的一个车库里进进出出，另有一艘漆成活泼的黑白条纹的空中商船，叫作“虚伪”号，嗡嗡地飞过了沙丘，降落在其空港上；其实也就是其艏部附近两幢泥屋新近倒塌后留下的一片空地而已。

“虚伪”号的主人是一位名叫纳普斯特 · 瓦利[1]的商人。瓦利父子公司，他的飞艇引擎吊舱上的招牌是这么写的，但是身为儿子的那个小纳普斯特才三个月大，尚未能积极参加商业运作。瓦利曾希望有了一个妻子和孩子之后，就会为他赢得别人的尊重，好摆脱沙漠里这些无足轻重的交易镇，到某座大城市里去建立事业。但到目前为止，除了噪音、烦恼和花销之外，他们什么都没有带给他，要不是他还需要他的妻子帮他驾驶“虚伪”号，他早在几个月前就把他们两个都踢下船去了。

太阳西沉，阴影渐渐拖长，瓦利沿着鲸吞镇东倒西歪的步行道向着艉部漫步而行，在他身边的是这个地方的头领，肉汁奶奶。

他们是一对奇特的组合。纳普斯特 · 瓦利是一个纤瘦苍白的年轻人，短翘的鼻子上皮肤被太阳晒伤脱了皮。他热心阅读商业书籍，并在其中一本书里（《空中贸易成功要诀》，道尼尔 · 拉德 著）读到“一位成功的生意人必须始终穿着与众不同，以令他的客户记住

1. 纳普斯特的名字来源于知名在线音乐网站。

他”。所以尽管天气很热，他还是穿着一件紫色礼服大衣，戴着毛皮高礼帽，还穿着一条带深红色窗格纹的宽大黄色马裤。

与此同时，肉汁奶奶用一层层迎风招展的铁锈色披肩、长袍、裙子以及大罩袍把自己裹了起来，看上去就好像沙漠深处的一顶牧民帐篷突然决定要站起来四处走走。但是如果你对着她的壮硕肩膀和宽边帽之间的地方凑近了看，就能在她的防蝇面纱后面看到一张肥胖发黄的脸，和一双细小精明的眼睛，在她审视瓦利先生的时候闪闪发光。

“搞到了一些东西来卖咧。”她对他说，“没错。在沙漠深处找到的，几星期前。很值钱的咧。”

“真的吗？”瓦利用一块手绢擦了擦脖子，然后挥着手绢赶走苍蝇，“不会是古代科技吧，是吗？自从这次停战开始以来，古代科技的价格已经大幅跳水了……”

“比古代科技更值钱咧。”肉汁奶奶嘟嘟囔囔地说，“蘑栖飞艇掉下来啦，见着没？俺的小子们瞅见天上的大火啦。俺的镇子是头一个赶到残骸的。剩下的东西可不多，真不多。就剩俩空架子，几个引擎零件，还有这玩意儿，这个值钱的玩意儿……”

她带着他爬上一架金属楼梯，穿过一座高塔的门走了进去。这些泥砖砌成的塔就像白蚁巢一样从小镇艉部无数乱糟糟的管道之间生长出来。塔里又是更多的楼梯，奶奶一边爬楼梯一边气喘吁吁，还不断发出咔啦咔啦的声响。她的长袍下摆上装点着各种魔法护符，一块人类的下颚骨，一只猴子的爪子，以及许多油腻的皮袋，里面装的东西只有诸神才知道是什么。肉汁奶奶的巫术享有盛名，她用这来保持手下的人遵守秩序。就连瓦利在跟着她向上攀登盘旋的楼梯时也感到有点紧张，于是他摸了摸挂在他脖子下方，涡纹领巾下面的商业之神纪念章。

他们来到了楼上的一间房间，这里热烘烘的，并且像奶奶这座塔的其余部分一样，充斥着一种褐色的烟雾和焚烧脂肪的淡淡气味。一个人躺在房间的中央，脚用锁链绑在金属地板上的一个环上。一个少年，瓦利想，直到她抬起头，从肮脏缠结的头发之间望向他，他才看出她是一个年轻的女人。她穿着一身破烂衣衫，喉咙处有瘀青，细骨伶仃的脚踝上有被镣铐磨出的血痕。

“抱歉，奶奶。”瓦利飞快地说道，“我不买奴隶的。”（他对于奴隶生意没有道德上的反对，但那位伟大的纳贝斯克·史金，在他的书《人力投资》中，规劝想要成为奴隶贩子的人只买健康的货物。瓦利一眼就能看出这只骨瘦如柴的小鹌鹑已经半死不活了。）

“她比奴隶更加值钱。”肉汁奶奶用上气不接下气的粗嗄声音说道。她摇摇摆摆地穿过房间，一把抓住那个俘虏的头发，把她的脸扭过来对着瓦利，“你觉得她是谁哪？”

瓦利从胸前口袋里摸出单片眼镜，眯着眼睛透过镜片打量那个俘虏无神的杏仁形眼睛。在各种污垢、晒伤和疮口之下，她的皮肤原本是象牙色的。他耸了耸肩，开始对这个游戏厌烦了：“我不知道，奶奶。某种混血的东方垃圾。山国人吗？阿伊努人吗？因纽特人吗？”

“阿留申！”肉汁奶奶扬扬得意地夸口道。

“保佑你，奶奶。[1]”

“从阿留申来嘀。”肉汁奶奶放手让那个女人的头掉下来，挪着脚步回到瓦利等待着的地方。她的呼吸声在防蝇面纱后面呼哧，呼哧，呼哧地响着：“年轻的商人啊，知道她是谁了吗？她是那个蘑栖将军的老婆。她是绿色风暴的女王！”

瓦利什么都没有说，但他的姿势变了。他的手从口袋里抽了出来，舔了舔嘴唇，镜片上闪过一道亮光。他听说过一个故事，说是纳迦夫人的飞艇坠落在了沙海里。这是她吗？可能是。他有一次在《飞行员公报》上见过她的照片，他努力想要回想起来，不过在那张照片上她身上穿着华丽的婚礼服饰，而且不管怎样，对于纳普斯特·瓦利来说，所有这些东方人看起来都一模一样。

“这是在她身上找到的。”肉汁奶奶说着，从她帐篷一样的长袍里面掏出一枚印章戒指来，它是金的，设计成橡树叶的样子，“再瞧瞧她脖子上的那个十字架：那是扎戈瓦的做工。”

瓦利将丝绸手帕举至他的鼻端，凑近了那个女人。“你是纳迦夫人吗？”他问道，问得很响也很慢。

她盯着他，微弱地点了点头。“西奥怎么样了？”她问道。

1. 奶奶的发音不太标准，瓦利还以为她打了个喷嚏。

“她说的是某个之前跟她一道旅行的扎戈瓦小孩。”肉汁奶奶解释说，“俺们把他丢进引擎坑里了。俺想他现在应该已经死了吧。话说回来，商人哟，俺要问的是，要拿她怎么办呢？俺不能一直像这样把她关在豪华房间里。她太虚弱了，没法当一个普通奴隶卖掉，但她对某些人来讲应当很值钱吧？蘑栖人的女王咧……”

“哦，的确。”瓦利若有所思地说。

“俺一直在想，俺们可以剥了她的皮，你瞧瞧。”肉汁奶奶提议道，“她的皮可能会卖出一笔钱哪，对吗？俺们可以把她做成一块漂亮的地毯，或者一些小靠垫。”

“哦，肉汁奶奶，别这么做！”瓦利叫了起来，“她最有价值的部分是她的大脑！”

“你的意思是做成一个镇纸什么的？”

瓦利在自己能忍受的范围内尽可能凑近奶奶，并用一根手指敲着自己的太阳穴：“是她知道的东西。我可以带她去天空之城，把她卖给牵引城社会。他们可能会为她付很多钱的。”

“那么你会把她整个儿买下来吗？你能给什么？”

“哦，好吧，当然，我得算进运输成本，还有其他的间接费用，而且这个不幸的休战协定扰乱了市场，不过让我瞧瞧……”

“多少钱？”

“十个金币。”这个商人说。

“二十。”

“十五。”

“当然咯……”肉汁奶奶若有所思地说，“俺总是可以把她的手指头和脚指头做成小护身符来单卖的……”

“那就二十。”瓦利急忙说道，然后在她来得及提价之前数出一个个金币放进她的手里。

黑色沙船在鲸吞镇侧腹的一个车库中找到了个泊位。身穿长袍头戴罩帽的飞行员卷起了帆，然后跳下来把船系好。他似乎只是一个仆人或是船员，因为等他干完活后便耐心地站立等候，直到一个女人从这艘船上下来，走到他身边。然后，他们两人一起爬上楼梯，动身沿着架在小镇锅炉坑上空的钢铁步道，向着蜷缩在艉部附近的小酒馆和咖啡店走去。乞丐朝他们伸出碗，然后看到他们的脸，便改了主意。粗鲁的沙漠凶徒刚想要实施抢劫和暴力行动，也跟着改变了念头，退回到了管道下的阴影里，就连狗也都跑开了。

那个女人很高，也很瘦，她的肩上背着一支长枪。她穿着一身黑色：黑色靴子、黑色马裤、黑色马甲，还有一件长长的黑色风衣，风吹来时就在她身后飞舞，好像黑色的翅膀一样。在一个人人都戴着面具或罩着面纱的地方，你可能会以为她也会戴黑色的面纱，但她选择了什么都不戴。她的灰发绑在脑后，就好像她想要每个人都来看看她有多丑。一条可怕的疤痕从额头到下颌划过她的脸，令这张脸看起来就像一幅被狂怒地划破的画像。她的嘴朝一侧扭曲，凝成一个永久的冷笑，她的鼻子如一截砸碎的残桩，她的独眼从这片面部废墟中向外瞪着，灰沉，森寒，如同冬天的大海。

她的名字是赫丝塔·肖。她杀过人。

她于六个月前在沙漠中出现。她的同伴，一个名叫史莱克先生的潜猎者，抱着她登上了埃荷镇[1]，那些正在吞噬云中9号残骸的镇子之一。当时她生着病，史莱克要求镇民们好好照顾她。他们不想与一个潜猎者争执，所以叫来了一个医生。医生给这个女人做了检查，宣布她没有什么问题，只有几处割伤和擦伤，以及某种根深蒂固的忧郁症，他曾经在大灾难的幸存者身上见过。

“她是否失去了某个对她来说最心爱的人呢，史莱克先生？”医生问道。

“她已经失去了一切。”潜猎者回答。

于是那个女人在一个挂着麻布窗帘的小棚屋里住了一两个星期，在甲板下层这儿就已经算是大房子了。潜猎者照顾她，喂她吃面包和牛奶，他用金属手掌帮她把食物碾碎。人们驻足观望，窃窃私语，试图想象这个失魂落魄的丑女人和那个复活者之间可能是什么样的关系。

然后，有一天，小镇的引擎主管来拜访史莱克，说：“潜猎者，我想让你帮我杀个人。统治这座小镇的酋长又老又肥。他把太多的拾

1. 位于内夫得沙漠之中，在阿拉伯半岛北部。

荒收获留给了他自己。帮我杀了他，我就会让你舒舒服服地住进顶上的一层，还有精美的食物和羽绒床，好让你的，嗯，啊……”

他还在寻找某个词语来描述赫丝塔时，史莱克说：**“我不会杀人了。”**

“可你是个潜猎者！你当然能杀人！”

“我不能。我的心灵被……篡改了。”

引擎主管皱起了眉头，他想把这个没用的潜猎者扔出他的小镇，但他想不出该怎么做。他摇了摇头，正打算离开的时候，那个脸带疤痕的女人平静地说：“我会帮你杀了他。”

“你？”

“我是赫丝塔·肖。我的父亲是泰迪乌斯·瓦伦丁，著名的特工和杀手。”她说，“你想要你的酋长去死？给我一件武器，再告诉我去哪里可以找到他。”

“可你只是个女人！”引擎主管反对道。

于是赫丝塔·肖自己找了一把叉子和一根撬棍，爬上楼梯来到埃荷镇的上层。她踢开酋长家的门。杀了酋长。杀了他的卫兵。杀了他的狗。她像瘟疫一样穿过烟雾缭绕的房间，身后不留一个活口。她比她的潜猎者更像一个潜猎者，因为她的潜猎者只会干看着等她回来。

用引擎主管给她的钱，她买了一艘沙船和几支枪。她和她的潜猎者永远离开了埃荷镇，令小镇居民大大松了一口气。自那时起，她已经成为了沙漠深处的一个传奇：一名女性赏金猎人和她的同伴，不会杀人的潜猎者。甚至就连西奥·恩戈尼在鲸吞镇的引擎坑里辛苦工作的时候，也听说过这故事的一个错乱版本，不过那个对他讲故事的人一半是用阿拉伯语说的，他把潜猎者说成了精灵[1]，又把赫丝塔·肖说成了黑色天使。所以，在那天下午，当他抬头望去，一眼瞥见他们大步沿着他头顶上方的人行步道走过，并认出了他们两个时，西奥完完全全地惊呆了。

一时间，西奥记不起他以前是在哪里见过他们的了。云中 9 号似乎已经是太久以前的事情了。就连"圣灵"号的坠毁似乎也是很久以前了。他依稀记得飞艇里大火肆虐的时候，他是如何把纳迦夫人从她舱房墙壁上的一条裂缝里拖出来的，也记得他们如何紧紧抱住挂在转向舵片上的锚链，随着飞艇的残骸坠落到沙漠中，但这一切似乎都是发生在别人身上的事情；或者仅仅是他读到过的事情。

自那以后他一直在努力工作，每天干十八个小时的活，被鞭笞，被殴打，被虐待，却只得到一点点水和食物。他开始做恶梦，甚至连醒着的时候也做。一开始看到芮恩的母亲在他上方的炫目阳光中走过的时候，他以为这又是另一场梦。可是他晃晃脑袋，又从眼睛里拭去汗水，她却还是在那里，那个可怕的潜猎者则在她身旁。

"纳茨沃西夫人！"他大声喊道，同时手中放开了燃油料斗的握把。他之前一直在把这个料斗朝炉子推。奶奶手下的监工几乎立刻就

---

1. 阿拉伯神话中的一种生物，最著名的要数阿拉丁神灯中的精灵。

赶到了，瞄准了他，用缠着绳子的棒槌把他砸到了甲板上。但芮恩的妈妈听见了他的喊声，他确信这一点，因为在他摔倒前的瞬间，他看见她那张可怕的脸转过来凝视着他。

“放开他。”潜猎者的声音如同刺耳的摩擦，比小镇引擎的隆隆声更响，不似人声。

监工退后几步。引擎坑里变得非常安静。西奥能听到人们的急速呼吸。他想要站起来，但是他太虚弱了，他跪倒在了炽热多沙的甲板上。“纳茨沃西夫人。”他又说了一声，视线与步道上那个女人的目光相交了。他并不真的认为她能帮助他，他知道等她一转过身监工就会把他殴打至死。他只是想让她知道他在这里。也许某一天她会告诉芮恩这就是他的下场。他说：“我们见过。记得吗？在云中9号上？”

“我认得你。”潜猎者史莱克说。

“我不认得。”赫丝塔·肖说。听到她以前的名字被那样喊出来，这让她感到不安。她盯着她下方坑里的那个少年：一个憔悴、黝黑的少年，好像一束烧焦的树枝。他的牙齿露了出来，形成了某个她猜是代表微笑的表情，他脸上被监工打的地方，鲜血汩汩而下。“他是谁？”她问史莱克。

“他是名叫西奥的单生人，在云中9号上与你的孩子在一起。”

“是他？”赫丝塔依稀回想起她和芮恩最后一次见面的时候，芮恩身后缀着一个少年。也许他们甚至还相互介绍认识过。赫丝塔真希望他没有对她呼唤过。她一直在试图忘记她的过去。她到鲸吞镇来只是为了得到淡水和补给。她不想要卷入是非。

可当她正要转身离开的时候，史莱克捉住了她的手臂：**“你不能把他留在这里。”**

“为什么不？”

“他会死的。”

“每个人都会死。”赫丝塔说。

“你不能把他留在这里。”

“去你的，史莱克。那个绿色风暴的女巫对你做了什么，把你变得这样心软了？”

“你不能把他留在这里。”

“哎，你们不能带他走！”坑里有一个声音大喊。熔炉的工头——戴兹·肉汁，从他阴凉的屋子里跑了出来，来看看到底出了什么乱七八糟的事。潜猎者吓不着戴兹；他是肉汁奶奶最喜欢的孙子，他的胖脖子周围挂着几十个她给他的符咒，可以抵御子弹和邪恶的眼神。他唯一关心的事情就是确保奶奶的引擎平稳运行。他一把抓住西奥的奴隶铁项圈，把他推得顶在被他抛下的料斗上：“他是我们的。我们找到了他，天公地道。把他从失事的蘑栖飞艇里拖出来的。奶奶说，我们可以对他做任何我们喜欢的……”

赫丝塔只用了一个动作，就从肩上甩下枪，拨开保险栓，一枪把他打死了。他发出沉闷的一声倒在地上，好运符咒稀里哗啦掉了一地。赫丝塔迅速地干掉了他的同伙们，枪声和回声都连在了一起，好像一串鼓点一样。她跑下铸铁楼梯，朝西奥伸出手，可是他抖得站都站不住，于是潜猎者不得不将他举起，将他像个孩子一样抱出了引擎坑。赫丝塔紧跟在后，手中的枪随时戒备着。在枪声过后的一片寂静中，她听到人们一边咕哝着一边窸窸窣窣地从她前面飞快退开。

出于某些原因，当她跟着史莱克跑向沙船，当史莱克亮出刃爪切断系泊绳的时候，她不断回想起斯泰因；回想起她和汤姆如何逃离那儿的奴隶贩子，还有方安娜如何救了他们。她匆匆爬上她的船舷，警告性地朝车库另一头开了一枪，咒骂自己竟然变得伤感起来。这里不是斯泰因，西奥也不是汤姆，不管怎么说，她不想再想那次的事了。

纳普斯特·瓦利的飞艇正准备就绪要起飞的时候，他就听到了枪声和叫喊声，他屏住呼吸暗暗咒骂，希望不要有什么东西延误他从鲸吞镇离开。奶奶手下的小子们几分钟前刚把纳迦夫人押进了他的舱房里，一想到她在边界线上能卖出的价钱，他就兴奋得浑身发抖。如果他逗留得太久，肉汁奶奶可能就会重新考虑要不要卖掉她了。所以他没有跑到外面去看那艘沙船疾驰穿越沙漠的情景。他命令妻子把孩子放下，去给引擎点火。她走得略慢了些，就被打青了一只眼睛。“走起来，你这匹瞌睡的母马！”他喊道，声音盖过了婴儿的哭声，“我们别去管这些沙蚤的争吵。我们还有生意要做呀！”

11　沃尔夫·科波尔德

汤姆不确定要不要接受沃尔夫·科波尔德的邀请；他从小所受的教育，便是告诉他要清楚自己的地位，而他知道自己不属于高等阶层，那个地方高高耸立在穆尔瑙其余部分之上，好像一顶华丽的王冠。芮恩花了几个小时才说服他。

“你真的应该跟这个叫沃尔夫的人谈谈。”她对他说，“他似乎对你所说的关于克莱蒂·波兹的事情感兴趣。我相信他一定知道些什么。”

汤姆摇摇头：“我都不确定自己是不是还相信它了。那只是个想法，我没有证据。彭尼罗都没有相信，他可是曾经宣称过古代垃圾堆其实是祭祀中心的，还说古代人有一种叫作‘爱跑的’[1]的机器能够在微小的留声机唱片上存储数千首歌曲。如果连他都认为我的伦敦理论不可能，那么也许它真的只是一个白日梦。”

芮恩尝试另一种策略："虽说如此，难道你不觉得去的话会对我的个人发展有好处吗？去和上流社会扯上一点儿关系？奥拉说她有一位朋友可以借给你正式的袍子……"

这是一场艰苦的战斗，但她最终迂回地取得了胜利。第二天下午他们登上穆尔瑙，乘坐升降梯到了高等阶层。汤姆身穿借来的长袍，看上去十分别扭，芮恩穿着她平时的飞行员服饰，因为她觉得这最适合她，而且她知道，她在天空之城的集市上也买不到什么东西可以和那些富太太穿戴的华丽服装媲美的。升降梯辚辚向上而行，她环顾同车厢的乘客们，不禁开始怀疑她是否做了正确的选择；身穿蓝色制服的时髦军官以及穿戴着精美繁复的长裙和帽子的女士们向她投来了奇异的目光。她听到一些人窃窃私语："那个不同寻常的姑娘是谁？"

电梯停了下来，她松了一口气，挽起汤姆的胳膊，与他一起走出终点站大楼，走进了明媚的阳光下。与穆尔瑙的其余部分一样，高等阶层覆盖着装甲的屋顶，不过有很大一部分被翻开了，让光和空气能透进来。参加派对的人们沿着一条大道朝着尖顶群峙的市政厅走去，这条大道名叫菩提树上大街[2]，人行道的路面是玻璃做的，你可以透过玻璃路面看见下面一层公园里的树木。在过去，在战争到来之前，这儿看上去一定非常漂亮，可是现在树木都死光了，光秃秃尖戳戳的

1. 此处是指 Ipod，苹果公司设计的便携式多媒体播放器。

2. 柏林有一条著名的大街叫作菩提树下大街，此处的菩提树上大街为戏仿，意指位于城市的上层。

树杈朝芮恩伸过来，让她心里毛毛的。

大片的公园绿地环绕着市政厅，穆尔瑙的市政厅有着高耸的尖顶，具有哥特式的风格。在那里的一片稀稀拉拉、斑驳间杂、青苔丛生的草坪上，大元帅的花园派对正在进行之中。这儿搭起了色彩鲜艳的凉亭，拉起了彩色横幅，一串串彩旗挂在枯树和被战火毁坏的廊柱之间，上面还挂着中华灯笼，等会儿天色渐暗的时候就会点亮。大群大群的人四处游荡，因为穆尔瑙的大元帅邀请了这个聚落里所有其他城市的市长和议员。一支乐队在装饰了彩旗的台子上演奏，人们跳着复杂而正式的舞蹈，与芮恩在桃花源里所学的旧式北地吉格舞和芮欧舞[1]相比，看起来更像是应用数学。她真希望自己先前听了父亲的话，离这儿远远的。她只参加过一次这么大的聚会；那是在云中9号上，而当时她在那儿是一个奴隶，传着一盘盘饮料和小点心……

她正准备要逃回升降梯去的时候，沃尔夫从一小群站在乐队边上的军官那儿脱身过来迎接她。他稍许打扮了一些，但就算穿着正式的制服，束着猩红的腰带，他的身上仍然透出了一点儿漫不经心和衣衫不整的味道。他身畔佩着的剑与其他男人的华丽礼仪武器相比更重也更便宜，看上去就好像它是用过的一样。他咧嘴一笑，露出锋利的牙齿。“我的朋友们！”他一边呼唤，一边对着汤姆鞠了一躬，并牵起芮恩的手吻了一下，“我很高兴你们能来！”

---

1. 吉格舞和芮欧舞是爱尔兰传统民间舞蹈，吉格舞是三拍子，芮欧舞是四拍子。

芮恩不习惯吻手礼。她的脸红了，行了个屈膝礼。沃尔夫的拇指拂过了她手背上凸起的伤痕：那是史金公司的烙印，她在布赖顿的时候就是它的财产。她迅速抽回了手，心怀羞愧，但沃尔夫只是好奇地望着她，就好像她曾是奴隶这一点并没有让他困扰一样。

“你有过一段有趣的生活，纳茨沃西小姐。”他说着，挽起她的胳膊，带着她和汤姆穿过繁忙的花园。

“其实不是的，冯 · 科波尔德先生。不过我想我在过去六个月里经历了相当多的事情……”

“请你……”他说，“叫我沃尔夫就好。或者至少是‘科波尔德先生’。‘冯’是一个古老的荣誉称号，我的父母使用它，但我可没有时间管这种无聊的事。”他弯下腰凑近芮恩，说，“在这些身穿愚蠢裙子的愚蠢女人之中，你不必感觉局促不安。她们大多数人从战争开始之后就住在比穆尔瑙更安全的城市里，到了现在炮火平息下来之后才回来。瞧瞧她们！她们就像长不大的孩子。她们对真实的生活一无所知……”

芮恩很高兴有他陪在身边，看见穆尔瑙的女人们略带嫉妒地望着她在他的陪伴下经过，这也令她心情愉快。不过对于他能够轻易猜到她的感受这一点，她还是颇感困扰。

“请原谅我把你们带到了这里。”沃尔夫继续说着，转向汤姆，“我以为这会是个谈话的好机会。但我却没有意识到自从这愚蠢的停战开始以来，我家的娱乐活动变得有多铺张。来吧，我们去里面……”

他带领他们走过演奏台，朝着市政厅阴森的装甲墙壁走去，但在半路上他们被一位外表令人生畏的女士拦住了，她身穿一件灰色丝绸礼服，僵硬笔挺，棱角分明，看上去好像身穿盔甲一样。“沃尔夫，亲爱的心肝。”她甜甜地说，“每个人都问我，你的朋友们是谁……”

沃尔夫利落地鞠了一躬，指着芮恩和她的父亲：“母亲，让我来介绍汤姆·纳茨沃西，一位飞行员，还有他的女儿，芮恩。汤姆，芮恩，这是我的母亲，安雅·冯·科波尔德。”

“很高兴见到你们。”他的母亲说。尽管她上下打量汤姆和芮恩的样子看上去相当痛苦，就好像遇见这么普通的人会从肉体上伤害到她一样，“自从我丈夫把哈洛巴洛[1]的指挥权交给沃尔夫之后，他发展出了各种古怪而民主的理念：人家根本搞不清他下一次会把谁带回家。飞行员。真是非常有趣……”

“无视她就好。”当他的母亲继续去迎接一堆市议员和他们的妻子时，沃尔夫说，“她对于城市外面边境线上的生活一无所知。每当一场战斗开始的时候她就抛下穆尔瑙，飞到巴黎上层的一家酒店去。她所知道或关心的就都是衣服和糕点。”

他说得声音很响，连他的母亲都能听到，很多其他客人都转头看

1. 哈洛巴洛是英国康沃尔郡的一个村庄。但在本书的时代中，已经成为了附属于穆尔瑙的一座郊镇。

过来，目光中充满震惊和不满。汤姆感到很尴尬，无辜地问："哈洛巴洛？那是你的郊镇的名字吗？我觉得我好像没听说过它……"

沃尔夫从他母亲的宽阔后背上收回目光，微笑起来："它非常小，先生，几乎算不上一座郊镇，只是一个专业化的小地方，在战争期间被穆尔瑙占有了。但这是我自己的，你明白么，我对它抱有希望，很高的希望。"

他带领他们进入市政厅的时候，芮恩不禁猜想，这个哈洛巴洛，不知道到底是个什么样的地方。她在东行旅途上见过的那些战斗郊镇看上去都很恐怖：低矮，凶残，全身装甲好像木虱一样。然而，沃尔夫提到他的那座郊镇时充满感情。她猜这就是你能在飞行员之中遇到的相同的骄傲之情，所有的飞行员都听不得他们自己飞艇的一句坏话，即便它只是一艘漏气的空中拖船……

到了里面之后，花园里的声音便迅速消退了。沃尔夫把他的客人们带进一个安静的大房间里，细长金属柱子撑起了天花板，给芮恩一种走进了钢铁森林的感觉。屋里有椅子，他们都坐了下来，与此同时，沃尔夫打铃唤来一个仆人，叫了一些茶点。然后他等了一会儿，审视着汤姆和芮恩，好像他不怎么确定带他们来这里是不是做对了一样。

"伦敦。"最后，他开口说道，他的脸扭曲成和前一天在听彭尼罗讲故事时同样的揶揄笑容，"我了解到你曾经就是一个伦敦人，纳茨沃西先生？"

汤姆点点头，并对他说起他在历史学家公会所受的训练，以及在那个美杜莎装置发射的时候，他是如何碰巧在城外的。

“有意思。”等汤姆讲完后，沃尔夫说，然后，他相当谨慎地说，“我自己也有一个关于伦敦的故事，你知道么？这就是为什么当我听到老彭尼罗昨天说的故事之后，我听进去了。看……”他把手伸进他的口袋里，掏出一个小小的金属盘，扔给汤姆，“如果你是你所宣称的人，纳茨沃西先生，你就该知道这是什么……”

汤姆在手中把这个圆盘翻了过来。它的大小和一个大硬币差不多，上头还有浮凸压印的纹章。他已经几乎二十多年没见过这种东西了，但他立刻就认了出来，轻轻抽了口气。当他再一次抬起头望向科波尔德的时候，芮恩看见他眼中噙着泪水。“这是伦敦层柱上的一个铆钉头。”他说，“我猜，它来自较低的某一层，因为它只是铁的，而上层的那些铆钉头全是黄铜的……”

沃尔夫咧嘴一笑。“我在伦敦得到的纪念品。”他说。

“你去过那里？”汤姆问。

“短暂一游。大约在两年前，在我得到属于自己的郊镇之前，我说服父亲让我加入防卫军的一支特种部队，深入蘑栖人的领土发动袭击。我们试图摧毁他们的中央潜猎者车间。不幸的是我们根本没有到达那里；我们被攻击了，我自己的飞艇被迫降落在距离永固寺不远的一片平原上。我独自一人，在伦敦的残骸中寻找避难之所。我很害怕，当然，因为关于那个可怕的古老地方，我除了鬼怪故事外就没有听说过别的了。可是蘑栖人在搜捕我，看起来与其让他们抓到，还不如去鬼魂那儿碰碰运气。所以我漫步走进那片生锈的地貌，寻找水和食物，以及某个可以藏身的地方……”

他停顿了一下。派对的音乐穿过古老建筑的走廊飘来，微不可闻，恍若幽灵。

“那是一个令人好奇的地方，一片布满残骸碎片的地区。”他说，“我只看到了它最东南端的边缘部分。残骸扭曲得不成样子，四下散落。很难相信它曾经是一座伟大的城市，虽然时不时能在某些地方看到熟悉的东西：一扇门、一张桌子、一辆婴儿车。比如说那些铆钉头，它们就散落得到处都是。我把你手里那个装进口袋里，想着要是我还能回到家里的话，我就需要一些证据来向我的朋友们表明我曾经进入过伦敦的残骸。

“夜幕降临时，我向北深入废墟内部，一路上残骸越来越高，越来越诡异，这时有什么事情发生了。我不清楚到底是什么。我注意到残骸里有东西在动。但动作太蓄意了，不会是动物。它们似乎在跟着我。过了一会儿，又传来了奇怪的声音：一种呻吟和哭喊，不似人间所有。我抽出左轮手枪，朝着阴影里胡乱开了几枪，于是那声音安静了下来。在一片寂静中，我觉察到了另一种声音。它似乎是机械的声音，尽管它离得很远，也一直没有清楚到能让我确认的程度。我在瓦砾中坐下来休息，然后……我就失去了知觉。后来我似乎记得有人来到了我身后——但也许那只是一个梦，我的记忆不是很清楚。

“接下来我记得的事情，就是我已经到了十英里开外，躺在废墟西面的开阔野外，隐藏在一条旧履带辙印中的落叶下，躲开了蘑栖人的巡逻队。我的伤口已经用战地绷带包扎好了，我的水壶里已经装满了水，我的背包里装满了面包和水果。”

“是谁做的？”汤姆急切地问。

沃尔夫严厉地看着他：“你不相信我吗？”

“我没说过这话……”

沃尔夫耸了耸肩：“我以前从来没把这件事告诉过任何人。我唯一知道的是：有人在伦敦的废墟里面。他们不是蘑栖人，否则当他们有机会的时候就会杀了我。但他们有自己的秘密，而且他们把这秘密保护得很好。”

芮恩望着她的父亲。她认为沃尔夫的故事远比彭尼罗的更加瘆人。

“那会是谁呢？”她问道。

汤姆没有回答她。

“我常常在想。”沃尔夫说，“我四处问过。我在哈洛巴洛的一些手下过去是拾荒者，曾经在一些糟糕的地方住过，也在那里见过一些奇怪的事情。可他们从来没听说过有拾荒者生活在伦敦内部。不过有一两次我听人提起过幽灵飞艇——当西风吹起的时候，它悄无声息地飞越无人地带，飞进蘑栖人的领土，其上没有标记。也不是任何已知军队的一部分，不管是我们的还是他们的。”

“又是鬼魂。”芮恩说。

“或者‘始祖鸟’号。”汤姆说。他的声音略微颤抖。他尽力不让他的感情太显而易见，可沃尔夫告诉他的内容以及其中可能含有的真正意义打动了他，他因此兴奋不已。“是‘始祖鸟’号，它飞回伦敦去。”

沃尔夫向前探出身子：“我相信你的理论，纳茨沃西先生。我相信美杜莎的幸存者秘密地生活在废墟里面。”

“可为什么会有人想这么做呢？”芮恩问，“那里什么也不剩了，不是吗？”

“一定还有些什么。”沃尔夫说，“某些值得留在那里守护的东西。自从我听说你在调查克吕维·莫查德，我自己也有做过一些小小的调查。我们的情报部门对大多数飞过这片天空的飞艇都留了一份档案，他们对空中商船‘始祖鸟’号所作的记录可以成为有趣的晨间读物。看起来，你的这位莫查德小姐在过去几年里一直在大量购买古代科技物品。”

“她是一个古代科技商人。”汤姆推理道。

“她是吗？在我看来不是，因为她从不卖出她所买进的这么多旧机器零件。所以它们都怎么样了？也许她只是载着它们一起飞回伦敦了。而伦敦最出名的又是什么呢？”

“工程学。”汤姆不太情愿地承认道。他想起了他在巡回城的系泊平台上见过的那个和克莱蒂在一起的男人，一个脑袋剃得锃光瓦亮的男人。“还有工程师。”他说。

沃尔夫点了点头，看着他：“假如你们的那群工程师之中有一些活下来了呢？假如他们住在废墟地区呢？假如他们正在那儿建造某样东西呢？某样奇妙的东西，足以值得让人在废墟里生活二十年，以保守它的秘密！某样能够改变世界的东西！”

汤姆摇摇头：“不对，不对。克莱蒂永远不会为工程师公会工作……”

“你认识的那个克莱蒂也许不会。但她可能改变了想法，在过去二十年里。”沃尔夫站了起来，走到窗前。他猛地打开窗，让草坪上派对的声音传了进来。“来。”他说着，召唤他们跟他一起到外面的阳台上来。在下面，他父母的客人们的亮丽长袍和制服像花瓣、像蝴蝶一样点缀在花园里。一时间，当他低头凝视着他们所有人的时候，这名年轻男子的脸上呈现出一种几乎可以算是仇恨的神情。

“休战协议不会持续很久。”他说，“但在它持续的时候，我们应该最大化地利用它。”

他说“我们”是什么意思？芮恩暗自思量着。她不确定父亲的梦是如何突然之间被沃尔夫·科波尔德全盘接受的，她也还不完全确定她是不是喜欢这个迷人的年轻人。

“我常常想着要回到伦敦去。”沃尔夫继续说道，“不过，这场战争令我无暇分身。但现在我发现机会来了。我一直在探询关于你的事，汤姆·纳茨沃西。看起来你是个优秀的飞行员。另外你的那艘旧联盟飞艇也正好可以用来到敌人的边界线背后去作一趟短途旅行……”

“你的意思是要我去伦敦吗？”汤姆问，“但这是不可能的！不是吗？我们绝对没法通过绿色风暴的巡逻区……”

“你从这里的确不行。”沃尔夫赞同地说，他的视线越过花园派对和高等阶层边缘的建筑物，然后继续向外，越过无人地带的浅色泥沼，朝着绿色风暴的领土望去，“纳迦的整支第九军在那片泥地里挖了防御工事，等待着我们采取行动。即便他们没把你们射下来，我们自己这一边也会以为你们在和敌人做生意，从而向你们开火的。不过在这里的东北方有几处地方，那里的边界线防御没那么坚固。”

他转向汤姆，脸上带着孩子气的笑容：“哈洛巴洛能带着你们穿过去。我经常带它去无人地带狩猎。它会把你一直带到绿色风暴的国土边界上，在那儿，一个拥有像你这样的技术的飞行员就可以轻易地溜过边界线，跟着旧履带辙印一路向东。毕竟，克莱蒂·波兹这些年来肯定就是这样做的。”

“那么你会跟我们一起去吗，科波尔德先生？”芮恩问。

汤姆瞅了她一眼：“你不能去，芮恩。这太危险了。我甚至不认为我自己应该去……”

沃尔夫笑了。“你当然会去的！”他说，“我能从你的眼睛里看出来。你想知道伦敦里面发生了什么，更甚于其他任何事情。而我也会和你一起去，因为这种和平让我厌烦，我渴望去看看在那片废墟里有什么。别担心，我会做好一切安排，而且我也会为了要麻烦你而付你一大笔钱。这样吧，五千金币，转入天空之城的银行账户如何？”

“五千？”汤姆喊了起来。

“我来自非常富裕的家庭。”沃尔夫说，“我宁愿看到冯·科波尔德家的财富花在一趟这样的探险上，而不是挥霍在花园派对上。当然，为了那样一笔钱，我将不得不坚持让芮恩作为副驾驶员陪伴我们。她是一位拥有极大勇气的年轻女子，我们将会需要她的帮助来飞那么远的路。”（他对着芮恩笑了笑，她觉得自己开始脸红了。）

“我还是不确定。”汤姆说，但他其实已经很确定了。他又怎么能拒绝呢？他从来没有过这么多钱，而且从来没想要过这么多，但他得为芮恩的未来作打算。这个少年所提供的金额会让她变成一个有钱的女人，如果在他死后芮恩要从事空中贸易这一行的话，那么作为一个进入过伦敦的女飞行员而在鸟道上扬名对她没有坏处。

事实是，他渴望回到他的城市，寻找它还剩下什么；他要亲眼看看还有什么东西（或者什么人）幸存下来。他渴望带芮恩一起去，这样她就可以亲眼看见她父亲的冒险经历是从哪里开始的。所以他很容易就能找到理由证明自己去是对的，而且还要带上她，同时忽视他们可能会面临的所有危险。毕竟（他对自己说），他和赫丝塔曾经驾驶“鬼面鱼”号去过糟糕得多的地方，在他们年轻的时候……

“那么，就这样决定了。”沃尔夫说，“把你们的飞艇移到穆尔瑙的空港来。我们在一两天内再见面来讨论具体安排。但请不要对任何人提起我们要去哪里，任何人都不要说。绿色风暴和其他城市都有间谍，无处不在。”

他们相互握手，然后一起下去回到花园里，回到音乐和笑声还有变长的阴影之中。彭尼罗已经到了，被一群艳光照人的年轻女子簇拥着，在汤姆和芮恩经过时高高兴兴地朝他们挥手。沃尔夫告了个罪便去和他的父亲说话。站在年老的大元帅身边，他看上去略显尴尬和紧张，于是芮恩发现自己更喜欢他了；她自己与父母也有过问题。沃尔夫的战争经验使他有时候看起来很强硬，她想，但在私底下，他也许既害羞又善良，就像西奥一样。

她想知道去东边旅行是什么样的，于是她捏紧了父亲的手。“如果你去……”她说，“那我也去。就像沃尔夫 · 科波尔德说的那样。别以为你可以让我留在这里。所以根本就别想着争这件事啦。我可以照顾我自己的。”

汤姆笑了，因为这话说得真有赫丝塔的风格。他望着芮恩，看到她身上有着她母亲的刚强和固执。“好吧。”他说，“我们再说吧。”

在沃尔夫 · 科波尔德和他父亲之间，谈话便没那么顺畅了。这些年来，不知何时，不知怎的，他们失去了当年沃尔夫很小的时候他们曾经拥有过的那种轻松的友谊。现在，他们的思考方式已经不同了，大元帅和他的儿子。尽管如此，这位老人似乎觉得他应该利用沃尔夫难得的拜访，来试着和他认真地谈谈。他带着沃尔夫走过枯树之间，穿过枯萎灌木的棕色干旱田圃，在战前，这些灌木林一直是穆尔瑙的胜景之一。他们越过一条横跨划船湖的步行桥（当然，湖也干涸了，干旱的湖床上结着斑斑锈痂），爬了几步来到一座由柱子支撑着的小观景台，那儿有一座女神的雕像，身着古雅的衣饰越过这一层的边缘向外望去。

“你还是个小伙子的时候，这儿是你最喜爱的景点之一。”大元帅一边说，一边抚摸着他的胡须，就好像他感到紧张时总是会做的那样，“你曾经对这位站在底座上的女士十分着迷……”

“我不记得了。”沃尔夫说。

“哦，是啊……”这尊雕像的脸上有一条条潮湿的痕迹，就好像她一直在流绿色的眼泪一样。大元帅掏出他的手帕，开始试着帮她清理干净：“那时你一直想要知道她是谁，我就告诉你她代表着穆尔瑙。强大但却温柔，高贵。就是那样。”在长满青苔的雕像上动手工作就意味着他不用对上儿子的目光。他说：“你应该回来，沃尔夫。你的妈妈很想念你。”

“这段休战一旦破裂，我的母亲就会立刻再次躲到巴黎去。话说回来，你又关心什么呢？每个人都知道你的婚姻多年以来一直是虚假的。”

“好吧，我想念你。”

“我敢肯定那不是真的。”

“当我建议你去负责那座收割镇的时候，我的意思就是一两个月。我的意思不是让你永远住在那里！你属于这里，沃尔夫勒姆[1]！该死的，你应该做好准备来接替我。我只是一名老战士。现在和平回来了，穆尔瑙需要更年轻的人来引导它。需要一个有眼光的人。”

“和平不会持久的。”沃尔夫说。

“你怎么能这么肯定呢？我认为纳迦是抱着好意的。我与他对战过，记得么？他在巴什基尔[2]坡地上一连六个星期坚持抵抗穆尔瑙。他手下的人战斗起来猛如虎，但他让他们把抓获的城镇上的俘虏全都释放了。他永远不会使用孑孓机，除非到了必要的关头。当他听说我被他的一名狙击手射伤了之后，他送给我一件礼物祝我早日康复：一件古代科技的防弹衣，还附带一张纸条说：‘抱歉我们射偏了你[3]。’他也许是我的敌人，但我喜欢他更甚于我的大多数朋友。”

“很感人。”沃尔夫打了个哈欠，他以前听说过这个故事很多次了，“但那些蘑栖人仍然必须被消灭。”

“胡说八道！”他的父亲愠恼地说，“牵引城社会的建立不是为了消灭任何人，只是为了帮助正直的城市抵抗绿色风暴。让纳迦和他那帮反牵引主义者和平地住在他们可怕的山里好了，只要他们承诺不来打扰我们就好。”

---

1. 沃尔夫勒姆是他的正式名字，沃尔夫是昵称。
2. 巴什基尔是俄罗斯境内的少数民族，大致分布于乌拉尔山一带，欧亚交界处。
3. 此处为纳迦的幽默双关语，既可作“射偏了”解，又可作“想念”解。

沃尔夫在和父亲闹别扭，但他没有说任何话。相反，他走到观景台的边缘，从枯树之间向外望去，视线向东越过了这场战争在前方平原上塑造出的粗粝残破景观，想象着伦敦就在那儿的某个地方，静静地等待着。

过了一会儿，大元帅冯·科波尔德说："曼彻斯特正往东面来。我收到了一份公报，来自他们的市长，布朗先生……"

"啊！我们的金主。"

"没错，曼彻斯特帮忙从财政上支援我们的斗争……他打算等他的城市一到边界线，就在上面举行一场会议。牵引城社会的所有市长都将与会，并决定下一步如何进行。我计划提议与绿色风暴建立长久和平。我想要你也去那儿，沃尔夫勒姆。到那儿陪在我身边，这样每个人都可以看到你是我的继承人……"

"我明天或后天就要回哈洛巴洛去。"他的儿子说，"我有业务要打理。"

"和你那些天空流浪汉般的飞行员朋友一起吗？"

沃尔夫耸了耸肩。

大元帅转过身去，犹豫了一下，然后摇了摇头，轻快地走下台阶，穿过那座桥。他与绿色风暴打了无数场仗；在14年的血色严冬，他在自己家门口的台阶上跟潜猎者肉搏，但他自己的儿子总是能打败他。

沃尔夫独自站着，望着他离去。过了一会儿，他有种不舒服的感觉，好像他自己也被人看着。他转身，却只有女神的雕像用平静而目盲的双眼盯着他。尽管他刚才对父亲那样说，沃尔夫却仍然记得，在还是一个小男孩的时候，他喜欢坐在雕像的膝盖上，仰望着她，而父亲则在一旁对他讲述穆尔瑙辉煌的过往。他抽出剑，对着雕像的细长脖子愤怒地砍了三下，刀刃削入石中，溅出点点火花。他把砍断的头颅踢下楼梯，踢进了干涸的湖里，然后大步流星地穿过花园，开始准备他的旅程。

12 沙船

西奥觉得下雨了。他感觉不到雨滴，因为他在屋里，躺在床上。他看不到雨水，因为四周一片黑暗。但是他能听到它，雨下个不停，发出轻柔的沙沙声，在经历了鲸吞镇的干渴时光之后，即使是这种声音也让人精神一振。它奔流着，叹息着，安抚着，轻嘘着，把他支离破碎的梦境编织在一起。

有时候，他短暂地清醒过来，于是便明白那沙沙的雨声只是沙砾在这艘黑色沙船的轮子下面唱着歌。

“不要害怕。”有人对他说。

“芮恩？”他问道。

“你被肉汁奶奶的手下抓走时她跟你在一起吗？芮恩和汤姆跟你在一起吗？”

“不，不。”西奥说着，摇了摇头，“他们在很远的地方。他们在北面，在鸟道上。芮恩圣诞节的时候寄给我一张卡……我希望等我们到了北方的时候我会找到她……”他忽然回想起“圣灵”号的残骸，于是挣扎着想坐起来，“纳迦夫人……纳迦夫人怎么样了？”

一只手摸着他的脸，温柔而羞涩。一张嘴轻拂过他的额头：“不要害怕，西奥。睡吧。”

他睡着了，然后再度醒来，便看见那个坐在他旁边的女人是芮恩的母亲。她头上有一只氩气灯泡吱吱响着，来回摇摆晃动，黑色的影子在舱室墙壁上晃荡冲刷。当阴影遮住赫丝塔的脸时，西奥能幻想坐在床铺边上的是芮恩。但当她看到他在望着她的时候，她严厉地说：“你醒了？你最好赶快振作起来。我的沙船上没有给懒人留地方。”就好像她希望他不要记住早些时候她曾对他说过的那些温柔话语一样。

西奥想要说话，但嘴比柏油湾还要干燥。赫丝塔粗鲁地伸出手，抬起他的头，把一个锡杯推到他的嘴唇边。“别喝太多了。”她说，“我没多少给你。我只是去鲸吞镇买食物和水的，而因为你的关系我不得不在得到补给之前就离开。我杀的那个乡巴佬是肉汁奶奶心爱的小子。她不会开心的。”

沙子不断摩擦着飞快行驶的船身外壳，发出悦耳的歌唱声。西奥又睡着了。赫丝塔站起身来，爬上梯子，来到敞开的驾驶舱，史莱克站在那儿的舵柄边，他的绿色眼睛闪闪发光。这艘船正位于沙海西面，驶过被烈日炙烤的页岩平原。东边远处，地平线上露出一条苍白的光带。风在索具间呜呜轻鸣。“他一直念叨着某个叫作纳迦夫人的人。”赫丝塔说，“我想那些拾荒者发现他的时候，她一定和他在一起。听说过纳迦夫人吗？”

史莱克说：**“有几艘船跟在我们后面。”**

“什么？该死的！”

赫丝塔预料到了鲸吞镇的那个老巫婆会派人来追她。奶奶在黑魔法上的名声意味着她的手下害怕奶奶更甚于害怕赫丝塔或她那个温驯的潜猎者。赫丝塔眯着眼朝地平线上看，直到她也能看见他们：他们的风帆形状薄而尖锐，如同鱼的牙齿。她本来预计有一艘或两艘，担心会有三艘，但奶奶一下子派了六艘来，小到微型独桅船，大到双体沙丘快船，各种大小的船应有尽有。“我想我们应该感到受宠若惊啊。”她说。

太阳从船尾方向的残破山丘上升起来了，后方追逐船只桅杆上的瞭望哨看见了前面的黑帆。一颗信号弹从沙丘快船上升起，示意“朝下风追”。几分钟后，较小的一艘船上冒出一团烟来，接着史莱克和赫丝塔就看到船尾几百码外的一座沙丘在火光中爆炸，扬起漫天沙砾。

“他们很快就会进入射程。”史莱克面无表情地说，**“在这种速度下，如果他们打我们的轮胎，这艘船将会被摧毁。”**

“该死的。”赫丝塔又说了一声。她走到下面的枪柜那儿，拿出她从哈基尔山的一个强盗处偷来的东西，她从那里溜出来时把他杀了。这是一支杰撒伊自动步枪[1]，比她人还高。胡桃木的枪托上有漂亮的银质雕镂。要是当初那个强盗更清醒些的话，他现在可能还活着；这是一支很好的枪，射程有好几英里。赫丝塔将大号的铜弹填进枪膛，又往她的口袋里塞了更多。她查看了一下西奥是否还在睡觉。他还在睡，像个孩子一样蜷缩着，恬静而柔弱。赫丝塔强迫自己转身离开。要是她不小心的话，她就会开始关心起他来，而当你关心一个人的时候，你就要面对各种痛苦。她太清楚这一点了。

她爬到外面，阳光刚烈炽白。冲刷而来的风中满是沙砾，而那些船已经更接近了。最先开炮的那艘船体形最小，速度也最快；它正飞快地从右舷后方追上来，赫丝塔能看见其船身上的那个男人正用某种旋回炮[2]瞄准她。炮口喷出一股白烟，紧接着她就感觉到炮弹咻地飞过她身边，在左舷方向一百码外的一堆浅褐色的岩石中爆炸了。

她用袖子擦了擦鼻子，在驾驶舱扶手上搁稳枪。"要是你干这事会更容易。"她对史莱克说，同时把她的防沙护目镜推到额头上，眯起眼从杰撒伊步枪的瞄准器里望去，"我几乎都看不清他们……"

"我做不到。"史莱克说，**"我已经告诉过你很多次了。零博士对我做了某些事情，在我的心灵里放了某种屏障……"**

---

1. 杰撒伊步枪即阿富汗滑膛枪，是19世纪阿富汗人的经典枪支。枪身细长，枪口装填。但赫丝塔的这支是自动的。

2. 一种小型火炮，一般长度不到一米，架在一个可以旋转的支架上，炮口方向可以大幅度变化。

"我真希望你的零博士现在就在这里。"赫丝塔哼了一声，试图对准小点一样的目标，那些人正忙着用海绵和推弹杆对付旋回炮。"我会把一个屏障放进她的脑子里。"她扣下扳机，枪托重重地撞在了她的肩上，让她发出一声咒骂。空弹壳一路翻滚掉向船尾。子弹到底去了哪里，赫丝塔说不清，但她没有命中她的目标。她不是个神射手。她的天赋不在于射击，只在于杀人。

幸运的是，另一艘船上的人也不比她强；在她稳步开枪射光一口袋子弹的时间里，一颗颗炮弹从她身边飞过。她正打算开始打第二个口袋的子弹时，另一艘船突然改变了航向。

"那是我干的吗？"她问。

那艘敌船失去了控制。也许某一颗赫丝塔的流弹射断了一根电缆或射穿了一个轮胎。它划出一条曲线穿过其他沙船的阵列，紧跟着它的一艘三轮船猛地变向，与一艘小型武装游艇撞在一起。两艘船相互纠缠，全都翻倒了，以一种惊人的动作在沙地上翻跟斗侧滚，一路撒落圆木、轮子、船帆，还有断裂桅杆的碎片。领头的那艘船也翻倒了，扬起一大片沙砾，仿佛迎风翻腾的帷幕，一时间遮住了剩下的三艘沙船，然而它们再一次出现了，起初模糊不清，然后清晰起来，并迅速接近。从那艘大型沙丘快船上搭载的蒸汽动力机枪里射出一连串子弹，噗噗地打在离赫丝塔蹲的地方很近的木板上。她骂了句脏话，趴下来躲避火力。

"他们在试图抓捕这艘船，而不是摧毁它。"史莱克猜测道，"现

在他们失去了另外三艘船，肉汁奶奶不会想要看到他们两手空空地回去的。”

“嗯，真让人安心。”赫丝塔说着，从脚踝的高度抬起头看他，子弹砰砰地在他的装甲上弹开，“他们登上我们船的话，你要怎么办？”

“不会到那个地步的。”

“要是那样了呢？”

“那么我会用任何力所能及的方式来守护你。”潜猎者耐心地说，**“我会夺走他们的武器。我会制止他们。我会站在他们的刀刃和你的身体之间。但我不会杀他们。”**

“如果他们杀了我呢？”

“那么我会遵守我在黑岛上向你做出的那个承诺。”

赫丝塔缩起身体又躲过了两颗沙丘快船射来的子弹，头顶上方，船帆开始出现一个个洞眼，但硅丝很结实，所以帆没有被撕破。“为什么她要对你这么做？”赫丝塔喊道，“我的意思是，骗你去粉碎那个用方安娜做的东西，行，可等工作完成了之后为什么你就不能回到正常状态呢？”

“我相信零博士把良心留给我是有她自己的考虑的。”

“好吧，我想念原来的史莱克。”

“而我想念原来的赫丝塔。”

“你这是什么意思？”

但是她来不及发现了，因为在那一刻，沙丘快船逼近到了船舷边，许多抓钩飞抛而来，跨越了两艘船之间的狭窄距离。到了扔下杰撒伊步枪，抽出手枪来战斗的时候了。

子弹咚咚锤击船体的声音冲进了西奥的梦境中，他正在一片宁静的绿色空间中漂流，这种声音显得令人费解，格格不入，所以他不得不醒过来，找出它们是什么意思。他在床铺上躺了一会儿，思考着他到底在哪里，还有这个地方为什么如此颠簸。在他上方，墙上的一排舷窗都关上了，所以舱房里一片阴暗，不过就在他头顶上有人从一边墙到另一边墙拉了一根金线。西奥猜想着为什么会有人做这种事。这是晾衣绳吗？如果是的话，它可比他以前见过的任何晾衣绳都更加美丽，如此明亮，如此闪耀。他伸出手去碰它，手指直接从它中间滑过。它是由温暖的光线构成的。

西奥坐了起来。有更多的线条穿过船舱延伸开来，仿佛是翻花绳一样。时不时地船壳上会发出砰的一声，然后又一条线就会出现。这些是缕缕阳光，穿透舱房墙壁上的弹孔射了进来。

西奥睡得还晕乎乎的，翻身滚下床铺，落到甲板上。随着沙船快速驶过粗糙的沙漠地面，光滑的木板在他脚下如野马拱跃。西奥开始朝着舱房后边的金属梯子爬去。他能够听到头顶上传来叫喊声，还有手枪的砰砰啪啪声。当他到达扶梯脚下时，一个男人头朝下掉了下来，已经死了，头巾冒出袅袅青烟，被赫丝塔手枪的火光点着了。西奥抬头朝梯子上方望去，视线穿过打开的舱门。几个纷纷乱乱的缠斗人影挡住了上方的阳光。

他爬上梯子。在外面的甲板上，白色炫目的阳光下，一场杂乱的战斗正在进行，除了脚步在甲板上踩踏拖行，便几乎寂静无声。一艘破旧的棕色沙丘快船与这艘沙船同步前进，用绳索和抓钩连接在沙船上。一些男人已经跳过了两船之间的间隔，以为要压制一个独眼女人和一个不杀人的潜猎者会十分容易，但他们中的三个已经死了，尸体或缠在帆索间，或挂在扶手上。第四个正在与史莱克纠缠着，史莱克夺下了他的枪，擒着他远离赫丝塔。第五个绕着赫丝塔兜着圈子，赫丝塔扔掉了射空的手枪，握着一把匕首，每次那个男人扑过来的时候就用匕首向他刺去。那个男人有一把剑，比赫丝塔的匕首长得多，也重得多，但他还没有鼓起勇气冲到足够、足够近的距离使用这把剑。

西奥不为人注意地站在舱房门口。这场战斗与整个沙漠一起围绕着他旋转不休，阳光和热量朝他迎头扑来，好像一道耀眼的瀑布淋在他头上。在他脚边的甲板上扔着一柄手斧，亮光好像从斧刃上倾泻下来。他把它捡起来，朝着最近的抓钩拖着的绳索砍下去。绳子又旧又油腻，只砍了几下就轻易地断开了。沙船一倾，开始脱离其攻击者。西奥匆匆朝下一个抓钩跑去。“西奥！”他听到赫丝塔喊。他抬头望去。一名男子站在沙丘快船的帆索上，朝着西奥咧嘴而笑，用一支手铳瞄准了他。仿佛有一群黄蜂嗡嗡飞过，然后西奥就感到他的胳膊被叮了一下。一把匕首出现了，插在那人的脖子上，他的手铳失手而落，人则从帆索上摔了下来，掉进了两艘船之间的沙尘风暴之中。

西奥看着赫丝塔。她已经把她的刀朝那个拿手铳的人扔了过去，现在她手无寸铁。他不假思索地对着那个朝她攻击的剑手用斧面挥舞了过去。那人还没注意到西奥，于是这一击打了他个措手不及。他撞上了侧面的栏杆，然后翻了下去，落进飞扬的尘土里。史莱克把他所抓住的那个人也扔了下去，西奥看见那两人在沙船的尾迹里爬了起来，东倒西歪地痛苦走开，朝着幸存的船只挥手。那些船放缓速度，开始掉头，为他们的损失而感到沮丧，放弃了追逐。

“干得好。”赫丝塔说。

西奥点了点头，他仍然有点头晕，但为赢得了她的尊重而感到自豪。

“你没事吧？”她问。

西奥低头看着他的胳膊，黄蜂蜇的地方。当然，那并不真的是只黄蜂，不过伤口是一道擦伤，不太深。他跪在甲板上，看着赫丝塔拾起砍刀，砍断其余的绳索。无人驾驶的沙丘快船转向分开了，随后她转过身来，说：“真笨！我救你不是为了让你犯险差点被杀的。”不过西奥感觉到在她的鄙视下面有一种粗野的善良，便记起她曾经在夜里温柔地坐在他身边，于是就明白了，她毕竟不是与芮恩完全不同。

尘土渐渐澄清。黑船继续奔驰，不过现在放缓了下来，因为它的帆上满是破洞。它开始穿过高耸如塔的岩石阴影，一群群秃鹫虎视眈眈地围绕着岩塔峰顶盘旋。一些岩塔看起来就像粗陋而风化的雕像，说不定其实它们就是的，因为各种各样的文明都曾在古老的地球上留下了痕迹，其中一些留了非常奇怪的东西下来。这些岩塔布满了前方的戈壁，被风削成一支支长笛，干燥的微风将它们幽幽吹响。在它们交错的阴影之中，西奥开始再次感觉到安全了。

沙船不断减速，减速，最后来到了一片长着低矮的金合欢树的阴暗之处。史莱克抛下锚，降下帆。他跳下船，爬上一座较小的岩塔，快速而轻松地沿着有裂隙的岩石攀爬，好像一只钢铁蜥蜴一样。他在顶上站了片刻，然后爬了下来，说那些追逐者已经掉头离开，此外沙漠中就没有其他东西还在移动。他回到船上的时候，沙船在他的体重下吱呀作响。西奥一向厌恶潜猎者，于是从他身边退缩了开去。

史莱克感觉到了这个少年的不安。“**我不会伤害你。**”他说，“**即使我想，我也不能那么做。**”

“为什么？”西奥问，他回想起了史莱克在战斗中如何饶恕了他抓到的那个人，“潜猎者就是用来干那个的，不是吗？用来伤害人？”

史莱克试着微笑，他的钢牙闪闪发光：“**在零博士看来不是。**”

“零博士？她造了你？”

“**我由游牧帝国建造。我的年纪比绿色风暴更大。比城市达尔文主义更大。我是拉撒路战斗旅的最后成员。但我是伊诺妮·零重新建造的，而她一定改变了我。现在，如果我想着要杀死单生人，我的脑袋里就塞满了所有我以前伤害和杀死的单生人的照片，我就干不**

了了。”

“零博士就在这里！”西奥急切地说着，他想起了承诺过要保护伊诺妮，“她就在鲸吞镇上！她现在叫作纳迦夫人。他们说她被卖给了那个商人瓦利……我们必须回去！我们必须帮助她！”

赫丝塔走出舱房，手里拿着食物和生火之物，冷冷地看着他：“我们不必做任何事，小子。我们不会回去。而且如果你是说纳普斯特·瓦利，我们离开的时候，我看见他的‘虚伪’号从鲸吞镇升空离开了。他在那里买的任何东西都会被他带着一起走。”

史莱克像一个深思熟虑的水壶一样发出咝咝声：**“我们可以跟上他。”**

“你怎么也跟着起劲儿！”赫丝塔生气地叫了起来，“看在所有神祇的分上，史莱克，她是那个阉割了你的兽医！她要是变成奴隶了你又有什么好在乎的？”

史莱克的装甲头颅里面传来一阵噪音。西奥想知道这是不是在潜猎者大脑里呼啸而过的思想所发出的声音：**“如果我能找到她，她会告诉我为什么她要对我做这事。我们可以往北走，卖掉这艘沙船，买一艘飞艇。纳普斯特·瓦利的船很慢。它的温德莫浦[1]-12型空气引擎效率很低。就算他先出发，我们也可以追上它。”**

赫丝塔转过身，踢着她的沙船的舷缘。“我喜欢沙漠。”她生气

1. 温德莫浦这个名字来源于英国诺丁汉郡的一个村庄。

地说，“这儿很好。这儿很单纯。这儿很干净。我可以在这里生活。”

“你不再比我更有生气了。”史莱克说。

“不吗？”赫丝塔瞪着他，她很善于瞪人，她用那一只眼睛比大多数人用两只眼睛瞪得更凶，“哎，那不就是你要的吗？你不总是想要把我变成一个潜猎者，这样我们就可以两个死人一起到处游逛吗？”她对西奥解说道，“史莱克想要把我变得和他一样。这就是云中9号坠落之后，他和我在一起的唯一原因。他现在不再有胆量亲手杀了我了，所以他一直等待这些沙漠老鼠中的某一个来替他做这事。然后他会带着我的尸体到他在绿色风暴的老朋友那儿去，把我复活。”

“哦！”西奥惊骇地说。复活是他所能想象到的最糟糕的命运，然而赫丝塔谈到它的时候就好像若无其事一样。

“我不会在乎。”她说，“那时候我已经死了。他可以用剩下来的东西做他想要做的事。”

“不。”史莱克说。如果他能低声说，他就会低声说出来，可史莱克的所有词句发出的语调都是一样的，响亮，尖锐，刺耳。他真希望伊诺妮·零对他的声音做过些改变而不是乱动他的大脑。他说：**“当你的死亡来临，我会把你复活，正如我们很久以前达成的协议那样。但我可以等。我想看到你活着，想看到你快乐。而你留在这片沙漠里的时候，这两者你都不拥有。”**

赫丝塔坐了下来，把脸埋在一只手里。她才三十多岁，但她看起来老了十岁，而且非常疲倦。西奥为她感到难过。他想要伸出双臂拥抱她，但他不觉得她会喜欢那样。他扫了一眼史莱克，可那个潜猎者看起来已经说完了他要说的话。

“纳茨沃西夫人。”西奥说，“有危险的不只是零博士。很多人都会有危险。这次的休战取决于她。如果纳迦将军等不到她回去，谁知道他会做出什么事来？他深爱着她。”

“那么，他就是个傻瓜。”赫丝塔喃喃自语道，“人不应该相互爱上对方。这只会带来麻烦。”她望着西奥，“我不关心你的休战协定。我不关心纳迦将军，或是他的这个老婆。”

她跳到沙地上，从船边走开，收集干枯的金合欢树枝来生火。尽管她一直背对着史莱克和西奥，但她知道他们都在看着她。她感觉浑身打战，尽管天气很热却全身发冷，就好像发烧了一样，但她心知肚明这不是发烧。

最初，当她发现自己单独和史莱克在一起时，她吓坏了。她记得他那个残忍恐怖的计划，心想他立刻就会把她杀了的。但当她得知他不能杀人也不会杀人之后，她便认为史莱克才该是与她在一起的那个人。许多年前，在她的亲生父亲想要杀死她的时候，难道不是史莱克救出她的吗？史莱克在她还是一个孩子的时候就在照顾她了，远在她遇见汤姆之前。现在她和汤姆之间的生活结束了，她又与史莱克走到了一起。这其中自有一种道理在。

无论如何，她很高兴能有个人说说话。在沙漠的这几个月里，她曾经对他讲过一些她从未告诉过别人的事情。她告诉了他，她和汤姆是如何初次遇见的，她又如何爱上了他；她告诉了他“鬼面鱼”号的事，还有芮恩；她还告诉了他她如何出卖了安克雷奇城，并杀死了朴特·马思嘉；告诉了他她如何赶走了自己的亲生女儿。

史莱克没有以人类的方式来评判她，他只是耐心地听着。赫丝塔有一种感觉，等她告诉了他一切事情，她就能忘掉她从前的生活；她的心灵会变得一片空白，好像这片沙漠和红色岩山一样，她的记忆就再也不能伤害她了。

而现在这个少年闯入了她的生活，仿佛沙漠中的一场倾盆大雨，让干裂地表之下的各种东西翻搅起来。比方说，希望，小小的梦想。她试着不让它们成长，但无法阻止它们。西奥还与芮恩和汤姆有联系，某一天他可能会告诉他们，他在沙海中遇到了赫丝塔。一想到他可能会说她的好话，她就心动不已。她想象着她的丈夫和女儿，在某个遥远的空港，听到她又做了一件好事，即使就那么一次，也能挽回之前所有的坏事了。

她转过身，开始拖着那捆树枝走向沙船。“好吧，老潜猎者。”她走到近处，说，“好吧。那好吧。让我们卖了这条老船，给我们自己找一艘飞艇。”

13　出发的时刻

“鬼面鱼”号飞艇

穆尔瑙空港

5月21日

亲爱的西奥：

我想我应该写信给你，因为我正要开始一段旅程，而它可能很危险，我不想死在中途消失无踪，却让你以为我是不想多费事才不和你联系。一位富有的穆尔瑙绅士，沃尔夫·科波尔德，雇我们去做一些探险，我们过去的一周都在穆尔瑙，装载给养并制订计划。科波尔德先生现在离开了，去了北边的一座他管辖的叫作哈洛巴洛的郊镇（他很有地位，可以命令防卫军的飞艇送他，这会让你想知道为什么他还需要我们，但我认为他其实是喜欢亲力亲为，而不利用他的地位带给他的各种特权）。明天我们会飞到哈洛巴洛去和他碰头，然后我们的旅程就将开始。所以我会把这封信留在航空交易所，希望他们会把它交给某位向西航行的船长，那位船长再转交给其他人，等到了年底之前，如果运气好的话，它就能传到扎戈瓦，传到你的手里。

这件事解释起来相当复杂，但我会尽量试一下。看起来，有一些幸存者可能仍然生活在伦敦的废墟之中。这对我来说是新鲜事，因为我都不知道伦敦还剩什么废墟——我以为它完完全全烧光了。但显然还剩下了相当多的东西，散落在野外，位于绿色风暴的要塞永固寺西面。沃尔夫·科波尔德去过那里一次，他想要回去并有更多发现，而爸爸则急切地想要带他去，不光是因为他付给我们那么多钱，也是为了往昔岁月。我也想去。这听起来令人兴奋，正是我待在安克雷奇时曾经幻想过的那种冒险。我见过伦敦的老照片，也听过爸爸讲它的故事，但你想象一下，要真正到那里去，真正走在爸爸小时候走过的那些街道的废墟之中！我是一个伦敦人的女儿，所以我也是伦敦人，在某种意义上说；至少，它是我的一部分，所以几乎就和爸爸一样急着想要看到它。

抱歉，没有时间写更多了。爸爸在飞艇杂货商那儿清算我们的账款，我答应过他会在他回来之前准备好让我们的热内-卡洛引擎随时起飞。希望等这封信到你那儿的时候，我已经再次安全地回到蓝天中了。如果没有的话，就到伦敦来找我吧。

芮恩犹豫了一下，然后仔细地在这页纸的底下写道：

爱你的

芮恩

她吸干信纸上的墨水，准备从头到底读一遍，随后她便意识到，如果她这样做了，她就会丧失勇气并把信揉成一团，就好像她对几乎每一封写给西奥的信所做的那样。她飞快地叠好信，把它塞进一个信封里。

几天前，她在穆尔瑙航空交易所里研究一家摄影店橱窗里的价目表的时候，彭尼罗教授的那个记者朋友散普佛德·斯班尼出现了，并愿意免费为她拍照。她坐在港口附近的阳光下，他的同事克鲁泡特金小姐拍了五六张肖像照，斯班尼则和芮恩愉快地聊天，并听她讲述在布赖顿的冒险经历。芮恩尽可能地没有暴露彭尼罗的任何谎话，尽管有那么几次斯班尼提到了某些与教授的叙述相矛盾的地方。“他确实倾向于夸大一点。”最后芮恩只得如此承认，于是那位记者似乎相当满意。

完成的照片在那天早上送到了“鬼面鱼”号的泊位。芮恩觉得这些照片让她看起来成熟而又严肃，而且它们也没有太明显地展现出她的雀斑，所以她把其中一张照片跟她的信一起塞进了信封里，再封上口。假如西奥和她再也不会见面了，他还能用这照片来怀念她，一想到这点，她便颇为高兴。

她拿着信，动身穿过繁忙的空港，朝着航空交易所走去。没走多远，她就遇到了父亲，正从杂货商那儿回来，他已经在那里结清了“鬼面鱼”号的账款。芮恩猜想那份账单的金额一定相当庞大，因为他们那艘小飞艇不光重新油漆了一遍，又加满油，再彻底检修，而且爸爸还买了一个新的罗盘和一个高度计，并把飞艇的船舱和储物柜都装满了罐头食品和瓶装水，更贮备了许多绳索和气囊织物、备用阀门、软管、引擎配件、大卷大卷的迷彩伪装网，还有一切他能想到的去敌方领土航行时可能需要的东西。尽管如此，当你考虑到沃尔夫·科波尔德付了他们多少钱之后，这一切应该仍在可负担的范围之内，而爸爸看上去也不是很震惊的样子。

芮恩朝他挥手，然后就想起手里还有那封信，于是便试着把它藏在身后。

“那是什么？”他问。

“只是一封信。”芮恩说，“我正要找某个开出租气球的人去……”

汤姆拿过这封信，看了看地址。“芮恩！”他大叫起来，“伟大的魁科啊！你可不能寄这封信！假如穆尔瑙当局发现你写信给某个在扎戈瓦的人，他们会认为你是一个间谍的，而我们最终都会被关进嫉妒阶层的监狱里的！”

“可是穆尔瑙没有和扎戈瓦打仗啊！扎戈瓦是中立的！”

“他们仍然是反牵引主义者。”汤姆伸出一只手臂揽在她肩膀上，开始带她回“鬼面鱼”号去，“我很抱歉，芮恩。”

就在这时，从附近的一个平台上，他们听到了一个响亮而熟悉的声音："当然，我以前经常驾驶我自己的飞艇。我可是相当专业的，遨游在极地的飓风之上[1]，等等此类。然而我却懒得亲自操持这种短短的城际飞行。我记得有一次在新玛雅的时候……"

彭尼罗正漫步走向一艘看上去既时髦又昂贵的飞艇出租车，船员们在跳板旁边等待着他登船。他的同伴，一位美丽高大的穆尔瑙女士，身穿一件可能比"鬼面鱼"号更值钱的衣服，正在非常专注地聆听他的逸事。当彭尼罗打断话头与汤姆打招呼的时候，那位女士看上去不禁十分恼火："汤姆！芮恩！你们好，我亲爱的！你们遇见过我亲爱的朋友克莱因葛罗特豪斯夫人吗？我们正要去天空之城。道尼尔·拉德，那位飞艇大亨，邀请我们参加晚宴，就在他的空中游艇上。"

"天空之城！"芮恩喊道，"那么你可以帮我带这封信吧，好吗？只要把它留在港务办公室里，让他们把它放上某一艘开往非洲的船……"

她把信塞到彭尼罗的手里，附带一枚银币以支付邮费。彭尼罗瞥了眼信封："扎戈瓦？"他吸了口气，"天啊……"

"我知道穆尔瑙人肯定不让的，但你不怕他们吧，对吗？"芮恩敦促道。

1. 飓风是热带气候，极地本无，彭尼罗是在随口胡诌。

“当然不！”彭尼罗立刻说道，同时瞥了一眼他的同伴，以确保她能体会到他是何等英勇无畏，何等乐于助人。他把芮恩的信塞入他外衣最里面的口袋里，对着她会意地眨了眨眼睛。“不必害怕，芮恩！我会确保年轻的恩戈尼收到你的情书，即使要我亲自去带给他！”他朝汤姆看去，“我在航空交易所里注意到你预定要在今晚离开穆尔瑙。”

汤姆点点头。他知道彭尼罗是想知道“鬼面鱼”号要去哪里，但他没打算要告诉他。

“我听到传言说你正在为年轻的科波尔德工作吗？”

“我们聊了聊。”汤姆随意地说道。

彭尼罗点了点头，眉开眼笑。“很好，非常好。”他说，“好吧，我们不能让拉德先生久等，对吗，亲爱的？”他鞠了一躬，并祝愿汤姆和芮恩一路顺风，不过就在他的女性友人优雅地漫步走向等待着他们的飞艇时，他又转过身来，叫道，“别错过6月刊的《内窥镜》，汤姆！在每一家上等报刊经销店都能买到，封面故事就是斯班尼关于我的记述！”

汤姆挥了挥手，他还不知道自己6月的时候会在哪里。《内窥镜》以多种语言出版，并在不同的城市有售，但他却不认为他能在伦敦的废墟中买到一份。

14 纳迦将军

二十英里之外，在绿色风暴领土的最西端，纳迦江项将军站在一条前线壕沟里的射击踏阶上，用一支观测镜仔细审视着穆尔瑙的灯光。一名副官转动观测镜三脚架上的旋钮，于是这架仪器便缓缓转动，让纳迦看清来自于附近较小的城市、无数郊镇以及边界线上更远处另一座牵引城的灯火。

“几乎每一天都有新的城市从西边赶来。”一位站在壕沟里的军官说，“情报部门说，就连曼彻斯特，仅存的巨型食城者之一，也在朝着穆尔瑙聚落移动。阁下，它们在策划一次进攻。”

“瞎说，俞上校。”纳迦嗤之以鼻，从观测镜前转过身来，“它们是贸易城镇，利用休战协议的机会，过来与那些战斗城市做生意。”

“是啊，来卖给它们新的武器和补给！”俞上校坚持己见，“这次休战给了那些野蛮人喘息之机，一个重整军备的机会……”

“它给了我们同等的机会。”他边上的肖将军说。她是一个矮个子女人，有一张像旧钱包一般的皱巴巴黄脸。她笑了笑。她在绿色风暴发起的战争中已经失去了三个儿子，已经有很长一段时间没有人见过她面带笑容了。“一个多月了，边界线上没有任何人牺牲。”她说，“就算明天那些城镇人打破休战，也已经值得了。听。”

纳迦静静聆听。他能听到邻近壕沟里士兵们的低语声，听到拂过他狼皮斗篷的轻风声，以及更微弱、更遥远的地方，一只鸟儿的歌声。它是一只夜莺吗？他希望他知道。当他的妻子从非洲回家来时，他想要告诉她，“我们听到了一只夜莺在歌唱，就在前线上！”但他这辈子都忙于战争，没有时间去研究鸟儿之类的东西。如果这段和平持续下去，他突然想到，他会了解所有这些事物：鸟儿，还有树木，还有花草。他会与伊诺妮走在绿草地上，他们相互为对方指点着鸟儿和鲜花，他将能够告诉她每一样都叫什么名字……

“那儿！”他说道。他的机械装甲发出咝咝声和呛啷声，支持着他跨下射击踏阶，打破了这片沉寂。他用如潜猎者的护手一样的钢铁手掌拍了拍俞上校的肩膀。“那儿！那正是我们一直为之而战的目标，俞伟山。我们不是因为想要粉碎城市而投入战争的，而是因为我们想要能听到鸟儿再次歌唱。如果十五年的战争做不到这一点，也许我们得换个方式试着跟野蛮人谈谈。”他挥舞胳膊，指着铁丝网之外的废土：那儿有巨大的弹坑和混凝土的城市陷坑，有掩没在杂草中的郊镇残骸，有数百万的尸骨。“我们是要让世界再次变绿的。”他说，“而一直以来我们所做的却只是将它变成泥潭。”

这是他的妻子有一次对他说过的话。伊诺妮说的时候便更好听些。后来，乘上飞艇，在回到设在前线指挥所的战区总部的路上，他发现自己是多么想念她。如果她在这里，他就会更容易在这条她将他引上的艰难道路上坚持下去。他手下一半的人认为他想要与牵引城议和真是疯了，有时他也想知道他们是不是真说对了。但他又有什么选择呢?

绿色风暴处在一个糟糕境地。纳迦根本不知道情况有多糟糕，直到他夺取了政权。在潜猎者方的统治下，绿色风暴总是确保像他这样的战士永远不会缺少食物或装备。但在他们自己的土地上，一切都已分崩离析；过去联盟时代管理事务的人，一到绿色风暴掌权时就都被捕了，年轻的狂热分子占据了他们的职位，却不懂如何做好本职工作。在纳迦和他同志们辛辛苦苦除掉移动城市打下来的解放区里，没有一个人知道该种什么庄稼，或是如何在东倒西歪的新定居地上安排管道和运输系统。没有人知道该从哪里弄到钱来购买东西。终止这场战争可以起到作用；纳迦从劳改场里释放出来的老干部们可能知道该怎么做，但这个任务十分艰巨。太艰巨了，纳迦有时候会如此觉得，即使是一个像他这样无知的战士……

尽管如此，他知道如果他能和伊诺妮说说话，她就能很快抚平他的所有疑虑。白色的天空在他的窗外滑过。他打起了瞌睡，迷迷糊糊中，他几乎能闻到她的味道，并感受到她小小身体的温暖。她在哪儿呢？他猜想着。他真希望自己没有同意她自告奋勇出使扎戈瓦。可是那时她想要去，而以她那种反战的态度和她那个古老的神祇，他也想不出会有任何人比小零更有可能把扎戈瓦人带到他这一方来。

前线指挥所是一座没法动弹的牵引城市，蹲在锈水沼泽北边的一座低丘上，位于用它自己脱下的履带所建造的防御墙之后。在上一年的战争中，它本是绿色风暴前线的一部分。现在那些牵引城已经被赶回沼泽另一边，于是前线指挥所就被改造成了一座功能齐全的定居地；一簇簇民房在城市脚下的山坡上拔地而起，在它们周围的田野里，某种块茎作物似乎长势凄惨。风力涡轮机散布在原野上，像痴呆的巨人一样挥舞着长长的手臂。

一群军官正等候在系泊平台上，慌慌张张地围在一个黑皮肤的女仆身边，纳迦依稀认得她。远在二十码开外，他就知道他们带来了坏消息。

“阁下，非洲那儿来了消息……”

“这是你的妻子的仆人，阁下，那个聋哑的姑娘，罗希妮……”

“她步行到达了提贝斯提定居地，从沙漠里出来，独自一人。”

“你的妻子，阁下——她的船从扎戈瓦出发后的第二天就被城镇人的战舰袭击了。扎戈瓦人一定出卖了她，阁下。纳迦夫人已经死了。”

之后，在城塞的一间议会厅里，她告诉了他所有的事：三艘城镇人的飞艇如何伏击了“圣灵”号，船员如何奋力保卫他的妻子，他们又是如何被击溃。她把这一切费力地写在纸上，一位副官将之朗读了出来。

当她还是个小女孩时，辛西娅·特怀特曾梦想要成为一名演员。她的父母都是演员；他们住在牵引城市爱丁堡，却附庸风雅地成为了反牵引主义者，于是逃离故乡去追寻他们心目中田园诗般的生活，来到了山国的一个定居地。他们总是鼓励女儿精心打扮并表演，天真地相信她某一天可能会成为明星。他们当年是多么正确啊！

他们是善良宽容的人，绿色风暴的突然崛起让他们大吃一惊。“不是所有的城市人都是野蛮人。”他们总是这样告诉辛西娅，不过这话说得十分哀怨，因为新政权在他们的定居地周围遍地竖起大喇叭，整天播放着绿色风暴的凶猛口号。不过辛西娅认为一切都非常令人兴奋；她喜欢旗帜和制服，喜欢在学校里要唱的战意昂扬的歌曲，她还喜欢潜猎者方，如此强大，如此闪耀。她很快就厌倦了妈妈和爸爸抱怨，于是把他们当作牵引主义分子举报给了绿色风暴。

他们被带走后，她住进了天京的一家政府运营的孤儿院。在那儿她被招进了情报部门，然后进入了潜猎者方的私人间谍网络。就在那时，辛西娅发现她继承了父母对戏剧的热爱。穿上伪装，采用化名，改变声音和举止，这些是她最喜欢做的事，而且她也知道自己做得非常出色。她唯一的遗憾是永远不能获得她应得的掌声。然而只要看着纳迦一边听城镇人对他妻子做下的可怕事情，眼泪一边从他脸上滑落，这就足以成为回报了。

纳迦大概从来没有在大庭广众下哭过。他的副官和手下军官看上去非常震惊。甚至就连策划了这个刺杀纳迦夫人的计划并帮助辛西娅潜入她家的德朱将军，当他听到老朋友的抽泣声，看到眼泪从他的下巴滴落时，德朱似乎也不安起来。最后，他截断了辛西娅的表演。他安排纳迦夫人的死亡，是因为他想把纳迦从那个与牵引城媾和的愚蠢想法里震醒过来，而不是要摧毁他。

“够了！”他说着，举起手来示意那个宣读辛西娅的文字的人停下来，“纳迦，你不能再听下去了。有两件事是清楚的。我们不能够信任扎戈瓦人。还有和牵引主义野蛮人之间的休战必须结束。我的师已经准备好了明天发动进攻，如果你来指挥的话。”

“还有我的。”其他几名军官异口同声地说。

“摧毁所有的城市！”另一个喊道，这是休战开始前，绿色风暴在更为单纯的年代里的口号。

“不行。”纳迦生气地说。

房间里的每个人都发出了小声的惊讶。就连辛西娅都不得不记住她在扮演一个聋哑人，不让自己大叫出来。

“不行！”那个可怜的傻瓜又说了一遍，用机械手重重捶着桌面，“伊诺妮不会想要看到这个世界因为她而坠入战争深渊的。”

“可是纳迦……”德朱将军坚持道，“我们必须为她报仇。”

“我的妻子不相信报仇。”纳迦颤抖着说，“她相信宽恕。如果她在这儿，她会说，少数几个城镇人在沙海里的行为并不意味着就没有一个城镇人可以信任。我们必须继续为和平而努力，为了她。”他直视着辛西娅，她便谨慎地避开了目光，“这个女孩又怎么样？我们可以给她什么奖励？她表现得十分勇敢，也十分忠诚。”

辛西娅暗暗气恼，她还得等着别人把纳迦的问题写在一张纸上，她才能涂画她自己的回答。写着写着，她不禁露出了一个淡淡的微笑。一想到房间里其他每个人都会以为，她之所以微笑是因为她是一个如此善良忠诚的姑娘，她就很开心。

我只愿能让我服侍纳迦将军，正如我服侍他心爱的妻子那样。

15 隐形的郊镇

黎明时分，“鬼面鱼”号来到了无人地带的残破棕色荒原上空。围绕着穆尔瑙聚集在一起的喧闹城市已经在下半夜沉入了西南方的地平线下，现在视野中唯一的城市是远方的一座装甲巨堡，被称为装甲城市温特图尔[1]，隆隆行驶在北方担负起戍守的责任。牵引城社会和绿色风暴都习惯性地在这一地区保留了哨卫力量，因为他们以前被包围夹击过，不过双方都不真正认为另一方会穿越这片泥泞坑洼的地域发动进攻，当天光渐亮，这片地方就更加丑陋，更加让人不愿进入其中了。再下方的薄雾底下，除了城镇的巨大车辙痕迹之外，其他什么也没有。

一些较古老的辙印有一百码宽[2]，如同侧壁陡峭的峡谷，笔直延伸向东方，辙印底部填满了松散的页岩和一连串泥泞的池沼。低头望着它们，汤姆觉得自己认出了伦敦的辙印，他和赫丝塔很久以前曾经沿着它走过。很快他就会再次跟上它们。这一次，若魁科保佑，它们就会引导他回到故乡。

“哎，我哪儿都看不到一座郊镇。”芮恩一边说着，一边把她的湿头发裹在一条毛巾里，从厨房走过来，她刚在那儿的水槽里洗头了。随着她挨个儿走到每一个窗口，俯瞰下方在晨光中闪闪发亮的土坡和泥垄，洗发水的柠檬香气弥漫在飞行甲板上：“什么都没有！”

“我们要有耐心。”汤姆说道，但他也不禁感到不安起来。沃尔夫·科波尔德不像是会迟到的人……他继续盘旋着。他感觉“鬼面鱼”号轻盈而欢快，仿佛很高兴能回到天空中一样。根据沃尔夫的指示，它的货舱是空的；按理说他一定是准备要带着满满一船战利品从伦敦的残骸飞回家。可是他人在哪儿呢?

收音机突然发出一声咔啦咔啦的声音，然后开始尖啸起来。它已经预先调到了沃尔夫所提供的频率，所以似乎可以有把握地假定扬声器传出的这种震耳欲聋的尖锐噪音是哈洛巴洛的归航信标的呼号。

汤姆赶紧跑过去调低音量，芮恩则跑回窗前。他们下方的土地还和以前一样平淡无奇。“我看不到任何郊镇。”芮恩说，“它肯定还在地平线后面。”

“不可能。”汤姆说道，信号的声音再度升高，让他皱起了眉，

---

1. 温特图尔是瑞士北部的小城。
2. 约 91.44 米。

“听上去好像我们就在它的正上方。”

忽然，芮恩发现在东边大约一英里外的一条宽阔辙印中有什么动静。那儿的一汪汪水潭正在被排干，长在周围的树木和灌木也开始移动，它们扭曲转动，陆续倒伏。辙印的土地隆起成了一个圆土丘，随后这个土丘裂了开来，土块纷纷滑落倾覆，露出一排巨大无比的螺旋钻头，然后又是一个伤痕累累的装甲外壳。一团废气像灰色的拳头一样随之轰入天空之中。

“伟大的魁科啊！”汤姆喃喃地说道。

在桃花源的安克雷奇，珍奇陈列室里有一种被称为马蹄蟹[1]的生物的外壳。后来，当芮恩试图向人解释哈洛巴洛看起来什么样时，她经常会把它与那种蟹相比。这个郊镇很小——几乎不到一百英尺宽，长度则大约是宽的三倍。它完全被装甲外壳所覆盖着。前端是一个宽而钝的护盾，现在郊镇到了地表上之后，钻头就全都缩进了护盾里面（这个护盾也遮住了哈洛巴洛丑陋的颚部，当哈洛巴洛想要撕咬它所追猎的小镇，或是要吞噬绿色风暴的堡垒时，护盾可以升起来）。在护盾后面，哈洛巴洛逐渐收窄成一个狭窄的艉部，并由层叠的装甲板保护着。几片装甲板滑到一边，芮恩瞥见其下有重型履带和车轮，另有一块金属降落平台在液压臂的推动下缓缓滑了出来，上头闪烁着降落指示灯。

1. 即“鲎”，地球上最古老的动物之一，实际上并不是蟹，而是节肢动物。

“我们是要在那儿降落吗？”芮恩问道。

汤姆说他认为肯定是的。“科波尔德说他的地方很专业化。”他惊奇地说道，“可我完全没想到……”

他不喜欢这个地方的外观，但他告诉自己这只是前往伦敦的道路上的第一步，于是便驾驶着“鬼面鱼”号小心地在降落平台上着陆了。

沃尔夫·科波尔德正等候着，准备好了来回答他们的一切问题。离芮恩上次见到他已经将近一周，她都忘了他有多么英气逼人。灰蒙蒙的晨光，闪烁的降落指示灯，还有他的风衣在风中飘舞的下摆，这些都令他看起来比以往更加英俊，也更像个海盗。不过芮恩心里一直对海盗有种特别的倾慕，而且至少沃尔夫的微笑是非常友好的。

他的镇子却不那么友好。在折叠起来的装甲之下，她唯一能见到的就是四四方方、一幢幢单调乏味的灰色公寓楼，上面凿出一个个小窗户。人们看起来也都是灰色且单调乏味的，他们匆匆上前来帮两位旅客拎行李；这些人都是粗壮结实、愁眉苦脸的拾荒者，穿着工作服，披着斗篷，戴着护目镜或是貌似甲虫的防尘面具，用来在阳光下遮蔽他们的眼睛。

“不，确切地说哈洛巴洛并不真的钻地。”沃尔夫回答了汤姆刚刚问他的某个问题，“我们没法钻透基底岩床或任何类似的东西——这种移动方式太慢了！但我们的世界上有许许多多很深的辙印纵横交错，它们的底部大多填满了松散的页岩、泥沙和塌落的土石，多到足以隐藏这座小小的郊镇。”

他们望着他的手下将“鬼面鱼”号绑紧在系泊平台上，然后跟着他穿过一条位于金属建筑物之间的小巷，沿着哈洛巴洛的中央大街前进。从这里有各条楼梯通向一幢幢建筑的二楼，狭小的住房挤在覆盖装甲的屋顶下。其余的楼梯向下穿过甲板通向引擎室，那儿传来的热力不仅钻透了人行道，还钻透了旅人们的靴底。蜿蜒曲折的通风管道之间，一座壁龛里供奉着一座八臂神像，那是撒切尔夫人[1]，吞噬一切的女神，执掌无拘无束的城市达尔文主义。

“这是你们第一次造访一座收割镇吗？”沃尔夫问道，他望着走在他身边的客人们的脸，“在这儿我们不像那些大城市一样故作斯文。不过这儿是个良好健全的地方。这座郊镇曾经是一座拾荒镇，直到它在寒霜荒原上被一座猎食城市抓住。他们觉得它可能会对战备有用，所以把它整个儿地送到穆尔瑙来了，而我父亲则把它给了我，让我将它打造成形。我从其他收割郊镇上雇了人来帮我。都是些粗人，但很忠心。”

这儿整个地方闻起来就像个火炉，散发着浓烟和炽热金属的气味。芮恩觉得要是她必须得活在地下的话，她会抓住每次机会到外面去呼吸新鲜空气的。可是这些哈洛巴洛人似乎都不想冒险到外面的降

1. 撒切尔夫人是英国首相，20 世纪 80 年代在位，在经济上实行新自由主义。

落平台上去，他们就待在这座郊镇之中被遮蔽住的地方，那些因工作关系不得不走到阳光下的人，则用太阳镜或护目镜遮住他们的眼睛，并用灰呢大衣和灰毛毡围巾将自己裹得严严实实的以抵御寒冷。

“这儿没多少女人。”沃尔夫一边说着，一边斜眼看看芮恩，（她分不清他到底是因为没有女性陪同而向她道歉，还是在暗示有一位漂亮的女飞行员来访是多么令人愉快。也许，两者兼有。）“这儿没有家庭居住。在哈洛巴洛上的生活很艰苦。如果我的小伙子盯着你看，你可千万别介意。”

而他们的确盯着看了，胡子拉碴的面孔上，嘴巴张得大大的，望着他们的年轻市长带领他的客人走上一道摇摇晃晃的楼梯，前往镇公所。镇公所是一座新月形的建筑，矗立在桩子上，俯瞰着郊镇巨颚内部的一座座拆解场。它外观丑陋，而且相当小，但沃尔夫把它装饰得不错。帷幔和挂毯遮住了金属墙壁，还有精心挑选的艺术品，当他的仆人们关上百叶窗，将外头的机械景象遮掩起来后，这里便有了一种亲切如家的感觉。

沃尔夫把他们带到一间窄长的餐厅，天花板漆成蓝色，上面还绘着一朵朵小小白云，让人觉得像是外面的天空。“你们还没吃过早餐吧，我想？”他问道，不过他也没有等他们回答，直接将他们迎入了餐桌旁边的座位上，并确保汤姆坐在尊荣的首席。另一名男子走了进来，这是一位老人，身材矮小，面色蜡黄，皮肤上有斑斑痘痕，并戴着一副外观复杂的眼镜。沃尔夫热情地与他打了招呼，并且帮他也安排了一个座位。“这位是乌多·豪斯多弗，我的总导航员。”他解释说，“当我不在的时候，就是他保持一切事务顺利运作。他是我所认识的最好的人之一。”

豪斯多弗点点头，朝每个客人轮流眨眨眼睛。如果他是沃尔夫所认识的最好的人之一，那么芮恩绝不会想看见其他的人，因为豪斯多弗在她看来就是个恶棍。但她看得出来沃尔夫喜欢他，比喜欢的程度还要深——如果她不知道的话，她还会以为他们是父子关系。她忍不住想到，沃尔夫与这个鬼鬼祟祟的老拾荒者在一起的时候，看上去可比跟他的亲生父亲在一起时轻松多了。

女仆带着好像瘀青的眼睛，静静地走来走去，送上一盘盘食物，以及一壶壶咖啡。科波尔德对着他的客人们微笑着，举起了他的杯子。

“我的朋友们！在我的餐桌上出现新面孔是多么令人愉快啊！我很高兴地说，我们有真正的、新鲜的咖啡，来自我们上周二吞吃的一座拾荒镇。狩猎的成果！”

“你还在狩猎？”汤姆问道，“我还以为牵引城社会已经发誓不吃其他城镇，直到赢得这场战争的胜利……”

沃尔夫笑了起来：“那是一种愚蠢而多愁善感的想法。”

“我觉得它相当高尚。”汤姆说道。

沃尔夫一边啜饮着咖啡，一边若有所思地看着他。然后，他当啷一声放下杯子，说：“那可能高尚，纳茨沃西先生，但那不是城市达尔文主义。”

“什么意思？”汤姆问道。

“我的意思是，我曾经在穆尔瑙上生活过，我亲眼看到了我们这些伟大的牵引城市是如何用琐碎的规章和禁忌把自己束缚住的。”他用他的叉子叉起一块熏鱼，指向汤姆，“大城市都完了！即使他们赢得了这场战争，你真的以为这些牵引城会再次像真正的城市那样去狩猎吗？当然不！他们会喊：‘噢，我们不能猎食不来梅[1]；我们困在普里皮亚特[2]前线阵地上的时候，不来梅给我们提供过火力掩护。’或者是，‘追小瓦根哈芬[3]是不对的，它在战争时帮过我们许多’。这就是为什么他们没法打败蘑栖人，你明白么。他们坚持要互相帮助，而等你一开始帮助别人，或者依靠别人来帮助你，你就放弃了自己的自由。他们忘记了应该根植于我们文明核心中的那种单纯而美丽的行为：来一场伟大的城市追逐并吃掉比自己小的城市。那才叫城市达尔文主义。它完美展现了世界的真正本质：那就是适者生存。”

“可你还是他们联盟的一分子。”汤姆争辩道，“你帮他们作战。”

“目前来说是的，因为这适合我们。绿色风暴必须被捣毁。可是我从来没有让我的人民忘记我们是自由的。我们独自狩猎，我们吃任

---

1. 不来梅是德国西北部城市。
2. 普里皮亚特沼泽位于白俄罗斯和乌克兰之间，是欧洲最大的湿地之一。
3. 德国下萨克森地区的小镇。

何可以塞进我们铁颚里的东西。”

汤姆看上去闷闷不乐。芮恩希望他不要说什么会冒犯沃尔夫的话。“你使得哈洛巴洛听起来不比一个海盗镇强了。”他最终喃喃自语地说道。

沃尔夫并没有被冒犯。他笑了起来：“谢谢你，纳茨沃西先生！我一直怀疑海盗的行为才是城市达尔文主义最纯粹的形态呢！”

“可是你只是这儿的临时市长，不是吗？”芮恩问，“我的意思是，你是穆尔瑙的继承人……”

沃尔夫耸了耸肩，然后咬了一口熏鱼：“我永远不会接替我父亲的工作。即使他恳求我也不会。当我能够在外面自由自在地狩猎的时候，为什么还要去统治一座充满了商人和老女人的笨重大山呢？现在像这样的郊镇才是未来。等蘑栖人和大牵引城在这场无止境的战争里相互把对方撕成碎片之后，哈洛巴洛和其他类似的郊镇就将继承这个地球。”

“天啊，好吧，我从来没从这个角度想过。”芮恩结结巴巴地说。她确信他是错的，但他是如此自信，以至于她都想不出要如何反驳。

沃尔夫又笑了起来：“我真是抱歉。我不应该在吃早餐的时候谈政治的！我甚至都还没给你们详细介绍我们的旅程细节。我们很快就要出发，向东穿过无人地带。如果一切顺利，我们会在下半夜的某个时刻到达绿色风暴的外围防御线。我已经找到了可以让‘鬼面鱼’号不被人发现地穿越边界线的合适地点。在我们到达那儿之前，你们可别拘束。你们是我的客人。”

他鞠了一躬，双眼紧盯着芮恩。汤姆考虑着现在是否还有时间从这趟探险中抽身而出；或至少找个借口把芮恩送回穆尔瑙，远离这个迷人而危险的年轻男子。可是他真的很想让她看到伦敦……

而且不管怎么说，已经太晚了。刮擦声和撞击声透过薄薄的墙壁传来，那是这座郊镇的装甲滑动关闭的声音，还有沉闷的轰鸣声，那是它的引擎再次启动的声音。哈洛巴洛沿着它所选定的一条辙印的底部，开始爬动起来，渐渐加快速度，它那一排钻头深深挤进土中，让自身逐渐深入，直到它看上去就像一个让人难以置信的移动土堆，仿佛一只钻在地毯下的老鼠一样，一路东行，朝着冉冉升起的太阳而去。

16　俞饼在世界屋脊

还记得小俞饼和他的潜猎者吗？没多少人还记得。海蛇尾的死亡以及“蜘蛛宝宝”号的被窃给布赖顿带来了意外，但是其他的迷失小子立刻就开始为了争夺海蛇尾的奴隶和房子而彼此争吵起来了，等到子弹和战斗飞盘不再乱飞之后，已经没有人还记得引发了一切麻烦的那些奇怪事件了。

几天后，一座游弋在中海东部的弹坑迷宫中的筏城，报告说储存罐里丢失了燃料。而一艘从弹坑湖床上打捞冲击玻璃[1]的潜水艇的船长则称，曾看见过一艘奇特的船从他上方游过，在阳光明亮的水面上切出一个黑色的轮廓。但这个船长是个酒鬼，少数相信他故事的人只是摇摇头，咕哝着说一定是迷失小子又在重操旧业了。

从一个灌满水的弹坑游向另一个，“蜘蛛宝宝”号向东北方一路潜行而去。它越过大狩猎场的一片支脉，沿着淹水的辙印游动，并紧张地快速跑过辙印之间的丘脊，而与此同时，大地则在众多巡行狩猎的城市的重量下颤抖着。它蹑手蹑脚地穿过锈水沼泽，并最终找到一条路进入了哈萨克海。这片海域在不久前成为了战场，沉没的郊镇和飞艇散布在淤泥滚滚的海床上。俞饼从它们锈迹斑斑的油箱里窃取燃料，又在黑岛嶙峋海岸的某条岩缝中浮出水面给贝壳船装电池。然后他再度下潜，一路紧赶朝东前进。

早在几个星期前，“蜘蛛宝宝”号已经越过了迷失小子的海图的边界，不过俞饼的潜猎者脑中似乎有这片土地的完整地图。过了这片海域，就是一条宽阔的大河，蜿蜒从东部的山峦中流淌而出。俞饼按她告诉他的，顺着河流向东，经过了绿色风暴的空军基地，从一座座桥梁下穿行，半履带车[2]和装甲列车组成的车队在桥梁上隆隆通过。河上拉起了连环浮桥，以防城镇人的突击队用船只偷偷潜入内陆，但蜘蛛宝宝号从浮桥下方钻过，如幽灵般穿越了绿色风暴的领土。

“为什么你不让别人知道你来了？”俞饼问，他通过潜望镜望着一座座定居地、农田，还有自信地飘扬在堡垒和寺庙上空的绿色闪电的旗帜，“这些是你的人，不是吗？当他们看到你还活着……”

“他们背叛了我。”他的潜猎者咝咝地说着，“单生人让我失望。

---

1. 在古代战争中，炸弹爆炸的高温高压融化砂砾，在弹坑底部形成了冲击玻璃。这种物质被牵引纪元的人们认为具有很高的价值。因为弹坑中积水成湖，所以需要潜水艇打捞。

2. 前半部分使用车轮，后半部分使用履带的野战车辆。

他们现在跟着纳迦了。我无需他们也能将世界再次变绿。”

“但你会带着我，对吗？”俞饼紧张地说，“我可以帮你，对吗？”

他的潜猎者没有回答。不过之后，在他休息的时候，他醒来便发现她正坐在他身边。她又成了安娜，用她冰冷的手摸着他的头发，低声说：“你是个好孩子，俞饼。我很高兴有你。我本该有自己的儿子的。我会快乐地看着孩子成长、游戏。我从没见过你玩，俞饼。你想要玩个游戏吗？”

俞饼觉得自己羞愧得脸上发烫。“我不懂任何游戏。”他喃喃地说，“他们都不懂——在盗贼馆里——我的意思是，我不知道怎么玩。”

“可怜的俞饼。”潜猎者低声说，“还有可怜的安娜。”

俞饼依偎在她的膝上，双臂环抱着她残破的金属身躯，脑袋贴在她坚硬的胸口上，聆听着她体内怪异机械的嘀嗒声和唏嘘声。“妈妈。”他悄无声息地说着，仿佛只是为了找出这个字眼在他嘴里是什么形状。他不记得以前这样叫过任何人。“妈妈。”他哭了起来，潜猎者安慰着他，用她笨拙的手轻轻抚摸他的头，低声哼唱起一首古老的中文摇篮曲，那是方安娜自己小时候听来的，还是在鸟道上，很久很久以前。

于是俞饼睡着了，并且一直熟睡不醒，直到她再次变成了潜猎者方，站起身来，将他丢到了地板上。

一英里接一英里，溯流而上，涉过沼泽，八条钢腿步履沉重地穿过空旷的山谷，“蜘蛛宝宝”号慢慢地往东走着。一天晚上，俞饼跑到船壳外面去呼吸新鲜空气，便看见山国的群山在月光下沿着地平线铺展开来，如同一个白色的微笑。

河流逐渐变浅，春天的洪水将石块从覆压的山崖上冲刷下来，壅塞于河道中。“蜘蛛宝宝”号只在晚上行动，它在星光下沿着白色的湍急浪涛溯流而上，黎明时就隐藏进覆盖河流两岸的松树与石南的密林之中。潜猎者方对这些拖延变得不耐烦起来；她亮出刃爪，羡慕地倾听时不时从头顶飞过的绿色风暴飞艇集群的声音。但当她是安娜的时候，她喜欢这片森林。她牵着俞饼的手，带他走在散发着树脂芬芳的静谧林间，或是变得像个小姑娘那样幼稚淘气，朝他扔松果。“我们在玩！”她兴奋地低声说着，他则笑着追逐她，自己也把松果扔向她，“俞饼，这就是玩耍的感觉！”

当她是安娜的时候，俞饼就心情愉悦。他讨厌潜猎者方，而安娜也这么觉得。“她让我害怕。”有一回她对他说，“另外那个人。她真是既冷酷又凶狠。她出现的时候，我甚至都听不到自己的思想……”

可是潜猎者方也同样害怕安娜。每次她重新取回控制权，第一个问题总是：“我失灵多久了？那个错误做了什么？它说了什么？”那是她给自己体内作为安娜的那一部分所起的名字：错误。

“这个部件受损了。”她宣布道，“我需要修理。”

“我不知道怎么做。”俞饼哀叫一声，“我一点儿也不懂潜猎者的大脑。”如果他懂的话，他就会关闭她体内潜猎者方的那一部分，让她每时每刻都是安娜。然后他们可以把“蜘蛛宝宝”号开走，到某片空旷的山区里去，在那里生活。从此，一个想要母亲的迷失小子，和一个想要孩子的已死女人，就会幸福地生活在一起。然而他知道这是没有一丝希望的。如果她体内潜猎者方的那部分发现俞饼试图帮助错误的话，她会杀了他的。

于是他与她一起朝东北方前进，跟随着她低声指示的方向，河流变得越来越陡，越来越窄，直到有一天晚上，“蜘蛛宝宝”号在一条高悬白瀑下方的冲击水潭中浮出水面，俞饼便意识到，它已经没法再载着他们前进一步了。一开始他还觉得解脱了。但潜猎者方根本就没有片刻的灰心。“我们要在这里离开贝壳船，徒步前进。”她低声说道。

“走到哪里去呢？”俞饼问。

“去与奥丁对话。”

“有多远？”

“它在两百九十四英里外。”

“我走不了那么远！”俞饼抗议道。

“那就留在这里。”他的潜猎者说。她离开贝壳船，开始摸索着爬上瀑布边上陡峭湿滑的岩石堆垒。俞饼赶紧把补给品塞满一只贼赃袋，做好去追赶她的准备。等他爬出船体外时，发现她正等着他。她仍然是潜猎者方。她只是觉得毕竟他可能对她还会有用。

“在战山上有一座隐修院。”她低声说，“我们会在那里中途停留。”

战山是一座火山，它是如此巨大，如此高峻，以至于俞饼一连几天驾驶着“蜘蛛宝宝”号穿行在它下部的山坡上，却都根本没有觉察到它的存在。整个世界仿佛就是战山的根基，而它的顶峰则消失在了云海之上。狭窄的小道穿过熔岩地域盘旋而上，沿路排布着一座座神龛。残破的丝绸经幡随风飘拂，伴随着丝棉的细微撕裂声被风扯碎，带着祈祷经文飞入天空诸神的领域。

“这是一座圣山。”俞饼的潜猎者说。她又变成了安娜，将他搀扶起来，因为路很陡，空气又稀薄，他几乎精疲力竭了。他想知道为什么现在她变了回来。是因为那些经幡飘拂的声音唤醒了她吗?

“没有人知道它是怎么出现的。”她低声说，“也许是神祇将它放在这里，也许是古代人。某种东西撕裂了大地，于是地球的炽热血液涌了出来，形成了战山，以及由此向北的所有年轻山脉。灰烬和烟尘挡住了太阳，冬天持续了数十年。可是看看这片土地现在有多么美丽！”

“你看不到它的。”

“我记得它。我爱过这些大山，那还是我活着的时候。能回家真好。”

一天一夜之后，俞饼看见前面有亮光，隔着茫茫暮色和寂静飘雪朝他闪烁。他们经过一片田地，那儿有几头牦牛伫立着，雪积在它们的背上，好像披了一条毯子。田地再过去是一座小屋，屋顶很陡，屋檐像燃烧的纸片一样卷起。它用山坡上的黑色火山岩建造，但也有木头雕刻成的百叶窗和立柱门廊，漆成红色、金色和蓝色，令它看起来明快活泼。一条狗小跑过来迎接旅客们，但它闻到潜猎者的气味后就呜咽着偷偷溜走了。

“这是什么地方？”安娜低声说。

“你不知道吗？”俞饼问，“你带我们来的。”

“我从来没有来过这里。我只是沿着另一个我把我们带上的路走。”

俞饼用挑剔的目光看着那所小房子：“她说有一座隐修院，说我们会在那里中途休息。就是这里吗？”

他的潜猎者毫不知情。

门上有两只金色的眼睛用以驱除邪恶，俞饼用小拳头砰砰地敲在它们之间的木板上。他听到门的后面有动静，然后静了下来。他又敲了敲门。头顶上方，在大山的陡峭岩壁上，夜晚的雾气恍如幽魂飘荡。

门开了。一个人穿着用某种厚厚的粗织物缝制的红色长袍。一个女人，俞饼想。她有一张棕色的脸，凹陷的大眼睛，头发剃得只剩一层阴影贴在她瘦骨嶙峋的头颅上。“我们需要食物，行个好，太太，还需要水。”俞饼开口说，但是这个女人根本看都不看他。她的视线越过他的脑袋盯着潜猎者。她的嘴唇翕动，但没有说出一个字，只发出一种低低的呜咽声。她举起左手捂着脸，然后是她的右手，俞饼看见那只右手根本不是一只真的手，只是一个闪闪发亮的金属钩子。

“安娜？”那个女人说。她后退了一步，退到她那间小屋子的黑暗中。“不！你不是她！”她说道，“我试了又试，但你不是……”

“萨特雅！”潜猎者低声说着，蹒跚地走过俞饼身边，用钢铁的双臂环抱起那个受了惊吓的女人。俞饼喊出了声，因为一瞬间他还以为她变回了潜猎者方，就要杀死这个陌生人。等他看到她只是拥抱着她时，便感到松了一口气，然后又是一阵嫉妒。

“萨特雅！”他的潜猎者低声说着，用她的金属指尖沿着那个女人的脸庞轮廓滑过，“我很久没见你了，自从——哦，那天晚上，在永固寺，下着大雪，还有大火，还有瓦伦丁……哦，萨特雅，你变得多老了啊！还有你可怜的手！你的手发生什么事了？”

萨特雅瞧了瞧她，又瞧了瞧俞饼，发出一身轻叹便晕了过去，瘫倒在石板地面上。

“她是我的朋友，我的学生。”潜猎者低声说，一边朝她俯下身去。她那张盲眼的青铜脸转过来望着俞饼，“她在这里干什么？她怎么了？”

俞饼不安地摇了摇头。他怎么会知道这位隐居女士的任何事情呢？他的潜猎者才是那个认识她的人。他说：“我们应该偷一些食物，在她醒来之前赶紧开溜。”

“不！我们必须帮助她！我想跟她说话！”

“可是如果你的另一半又回来了呢？她可不会想要说话，不是吗？她只会杀人……”

“那么你必须盯紧她。”他的潜猎者低声说道。“一旦你觉得另一个就要来了，你就必须警告萨特雅。不过也许她根本不会出现。”她抚摸着萨特雅的脸，“这些记忆，俞饼——各种各样的新记忆！它们让我变得更加坚强，我能感觉得到。现在帮我一把，她的床在哪儿？”

那很容易找，隐修院就只有一个房间，而床就在另一端的角落里：那是一张大床，上面满满地堆着毛皮和毯子，其下方的空间里用牛粪燃着火。安娜让萨特雅躺下，轻轻地拉过一张被单盖在她身上。萨特雅翻了个身。

“安娜，真的是你吗？”她问。

“我想是的。”潜猎者低声说道。

萨特雅开始啜泣起来：“安娜，这都是我的错！我应该让你安息的，但我那时候无法忍受！我与波普乔伊做了一个交易。”

“波普乔伊是谁？”

“一名工程师，他把你复活了。他向我保证你会再度恢复自我的，可是你不记得我，你什么都不记得，你说你不是安娜……”

“嘘。”潜猎者轻声说着，握着萨特雅的手，将它紧贴在她冰冷的青铜双唇上，“你把我带回来了，萨特雅。你的爱把我带回来了。”

“哦，哦。”萨特雅呻吟着，把自己的脸藏在毯子下，俞饼在一旁看着，等待安娜变成潜猎者方。但她并没有改变，于是他渐渐地开始希望她与老朋友的这次会面给了她力量，将潜猎者方永远地赶开。

那天晚上他睡在地板上，头枕着地毯，大腹便便的炉子里暖烘烘地烧着牛粪。萨特雅和潜猎者的说话声环绕着他，流过他耳边，说着他从未去过的地方，以及他从未遇到过的人，时不时地还会切换成他不懂的语言。

几个小时后，他被早晨的阳光和一个泵的连续不断的声音唤醒。他揉着眼睛赶掉睡意，走到外头的明亮晨雾中。他的潜猎者正坐在门廊上，背靠着被太阳晒得暖洋洋的墙壁，盲眼的面具好奇地转向萨特雅所发出声音的方向。萨特雅正在房子另一头的拐角处用手一下下压着泵的柄。对于一个只有一只手的人来说，那看上去十分艰难，所以俞饼便上前帮忙了。等他们灌满了萨特雅的大皮桶后，就一人一边地抓着把手将桶抬进屋子。“你在想这是用来干什么的吧，我猜？”萨特雅说，“嗯，是用来洗澡的，给你用。”

俞饼叫喊起来，大声抗议，几乎扔下了水桶。他不记得自己从前有洗过澡，他也看不出为什么要在这个时候打破他一辈子的习惯。但萨特雅和他的潜猎者不听任何借口。她们一起动手，脱掉他的肮脏衣服，然后把他扔进萨特雅的铁皮浴缸里，给他打上肥皂，帮他擦洗，还洗了他乱糟糟的头发。

这是俞饼童年时代最快乐的一天，他会永远记住这个日子。太阳高高升起，驱散了雾气，在萨特雅孤独的小屋周围，雪原反射着阳光，澄净而明澈，风从每座峰顶吹起一缕飞雪，仿佛对着钻石般的天空呵出的气。萨特雅把俞饼的衣服洗了，在等衣服晾干的时候，就给了他几件她自己的衣服穿：旧的帆布裤子和一件羊毛衬衣。他帮她砍柴，从木堆里拖出粗大的圆木，然后用一柄斧头将木头劈开。这堆木头是住在下方深谷里的人们作为礼物运上隐修院来的。他的潜猎者帮他把劈好的柴搬到屋后的棚子里，然后萨特雅把他带到关着牛群的石圈里。起初它们让俞饼害怕，因为它们长得这么大，还活蹦乱跳的，不过萨特雅向他展示了它们是多么温柔。他觉得它们很有趣，不管是它们毛茸茸的黑耳朵抽动着像戴手套的手一样赶开苍蝇的样子，还是它们粉红色的舌头卷住他递给它们的满嘴干草的动作。他看着萨特雅给牛挤奶，然后帮她把桶拎回屋子，小心翼翼地以免洒出一滴泛着泡沫、热气腾腾的牛奶。

与此同时，安娜已经亮出了她的一根刃爪，用它来雕刻一块她在棚子里发现的切下的木头。当她完成后，她把那件东西塞进俞饼的手里。这是一匹小木马，正在扬头小跑，尾巴像一面旗帜一样飞舞在它背后。

“这是为了什么？”俞饼一边问，一边将它翻来覆去，感到十分惊讶。

“给你的。”他的潜猎者低声说，“这是一个玩具，用来玩的。当我还是小姑娘的时候，我父亲曾经一直帮我雕刻各种玩具。”

俞饼望着手中的这匹马。如果他是一个普通的孩子，他会有很多玩具；他会整个下午都躺在地毯上，用玩具动物和城市来建造自己的世界。如果他是一个普通的孩子，他可能会觉得自己的年纪已经太大了，不适合再玩小木马。可是他是个迷失小子，他以前从来没有过一件玩具。于是他开始哭了起来，因为这匹马是这么的美丽，而他又是这么的喜欢它。

之后，他和萨特雅走到下方的一条河边：白色的急流奔涌，一路轰鸣泼溅，朝着树木繁茂的山谷流去。河上架着一座摇摇晃晃的桥，用绳索和竹子搭成。他们朝着激流投掷石块，萨特雅的狗汪汪吠叫，沿着河岸上下游跑来跑去。俞饼找到一根旧经幡的旗杆，是去年春天解冻的时候，从战山高处的某座神龛上冲下来的，他把那根杆子也扔进了湍流之中，他们望着河水将它带走。太阳开始落山了。河谷里覆盖着阴影，而群山则闪耀着艳丽的色泽，如同琥珀和玫瑰。

“你应该留在这里，俞饼。”萨特雅说，她的声音盖过了河水的轰鸣。

“我不能这么做。”俞饼回答说，他甚至都不想去思考这件事，“那个潜猎者……”

“她也可以留下。”她的目光从他身上移开，望向远方，越过了群山，仿佛看见了她自己充满各种困扰的过去，“在我失去了一只手后，那个潜猎者掌控了盗贼之窟，绿色风暴攫取了权力，于是我就有点气疯了，我想。我不断尝试告诉别人她并不是真的安娜，但他们就是不听。绿色风暴想要处死我，不过有几个军官——纳迦就是其中之一——同情我，于是他们安排我住到这里来。潜猎者方肯定签署了相关命令，我猜一定因为那样她才会知道能在这里找到我。我想其他所有人现在都已经把我忘记了。我不准离开这里，但山谷里定居地的人们会照顾我，他们带给我木材、蜂蜜和茶叶，作为回报，我爬上战山去参拜山上的那些神龛，为他们向天空诸神和群山之神祈祷。"

"你不会觉得孤独吗？"俞饼问。

"我当然会觉得孤独。在我年轻时做了那些事情之后，这样的生活已经比我应得的要好多了。但是，如果你想要在这儿住一段时间，还是有地方给你的。只要住到你准备好继续前进，或者等你年纪大到可以搬到下面的村子里去，在那里建立你自己的生活……俞饼，你还只是个孩子。"

他们一起走回小屋。潜猎者像尊雕像一样站在外面，她的脸侧对着群山。听到他们走过来后，她转过身低声说道："现在我必须走了。"

"不！"萨特雅说。

"不！"俞饼喊道，他感觉这完美的一天正从身边溜走。他想知道他的潜猎者是不是又变了身份，不过她仍然是安娜。

"我一直在想……"她耐心地说，"那个把我复活了的工程师还活着，对吗?”

“波普乔伊博士现在是一个伟人了。”萨特雅苦涩地说，“绿色风暴给了他一幢属于他自己的别墅，那幢房子就在永固寺的海角。”

“我会到那儿去。”安娜说，“我会要他检查我的脑袋里面，把我的另一部分摧毁，一定不能让潜猎者方生存下去。谁知道她在计划着什么呢？”

“她想要跟某个叫奥丁的人交谈。”俞饼提供线索说，“这就是为什么她会到这里来的原因。”

“奥丁是谁？”他的潜猎者问，“我不相信她。我会让波普乔伊令她永远沉寂。要是他做不到的话，他必须把我们俩一起摧毁。”

“哦，安娜！”萨特雅叫了起来，她想要拥抱她，可是潜猎者抽身离开了。

“我不能待在这里。”她低声说，“如果我再次改变身份，我可能会杀了你的。我现在得走了，赶在另一个回来之前。”

萨特雅开始哭泣起来，恳求安娜改变心意，可是俞饼知道争论是没有意义的。他跟他的潜猎者一起走过了漫长的路，他明白她体内安娜的那一部分就跟另一部分同样顽固。他的手探进口袋里，握紧了她为他雕刻的小马。“我也一起走。”他说道。

“不，俞饼。”两个女人同时说道，死了的和活着的，异口同声。

“你需要我。”他坚持说，“即使是另一个你也需要我。到你说的这个永固寺有多远？得走个几英里吧，我想。你没法独自走到那里，你的眼睛瞎了……”他哭了，因为他不想离开隐修院，可是他也不想让他的潜猎者离开他。他紧紧抓着玩具马，拼命想让自己看上去勇敢一些：“我也一起走。”

17 风暴之国

入夜，无人地带。哈洛巴洛一整天都在缓缓东行，每当有空中巡逻船飞过头上，就一动不动地躲在页岩下等候。当天空中没有动静了，它就上到地面来几次，从其舯部的通风口里排出浓雾一般的滚滚废气烟尘。

乘坐一座像鼹鼠一样的钻地郊镇在地下旅行，这种事情听起来让人极度兴奋，可等你真的做起来，就迅速变得沉闷无聊了，芮恩如此想着。她轻快地走过哈洛巴洛烟雾弥漫的热熏熏街道，镇民们盯着她走过，脑袋跟着她转，好让他们的视线在她经过时一刻也不离开她。她的发型和她的衣服曾经让她在穆尔瑙的时候感觉时尚而又成熟，然而现在她却担心它们只会让她在这些钻地人之中显得怪异扎眼。

假若她安稳地待在镇公所里，她一定会感到更快乐的，不过沃尔夫·科波尔德邀请她到下面的舰桥来与他相伴。他也邀请了爸爸，可是爸爸感觉不太舒服，芮恩不想让沃尔夫觉得他们不喜欢受他邀请，所以现在她才会身在此处，一路经过掘地者纹章酒馆[1]用玻璃砖砌成的窗户，然后左转来到垂直街，这是一条向下直通向郊镇深处的带梯子的通道。

舰桥是一座可移动的建筑，横跨在哈洛巴洛的拆解场上方，两端都有上了油的巨大轮子，架在拆解场墙壁顶端的铁轨上，这样它就能向前滚动到巨颚处去俯瞰抓到的猎物，或者向后滚动去看废品站的工人。舰桥上垂下铁链，随着郊镇的摇摆而叮当晃动，两个男人懒洋洋地守在通向舰桥的梯子底部。当芮恩伸手去拉梯子最下一级的时候，其中一个男人站出来挡住了她的路，但他的同伴说："别紧张，她是大人的妞。"

"我不是任何人的妞。"芮恩反唇相讥道，不过那个男人没有听见她的话。郊镇外壳刮擦页岩的声音简直震耳欲聋，同时，这两个面无表情的凶恶拾荒者身上有某种东西让芮恩的说话声轻得像小鸡叫。她爬上梯子的时候，能感觉到他们的目光落在她身上，还能听到其中一个对另一个大声喊了句什么，让他们俩都笑了起来。

"芮恩！"沃尔夫高兴地喊道。芮恩钻出舰桥地板上的舱门，上气不接下气地站着，晕头转向地望着她身边的一列列杠杆、一排排仪

1. 在英国有许多酒馆的名称形如"某某之纹章"，通常代表附近地主或者行业工会的纹章。

表和开关，还有一根根像钟乳石一样从低低的金属天花板上垂下来的传声筒。他从旋转椅上一跃而起来迎接她，一路上灵活地侧步闪过豪斯多弗和其他领航员，因为他们不断带着卷起的地图或是送往引擎室的命令匆匆忙忙地从他身边跑过。

“我很高兴你能下来！纳茨沃西先生还好吗？”

“他没事。”芮恩回答道，“我想，他吃过晚饭后在打盹吧……”（打从他们登上这座钻地郊镇后，爸爸就感觉不舒服，他脸色苍白，身体虚弱。她走的时候给了他严格的指示，让他睡一觉，可是她太了解他了，这时候他大概正在沃尔夫的图书馆里，研究着前方陆地的航图呢。）

沃尔夫挽起她的手臂：“你担心着他。”

“我想哈洛巴洛对他来说太热也太闷了。”芮恩说。她不想解释爸爸的心脏问题。爸爸花了大量精力来试图说服每一个人，包括他自己在内，说他平安无事。要是告诉沃尔夫他实际上病得有多厉害，感觉就好像是在背叛他一样了。“他会没事的。”她一边保证，一边露出一个尽可能欢快的微笑。

“好的。”沃尔夫说着，仿佛他们已经解决了某个问题一样。他领着芮恩来到他的座椅边上的一个地方，这儿有一个巨大的黄铜物体从天花板上垂了下来，上面到处都是旋钮和杠杆。它的底部有两个目镜。沃尔夫把它拉下来，直到芮恩能够到的合适高度：“我觉得你会喜欢这个景色的。”

芮恩几乎已经忘记了还有景色这种东西。哈洛巴洛上的时间过得如此之慢，以至于她上一次看到天空或大地好像已经是很多天前的事了。然而，当她从潜望镜的目镜里望出去的时候，她便同时看到了两者：天空一片深蓝，几乎万里无云，郊镇正行驶在辙印之中，两侧高墙上杂草丛生，一弯新月明亮地挂在上空。

“我们在哪儿？”她问道。

“接近绿色风暴的国度了。”沃尔夫回答。

“那为什么没有堡垒呢？没有定居地吗？”

沃尔夫咯咯地笑了起来：“绿色风暴没有足够的军队来驻守他们打下的所有新领土。在这儿他们只是每隔几英里有装甲瞭望塔。有时也有空中巡逻。”

“那么要驾驶‘鬼面鱼’号穿越这里会很容易喽？”

“足够容易。我已经准备好一些小小的诱敌措施，能让绿色风暴的瞭望哨忙一阵子。”

芮恩皱起了眉头。他们在穆尔瑙计划这趟旅行的时候，他可没提过什么诱敌措施。可在她来得及问他那是什么意思的时候，豪斯多弗朝他们走来，于是沃尔夫转身与他讲起了德语。说了几句后，他咧嘴笑了起来，并拍了拍那个年长男人的肩膀，于是豪斯多弗就开始对着传声筒大吼大叫地发布命令，芮恩甚至都听不出他用的语言——斯拉夫语吗？罗马语吗？郊镇抖动起来，向一侧倾斜，开始改变航向。

“当我们像这样缓慢移动的时候，我就会派出斥候小队徒步到我们前方去。一些斥候刚回来报告了，我们已经几乎到达了绿色风暴的前线。”沃尔夫拍着她的肩膀，咧嘴笑着，他很开心，“你应该去把你的父亲叫来。我们将会在一个小时内穿越过去。”

二十年前，伦敦的深深辙印切开绿色风暴边境的地方，已经被填上了土堤，土堤顶上是塞满石头的柳条笼、小铁屋，以及火箭炮阵列发射台。十年前一群收割郊镇试图从这里突破，它们的残骸后来也被添加到了防御工事上：底盘和履带被翻了过来，上面扎出一个个枪口，还刷上了绿色风暴的愤怒标语：阻止牵引城市！把世界再次变绿！我们要用牵引主义野蛮人的血来把大地洗刷干净！

在16号辙印的火箭炮发射台里，一名哨兵觉得她听到了陆地引擎的轰鸣声，于是便跑到外面的栏杆边张望，但她能见到的就只有雾蒙蒙一片。那天早上的巡逻队报告说所有的野蛮人都安稳舒适地待在他们自己的战线上，几乎表现得就像正人君子一样。这引擎声可能属于绿色风暴的某辆半履带车，正运送士兵去无人地带的某个前线侦察站。可怜的家伙们。哨兵的职责真糟透了，而16号辙印又是一条毫无价值的下水道。这名士兵回到屋里，那儿有热腾腾的面条，有暖烘烘的炉子，还有她在战斯卡[1]的家人寄来的信。

---

1. 现实中，应是指藏斯卡山区，在藏语中意为“白铜”。书中因为战山的关系而被称为“战斯卡”。

芮恩叫醒汤姆的时候，他正梦到伦敦。在梦里，他已经到达了残骸所在的地方，让他开心的是，这座老城根本不像他所担心的那样受损严重。事实上，唯一的改变就是城市第二层现在向着天空敞开，明媚的阳光照在布鲁姆茨伯里区的街头，克莱蒂·波兹就在那儿的博物馆台阶上等着他。“为什么你等了这么久才回家呢？”她一边问，一边牵起他的手。

“我以前不知道。”他说。

“好吧，你现在已经到这里了。”她对他说着，带他穿过熟悉的门廊走进博物馆里。中央大厅里所有的恐龙骨架都转过白骨嶙峋的头颅来看着他，发出低沉的哞叫以欢迎他的到来。“现在你可以好好地生活下去了。”克莱蒂说道。他的目光越过她，看到他自己的模样倒映在挂在展示柜里的一张古代铝箔上，看上去不再苍老病弱，而是再度变得健康、年轻。

“爸爸？”克莱蒂问，然后变成了芮恩。他不情不愿地醒了过来，又回到了逼仄黑暗的哈洛巴洛，开始摸索他的绿色药丸。

“你还好吗？”芮恩问他道，“我们快到边界线了。沃尔夫说要做好准备……”

一想到他们很快就要离开这里，汤姆就感觉好些了，他梦里那些令人愉快的记忆也是同样让他高兴。他穿好衣服，跟着芮恩朝郊镇艉部的机库走去，“鬼面鱼”号就停在那里，等待着继续它的旅程。沃尔夫在那儿与他们会面。“把你们的东西运上船。”他命令道，“准备好等我一回来就出去。”

“你去哪儿？”汤姆问，他很惊讶他们不是马上就起飞。

“去舰桥。我们还没有穿越边界线呢，纳茨沃西先生。我要安排一些诱敌措施，好让蘑栖人不要注意到我们穿越边界。”

他动身离开，匆匆忙忙地沿着哈洛巴洛众多管状街道之一前进。汤姆和芮恩把他们的背包拖进“鬼面鱼”号的船舱，然后等候在外面，并肩站在嘈杂混乱的机库里。突然，引擎空转的音调一下子变了，从低语变成了尖叫，郊镇加速向前，芮恩赶紧抓住汤姆以保持平衡。

“出什么事了？”

汤姆并不确定，但即使在没有窗户的机库里，也能感到一种强烈的速度感。所有的辅助引擎都转动了起来，哈洛巴洛沿着辙印疾驶，在升上地面的同时劈开泥土和植物的厚重波浪。大吃一惊的绿色风暴士兵只来得及发射了几波火箭，轰到郊镇的装甲上根本没造成什么伤害。随后堤防、堡垒，还有火箭发射台都被撞到了一边，哈洛巴洛撕破边界线进入了风暴领土。各个出击舱口在郊镇的侧边打开，一支支凶猛的拾荒者小队蜂拥而出，用枪、刀和锤子攻击那些从防空洞里爬出来的幸存者们。随着一声引擎的尖锐鸣响，哈洛巴洛朝一侧摆去，压垮了辙印的侧壁，并推倒了一座瞭望塔。

片刻之后沃尔夫跑进机库，喊道：“走！走！”一边还用罗马语和德语对守候在机库大门开关边上的人大吼着命令。于是那些人用力扳动黄铜把手，开始将门打开。随着潮湿泥土和硝烟的气息涌进机库，汤姆和芮恩一眼就看到了外面发生的事。在无数枪炮开火的红色耀光下，辙印被砸倒的陡峭侧壁上正在进行一场激烈的战斗。哈洛巴洛仍在行驶，因此那片景象很快便滑过了，但他们依然来得及看到一座座被压扁了的营房；看到一团团的带刺铁丝网在火光下凌乱缠结；看到一个个身影在泥地里挣扎、滑动、攀爬；看到枪炮开火；看到刀光闪动，看到人们翻滚、倒下、死去。

“上船！”沃尔夫一边喊，一边把芮恩推上“鬼面鱼”号的跳板，“我们必须在他们的援军到来之前上路。”

“这一切，就是为了让我们能穿越边界线？”汤姆嚷道，“你从来没说过……”

“我说过我会带你们穿越边界线。”沃尔夫耸了耸肩，“我可没说要怎么做。我以为你明白会发生一些小小不愉快的。”

“可是休战协定……”芮恩说。

“休战协议会持续下去，我们没有给他们留下任何把柄来认为我们是牵引城社会的一分子……”

“那些可怜人……”

沃尔夫一边催促她赶紧到飞行甲板上去，一边对着她友好地咧嘴一笑，就仿佛她的好心肠逗乐了他似的：“他们不是人，芮恩，他们只是蘑栖。他们自己选择了像动物一样在光秃秃的大地上生活，现在他们也会像动物一样死去。”

现在哈洛巴洛已经完全掉了个头：它的艏部指向了来时的路，

其艉部，还有机库打开的大门，指向东边绿色风暴的国度。汤姆正在“鬼面鱼”号的控制台前疯狂地操作着。芮恩感觉到引擎开动了起来，但她听不到它们的声音，因为哈洛巴洛本身的引擎正在轰鸣，而同时外面也正在进行着战斗。有几颗子弹在机库门框上打出了火星，但绿色风暴的大多数防御火力都被打掉了。沃尔夫重重地拍在汤姆肩胛之间，大喊一声：“走！起飞！现在！”汤姆瞥了一眼芮恩，然后抓住了控制杆，他切断了“鬼面鱼”号系泊夹钳的电源，驾着它迅速升起，向前飞去，飞出了机库，沿着浓雾翻腾的辙印底部向东而行。

芮恩离开飞行甲板，向后跑到艉舱里。透过那里的长窗，她最后一眼看到了哈洛巴洛。它如同一头巨大的海怪，笼罩在迷雾和硝烟之中，站立而起，碾碎并吞噬了又一座绿色风暴的堡垒，然后沉入辙印之中，向西驶去。“鬼面鱼”号飞得很快，生长在辙印底部的树木的枝杈剐蹭着船舱的龙骨。不久之后，就连交战的火光也消失在了后方的雾中，除了热内—卡洛引擎的熟悉颤动声之外便别无声响。

“我不相信有任何蘑栖会注意到我们离开。”沃尔夫说道。他站在她身后有多久了？芮恩转过身来。他友善地望着她，急切地想要减轻她的恐惧：“就算他们注意到了，我的小伙子们现在也已经把他们都杀了。豪斯多弗会再多粉碎几处他们的防御，然后在援兵来到之前回到荒原中去。绿色风暴会以为那只是一座贪婪的拾荒镇，渴望得到废金属并杀戮蘑栖人。他们不会来找我们的。”

“你没有告诉过我们。”芮恩冷冷地说，“你说穿越边界线会很容易！你没说我们得打仗。”

“那是很容易。”沃尔夫说，“你根本想象不到真正的战斗是什么样的，飞行员小姐。”

芮恩推开他，回到了飞行甲板上。汤姆正透过前方的大窗凝视着外面：那儿什么也没有，只有一片雾茫茫。有时，他们在其中飞行的这条辙印的侧壁上，泥土和岩石会有部分坍塌。每当这样的时候，汤姆就会快速而平静地调整转向舵杆，熟练地驾驶“鬼面鱼”号绕过去。芮恩羡慕爸爸遇到事情就可以集中注意力。她自己唯一能想到的就只有她隔着机库大门瞥见的那些挣扎的身影。她为自己身为这场袭击的一分子而感到内疚，并越来越担心。尽管沃尔夫说了那些话，她还是确信绿色风暴肯定已经知道“鬼面鱼”号穿过了他们的边界线，随时随地都可能会有火箭或潜猎鸟呼啸着从迷雾中钻出来，而那将会是她最后一眼见到的东西。

“我很抱歉。”她的父亲轻声说，听上去就跟她一样震惊和痛苦，“当他说他知道一个地方，我们可以在那里穿越的时候，我还以为……”

芮恩说：“他怎么能这样做呢？对那些人？”

“现在还是在战争中，芮恩。”汤姆提醒她道，“而沃尔夫是一名战士。”

“不光是那样。”她说，“我觉得他乐在其中。”

“有些人就是这样的。”汤姆赞同地说。战斗打响的时候，他认出了沃尔夫眼睛里的那种亮光：在胡椒瓶的那天晚上，赫丝塔杀死史金的守卫时，也曾有过同样的神情。他说："沃尔夫是有些奇怪的念头，但话说回来，他过的也是奇怪的生活。他还很年轻，他根本不懂除了战争之外的任何东西。在他的外表下面，我想，他是个不错的年轻人。"

"肯定是在相当深的下面。"芮恩说。

汤姆笑了笑："我以前认识一个人叫作克莱斯勒·匹维。他是一个海盗镇长，一座几乎跟哈洛巴洛一样凶猛的郊镇的头头，可是他最想要的就是成为一位绅士。沃尔夫则是恰恰相反，他是一位绅士，却想要成为一名海盗。不过他也有另外一面。他待我们很好，不是吗？现在我们把他从他的郊镇带走了，我们可能会再一次看到他的那一面的。"

芮恩谨慎地点了点头，仿佛希望她能相信他一样。汤姆自己也希望能相信自己。他接受沃尔夫的提议已经是一个错误了，现在他能确定这一点。要是在这趟飞行旅程中他出点什么事情，留下芮恩一个人，只有沃尔夫·科波尔德来照顾她，那芮恩可怎么办呢？

不过随着"鬼面鱼"号继续飞行，孤独地飞了一英里又一英里，火箭或潜猎鸟都没有出现，他开始觉得更加充满希望了，并开始回忆起了在那个博物馆的梦中那种安宁的感觉。他不喜欢科波尔德所做的事，但至少他们正在前进。在前方的某处，这片午夜平原的彼方，他能感觉到伦敦的吸引力，正将"鬼面鱼"号和它的乘客们朝它拉去，如同一颗不可见的星辰。

18　那座庞大的残骸

几个小时后雾气转薄，芮恩第一次能看清她正飞行于其上的这片风景——或者该说是飞行于其中，因为汤姆仍然保持飞艇飞得尽可能低，让它躲藏在耸立于伦敦的旧辙印之间的陡峭干泥脊之后。在芮恩视力所及的范围里，她周围的土地与边界线另一侧众多城市来往行驶的平原并无不同。绿色风暴已经在这片东部的大草原上清除了牵引城市，但他们还没有建立起自己的定居点。有时，透过辙印侧壁上的裂缝，能看到遥远堡垒或农庄的灯火，远远地位于辙痕凌乱杂草丛生的大地另一端。不过就算他们在戍守瞭望，他们所监视的也不单单是一艘小飞艇。

伦敦的尾迹笔直向东。城市的每一条履带都犁出一条两百英尺宽，并且往往几乎一样深的沟壑。汤姆驾驶“鬼面鱼”号沿着最北面的那条深沟飞行，直到他头顶上的带状天空开始发白。然后他便让它降落下来，等待白昼过去。

之后，在他睡觉的时候，芮恩坐在静静的飞行甲板上守望着。她抬头望向天空，便看到几十艘绿色风暴的飞艇经过，飞得非常高，朝西边驶去。然后一大群潜猎鸟有节奏地鼓动翅膀吸引了她的视线，它们也飞向西面。她把它们指给沃尔夫·科波尔德看，但他说："没什么可担心的。只是常规的部队转移。"

虽然她还和前一天晚上一样对他非常生气，但她还是很高兴他能陪着他们；她很高兴他有那种军人式的坚定；还有他的那种自信。而且，哈洛巴洛已经落在了后面，所以他似乎也软化了下来，正如汤姆保证过的那样。他的声音和表情都变得柔和了，当芮恩让他做事的时候，他便顺从地照做，就好像是承认了，在"鬼面鱼"号上，她才是专家。

尽管如此，他所说的关于那些潜猎鸟的话是对的。没有哪只飞得低到或是近到足以在辙印的红土之间看到"鬼面鱼"号的赤褐色气囊。

那天晚上他们继续飞行，第二天也以同样的方式度过，只不过在汤姆让飞艇降落的地方附近有一座既深且清的水潭，于是芮恩就去水潭里游泳了。水冷得让人手脚发麻，水面上的明亮倒影在她前方破碎开去。她仰天漂浮，一边感受着她的游泳衣在身边鼓鼓胀胀，一边聆听着无声的寂静。她以前的生活，桃花源和布赖顿，似乎遥远得无法想象。

石头从辙印的陡峭侧壁上滚落，扑通一声掉进水里，激起一圈圈重叠的涟漪朝她漾来。沃尔夫正爬在从辙印侧壁探出的树木之间。他看到了芮恩，便挥挥手。“只是来看看！”他喊道。

芮恩游上岸，快速换回衣服，并确保“鬼面鱼”号挡在她和沃尔夫之间。她走出来的时候，头发湿漉漉的，冷得直发抖，却没见到他。不过当她爬到辙印顶端，就看到他躺在一条长满草的平坦土脊上，用一支袖珍望远镜观看着绿色风暴的国土。

“你能看到什么？”她问道。

“没什么可担心的。”

他把望远镜递给芮恩，她便将它举到眼前。往南望去，棕色的草原向远方的青色丘陵一直铺展开去。在一个小型定居地的顶上，有一簇绿色风暴的风力发电机在阳光下傻乎乎地闪烁着。再往东，有些别的东西正在移动：一座长条形的低矮小镇，芮恩起初这么认为，然后意识到那是不可能的。

“补给列车，正朝西去为他们的军队运送补给。”沃尔夫说，“他们已经把铁路从山国一路造到了锈水沼泽。上一次我就是这么从伦敦回家的，躲在了一辆货运列车里。大多数列车都是无人驾驶的。”

“啥，连个驾驶员都没有吗？”芮恩问，她的注意力都集中到了列车前方的黑色电力机车头上，那是一个没有窗户的呆板物体，像头公牛一样向前直冲。

“引擎就是驾驶员。一个波普乔伊十二型潜猎者，由一颗被复活的人类大脑控制。原本是一些可怜的持不同政见者或被俘虏的士兵，被绿色风暴变成了一架列车引擎。不值得为他们感伤，芮恩。他们是野蛮人，和我们之间是你死我活的关系。”

芮恩知道他指的是昨天晚上的争执，或是在道歉，或是在解释。她试着想要还击，却什么也说不出来。

“瞧，它慢下来了……”沃尔夫说着，夺回了望远镜，“那儿肯定是一座桥梁或是铁路的某段脆弱之处。那儿将会是一个方便爬上去的地方，如果我们需要这么做的话。”

“什么意思？”

沃尔夫朝她咧嘴一笑：“如果你们的飞艇出了什么差错，我们就得走回家了。搭上一辆这种列车可以节省好几周的旅程。”

芮恩点了点头。她知道他想让她感到不安，所以拒绝让他称心如意。“看。”她指着说，“那儿的树木长得离铁轨很近，你在等列车的时候可以等在那里。”

沃尔夫笑了，很高兴她显露出了勇气：“我喜欢你，芮恩！在穆尔瑙可没有姑娘会进行这样的旅行，还能这么若无其事。你很——该怎么说——冷血。”

“一定是继承了我妈妈的。”芮恩说。

“已经不远了。”那天晚上，汤姆发动引擎的时候宣布道。芮恩已经回到船尾的舱房里去补觉了，不过沃尔夫还在飞行甲板踱着步子，时不时地停下来，目光越过控制面板望向前方的黑暗，焦急地等待着想要一睹伦敦的样子。“我们很近了。”他轻声说着，仿佛是在告诉自己，“现在我们已经非常接近了……”

伦敦的履带所甩出的泥巴干结如帆，遮住了夜空。有两次，引擎的声音惊醒了鸟群，它们拍打着翅膀飞过船舱的舷窗边，吓了汤姆一大跳。第二次的时候他叫出了声，令沃尔夫赶紧蹦到了他的身边。

“没事。”汤姆不好意思地说，“没什么，就是些鸟。很多年前，我跟绿色风暴的飞行潜猎鸟干过一架。从那时候起，鸟就一直让我神经紧张……”

“你是一个勇敢的人，纳茨沃西先生。”沃尔夫说着，放松了下来，又回到了他踱步的状态。

“勇敢？”汤姆笑了，“看看我，我像一片树叶一样发抖！”

“即使是勇敢的人也会感到害怕。而你所做过的事……芮恩曾经对我说过你年轻时的一些精彩冒险。”

“当时我可并不感觉它们精彩。”汤姆说，“基本上，我都是吓得僵住了，就是靠着一点运气才让我活了下来。每次我想要做什么事的时候，一切就会变糟……”

他们继续飞着。几个小时后，芮恩来与汤姆换班操纵。他打开咖啡机，摇摇在靠窗座位打着瞌睡的沃尔夫：“来点咖啡？”

那个年轻人皱起了眉头：“现在是什么时候了？我们到废墟地区了吗？”

“还没有。”

“爸爸？”芮恩在驾驶座上说，“爸爸，快看！”

汤姆顿时把咖啡忘了，走过去站在了他女儿的身边，向前探身越过一排排控制杆，透过前窗张望。天空泛白，第一缕阳光正从远山后方显现。在比群山更近的地方，矗立着一座矮胖的高塔，没有窗户，在天空的背景下黑黢黢的，挡住了前方的辙印。在一瞬间的恐慌中，汤姆甚至猜想绿色风暴是不是在这儿建造了一座要塞来守卫伦敦的残骸。

“是一只轮子。”沃尔夫低声说道，他越过芮恩的肩头凝视前方，完全着了迷。

芮恩缓缓拉起操纵杆，“鬼面鱼”号爬升了起来，那个圆滚滚的东西便从飞艇下方掠过，这时汤姆便看出沃尔夫说得没错：它变了形，生了锈，还长满蓬乱的杂草，但毫无疑问就是伦敦的巨轮之一。在它前方，野外的土地上散布着一个个巨大而黑暗的轮廓；更多轮子，长而扭曲的轮轴，从爆炸的城市里甩出来的奇形怪状的熔化金属。脱落的履带散落一地，好像破损的道路，通向刚出现在前方雾气中的废铁堆成的高山。

汤姆屏住了呼吸。他想起了最后一次见到伦敦时的景象，那是在美杜莎发射的次日早上，爆炸将城市烧得炽热变形。那时候赫丝塔和他在一起，他们在“鬼面鱼”号上一起漂泊，她安慰他，让他转头别再看他那垂死故乡的景象。而等他再次回望时，风已经把他们吹得远离伦敦了。

“你想要降落吗？”芮恩问。

汤姆用一只手飞快地擦了擦眼睛，望向沃尔夫。沃尔夫说：“还不行，这里只是废墟地区的西部边缘。这儿什么都没有，除了轮子和履带，还有几座烧光了的郊镇，它们都是来拾荒的，却被反牵引联盟轰炸了……”

“或者被鬼火炸了。”芮恩开玩笑说，随后便后悔了，因为她在月亮餐馆听说的那些傻乎乎的鬼故事，现在看上去根本不傻。伦敦的沉默残骸不时从船舱的两侧掠过：一座座残破的建筑只剩下空洞窗户的外壳，在夜色中逐一浮现，恍如一支幽灵飞艇舰队。

“我们朝东飞一会儿。”汤姆做出决定。

“鬼面鱼”号下方的景象飞快变化。很快它就到了废墟地区的核心，这里的土地被一堆堆又深又密的缠结废铁给完全遮蔽了。飞艇越过一座烧光了的郊镇，这座郊镇的轮子和引擎都已经混进了为之而跑来进餐的更加庞大的城市废墟之中。甲板陡峭倾斜，参差不齐，树木从裂缝中探出，轻轻摇曳。前方，残骸废墟堆积向上，成了一座长满尖刺的小山。汤姆看见了一块平坦的地方，半掩在一条脱落履带的悬空钢板下方，于是他兜回来查看了一番，便将“鬼面鱼”号沉默而谨慎地降落在了那儿的阴影之中。

“天啊！”芮恩低声说道。汤姆熄灭引擎之后，寂静顿时笼罩了四周。

沃尔夫·科波尔德打开舱口，让寒冷潮湿的空气和潮湿土地的气息飘了进来。“附近没人。”他说，“没有欢迎团……”

汤姆能感觉到自己的心怦怦直跳。他挣扎着让自己平静下来。他找了个借口留在飞行甲板上，偷偷摸摸地吞了一粒绿色药丸。科波尔德和芮恩在外面忙碌，用着陆锚将“鬼面鱼”号牢牢地系住，再用他从穆尔瑙带来的迷彩伪装网将引擎吊舱和转向舵片罩起来。它太大了，很难隐藏起来，不过走运的话，路过的飞艇或潜猎鸟就会错过它，因为它停在了履带钢板的生锈洞穴中，还在外面罩了层伪装网，它的轮廓就不那么明显了。

他们收集起需要的东西：帆布包、提灯，还有那把汤姆从来没有用过的旧手枪，是从他飞行驾驶座上方的那个柜子里取下来的。飞艇外面，废墟地区上方的天空正变得灰蒙蒙，晨光浮现，群星渐隐。他们喝了些茶，然后沃尔夫又往他的扁酒壶里灌了些更烈的饮料。

“也许你应该留在船里，芮恩。”汤姆提议，“至少等我们先查看四周……”

“我们应该待在一起。”沃尔夫坚定地说。没有人反对。现在他们又到了地面上，这是他的领域了，于是他们让他走在前头，一只手拿着电筒，另一只手举着手枪。他们便这样一个接一个地走出了飞艇，进入了这座失落之城的阴影之中。

起初四下里悄无声息，周围一片阴森、可怕，如墓地般死寂，只有新来者的脚步声将其踩破。月亮上的白色花园想必也是如此静谧吧，汤姆想道。但渐渐地，随着他们沿着狭窄而漫无头绪的小道步步前行，他开始注意到了某些轻微的声响。水滴从门楼上啪嗒啪嗒地砸落；一片残破的窗帘在一扇空荡荡的窗口中飘拂；铁锈的细屑被风吹动，打着旋儿，堆积在残骸深处的缝隙之中。

“附近没有人。”沃尔夫咕哝道。

“回家的感觉怎么样，爸爸？”芮恩问。

“很奇怪。”汤姆弯下腰来，手指摩挲着一块倒在脚下锈屑之间的金属标牌，滑过熟悉的伦敦街名：芬奇利路[1]，第四层，“既奇怪，又悲伤……”

“别出声。”沃尔夫警告道。他站在两个人前头不远处，提高警惕，手里紧紧握着枪。

“如果这里有人的话，我们降落的时候他们肯定已经听到‘鬼面鱼’号的引擎声了。”汤姆提醒他道，“他们知道我们来了。我希望他们能露面……”

废墟中的一只鸟不知在何处叫了起来。他们加紧步伐向东前进，并拉下了护目镜，以遮蔽初升旭日的耀眼桃色光芒。从“鬼面鱼”号的窗口望去，废墟地区显得很大，但在地面上看，这儿根本就是庞大无边。伦敦如同另一个国家：它就像一座山峦起伏的岛屿，其中央

1. 伦敦北部的主要干道之一。

山峰矗立有几百英尺高。部分残骸尚能认得出曾属于一座城市；整条整条的街道上满是瞪着空洞眼睛的建筑，还有一排上下颠倒的店铺，褪色绽裂的招牌仍然嵌在门上。但在其他区域，一切都如此扭曲，如此凌乱，如此变形，以至于很难说清那儿在美杜莎事件之前是什么样的。有两次，在一堆堆巨大的铁锈堆之中，汤姆认出了一些不一样的残骸：它们是郊镇的尸体。他记得在穆尔瑙的时候听说过，伦敦毁灭后有一些郊镇就去残骸那里拾荒，然后就再也没有回来，因为反牵引联盟轰炸了它们。但眼下的这些郊镇深入废墟之中，其中一座的巨颚仍紧紧咬着一大块美味的废铁，这些郊镇上并没有任何炸弹或火箭爆炸造成的伤疤。在汤姆看来，它们再也没有回家的原因似乎是因为它们已经融化了。

在一座矮丘的顶端，他停下脚步，大声喊道："有人吗！"

"嘘！"沃尔夫转过身来，让他别出声。

"对啊，爸爸！"芮恩说，"会有人听到你的！"

"可那正是我们想要的，不是吗？"汤姆问，"我们不是来这里找人的吗，如果这里真的有人的话？沃尔夫，你自己也说，他们没有敌意……"他把双手拢在嘴边，又喊道，"有人吗！"回声飘远，隐入废墟之间。等回音消散后，一声尖厉颤啭的哨音传来，不过那只是另一只鸟罢了。

小路穿过锈蚀峭壁之间的一座阴暗峡谷，然后再次走到了阳光下。层间支柱，残破的吊车，还有甲板的碎片，全都混在一起，被难以想象的高热烧黑烧融。旅行者们手脚并用地爬过一堆乱七八糟的生锈的六英寸粗缆绳，就好像小虫子爬过一碗凝结的意大利面一样。在这片缆绳前方，一段甲板扭曲拱起，横架在通道上方。当他们在它下面走过时，芮恩感觉到她头顶上有动静，便抬头向上望去，但那仅仅是只鸟罢了——一只漂亮的、寻常的、不是潜猎者的鸟——它乘着从被太阳晒热的残骸上升起的热气流，翱翔得越来越高。他们继续前行，穿过拱架下的凉爽阴影，再度走到了外头的阳光下。

就在这时，他们的身后突然爆发出一阵乱哄哄的叫声和吼声，令他们陡然转身。沃尔夫发出一声咒骂，芮恩抓紧了她父亲的手。

小路边上的锈屑峭壁动了起来，露出一个个衣衫褴褛、猛冲过来的身影，还有更多的人从那座扭曲拱架上的藏身之处沿着绳索溜了下来。沃尔夫举枪瞄准其中之一，但汤姆喊道："别，不要！"并拉了一把他的手臂，子弹射歪了。在沃尔夫来得及开第二枪之前，他已经被一群手持自制武器的脏兮兮的年轻人包围了，他们都在喊着"举起手来！"还有"别动！"以及"扔下你的枪！"其中一些人的头发上插着羽毛，还在脸上用锈泥涂出条纹，仿佛是某种战纹。一名身穿肮脏的白色橡胶外套的少女跳了下来，落在芮恩边上，用一把简陋的弩对准了她。

自打芮恩离开安克雷奇之后，就被各种各样的东西对准过：从迷失小子的笨重陈旧的气手枪，到闪亮的新机枪，应有尽有。真是永远都能翻出新花样来。自己的生命突然间落在某个你从没见过的人手里，而且她看上去还不怎么喜欢你，只要简简单单地扣动扳机就能在一瞬间结果了你，芮恩想不出有什么事情比这个更不舒服的了。她举起双手，朝着那个持弩的少女弱弱地笑了笑，希望她的手指可别容易抽搐。

汤姆正努力向抓住他的那些人解释，说他就是伦敦人，是历史学家公会的一名三等学徒，但他们似乎并不感兴趣。有人夺下了沃尔夫的手枪，并用这把枪指着他。沃尔夫看起来因为自己被俘而既愤怒又羞愧，芮恩对他感到抱歉，真希望她能想到些什么话来安慰他。这并不是他的错，她很高兴她的父亲阻止了他朝任何人开枪。

一个貌似是这场埋伏的首领的男人踩着重重的步子走了过来，怀疑地打量着芮恩。他比其他人年纪大，个子矮小，身材粗壮，灰色的头发剪短，鼻梁上方有一个小小的绿色指南针形状的文身。芮恩能感觉到他害怕她，考虑到他那边还有十几个全副武装的少年犯，这就显得有点儿荒唐了。他紧紧抓着自己的枪：那是一件奇怪的东西，上面到处是电线和管子，而在枪口应该在的位置上，则是一块扁平的圆形锌片。

“好吧，年轻女人？”他暴躁地问，“你们在玩什么把戏？你们在伦敦干什么？”

芮恩朝他扬起下巴，尽量让自己看起来十分傲慢。“我们来拜访克莱蒂·波兹。”她说道。

“啥？”这个人看上去大吃一惊，“你们认识克莱蒂？”

“这个人口口声声说他是一个伦敦人，加拉蒙先生。”抓住汤姆的那些少年之一喊道。

“胡说八道！”这个男人又看了看芮恩，一边咬着下嘴唇，一边思量着该怎么办。

“很好，各位，”最后，他说道，“把这些俘虏的手绑起来。我们要带他们去见市长大人。”

19 霍洛韦路

他们的双手被绑在身前，四周都是相貌凶恶的伦敦年轻人，旅行者们就这样再度启程了。这些抓住他们的人却不像他们所期待的那样，带他们往东走进入废墟地区的中心，而是掉头向北。看守芮恩的那个少女用她的弩弓指着中央的高地说："那儿有好多危险地带。周围也有，就是没那么糟糕而已。如果你们继续朝前边走，你们会在电轨里被打爆的。恶心哟。"

芮恩不知道她在说什么，在她来得及发问之前，加拉蒙先生便生气地叫道："安静，安琪 · 皮博迪！不要和拾荒者称兄道弟的！"

"咱没跟任何人称兄道弟！"那个少女气呼呼地大喊。

"我们不是拾荒者。"汤姆彬彬有礼地说，"我们只是……"

"安静！"加拉蒙坚持说道，他像个老师一样努力维持着一个捣蛋班级的秩序。他举起手来示意众人安静。在他脖子上的一根绳子上挂着一个奇特的小机器，上面有很多天线，他皱眉看着这个小机器上的一个仪表。“有妖精！”他突然大喊，“所有人都趴下！”

他手下的年轻人们都瞬间服从了他的命令，趴到了泥地里，还把汤姆、芮恩和沃尔夫也一起拉了下来。这时传来了一阵微弱的嗡嗡声，这个声音很快就变响了起来，音调也不断升高，直到超出了人耳的听力范围；然后一道巨大的弧形闪电噼啪一声划破了两座融化甲板所形成的尖塔之间的空间。

“那是什么？”芮恩倒抽一口冷气，努力揉着眼睛想要甩掉闪电的残像。拿着弩弓的少女扶着她站了起来。

“是美杜莎的残余能量。”看守着汤姆的那个人高兴地说，“咱们管它们叫‘妖精’。刚才那个和咱们以前遇到的相比太弱啦。在过去，整个伦敦都是危险……”

“请安静，威尔·霍斯沃思。”加拉蒙先生喊道，他挥手示意队伍前进。霍斯沃思瞥了一眼芮恩，像顽皮的小孩一样挤挤眉头，惹得她发笑。她心想，以前抓过她的那些人可比这些年轻的伦敦人坏多了。

他们脚下的小路转了个弯，绕开了废墟的核心，于是他们便不再经过危险地带了。有两次，他们穿过了一些几乎没有残骸的地方，在那儿的绵延空地上，作物已经成熟。在一堆堆瓦砾之间，矗立着用废金属建造的风车，仿佛是一枝枝生锈的向日葵。

他们向下走进了一条宽阔的楔形谷地，侧壁是各种死寂的建筑物，泥泞的地面深掩于阴影之中。芮恩抬起头，便看见悬在上方的树木枝杈以及一张绳索和钢缆缠成的繁复大网遮住了天空，枯枝和布条穿插编织在其中，形成了类似屋顶的构造。几缕阳光穿透进来，像聚光灯一样照在系泊在山谷底部的一艘飞艇上。

“‘始祖鸟’号！”汤姆叫出了声，他认出了这艘漂亮的小船，上次他见到它的时候，它正从天空之城飞走。

“所以他们就是把它藏在这儿了啊……”沃尔夫的声音听起来相当吃惊。他开始渐渐忘记了被俘的羞辱，像其他人一样好奇而感兴趣地环顾四周。

他们走过这艘静悄悄的飞艇，然后又走过一排破旧的储气罐，上面标着“燃料”和“升空气体”，最后是一间小岗哨，里面摆着几把破烂的躺椅，马口铁皮的墙壁上钉着旧日伦敦的风景照片。在这条谷地的尽头是一座金属峭壁，加拉蒙便命令他的队伍走进一条似乎通向峭壁下方的隧道里。

隧道的圆形截面，以及它墙上和顶上一圈圈的环状凸起，都令汤姆迷惑不解，直到那些伦敦人点亮提灯后，他才意识到这是一条旧通风管道，类似的管道像一条条死蛇一样盘绕在废墟各处。管道底部铺着轨道，两辆木制轨道车停在尽头的缓冲区。在它们上方，弯曲的墙面上，一块陈旧的珐琅标牌在提灯的照耀下闪闪发亮。那是一块伦敦升降车站的名牌：白色方块的中间有一个红色的宽边圆环，中间穿过一条蓝色的横杠。蓝杠上用白色的字母写着**霍洛韦路**。

“咱们就是这样把沉重的货物从‘始祖鸟’号上运到伦敦去的。”芮恩的看守——安琪低声说道，“只要咱们一直走在这条旧铁管里头，蘑栖人的间谍鸟就看不到咱们。咱们管这叫‘乘地铁’。”

“霍洛韦路。”芮恩说着，又读了一遍这块名牌，“噢，很有趣[1]……”

“哎，人就得找个乐子，对不？”

他们沿着霍洛韦路走了大约一英里或更远，有时借着提灯的光亮，有时则借着透过旧管道外壳上的裂缝洒进来的斑驳阳光，道路扭曲转折，地板有时还会剧烈起伏，因为管道陷进了外面地上的坑洞里，或是披在了另一段废墟上。在他们脚下，铁轨之间积着尘土，上面被来来往往的靴子踩出了一个个脚印。

在管道的尽头，他们又路过了几辆临时的载货轨道车，然后是另一段缓冲区，随后便再次走到了外面的阳光下，面前出现了一条用金属板铺成的通道，穿过两堆陡峭的废铁小山之间。小山的另一侧，一片空地铺展了开去，其上的残骸碎片都已经被清理干净。这里被开辟成了一片菜园，用泥炭土壤铺出了一畦畦菜地，正在摘卷心菜和挖土豆的人们停下了手中的活，站起身来盯着俘虏们被一路带了过去。

汤姆回视着他们。伦敦之中不光有人，这儿有很多人。他望着他

1. 霍洛韦路是伦敦北部的一条商业街。其名字有“凹陷的道路”的含义，此处为双关。

们的脸，但没有一个是他认得的。这并不重要，他们是伦敦人，那才是最重要的。很多人的身上有旧伤的痕迹：他看见了残缺的四肢和手指，一个男人的脸烧伤了，一个瞎眼的女人被她的孩子们牵着，孩子们兴奋地对她讲着汤姆、芮恩和沃尔夫的事。伤痕无处不在。赫丝塔在这里会感觉像回到了家一样，他想着。他真希望在美杜莎发射次日的上午，风是把“鬼面鱼”号往另一个方向吹的，那样就会把他和赫丝塔带来伦敦，而不是远离它。要是他们从那时起一直生活在这片废墟地区里，一切都将变得怎样的不同啊……

在菜园的另一侧，一块巨大的甲板覆盖在废墟上，形成了一个低矮的洞穴。加拉蒙带着他的队伍穿过狭长的信箱形洞口走了进去。里面的铁皮天花板低得令每个人都不得不躬身，但在洞穴的阴影里，却矗立着数十座小屋子，都是用废铁和碎木建造的。孩子们兴奋地跑在队伍前头，向等候在那里的人群宣告他们的到来。“波兹小姐在哪儿？”加拉蒙喊道，他的声音盖过了其他杂音，于是一位身穿肮脏的白色橡胶外套的光头绅士（一个工程师！汤姆不安地心想）回答道：“她在市政厅，加拉蒙。”

队伍继续前进，走进了这座金属顶的洞穴越来越深的地方，直到头上的甲板低到他们必须得弯下腰才能不让脑袋撞在从甲板上戳下来的旧螺栓和配件上。“所以这儿才叫作伏尾区[1]。”芮恩那位友好的看

1. 亦为现实中伦敦北部的一个地区。

守说，“住在这儿可不怎么舒服，不过从前啊，咱们得躲着妖精、蘑栖，还有其他魁科才晓得是啥的东西，所以在咱们头上有片屋顶还是很有好处的呢……”

“安琪·皮博迪。”加拉蒙先生吼叫道，“我想我已经告诉过你闭上你那张只懂吃的嘴了！”

在甲板最低矮的角落里嵌着一座建筑，是用一间旧的肠道监督员的办公室和许多其他东西拼凑成的，都以一种务实的方式用钉子和螺栓连接在一起，并涂成了欢快的红色。**伦敦应急委员会**，有人在门上仔细地用大写字母这么写道。加拉蒙把他的队伍留在门外，自己走了进去，与什么人含混地说了几句。然后他又走了出来，把门推得敞开了。“进去吧，俘虏们。”他说，“放尊重点。你们即将要面对伦敦的市长大人！”

这座建筑里面的地板是挖空的，所以便不需要再弯腰了。汤姆第一个进去，威尔·霍斯沃思跟在他身边，提醒他要小心脚下。尽管如此他还是绊倒了，摔进了一间房顶倾斜的大房间里。房间的一面墙上覆盖着一张废墟地区的地图，上面到处都是用票券、小旗，以及神秘的红色大头针做出的标记。屋子中央一张破旧的铁皮桌边上围坐着十几个人，看上去像是正在开会，却被加拉蒙先生和他的俘虏们的到来打断了。其中之一正是克莱蒂·波兹。当她认出汤姆时，便站起身来。“哦，魁科啊！”她说道。

在她身边，委员会的另一名成员已经站起身来迎接新来者们。他的破烂红色长袍和链徽清楚地标示他就是市长大人。汤姆顿时松了口气。刚才他还担心会面对面地遇上马格努斯·克罗姆，也就是在他的童年时代曾统治伦敦的那个邪恶工程师。但眼前这位年老发福的绅士，耳朵边上一撮撮白发就好像蒸汽一样冒出来，所以并不是克罗姆。松了口气之后，惊讶便随之而来，因为汤姆发现他竟然认得那张圆圆的红脸，在这里遇见他甚至比初次遇到克莱蒂·波兹更加令人震惊。

“恰德雷·珀玛罗伊！”他大叫道。

“我——伟大的魁科和克莱奥啊！”那个老人说道。他的白眉毛惊讶地扬了起来：“以黑炭皮特[1]的神圣黑毛巾的名义！这不就是那个年轻的学徒家伙嘛！年轻的名字叫啥来着！年轻的，嗯……”

“纳茨沃西。”汤姆说道。他一直有点怕这位历史学家公会的副会长，但在这儿遇见他，意识到他这些年来都幸存了下来，度过了一切艰难，这让他幸福得哭了起来。他擦掉眼泪，用颤抖的声音说道：“汤姆·纳茨沃西，珀玛罗伊先生，三等学徒。我回家了。”

1. 魁科是伦敦的保护神。克莱奥是历史女神，经常被历史学家公会的成员挂在嘴边。而黑炭皮特则是引擎室与烟囱之神。

20　美杜莎之子

恰德雷·珀玛罗伊叫人从定居地的公用厨房里拿来了点心饮料，并激动地让他的同事们挪开成堆的纸张，为来访者在桌边清出空地。汤姆开始从震惊中恢复过来，转身看着其他的委员们。其中两位是工程师——一个小个子的棕色皮肤男人和一个长相严肃的老太太，脑袋光秃秃的像两块卵石，身上穿着破烂的白色橡胶外套。其余的人都只是普通的伦敦人，这些人有着各种体型，各种身材，还有好几种不同的肤色，其中一个精瘦而皮肤粗糙的小个子男人朝着安琪挥手，于是她也对他挥手并说道："你好，爸爸！"那个男人在汤姆看来就好像在美杜莎发射之前曾经是肠道里的劳工一样，绝对不是过去你会在伦敦议会厅里看得到的那类人。

最后，他们给新来者们清出了三个座位。恰德雷·珀玛罗伊眉开眼笑地望着他们坐了下来。"很高兴见到你，纳茨沃西小姐。"当汤姆介绍芮恩的时候，他一边说着，一边越过桌子来与芮恩握手，“还有科波尔德先生。我们听说过很多关于你们的城市和它的盟友的勇敢事迹。这位波兹小姐让我们一直跟得上战争的新闻。欢迎来到伦敦。”

“谢谢你，先生。”沃尔夫说着，利索地鞠了一躬，他的手移动到剑柄本来该在的位置，不过加拉蒙先生之前已经把他的剑拿走了。“这不是我的第一次访问了。上一次我来到这里的时候，我在得以真正遇见你们之前就被送走了……”他狡黠地朝着周围迷惑不解的面孔微笑，然后迅速解释了他初次拜访废墟地区的故事。

“伟大的魁科啊！”加拉蒙喃喃自语地说，“我现在想起他来了……”

“你不是第一个在这里寻求庇护的迷失士兵。”珀玛罗伊说道，“战争双方有时都会有迷失和受伤的士兵误闯进废墟的边缘。我们不能冒风险，让他们之中的某些人离开这里并将我们的秘密泄露给外面的世界，但我们也不想杀死他们什么的，所以我们想了个办法，只是简单地吓跑他们。几声神秘的呻吟通常足以把最胆大的人吓跑，不过时不时地我们也会遇上好奇心更强的人。每当这种时候，我们就在他们来得及看到任何东西之前，用氯仿把他们弄晕过去，然后把他们扔在废墟外面。大多数人都领会了我们的意图。而你是第一个回来的。”

“那么你们为什么没有把我们弄晕，然后把我们带到野外去呢？”芮恩问道。

“问得好。”一名委员抱怨道，瞪着加拉蒙。

“那行不通！”加拉蒙气冲冲地说，“他们乘着飞艇进来的，不是走进来的。他们看上去像拾荒者，不是遇难的人。而且这位纳茨沃西先生看上去不太健康。如果我的小伙子们给他用了氯仿，他可能就永远不会醒过来了……”

汤姆开始抗议说他的身体没问题，说他很欢迎来上一剂令人振奋的氯仿。幸运的是，在争论来得及升温之前，吃的就送上来了：有面包和黄油，有苹果酥和自制的饼干，还有装在旧的锡水壶里的接骨木花酒。

“我看你们已经学会了在光秃秃的大地上谋生。”沃尔夫·科波尔德轻声说道，“就像蘑栖那样。”

克莱蒂·波兹朝他灿烂地微笑，她对这个新来的英俊年轻人很有好感，于是没有觉察到他声音里的一丝淡淡厌恶。“哦，我们在锈铁堆之间的小块田地里种植各种东西。土壤非常肥沃。一些幸存者在美杜莎事件之前曾是农业区的工人，他们教会了我们如何种植食物的一切知识。我们的拾荒队则在废墟中寻找各种各样的东西：罐装食品，糖、茶叶。现在伦敦有不到两百人，所以我们有足够的东西给每个人用。”

“咱们也打猎。”安琪热切地说道，“兔子和鸟还有别的东西在废墟地区安了家……”加拉蒙先生转过身来瞪着她，她便住口不言了；

其他的年轻人都还等在外面，所以芮恩怀疑安琪其实根本不应该进这个会议室来的。

“而克莱蒂还用她的飞艇运来了几头山羊和绵羊。”那位安静的老年女工程师加了一句。

“但我不明白……”汤姆说，“我的意思是，你们是如何生存下来的？你们怎么会在这里的？我还以为……”

“你以为我们都死了。”珀玛罗伊和蔼地说，“而这一点，顺便一提，我也是这么以为你的。那个恶棍瓦伦丁告诉我你掉进了城市之肠里的一条垃圾滑道。从那时起，我就一直对那天晚上把你派下去而感到内疚。要来点酒吗？”

他把一堆五花八门的锡烧杯和搪瓷茶杯倒得满满的，另一个委员会的成员给新来者们每人递了一杯，与此同时，珀玛罗伊便坐着笑眯眯地看着他们，一边整理着思绪。然后，在他们吃喝的时候，他便对他们讲述伦敦的最后几个小时：历史学家公会与克罗姆手下那些渴望权力的工程师之间的紧张关系，最终是如何演变为博物馆里的公开战争的，而凯瑟琳·瓦伦丁和工程师学徒珀德又是如何爬上一条叫作猫行楼道的秘密楼梯，试图去阻止工程师们使用美杜莎的。

“不久之后……”他说，“工程师动用了暴力进攻，事情就变得混乱起来了。当然啦，我们战斗起来像老虎一样凶猛，但他们有潜猎者和其他东西，于是他们把我们逼入了自然历史展区。到了那时候，我们已经没剩下多少人了；阿肯伽斯和皮尤特泰德还有卡璐娜博士都已经被杀害了，而克莱蒂则受了相当严重的伤。我决定在那条蓝鲸的老标本后面做最后的抵抗——出于某些原因，它已经从天花板上被拆了下来，躺在地板上，成为了一个过得去的街垒。我们蹲在它后面，等着那些复活过来的家伙来干掉我们，突然，轰！大楼开始从接缝处裂了开来……”

“珀玛罗伊先生把我扔进了鲸鱼的嘴里。”克莱蒂·波兹一边说着，一边悲伤地俯视着自己的双手，仿佛那段回忆仍然使她心烦意乱。

“没错。”珀玛罗伊赞同地说，“然后，我以非同寻常的沉着冷静，跟在她后面跳了进去。时间刚刚好！我想那一刻整个第二层肯定都崩溃了。强烈的耀光从鲸鱼皮上的每一道裂缝和每一个子弹孔里射进来，照在我身上。我感觉它开始滚动，滑行，在空中翻跟斗！那之后的事情我不太记得了。乘坐在鲸鱼玻璃纤维的体内，沿着一座正在崩解的城市侧翼如冲浪一般滑下去，我觉得吧，这可真不是我的菜，我相当迅速地晕过去了……”

“鲸鱼最后在废墟地区南缘的两根倒塌的层间支柱之间停了下来。”克莱蒂解释道，她接过话头继续讲述这个故事，“一些来自废品场的工人在那儿找到了它，便帮我们爬了出来。就在那时候，我看到城市发生了什么事。它……哦，我根本没法开口形容。到处都是火焰，浓烟如沸升入天空，爆炸持续不断，所以一直有残骸在陆续崩塌，灰烬轻轻地飘落在四周。有时候，在废墟中间会噼噼啪啪地冒出巨大的白色光爪，在地上到处摸索着，好像在感应着我们一样……”

“是啊，那段时间可真是危险。”珀玛罗伊庄重地点点头说，“反牵引联盟也在附近，渴望着复仇。我们看见一些幸存的同胞冒险从残骸跑出来，向联盟的巡逻队投降，然而他们都被当场射杀了。所以克莱蒂和我以及我们那些废品场的朋友们决定留在原地。一段时间后，我们开始接触其他幸存者的小群体，我们联合了起来，想知道该怎么办。我们想过沿着城市辙印溜回西面去，但那又能把我们带到哪儿呢？可能只是带进某座拾荒镇的奴隶棚里罢了，在那里我们不会比遇到联盟好到哪里去。所以最终我们还是决定留在这里。伦敦也许的确是遭遇了惨败，但它仍然是伦敦，对吗？依然是家。”

他的同事们都点着头，喃喃地赞同着，珀玛罗伊深情地拍了拍这间委员会房间的墙壁，墙壁顿时令人警觉地晃动了起来。

“我们搬到伏尾区，是因为它看起来不受妖精威胁。”克莱蒂解释道，“而且在最初的那段时间里，我们在这里能够躲过联盟不断派过来的空中巡逻船。肠道有一大片区域没怎么受损，就搁在这儿东面大约半英里的地方，于是我们从那里抢救出了大量有用的东西，甚至还有一大箱钱。所以后来，当联盟的巡逻稀少了一点之后，我们之中的有些人就能够偷偷溜出去，买下了‘始祖鸟’号，然后开始弄来一些其他我们所需要的东西……”

“那一定很危险。”汤姆说，他想到自己穿越绿色风暴边界线的经历。

“有时候根本不可能。”克莱蒂承认道，“但我们通常每年能够成功几次……”

“收集古代科技吧，我想。”沃尔夫·科波尔德说。

克莱蒂看上去不太确定的样子。几个委员坐在捡回来的椅子上不安地扭来扭去。

“那么这些工程师呢？”沃尔夫·科波尔德接着说，同时朝那两个光头的男人和女人点了点头，“你们看上去对他们很友好，尽管伦敦一开始爆炸都是他们的错。”

那位女工程师轻声说道：“我们公会里不是所有人都支持马格努斯·克罗姆和他那个疯狂计划的。我们之中那些反对他的人被放逐到了肠道的监狱和工厂里去做低贱的工作。我猜那就是我们活下来的原因。在美杜莎失灵的时候，所有支持克罗姆的人都和他一起在顶层。”

“这些年来，我们一直很高兴能有我们的工程师们在。”安琪的父亲，那个精瘦的旧日工人说道，“他们帮我们敲敲打打做出了各种各样能派上用场的玩意儿——脚踏动力的电热板、太阳能发电机、风车、起重工具。还有可以击晕绿色风暴的机械间谍鸟的电力枪。这位阿布罗尔博士——”他指着另一位工程师，后者谦虚地咧嘴一笑——“建造了一个接收器，让我们能够侦听绿色风暴的无线电通信，所以要是他们来寻找我们的话，我们能及时得到警告。而柴尔德麦斯博士，我们的副市长，曾经是磁悬浮研究部门的负责人。就是她——”

"够了，岚。"那位女工程师用警告的口气说。

"绿色风暴肯定知道你们在这里。"沃尔夫说，"这一切风车和田地还有别的，等等。他们一定见过你们。"

"我想也是。"克莱蒂·波兹说。

"然而他们却选择让你们和平地生活。也许他们以为你们是反牵引主义者，就像他们一样？"

"好吧，那么他们就错了。"安琪的父亲说。他觉察到科波尔德的提问中的质询之意，不禁寒毛都竖了起来，"他们不知道我们的计划，不会比你知道得更多……"

"岚。"柴尔德麦斯博士说道。恰德雷·珀玛罗伊赶紧插嘴说："无论如何，现在年轻的纳茨沃西和他的朋友们来到了这里，我们最好让他们过得舒舒服服的，得决定他们要住在哪儿之类的。"

"哦，我们不想打扰你们。"科波尔德对他说，"我们只停留几天，稍微看看，然后就回到'鬼面鱼'号去……"

"可是你们不能这么快离开！"珀玛罗伊抗议道，"你们才刚到这里呢！"

"他的意思是，你们根本就不能离开。"加拉蒙先生说，他一直坐在门口，不耐烦地听着这一切，"眼下是伦敦的关键时刻。你们可能会告诉其他人我们在这里，我们可不能冒这个险。"

"得了吧，加拉蒙。"珀玛罗伊说，"纳茨沃西先生是一个伦敦人，就像我们一样！"

“也许吧，但他的女儿不是，还有这另一位绅士……作为下属安全委员会的主席，我的职责就是指出这一点，我们不认识他们，我们也不能信任他们。”

“听到了，听到了。”安琪的父亲用力点着头说，“我们在这儿待了那么多年，要是被某个好管闲事的过路人把我们的事情抖给了拾荒者，那才叫耻辱呢，特别是就在我们差不多已经准备好要——”

“岚！”柴尔德麦斯博士呵斥道。

“不过我恐怕加拉蒙是对的。”珀玛罗伊略带歉意地说道，“我想最好让我们的年轻人在霍洛韦路和飞艇停泊处进行二十四小时的警戒。汤姆、芮恩、科波尔德先生，我希望你们会在这儿感觉宾至如归，不过我恐怕在你们离开这一点上是绝对没得商量的。还有人要再来块饼干吗？”

21 拜访波普乔伊博士

在伦敦的尸体前方六十英里外，在山国的年轻山脉从平原上拔地而起的地方，屹立着要塞城市永固寺。它扼守着一条通道，在过去几个世纪里，牵引城市一直试图闯过这条通道，冲进东方各个丰饶的反牵引主义王国。但现在绿色风暴已经将他们的前线向西推进，于是永固寺成为了自身的一个沉闷褪色的影子，就好像一座港口边上的大海变成了桑田。一小支驻军仍然戍守着这座盾墙，但这座城市如今主要作为一座基地，让军队和补给车队在向西前往边界线上的新战场的途中可以暂歇。

在它后方的山谷中，沿着永固湖风景如画的水岸边，点缀着一座座高脚的钓鱼小屋，以及绿色风暴高级官员的漂亮的尖顶别墅和周末度假屋。其中之一比其余的更加漂亮，它矗立在伸入湖中的一块狭长土地上的松林中。它那泪滴形窗户中的灯火在水中映出修长的反光，屋顶的每个角都翘起来，仿佛是童话故事里头苏丹的拖鞋的鞋尖一样。任何人如果胆子大到敢透过这座房子高高的布满尖刺的大门栅栏向里窥视，就会注意到花园里有一些奇特的雕像，同时在砖石铺砌的小路边上有一块名牌，其上写着：

复生山庄

这里是另一位美杜莎的幸存者的家，波普乔伊博士，原为工程师工会成员，后来成为了复活军的首领。这座别墅是绿色风暴为了奖励他帮助建造起了军队。

“就是这座房子。”那天晚上他们沿着山路走下来，当俞饼描述眼前所见景象时，他的潜猎者便如此说道，“萨特雅驻防在永固寺的时候，我们去湖上乘船游览，从水上看到过那幢房子。那时候它属于一位艺术家，一位书法大师。萨特雅过去常说，等她老了，也有钱了的时候，她也要住在那里。”

这条路在湖岸上最后拐了个大弯，俞饼就在这里停了下来。他又冷又累，脚也因为从隐修院一路长途跋涉走来而又酸又疼，而且他非常担心他们在接近这座城市外围的时候会遭到盘查。尽管他的潜猎者愿意抱他走，他还是坚持走完了几乎全程，因为他不想让她觉得他很弱。才走了几英里路的时候，他的膝盖后侧就开始疼了，而这股疼痛眼下已经蔓延到了他的全身，使得步行根本就难以为继。他知道他应该为这趟旅程的结束而感到开心，但他却只感到担忧。

当他的潜猎者转过身来察看他的脚步为何停了下来时，他说：“别去那儿。”

“可波普乔伊能修好我。”她低声说，“那样我就一直都是安娜了。”

“你不需要他！”俞饼说道。在他看来，她早就被修好了。自从他们爬上战山的那天起，她就一直是安娜了。他开始模模糊糊地理解了，回忆会让她体内安娜的那一部分变得更强；那些向古老神祇祈祷的飘扬经幡将她再度唤醒，而与熟悉的萨特雅的交谈使她比以往任何时候更强大。也许潜猎者方的那一部分已经被永远地碾碎了。为什么要冒着风险去找这个叫波普乔伊的人呢？

不过他又累又冷，没力气向他的潜猎者来解释这一切。她走过来，将他抱了起来，说：“别担心，俞饼。波普乔伊博士会修好我的，然后我们就回萨特雅那儿去。现在再次做我的眼睛吧，告诉我，附近有人吗？”

这儿没有人。而她抱着他走到波普乔伊的大门口时，也没有人来盘查他们。天已经晚了。永固寺如同一条闪闪发光的窗帘，拉过湖上的天空。大雪纷飞，雪花像冰寒的小小手指般轻轻拍打着俞饼的脸，就如同小孩子幽灵的阴冷手指一样。

潜猎者放下俞饼，然后砸碎了大门上坚固的锁。俞饼把门推开，隔着小路尽头处的树林，能见到屋子灯火通明的窗户，他紧张地朝着这些窗口望去。他的潜猎者握住他的手，一起走进大门，门在他们身后关上了。“在波普乔伊博士开始修理我之前，我们应当让他给你一些食物。”她承诺说。

“要是他不肯呢？”俞饼问，“我是指，不肯修理你？”

“我会让他肯的。”潜猎者低声说，“不用担心，俞饼。”

俞饼又朝屋子望了一眼，一只手伸进他的口袋里，紧紧攥着她给他做的小马。他仍然不想让他的潜猎者把她自己交给这个听上去很邪恶的工程师来摆布。他差点儿就把她拉回到大门外，可是已经太迟了。在前方的花园里，交织的树影之下，有什么东西动了起来。那些长着尖刺的身影，刚才看上去还像雕像一样，此刻突然转过头来，眼放绿光，犹如幽焰燃烧。

“潜猎者！”俞饼的潜猎者悄声说道，她听见了它们动起来时发出的呛啷声和嗞嗞声。她的声音听上去被吓到了。

“可你就是个潜猎者啊。”俞饼说。

“喔，对哦。谢谢你，俞饼。我都忘了，有时候……”她将他轻轻地推到她身后，以避开危险，然后亮出了她的刃爪。

这座房子有三个守卫，它们都是高大闪亮的潜猎者，由波普乔伊博士专门定制，身上有着鳍片和尖刺，如同某种绘在纹章上的恐龙。它们大步穿过白雪皑皑的草坪，灯光将它们空白一片的铲形面孔照得雪亮。俞饼的潜猎者一瘸一拐地朝它们走去。它们更加强壮，但她更加聪明。她闪过了它们笨拙的挥打，她的爪刃闪着光，逐一刺透每个潜猎者脖子上的耦合关节。火花喷溅，液体奔涌。被斩首的机体摇摇晃晃漫无目标地走来走去，互相碰撞后摔倒了，稀里哗啦地砸在了石板路上，好像是身穿盔甲的霹雳舞者躺在地上跳舞一样。与此同时，俞饼的潜猎者径自转身向他走来。她朝他伸出一只手，然后将手甩开，摸着自己的脸。她的眼睛闪着光，她的头猛地抽动起来。

“不！”她低声说道。

“安娜！”俞饼号啕大哭起来。当她挣扎着与自身对抗时，他赶紧扭动着身体退到大门口，靠在冰冷的铁栏杆上。她摇晃着，朝他走来，一把抓住他的下巴，将他的脸扭向上方。她不再是安娜了。什么让她改变了？是与其他潜猎者的战斗触动了她脑袋里的某些电路吗？还是说，这是俞饼自己干的，因为他提醒了她自己的身份？他一边啜泣，一边颤抖，希望能有什么办法好让他把安娜弄回来。

“这个地方是哪里？”她咝咝地说着，侧耳倾听树梢的风声，还有波浪拍打湖岸的声音，“那个错误控制身体有多久了？”

“波——波普乔伊博士。”俞饼一边哭，一边只说得出这些，“他住在这里……”

“波普乔伊？”

“安娜以为，她以为……”

“她以为他能让她变得更加强大。”潜猎者低声说着，咝咝地笑了一声。

“萨特雅呢？”他说，“还有我的马呢？你记得吗……”

“安静。”她让俞饼走开，然后走到被摧毁的潜猎者边上。它们最终还是静止了下来。她弯下腰，在地上摸索，直到找到了一个被拧下来的脑袋。她从自己的颅骨上拔下其中一根电缆，插到了那个脑袋上的一个接口里。那个死去的潜猎者的眼睛再次亮了起来。她拾起那个脑袋，将它像一盏灯那样捧在身前。当她把它转向俞饼时，他明白过来她正通过它的眼睛看着他。他不禁猜想，在他们共同度过了这段时光之后，看见他是如此地渺小和脆弱，她是否会感到失望。

“来吧。”她只是这么说道，“我们去见波普乔伊，正如那个错误想要做的那样。我会让他永久地删除她。”

俞饼本想跑开，但还是与她一起去了，就像他一向以来的那样。他不知道“删除”是什么意思，但他能猜得出来。他想要握住潜猎者的手，希望他的触摸可能会唤回安娜，可她没有要牵手的心情；她拍开他，一瘸一拐，狠狠地在他前头走着，手里仍然举着那个凶恶的脑袋。

他们走近那座房子，十几只潜猎鸟从屋外的树上飞了起来，开始绕着入侵者们打转，它们越飞越近，尖喙和锐爪上洒下点点银光。俞饼试图把自己裹在他的潜猎者的肮脏长袍里躲起来，然而她只是举起双臂，对那些鸟轻声说了一串战斗密码，于是它们就温顺而谨慎地降落在了草坪上，等待着她的下一步指令。

前门是硬木的，还箍着铁条，镶着铁钉，但潜猎者方用她完好的那条腿踢了几下后，门就轻易地裂开了。门后有一个立柱中庭，一个复活者管家笨拙地从壁龛里走出来挡住路。“您有何贵干？”它嗡声说道。

“我来见制造我的人。”潜猎者方用她一贯的那种冷冷的低语回答。然后，她把那个管家砸成碎片，任由其残骸散落在地砖上。俞饼忙不迭地跟着她穿过中庭，通过另一道被捣碎的门，走下三道楼梯，便来到了一个地洞中，这里四壁挂着柔软的帷幕，三个高大的落地灯用奶糖色的光照亮了整个空间。一个小个子的光头老人正从沙发上爬起来，想问问这阵骚动是怎么回事。当他认出了访客之后，顿时僵住了。玻璃杯从他的手中掉了下来，将酒泼在了地毯上。

“走开！我的鸟儿们会找人来帮忙的！它们会飞到永固寺去，然后……”

“你的鸟现在都在我的控制之下，波普乔伊博士。”潜猎者低声说道，“它们是些愚蠢的生物，但还是有些用处的。”她向他走去，伸出手臂托着那颗脑袋左右摆动，好让从它眼睛里射出的光扫过整个房间。俞饼瞥见有什么东西逃走了——制成潜猎者的昆虫和动物，还有一只长着死去女孩头颅的狗。在波普乔伊沙发的一边扶手上放着一个盘子，上面有一块精美的水果蛋糕，俞饼一把抓起这块蛋糕塞进嘴里。他一边狼吞虎咽地吃着，一边推开了另一侧墙上的一扇门，朝门后的某个类似工坊的地方张望：那儿的板床上有不少尸体，各种奇异的机械在架子上堆积如山。

“不是我干的！”波普乔伊呜咽着说，他还以为潜猎者方是来报仇的，“我不知道史莱克会攻击你！这都是那个姑娘干的，那个叫作零的姑娘！现在她死了！你听说了吗？城镇人抓住她了，在非洲。纳迦听说后悲痛得都要崩溃了，他们都这么说。他待在他的房间里，一条命令也不下。大家听到你回来了都会松口气的！你会去天京的吧，我猜？去夺回权力吗？我可以帮你……”

“天京不再重要了。”潜猎者低声说着，举起那个脑袋来盯着他。“绿色风暴也不再重要了。世界不会因为空中舰队和枪炮还有单生人的争执而再度变绿。”

“当然不是，当然不是。”波普乔伊一点一点地挪开身子，直到他贴在了墙上，再也无法后退一步，他的脸在绿光下汗津津的，“那么我能为您做什么呢，阁下？我这个微不足道的单生人能为您提供什么样的小小服务呢……？”

潜猎者并没有马上回答。她移动着那个砍下来的脑袋，目光跟随着一只复活蜜蜂绕着旁边桌上的台灯飞行。然后，她用一种比她平时死气沉沉的低语更加轻柔的声音说道：“我回忆起了一些事情。”

“啊……”

“我回忆起了身为方安娜时的事。”

“哦？很有趣。”俞饼从沙发后面望过来，能看得出波普乔伊是真的感兴趣，尽管他还在害怕。

“那些记忆有时候会压倒我。”潜猎者承认道，“当我来到山国之后，情况就变得更糟了。有时候就好像是我成为了她一样……”

“所以我安装的那个东西终于还是起作用了！”波普乔伊得意扬

扬地大叫道，“你受到的伤害肯定撬动了什么，或者你的大脑在自我修复的时候建立了一些我的粗糙工具所无法做到的连接……”

“这怎么可能呢？”潜猎者问，“它们是真实的记忆吗？”

“很难说。”波普乔伊若有所思地说，“你又如何定义什么是真实的记忆呢？不过这没有什么可害怕的。我想我可以纠正它……我可以看看吗？看看里面？”他敲了敲他自己的秃头，脸上露出了笑容，他的恐惧被一种紧张的兴奋取代了，“如果你能等到早晨，我的实验室助手过来帮我进行我退休期间的小小项目……”

“不行。”潜猎者方已经动身朝波普乔伊的工坊走去，“不能让任何人知道我在这里。你现在就做。这个男孩可以帮助你。”

工坊里散发着死尸和化学品的臭气。墙上的搁架上列着一排排闪闪发光的解剖刀和骨锯。俞饼依旧不信任这个老工程师，于是自行拿了一把修长锋锐的小刀，藏在外衣下面。

潜猎者方把一张堆得凌乱不堪的长凳推到一边，跪在了地板上，让挂着的一盏氩气灯的灯光落在她身上。她跪在那儿，低下的头差不多到了波普乔伊的半胸那么高。这位工程师一边绕着她兜圈子，一边舔着嘴唇，烦躁不安。“你，小子。”他气势汹汹地说，朝俞饼伸出一只手，根本没有正眼瞧他，“把那个托盘递给我……”

托盘是金属的，上面摆满了制作精良的纤巧手术器械。俞饼用颤抖的双手将它递过去的时候，托盘震得咔啦咔啦地响。相较于以前俞饼修理他的潜猎者时用的那些粗糙工具来说，这些器械简直就是一种嘲讽。他看到那个工程师瞧见那几个廉价的铁螺栓时皱起了眉头，那些螺栓是俞饼用来将她的死亡面具固定起来的。

“这些修补是谁做的？修得太粗糙了……”

“这孩子已经做得很好了。”潜猎者说。俞饼顿时感到十分自豪。

波普乔伊有着外科医生的手指，纤细而灵巧。只用了不到半分钟他就把面具卸了下来，露出了下面那张死去女子的脸。又过了半分钟，她的头盖骨顶部也取了下来，放到了一张桌子上。“灯，小子。”他说道，然后把俞饼递过来的小电筒绑在了他的头上。他仔细地一层层剥离开来，直到潜猎者头骨内机械结构与防腐保存的大脑组织纠缠在一起的地方。

“有时候她就只是安娜，过了一天又一天。”俞饼说道。他希望波普乔伊能领会这个暗示，摧毁她体内潜猎者的那部分，将他的安娜保留下来，“是安娜的那一部分想要到这里来的，所以你可以帮助她。我认为方安娜被困在她体内的某个地方，有时候，当她想起来她是谁，潜猎者的那一部分就关闭了……”

“机器中的幽灵[1]……”波普乔伊望着他，眨了眨眼睛，“不过我恐怕事情不是那样的，小伙子。没人能从幽冥之国回来，你懂的。”他从托盘里选了一根又长又细的探针，把它插进潜猎者大脑的一条缝

1. 原为一个哲学用语，用来描述笛卡儿的身心二元论，形容意识与身体的活动相互独立，如同机器中的幽灵。

隙中。潜猎者的头猛地一震，抬了起来；她的干涩嘴唇翕动着；她低声说："斯蒂尔顿……我真抱歉。我不想伤害你的，可是我只能那么做……"

"安娜？"俞饼急切地说道。

她失去眼球的干枯脸庞朝他转来："俞饼吗？"

"这是她！"俞饼对波普乔伊说，"保住她！让她坚持住！不要让另一个回来！"

波普乔伊正忙着摆弄他的探针和器械。他根本懒得朝俞饼看一眼。"你全都搞错了，小子。"他说，"这些记忆并不是一个人。它们只是潜猎者大脑从宿主的死亡脑细胞中搜索出的残余。注意，它们来晚了十八年，但总比永远不来好……"

有什么东西在潜猎者的头颅里爆出了火花，她的嘴张开了，闪光照亮了她的口腔内部。她又猛地抽动了一下，说道："别搞小动作，波普乔伊。"

"啥，你觉得我会破坏我最好的作品吗？"波普乔伊受伤地叫了起来，"我只是在做一些细微的调整。"

"你已经发现了那个错误吗？那些回忆？删除它们！"

"伟大的魁科啊，当然不行！"

"删除它们！"

"可是阁下，正是它们将您与其他那些没有意识的潜猎者，与那些战斗型号区分开的……是它们让您成为了这个时代最好的潜猎者；

成为了复活技术的巅峰……”

波普乔伊的话语或是他哀求的语气引起了潜猎者的注意。她谨慎地点了点头，准备至少听他说完。

“那些记忆一直存在，淹没在表面之下。”工程师解释道，“它们带给你一定的经验和情感，而我的其他潜猎者没有这些可供借鉴。近期以来，由于史莱克先生对你造成的损伤，它们变得更加强烈，压过了你的表层意识。不过我们应该很快就能达到一个健康的平衡。”

“它们是什么？”潜猎者固执地问，“它们是哪里来的？为什么我记得自己是安娜？”

“我真的不确定。”波普乔伊承认道，他摸到一把微型钳子，动手干起活来，“事实是，我给你装的那个大脑与我所见过的任何东西都相当不同。它显然不是我们伦敦工程师所制造的那些笨重的现代型号，而且和老史莱克先生的也不一样。它更古老，也更奇怪。

“你瞧，多年之前，你的朋友萨特雅最初带我去盗贼之窟，命令我把方安娜复活的时候，我有点惊慌失措。我知道那是不可能的。所以，为了给我自己争取一点时间，我进行了一趟探险远征，驾驶一艘绿色风暴的飞艇进入冰封荒原，寻找一处古代科技遗址，自从我在亲爱的老伦敦当学徒时起，我就听说过关于那个地方的传闻。工程师找过它，但一直没有找到它。我的运气比他们更好。我们一直走到了世界的顶端；我们往北一直走，然后又往南走。在那里的一座很小的封冻岛屿上，我们发现了由某个失落文明建造的建筑群半埋在冰雪之中，那个文明的兴盛肯定还在游牧帝国之前。中央的金字塔里面，石头宝座上坐着十几个死了的男男女女。其中一些已经被垮塌的屋顶压碎，另一些被裹在冰里，但还有几个，当我们走进他们的房间时，他们就开始用一种我们分辨不出的语言对我们轻声低语。他们是潜猎者，某一类的潜猎者，尽管他们没有盔甲或武器，而且他们显然也不是建造来战斗的。”

“那用来做什么呢？”俞饼的潜猎者问。

“我认为他们是为了用来回忆而建造的。”波普乔伊说道。他在一个抽屉里到处翻找，找到了一对潜猎者的眼睛，便动手把它们连上电线，放进他病人的空眼眶里。“我认为，每当这个文明的一个伟大领袖死去，他们的科学祭司会把尸体送到世界之巅的那座金字塔里，把一个机器装进他们的脑袋里，他们就会坐在那里，不断回忆。他们会记得他们在世时做过的一切，并将那些记忆传递给他们的继承者们，他们会讲述他们所生活的那个时代的故事，这样他们就永远不会被人遗忘。当然啦，只不过他们还是被遗忘了，他们的文明从地球上消失了，在他们之后兴起的游牧帝国掌握了这种科技的粗糙版，便用它来制造像老史莱克先生那样的亡灵战士。

“那座金字塔是第一代潜猎者制造者所留下的唯一遗迹，而我估计那些监管我的绿色风暴成员已经把它炸毁了，因为他们担心其他拾荒者会偶然发现这个秘密。但在其中一幢较小的建筑物里，在大量宗教用具和无关紧要的旧文件之间，我发掘出了一个几乎完整无缺的潜猎者大脑。我把它带回盗贼之窟，进行研究和维修，并将它连接到了一颗我自己设计的、用来控制你的运动功能等的大脑上，再把它们整个儿安装进老方安娜的尸体里。”

潜猎者将她的脑袋侧到一边。“所以我到底是不是方安娜？”她问。

“不是，阁下。”波普乔伊说，“您是一架能够访问方安娜的某些记忆的机器。这些记忆带给您力量。”他重新装上她的面具和头盖骨，用崭新的螺栓将它们固定到位，“您想要让世界再次变绿，您对此十分渴望。这不是因为您被设成要服从绿色风暴的指令，像某些没脑子的战斗潜猎者那样，而是因为您可以下意识地回忆起方安娜是多么想要做到那一点；您可以回忆起那些城镇人对她做了什么，对她的家人做了什么，以及当那些事情发生的时候有过什么样的感受。她的回忆，那些情感，才是驱动着您的动力。”

“我记得死去的经历。”潜猎者说，不是以安娜犹豫的声音，而是以她自己粗粝的嗞嗞声，“我记得在永固寺的那一晚。长剑刺进我的心脏，那么冰冷，那么突然，随后那个可爱的少年跪在我身边，呼唤我的名字，而我却无法回答他……我记得这一切。”

她把她的电缆从那颗斩断的潜猎者脑袋里拔了出来，并将它扔到一边。当她把那根电缆重新插回自己的头颅里后，新眼睛慢慢地亮起了绿色的光芒：“现在该是我们离开的时候了。”

她站起来，转过身，于是波普乔伊脸上的微笑消失了：“阁下，您现在还不能走！我需要做进一步的测试和观察！有了您的帮助，或许我就能造出更多像您一样的潜猎者来！我花了这么多年的时间来试图复制在您身上取得的成功，而我能做出来的就只有铁皮士兵和呆傻古董……”

“你有飞艇吗？”

“是的。一艘游艇，在房子后面的机库里。为什么要问这个？”

“我不是方安娜。”潜猎者若有所思地说，“但我是来做她想要做的事的。我要用你的船，飞到额尔德尼铁支去。我要在那里与奥丁交谈。”

“不！”波普乔伊说，“不！”

“你听说过奥丁，我看出来了。”

“我以前的公会……但即使是他们……这是不可能的，密码已经遗失了……”

“密码已经找到了。”潜猎者说，“它们记录在安克雷奇的《锡之书》里。我在云中9号上见过。从那时起我就把它们安全地藏在我的脑袋里。”

“这真是太疯狂了！我的意思是，奥丁……你难道不理解它的力量吗？”

“当然了。这正是使世界再次变绿的力量。在绿色风暴失败的地方，奥丁将会成功。”

波普乔伊胖胖的双手攥成了拳头，仿佛就要攻击她一样。“可是阁下，万一它出错了呢？我们根本不了解这些古代设备。想一想美杜莎！美杜莎的危险程度与奥丁根本无法相比……”

潜猎者的刃爪从她的指尖滑了出来：“你的意见无关紧要，博士。我不再需要你了。”

“可是，可是你的确需要我！你的记忆问题……在恰当的触发条件下，它们可能会再次闪现……不！”

他试图躲过她跑到门口去，但潜猎者方抓住了他。“谢谢你的帮助，博士。”她低声说道。

俞饼紧紧闭上眼睛，捂住耳朵，但他没法完全屏蔽掉波普乔伊死亡时的各种破碎声和泼溅声。当他再度睁开眼睛的时候，他的潜猎者正动手从架子上拿各种东西：电路部件、电线和导管、低级潜猎者的大脑。工坊的墙壁已经重新装饰上了一抹抹刺眼的红色。

“给你自己找些食物和水，小子。”她低声说道，“等我们到达额尔德尼铁支之后，我需要你的帮助。”

22　芮恩·纳茨沃西的调查

伦敦(！！！)

5月28日

我一直以为只有自以为是、自我满足的人才会写日记，但在过去的几天里发生了这么多事，我知道如果我不把它写下来，我肯定会忘记一大半的，所以我问克莱蒂·波兹讨来了这本笔记本，并向我自己保证，要把伦敦的经历写成日记。要是我们还能回到大狩猎场的话，也许我可以把它写成一本书，就像彭尼罗教授的那些书一样。(只不过内容都是真的！)

真让人很难相信，自从我们来到废墟地区，才过了两天时间。发生了这么多事情，我遇到了这么多的新面孔，还找到了这么多的真相，感觉就好像我到这儿已经至少有一年了一样。

我会试着从头开始写。在我们与市长大人会面之后，加拉蒙先生与他手下的一些年轻战士把爸爸带回我们停放“鬼面鱼”号的地方，让他把它开到停放着“始祖鸟”号的同一个秘密机库里。他们说它停在那儿会比较安全，不会被绿色风暴时不时在空中巡视的间谍鸟看到。不过我觉得这也是为了让他们可以盯着它；他们一直说我们并不是囚犯，但他们显然不想要我们偷偷溜走。他们似乎害怕我们会告诉其他城市他们在这里，这似乎有些可悲——我的意思是，他们还有什么东西是值得另一座城市穿越数百英里的绿色风暴领土来吞吃的呢？

之后，在公共食堂里吃过晚餐，我们三个就被带到了这座房子里，在我们逗留伦敦的日子里，它就是我们的家了。我刚说了房子，但它其实只是某种小屋，它是用许多旧的金属板铆焊在了一起，位于一个支撑着伏尾区的旧刹车块的底部。窗洞上用铁丝缠成栅格，但我不知道这些铁栅是为了不让我们逃走，还是仅仅因为伦敦没有玻璃。屋子里有三个房间，通过许多扭曲的通道连接在一起，脚下的地被往下挖过，所以我们在房里能够站直。这儿有那么一点儿潮湿，但还挺有家的感觉的，离伏尾区的边缘也够近，每天傍晚大概有半个小时左右阳光能照进来，这点不错。爸爸住进了最大的那间房间，沃尔夫在他隔壁，我给自己选了屋子后侧的一个小小的半圆形房间：这间房间有一面墙是用一块旧的铁皮广告板做的（快黏胶——拒绝仿冒），而且还有一扇窗户，可以照进一点阳光，有几个晚上还有月光。

我本以为沃尔夫会试图逃跑什么的，但他眼下似乎挺满意，对伦敦人给他们自个儿建造的这个小世界相当感兴趣。他是个奇怪的人，很难看得出他在想些什么。

当然，爸爸是一心只为回到了家而感到高兴。我还曾有那么点儿希望他能在克莱蒂·波兹那儿找到真爱，不过后来才发现她已经嫁人了（嫁给了一个名叫鲁派克·弗林特的工程师，他帮她驾驶飞艇。所以她不光是克莱蒂·波兹和克吕维·莫查德，还是克莱蒂·弗林特——我还从来没见过一个女人有这么多名字的）。

5月29日

我想我喜欢伦敦。这真搞笑，我经历了这么多，最后还是回到了一个与桃花源的安克雷奇十分相似的地方。这儿既秘密，又隐蔽，还小得每个人都相互认识，这一点有好处也有坏处。有时我觉得我迫不及待地想回到鸟道上去，但在另外一些时候，我希望自己是一个伦敦人。这儿很美。你想下到一大堆砸碎的垃圾里也能产生美，但这儿的确有。在每一条大地的沟壑中，每一片延伸的土地上，都有树木和蕨类在生长着，而废墟里每一个被泥土淤塞的角落里也是一样。鸟儿在这里歌唱；昆虫到处嗡嗡飞舞。安琪说，再过一个月，伏尾区上方的废品堆就会被毛地黄的粉红色花朵覆盖。

安琪是我在这儿最好的朋友。（她的名字是福特·安琪丽雅的简称——她的父亲，岚·皮博迪用古代科技的地面汽车来给他的每一个孩子起名。)她很通情达理,也很有趣,这两者是一种很好的结合。她让我想起了獾或鼹鼠或类似的小动物:矮小,精悍,略显毛茸茸,还总是在忙忙碌碌。她去过废墟地区的每一处,因为她与加拉蒙的民兵们一起巡逻,警戒是否有入侵者或是绿色风暴的人。所有年轻的伦敦人都一直出去巡逻,或是打猎,或到废墟最远的角落里去搜寻值得回收的物品。我猜应急委员会一定认为这是一种消耗青少年过盛精力的方法。我也想和他们一起去,消耗我的精力,可加拉蒙说我不能去,因为他还不信任我。那个人真是个吹毛求疵的家伙!他说,我和沃尔夫(沃尔夫和我?)要花时间来帮老人们挖菜地,或者听爸爸跟珀玛罗伊先生一起聊历史。

6月2日

他们的殷勤好客反倒让我开始确信伦敦人对我们隐瞒了一些事情。沃尔夫一开始就说过这个,但我当时还以为他错了。现在我开始相信他了。都是些小事,诸如别人看我们的眼神,还有第一天早上柴尔德麦斯博士嘘岚·皮博迪的样子——她害怕他会告诉我们什么呢?有时,当爸爸和沃尔夫还有我走进伏尾区中央的公共食堂里,那些正在起劲儿地谈着什么的人就会突然住口,转而开始聊起天气来。而当爸爸问克莱蒂·波兹为什么她一直在收集克莱斯特线圈和其他电子帝国的科技残片时,她就会满脸通红,把话题引开。

昨天晚上，我正要去睡觉的时候，又听到外面的说话声了，所以我跑到我的窗口，把窗帘拉开(其实就是一片旧麻袋罢了)，你猜我看到了什么？好多工程师！拉维妮娅·柴尔德麦斯和五六个其他的人！他们正离开伏尾区，走上一条通向东边的小路，翻过一条陡峭的废墟山脊。他们是去哪儿？看起来可比月下漫步要目的明确得多。他们每天晚上都这么做吗？也许这正是为什么白天的时候我几乎没见过哪个工程师的原因——他们肯定是在补觉呢！

好吧，我一直都梦想成为一个勇敢的女学生侦探，就像我小时候常读的那些书里的米莉·脆那样。所以今天下午我独自溜上了昨晚工程师走的那条小路。从那条山脊的顶上你可以看到这段路弯弯曲曲地穿过废墟地带，大约有半英里长，一直延伸到一块相当庞大的楔形残骸那儿，它看起来应该是伦敦肠道的其中一段。

附近没有人，不过在那块巨大的旧残骸的侧面，其中一个不知是洞口还是窗户的后面，有什么东西一闪而过。然后，突然之间，我听见身后有脚步声，是加拉蒙先生和他手下两个最贴身的年轻战士，一个是安琪的哥哥萨博，另一个是名叫凯特·卢帕里尼的姑娘。“你在这里干吗？”他大吼道，脸色气得都紫了，几乎都跟妈妈一样光火和难看了。我试图解释说我只是想活动活动腿脚，但他根本一句也不听。“你已经到了一个危险地带的边上！”他大吼着，凯特抓住我，开始把我扭送回伏尾区去。萨博靠过来说：“你不可以像这样乱走，芮恩。那儿是这片地带里非常危险的一个地方。我们可不希望你被某个妖精烤脆了。”

实际上，他说这话还是很好心的。我喜欢萨博。可是假如废墟的那一部分这么危险，为什么还有这样一条常有人走的小路通向它的中间呢？

后来，我跟沃尔夫谈起了这些。他根本不相信有妖精存在。当我向他提起我们来这儿的第一天那个差点儿把我们烧焦的妖精时，他只是大笑着说它“时间控制得非常精确”。他认为那些妖精是工程师们想象出来的某种把戏，好把人们挡在废墟之外。他说得有一点道理，不是吗？我是说，如果他们能造得出那些针对潜猎者的闪电枪，为什么不能也造出妖精来呢？

好吧，我不会让愚蠢的老加拉蒙阻止我的。那天晚上，他留了几个手下守在我们的小屋外面，生怕我们会尝试逃跑，把这个小小的定居地出卖给某个掠食城。不过那些守卫并不真的相信我们会那么做，他们一般只是聊天，然后就睡着了。今晚，等到一切都安静下来，我就要爬到外面去，瞧瞧他们到底在那个又大又旧的生锈楔子里做些什么。

（假如这是这本日记的最后一页，你就会明白沃尔夫关于那些妖精所说的都是错的，而我已经被烤得比米莉·脆更脆了……）

芮恩放下铅笔，把她的笔记本插进飞行夹克的内袋里，躺下来等着。她听到汤姆柔和平稳的呼吸声透过铁皮墙上的缝隙从隔壁房间传来，不禁猜想他梦见了什么。他有怀疑过这些伦敦人吗？他什么都没说过。他看上去只是很高兴能回家了。

在她右边的房间里，她能听见沃尔夫在走来走去。有轻微的金属声响；敲击和刮擦的声音。他在干什么？小屋外面，加拉蒙先生的守卫正轻声地相互交谈。

芮恩不记得自己睡下，但她肯定不知不觉就睡着了，因为等她突然醒来的时候，发现手表的夜光指针正指着三点半。

"克莱奥啊！"她呻吟着翻身下床，赶紧站了起来。

她走到房门口，朝外面的狭窄过道望去。出于某种原因，她感到不安。沃尔夫的门半开着，月光从门里洒了出来。她蹑手蹑脚走向那扇门，朝他的小房间里张望。被窝是空的。芮恩跑到窗前，发现窗口的铁丝网应手而动，赶紧把差点叫出的一声咽了回去。沃尔夫用什么方法解开了它，等他钻出去后又把它挂回原处，这样守卫就不会注意到出了什么问题。

"哦，诸神啊！"芮恩一边低声说，一边想到了"鬼面鱼"号。她没有忘记沃尔夫本性中冷漠无情的一面。要是他已经溜走了，穿过废墟地区去偷"鬼面鱼"号了呢？他已经走了多久了？是他离开的声音吵醒了她的吗？

她从松动的格栅下方钻了出去，躲在小屋的角落后面张望。守卫们坐在门口，既无聊又困倦；其中一个早已开始打鼾了，另一个的头也一点一点的。芮恩踮着脚走开，然后从静悄悄的棚子和小屋之间跑了过去，跑到了伏尾区的外头。伦敦的废墟犹如明亮月光和漆黑阴影交织成的迷宫。在东面，高低不平的天际线上有一个人影，不过片刻后就不见了。

是沃尔夫！芮恩开始追赶他，她松了口气，因为至少他不是在朝“鬼面鱼”号走。那么他到底是在做什么？大概是到处窥探吧，她猜测道，就好像她一直计划要做的探寻那样。想到他比她领先一步，就让她感到恼火。她本想要亲自解开伦敦的秘密，然后在吃早餐的时候让他大吃一惊的……

她动身跟在他后面，走上了之前她走过的那条小路。她对自己说没有理由要害怕，伦敦人都是些软心肠的人，即使他们抓住了她，除了把她送回她的牢房里，再把窗栅用螺钉拧紧些之外，他们就不会做出更糟的事来了。可是她情不自禁地感到紧张，而当一个身影突然间从小路边上的阴影里走了出来，一把抓住她的时候，她顿时大声尖叫了起来。

一条手臂拦腰抱住了她，然后一只强壮的手捂住了她的嘴。她扭过头来，就看到沃尔夫·科波尔德的脸在月光下俯视着她。“嘘。”他轻声说道，他的手离开了她的嘴，但在她脸上逗留了一会儿，“芮恩……你到这儿来做什么？”

“当然是找你了。”她说道，她的声音微微颤抖，“你去哪儿？”

沃尔夫咧嘴一笑，然后放开了她。他沿着月光下的小路，指向前方的庞大残骸碎块。在其上的某些开口处，有灯火晃来晃去，就像沼泽里的鬼火一样摇曳不熄。

“听！”他说。

一个低沉的隆隆声越过月光下的满地废金属传来，调子时升时降，然后戛然而止。白色的亮光在这座庞然大物的开口外闪烁不休。

“是妖精？”芮恩问。

沃尔夫摇了摇头：“某种机械。和我两年前听到的声音是一样的。”

“工程师们每天晚上来这里。”她低声说，希望她的这一发现能给他留下深刻的印象。

沃尔夫只是点了点头：“我也见过他们了。而且我瞧见有人把一个个木箱带到那儿去，木箱里装满了从废墟地区回收来的物品。工程师们还在仔细研究图纸。这是为什么呢？他们在那儿建造什么呢，芮恩？”

芮恩对他发现得比她更多而感到有点恼火。米莉·脆可从来没遇上过这种竞争。她试图表现得好像他的调查结果并没有让她吃惊一样。

“我们去探究一下吧，好吗？”

他们肩并肩地快步前行，很快就来到了那段肠道区域。它真的极其庞大，简直就像一座海边的悬崖，上面有无数的洞穴，以前各种管道和走廊就是从那儿连接到伦敦的其余部分的。沃尔夫从其中一条爬了进去，并伸手回来，把芮恩拉到他身后。“看起来像是伦敦深肠里的某种工厂。”他低声说，“它似乎毫发无伤地幸存了下来……”

他们往更里面走去。地面略微倾斜了一个角度，走起来十分麻烦。金属噪音回荡在滴水的走廊里。他们到了一扇闩住的门前，于是沿原路折返，爬上一条倾斜的金属楼梯。然后经过了一堵墙，墙上喷绘着一个红色轮子的标志，还有几个字，伦敦工程师公会：14 号实验机库。楼梯高处的走廊被一道道白色和橘黄色灯光时断时续的光束所照亮，随着芮恩和沃尔夫潜入这座建筑的核心，灯光就越来越明亮了。氩气灯稳定而令人心安的光芒从透明塑料帘子后面照了出来。

芮恩现在感觉更加兴奋而不是害怕。她让自己的手轻轻蹭着沃尔夫的手，于是他抓紧了它，捏了捏，以示安慰，同时一把推开了窗帘。

他们手牵着手，一起朝这座机库中央的一块巨大的开阔空间俯瞰下去。

“伟大的诸神啊！”芮恩低声说道。

“所以就是这个啊！”沃尔夫说道。

“举起你的手来，科波尔德先生。”另一个声音说，就在他们身后很近的地方，“你也是，纳茨沃西小姐。你们两个，举起你们的双手，很慢很慢地转过身来。”

23 柴尔德麦斯实验

“赫丝塔？”汤姆喃喃地说着，慢慢醒了过来。刚才他又梦到了古老的伦敦博物馆，但这次是赫丝塔领着他穿过一条条满是灰尘的画廊。在他的梦里，他很高兴能见到她。

此时正有人蹲在他的床边，摇晃他。他意识到这不可能是赫丝塔，于是便坐了起来。一盏提灯照得他眼花缭乱。他扭开头去，看见有两个加拉蒙手下的少年站在门口。叫醒他的人是克莱蒂·波兹。

“出了个问题，汤姆。是关于科波尔德和你女儿的。哦，他们没出什么事，但是——我想你最好来一下……”

走到外面的废墟中。漫天月光，遍地废金属。克莱蒂与汤姆一起走着，他们两个人身边环绕着许多沉默的伦敦人，有些还带着枪。

“芮恩干了什么？”他们催他快走的时候，他问道。

“间谍行动。”克莱蒂说，“我们发现她和科波尔德去到了……他们不应该去的地方。”

“芮恩只是一个小姑娘！”汤姆抗议道，“她可能会好奇，也可能有点儿蠢，但她不是间谍！而且话说回来，她又刺探什么了？你们是在哪里找到她的？”

“解释起来挺麻烦，直接带你去看更简单。”克莱蒂说。

汤姆把他的外套裹得更紧了，让他颤抖的不光是寒冷。他有种感觉，自己快要发现故乡城市的秘密了。芮恩是否已经发现了那个秘密呢？这一切是否就是因为她的行动呢？他为她的勇敢而骄傲，但也感到担心，生怕她遇到了危险。

在一道残骸之墙的脚下，柴尔德麦斯博士和她的五个工程师同伴站在一扇打开的门口等着，六个光秃秃的脑袋就像一窝蛋。“纳茨沃西先生。”这位工程师带着淡淡的疲惫微笑说，“不如你也来看看这个项目。反正你女儿和她的朋友无论如何也会把它告诉你的。前提是，只要我们能够劝阻我们那些更加激动的同事不要射杀他们。”

爬上一道楼梯，穿过一面塑料门帘，便来到了一个狭窄的金属观望平台上，加拉蒙和他的一群手下正站在那儿，包围着芮恩和沃尔夫·科波尔德。他们俩都被迫跪在地上，双手被反绑着。柴尔德麦斯博士说：“唉，别做这种讨厌的事啊，加拉蒙先生！”

“可他们跑进了一个限制区域！在偷窥！”加拉蒙抱怨道。

“那只是因为你让他们到这里来的罢了。”那位工程师反唇相讥道，“说真的，加拉蒙，你的人松懈得令人吃惊。现在放了他们吧。”

加拉蒙和他的年轻手下们不情不愿地释放了囚犯，让他们站起身来。汤姆跑上前去拥抱芮恩，想要告诉她她那样做是多么愚蠢，可当他跑到她身边，就注意到了下方那个填满了机库的东西，惊讶之情顿时把他脑中所有的话都赶跑了。

那是一座镇子。不是一座大城镇，也不优雅美观（它的上层甲板上大部分的建筑都不见了，也没有轮子或履带），但无论如何还是一座镇子。它没有巨颚，但在其他大多数方面，就汤姆看来，都与伦敦郊镇的基本蓝图对得上；在城市达尔文主义的鼎盛时期，伦敦建造了诸如塘桥轮和克劳利这些小郊镇，来搭载伦敦的过剩人口。

“很漂亮，对吗？”克莱蒂问道，她带着一种又敬又爱的神情，向下凝视着那座尚未完工的镇子。

柴尔德麦斯博士说：“这是许多许多年艰辛工作的成果，现在已接近完成了。”

这座镇子坐落在一个由许多锈迹斑斑的支柱所组成的架子上，镇子下方某处有一个巨大的锯子正在工作，喷出一股股火花，散落在机库地板上，好像一群热闹的萤火虫一样。

“这是你们造的？”汤姆问道，他放开芮恩，走上前去站在平台的边缘，用力握着坑坑洼洼的金属栏杆，以说服自己这不是一场梦。

“不完全是。”那位工程师说，“底盘和大多数上层建筑早就造好了。我的部门远在美杜莎事件之前很久就开始进行这个项目了。幸运的是，这个实验机库位于肠道里足够深的地方，没有受到太多损害就幸存了下来。”

“可为什么我没有听说过？”汤姆问，“我的意思是，如果伦敦在建造一座崭新的郊镇，这当然会是一条新闻喽？”

柴尔德麦斯博士耸了耸肩：“这本来是一个秘密。我们公会非常热衷于保密。不管怎么说，这座小镇原本只是作为一个原型。实验郊镇 M/L1 是它的正式名称。我们设计它来作为解决伦敦各种问题的答案，可是马格努斯·克罗姆对它一直不怎么感兴趣。他认为美杜莎才是更好的解决方案，所以他从我的磁悬浮研究部门逐渐抽出了越来越多的资金，将其转到美杜莎项目里。现在，我们这些从美杜莎事件中幸存下来的人可以重新回到这项工作上来。它已经不再是一个工程师公会的项目了，汤姆。伦敦的每个人都在一起为它工作。”

“而且请别把它当作一座郊镇。”克莱蒂说，“它也许很小，但对伦敦的每个人来说，它是一座城市，我们的新城市。很快我们就会登上它，永远地离开这片废墟地区。”

汤姆向下凝望着一个个伦敦人的细小身影爬在这座新城市上，铺设电缆，焊接钢梁，在光秃秃的甲板上标记出街道和建筑物的轮廓。

“可是它没有轮子。”芮恩指出了这一点。

“我看得出来你不知道磁悬浮是什么意思，亲爱的。”柴尔德麦斯博士说道。

“是某种代号，对吗？”汤姆问，他也不知道那是什么。

“哦，不。”柴尔德麦斯博士说，“磁悬浮是磁力悬浮的简称。”

“它能漂浮起来！”沃尔夫说着，俯视着这座新城市，望得出了神，“就像一艘巨大的气垫船……”

柴尔德麦斯博士对他优雅地点点头，她很高兴她的听众里至少还有一个人是跟得上思路的。“比气垫船更加安静，科波尔德先生，也不会那样厉害地消耗燃料。它更像是一艘很大、飞得很低的飞艇。你看到那些沿着侧面和腹部排列的银色圆盘了吗？”

汤姆、芮恩和沃尔夫一齐点头。没有人会看不到那些圆盘，它们好像脏兮兮的金属镜子，五十英尺宽，像飞艇的引擎吊舱那样安装成可以旋转到不同角度。

“我把那些称作磁力推进器。一旦它们接通电源，整座城市就能在地球磁场的电流中游动。它会飘浮在离地面几英尺高处——或者是水面上，没有什么区别。我们制作的小型样机工作得十分出色。现在我们需要做的只是完成驱动磁力推进器的电磁引擎——”

“克莱斯特线圈！”芮恩大叫了起来，就好像一名勇敢的女学生侦探做出了精彩的推理一般。

“没错。”柴尔德麦斯博士承认道，“我们一直苦于不能产生足够的能量，直到珀玛罗伊先生对我说起了克莱斯特博士对于电子帝国的机械所做的研究。我立刻猜到那样的东西就是我们所需要的。于是克莱蒂设法获得了几十个，还有我们可以用来制作新线圈的材料。”

芮恩朝沃尔夫瞄了一眼，看见他紧紧抓着扶手，用瞪得又大又亮的眼睛盯着那座小城，就好像是一个看到了未来前景的人。

“现在你知道为什么我们担心间谍了。”克莱蒂·波兹说，“我们花了将近二十年的时间才大致完成新伦敦。我们绝不希望在如此接近成功的现在，被某个拾荒者探听到风声。”

“新伦敦！”汤姆轻轻地说，“当然……”你不能一直把某个地方叫作“实验郊镇 M/L1”；如果你想住在上头，并且把故乡城市的文化和回忆带去新的土地，那样称呼就肯定不行。新伦敦。

“我要帮忙！”他说道，“我的意思是，假如你们能够用上我的话。我不能留在这里，在你们辛苦工作的时候，却吃着你们的食物，挡着你们的路，什么也不干。我是一个伦敦人。我就跟你们中的任何人一样想要看到伦敦再次动起来。我不是工程师，可我也能让‘鬼面鱼’号整晚运行，在安克雷奇的时候我还帮助斯卡比俄斯先生建造过水力发电系统。我可以留下来帮忙……前提是，如果芮恩不介意的话……”

“当然不啦。”芮恩说，汤姆看得出来，她就跟他一样对新伦敦留下了深刻的印象，“而且我猜想科波尔德先生也会想要帮忙的。”她一边说着，一边转过头来想把他们的同伴也拉进这场谈话里。

可是沃尔夫·科波尔德不见了。就在每个人都在一边听柴尔德麦斯博士讲话，一边低头望着新伦敦的时候，他早已悄悄地溜走了。

加拉蒙脸色发白，转过身来大声嚷嚷着封锁周边和组织搜索什么的。柴尔德麦斯博士严厉地盯着他。“瞧？”她说，“松懈。”

沃尔夫逃跑的消息传得比汤姆和芮恩走得更快。等他们到达伏尾区时，他们发现搜索队已经组织起来了，人们武装着撬棍、弩弓，甚至还有电击枪。“我们会抓住他的！”安琪·皮博迪发誓道，她背起一满袋的弩箭，“不会让他把新伦敦出卖给任何一个肮脏的海盗郊镇。”

“哦，小心。”芮恩警告说，“他很危险的……”

“我们有许多人，而你的朋友只有一个，纳茨沃西小姐。”加拉蒙先生断然说道，“而且我们对这片废墟地区比他了解得多。处于危险之中的是科波尔德，不是我们。所有人都跟上！我们出发！”

“我们和你一起去。”汤姆说。

“我想不行，纳茨沃西先生。就我而言，你和你女儿是科波尔德的帮凶。你们得留在这里。”

“胡说，加拉蒙。”恰德雷·珀玛罗伊斥责道，他穿着晨衣，头戴睡帽，从他的小屋里钻了出来，“汤姆和芮恩可能会失去的东西不比我们之中任何人少。科波尔德可能计划要乘坐他们的飞艇飞走。”

芮恩拥抱了一下她的父亲。“你留在这里，爸爸。”她说，然后抓起一盏提灯，跟着安琪以及她的哥哥萨博一起走了。汤姆望着他们离去，晃动的提灯消失在废品山丘之中，加拉蒙先生喊着各种命令，这些本该是军事命令，但却让他听上去好像是一个惊慌失措的老师带着学生去郊游：“动作快！两人一组！别把你的电击枪乱指，氨纶·瑟雷尔！”

搜寻者们在废墟中散开，从伏尾区逐渐走远，细细地梳过这些生锈小山之间的每一条小径和缝隙，寻找沃尔夫的踪迹。“他应该没走远。”芮恩听到人们在这么轻声说着。但他能做到的，她想道，他是一名战士，他以前已经回到过一次哈洛巴洛；那次穿越了数百英里的绿色风暴领土。要在伦敦这么大小的迷宫里躲过我们，这对他可不会很难。

至少他还没有到达飞艇机库。“鬼面鱼”号和“始祖鸟”号还停放在他们离开时的地方，没被人碰过。加拉蒙大声地命令萨博和其他几个人加强对飞艇的看守，然后搜索队便继续前进。

“这是没用的。”芮恩苦恼地说道，她和安琪徒步从机库离开，沿着她第一天来时的那条狭窄小路走着，“他可能在任何地方。他非常善于隐藏。连他的整座郊镇都会躲藏起来。”

“嗷！”安琪说了一声。

这似乎是一种搞笑的答复。芮恩转过头来看她的朋友，于是发现自己，在今天晚上第二次，不期然地与沃尔夫·科波尔德面对面遇上了。

“你找到我了，芮恩！”他轻快地说，“现在轮到你来躲了……”

他俯身朝安琪弯下腰去，她已经蜷曲着倒在他脚下，被某个沉重的物体从后方砸倒的——废墟地区可不缺各种钝器。芮恩张开嘴想要尖叫救命，但在她来得及发出声音之前，沃尔夫已经再度直起腰来，用安琪的弩弓指着她。

芮恩不知道这时候自己是不是该举起手来。她不确定地挥动着她的手臂，想知道安琪是活着还是死了。“你是永远走不掉的！”她说道，“飞艇机库里有守卫，他们有电击枪……”

“我不需要飞艇，芮恩。”沃尔夫说着，笑了起来，“我曾经以为工程师们的秘密是某样我可以乘坐你们的‘鬼面鱼’号带走的东西，但现在我明白我错得有多厉害了。我得把哈洛巴洛带到东面来……”他用弩瞄着她，一边动手剥下安琪的腰带，以及腰带上的弩箭囊和水壶，“你看，我有徒步穿越野外所需要的一切。我会去搭乘某辆绿色风暴的潜猎者列车。豪斯多弗会带着哈洛巴洛在边界线的另一侧等着我。”他朝芮恩咧嘴一笑，并伸出一只手来，“为什么不和我一起走呢？”

“什么？”

“你现在的生活是虚度时光，芮恩。跟在你爸爸的后头。他还要把你困在这里多久，给这些捡破烂的当女用人吗？和我一起回家，去哈洛巴洛吧。”

“然后看着它把新伦敦吃掉？”芮恩问，“我可不这么想。”

“那就想得更用心些。那位女工程师开发的这项新技术，用在伦敦人身上是浪费了。那些好心肠的傻瓜！他们甚至都没给他们的新城市装上巨颚。我要把它夺过来，用它把哈洛巴洛变成地球上最强大的掠食城。一座飞行掠食城，配备着电磁武器！想想看！”

芮恩想了。她不喜欢这个想法。

沃尔夫又笑了，然后给了她一个飞吻，便转身走开。“我的镇公所里始终有你的一席之地，芮恩。”他说道。

芮恩俯身看着安琪。当她触摸安琪的脸时，那个姑娘便呻吟了起来。她希望这是一个好兆头。“救命！”她尽力高声尖叫，“救命！救命！他在这里！在这儿！”

他们跑了过来：萨博、加拉蒙、凯特·卢帕里尼。某个比芮恩有更多医学知识的人弯下腰看看安琪，然后说：“她会没事的，她会没事的。”但是沃尔夫已经失去了踪影，尽管其他人继续追寻着他，直到废墟上方的天空被晨光染成灰色，也再没有人见过他。他消失了，就好像他只是伦敦的又一个鬼魂一样。

第2卷

24 曼彻斯特

系泊夹钳对接的哐啷声响与震动将伊诺妮从睡梦中惊醒。她挣扎着想继续睡下去，可腹中隐隐约约的饥饿痛楚一直让她不得安宁，于是她摇摇晃晃地爬起身来。刚才她梦到了家乡：阿留申群岛，灰色的岩石，灰色的天空，灰色的冬日海洋，她和哥哥埃诺在严寒中疾奔下山。这些景象在“虚伪”号闷热的货舱中迅速淡去了。

清晨降临。初升的太阳透过“虚伪”号外壳的裂缝照了进来。伊诺妮蜷缩着躺在铁丝网围起来的奴隶棚地板上，四周堆着装满各种巧妙的小玩意儿以及装着没卖出去货物的箱子和盒子，纳普斯特·瓦利一定曾经指望过靠这些发大财。奴隶棚里没有床垫，伊诺妮在坚硬的甲板上睡得身体僵硬，几乎动也不能动。她在那儿躺了一会儿，思考着是什么让今天早上的牢狱生活变得有些不同。接着她就找到了答案。飞艇的引擎从鲸吞镇起就一路将刺耳噪音灌进她耳朵里，但现在已经停下来了。

她能听见下面船舱中的说话声。瓦利在对着他的老婆大喊大叫，就像往常一样。同样和往常一样，小宝宝哭了起来。伊诺妮从没见过哪个婴儿会哭得像小纳普斯特那样多。

她从瓦利留给她的锡壶里喝了点儿水，在已经裂了缝的搪瓷夜壶里小解，接着做了晨祷。等她做完，下面的各种声音已经都静了下来。她心惊胆战地等着看接下来会发生什么。

从舱口上来的不是瓦利，而是他的妻子，这让伊诺妮松了口气。瓦利太太对货舱中的囚犯并不那么友好，但比她的丈夫要友好多了。她是一个长着雀斑、面色苍白的姑娘，有着乱蓬蓬的红发与饱受惊吓的双眼，其中一只眼睛如今已经肿得睁不开，四周都是泛黄的瘀伤。瓦利是在某处把她买回来的，而她表现得并不像瓦利所希望的妻子那样出色。瓦利常常打她，伊诺妮经常听见她的尖叫与呜咽在飞艇中回荡。她对这个筋疲力尽的年轻女人开始产生了一种惺惺相惜的感情，就好像她们是关在一起的囚犯一样。

“纳普斯特说给你吃早餐。”瓦利太太说道，声音极小，还发着颤。她从铁栏之间递进一碗面包，还有半个苹果。

伊诺妮开始用双手把食物铲进自己的嘴里。她觉得很害臊，但却控制不住；几周的囚禁已把她变成了野人、变成了一只动物。“我们在哪儿？”她在努力狼吞虎咽的间隙问道。

“天空之城。”瓦利太太说道。她害怕地环顾四周，就好像担心丈夫藏在成堆的箱子之间，随时准备着跳出来，因为她跟货物交谈而把她另外的那只眼睛也打青。她靠近笼子的网眼："这是一座会飞的城市！"

"我听说过它……"

"它位于一个叫作穆尔瑙聚落的地方上空。"瓦利太太接着说道，她的激动渐渐胜过了恐惧，"下面的城市比我这辈子见过的都多。有一座大型战斗城市，完全包裹在装甲里头，还有许多贸易城镇，还有曼彻斯特！纳普斯特说曼彻斯特是世界上最大的城市之一！他在他的某本书上读到过它。纳普斯特读过很多书，真的很多。他想要提高自己。不管怎么说，今天我们到这儿来是很幸运的，因为这儿在开一场大会，各位市长和头面人物都会参加，纳普斯特也会下去……去看看他们之中有没有谁会把你买走，小姐。"

伊诺妮曾以为自己如今已经习惯了无助与恐惧，但当她听到这话的时候，还是害怕得差点儿晕过去。她几乎大半辈子都在听人说起牵引城的统治者们有多么残暴无情。她硬把手从网眼中伸出去，在瓦利太太转身离去的一刻死命抓住她的裙子。"求你了。"她绝望地说道，"求你了，能不能放了我？只要让我上岸就好。我不想死在某座城市上……"

"真抱歉。"那姑娘说道（她是真心的），"我不能这么做。要是我放了你，纳普斯特会杀了我的。你知道他的脾气。他会把我的小宝宝从船上扔下去。他经常说他做得出来。"

那个小宝宝就好像听到了她们的谈话一样，在下面船舱里的婴儿床上醒来，放声大哭。瓦利太太使劲儿从伊诺妮手中拽出自己的裙子，匆匆离开。“对不起，小姐。”她一边说着，走下了楼梯，“我现在得走了……”

曼彻斯特在整个春天里一直向东辚辚行驶，时不时地绕个道去吞噬一些比它小的城镇，终于在昨天下午到达了穆尔瑙聚落。曼彻斯特比战斗城市更加庞大，也更加强硬，它就像一座自命不凡的大山，蹲坐在前线后面几英里处。它的巨颚半张着；官方的说法是这样可以让保养队员清洁它一排排的旋转利齿，但给人的印象却是好像它有点儿想要吞吃几座蜂拥在穆尔瑙周边的小型贸易镇一样。

那些小镇一个接着一个地召集起各自的镇民们，动身爬开去，因为它们都清楚曼彻斯特的到来意味着麻烦的来临，即使它不来吃它们也是一样。阿德莱 · 布朗反对休战是出了名的，而牵引城社会中的大部分城市都欠他的债。他在这些城市与绿色风暴的战争中投入了许多钱，而现在就是他想要得到回报的时候。他的信使们飞在曼彻斯特的前头，把其他城市的领导人都召集到了曼彻斯特市政厅来召开一场战争议会。

到了那天早上九点，来自边界线上每一座城市与郊镇的飞船和云上快艇纷纷集结在曼彻斯特的顶层。围观者们礼貌地保持着一段安全距离，注视着市长们和大元帅们走向市政厅。在那儿他们各就各位地坐在议会厅的软垫椅上，等候曼彻斯特的市长大人迈步登上演讲台。在他们头顶上方高处，天花板的穹顶上，绘着片片云朵，阳光射破云层，一位健壮的年轻女性被塑造为城市达尔文主义的化身，她挥舞着一把宝剑，赶走代表贫穷与反牵引主义的群龙。而就连她的视线也似乎盯着下方的演讲台，就好像她也迫不及待地要听听阿德莱·布朗会说些什么。

布朗的双手撑在雕花的演讲台扶手上，目光扫视着台下的听众。他是一个矮胖而红润的男人，他拥有的巨大财富使他永远对周遭的事物极不满意。他看起来就像一只气鼓鼓的蛤蟆。

“先生们……”他大声说道，(“和女士们。”他补充道，因为想起了听众中间还有几位女市长，以及奥拉·图旺布利，他自己的空军雇佣兵首领。)“在我们开始这次历史性的会议之前，我只想表达，我是多么自豪，能带领我的城市来到这儿，能告诉你们大家，在西部后方，那些住在和平城市里的普通百姓，有多么感激你们多年来的牺牲与奋斗。”

响起了一阵礼貌的掌声。大元帅冯·科波尔德凑近他的邻座，耳语道：“他们感激的是我们的钱。这些年来我们为他们送来的枪支弹药花了一大笔钱。难怪布朗一想到和平就这么害怕……”

“话说回来，我是个坦诚的人。”布朗继续说道，“所以我不会拐弯抹角。我来这儿不是为了拍拍你们的背赞扬你们一下。我来这儿是要让你们变得更强硬一点；朝你们的尊臀踢上一脚。我来是要提醒你们，实际上……”（他停顿了一下，让那个把他的话翻译成新德语的年轻人能跟上他的速度。）“是要提醒你们……”他继续说道，“胜利已经唾手可得！我知道你们多么拥护休战协议，拥护这个把你们的城市再次向天空开放、享受几个月和平的好时机。但是我们这些住得比较远离战线，用我们自己的方式与绿色风暴作战的人，也许能看到一些你们看不到的事情。而我们此刻看到的，是一个机会，能将地球冲刷干净，永远摆脱反牵引主义的威胁。而且这是一个我们必须抓住的机会！”

又是一阵稀稀拉拉的掌声。布朗市长似乎本来还期待着更热烈的反响，但无论如何还是认可了。他转头环顾自己的支持者都有哪些人——来自温特图尔的冯·诺依曼，来自多特蒙德[1]卫星城的戴克斯塔尔，还有另外十几位来自各个收割郊镇的久经沙场的镇长。在掌声的节奏还没来得及消散之前，他示意大家安静下来。“你们中的一些人认为我说的话过于大胆。”他承认道，“但曼彻斯特在绿色风暴的领土上有一些特工，这几周来他们都一直在对我说同一件事。纳迦将军已经是强弩之末了。他所迷恋的那个阿留申美人儿已经死了，所以那个老傻瓜已经没有意愿再活下去，或者战斗，或者做任何事情，他只是独自坐在他的宫殿里，责怪诸神将她从他身边夺走。而没有了纳迦，绿色风暴便群龙无首。先生们，这是——哦，还有女士们——这

1. 多特蒙德是德国西部的一座城市。

是进攻的时机到了！”

掌声再次响起，这一次热烈多了。有几个声音大喊：“说得好，布朗！”还有：“等月亮节的时候我们就攻陷天京啦！”

大元帅冯·科波尔德再也听不下去了。他站起身，用他在练兵场上的那种最大的嗓门吼道：“这可不是高尚之举，布朗先生！如此利用纳迦的沉痛悲伤，这可不是高尚之举！我们都知道战争的真正代价，它就在这外头的边界线上。不只是钱，而是*生命*！不只是生命，而是*灵魂*！我们自己的孩子正在变成野蛮人，热爱战争的野蛮人。我们必须竭尽所能确保这场和平持续下去！”

有几个人为他欢呼，但更多的人嚷嚷着叫他安静，叫他坐下，停止乱喷失败主义的蘑栖空谈。冯·科波尔德没想到有那么多他的同志都愿意听信布朗煽动战争的言论。难道这几个月来的和平已经足以令他们忘记战争是什么样的了吗？难道他们真的认为再度开战就会有所谓的赢家吗？他们跟沃尔夫一样坏！他怒目环顾四周，感到怒气冲冲，浑身发热，也觉得自己真有点蠢。连他手下的官员看上去都被他的暴怒弄得尴尬极了。他沿着排成行的座位挤开一条路朝最近的出口走去。

“先生们。”阿德莱·布朗正说着，“我希望我们今天能讨论出的不光是一场战斗计划，而更多的是一份清单。绿色风暴的土地就躺在我们面前，只有一支疲惫不堪、装备不精的军队在守卫着它。像永固寺和天京那样的完整定居城市，以及那些野蛮人渣拒绝开采的数不清的森林和矿床，都静静地躺在那儿等着我们去蚕食。我们唯一的问题是如何瓜分这些战利品？哪座城市分别去吃哪一块？”

老元帅觉得恶心，他排开道路走出议会厅。欢呼声、嘘声与激烈的争论声一路跟着他，沿着市政厅的走廊，来到外面的公园里，但至少外面的空气是新鲜的，还有凉爽的微风。他快步走下台阶，弯腰钻过警戒围栏，这是布朗的人拉起来的，好把围观者们都隔开。眼下人群已经散去，只剩少数几个人在草地上野餐。金属走道上到处都是飘落的花瓣，纸帽子和标语散落其中。一份扔掉的报纸被风吹过，头版上赫然印着宁禄·彭尼罗的照片。*太可笑了！*冯·科波尔德想。整个世界正在倒回到混乱的状态，而这些报纸所关心的却是那个荒唐作家的最新八卦消息……

他大步走过草地来到一处观景阳台，靠在栏杆上深深呼吸，向东凝视着自己城市的装甲城墙，然后继续向东眺望，望向无人区。自从沃尔夫离开穆尔瑙以来已经过去三周了。他现在在做什么？他那座讨厌的郊镇在哪儿？要是战争再次爆发，那座郊镇会怎么样？

“冯·科波尔德？”有人在他的身后问道，“大元帅冯·科波尔德吗？”

他转过身，便看见一个鲁莽的陌生人，蓄着姜黄色胡须，穿着打扮正式过了头。这个年轻人看上去稍稍有点神志不清。科波尔德有点后悔把手下军官都留在议会厅里了。但他可不会让自己被这样一个矮小的跟踪者吓到，于是他打起精神说道：“我是冯·科波尔德。”

“瓦利。”陌生人伸出一只手来，科波尔德想不出什么不和他握手的好理由。“纳普斯特·瓦利。”年轻人对他眉开眼笑地说道，他的一颗金牙像反光镜一样闪闪发亮，“我跑来这儿，想在你们的小会上说点儿话，可他们不让我进去。所以我只能四处逛逛，等着会议结束，那样我就能在你们中的某一位回飞艇的路上趁机拦下他，然后我就注意到您在这儿走来走去。好运天降啊，不是吗？”

“是吗？”

“噢，当然是了，科波尔德先生！”（科波尔德先森，他的发音让大元帅皱起了眉头。）“您看，先生，我在做空中贸易。一个买卖奇珍异宝的商人。而奇珍异宝这个词用来形容我现在飞艇上的那个小东西可正合适，先生，它就在等着一位合适的买家。所以当我看见您，先生，您一个人穿过这片公园的时候，我就对自己说：‘纳普斯特。’我说，‘是贸易之神送他来这儿的，你应该走上前去告诉他，在天空之城上，有一桩多好的买卖正等着他呢。’”

“天空之城？”冯·科波尔德说着，瞥了一眼下风处，那座飞行城镇正悬浮在那儿几英里之外的城市废烟上方。想把他引诱去那样一个地方，门都没有！那儿是一个自由港，很可能是蘑栖间谍和刺客们的老巢。他迈步从瓦利身边离开，朝着市政厅走去，一边回头喊道：“不管你卖的是什么，瓦利先生，我都不感兴趣。”

“噢，会的，您会感兴趣的，先生！”那个商人说着，快步追上他，“至少，等您知道那是什么的时候，您就一定会感兴趣的。可能会很重要，先生。比如说，对战争。我只是想尽我的绵薄之力，先生。”

冯·科波尔德停下脚步，思考着他到底在说些什么。躲在暗处的拾荒者常常会带着一些古代科技物品从野外冒出来，并且声称它们会让战争终结。这些人中的大多数都是江湖骗子，不过你永远说不准……“要是你认为那可能很重要……”他说道，“你该带着它去给有关当局看看。要么是曼彻斯特这儿的，要么是穆尔瑙的。他们会知道该如何处置它。”

“哎，但是我猜想他们不会为我经历的麻烦而给我任何回报的，对吧，先生？为了得到这个东西，我已经经受了相当多的麻烦，所以我也想要一份相当大的补偿。”

“可如果你是一位良好的城市达尔文主义者，又觉得这东西能帮到我们……”

“我其次才是您所说的城市达尔文主义者，先生。”瓦利说，“我首先是一位生意人。”他耸了耸肩，让人有点摸不着头脑地喃喃自语道，“我勒个乱七八糟的垫子哟！奶奶说得对！我从没想过找个买家这么难……”

冯·科波尔德再次转身离开，但在他迈步之前，那个商人就紧紧拉住了他的衣袖。“看，先生！”他说，并拿出了一些照片。出于自尊，冯·科波尔德在公共场合都是不戴老花镜的，所以他看不清楚照片上是什么。他把瓦利推开，但那个商人硬把照片塞进了他上衣前胸的口袋里，并谄媚地说："我期待着您能前来谈价钱，先生。我的船在13号支柱，天空之城的主环道上。我的名字是瓦利，先生。起价是一万个金币……"

"哎，见鬼的……"冯·科波尔德开口说道，但他被自己的副官埃森巴赫上校的声音打断了。那位年轻人正快步走下市政厅的台阶，瓦利一看到他，便钻到附近的灌木丛中，匆匆跑开了。

"那家伙是在骚扰您吗，大元帅？"埃森巴赫跑到冯·科波尔德旁边，问。

"不，只是一个怪人，没什么。"

"您应该进到里面来，先生。"这个年轻人说，"他们正在讨论作战计划。在决定由哪座城市来攻击敌方领土的哪个部分。布朗已经把那个叫作前线指挥所的固定堡垒收入了曼彻斯特的囊中；多特蒙德拿下了哈萨克海东岸的一切。要是您再不快点儿的话，就没剩下什么给我们了，先生。我们可不想一无所有……"

"一无所有？"冯·科波尔德眯起眼睛，扫视公园寻找瓦利。没有他的踪迹，除非他已经乘上了那个正从城市这一层边缘的平台上升起来的出租气球。"我们一直以来所做的就是为了这个吗？"他问道，"就是为了像阿德莱·布朗这样的人，可以把绿色风暴的领土变成一块人皆可食的巨大肥肉？为什么我们就不能让他们和平地生活下去？"

埃森巴赫皱起眉头，努力想理解他说的话，但却不怎么成功：

“可他们是蘑栖啊，先生。”

冯·科波尔德动身往议会厅走去。“可怜的纳迦。”他说道。他走上台阶，进入大厅，去为自己的城市力争，而把纳普斯特·瓦利塞进他口袋中的照片忘得一干二净了。

25　西奥在天空之城

下午晚些时候，天空之城四周便交通蜂乱。每个人都知道了阿德莱·布朗把曼彻斯特带来东边只有一个目的，那就是再次发动战争，于是空中商人都急着在他们出发去西边更安全的市场之前尽可能地多做点生意。货船和超载的气球在这座飞行镇与各个城市之间来回穿梭，飞貂军则时刻警惕着，像椋鸟群一样盘旋在他们上方。不过奥拉·图旺布利的飞行员们所监视的是绿色风暴的战船，完全没有注意一艘满是油污的阿契贝 100 型小船在那天晚上从西边懒洋洋地驶了过来，溜进了天空之城环形码头上一处廉价的停泊位里。

这艘飞艇名叫“暗影形态”号，很久以前被旧联盟俘获，并改造成了一艘商船。它不是什么好船，但已经是赫丝塔卖掉沙船以后可以买得起的最好的船了。从非洲飞来的一路上，赫丝塔都在抱怨船的气囊单元漏气，引擎声音太响，然后就咒骂把这么一架死亡陷阱卖给她的那个二手飞艇交易商。但西奥作为负责大部分飞行操作的人，却已经渐渐习惯了“暗影形态”号的那些小小问题；他私下觉得这是一艘不错的旧飞艇，在值守夜间飞行的安静时光里，他温柔地对它说着悄悄话，催它前进：“加油。再走几步，你能行的……”

现在它真的做到了。这趟长途飞行已经结束，下方那些城市排列在大地上，就好像巨大的棋子一样，这番景象令西奥心中填满了愤怒与恐惧。牵引城市是他的敌人。它们在过去的一千年里一直都是他们族人的敌人。他来到了这个巨大的城市聚落的核心地带，心里想着什么呢？不论那些城镇人将纳迦夫人囚禁在怎样的牢狱之中，他都不抱希望能把她救出来。她也没期待过他会来救她；她不会希望有任何人为了她而死去……

“暗影形态”号的系泊夹钳叮当一声抓住了支柱。西奥熄了引擎，天空之城的声响一下子涌入船舱；商人与装卸工的呼喊声，铁链的呛啷作响声，某处的手摇风琴演奏声，一个商人在隔壁支柱的操作声。一名男孩提着水桶和长柄橡胶扫帚跑过来，想要清洗“暗影形态”号的窗玻璃，但赫丝塔挥手让他走开，其实只要往她气呼呼的丑陋面孔瞥上一眼，就足够让那个男孩仓皇逃开了。

赫丝塔心情很差。她本来还希望在半途中赶上“虚伪”号，这样她就能轻松地登上那艘船救下纳迦夫人。可是尽管“暗影形态”号没有装载任何货物，还有四个引擎，多过“虚伪”号的两个，赫丝塔却花了很长时间才搞清楚纳普斯特·瓦利的目的地，于是他领先他们一步到了天空之城。在这儿想登上“虚伪”号就难了，因为会有港口官员、保安与过路人的妨碍。她上下打量着如雕塑般一动不动地站在飞行甲板后方阴影里的史莱克。“最好把你自己藏起来，老机器。”她说道。

“你可能会需要我。”

“在这儿不需要。这个地方有太多城镇人了，要是他们看到你走来走去，还会以为我们是绿色风暴的。不管怎么说，有人可能会记得你上次来这儿的事，那一次你几乎把这儿半座镇子都撕成了碎片来寻找我和汤姆。在舱里等着吧；要是我需要你，我会叫你的。”

史莱克点了点头，爬上舱梯进入气囊之中。赫丝塔将面纱拉起，戴上墨镜，打开出口处的舱门。“来不来？”她问西奥。

名为“气囊与船舱”的小酒馆历经天空之城的各次沿革仍幸存了下来，现在依然占据着那片由众多轻型小屋组合成的杂乱无章的空间，一如赫丝塔记忆中初次来到这座自由港时的模样。但在之间的那些年里，空中交易所也像下方的世界一样分裂成了两部分，城镇人的和蘑栖的。气囊与船舱变成了一个城镇人经常出没的地方；大门上方用白色的油漆潦草地涂着一条标语，*狗与蘑栖不得入内*。贸易商们聚集在又小又脏的桌子四周，他们来自曼彻斯特、多特蒙德、巡回城，也来自新玛雅的那些蒸汽神庙城市与南极的钻探城市。墙上裱框的海报与漫画无一不是嘲笑绿色风暴的，掷飞镖的圆靶上则印着潜猎者方的青铜面孔。

赫丝塔在进门处天空诸神的神龛前停下脚步，对紧跟着撞上她的西奥烦躁地叹了口气。她从外套口袋里翻出几个铜子，投进飞艇状的飞行员慈善基金募捐箱内。一个胖胖的女招待匆匆跑过，顽皮地看了他们一眼，似乎以为赫丝塔是位富婆，而西奥是她的男朋友。赫丝塔霎时自我感觉良好起来，仿佛这一切都是真的一样。

“我们在找瓦利。”她对那个女招待说道，“一个商人。最近从非洲来的。听说过他吗？”

“你们运气真好。他就坐在那儿的窗边。不过要小心，他刚从曼彻斯特回来，心情糟透了。”

在女招待指着的那扇圆形窗户外面，太阳正开始落山，晚霞光焰似火，可坐在窗边桌旁的那个年轻人却并没有在欣赏美景。他正在读一本书，时不时地伸出手去，心不在焉地吃着一碗炭烧蝗虫。

“纳普斯特·瓦利？”

“谁在叫我？”瓦利疑心地眯起眼睛，上下打量着赫丝塔。他合上书。书名是《道尼尔·拉德教你如何成功地讨价还价》，有十几页都夹着破旧脏污的存根纸作为标记。他注意到赫丝塔在看书的标题，便忙不迭地将书翻到封面朝下。“我不认识你。”他说，“你从哪艘船上来的？”

“‘暗影形态’号。”赫丝塔说。

“从来没听说过。”他观察着西奥，并朝他发问，“你从哪个城市来？做什么生意？”

“我们来自——”赫丝塔开口说道。

瓦利打断了她：“我问的是这个小子。”

西奥并不是一个好演员，他真希望在这儿的是芮恩，而不是自己。他还记得芮恩以前在布赖顿是如何用她的故事把老彭尼罗和纳贝斯克 · 史金骗得团团转的。他努力模仿着芮恩的样子，撒谎道：“我们从桑给巴尔来。”

“我们听说你有一些我们可能想买的东西。”赫丝塔说道。

瓦利看上去挺感兴趣，但还是疑心重重。“坐吧。”他说着，用脚把一张椅子踢了出来，“来尝只蝗虫。那么你们听说了我的哪些事儿，还有你们是从哪儿听说的？”

“从肉汁奶奶那儿。”赫丝塔答道。

“你们跟奶奶做生意？”

“我们是老朋友了。她告诉我们你船上有一个非常重要的囚犯。”

“嘘！”瓦利制止了她，他探身从桌子上凑过来，带着口臭耳语道，“别这么谈论我的货物，女士。我不知道是不是隔墙有耳。天空之城当局可不喜欢买卖奴隶。要是他们以为我意图在他们的地盘上运送活的货物，我可得付老大一笔钱了。”

西奥感到愤怒和厌恶，要是能狠揍一顿面前这个人，他会非常开心的。他的身上依然带着在鲸吞镇的那段时间里得来的伤痕与淤青，而在云中9号上被俘的羞耻感也从未完全淡去；他太清楚这听上去人畜无害的用词“活的货物”意味着什么了。

赫丝塔看起来无动于衷：“你找到买家了么？”

“几个钟头前我跟穆尔瑙的大元帅谈了谈。”瓦利说道，他看起来贼眉鼠眼的，“一切尚无定论。”

“我有兴趣买你的货物。”赫丝塔说。

瓦利轻蔑地哼了一声，摇了摇头，把注意力放回他的蝗虫上，美美地吃了起来，仿佛谈生意给他带回了好胃口。“你付不起我要的价钱。”他一边满嘴清脆地嚼着，一边说道。

“也许我付得起呢。”

瓦利眼神锐利地抬起头来，吐出一截翅鞘。“你们不是从桑给巴尔来的。”他说，“你的这个小男宠脸长得不错，但撒谎太差劲儿。你们到底是谁？”

赫丝塔什么话也没说，她在桌子下面踢了踢西奥的脚踝，警告他也别出声。

瓦利咧嘴笑了起来。“万能的诸神啊！”他再次把声音压低到耳语的地步，“你们是绿色风暴的吧，对不对？我就一直在猜想你们这些人会不会出现。别担心，我思想开放得很。对纳普斯特·瓦利来说，金子就是金子，不管它来自于牵引城社会的金窖，还是山国的宝库。那么她对你来说意味着什么呢，她是你们的王后啊？请注意，你们必须得抓紧了。大家都说还有大概一天的时间战争就会再次爆发。

你们肯定想在那之前把她安全地带回蘑栖的地方，对吧？”

“你开价多少？”赫丝塔问道。

“一万个金币。不能再少了。”

“一万？”西奥觉得一瞬间胃里有种空荡荡的感觉。曾经有一刻他还想象着也许可以用购买的方式将纳迦夫人买回来，但是……一万个金币！瓦利还不如向他们要天上的月亮呢！

“我会考虑一下。”赫丝塔冷静地答道，她把椅子推回原位，“走吧，西奥。”

瓦利抓着一只蝗虫向她挥手：“好好考虑，小宝贝。我的飞艇叫‘虚伪’号，停在13号支柱上。只要带钱来，温柔礼貌地把钱交给我就好。”

“我们想先看看货。”赫丝塔说。

“我得先见到钱。有三个壮小伙儿替我看着呢，所以别想玩什么花样。”

在外头的高街上，电灯已经亮了起来。大蛾子在暮色中飞来飞去，一些有事业心的少年拿着网追捕它们，想抓来烤熟了当成美味的小食出售。每次这些顽童中的某个冲进不设围栏的码头边缘时，某种挥之不去的母性本能就会让赫丝塔吓一大跳。她告诉自己别这么心软；这些孩子出生在空中；他们精明得很，不会掉下去；即使掉下去了，天空之城当局也已经在系泊支柱间张好了安全网，可以接住那些失足掉出去的人。

她靠在街道弯曲的外侧扶手上，佯装注视着最后一抹夕阳在西边渐渐淡去。其实她是在观察 13 号支柱，涂着黑白条纹的大型飞艇“虚伪”号就锚泊在那里。那儿的码头上的确有三名男子，在飞艇唯一的舱门外巡视着。正如瓦利所说，他们相当健硕。

“他在虚张声势。”赫丝塔说道。

“谁？”西奥问，“瓦利？”

“当然是瓦利了！他赢得了人生事业的大奖，却根本不知道该拿它怎么办。他很害怕有人会听到关于他的囚犯的风声，意图将她劫走；因此他才雇用了这些肌肉男。但他也不敢直接去接触牵引城社会，因为担心他们会直接带走纳迦夫人，什么也不给他，只颁给他一枚奖章来补偿他遇到的麻烦，而当他私下与对方碰头的时候，又吃了个闭门羹；这就是他为什么‘心情糟透了’地从曼彻斯特回来的原因。这也就是他为什么要去书本里找到一些新点子。我们的出现就好像他的祈祷得到了回应一样。他只是个业余的，西奥。”

“可他还是开价一万个金币。”西奥说。

“他会让步的。甚至可能让一半的价钱。”

“一半也还是一大笔钱，而我们根本没钱！我们来这儿是为了救纳迦夫人，不是为了把她买下来。我们可以轻易地对付瓦利和他的那三个人。你救过我，不是吗？我也听说了去年你在史金地盘上的那些事迹……”

赫丝塔的目光移向远处，她还记得为了把汤姆从布赖顿的奴隶塔里救出来而杀的那些人，以及在那之后汤姆望向她的如同受到背叛般的震惊眼神。那是他们在一起的最后一晚。“不只是把纳迦夫人救出来那么简单。”她说，“我们得带她离开；马上离开，离开这些花花绿绿的城市，安全地穿过绿色风暴的边界线。要是我们在把她带离瓦利的飞艇时惹出了麻烦，我们就别想在那些飞行机器逮住我们之前逃开哪怕半英里……”

她伸出手去，一把抓住一只飞过的蛾子，将它皱巴巴的身体扔进某个顽童的网里。那个男孩说道：“谢啦，太太！”

“你的意思是我们应该放弃吗？”那个男孩走开后，西奥问道。

赫丝塔没有说话，只是盯着高街对面。

“纳茨沃西夫人？”

“不。”她轻声地回答。她没有看着他。她的视线固定在一个刚刚从一幢叫作九天大饭店的高大破旧建筑门口走出来的男人身上。她往身后伸出手去，摸到了西奥的手臂，鼓励地握了握。“不。”她重复道，“我们用不着放弃。我们只需要找到某个能给我们提供一笔庞大资金的人。”

26 完了！

曼彻斯特上举行的会议拖了又拖，因为牵引城社会的领导人们要反复讨论出新一轮进攻的细节。“进攻”是最适合的字眼，大元帅冯·科波尔德这样想着，他吃力地从他那艘空中游艇的船舱中爬出来，浑身酸痛地朝市政厅走回家去。他的妻子被战争的传闻吓到，已经搭乘“维若妮卡·蕾克”[1]号邮轮出发去了巴黎。他并不想念妻子。在过去的这些年里他们很少见面，少到他觉得自己都不再了解她了。他很高兴自己不必再在那过度装饰、香气浓郁的行政套房里跟妻子多待上一晚。他爬上楼梯，来到顶楼的小房间里，妻子和沃尔夫不在的时候，他就把这里当成自己的家。白色的墙上光秃秃的，只挂着一幅他儿子的肖像。他的视线落在窗外，一群蝙蝠的黑影在晚霞余晖的背景上飞来飞去，天空中布满了一条条那些飞行机器所留下的尾迹，被风渐渐吹散。

多么宁静的黄昏啊，大元帅想，他掏出外套口袋里的文件扔到床上。今天上午他还是不得不签署命令，让他的城市再次卷入战争。年轻人们会被重新召回部队，巨炮城和飞艇也各就各位……女人和孩子们早已踏上远赴更西边的那些和平城市的路途。今晚城市的装甲也将再度封闭起来。可能又要过上好几个月他才能再次从自己卧室的窗户直接眺望到夜晚的星空了。

他把上衣挂了起来，用梳妆台上的电话打给管家，告诉她晚上想在自己的房间里用餐，并让她送上来面包、冷肉和一杯啤酒。就在他转身去门口确认自己有没有把门锁上的时候，他注意到床上的纸堆中有一张面孔在盯着他看。

他拿起那张照片，思索着它到底是从哪儿来的，怎么会跟布朗冗长乏味的演讲打印稿混在一起。这是一张女人的脸。他花了好一会儿才想起这是瓦利在公园里硬塞进他口袋的。在下午痛苦的作战计划讨论之后，他几乎已经忘记了那个邋遢的空中贸易商。而现在他感到怒火中烧。想想看，穆尔瑙是从来不涉足奴隶制度的，每吃掉一座城市，他们就会解放那里的奴隶，并为此而感到荣耀，但此刻就在穆尔瑙几英里外的地方，却有一个奴隶贩子正在营业！而再想想看，那个瓦利居然觉得他，冯·科波尔德会有兴趣购买这照片里的那个楚楚可怜、悲惨无助的流浪儿！

---

1. 维若妮卡·蕾克是好莱坞20世纪40年代的著名女星。

他拿着照片，大步走回电话旁边，怒气冲冲地摇动手柄，朝着受惊的接线员大喊，叫对方马上帮他接通他的安全主管。他一面等待着那人接听，一面摸出眼镜戴上，更仔细地看了看照片。照片上的女孩是一个东方人：脏兮兮的，浑身瘀青，大大的眼睛里充满恐惧。她看起来有点儿面熟，尽管科波尔德想不出是为什么。那张脆弱的小嘴，那排歪歪扭扭的牙齿……

突然，他记起自己以前在哪里见过她了。情报人员曾经给他送来过纳迦将军婚礼的照片。那个穿着红色礼服的新娘。粗黑的眉毛与倾斜的颧骨。那张嘴。

“大元帅先生？”电话里咔咔地响起了说话声，“您有什么事？”

科波尔德犹豫了一下，仍旧盯着照片看。“没什么，席勒。”他轻声说道，“没事了。”

他轻轻地把听筒放回底座，接着从梳妆台抽屉里拿出一把手枪，往腰带上扣上重型战剑，再穿上很多年前他的敌人送给他的那件珍贵的凯夫拉盔甲。他通常懒得穿盔甲，但看起来纳迦的这件礼物正好能在他去营救纳迦太太时为他提供保护。

他把一件长大衣套在最外面，跑下楼梯，经过上来给他送晚餐的女仆身边。“抱歉，亲爱的。”他对她说，“计划改变了。”不过他还是拿了啤酒，并在匆忙跑到他的私人系泊平台去的路上喝完了它。地勤人员正在把他的快艇“少年维特的烦恼”号移动到机库里去过夜。“不用了，小伙子们。”他叫着，随手把空啤酒杯扔到一边，穿过系泊平台朝他们大步走去，“我又要把它开出去了。”

“今天晚上吗，先生？”

“它的油箱里没多少燃料了，先生。”

“我不需要很多油。”大元帅说道，“我只是要上天空之城去。”

“这儿没有叫那个名字的人。”九天大饭店的前台接待说。一盏积满灰尘的氩气灯嗡嗡地闪烁不停，明暗不定的灯光照在磨出了线头的地毯与被烟草熏得变了色的墙壁上。楼梯向上伸入阴影之中。

“真是个好地方。”西奥喃喃地说。

赫丝塔探身俯过前台的桌子。在面纱之下，她粗暴的脸庞看上去就如一只拳头般强硬。西奥很担心她会对那个戴着圆盒帽的傲慢年轻人做出什么可怕的事情来，然而她却只是说：“你确定吗？宁禄·彭尼罗。他是位作家。”

“噢，我知道他是谁，女士。”前台接待说道，脸上保持着一如既往的傻乎乎的微笑，“每个人都听说过彭尼罗。但是我们没有叫那个名字的人住在这儿。”

“我刚刚看到他离开。”赫丝塔说，“一个胖胖的男人。年纪挺大的，秃头。”

“那只是昂特伯格先生。”前台接待说，“一位来自穆尔瑙的商人，住在 128 号房间。他说他到港务局去兜一圈……看，他这不就回来了！”

赫丝塔和西奥双双转过头去，只见大堂的门打开了，高街上各个酒吧里吵闹的聚会噪音灌了进来，几只迷路的蛾子飞了进来，而他们要找的人也走了进来。他刮掉了胡子，戴了一副蓝色镜片的眼镜，把一贯讲究的服饰换成了行商所穿的俗气细条纹长袍，不过赫丝塔和西奥还是一眼就认出了他。

“噢，伟大的保斯基呀！”他们迎上来时，他便倒抽一口冷气。“噢，克莱奥呀！喔，可恶的诺拉呀！”

“我们想和你谈谈。”赫丝塔说。

她以为彭尼罗会大叫救命，呼唤警察和天空之城的民兵。毕竟，他们上次见面的时候，赫丝塔想要杀死他，只是被她心软的女儿阻止了。但似乎比起她来，彭尼罗更害怕前台的那个接待。他紧张地偷眼去望赫丝塔身后的年轻职员（那人正睁大双眼，张着嘴巴望着他们）并轻声说道：“这儿说话不方便！”

“那就去你的房间。”赫丝塔说。

彭尼罗十分温顺地答应了，他从震惊的前台接待那里取了钥匙，并打手势让西奥和赫丝塔跟他上楼。赫丝塔不由自主地感到她漏了一些什么东西。她从没见过有谁像宁禄·彭尼罗那样自我感觉良好的。他为什么要假扮成其他人呢?

128 号房间在顶层，天花板是倾斜的，一个水龙头不停地往积满污垢的金属洗脸池里滴水，空酒瓶放满了每一块平面。彭尼罗坐进窗边的一张藤椅里。赫丝塔让西奥进来，然后把门在他身后踢上。

“要是你是来找汤姆和芮恩的……”那个老人带着哭腔说，“他们几天前就离开了。往北方去了，为一个叫沃尔夫·科波尔德的家伙工作。”

“汤姆和芮恩来过这儿？”西奥问道。

赫丝塔似乎被突如其来的家人的消息弄得不知所措。她盯着彭尼罗看了一会儿，张口想说什么，又止住了，然后她回过神来，狠狠地说道：“那不是我们来的目的。我们需要钱，彭尼罗。”

彭尼罗一本正经地叫了一声，好像一只得了支气管炎的海豹：“钱？你们来找我要钱？哈！你不看报的对吧，赫丝塔？你没听说吗？”

“听说什么？”

“你觉得我为什么要躲在这个垃圾堆里？”他蹲下身，从床下成堆的空瓶和扔掉的袜子下面抽出一张揉皱的报纸，把它推到赫丝塔和西奥面前，苦涩地说道：“看见了吗？我完了！完了！这都要感谢你的那个好女儿！”

这份报纸名叫《内窥镜》。一张彭尼罗的照片几乎占据了头版的整个版面。在他扬扬得意的笑脸之下，黑色的粗体字高声喊出：

西奥拿起报纸，快速翻阅最前面的几页。“长期以来很多专家都坚信彭尼罗‘教授’的考古工作是值得怀疑的……”他读道，“从未

No 1.

骗子！
真实的宁禄·博·彭尼罗
已被揭穿！

本报驻穆尔瑙记者散普佛德·斯班尼为您报道

（详见第 1-24 版）

有证据对彭尼罗‘教授’在美洲与新玛雅的冒险故事给予支持……”

接着他跳到文章最后，吃惊地叫了出来，因为那儿有芮恩的照片。照片很小，而且她也已经改变了发型，跟他最后一次见到她的时候不一样了（还是说是因为她站在斜坡上拍的这张照片呢？），但这确实是她。他快速扫过照片下面的文字，并紧张地瞥了赫丝塔一眼，然后把那儿段话大声地读了出来。

“汤姆·纳茨沃西先生，一位受人尊敬的空中商人，正是赫丝塔·肖的丈夫，彭尼罗在他的畅销书《罪孽赏金》的结尾几章中将她的死亡描述得如此感人。不过书迷们如果得知肖女士在上个月亮节跟她的丈夫分手时还活得好好的，一定会大为吃惊。这对夫妻有一位可爱的女儿，芮恩·纳茨沃西小姐（十五岁），她这样评价彭尼罗：‘他确实常常会写得夸张一点。’

“本文作者，还有与日俱增的教授的读者都认为，彭尼罗并不只是夸张一点；事实上，他就是一个骗子、一个吹牛大王、一个骗取大家信任的无赖、一个花花公子和欺诈师，他在穆尔瑙上层社会的出现是对这座高贵城市传统的侮辱。”

赫丝塔在面纱后面发出赞赏的咯咯笑声。

“你看到了吗？”彭尼罗说，“那个小坏蛋！在我的背后对斯班尼说那样的话！还是说他对芮恩要了什么花样？故意曲解了她的话？我绝不会放过斯班尼。他会用尽一切手段来谩骂我。我会让律师告他，但是哎呀，我冒险经历的全部证据都跟云中9号一起烧毁了。现在韦睿德罗布和斯普尔出版社声称我欺骗了他们，还要我偿还最新一本回忆录的预付款。可是我还不出！我把钱都花完了！穆尔瑙和曼彻斯特已经发出了对我的逮捕令！我应该去哪儿？我应该怎么做？我逃来这儿，指望我的朋友道尼尔·拉德能用他的空中游艇带我走，可他却说不认识我！我也不敢买任何普通商船的船票，生怕飞行员认出我来后通知我的债主们。除非……”他直瞪瞪地望着赫丝塔，试图掩盖住自己对她的恐惧，让自己看起来悲伤而又恳切，“你有飞艇吗，纳茨沃西太太？也许，看在旧日的情分上……西奥，亲爱的孩子，你还记得我们是怎么一起从云中9号下来的吗，你和我轮流驾驶那艘亲爱的老‘北极面包卷’号……”

“钱。”赫丝塔以不容置疑的口吻说道。

“噢，我当然会付我的路费的！”彭尼罗笨手笨脚地解开外套，露出他那圆鼓鼓的长满白色汗毛的肚子，以及一条有着很多口袋的帆布钱带。他解下钱带子，把里面的钱币掏出来放在地板上。“只是以防万一随身带的一些小钱。”他解释道，“只是些零花钱，真的，不过要是你能带我离开这里，并帮我保密的话，你随便拿……”

“零花钱？”赫丝塔用脚尖拨了拨那堆硬币，“这儿得有四百个金币吧，彭尼罗。”

“五百！”那个老头急切地说着，一边从外衣的衬里中又抽出一卷钱币，跟刚才那些扔在一起。

“你还能走路可真是一个奇迹。”

“哎，这些都是你的了，要是你能帮我的话。”

赫丝塔点点头，表示感谢。“拿走吧，西奥。”她说。

“可这些还不够……”

“足够让我登上‘虚伪’号了。一旦我通过了码头上的那些壮汉，我会想别的办法的。”

西奥依旧不知道赫丝塔打算怎样用这五百个各式各样的金币去满足瓦利的贪欲，但他还是蹲下身来，将硬币铲进自己的口袋里。彭尼罗用一种非常奇怪的表情看着他，既痛苦不堪又充满希望。“你的飞艇停在哪个码头？”他问道，“它叫什么名字？它飞得快吗？我正考虑是不是去新玛雅；我不相信新玛雅那儿还有很多人会读《内窥镜》……”

“你不能跟我们一起走。”赫丝塔说。

“可是你刚刚说……”

“我什么也没说，彭尼罗。你一直都在自说自话，就跟以前一样。我不信任你，不会让你上我的船，即使我让你上船，你也不会想去我要去的地方。”

彭尼罗呜咽起来：“可是我的钱！我的钱！”

“我们不能这么做！”西奥转身对赫丝塔喊道。彭尼罗曾经把他当作奴隶，现在诸神终于因为他的各种谎言而惩罚了他，西奥知道自己应该觉得很高兴。可他一点也开心不起来，他觉得自己就好像是在打劫一个吓破了胆的无助老人：“我们不能就这样拿走他的钱！”

“就当是一笔慈善捐款。”赫丝塔说着，拉开房门。

“我会通知当局的！”彭尼罗哀号道。

“什么，同时也泄露了你的藏身之所？我不认为你会这么做。”

“钱会用得其所的，教授。”西奥保证道，赫丝塔大步走出了房间时，他还留在后面。他握着老人颤抖的手柔声说道：“我们会把钱还回来的。纳迦夫人被关在这儿的一艘飞艇里。我们要把她救出来，送到山国去。要是我们成功了，纳迦将军会非常感谢我们……他会十倍偿还我们从你这儿拿走的钱。”

“纳迦夫人？”彭尼罗哀号道，“你在说什么？她已经死了！”

“西奥！”赫丝塔已经下到了楼梯的一半，大喊道。

西奥最后又担忧地望了彭尼罗一眼，转身跟上赫丝塔，走出房间，走出九天大饭店，走到了外面的寒冷星夜之中。

前台的接待员目送他们离开，然后便摇动饭店电话机的手柄，请接线员帮他接通他那个在天空之城无线电报办公室工作的弟弟。“乐高吗？”他轻声说道，“是我，德宝[1]。你能不能发条消息下去给穆尔瑙，加急？”

彭尼罗独自待在128号房里，颤抖着做了几次深呼吸，让自己冷静下来。好奇心逐渐压过了他的自怨自艾。小西奥的话是什么意思？难道纳迦的夫人真的还活着吗？她真的在天空之城吗？要是她真的活着，牵引城社会还不得想方设法要得到她呀？嗯，那个抓到她的人就会成为英雄，不论他有多么不堪的过去……

彭尼罗给自己倒了一杯白兰地来稳定一下自己的情绪，他把污迹斑斑的窗帘拉到一边，望向环形码头上停泊着的那些飞艇沉睡着的巨大轮廓。“虚伪”号，那是刚才赫丝塔说溜嘴的名字。他并没有听说过这艘飞艇，但要找到它停在哪个支柱还是很容易的。而万一事情变得不可收拾，高街的那些酒馆里肯定能找到些城镇人大汉来帮他忙的。

在他的脑海里，《内窥镜》上刊印的那些有关他的刻薄故事终于开始淡去，一个新的、更讨人喜欢的标题显现了出来，开头写的就是彭尼罗抓住了蘑栖的领袖……

1. 德宝是乐高积木旗下的一个产品线，为低龄儿童设计，积木尺寸是普通的两倍。

27　13号支柱

云层低垂，被夜风从西边吹来，如白色地毯般在天空之城下方五十英尺处伸展开来，遮住了下方的大地，只露出最大的几座城市的顶层。一艘以穆尔瑙标志性午夜蓝涂装的空中游艇从云层顶端滑翔了过来，绕了个弧线朝着环形码头另一端的某个泊位飞去；那可能是某位来自高等阶层的公子哥儿，拿着继承来的钱到赌场去碰碰运气。赫丝塔靠在高街瞭望甲板的扶手上时，云雾的气息不禁令她想起了很久以前在盗贼之窟的某个夜晚。

她的下方就是13号支柱。“虚伪”号躺在它的一侧，三名保镖在飞艇跳板末端巡逻。船舱里亮着一盏灯，气囊内部下方的某扇窗户后头则有另一盏。

赫丝塔转向西奥：“回到我们的船上去。把它准备好能随时开出来。要是一切顺利，几分钟后我就会和纳迦夫人一起上船来。”

“你不能一个人下去！”西奥抗议道，“万一出了什么岔子呢？”

“那你就一个人离开。去东边告诉你们的纳迦将军，他的夫人到底出了什么事。”赫丝塔急着想让西奥安全地离开，这样她才能开始做那些她所擅长的事。她探出身去，吻了吻他的脸颊，透过面纱感受到了他皮肤的温度。行动开始前的这短短片刻里，一切都让人印象深刻，就好像她的大脑想要记住每个细节，每一丝声响，每一缕气味。

西奥点了点头，开口想说些什么，但还是改变了主意。他沿着高街快步离去，闪过在一座座酒吧与餐馆之间晃悠的飞行员人群。赫丝塔一直望着他，直到他离开自己的视线，不禁想到要是自己年轻二十岁的话，会多么迫切地爱上他。随后，她对自己的多愁善感暗暗骂了一句，跑下楼梯朝 13 号支柱走去。

那几个保镖正如她所希望的那样百无聊赖，睡眼惺忪。他们是那类衣衫褴褛不修边幅的飞行员，整天在高街的酒吧里转悠，想要找一份工作糊口。瓦利肯定是雇佣他们来看守他的珍贵货物的，但他们宁可跑出去喝酒，而不是站在这儿的冷风里。赫丝塔考虑着是不是直接杀了他们，将彭尼罗的金币据为己有，但她若是把他们全部放倒的话就必须得打上一场，而现在她还不想冒这个风险。于是她大声喊道：“瓦利在哪儿？”

保镖清醒过来，试图表现得强硬能干。“是谁？”一个保镖问道，并用一把弹簧式的鱼叉枪对准了她。

赫丝塔晃了晃手里拿着的包包，让他们听到彭尼罗的金币丁零当啷的撞击声。"丁零当啷"这几个字是这么写的吧？她想着。在这样的时刻她总是十分冷静，类似这种小问题也会变得让人好奇。汤姆肯定知道……但她现在可不能想着汤姆。

一个保镖回头走上"虚伪"号的舷梯，透过一扇打开的舱门对里面的人说了些什么。过了一会儿他猛地把鱼叉枪对准赫丝塔，其他保镖站到一旁示意她上船去。

在"暗影形态"号的船舱里，西奥开始发动引擎，测试转向舵控制杆，希望天空之城上没人注意到这儿，因为他还没有得到起飞的许可。在他身后，史莱克来回踱着步子，沉重的脚步让甲板颤抖。**"她不该一个人去的。"**这个潜猎者说。

"我跟你说过的……"

"我不是怪你，西奥·恩戈尼。但她不该一个人去的。"他发出一声刺耳的机械摩擦声，西奥猜想那对于潜猎者来说就相当于叹息声，**"我应该去帮她救零博士的。换成以前我轻而易举就能做到。干掉天空之城的发电厂，制造混乱，在那些单生人还毫无头绪的时候登上'虚伪'号……但我没法在不杀人的前提下这么做。"**

"之后你也走不远。"西奥指出了这一点。

史莱克似乎并没有在听他说话。他站在一扇舷窗边，盯着外面的夜色，以及那些系泊着的沉寂飞艇：**"我要去帮她。"**

"你不能去！要是你被人看见……"

“我会小心的。”

西奥还没来得及阻止他，史莱克便打开舱门，纵身跳到了下面的系泊支柱上。四周无人。他迈了两大步就跨过支柱，从侧边跳了下去，他的盔甲如层层涟漪般反射着港口的灯光，仿佛他通体是用水银做成的一般。支柱的下方掩在阴影里，只有梁架露在外面。史莱克沿着梁架爬到系泊码头的下方，停下来等待一架出租气球慢条斯理地从他身下飞过，驶往中央环区。然后他便开始沿着天空之城的腹部底下朝 13 号支柱爬去。

出租气球停在天空之城中央系泊平台之一的边上，散普佛德 · 斯班尼从里面爬出来的时候，气球的藤条篮筐嘎吱作响。紧跟在他身后的是克鲁泡特金小姐和她那巨大的照相机。这位记者先生收到来自天空之城的消息时，他正在高等阶层参加一场晚宴，所以来不及换掉正式的长袍。他的身体在寒风中轻微地摇晃着，穿过系泊平台，九天大饭店的那个接待员正在那儿等着他。

“那么，你就是那个声称见过彭尼罗的人喽？”

“他一直住在我们饭店里，先生。”

“他现在在那里吗？”

“不，先生。我通知你们之后不一会儿他就跑出去了……”

“到哪里去了？”

“我不清楚，先生。有人来和他说过话。随后他就出去了。我可以带你去看他的房间，先生……”

“他的房间？他的房间？伟大的雷神啊！我不能对一个房间进行采访！给我找出彭尼罗本人，否则你拿不到《内窥镜》的一分钱。”

接待员匆匆走向通过高街的楼梯，斯班尼跟他一起，并呵斥摄影师也跟上。“再做一条记录，克鲁泡特金小姐。”他们爬上楼梯时，他补充道，“我十分确定，我们进城的时候经过的那艘正是大元帅的空中游艇。那个老家伙到天空之城来做什么？赌钱？与美女会面？这里头也有故事……”

“虚伪”号的船舱散发着湿尿片的恶臭。船尾的卧舱里到处都是尿片，挂在暖气管道上方串起的绳子上。做工极差的书架覆盖了四壁，被瓦利的自学书籍压得摇摇欲坠。一个角落里，满脸鼻涕的婴儿抽动鼻子，开始哭了起来。“嘘，嘘，嘘。”他的妈妈说着，一边紧张地抬头看着瓦利手下的某个大汉押着赫丝塔进来。

瓦利正在等着她，他看起来前所未有地兴奋与警惕，吃了一半的晚餐放在面前的桌子上。他已经脱下了外套，长裤用蛇皮吊带吊在肩上。“这次是一个人来的？”他问赫丝塔，“带来了我要的一万个金币吗？”

“五千。”赫丝塔说，“我们只出得起这些了。”

“那我就把你们的纳迦夫人卖给其他买家。”

“噢，是的，我上船的时候注意到登船跳板上排着长龙呢。”赫丝塔说，然后她在瓦利跳起身透过舷窗向外眺望时补了一句，“不过这是反话。面对现实吧，你没有什么其他买家。在其他更厉害更难搞的角色听说你在船舱里藏了谁，并过来一文不花地把她从你手中带走以前，你只能和我做生意了。”

瓦利盯着她，什么也没说。赫丝塔在厨房桌子上打开背包，倒出一堆圆鼓鼓的小钱袋。这些钱袋叮当作响，这是必然的，其中两个钱袋里装满了彭尼罗的积蓄，另外八个则塞满了赫丝塔和西奥在高街上一家通宵杂货铺里买来的螺母与垫圈。“十个钱袋。”赫丝塔一边说，一边打开其中的一个，撒出一串金币来，“每个里面装着两百五十个金币。等我确信你的货物完好无缺之后，恩戈尼船长会给你剩下的一半。”

瓦利如饥似渴地盯着这些钱，但他并不开心：“你的那个黑人男孩是船长？绿色风暴大概像缺钱一样缺男人……”

赫丝塔拿起另一个钱袋，把第二堆闪闪发亮的金币倒在桌面上。（“看！多漂亮！”瓦利太太一边说着，一边在膝盖上颠着孩子逗他。）

“要么拿走，要么放手。”赫丝塔说。

瓦利仍犹豫不决。“我想看看你的脸。”他面色阴沉地说道。

“相信我，你不会想看的。”

那个商人嗤之以鼻，将一个玩具踢到一边，然后对他的手下说：“看好她，也别偷走我的一个子儿。”接着他从赫丝塔身边挤过，走上一条通往“虚伪”号气囊内部的舷梯，消失了踪影。另一个男人不情愿地将视线从桌子上成堆的金币处挪开，转而盯着赫丝塔。婴儿发出咯咯的笑声。女人给孩子唱了一首赫丝塔隐约记得很久以前听过的歌曲，但赫丝塔一朝她看去，那个女人便很快住口不唱了。

“你是从橡树岛来的？”赫丝塔问。

那个女人摇了摇头：“红鹿岛。”

在橡树岛，天气好的时候，从赫丝塔童年时代的家上方的山丘上，就可以望见红鹿岛。难怪她认出了这首歌。她希望自己待会儿不用杀了这个女人和她的小宝宝。

“纳普斯特是在那儿的妻子拍卖会上把我买下来的……”女人开口解释，但突然又停了下来，因为她听到了丈夫从楼梯上回来的脚步声。她往桌子边上又挪了挪，好给他留出足够的空间，随后他就跳进了船舱，身后拖着他那个惊恐的货物。

彭尼罗挨个儿往高街上五六座人头攒动的酒馆里张望，直到找到自己要找的人。事实上，是他们找到他的，那是一帮闹哄哄的年轻军官，从曼彻斯特上来的，他们带着二十四小时有效的通行证，一手搂着姑娘，一手抓着酒瓶，摇摇晃晃地从 1 号支柱上方的一家赌场走了出来。他们在那儿用薪水下赌注，玩一些诸如游戏棒[1]或者放牛郎[2]之类的古老概率游戏。彭尼罗忙不迭地迎上前去，喊着：“抱歉，先生

1. 一种游戏，将一把游戏棒随机倒在桌上，玩家轮流抽取一根，但不能碰动其余的游戏棒。

2. 一种游戏，玩家轮流将物品放到一只驴子模型上，若动作稍大，就会触发驴子里面的弹簧，将已经放上的所有物品弹下来，就算输了。这两个游戏均考验手眼灵巧，而非概率，但对于喝醉酒的人来说，就是概率游戏了。

们”，以及“我说……”但是没人注意到他，直到他大叫：“我是宁禄·彭尼罗！”

那些曼彻斯特人转过身来盯着他。

“走开！”一个人说。

“绞死他！”另一人建议。

“把他从环形码头扔出去！”第三个吼道。

“好啊！”

“不。”第五个人说，他比其他人稍微清醒那么一点，“他正是宁禄·彭尼罗。我在报纸上见过他。”

“管他呢，把他从环形码头扔出去！”

“好啊！”

“他是那个骗人的伪探险家，对吗？”其中一个姑娘说道。她打量着彭尼罗，就好像他是动物园里某种有趣动物似的。

“我不是伪的！”彭尼罗大喊，“我来寻求你们的帮助！有一名绿色风暴的高级成员秘密登上了环形码头上的某艘飞艇，我需要一些忠诚的牵引主义者的帮助，来把她关进监狱！”

“呵呵呵呵。”其中一个曼彻斯特人笑了起来，仿佛听到了某个只有他才懂的笑话。其他的人努力想弄明白彭尼罗在说什么。有一两个人伸手去抓他们的佩剑：“一个蘑栖？在这儿？”

“正是纳迦夫人本人！我已经秘密行动了一段时间，好发现她的行踪。你们在报纸上读到的那些只是一个计谋，用来迷惑敌人，让他们以为我深陷丑闻。事实上我一直为穆尔瑙情报局工作，你们知道么？”

这些曼彻斯特人的表情一片茫然。他们没人听说过这个穆尔瑙情报机构的名字。彭尼罗咒骂着他们的无知（但只是悄悄地），然后拿出一个旧信封，上面是他从空中交易所的到达公告板上匆匆记下来的“虚伪”号的特征细节。他眯着眼睛看了一会儿自己潦草的字迹，然后像挥舞战旗一般扬起信封。“来吧，先生们！”他叫道，“跟我去13号支柱，奔向荣耀！”

一张青肿的脸露了出来；然后是一团缠结油腻的头发，一个纤弱的身体在麻袋布做的衣服里瑟瑟发抖。看到纳迦夫人蠕动着爬下“虚伪”号的扶梯，赫丝塔的心里涌起深深的怜悯之情，这种潮水般的情感让她不禁为之震惊。她并不比芮恩大多少，赫丝塔心想，有那么一瞬间，她想要冲上前去，抱住那个吓坏了的小可怜，安慰她，告诉她现在她已经安全了。

可是她现在并不安全，现在还不，而且反正她也不会希望有人拥抱她的；她看起来害怕赫丝塔就像害怕瓦利那样。瓦利把她猛地推向前来，说道：“这位好女士是来买你的。”这时她只是畏缩不前，发出像受惊动物般的悲嗥声。穿着黑色风衣戴着黑色面纱的赫丝塔，看上去就像死亡女神。

“你是纳迦夫人吗？”赫丝塔问道。

"伊诺妮。"这个年轻的女人答道，用充满恐惧的闪烁眼神看着她。她的眼镜用橡皮膏粘在一起，一块镜片已经裂开。

"她当然是纳迦夫人。"瓦利大声说，"瞧瞧她的图章戒指，还有那个扎戈瓦的项链吊坠。对了，它们是额外的赠品。现在去把我剩下的钱拿来吧。"

赫丝塔点点头，望向他的身后，判断着自己与舱壁门旁边那个手持鱼叉枪的男人之间的距离。她转过身，退回墙边，一只手慢慢地伸向风衣里藏着的刀，眼角余光瞥见那个婴儿正朝瓦利桌子上堆着的钱袋伸出手去。

接下来的事情发生得很缓慢，但并未慢到让赫丝塔有足够时间去阻止事情的发生。孩子胖嘟嘟的小手抓起了钱袋；钱袋掉在了地上；钱袋崩了开来。螺母和垫圈如狂风暴雨般散落四处，穿过甲板滚到了瓦利的脚边。瓦利意识到自己上当了，发出一声大喊。赫丝塔一把抓住她的刀，从腋下掷向门边的大汉，一举击中他的咽喉。大汉倒下的时候手中的鱼叉枪也开了火，但射高了，鱼叉从赫丝塔的头上飞过，她听到它"咄"的一声钉进头上的舱壁。瓦利太太放声尖叫。婴儿哇哇大哭。有什么东西突然打中了赫丝塔的头顶，令她眼冒金星。一道紫色的亮光在她的脑袋里一闪即逝。她骂骂咧咧地想要转身，意识混乱不清，以为有人在她的身后偷袭。一件件东西在她的四周落下，砸中了她的肩膀，再扑通摔到地板上。她跪在这些东西之间，瞧见它们都是书。那个壮汉临死前的一枪使瓦利的一个自制书架脱离了墙壁，它落下来的时候砸到了她。这伤受得极其愚蠢，但伤得却一点也不轻。撒落的书本仿佛在绕着她旋转。《内幕交易入门》《人力投资》《在鸟道上发财——还能有命花钱！》。赫丝塔觉得自己马上就要吐了。

瓦利用一只胳膊扣着伊诺妮的喉咙。“上啊，小伙子们！”他大喊，“抓住她！抓住她！”赫丝塔想起了外面的两个大汉。头上的疼痛使她眯着眼睛，她试着站起身来。大汉们从系泊支柱登上船来，沉重的脚步让船舱也摇晃了起来。赫丝塔把手伸进口袋，拔出手枪，在那几个大汉笨拙地挤进舱门时对着他们挨个儿射击。气枪发出柔和的咳嗽般的响声，她希望这声音不会传到高街上去。那几个大汉倒在了他们同伴的尸体上，其中一个还在不断挣扎，于是赫丝塔又朝着他开了一枪。她能感觉到血从她的面颊上淌了下来。她掉转枪口对准瓦利，却在扣动扳机前晕了过去。

接着她所知道的事情，就是那个商人把枪从她的手里硬拽了出去。他的脸上带着愚蠢而疯狂的笑容，鼻孔不断翕张着。他拉下赫丝塔的面纱，然后就笑得更欢了，仿佛她的丑陋面容也是他的某项胜利成果一般。他对着她的脸吐了一口唾沫。“好吧。”他说。他放下枪（在他自己的船上用这东西太危险了），随后从自己的腰带上拔出一把刀，“没人会怀念你的。”

他似乎完全没有想到，他的妻子会捡起手枪并朝他开了枪。仿佛花了好一会儿工夫，他才明白自己已经被杀死了。笑容从他的脸上缓缓退去，他在赫丝塔身边跪了下来，低下了头。他就保持着这样的姿势，跪着，死了。

“噢，上帝啊。”伊诺妮喃喃地说。

瓦利太太放低了枪口。她在发抖。婴儿不停地号哭。伊诺妮跌跌撞撞地穿过船舱，帮助赫丝塔站起来。

“你们最好现在就走。”瓦利太太说。她从绳子上拉下一块尿布，抓起金币往里塞。

赫丝塔摸到书架撞到她的地方，伤口火辣辣地抽痛，她放下手，手上便湿红一片。她感到像喝醉了酒一样。她扶着伊诺妮好让自己不倒下来，说道：“我们是来救你的。史莱克和我。”

“史莱克先生？他在这儿吗？”

“西奥也在。有一艘飞艇在等着我们。”在伊诺妮的帮助下，她开始一瘸一拐地朝舱门口走去，那儿突然变得似乎有好几英里那么远。“诸神啊，这可真疼。”她嘟囔着。不管怎样她们还是来到了跳板的顶端。在外面的系泊支柱上，一名男子正等着他们。他独自一人。他很可能听到了最后的那一声枪响。风吹开了他长长的蓝色大衣，月光照在他腰带上佩着的重剑剑柄上。

赫丝塔呻吟起来，既恶心，又疲惫。她没有剩下任何力气来与他战斗了。

“纳迦夫人么？”那个陌生人说道，“看起来，我来得正是时候。”

陌生人走向纳迦夫人，一只穿着靴子的脚踏上了跳板，伊诺妮直往后缩，靠在了赫丝塔身上。在从“虚伪”号舱口透出的黯淡光线下，那个陌生人的脸看起来十分严肃，但却并非不怀好意。他伸出一只手来。“我是大元帅冯·科波尔德。你必须跟我去穆尔瑙。请赶快。”

赫丝塔抓住跳板的栏杆，瞪着他：“你得先过我这一关。”

冯·科波尔德用敬佩的眼光望着她。赫丝塔伤痕累累的面庞没有吓到他，血污缠结的头发和下颌滴下的鲜血也没有令他惊惧。他对着赫丝塔微微躬身：“请原谅，年轻的女士，你的挑战看起来并不怎么困难。我猜你是绿色风暴的间谍，来救你们的王后对吧？即便你没有受伤，你也永远无法把她带离这里。在你和你的国家之间有十几座牵引城，他们的首领可不都像我这么善解人意。跟我去穆尔瑙吧，我会找到办法，送你和你的女主人回到纳迦将军身边。”

突如其来的一阵嘈杂声响从环形码头传来，让他环顾四周。有人在大声喊叫；一家通宵营业的弹球店灯火通明的窗户背景上，有几个奔跑的黑影清晰可见。“我们只能相信他了。”伊诺妮轻声说道，然后扶着赫丝塔走下跳板。不过等她们来到冯·科波尔德身边时已经晚了；许多穿靴子的脚把甲板踩得砰砰响。六个穿着红色外套的男人沿着系泊支柱朝他们走来，手里的剑已经出鞘，而在他们身后，为他们加油助威的，是矮矮胖胖、上蹿下跳的宁禄·彭尼罗。

“他们在那儿！”彭尼罗大喊，“他们正要逃跑！阻止他们！”

“你们是谁？”大元帅冯·科波尔德吼道，他那军事化的口气让那些年轻男人顿时停了下来。高街上的路人们开始聚集在一处观景平台上，观望下面的13号支柱上究竟发生了什么事。

“我们，长官，是曼彻斯特市民卫队的军官。”这群新来的年轻人中个子最高，样子也最清醒的那个人说道，“有人通知我们，有一个危险的蘑栖就躲藏在这艘飞艇上。”

“哎呀妈呀！”他的一位战友说着，伸出手指，“就是她！纳迦的老婆，跟那个老家伙说的一样！”

“什么，就那副德性？”另一人问道。

“就是她。我在《新闻晚报》上看过她的照片。哎呀妈呀！”

“你被捕了！”为首的那人说着，大步走向伊诺妮。

“请退后，先生！”冯·科波尔德大喝一声，抽出了剑，“这位女士是我的囚犯，我不会把她送进你们那个热衷战争的市长手里的。”

“就是现在，冷静！”彭尼罗叫道，他可不想让穆尔瑙与曼彻斯特之间的小小争执毁了自己登上正面头条的机会。但他还来不及多说些什么，闪光灯的亮光就差点刺瞎了他的眼睛。一位穿着正式礼袍的小个子男人走了出来，跑上了这条越来越拥挤的支柱。还有一个姑娘跟在他的身后，正手忙脚乱地将一个新的闪光灯安在她的照相机顶上。

“彭尼罗先生！”新登场的那人高兴地喊道，“我是来自《内窥镜》的散普佛德·斯班尼。我一直在到处找你。你有什么话要对你众多失望的书迷说吗？”他的语气亲切却略带嘲讽；不过等他看到那些曼彻斯特人都拔出了剑，冯 · 科波尔德手持重剑，而伊诺妮则支撑着已经屈膝瘫倒在“虚伪”号跳板底端的赫丝塔时，他的声音就渐渐低了下来。“我说！”他兴奋地喃喃自语，“这都是怎么回事啊？”

然而那些曼彻斯特人的首领已经不想再谈下去了。他举起了剑，试图从冯 · 科波尔德身边闯过去，可是大元帅拦住了他的去路。剑锋相交，火花四射，直接违反了天空之城严格的防火法规。上方高街上的人们尖叫起来。曼彻斯特的这名剑客也尖叫起来，跌跌撞撞地跑到一边，鲜血从手臂上流淌了下来。冯 · 科波尔德转头看着剩下的人。“接招！”他大喊一声：大多数年轻人都开始往后退去，他们被这位凶猛的老战士吓坏了，因为他似乎一口气就能摆平他们五个。只有一个人还坚守原地。那是一个脸颊通红、已经开始发胖的年轻人。除了制式佩剑，他还有一把左轮手枪。他用手枪对准冯 · 科波尔德，一连开了两枪。

西奥在“暗影形态”号上等待着的时候，就听到了枪声。他跑到舱门口，想要说服自己那砰砰的声响并不是开枪的声音，可他知道那就是枪声，也知道枪声来自 13 号支柱的方向。

刺耳的警铃声大作。西奥跳下系泊支柱，拔腿朝着环形码头跑去。一队穿着天空之城天蓝色制服的男人正沿着楼梯从高街上冲下来，手里握着弩弓。市政厅附近的一座系泊平台上，一艘消防飞艇正在起飞，做好了将船上的橡胶水管对准任何烧起来的火头的准备。

西奥无助地停下脚步，站在“暗影形态”号到环形码头之间的半路上。他能做什么呢？他又能帮什么忙呢？

一声惊恐的尖叫随风传来。接着又是一声。然后是更多的枪声。西奥转身，踩着重重的脚步走回了“暗影形态”号。

大元帅冯·科波尔德倒了下去，朝他开枪的那个年轻人便纵身跳上前来，伸手去抓纳迦夫人。赫丝塔爬起来面对着他，尽管她所做的只是盯着他，但突然之间，那个年轻人便丢下了手枪大喊一声：“呃啊！”赫丝塔朝下望去，看见锋利的刀刃从下方穿透甲板刺了出来。共有五片刀刃，其中两片刺穿了那个曼彻斯特人的靴子，并且刺穿了靴子里的脚。他再次尖叫起来，扭动着身体想逃脱开去，刀刃穿过甲板滑了回去，只留下凹凸不平的洞眼。“把这拍下来，克鲁泡特金小姐！”斯班尼对他的摄影师命令道。

甲板拱了起来。一对覆盖着装甲的拳头从下方击穿了码头；利爪般的手指将洞口撕大，史莱克爬了出来。又一个闪光灯闪了一下，史莱克浑身都反射着亮光，他的盔甲、指尖与令人毛骨悚然的钢铁笑容都被镀上了一层银色。

“潜猎者！”那个曼彻斯特的枪手尖叫着试图跳着脚逃走。史莱克一把抓起了他，从支柱的一侧扔了下去；他在空中胡乱挥舞了一阵儿手脚，然后便发出一声可怕的尖叫朝下坠落，掉进了安全护网里弹啊弹的。史莱克将他的一名同伴紧接着扔了下去；剩下的人转身就逃，与高街上过来的第一支天空之城民兵小队正撞在一起。

赫丝塔再次晕了过去，跌倒在坚硬的码头上，几秒之后又悠悠醒转，因为天空之城的消防飞艇在头顶盘旋，朝每个人浇下冰冷的水。人们似乎普遍认为一整支潜猎者队伍已经登上了13号支柱。数十个警铃一齐鸣响，发出可怕的噪声。在支柱的尽头，那些曼彻斯特人正在与天空之城的人激战，后者不知从哪儿得知他们是绿色风暴入侵者所伪装的。“不，不，不！”彭尼罗在大喊。支柱下方，那两个被史莱克扔出去的曼彻斯特人正在安全护网上朝隔壁的码头爬去，来自一艘佛罗伦萨空中列车的几名飞行员正在那儿探出身子想把他们拉回安全地带。

下方，一艘外形圆鼓鼓的飞艇向上升了起来，在云层的衬托下犹如一片幽暗的阴影。

“‘鬼面鱼’号。”赫丝塔说着，透过甲板上的洞朝下望向那艘飞艇。随后她便意识到这是不可能的；这次不是汤姆来救她，而是西奥，驾驶着“暗影形态”号。

史莱克也看见了它，或者是听见了它引擎的低声轰鸣。他用一只手臂挟起伊诺妮，就好像她是一件包裹似的。他转身来拉赫丝塔，但赫丝塔正拖着蹒跚的步伐离开他朝冯·科波尔德走去。

在支柱远端尽头的那场混乱中，一个曼彻斯特人正在大喊：“是彭尼罗！彭尼罗引诱我们来这儿的！把我们送到绿色风暴潜猎者的魔爪之下！”

“那不是真的！”彭尼罗一边喊着，一边往后跳开以躲避一个朝他扑来的天空之城士兵，“我才是受害者！我的钱怎么办？”

“暗影形态”号如一条浮出水面的巨鲸般升到了13号支柱的末端。赫丝塔看见西奥在船舱里。她把冯·科波尔德翻过身来。那个曼彻斯特胖子的枪在冯·科波尔德外衣的正面打出了两个烧焦的洞。但科波尔德只是气喘吁吁的。赫丝塔在他的外衣下面看见了古代科技防弹衣的阴暗光泽。他举起一只手托起她的脸。“在绿色风暴的土地上，他们把你养育得十分勇敢。”他低声说道。

“我不是……”赫丝塔开口说道，然而现在没时间来解释了。

“告诉纳迦，我们这儿并不是所有人都想要这场战争。”她听见冯·科波尔德如此说道。然后她就晕了过去，史莱克一把将她揽起，朝着“暗影形态”号跑去，天空之城弩弓射出的箭矢叮叮当当地撞在他的装甲背脊上。

彭尼罗从支柱末端那群男人的混战中疾步跑出，撞上了斯班尼。这位记者一直在指挥着克鲁泡特金小姐，让她拍摄将会出现在次日报纸头版的照片，上面会是大标题曼彻斯特人勇敢地对抗纳迦的入侵者！他带着狡猾的微笑气势汹汹地质问彭尼罗道：“那么，你在这一切之中起到了什么作用，宁禄？你为绿色风暴工作多久了？”

彭尼罗把他推到一边。一艘飞艇正驶离支柱，引擎发出震耳欲聋的轰鸣，于是他感到了一阵突如其来的恐惧，担心那是“虚伪”号，正带着他的金币起飞。“我的钱呢？”他对着飞艇大喊道。

“他们付了你多少钱，彭尼罗？”斯班尼一边问，一边再次挡到了他的路上，同时对着克鲁泡特金小姐挥手，示意她带着照相机过来。

彭尼罗发出了一声无力的怒吼，用双手猛推了一下斯班尼。斯班尼打了回去，一手挥拳揍向彭尼罗的脸，一手抓住他的衣领。此刻在13号支柱上有这么多的事情正在发生，以至于没人注意到两位作家跌跌撞撞地扭打着，穿过码头从边上掉了下去。他们下落时的尖叫声在短短的片刻之中倒是十分音调和谐。

在“暗影形态”号的飞行甲板上，西奥将所有引擎推至最大马力，预备把飞艇拉升至昏暗的天空之城上方的开阔天空之中，可当他伸手去抓转向舵杆时，一只钢铁手掌一把抓住了他的手腕。

“天空之城的高街上有两座防空导弹发射台。”潜猎者史莱克说，**“一旦我们驶离他们的空域，他们就会朝我们开火。”**

“可我们不能在这儿坐以待毙！”西奥大喊，一边朝窗户挥着手。窗玻璃已经被十几支弩箭射出了裂纹，虽然还没人敢使用更危险的武器，因为担心会燃起一场大火，最终可能会吞噬整个天空之城。

“朝下飞。”史莱克说，**“飞进云层里。云会掩护我们。”**

西奥点点头，有点生气自己居然没想到这一点。片刻之后“暗影形态”号将引擎吊舱转动到竖直方向，迫使自己下降，飞入天空之城下方的白色波涛之中。

“啊啊啊啊啊啊啊啊啊！”彭尼罗和斯班尼尖声哀号，接着，“噢！”的一声，13号支柱下的安全护网接住了他们，保住了他们的小命。他们一起弹上弹下，仿佛跌入了一张巨大的吊床。

“伟大的保斯基啊！”彭尼罗带着哭腔说道。他猛力把记者从自己身边推开，试图站起身来。他之前都忘了这张网的存在，直到粗大柔软的网绳拦住了他掉落的势头。“我还以为我们完了！”他喘着粗气说。

“你要是完了倒好了，宁禄！”散普佛德·斯班尼咯咯笑道，他跟彭尼罗一样怕得要死，但他并不打算表现出来，“与绿色风暴勾结；参与斗殴；企图谋杀大元帅的凶手的同谋——对了，在支柱上的那个女人真的是纳迦的老婆吗？你的那些曼彻斯特朋友是这么说的……”一想到自己即将写出的那些令人震惊的报道，这名记者就兴奋不已，快乐地开始上下弹跳起来。

“赶紧停下来，老家伙。”彭尼罗请求道，“你让我觉得不舒服……”

“比起你看到下一期《内窥镜》时的不舒服来，连一半都不到。”斯班尼咯咯笑了起来，弹跳得更卖力了。安全护网开始发出一些诡异的噪声，有细微的吱嘎声，还有轻轻的拨动声。

“斯班尼，我真心觉得你应该停下！这张网看起来很旧了，而且今天晚上它已经承受过一对曼彻斯特胖子的分量了……”

随着一个好像拨动竖琴琴弦般的声音，网的一侧固定在 14 号支柱底部的那些螺栓开始松动了。斯班尼停止了弹跳，发出一声卡住喉咙般的尖叫。

“救命！”彭尼罗用尽浑身力气大喊，可是尽管 13 号支柱上挤满了人，唯一听见他的却只有斯班尼的摄影师，克鲁泡特金小姐。她的脸越过 13 号支柱的边缘探了出来。她朝着被困的男人们伸下一只手，却够不到他们。彭尼罗开始尝试抓着陡峭的网子朝她爬去，却只是成功地把那一边的螺栓也同样地拉松了：“噢，保斯基啊！”

“克鲁泡特金小姐！”斯班尼尖叫道，“去求救！马上去求救！否则我保证你下半辈子都会去拍摄宠物展和花园派对……”

为了确保自己的余生不用再去拍摄任何宠物展，克鲁泡特金小姐镇定地在安全护网松开的瞬间举起了相机，拍下了一张照片，这张照片将出现在下一期的《内窥镜》上，上面配着标题《两位作家丧生于天空之城的恐怖坠亡事故》。

28　风暴之鸟

“暗影形态”号沉入云层之中，史莱克便朝船尾大步走去。在船舱尾部用帘子隔出来的一个舱房里，伊诺妮正蹲在赫丝塔身边，试图用她的手指阻止血液从赫丝塔头皮上的伤口中泉涌而出。她抬头望着史莱克：“有没有医药箱？甚至只是急救包都行？”

史莱克盯着赫丝塔灰暗而震惊的脸庞。让她死吧，他想这么告诉伊诺妮，然后用你的技术复活她。给她一张钢铁的面具，比潜猎者方的更完美，以代替那伤痕累累的毁容的脸。为她制造一个与我一样强大的身体，以代替她这具脆弱的肉身。她会忘了她在世的时光，但史莱克确信她的精神将会保存下来。在未来他们将共同度过的几千年里，他会帮她恢复。她将是他不朽的孩子。

“医药箱！”伊诺妮喊道，“快一点，史莱克先生！”

史莱克转过身，在床铺上面的柜子里找到了“暗影形态”号的医药箱。当他把它递给伊诺妮时，飞艇受到了猛地一击，摇晃了起来。他再度向前走到飞行甲板上。西奥正死死地抓着控制杆，盯着潮湿的舷窗外面看。

“我们遭到攻击了。”史莱克说。

“什么？”少年回过头来望着他，瞪大了的眼睛在他黝黑的脸上显得格外白。

“我们被击中了。一枚火箭弹……”

西奥的目光又回到了窗外：“我看不到其他船。我什么都看不见。这片云……”

随后，“暗影形态”号从云层下方掉了出来，于是他们俩都看到了一座座城市的侧翼在他们的四周升起，城市之间的天空被数十艘飞艇的航行灯所照亮。天下着雨，雨滴斑斑点点地打在窗上，将窗外的一切景象都模糊成了发光斑点组成的万花筒图案，但史莱克从这些飞艇的飞行轨迹可以看出，它们并不是在寻找“暗影形态”号。它们根本不是军用飞艇，而是货船和邮轮，朝着西方行驶。

“穆尔瑙在疏散妇女和儿童。”他说。

“在为战争做准备……”西奥轻声说，然后，他想起了自身的困境，“我们怎么办？”

“我们离开的消息可能还没有传到其他城市上。”

“好吧，不过不会很久的。”西奥说。看起来，将“暗影形态”号驶向东方是毫无意义的，因为他不相信他们现在还能从穆尔瑙聚落中逃脱，但无论如何，他还是将飞艇掉头向东，让它飞进由曼彻斯特和牵引城市布伦瑞克的高耸侧壁所夹出的一条陡峭峡谷。他驾驶“暗影形态”号低低飞行，让城市高大的轮子从船舱两侧滑过。其他飞艇涌入了这条峡谷的上方，其中大多数都穿越峡谷向西飞行。前方，在一片方圆数英里的泥地上爬满了一座座样貌凶恶的小郊镇，它们的后头则矗立着穆尔瑙。这座巨大的战斗城市已经将其装甲封闭了起来。西奥开始驾驶“暗影形态”号绕着它的北侧飞行，仍保持在履带的高度。转向舵控制起来拖泥带水的。“我觉得转向舵片损坏了。”他说着，不耐烦地扯着操纵杆。

史莱克回想起飞艇从天空之城下降时他所感觉到的那一击，便再度回到船尾。赫丝塔恢复了意识，伊诺妮正在清理她的伤口，令她不断呻吟着：“汤姆！哦，汤姆！”史莱克闻到了医用酒精的刺鼻气味。他爬上舱梯，弯着腰走上沿着气囊中央延伸的轴向步道。在步道的船尾终点有一个小舱门，是为单生人设计建造的，几乎小得让他没法把他那潜猎者的大个头挤过去。外面，“暗影形态”号的尾翼被雨水淋湿了，穆尔瑙裙围的堡垒从旁边经过时，窗户里透出的灯光将尾翼照得银光闪闪。史莱克紧紧抓着绳梯，爬到了侧面的尾翼上。在这片尾翼后端，有什么东西嵌在控制电缆之间。引擎轰鸣，雨点敲打在上方气囊的陡峭曲线轮廓上，在这些声音之间，史莱克听出了另一种声音，一种有节奏的声响。这是某种新型武器吗？他一只手放开绳梯，亮出了刃爪。

控制电缆之间的那个形体突然动了起来，对刃爪上闪过的一抹潮湿亮光做出了反应。一张苍白而惊怖的面孔张口结舌地瞪着史莱克。“伟大的保斯基啊！”这张脸哭喊了起来。

史莱克顿时意识到发生了什么事。这个单生人肯定是在“暗影形态”号离开的时候从天空之城上掉下来的。他收起了刃爪，伸出手来想把他拖到安全的地方，但那个单生人误解了；他吓坏了，放开紧紧抓住电缆的手，再次向下坠落，一边尖叫一边翻滚着掉进空中。史莱克扑上前去，揪住他外衣的领子，将他抡了起来，再次安全地落到尾翼上。“暗影形态”号朝侧面一倾，引擎发出哀声抱怨，史莱克将那个男人拎过副翼的转动翼片，然后动身将他朝着舱门拖去。

飞艇的这种突然而不确定的运动吸引了穆尔瑙裙围堡垒上的瞭望哨的注意。当史莱克带着他那个浑身滴着水、几乎已经意识不清的重担回到飞行甲板上时，堡垒的射击口便开始射出尖针般的火光。光焰看起来很漂亮，直到第一波子弹射进船舱。舷窗粉碎；随着充气单元被打出一个个洞，压力计摇摆不停。引擎轰鸣，仍然驱动着飞艇往东驶去，经过了高耸的巨颚，飞到了外面风吹雨打遍布弹坑的泥地上方。炮火停了下来。西奥从潜望镜里察看。船艉方向上，三个光点从装甲城市的巨大躯体中飞了出来；三个黑色蝙蝠般的轮廓，衬托在低垂的灰色云层下，逐渐变大。

上方高处，奥拉·图旺布利将雨水从她的护目镜上抹去，推动她的飞行机器“战斗树袋熊”号向下俯冲，扑向“暗影形态”号的尾后上方。在她的后面，扑翼机“土枪摇摆舞”号和一艘叫作“我不要咖喱蛋”号的火箭驱动三翼机紧随其后，它们的机翼如刀刃一般划过潮湿的空气。

西奥恐惧而沮丧地叫了起来。他知道自己这艘迟缓而受损的“暗影形态”号是没法甩掉飞貂军的。他看见史莱克转向他，还以为潜猎者是要警告他有飞行机器追了上来。“我知道了！”他喊道。

但史莱克却说：**“前方有潜猎鸟。”**

“什么？”西奥试图从雨水斑驳的窗口向外张望，但他看到的只有无边黑暗和他自己恐慌害怕的倒影。紧接着，一枚从后方尾随的飞行机器上发射的火箭从船舱边上飞过，在前头爆炸了开来，于是他才发现那片黑暗主要是由无数翅膀构成的。在无人地带的空旷天空中，从绿色风暴边界线的方向上，一群数量巨大的复活鸟群正扑打着翅膀朝他飞来。

“基督啊！”西奥叫了起来。他猛地拉动转舵杆，徒劳地想要让飞艇掉头，因为他宁可面对火箭，也不想面对绿色风暴猛禽的喙与爪。然而“暗影形态”号的转向舵之前被击中过；它的反应速度很慢，在它远远还没来得及转弯的时候，船舱窗外的天空中便已经挤满了鼓动的翅膀和死鸟眼睛的绿色光点。

后方，“战斗树袋熊”号敞开的座舱里，被风雨浇得湿透的奥拉·图旺布利也看到了聚集如云的翅膀。她翻着花样骂了几句，便扭转了她的飞行机器，并示意她的同伴们也照做。在云中9号上，潜猎鸟已经令她失去了太多人手；她绝不会与如此数量的潜猎鸟接战。她查看了一下她的手下是否都跟着她，然后便飙升而上，朝着曼彻斯特的坚壁高垒飞了回去。与此同时，一股潜猎鸟分了出来，像某位阴森神祇的手指一般，包围了“暗影形态”号。

在飞行甲板上，西奥等待它们的喙和爪子开始撕裂薄薄的舱壁。在“暗影形态”号引擎的轰鸣声中，他能听到无数翅膀嗖嗖拍打的声音，还有鸟群追随这艘小飞艇的航向和航速飞旋时，羽毛的拂动声。

“它们不是来攻击我们的。”伊诺妮轻声说道，她走过来站在西奥身后，伸出手抚摸他的肩膀，“我觉得它们是护送队……”

西奥俯身向前，目光越过气囊隆起处。受损的飞艇在一片翅膀所形成的黑暗星云中飞行，其中成千上百只鸟的眼睛像绿色的星星一样闪闪发光。鸟的体形都十分庞大；它们都是复活的鸢、鹰、雕、鹫。随着气体从“暗影形态”号撕裂的充气单元中泄漏出来，数百只鸟用它们的爪子抓起了飞艇的气囊骨架，将它提了起来，它们鼓动着翅膀，带着它向东飞去，穿越了到处是弹坑以及履带沟壑的无人地带。

一只体形较小的鸟从右舷一扇破碎的窗户里飞了进来。它活着的时候曾是一只乌鸦。它栖息在一根控制杆的把手上，扭头望来，绿色眼睛旋转缩放，聚焦到西奥身上。它张开喙，于是一位身在远方的绿色风暴指挥官微弱断续的声音便从它肋骨间的微型无线电发射机里传了出来。他讲话时用的是一种军事代码，西奥听不懂，但伊诺妮能。她用同样生硬刺耳的语言做出了回答，随后那只乌鸦就展开双翼，从她身边飞过，钻出窗口飞走了。

伊诺妮望向西奥："绿色风暴的一座前线观察哨看到我们遭受攻击。他们认为我们一定是他们的特工。我告诉了他们真相；说我就是纳迦夫人，正要回家。那只鸟给了我一个降落机场的坐标，他们想让我们在那儿降落。"

西奥听她说了一串数字，但他几乎不需要改变路线，那些鸟儿已经簇拥着"暗影形态"号朝正确的方向前进了。他跌坐在座位上，看着史莱克。接连而来的震惊令他疲惫不堪，以至于当他看到潜猎者手里抓着的那个浑身湿透、呜咽不休的人正是宁禄·彭尼罗时，也只不过是略感惊讶而已。

"他来这里干什么？"他问道。

"这是个意外！"彭尼罗害怕地说，仿佛他觉得自己会因为偷偷溜上"暗影形态"号而被大骂一顿似的，"我掉了下来。斯班尼和我——我们从天空之城掉了下来，落在了你的尾翼上。呃，我落在了尾翼上，而斯班尼还继续往下掉，可怜的家伙。话虽如此，他也是罪有应得。"一想到他敌人的死，他的精神似乎就恢复了些，但也只是片刻而已，他的视线从西奥身上掠过，落到了外头乌云一般的潜猎鸟上，“恩戈尼，我成了一个囚犯吗？”

“我想我们都是囚犯，教授。”

“可你是绿色风暴的人，他们不会伤害你！我曾经是布赖顿的市长。你会告诉他们的，对吧，说我打心底里一直是个反牵引主义者？我接受那个职位只是为了可以打入他们内部去颠覆他们的体系。而且我对待抓到的蘑栖也很好，不是吗？你可以帮我作证；你在云中9号上过得挺自在，是吧——每天能吃到三顿饱饭，还用不着搬任何比遮阳伞重的东西。”

伊诺妮说：“我会告诉他们要好好待你。”

“你会吗？谢谢你！”

“但是我不知道他们会不会听我的。这完全取决于控制这些鸟的那支部队是忠诚的，还是想要我去死。”

“哦，保斯基啊！”

伊诺妮捏了捏西奥的肩膀，说：“我必须去给你的朋友做检查了。”

“她怎么样了？”西奥问，他羞愧地发觉自己完全忘了赫丝塔。

伊诺妮郑重地望着他。

“她会没事吗？”

“我希望如此。她受到了严重的颅脑损伤。我会尽力而为。汤姆是谁？她一直问起他。”

“她的丈夫。汤姆·纳茨沃西。芮恩的父亲。”

伊诺妮严肃地点点头，回到船尾去了。史莱克把彭尼罗扔在甲板上，跟着她走了。西奥独自跟那个老头留在了一起，他想知道是不是该把他绑起来或者锁在厕所里之类的。不过彭尼罗看上去抖抖索索，湿湿答答，实在干不出什么事情来，而绿色风暴的大群潜猎鸟又在窗外，这足够让他留在原地不动了。西奥仰靠在座位上，额头上一个小伤口里流下的血滑落到了嘴角，他咂着血的味道。他想到了扎戈瓦和他的家人，想知道他是否还能再见到他们。等他着陆后，无论发生什么，他都要试着给他们传个信。

“有封信要给你。”彭尼罗相当懦弱地说道。

西奥回头望去，彭尼罗手里拿着一个脏兮兮皱巴巴的信封：“她把信留给了我，让我寄给你，但我必须承认，我忘了。早先时候，当我寻找纸片想记下‘虚伪’号的泊位时，才发现它在我的大衣口袋里。迟到总比不到好，呃？”

西奥把信封翻过来，认出了芮恩细心的笔迹。他撕开信封，抽出信纸，不小心撕裂了湿漉漉的纸张，沮丧地嘘了口气。她的照片在朝他微笑，这是与之前报纸上那幅相同的照片，那张聪明的长脸，没有他记忆中那样美丽，却十分真实，也很可爱。他把信纸铺在控制台上，尝试读它。雨水把信纸弄得模糊翘曲，只有少量词句尚还清晰。我正要开始一段旅程……装载给养……都不知道伦敦还剩什么废墟……又过了几行字，有一个词可能是幸存者。然后，在这页纸底部：到伦敦来找我吧。

“伦敦？”他说，他试着不要哭出来，但却哭个不停，“她到伦敦去了？”

“什么？”彭尼罗吃了一惊，问，“不对，不对。你理解错了，他们动身去为沃尔夫·科波尔德办事，他是大元帅的儿子。伦敦？没有人会去伦敦，那儿是一个废墟，闹鬼的废墟……”

接下来就只有一行字西奥还能读得出来。*爱你的*，信上写道，*芮恩*。

卧舱里散发着血和消毒油的浓厚气味。赫丝塔躺在那儿，头向后仰着，脸比脑袋下方的枕头还白。史莱克俯视着她，希望她能就这样死去，不要醒来。等她变成像他这样的潜猎者，他就不必如此担惊受怕。单生人实在太脆弱，实在太不耐久。爱上一个单生人实在太痛苦了。

伊诺妮跪下来检查病人的脉搏，然后抬头望向史莱克。在 13 号支柱的混乱战斗以及从天空之城一路飞来的这期间，她都一直没时间说：“史莱克先生！你在这里干什么？”或者：“史莱克先生，再次见到你真高兴！”而现在已经太晚了。取而代之地，她说道：“她是赫丝塔·肖，对吗？”

“你认识她？”

“当然。在唤醒你之前，我研究过你的过去。”

史莱克感觉到飞艇在下降。他走到一扇侧窗边朝外看去。透过群鸟鼓翼的黑暗，他能看到长串长串的灯光在前方地面上闪烁，那些是绿色风暴前线的灯火。城市陷阱和混凝土拾音墙[1]像墓碑一样从泥地里探出来。他知道一旦降落之后，可能就没有时间谈话了，于是对着伊诺妮在玻璃上的倒影说：**“为什么你把我做成这样？”**

“什么样？”她心虚地问，“你还没有取回你的全部记忆吗？我什么也没有抹掉；当你摧毁了潜猎者方之后，我是想让你再次变回你自己的……”

“我没法战斗了。”史莱克说。他转过身来面对着她，感觉到自己的刃爪在钢铁手掌内抽搐。一丝属于老潜猎者的愤怒之火在他体内某处点燃了，犹如寒冷炉膛里的余烬在发光。他想要为她对他所做的事而杀了她，但她对他所做的事正意味着他没法杀她。**“你让我变弱了。”**他说，**“我从前杀掉的每一个单生人的鬼魂都像湿床单一样晾在我的脑海里。我恨我做过的事。为什么你要让我有这样的感觉？”**

伊诺妮走近了过来。她的手抚摸着他的装甲：“这不是我做的。我也不知道如何能做到这样。这种感觉来自于你内心。”

“当那个单生人纳茨沃西杀了我，在黑岛上，我回忆起了一些事情。一旦你把我修复，它们就消退了，但我认为那些是我在成为潜猎者之前的记忆；是我还活着的时候，就像你这样……这种软弱就是来

1. 能反射并聚焦声波，可用于侦听是否有飞行器接近。第二次世界大战中，英国曾在南部海岸建造了一系列拾音墙，但后来由于雷达的发明而废弃。

自那里的吗？”

“我想这很有可能……波普乔伊博士曾有过一套关于潜猎者起源的理论……”她笑了笑，史莱克看到了她参差不齐的白色牙齿，这是他所记得的，当她把他从坟墓里挖出来时，他在她身上注意到的第一样事情，“我想更有可能的是，你产生了你自己的感情和良知。你有着智慧，有着自我意识，而且，毕竟你有足够长的时间去发展它！我想，你在我遇到你的很久以前就已经开始这个过程了。我知道你是如何救下了孩提时代的赫丝塔，并且在她离家之后你又花了很长时间去找她的。这让我意识到你不是一个普通潜猎者，但还有众多其他原因。你从第一次找到赫丝塔的时候起就爱着她了，对吗？”

史莱克移开了视线。他仍然是一个潜猎者，要谈论诸如爱之类的事情，对他来说很难。他说：**“我的单生人生活的记忆还会恢复吗？”**

“也许吧。也许，就在你下一次死的时候。不过那在很长很长的时间里都不会发生。我把你造得非常耐久，史莱克先生。”

地面现在已经很近了。史莱克低头看了看赫丝塔，心想，他不在乎自己能活多久，只要她和他在一起就行。他说：**“我想让她一直安全而强大，直到永远。你能帮我吗？”**

伊诺妮没有领会他的意思。“我当然会的。”她承诺道。她踮起脚来，在他的脸上吻了一下。几点他脸上的防腐泥沾在了她的嘴唇还有鼻尖上：“恭喜，史莱克先生。你已经长出了灵魂。”

29　高等阶层的乐子

在被氩气灯照亮的雨幕中，哈洛巴洛从穆尔瑙右舷外侧的泥地里钻了出来，仿佛一条巨大的潜艇从一片非常脏的海域里浮出水面。一道登载桥伸了出来，沃尔夫·科波尔德大步从桥上走过，身影消失在较大的那座城市里，在那里，有一座特快电梯飞快地带他上到了高等阶层。一辆甲壳虫车正在那里等着他，边上还有一名军官，当他一走出电梯，就对他喊："先生，先生，快来！你父亲受伤了！"

"是的，我收到了你们的无线电消息。"科波尔德疲倦地说着，在甲壳虫车的后座上安顿了下来。多么愚蠢，要被一路拖到这里来，以便他能假装关心一个他根本不在乎的老人。他已经渴望着要回到哈洛巴洛上去，远离这些令人作呕的社会习俗。他漫不经心地听着司机东拉西扯地聊着天空之城以及绿色风暴的间谍，小车转了个弯沿着菩提树上大街朝市政厅驶去。车外，年轻的军官在向他们的心上人告别，工人们正在把城市装甲最后几处打开的区域封闭起来，但沃尔夫几乎没有注意到他们。他目不转睛地盯着他自己憔悴的面容倒映在甲壳虫车的顶罩上，心里想着他刚刚完成的那趟穿越绿色风暴领土的长途跋涉，想着他穿越边界线爬回无人地带时勒死的那个哨兵，老豪斯多弗就带着哈洛巴洛在那儿等着他。他骄傲地想着伦敦城，想着即将属于他的那些奇妙的机器。

在市政厅里，仆人们带领他来到主客厅。他的父亲坐在一把扶手椅里，胸口缠着绷带，周围簇拥着身穿白大褂的医生。阿德莱·布朗站在离他很近的地方，他从曼彻斯特带来了鲜花和葡萄，还有一份他想要大元帅签署的免责声明，为曼彻斯特民兵开脱任何因他负伤而引起的法律责任。站在他身旁的是他的空军雇佣兵的指挥官。沃尔夫曾经觉得图旺布利小姐十分迷人，可如今她在他眼里相当艳俗，瞧那一身粉红色的皮衣和睫毛膏。他惆怅地想着芮恩·纳茨沃西，想着她未经世事的美丽，和聪明而坚韧的年轻心灵。

“沃尔夫勒姆！”他的父亲叫道，他挥手让医生们站到一旁，挣扎着要站起来拥抱他，“他们告诉我你外出到某个地方去了……”

“只是一趟简短的商务旅行。”科波尔德说，老人胳膊上的老年斑还有胸口绷带上方露出的白色卷曲胸毛都让他厌恶，“我前天就回到了哈洛巴洛的家里。”

他的父亲审视着他：“你看上去瘦了，我的孩子。”

瘦，胡子拉碴，双眼通红，沃尔夫挥手甩开他的这些话：“你应该担心你自己。他们告诉我说你受伤了。”

“只是一些擦伤，几根骨头断了。”

“看起来，我赶回家正是时候。”

“什么意思？”

“伟大的撒切尔啊！蘑栖人想要杀死你，爸爸！这是一种战争行为！我们必须立即报复！”

“这正是我刚才一直在跟他说的！”阿德莱·布朗带着那种一直在不耐烦地等待要恢复被中断的谈话的口气，大声说，“我们一定不能让他们得逞！”

“胡说，布朗。”冯·科波尔德呵斥道，他猛地坐回椅子里，疼得皱起了眉，“开枪打我的是你手下的一个喝醉了的野小子！”

“年轻人精力旺盛嘛。”布朗抗议道，“要是你没有那么急着把那个囚犯控制在自己手里……”他对沃尔夫解释道，“你听说那个消息了吗？纳迦的老婆亲自跑去了天空之城，一群潜猎者在保护着她。显然，是在跟那个叛徒彭尼罗一起策划着什么行动。”

“我明白了。”沃尔夫通常会嘲笑这种谈话，每当肥胖的城里人遇上一丁点儿真正的战争之后，就有这些恐慌而夸张的传言漫天飞来飞去。不过今晚来点恐慌则正合他意。战争越早爆发，哈洛巴洛就越早可以启程前往伦敦：“他们活着逃走了，我猜？”

布朗转向站在他身边的女飞行员：“你告诉他，小丫头。”

奥拉·图旺布利鞠了一躬，说：“那艘飞艇在无人地带上空与潜猎鸟会合了，我从来没在某个地方见过比这更多的潜猎鸟。船上一定有某个有价值的人或东西。我没有任何办法能阻止它逃脱。”

对沃尔夫来说，假如她不是重视生命更甚于责任的话，她其实可以做多得多的事情。然而他只是点了点头，说：“这听起来很糟糕。谁知道蘑栖已经设置了什么阴谋，或者他们已经了解了我们的什么计划呢？我们只有一条路可走。”

“你的意思是——进攻？”阿德莱·布朗满怀希望地问道。

“进攻是最好的防守。是蘑栖人先攻击的。我们必须报仇。立刻进攻，全线出击。”

冯·科波尔德揉了揉眼睛：“一定还有其他路可行的……”

“假如你觉得伤势让你不能胜任指挥这座城市……”布朗假模假式地关心道。

“我会完成我的那一份工作。”老人不耐烦地答应，“你不准说我是个懦夫，布朗。如果其他城市前进，穆尔瑙也会一起去，而我则会指挥它。除非我的儿子愿意在舰桥上占据一席之地？”

他望着沃尔夫，而后者坚定地摇了摇头：“对不起，父亲。我必须回到哈洛巴洛去。当进攻开始时，我会为你在蘑栖的防线上啃出一个大洞来的。”

他握了握父亲的手，朝布朗和图旺布利小姐鞠了一躬，便走出了房间，身后只留下一片沉默，以及一阵悲哀的感觉，仿佛一种挥之不去的气息。

“唉。”阿德莱·布朗双手拍握，说道，“我必须通知其他市长和大元帅。图旺布利小姐，你得让你们的机器飞起来了。彻底消灭绿色风暴的行动就在黎明时开始！”

30　她复活了

名叫“完成风花的愿景”的机场是在绿色风暴前线后面几英里处的泥地里铲出的一片长方形平地。它的周围环绕着陆灯、一座座地堡，还有一座座高大的鲸背形的飞艇机库。防空火炮警惕地蹲踞在用装土的柳条篓堆成的炮台底座上。探照灯伸出透明的手指来抚摸“暗影形态”号的气囊，如云的鸟群挟裹着这艘飞艇朝系泊平台飞去。

飞艇降落的时候，士兵们跑了过来，西奥一打开舱门他们就涌了进去。身穿白色的制服，头戴蟹壳盔，手里拿着枪。伊诺妮从飞行甲板后部的帘子后面走了出来，他们被她沾满了血迹的脏衣服和站在她身后的潜猎者吓了一跳，从她身边退开，举起了武器。她伸出手，让她的图章戒指反射着熠熠光辉。“在你们朝我开枪之前……”她礼貌地说，“我想请你们照顾我的同伴。恩戈尼先生和彭尼罗教授不是绿色风暴的敌人。”

登舰小队领头的士官低身鞠躬，左掌压着右拳拱手行了一个旧联盟的礼节："您现在安全了，纳迦夫人。"

伊诺妮回鞠一躬，还有点儿紧张，不太信任他："船舱里还有一名女子需要护理。这儿有战地医院吗？"

这名战士指向了地平线上拱起的一座迷彩伪装的地堡："要我叫人抬担架来吗？"

"我来抱她。"史莱克说。他把帘子拉到一边，轻松而小心地抬起赫丝塔，抱在他的怀里。他抱着她走向打开的舱门，西奥和其他人跟着他，但那位士官感觉事情超出了他的控制，于是他迅速走过来阻止他们，举起一只手来拦住了他们的路。

"她将得到良好的照顾，夫人。"他向伊诺妮保证道，"但您和其他这些外国人必须跟我一起走。我奉命带你们去见地区指挥官。"

"暗影形态"号降落在的这部分边界线由慈母般的肖将军所统领。她睡眼惺忪，但仍然带着微笑欢迎伊诺妮与她的同伴们来到她当作总部的这个防空洞里。就防空洞而言，这是一个温馨的地方，不怎么潮湿，地上铺着石板，木墙粉刷成白色，上头挂着各种照片。在将军的卧室里，她死去家人的照片摆放在一个精致的神龛上，位于她的家神的神像之间。一个大腹便便的炉子散发出干燥的热气，令彭尼罗的潮湿衣服冒出大量蒸汽，于是将军便建议他把衣服脱了，并让她的某位胖乎乎的参谋借给他一件多余的制服以及一袭优雅的灰色斗篷。

伊诺妮也换上了绿色风暴的制服，并且洗过了脸和头发，她看起来仍然不像一位王后，但至少看起来不怎么像一个街头顽童了。

将军的仆人端来了黄酒、蒸肠粉，还有茶。西奥脱下他的飞行夹克，想要阻止自己坐在另一个仆人为他搬来的折叠椅上睡着。在他们经过了今晚的一系列事情之后，眼前的一切看起来豪华得简直像假的一样。虽然他已经变得讨厌绿色风暴了，却从未怀疑过他们军队的力量或勇气，想到有那些勇敢的士兵和威力强大的火炮挡在他和城镇人之间，他就感到心安。他甚至都不担心赫丝塔，因为现在她安全地待在战地医院里。

将军说："我的人正在准备一艘船带您回天京去，夫人。船长是我的一位老朋友，一位纳迦将军的支持者；船员都是可以信任的。一只潜猎鸟已经飞往东边，把好消息带给您的丈夫。我希望这会让他恢复精神。"

"他病了吗？"伊诺妮警觉地问道。

肖将军看起来闷闷不乐："已经好几个星期没有收到来自天京的明确命令了。我们已经警告过您尊敬的丈夫有军队正在边界线的另一边集结，上个月还有一座收割郊镇袭击了 16 号辙印。我们告诉过他，要是牵引城进攻的话，我们守不住这些阵地，然而他看上去漠不关心。就好像，当他听到你死亡的消息后，他就放弃了所有的希望。"

有那么一会儿工夫，伊诺妮的样子看上去就好像要哭出来了一样。她声音嘶哑地说："我们就不能更快地联系上他吗？我可以通过远程无线电和他交谈……"

肖摇了摇头："我不敢冒这个险，纳迦夫人。那些野蛮人会拦截您的讯息，并再次试图杀了您。"

"最开始想要杀我的就不是野蛮人。"伊诺妮说，"正是野蛮人救了我，还有西奥的帮助。"

"的确如此。"将军点点头，给了西奥一个微笑，然后又对彭尼罗笑了笑，"我们听说过彭尼罗教授的英勇。"

"彭尼罗教授的英勇？"西奥差点儿被他正在大嚼的肠粉噎住了。他想知道将军是不是有点喝醉了。她先是说了那些失败主义的言论，守不住阵地什么的，现在又是这种话！"你听说过什么？"他问道。

"我们在无人地带的深处有许多侦听站，专门监听城镇人的无线电通信。"将军解释道，她伸手从书桌上拿来一些文件，"这里是一份新闻公告，几个小时前出现在了穆尔瑙的公共视屏上。"她扫过这份稿件的前两段，然后清了清喉咙，读道："袭击者们得到了天空之城中的一名特工的帮助——臭名昭著的作家，江湖骗子，布赖顿的前市长，宁禄·博·彭尼罗。当绿色风暴的间谍船离开时，数名目击者看见叛徒彭尼罗追着船跑，大喊：'我的钱呢？'"

"叛徒？我？"彭尼罗的表情大为光火。

"只是对牵引主义野蛮人而言。"肖将军说，"对我们的人民来说，你是一位英雄。”

“可是——天哪！我是吗？”

“想想看，一座野蛮人筏城的市长，能够如此清楚地认识到自身路线的错误，并冒着生命危险去营救一名绿色风暴囚犯。”将军继续说道，“你的雕像将被摆进天京的无双不朽殿。纳迦会给你丰厚的奖赏。他……”

一名下级军官走了进来，紧张地鞠了一躬，咕哝了几句山国语。将军皱起眉头，站起身来：“原谅我，我需要出去一下。”

“发生什么事了？”伊诺妮问。

“我们的拾音墙探测到了牵引城市的引擎噪声……我们一直认为会有进攻，但没想到会来得这么快。伟大的诸神啊，我上个月请求的增援部队都还没到呢！”隔壁房间的一排战地电话中，一个铃声开始响了起来，然后是另一个，又有再一个。肖将军对下属大声发布命令，然后对伊诺妮说：“阁下，您必须立刻上船。我不能冒险让你……”

一阵隆隆的如雷巨响淹没了她后面的半句话。地板震动，灰尘从低矮屋顶的木板之间扑簌簌地筛落。彭尼罗又开始念叨他特有的那几位神明了。西奥望着他刚才把茶杯放在上面的那张桌子，杯子正在跳舞，跟随着砰、砰、砰的雷声节奏。一名士兵跌跌撞撞地跑了进来，虽然他是用山国语在大声报告，但西奥和他的同伴们都听懂了意思，甚至都没等到肖将军转身对他们说出这些话：“进攻开始了！他们所有的城市都在前进！几十座城市！几百座郊镇！”

他们站起身来，对于还没来得及从前一次冒险中恢复过来就要被迫进入下一场冒险而愤愤不平：“赫丝塔和史莱克先生怎么办？”

“我会让你们的朋友们在机场和你们碰头。”肖将军吼道，“现在快走，愿诸神保佑我们所有人……”

他们跟随一名士官跑出总部，穿过一条条战壕，数百名士兵正匆匆忙忙地各就各位。西面传来的雷鸣响得令人震惊。前线战壕上方的天空时不时被光照亮。彭尼罗看上去吓坏了。西奥每听到一声爆炸的巨响就蹙眉不已，他不断提醒自己，其中绝大多数可能是绿色风暴的火炮在朝城市开火，任何攻击都很快就会被击退的。

只有伊诺妮真正到过前线。她辨认出了大地的复杂颤动模式，正如一个城里人会明白城市甲板的每种晃动各自意味着什么。她知道在某个地方，不远的地方，许多战斗郊镇正在高速推进，而在它们前方则是巨炮城在狂轰滥炸为其开路。她边跑边祈祷着，想知道在这一片喧嚣之中，究竟是否连上帝也能听到她的祈祷。

他们沿之字形路线穿过通讯战壕，前方就是机场。一艘小型护卫舰正等候在中间的一座平台上，在它后方山坡上的机库里，几架狐狸精型飞艇的引擎吊舱咆哮着，飞入樱草色的天空中。这艘护卫舰叫作“愤怒”号，它的引擎已经处于起飞的位置，螺旋桨搅动起一片银光。当他们穿过泥泞的系泊平台时，一辆带有医疗队的双蛇杖标志的半履带车快速驶了过来，转了个弯停在“愤怒”号跳板底部附近。史莱克从车腹里跳了出来，然后回身帮医务兵把赫丝塔的担架抬了出来。

那位士官催促伊诺妮赶紧朝飞艇走，彭尼罗根本不需要催，就一路小跑跟在旁边。西奥正要跟上他们，忽然想起了芮恩的信还在他的飞行夹克口袋里，搭在肖将军总部火炉旁边的椅子上。

“我得回去！”他大喊道。

只有史莱克在抬着赫丝塔走上跳板时听见了他的话。他回头看见西奥冲回了迷宫般的战壕中。**“西奥·恩戈尼！”**他喊道。有时候他真不敢相信单生人会如此愚蠢。

“潜猎者！带她上船！”飞行员在“愤怒”号打开着的舱门口叫道。

“我们得等一会儿。”史莱克坚持说道，**“单生人西奥·恩戈尼没和我们在一起……”**

一枚巨炮城的炮弹在机场西侧附近爆炸了，将一艘正在起飞的狐狸精揉皱如一团废纸，并将淤泥和砾石泼洒在“愤怒”号的气囊上。史莱克朝战壕里望去，但除了烟雾之外什么也看不见。爆炸持续不断，在火炮的轰鸣声之间，他又听出了其他声音——城市引擎的低沉音调以及履带啮合的刺耳高音。

“上船，潜猎者，否则我们就扔下你起飞！”惊恐的飞行员大喊，一边用手把头盔捂在头上，因为不断有冲击波接踵而来横扫系泊平台。

史莱克再次朝着这片暴风雨般的巨响中大吼道：“**西奥·恩戈尼！**”然后不情愿地转身，抱起赫丝塔，钻进舱口。伊诺妮跑到过道迎上了他：“西奥在哪里？我以为他和我们在一起的？”

“愤怒”号颠簸了一下，然后迅速跃入空中。史莱克将赫丝塔抱到医疗隔舱，放在一张铺位上。“**照顾好这个单生人。**”他对勤务兵说，然后大步穿过船舱走到窗前。几架飞行机器画着弧线从外面的空中飞过，它们的机枪子弹撞击着“愤怒”号的装甲。下方，地面上斑斑驳驳到处都是炮弹爆炸的痕迹。绿色风暴边界线的全线上下都有重机枪在开火，而蒸汽投石机则挥舞着它们长长的手臂，将炸弹投掷到笼罩着无人地带的飘摇烟雾之中。

“纳迦，战斗已经打响了！”

纳迦将军跌坐在他最喜欢的座椅里，坐在他曾与伊诺妮共享的卧室的窗边。狂风在碧玉宝塔的四周呼啸，卷起雪片吹过纳迦的窗口，这座古老要塞的螺旋楼梯像风琴管一样在风中轰然低鸣。

他的老朋友德朱将军等在门口，重心不断在双脚间笨拙地换来换去，对于带来这样的坏消息感到闷闷不乐：“我们收到报告，在十几个地区都发生了激烈战斗。锈水沼泽的堡垒受到了攻击，并且我们与肖将军的指挥所已经失去了联络……”

“啊。”纳迦说了一声，却没有抬头。

在他身边的茶几上摆着一只茶杯和一壶绿茶。每天早上的这个时间，那个姑娘罗希妮就给他送茶来，并为他演奏三弦，但今天德朱把她打发走了，坚持说他必须与纳迦私下交谈。真遗憾。她是一个好姑娘，有时候纳迦觉得她的善良是唯一让他活下去的东西。她演奏的音乐让他想起了他的童年，想起了在南中国积水的核弹弹坑里打鸭子，想起了在伦敦往东爬来的前一个夏天加入联盟空中舰队。在七虎山的训练学院里有一个叫萨特雅的少女，他曾经为之而着迷，但她那时一直爱着风花。

“萨特雅怎么样了？”他问，“你觉得她还住在战山上，我们给她找的那座隐修院里吗？”

“纳迦，我们在打仗！”他的朋友吼道，“你的命令是什么？我该告诉我们的指挥官坚守还是撤退呢？”

“怎样都好，只要你觉得有必要，德朱。”

德朱叹了口气，他转身离去，然后又转回身来：“还有另一件事，可能不太重要，不过永固寺报告说在伦敦的残骸中有大量活动迹象……”

纳迦挥手打断了他的话：“伦敦？几个可怜的野蛮人罢了，德朱，我们已经了解他们很多年了。他们没什么害处。”

“我们能肯定吗？万一他们是第五纵队，等到敌人进军的时候就施以援手呢？我已经下令加强监督……”

纳迦试图耸耸肩，但是他的机械装甲不是设计用来耸肩的：“我生病了，老朋友。我浑身都疼。我睡不着，但我又从没有很清醒。我的头像一窝蜜蜂一样嗡嗡响。你应该接过指挥权。”

“人民要的是你，纳迦！去年春天你捣毁了那些野蛮人，人民知道你可以再次成功的！他们不会信任我的！”

“我想念零。”纳迦低声说，“我非常想念她。”

德朱盯着他：“我会告诉肖坚守阵地，假如我能够联系上她的话。”

当他离开房间时，他看到辛西娅·特怀特在外面，站在阴影中望着他。他逼着她走下一条狭窄的阶梯，来到一座阳台上。雪花鞭打着他们，大风吹乱了他们的头发。“他到底怎么了？”德朱龇牙咧嘴地说，“我本以为一旦我们摆脱了零，他就会醒悟过来，并带领我们走向胜利，可现在他就只是坐在那里！这仅仅是悲伤吗？他快要死了吗？告诉我！”

辛西娅微笑了起来。“绿茶。”她说，“每天早上一壶，就像他那可怜的妻子以前一直为他做的那样。”

“你给他下了毒？”

“就一点。不足以杀死他。但刚好让他保持无助的状态。”

“可是我们需要他！”

“不，我们不需要，你这个笨蛋。”

德朱惊呆了。在群山之国，妇女尊重男人，年轻人尊重老人，可是这个姑娘和他说话的样子就好像他是个小孩一样！

“你没听说那些传闻吗，德朱？一个潜猎者在布赖顿杀死了迷失小子。雪扇省的一座瀑布下头发现了一艘被遗弃的贝壳船。波普乔伊博士被杀了。这一切都相互累加。这一切都相互关联。你是太盲目了所以看不出这意味着什么吗？”

德朱只是瞪着她。雪下得如此浓密，以至于她的脸不停地崩解，仿佛是一个坏了的视屏上的图像。

“她复活了！”辛西娅得意扬扬地嘶声叫道，“很快她就将出现在我们面前，并将我们从野蛮人手中拯救出来。在她出现之前，我们都必须确保纳迦处于虚弱状态。当他让野蛮人粉碎他的军团并吞吃掉我们的西部定居地后，人民就会抛弃他，迎回他们真正的领袖！”

“你疯了！”德朱将军说，他转身离开，去向他的朋友警告她的举动。

辛西娅用来固定发型的长发夹之中有一根是喂过毒药的。她一直留着它，就是为了对付这种紧急情况。锋利的尖端只在德朱的脖子上划出了一道极其微小的伤痕，但他来不及叫出一声就死了。辛西娅哼哼唧唧地一边用力搬动他的尸体一边咒骂着他肥胖的肚子，把他的尸体推出阳台外，望着它穿过飞雪轰然坠落，掉入数百英尺下嶙峋陡峭的山坡。她一直对德朱有所怀疑，所以早就伪造好了他的自杀遗言。只消一会儿工夫就能把它放进他的办公桌里。

她想到了她的女主人，潜猎者方，正在群山之中的某个地方，等待着。要是她能够现身出来就好了！辛西娅理解那位潜猎者为什么想要惩罚那些聚集到纳迦麾下的弱者，不过女主人肯定应该知道她仍然可以依靠她这个忠实的私人特工吧。在辛西娅溜回堡垒里，朝德朱将军的卧室走去时，有那么一会儿工夫，她觉得对她的女主人几乎有点生气。不过这种感觉很快就烟消云散了。无论潜猎者方的计划是什么，那必将是既可怕又美妙的，不容辛西娅来对她做出评判。

西奥一向有很好的方向感。他找到路迅速穿过迷宫般的战壕，几乎就看到那座防空洞了，这时一声爆炸就在安全距离之外炸响，将大蓬大蓬的泥土和烟雾高高地轰入黎明的天空之中。他蹲下来，等泥土噼噼啪啪地落下来。一大片烟海填满了壕沟。吓坏了的士兵四处逃窜，跌跌撞撞地穿行于烟雾中，边跑边扔下手里的武器，扯掉背包和子弹带。他们的嘴张着，好像在大喊，但西奥听不见他们的声音，他被炮弹的爆炸震聋了。

他晕头转向地爬起来，爬上射击踏阶，来看看他们在逃避什么。在战壕外的铁丝篱网后方，庞大如山的物体正在移动。狂风将烟幕拨到一边，于是他现在再一次看到了穆尔瑙，距离只有几英里远了。它从被炮弹炸得残破不堪的一个个城市陷阱中啃出了一条路来，十几座收割郊镇在为它探测是否有地雷或陷坑。附近的一座堡垒朝它发射火箭，但就在西奥观望的时候，地面开始缓缓地颤抖起来，从那座堡垒底部的泥土中，探出了一个钝圆硕大的钢鼻，它推开泥土升了起来，露出许多巨大的钻头和复杂的口器，将那座堡垒砸烂了，狼吞虎咽地吃了下去。装甲侧壁上用粗大的白色标语写着“**欢迎来到哈洛巴洛**”。这座奇怪的郊镇碾过西奥身边，让他有足够的时间能读出这条标语。它用履带压碎了一座座地堡，碾毁了一个个炮台。穆尔瑙上层的信号灯不停闪烁，好像在试图叫它回来，但这座郊镇忽略了那些信号；它再度深深地掘入了泥泞的大地之中，一路碾压冲进了绿色风暴的领土。

西奥跳下射击踏阶，跌跌撞撞地往前走，爆炸将泥土抛过壕沟，堆成了陡峭的土墙，还有一阵阵的烟雾，都让他辨不清道路。新的爆炸溅了他一身沙土和泥水，然而这一切都发生在好像海底一般的寂静之中，只有一丝咝咝声，仿佛是一场梦境。他几乎不明白到底发生了什么。为什么这些城市如此轻易就能突破边界线？他在绿色风暴宣传电影中见过的那些不屈不挠的空中驱逐舰在哪儿呢？成千上万的孑孓机快速反应部队又在哪儿呢？

一艘飞艇在头顶上方飘浮，它烧得如此猛烈，以至于他都辨认不出它曾经属于哪一方。借着它的光，他看见了那个防空洞的入口，满心感激地跑了进去。指挥所已经疏散撤离，但西奥的外衣还挂在折叠椅的椅背上，就在他将衣服放下来的老地方。他把衣服穿上，感觉到芮恩的信在口袋里发出簌簌声响，感觉到她的照片紧紧贴着他的心。

他没有听见巨炮城的炮弹落下的尖啸声。等爆炸的热浪将他举到了空中，他才明白过来。然后一切就都化作了光。

31　额尔德尼铁支的屋子

潜猎者方在波普乔伊的空中游艇所系泊的那座平台边缘停下了脚步，将她的青铜脸庞转向西方。

“什么？”俞饼问，“那是什么？”他也朝西看去，但他什么也看不见，只看到群山。他有多讨厌山啊！它们就好像霜巨人一样矗立警戒着，环绕着这座高原上的绿色山谷，它们的倒影在系泊平台下方寒风凛冽的湖水中轻轻地摇晃。

“炮火。”潜猎者低声说道。

“你是说，战争又打响了？”俞饼竖起他脏兮兮的单生人耳朵，试着聆听她能听见的声音。

“我必须加紧工作了。来吧。”

她动身一瘸一拐地朝堤道走去，俞饼跟着她，肩上背着一箱设备，这是她让他从复生山庄带出来的。头顶上方，死去的鸟群翱翔而过，警戒着天空中或是山谷西端陡峭小径上的动静。它们从波普乔伊那儿就一路跟着她了。

堤道长两百步。在其另一头是一座岩岛，上头有一所房子，又黑又冷，好像坟墓一样。它曾是一座修道院，敬拜群山上的诸神诸魔，这些神魔的面孔如今仍然从修道院外墙上的壁龛里向外睨视。后来这里成了方安娜的家，成了一个充满灯光与欢笑的地方，在为反牵引联盟执行任务的间歇，她就来这里放松。她原本计划退休后住在这里，在陡峭的绿色草场上牧马，然而后来瓦伦丁的剑刺穿了她的一切计划。

绿色风暴统治的第一年里，有传言称额尔德尼铁支要变成一座博物馆，学生们能来参观风花的遗物，踏足于她曾经踩过的地板上。但风花变成的潜猎者禁止这么做。她把这所房子锁了起来，让它慢慢倾颓。

大门在潜猎者的推动下吱呀一声打开。俞饼猫着腰跟在她身后走进入口，阴影中的一块块积雪散发出幽蓝色泽。一座花园安稳地围在一圈厚厚的石墙里，这里有枯死的树木和枯黄的草地，以及一座结满冰凌的喷泉。俞饼一路小跑，跟着他的潜猎者，沿着结霜的小路走向那所房子。她没有像他所期待的那样把门砸开，而是伸出了一根指刃，插入锁孔之中，并用它在锁孔中小心地探动，直到那把锁咔嗒一声打开。她打开门，回头朝俞饼望了过来。

“又回家了！”她低声说道。

他跟着她走进阴影里。他不再确定她究竟是安娜还是潜猎者方。他觉得她可能同时是两者，就好像是波普乔伊的鼓捣不知怎的将两个人格混合了起来。她还没有对俞饼凶过，而且她也还是会把她的记忆说给他听，可是她不再跟他一起玩耍了；她不再牵他的手，或者捋他的头发，或者当他在晚上从噩梦中惊醒时过来抱住他。安娜唯一留给他的就是那匹雕刻出来的玩具马，每当他睡觉的时候，就把它紧紧地抓在手里。

不管她是谁，潜猎者似乎很高兴能回家。“啊。”她叹了口气，穿过会客厅，这里的天花板已经坍塌了，鸟粪在精美的瓷砖地上积了厚厚一层。“哦！”她说着，走过中庭，朝一个长长的房间里凝望，这个房间的一扇扇破碎窗户正对着远处额尔德尼山的白色山巅，“她在这里举行过多么热闹的派对啊！多么快乐的时光……”

风从墙上的洞里呜呜地钻了进来。在派对厅的后头是一间卧室，一张带顶盖的四柱床好像一条被鱼雷击中的船只一样沉入了它自己发霉床罩的海洋里。在卧室的另一侧是又一扇锁着的门。而在门后……

当她打开门时，门后的房间呼出陈腐的空气。俞饼蹑手蹑脚地潜伏在她身后，他猜测房子的这一部分一直是被密封起来的。这里闻上去有点像格里姆斯比。墙壁和地板都覆盖着金属，走路时脚下踩着橡胶垫。蛛网和塑料将各种机械裹成一座稀奇古怪的小山；这儿有电线和导管，屏幕和箱子，阀门、仪表盘和彩色电线，还有从打字机器上扯下来的键盘。

“在过去的好时光里，工程师们并不是唯一知道如何建造东西的人。”潜猎者低语道，“安娜在机器方面非常聪明，就像你一样，俞饼。她甚至用各种零件给她自己建造了一艘飞艇。她曾经在这里尝试制作一台远程无线电发射机。尽管它从来没有工作得很好过。而且在那之后，其他人的努力得到了更大的成功。然而这是一个良好的开端。有了我们从波普乔伊的工房里带来的东西，还有他游艇上的无线电装置，我确信我们可以增强信号。”

“你给谁发信号？”俞饼问。

潜猎者发出了她那种嗞嗞的笑声。她抓住他的手臂，拖着他来到了残破的卧室里，从屋顶上的一个洞指出去，笔直指向上方，指向天空最高处的一片深蓝。

“在上面。接收者就在那里。我们要向天堂发送一条消息。”

第3卷

32　伦敦日志

6月19日

距离沃尔夫·科波尔德逃跑已经过去十七天了。大家似乎正在把他逐渐淡忘。就连我,在大部分时间里也是如此。甚至安琪也是,她的头痛已经好转,肿块也慢慢消了下去。大多数人认为沃尔夫不可能穿过那么广阔的绿色风暴领土,回到哈洛巴洛去。即使他能回去,他也绝不可能带着哈洛巴洛回到东边来吃掉新伦敦,除非战争再次爆发。但在新伦敦的工作却进行得更加迅速了,只是为了以防万一。

当我第一次发现他们在造什么东西的时候,坦白说,我觉得他们都有点不正常。但当你看到这儿每个人都工作得有多拼命,并且他们对工程师构想出的这座疯狂新城市抱着多么强烈的信心时，你就会明白，当初弗蕾娅·拉斯穆森决定带着安克雷奇穿越冰原前往美国时肯定也是这个样子。那也是个疯狂的主意，我能肯定当时有很多人觉得那绝不可能成功——妈妈也这么确定，所以当她无法说服爸爸离开时，她选择把整座城市出卖给了阿尔汉格尔斯克。但是妈妈错了，因为那疯狂的点子居然成功了，不是吗？我不想像妈妈一样，所以我决定了要相信新伦敦也会成功。

不管怎么说，爸爸一直很热衷于出一份力。起初他似乎一心想要助工程师们一臂之力，但柴尔德麦斯的机器与他之前见过的所有技术都差太多了，在我看来他反而是在帮倒忙。所以他转而开始帮助人们把抢救出来的物资拉进机库里，不过我私下跟柴尔德麦斯博士谈了谈，跟她说了爸爸心脏的问题，于是她又去跟恰德雷·珀玛罗伊谈了谈，后者将爸爸拉到一边，对他说新伦敦真正需要的是一座博物馆，这样即使有一天新伦敦漫游到世界的另一端，住在上面的人们也不会忘记老伦敦，忘记它变成了什么样。“由于我们都没有空，汤姆，”他说道，“也许你不介意收集一套藏品吧？”就这样，爸爸被任命为历史学家的头头，每天忙着冲洗那些文物上的斑斑锈迹，这些东西会向后代展示他的伦敦——所有的一切，从旧窨井盖到城市层级支柱的连接链条，再到从某户人家的神龛里拿来的克莱奥女神的小雕像。

与此同时，我一直与其他伦敦年轻人一起出外巡逻。加拉蒙先生起初对此非常反对，但珀玛罗伊先生让他别闲操心。安琪与她的朋友们都十分友好，当我告诉她们我经历过真实的战争，亲眼见过潜猎者和孑孓机什么的时候，她们都惊呆了。（我并没告诉她们当时我有多么害怕，因为这或许会削弱我们的士气。）无论如何，我已经好几次横穿过废墟地区的核心。那儿令人毛骨悚然，尤其是在晚上，但安琪、凯特和其他人都是很好的同伴，我也得到了一把弩弓，万一我们被袭击时能派上用场——我不确定我会不会真的用它去射谁，但它确实令我觉得更有勇气了些。

我真正喜欢的是一种工程师们发明来对付潜猎者的闪电枪，但这种枪的数量并不多，只有加拉蒙先生最信赖的战士才能使用它；比如萨博、凯特等几个。过去几周里，绿色风暴的潜猎鸟刺探得越来越勤，伏尾区的警钟也一直响着，警告大家寻找掩护，因为有长跳蚤的死秃鹫飞到头上来了，把我们看得一清二楚。大多数时候我们都选择无视它们，不过要是有哪只太靠近子宫区的话，躲在那儿的鸦巢里当值的小伙子就会用闪电枪把它射下来；现在已经有五六只挂在伏尾区的外面了，全都羽毛烤焦，皮肉炭化。

还有另一种方式可以摆脱掉它们；这个办法危险得多，不过安琪和她的朋友们把它当作是某种运动。上周，当我们外出巡逻时，一只潜猎鸟飞过了我们的头顶上。每当这时，我们本该躲起来，但安琪说："咱们来耍耍它吧！"然后就纵身跳到空地上，所以我也跟了上去。我们沿着一条在废墟堆之间盘绕的小路飞跑，那只鸟紧跟着我们。我担心它会攻击我们，不过安琪说潜猎鸟从不攻击人；它们只是间谍，而她将会让它们为偷窥付出代价。

我们继续往前走，走得相当快，很快我就意识到我们的方向是朝着废墟地区的中心，人们称之为电轨的地方。直到那时，我原本都倾向于赞成沃尔夫关于妖精的看法——它们只是童话故事罢了。可是置身于伦敦的中央，这儿每样东西看起来都仿佛烧焦熔化了一般，于是我突然就不那么确定了。我问安琪这儿是否安全，她回答说“略安全”，这听起来可不怎么让人安心，不过我不想让她觉得我是个胆小鬼，所以我还是一直往前走。

又走过一小段路后，我们翻过了一道坡，面前出现了某种山谷一样的地形，延伸穿过废墟地区的中央。山谷看上去相当宁静，底部有池塘和树木，但两边的废墟残骸全都烧焦了，看上去歪歪扭扭。安琪说这儿就是美杜莎的核心掉下来一路熔穿伦敦的七层城市的地方，所以美杜莎的残留在这儿是最强的。我不知道这种说法是不是真的。不管怎么说，我只来得及飞快地瞥了一眼，安琪就把我推进了一处被常春藤完全掩盖的废墟空洞里。“藏好！”她说。那只愚蠢的老潜猎鸟没看到我们，它从山谷上方高高地飞了过去。还没飞出五十英尺远，一道缠结分叉的巨大电流就噼啪一声从废墟残骸里射了出来，把它烤焦了；除了一股烟雾和几根烧焦的羽毛被风吹散之外，什么也没有剩下！

事后我十分害怕，想到如果来的第一天我们飞进电轨的话，“鬼面鱼”号会变成什么样。

又及：萨博·皮博迪约我出去。我说我要考虑一下，他说他觉得我在鸟道上的某处有一个男朋友，我回答说我想也是。挺蠢的，对吧？

此刻，因为已经很晚了，而明天又是个大日子——新城市的首次测试——我得去睡觉了。

33　测试

测试当天的早晨天空阴沉，乌云密布，风雨欲来。大风怒吼着从西边吹来，将那些扎根在伦敦废墟中的花树吹得花瓣如同五彩纸屑一般散落。

芮恩要跟她的新朋友们一起去子宫区，汤姆不想干预女儿，于是便独自从伏尾区上路。他一边走，一边扫视着小径两边的一堆堆残骸，因为他已养成了一种习惯，到处查看有没有适合摆入新伦敦博物馆的各种碎片，它们将会对未来某天出生在新城市上的孩子们讲述老伦敦的样子。当你有意识地去看时，锈迹斑斑的废墟堆里就遍地是宝：街道路牌、门把手、铰链，还有大茶壶。他看见了一把白镴汤匙，柄上有历史学家公会的纹章，便将它顺手插入口袋。小时候他每天都拿着这样的汤匙吃饭；它就如同一块凝固的记忆碎片，不禁让他想到，那些未来的伦敦人会望着这把汤匙并想象他过的日子。

当然，他们永远也无法知道他生活的细节；比如他有过什么感受，他有过何种梦想；还有他在鸟道、冰封荒原，以及美国的冒险经历。你无法期望一把白镴汤匙能够传递那样具体的细节。

最近，看着芮恩把某天晚上的事情写进她的日志，汤姆也开始考虑自己是否应该把在他身上发生的一些事也写下来，趁现在还来得及。但他可不是泰迪乌斯·瓦伦丁。他甚至都不是宁禄·彭尼罗那样的人。写作对他来说不是件容易的事。况且无论如何，这都意味着要写到赫丝塔，他不觉得自己会那样做。自从他来到伦敦以后他甚至都没有提起过妻子的名字。也许他的新朋友也曾好奇过芮恩的母亲到底是谁，但他们选择将这份好奇埋在心底；也许他们都以为芮恩的妈妈已经去世了，谈到她一定会唤起汤姆的伤痛——这和事实差得也并不太远。他自己都无法理解赫丝塔为什么会做出那些事，也不明白自己怎么会爱上她的，那他又怎么能为后人写下赫丝塔的故事呢？

汤姆接近了子宫区，追上了一群伦敦人同伴，他们都在往同一个方向走。克莱蒂·波兹也在那群人之中，她热情地向汤姆问好，很高兴他也能来；克莱蒂的丈夫就在新伦敦上，正跟工程师们在一起。"柴尔德麦斯博士担心她的磁悬浮系统可能会工作得太好了。"她解释道，"万一新伦敦升得太高，她希望身边能有一个飞行员驾驶城市再降下来。"

"真的吗？"

"开玩笑的，汤姆。"

“哦……”汤姆跟她一起笑了起来，尽管他不觉得有什么好笑，“我很抱歉。从我们年轻时到现在有太多事情改变了……这么多的新发明……我都不知道新伦敦能做些什么。”汤姆想起了柴尔德麦斯博士曾给他演示过的磁悬浮原型，仿佛使用了魔法一样操纵着一块餐桌大小的平台在子宫区里兜圈子，悬浮在离地面几英尺高的地方。要是新城市真的成功了，工程师们就计划着下一步要把同样的技术应用到真正的桌子上去；还有飘浮的椅子和床，还有盘旋的磁悬浮玩具，都可以当作奇珍异宝卖到其他小城市去。汤姆甚至听人谈起了磁悬浮车，这让他有种奇怪的伤感，因为要是磁悬浮车真的能工作，那么飞艇的时代就必将被它们终结，他亲爱的老“鬼面鱼”号也就将被淘汰。

这个想法让他的心脏疼了起来——或许这也可能是由于从伏尾区一路攀登到了这里的缘故。他吞下一粒绿色药丸，跟克莱蒂一起走进子宫区的入口。

新伦敦停泊在阴暗的机库里，笨重地蹲踞在油腻的支柱上，看上去不比汤姆见过的任何东西更能飞上天。人们的一个个小小的身影在它的外壳上跑来跑去，互相打着手势。工程师们似乎在某只磁力推进器上遇到了麻烦。汤姆扫视着围观的人群来寻找芮恩，他看到芮恩跟安琪和萨博还有其他一些他永远记不住名字的年轻人一起站在靠前的地方。他为芮恩感到骄傲，很高兴她在这儿安定了下来并开始结交朋友。从远处这样看着芮恩，不禁让他想起了凯瑟琳·瓦伦丁，芮恩有着某种凯瑟琳的优雅与活泼，还有那种同样灵慧而光彩照人的笑容。他以前从来没想到过这种相似，然而在回到伦敦以前，他也没怎么想过凯瑟琳。现在他注意到了这一点之后，两人之间的这种奇怪的相似就在他的心头萦绕，挥之不去。

芮恩似乎察觉到汤姆在盯着她看，她转过头来看到了汤姆，便踮起脚尖隔着潮水般的人头朝他挥手。汤姆也挥手致意，心中暗暗希望将她与命运多舛的可怜凯瑟琳作比较不会给她带来厄运。

一只铃铛摇了几声。“开始了。”克莱蒂说。工程师们忙乱地穿过人群，警告大家朝后退到机库的墙边。每个人都屏气凝神，充满期待地抬头仰望。一片寂静中，只听到柴尔德麦斯博士在这座新城市上大声喊道：“大家准备好了吗？现在开始！”

一阵嗡嗡声传了出来，音调不断升高，很快就超出了听力范围。除此之外什么也没有发生。新城市船尾附近的一根支柱发出了一声长长的呻吟，仿佛它也感受到了大家的失望。接着其他支柱也开始吱呀作响，汤姆意识到这是因为它们承受的重量在逐渐缓解；新伦敦，这座它们这么多年来支撑着的静止不动的重物，已经不再将压力施加于它们身上。片片铁锈如暮秋的落叶般飒飒飘下。一把忘记拿走的油漆刷从吊架上掉了下来，啪嗒一声落在子宫区的地上。随着城市控制室里的工程师们将一个个磁力推进器重新调校角度，它们开始缓慢地转动方向，但它们看上去仍然酷似一面面巨大而模糊的镜子：没有晔啪作响的闪电，没有神秘莫测的闪光，只有它们周围的空气里产生了微弱的波动，好像热气蒸腾一般。

慢慢地，慢慢地，好似某种刚起飞的笨拙昆虫一般，新伦敦从它的废铁摇篮里升了起来，然后转了一点点身，先是转向一边，接着转向另一边。它慢慢向前移动，汤姆再次感觉到那股微弱的嗡嗡声。“成功了！”人们开始窃窃私语，瞄一眼彼此的脸，以确定这不是自己的想象。

第一艘飞艇起飞的时候，肯定就是这样的感觉，汤姆想，或是当神圣的魁科第一次打开伦敦的陆地引擎时也是一样。拉维妮娅·柴尔德麦斯的机器会以一种他无法想象的方式改变世界。也许到芮恩的孙子辈出生的时候，所有的城市都能悬浮。也许到那时就根本不需要城市了……

一声尖锐的爆裂声传了出来。烟雾从新伦敦龙骨处的几个排气孔喷射而出。围绕着推进器的热气涟漪消失了，悬浮着的城市以一种毫不优雅的姿势掉回了支柱上，发出金属受压的巨大轰鸣。观众们发出失望的呻吟声，他们紧紧靠着子宫区的墙，给跑上前去加固开始摇晃的支柱的工人们让路。

“行不通啊！”站在汤姆身边的一位女士抱怨道。

“这没用！”另一个人说道。

拉维妮娅·柴尔德麦斯出现在新伦敦上层船体的边缘，几座未完工的建筑之间。子宫区的声学结构和她自己的紧张令大家几乎听不到她在说些什么，不过当汤姆挤开一条路走向出口的时候，还是听到了她的只言片语："克莱斯特线圈出了一点小问题——不能放弃——还有很多工作要做——进行微调——各种调整——再等几个星期的时间……"

可我们是否还有几个星期的时间呢？汤姆想着。因为就在他走到外面时，便听见了绿色风暴的大群飞艇向西驶去的嗡嗡声，他还听到另一种声音，起初他还以为是雷声，不过很快就意识到那是密集的炮火轰鸣，从西方地平线后的某处传来。

34　撤离的人们

“我看你感觉好多了。”

“这是好多了？”

“哎，起码神志清醒。这就是进步。”

赫丝塔揉了揉眼睛，试图看清天花板。她觉得自己像水一样稀薄；就好像整个身体只是这张坚硬的马鬃床上的一摊潮湿污渍，正慢慢地变干。一个幽影俯身在她的上方，逐渐变得清晰，变成了某个她应该认识的人。她开始回想起天空之城；回想起了她从瓦利的货船上救出的那个姑娘；回想起了纳迦夫人，她回想起自己头上被重重击打的那一下，回想起了13号支柱上的混战。

“你伤得很重。”伊诺妮说话的口吻跟医生似的，而且她身上的麻袋布衣服也已经换成了某种白色短上衣军服，可她看上去还是像一个男学生一样。赫丝塔盯着她用胶布缠起来的眼镜和歪歪扭扭的牙齿看："现在你没事了，伤口愈合得很好。"

赫丝塔回想起了飞艇，"暗影形态"号以及之后那艘绿色风暴的大家伙。飞艇飞进隆隆的雷声中，人们互相大声喊叫，她也在大喊，史莱克抱着她。史莱克对她活了下来一定感觉很失望。她从枕头上抬起头来寻找史莱克，但他不在这儿。她单独跟伊诺妮待在一间象牙色的正方形房间里。金属百叶窗被拉了起来，让午后的阳光透过一扇大窗照进来。她的衣服堆在角落里的一张椅子上，叠得整整齐齐，她的包和靴子放在旁边的地板上。她的两支大型枪支靠在墙上，十分稳妥，在这个陌生的地方给予了她一定的安全感。

"这里是什么地方？"

"我们在前线指挥所。"伊诺妮说，"是绿色风暴几年前占领的一座旧牵引城。"

"那么，不是在山国喽？"

"还没到山国。我们离开边界线的时候，'愤怒'号损坏得很严重。那些城市突破得比任何人所能想象的都要快，到处都是它们的飞行机器。我们勉强飞了这么远，之后就困在了这里。肖将军也在这儿。她正在尝试组织起第二道防线，并且承诺一旦'愤怒'号修好就送我们离开。不过目前她手下的机械师都忙着维持战斗飞艇的飞行能力，来不及修理'愤怒'号。这里的北边和南边，战火都很激烈。这个地方就是饥饿城市汪洋中的一座孤岛……"

赫丝塔心不在焉地听着，试图把自己受伤以及向东旅行的模糊记忆理出个头绪来。现在她明白自己把西奥从鲸吞镇中救出来后他的感受了。她真希望自己当时对他能更有同情心些。

“其他人呢？”她问道。

“史莱克先生就在这里，几乎毫发无伤。你伤重昏迷的时候他一直坐在这儿陪着你，不过今天肖将军说服了他去外头的前线战壕，帮忙建筑防御。曼彻斯特与其他十几座城市正从西面逼近我们，所以肖将军需要她能得到的一切助力。我给史莱克传了话，说你正在清醒过来，他肯定马上就到。看到你情况好转他一定非常开心。”

“我对此表示怀疑。”赫丝塔问道，“西奥呢？”

伊诺妮犹豫了一下：“彭尼罗教授也在这儿。他一直厚着脸皮跟肖将军凑近乎……”

“西奥呢？西奥怎么样了？”

伊诺妮低头俯视，双眼躲藏在那恼人的黑色刘海后面。

“诸神在上！”赫丝塔朝一侧翻身，下了床。她想要站起来，可脑袋里却天旋地转。有什么东西扯着她的胳膊，她低头望去，就看见一根透明塑料管从她肘部的皮肤下方钻了出来，连在床边架子上的一只倒转过来的瓶子上。她充满恐惧与厌恶地放声大叫起来。

“没事的。”伊诺妮向她保证，阻止她伸手把管子拔出来，“这是一种古代技术，一种向你的身体里输送液体的方法。你昏迷了好多天，我们不得不……”

赫丝塔浑身颤抖着，坐在床沿上，凝望着窗外。她的病房似乎位于这座废弃城市的最上层；窗外，屋顶和烟囱笔直地插入一片灰绿色平原，成群的士兵在那儿四处走动，一辆辆半履带车把重型机枪拖到火力点上："她找到他了，对么？死亡女士……"

在她身后，伊诺妮说道："出于某种原因，他跑回了战壕里……"她绕过床走了过来。她的手轻抚着赫丝塔骨瘦如柴的肩膀："等我们发现他离开的时候，为时已晚。他肯定是径直跑进了城市的轰炸范围里……"

赫丝塔伸出手去，抓住了绕在伊诺妮脖子上的那根细绳，上面吊着她那枚来自扎戈瓦的廉价十字架。她紧紧拉住绳子，把那个年轻女子的震惊脸庞拉近自己："你应该跟他一起去的！你应该把他救出来的！他救过你啊！"

但她责怪的其实是她自己。她根本就不该让西奥开始执行他那轻率的营救任务。现在他死了。赫丝塔放开伊诺妮，双手捂住自己的脸，她被自己喷涌而出的泪水和无法控制的恐怖悲鸣吓到了。她曾经向自己保证过永远不会再关心任何人，她应该坚持这一点的，可是不，她愚蠢的心门已向西奥打开，而现在西奥死了，她正在为自己爱过他付出代价。她对伊诺妮大吼："你应该向你那个古老的上帝祈祷！保他平安！把他带回来！"

在这座城市下方的平原上，肖将军的部队正在疯狂挖掘散兵坑和城市陷阱。他们的工兵铲和铁镐的刃口有节奏地闪着光，如同一大群亮闪闪的鱼儿一齐掉头转向。城市下层的行军步伐声和呼喝口令声隔着病房的地板传了上来，那是疲倦的士官们正在努力训练那些从西边和北边的溃败中幸存下来的人，要把这些满身泥泞步履蹒跚的幸存者打造成新的战斗部队。伊诺妮和赫丝塔并肩坐在床上。片刻之后，伊诺妮说：“假如上帝如此有求必应，世界就不会像现在这样。他不能伸手改变世事。他不能阻止我们任何人去做我们想要做的事。”

“那他有什么用呢？”

伊诺妮耸耸肩：“他看见一切。他明晓一切。他明白你的感受。他明白西奥的感受。他明白死亡的感觉是什么样的。当我们死去，我们就回到他的怀抱。”

“你的意思是，前往幽冥之国？就像鬼魂？”

伊诺妮耐心地摇了摇头：“就像孩子。你还记得自己是个孩子的时候是什么样的吗？一切皆有可能，一切任予任求，你知道自己是安全的，是有人爱的，那样的日子仿佛持续直到永远？当我们死去，就又会是像那个样子。那就是西奥现在的样子，在天堂里。”

“你怎么知道的？是你复活的那些尸体里的某一具告诉你这些的？”

“我就是知道。”

她们并肩坐着，伊诺妮的手臂环绕着赫丝塔，而赫丝塔也任她这么做了。尽管赫丝塔竭力避免，这个真诚而缺乏幽默感的年轻女子身上还是有某种东西感动了她。那是她的善良，还有她傻乎乎的不屈不挠的希望。她让赫丝塔想起了汤姆。她们坐在床上等着史莱克先生，心里则想着在天堂中的西奥。窗外，白昼渐隐，化为钢灰色的夕暮。向前推进的诸多城市的灯火在西面的整条地平线上闪烁不已。

西奥并没有进天堂。他正徒步跋涉，穿越前线指挥所东北方某处的一片巨大的风蚀高原。他已经走了很久，久到他的靴子都开始裂了开来，他用布条把靴子扎起来，可布条不断松开，拖在泥地里。

他不是独自一人。在他周围，绿色风暴前线军团的残余部队正向东溃散。有关饥饿的收割郊镇的传言，以及深入绿色风暴领土袭击的雇佣兵飞行员，都在身后不断鞭策着他们。

在战争的第一天，当他从肖将军的地下掩体废墟里扒拉着爬出来时，西奥的第一个念头就是要回到家乡扎戈瓦去。然而那些城市沿着边界线全线推进。为了逃离它们，他就混进了这一大群残兵败将中，沿着看上去是唯一安全的方向奔命：东方。他曾在一辆半履带车上找到了一席之地，但没过几天城镇人的飞艇就炸断了前方路上的一座桥梁，他被迫下了车，与掉队的、受伤的、被炸聋的，以及被在边界线上看到的景象吓得发了疯的士兵们一起蹒跚步行。

有时西奥觉得自己也快疯了。他经常在半夜里颤抖着惊醒，梦见自己身处城市炮火下的那一刻。

尽管如此，大多数时候，他只是感到悲惨无助。四周的漂亮风景也帮不了什么忙。这儿成为绿色风暴的领土已经有十几年了，但绿色风暴却一直不怎么清楚该拿这片土地做什么用途。某一派曾尝试培育青草和灌木自然生长，让它们填满那些古老的辙印，然后另一派又尝试过把辙印铲平，在其上种植小麦。其结果就是把这里变成了高低起伏的原野，间杂着稀疏的树木，然而在路过军队的靴子踩踏下，很快就成了一片泥潭。他们间或路过风力发电厂或是小型定居地，但所有的建筑都空无一人，居民全都逃走了，田地和房屋一遇到溃逃队伍的前锋就被冲垮。

西奥想知道赫丝塔和伊诺妮还有彭尼罗教授如何了，想知道他们是否成功地逃脱。起初他希望他们可能会来找他，但当绿色风暴的这场失败的规模变得显而易见时，他就放弃了这种希望。他们怎么能知道到哪儿去找呢？就算他听到的传言中只有一半是真的，所有的军队也全部都已经被击溃，大狩猎场东部必定到处都是零散的逃难队伍，就好像他现在加入的这一支，全都试图在饥饿的城市抓住他们之前逃到安全的地方去。

他走到一条长坡的顶上，看见在北方的远处，平原上有一抹参差不齐的污浊色彩。他的同伴之一（他没法称他们为朋友：他们都既虚弱又麻木，甚至都没有问相互的名字）停下脚步眺望着那里，指着它说了几句。

“那是什么？”西奥问。

“伦敦。”一位山国士官说，“一座强大的野蛮人城市，当它试图攻破永固寺的城墙时，诸神将它摧毁了。”

“那时诸神与我们同在。”另一个人说，“现在他们抛弃了我们。

他们在惩罚纳迦和他的那个婊子，因为他们推翻了我们的潜猎者方。”

一名通信兵的双眼绑着绷带，说道：“我很高兴我看不见伦敦。那是一个厄运之地。就算看着它也会带来坏运气。”

“你觉得我们的运气还能更糟？”那位士官嗤之以鼻。

从队伍更后面的地方传来一声大喊：“飞艇！”于是所有人都趴到了地上，有的人爬到了灌木丛下面去，有的人试图在潮湿的泥土里挖洞藏身。然而隆隆飞过头顶的那艘飞艇只是一艘天蛾型，尾翼上绘着绿色风暴的闪电标志。它降落在了前方几英里处的平原上。

西奥身畔的士兵们都安静了下来。这是多日以来他们所见到的第一艘绿色风暴的飞艇，他们都在猜测这意味着什么。不过西奥对伦敦更感兴趣。他的目光穿过薄雾，盯着伦敦城尖刺丛生、生人勿近的天际轮廓线，试图把它想象成一座移动的城市，却怎么也不成功。芮恩真的就在那儿的某个地方吗？他在口袋里翻找，拿出了那张照片，仔细审视着她的脸，就像在这趟向东的行军中他早已做过多次的那样，他回忆起了很久以前他们的那个吻。*爱你的*，她在那封信的结尾是这么写的，但她是认真的呢，还是说这只是你平时写信时普通的那种*爱你的*，只是随手写的，不是真的代表渴求与欲望呢？

尽管如此，想到芮恩可能就在如此之近的地方，就还是给了西奥一种希望。伦敦的幽灵没有吓到他，好吧，没有吓得他太厉害。他从锈水沼泽幸存了下来，也从边界线上和鲸吞镇里幸存了下来，他想象不出还有什么幽灵会比那些更可怕。就像他的这位山国战友那样，他不相信自己的运气还能变得更糟了。

一名军官乘着一辆机械化泥地滑橇沿着队伍呼啸而来，在每一堆士兵那里稍作停留，用一个高音喇叭大声喊道："最新命令！朝西南方走！肖将军正在前线指挥所组织抵抗。"

西奥听到他周围的士兵们怀疑地嘟嘟囔囔。他们不相信前线指挥所那样的一块孤地能够坚守多久。他们想要前往安全的群山之中。也许是去永固寺，那儿一直对抗牵引城市已经矗立了无数载，或许到了那儿就有了希望……

"动起来！"那名军官吼道，他的泥地滑橇轰隆隆地沿着纵队行驶，"振作起来！我们要去加入肖将军的队伍，打垮野蛮人！去前线指挥所的沿途路上已经准备好了食物和补给！"

尽管他的话听上去就连他自己也不相信，但大家都清楚不遵守绿色风暴命令的话会得到什么样的惩罚。士兵们疲惫地抓起背包和枪支，有的人咕咕哝哝，有的人骂骂咧咧，还有的人则兴高采烈，发誓这次一定要永远阻止野蛮人。

西奥则与这一切无关。他很高兴听到肖将军还活着，然而这不是他的战争；在他偷来的大衣之下，他甚至都没有穿着绿色风暴的军服。他把芮恩的照片妥帖地收藏在口袋里，从其他人身边溜走了，趁别人出发上路的时候，他不为人注意地悄悄潜进一条积水的辙印里。

等到他判断四周安全，再度现身出来时，已经快要夜幕降临。他蹚着水穿过这条辙印的底部，攀登上另一边的侧壁，来到平地上。与他一起向东行进的那支队伍什么也没有留下，只有几只抛弃的背包，一匹死马，还有一些垃圾被风吹来吹去。西方的炮火再度轰鸣起来，他认清方向，穿越平原，朝着远处那座被毁灭的城市的轮廓线走去。

到伦敦来找我吧。

35　上行链接

坐落于额尔德尼铁支的这所房子中回荡着旧机器的嗡嗡运行声。由地下室里的一具水力发电机所驱动，指示灯亮了起来，仪表指针开始晃动，从古董潜猎者大脑里挖出来的部件自言自语地嘀嗒作响。这个房间到处都缠满了电缆。潜猎者方站在这个机械巢穴的中央，敲打着象牙键盘。在她所戴的一个古老护目镜视屏的镜片后方，仿佛有许多明亮的小萤火虫在玻璃后头跳舞。她小声地自言自语；一串串数字、字母，和加密的代码，从她记忆中的《锡之书》里被提取出来，这些是奥丁的被遗忘的语言。

这种语言对俞饼来说完全没有意义。当他的潜猎者不要他修理或搬运什么东西的时候，他就会在众多死寂的房间里闲逛，或是走到外面的花园里去看冻在池塘冰里的鱼，或者只是睡觉，手里抓着他心爱的木马。他现在要睡很久，因为他的头脑和身体都要躲避饥饿和寒冷。他没有吃多少东西，因为尽管他从永固寺带了一袋食物来，这些食物也已经快吃光了。他的胃饿得发疼。他曾经向他的潜猎者提过这个问题，可是她不理他。现在她的发射机已经完成，她对俞饼就不再感兴趣了。

有时他会梦见从这个地方逃出去。他将充满希望的目光投向波普乔伊那艘空中游艇的钥匙，潜猎者为了她自己着想，用一根绳子把钥匙挂在了脖子上。尽管如此，他也不敢去抢钥匙；他知道一旦那么做了，他在三步之内就会被她砍翻。

今晚，因为这所老房子的其余部分太冷，所以俞饼又来到了她的房间里，希望能蜷缩在她那些机器散发的微弱温暖之中。她仍然在工作，敲打着一串串的数字。钢手指按在键盘上发出嗒嗒的声响，听上去就好像死亡女士在幽冥之国里把玩死人骨头做的骰子一样。液压系统在天花板上方某处汩汩作响，震得灰泥像下雪一样扑簌簌掉下来。屋外，真正的雪花在屋顶周围飞旋，潜猎鸟警戒着是否有前来窥探的飞艇，一个碟形天线不断旋转摆动，对准了高踞于西北天空中的某一点。

在遥远、遥远的天上，有一个巨大、古老、冰冷的物体，浮游于无边的黑暗之中；它被太空尘埃覆盖，好像撒上了一层霜，它被微陨石撞击，外表变得坑坑洼洼。太阳能电池板散发着陈旧的光芒，如同落满灰尘的窗户。在装甲外壳之中，一部接收机耐心地收听着一成不变的静电噪声，它已经这样听了几千年。然而现在有变化发生了：在静电噪声之中，传来了一段熟悉的消息，仿佛浮木被波涛冲上岸来。古老的计算机大脑检测到了它，并做出了反应。在漫长的岁月里，它的许多系统已经损坏了，但它还有别的：比如容错机制以及冗余备份。能量单元嗡嗡地振动起来；一道道光带交织，传进了武器舱的线圈里；随着沉重的护盾滑开，冰晶翻滚着飘散，化作一团逐渐扩大的明亮云雾。

奥丁俯视着仿佛蓝色池塘一般的地球，等待有人来告诉它该做什么。

36 入侵者

6月22日(我想是吧……)

我在伦敦废墟西部边缘一个非常阴沉凄凉的地方,一边写日志,一边听着西面的炮火声。炮火的声音能传播多远?这儿没人能说得清。不过很显然,战争已经再度打响了,而绿色风暴正在溃败。已经有几个游荡的难民穿过废墟地区的边缘进来——他们要么就是自己走了,要么就是被躲在废墟里的伦敦人发出怪声吓唬了之后逃走了,但要是有更多人进来呢?

而要是郊镇和城市也跟在他们后面来了又怎么办呢?要是沃尔夫·科波尔德已经乘着哈洛巴洛往这里来了呢?

我能看得出来,这些伦敦人不会轻易放弃。他们已经做出决定,新伦敦必须得在这周内准备好离开,虽然拉维妮娅·柴尔德麦斯和她的工程师们看上去心存怀疑,但他们也知道没有其他选择。

工程师们在子宫区里忙着的时候,其他人都开始把需要带上新城市的东西装箱,巡逻队也额外加强了力量,来监视废墟地区的西部边缘,警戒是否有麻烦来临的迹象。所以我才会待在这个潮乎乎的地方,而不是舒舒服服地钻在伏尾区的被窝里。我们在锈铁堆之间建了一个营地,今晚我们会睡在星空下(或至少是睡在一片生锈的屋檐下,我们对此很高兴,因为它能挡住正在下的毛毛细雨)。凯特·卢帕里尼负责带领我们的这支小队,她说我们应该轮流守夜。她先值第一班,然后由我换岗,就在……

芮恩放下铅笔，合上本子。透过连绵不断的噼啪雨声，她清楚地听到了一只鸟的叫声：这是巡逻队在城市残骸之间用来相互传讯的信号。她跑去告诉凯特，不过另一个姑娘已经听到了。“是霍奇的人。”她说，“他们需要我们……”

这支巡逻队的其他成员——安琪·皮博迪以及一个名叫泰麦克斯·格劳特的害羞小男孩——正醒过来，并从他们的毯子下面蠕动着钻出来，伸手去拿提灯和弩弓。芮恩的心跳得飞快，它似乎挤进了她的扁桃体之间的某个地方。来了,她想。万一是荣·霍奇的巡逻队在西南边缘看到了哈洛巴洛的灯光呢？万一是哈洛巴洛的先锋队已经溜进了废墟地区，准备杀死遇见的任何人呢？她摸索着从腰带上挂着的箭囊里抽出一根弩矢，装进她的弩弓上。

鸟叫声又响了起来。凯特回以鸟鸣，于是巡逻队迅速出发，穿过蒙蒙细雨。月亮漫不经心地从乌云后面探了出来。芮恩很高兴有它的光照着，但她仍然害怕可能会跟丢其他人，被独自一人留下来，在这座疯狂的锈城里徘徊。在伏尾区的时候她曾经嗤之以鼻的那些故事，此时在夜晚的阴影中似乎都变得非常真实起来。她开始回想起自己从父亲那里听来的那一切关于伦敦的恐怖怪谈，比如黑暗的超自然生物潜伏在古老城市的噩梦之中，还有布狄卡[1]和弹簧腿杰克[2]的幽灵，以及那些可怕的、偷窃废品的王拨熊[3]。

当一个黑色的剪影出现在前方道路上时，她差点儿尖叫了起来，不过那只是荣·霍奇罢了，巡逻队的其余人跟在他身后。

“出了什么事？”凯特问道。

“入侵者。”荣声音颤抖地说，“我们瞥到了他一眼，然后又跟丢了。他就在这附近的什么地方。”

“就只有一个人吗？”

“不知道。”

凯特接手指挥，命令所有人散开搜索。他们蹑手蹑脚地走在城市残骸的一座座尖塔和拐角之间，相互呼唤着；现在他们不光用鸟叫声，也用词句；有时候光是从死寂的废铁堆里发出说话的声音就已经

---

1. 布狄卡是公元1世纪不列颠爱西尼部落的王后，曾领导起义反抗罗马帝国统治。
2. 弹簧腿杰克是英国民间传说中的著名角色，活跃于维多利亚时代。
3. 原为英国20世纪70年代儿童图书和电视剧中的虚构生物，外形似熊，身材矮胖，鼻子很尖，居住在地洞中。它们热爱保护环境，经常回收废品并进行创造性的循环利用。

足够令入侵者转身逃跑了。

没有任何人的踪迹。

“那是什么？”泰麦克斯叫道。芮恩朝他跑去，踩过一堆堆像早餐麦片一样松脆的铁锈。“在那儿！”当她跑到他身边时，他轻声说道，于是她也看见了，但只是见到了一刹那，在边上的两堆残骸间有动静。她想要呼唤凯特和其他人，可是她的嘴巴发干，发不出声。她摸索着打开弩弓的保险栓，一边对自己说，假如那个陌生人是从哈洛巴洛来的沃尔夫的某个手下，那么她就得在他杀死她之前先把他干掉。

“谁在那儿？”一个声音喊道。那是一种熟悉的口音，和西奥一样的口音。这令芮恩松了口气，不禁颤抖起来。这并不是个攻击者，只是某个迷路的非洲飞行员罢了，是瞭望哨曾观察到的绿色风暴撤退军队中的又一名逃兵。凯特说过，过去几天里，有五六个这样的人撞进了废墟地区的边缘，很容易就能吓跑他们。芮恩猜想着用什么办法才能让这个人相信这片废墟里到处都是骚动的幽灵。她应该跳出来，一边挥舞手臂，一边“呜呜呜”地叫吗？

就在这时，很多事情在同一时刻发生了。那个陌生人比他的声音听上去更加接近，突然就出现在了一个旧引擎模块的拐角处。凯特和安琪从残骸的上方兜了过来，亮起了她们的提灯，这种刺眼的鬼火以前曾经赶走过许多闯入者。那个陌生人被惊动了，笔直朝芮恩和泰麦克斯的方向跑来，泰麦克斯猛地倒退，撞在了芮恩身上，于是芮恩的弩弓意外地发射了，发出出人意料的“嘣”的一声，后坐力差点震断了她的胳膊。那个陌生人在水波般的提灯光亮中倒下了，芮恩看到了他的脸，发现他并不只是听上去像西奥而已，他就是西奥。

“哎哟！”他虚弱地说道。

传来一阵铁锈碎片滑动的声音，其他伦敦人跑了过来。芮恩站在原地摇晃着脑袋，一边揉着自己扭伤的胳膊，一边等着自己醒过来。这是一场梦，而且是一场很糟糕的梦。西奥不可能在这儿。西奥在扎戈瓦呢。那个躺在她面前金属地板上的垂死的人不会是西奥的。

然而当她慢慢接近，当凯特举起提灯，西奥那张端正而英俊的暗棕色脸庞就显露了出来，决不会让人认错。

“西奥？”芮恩说，“我不是故意的……哦魁科啊！”她开始扒开他淋湿的外衣，寻找弩箭。

荣·霍奇赶到了，眼下这个入侵者变得安全无害，于是荣便急着显示自己的存在感了。“离开他，芮恩。”他命令道。

“哎，走开！”芮恩大叫，“他是一位朋友！而且我想我射中他了……”

不过西奥的外衣上没有洞，也没有流血，没有凸出的箭头。她的那一箭射飞了。“我只是滑了一跤。”西奥虚弱地说，一边望着芮恩，仿佛他不相信这真的是她一样。他半坐起来，警惕地盯着那些围在他身边的年轻伦敦人。芮恩的目光完全没法从他身上离开。他看上去是多么瘦、多么疲倦、受了多么多的苦啊，而她又是多么高兴见到他啊！

西奥努力挤出一个微笑。“我收到你的信了。”他说。

他们回到营地，安琪在那里点起一小堆火，并给西奥热了点汤喝，因为他又冷又累，浑身发抖。在他喝汤的时候，芮恩就坐在他身边。再次与他相遇真是一种奇怪的感觉。她曾经一直想象他安安全全地待在阳光明媚的扎戈瓦。他是怎么会卷进绿色风暴的溃败中的呢?她问了这个问题，但他只是说：“原因很复杂。”而她也不想逼他说。

她想知道他是否还记得在考姆翁布的空港亲过她，她猜想他肯定记得，毕竟，他已经走了那么远的路到伦敦来找她了。

“我们不应该过分照顾他的。”荣·霍奇一边在火光边缘来回踱步，一边气呼呼地说，“他是绿色风暴的人。”

“他不是的！”芮恩大声喊道。

“他穿着绿色风暴的制服哪。”

“只是一件外衣罢了。”西奥说着，把外衣掀了起来，露出下面他自己的飞行员衣服，“我在往东走的路上从一个死人的身上偷来的。我不是绿色风暴。我也不知道我算是什么身份。”

“他是个扎戈瓦人。”荣的小队里的某个人说，“扎戈瓦人是反牵引主义者。我们不能让一个反牵引主义者进伦敦。芮恩和她的父亲已经把一个间谍带来过我们之中了，现在她又要我们接纳一个蘑栖……”

“所以你觉得我们应该怎么对待他？”凯特·卢帕里尼问，“杀了他吗？”

少年们似乎顿时变得怯懦了。

“等天亮了，我和芮恩会带他去伏尾区。”凯特做出了决定。

芮恩睡得不怎么安稳，蜷缩在西奥的身边，时睡时醒。睡在城市残骸上并不舒服，但就算是没有铆钉和铁锈扎在身上，她也睡不着了，她得一直审视着他熟睡的脸，才能够让自己相信不是做梦才见到的他。然后她突然醒了过来，天已经大亮，到了离开的时候了。

他们向东出发，芮恩和西奥一起走着，凯特带着弩跟在后面。一边走，西奥一边给芮恩讲他的故事，芮恩这才知道他是如何遇上了她母亲，并且他们俩是如何一起旅行，一路来到绿色风暴边界线上的。

“后来呢？”芮恩问。

“不知道。我想她很安全。现在大概已经到了山国了。”

芮恩不知道该有什么样的感觉。她已经渐渐习惯认为妈妈已经死了。现在突然知道她还活着，而且听西奥谈到她的口气，就仿佛他很崇拜她一样，这令芮恩十分不安。而且，她应该是和那个可怕的潜猎者，史莱克先生一起到处旅行的——芮恩不喜欢想到这一点，因此当凯特突然大喊“趴下！”的时候，芮恩着实松了口气，赶紧集中精神，拖着西奥跑到路边躲了起来。

一只潜猎鸟在废墟上空低低地滑翔，它是如此接近，以至于芮恩都能听到它的翅膀羽毛梳过空气的声音。它那过于巨大的脑袋机械地左右摆动着。

凯特猫着腰爬到芮恩和西奥边上。“我们离开营地时，我就看到它在天上兜圈啦。”她说，“你们两个聊得火热的时候，我可一直留意着它呢。我希望它能自己飞走，不过它一直看着我们。肯定是先前见到昨晚我们生的那堆火了。”

芮恩从他们藏身之处的那块甲板下方偷瞄出去。那只鸟飞得更高了，不断盘旋着。就在芮恩观望的时候，它拍打着残破的翅膀，猛地飞过废墟地区上空，朝伏尾区的方向飞去了。

“它们真是越来越烦了。”凯特说道。

“那是间谍鸟。”芮恩对西奥说，她以为他看上去好像被吓到了，“它们飞过来给我们拍照，好放到纳迦将军的相册里去。”

西奥摇了摇头：“那只不是间谍鸟，芮恩。那是一只鬒鹫。以前我在绿色风暴的时候，我们的运输舰上有一大群这种鸟。它们是用来进行武装勘查的。”两个姑娘都一脸茫然地看着他，每当他一不留神把绿色风暴的军事术语滑出口时，姑娘们经常都是这种表情，“它们是攻击型潜猎鸟，芮恩！我想你的朋友们危险了……”

那天早上，绿色风暴的潜猎鸟显然对废墟地区很感兴趣。就在汤姆把他从废墟中找到的那些宝贝打包装箱，以便转移到新伦敦上去时，他一直听到有叮当叮当叮当的警钟声，警告任何在外面空地上的伦敦人提高警惕。到了吃午饭的时候，已经有三具还在冒着烟的间谍鸟尸体挂在了食堂外面，作为那些目光敏锐的瞭望哨的战利品而展示着，一旦那些鸟对子宫区产生了过多的兴趣，瞭望哨就会用闪电枪将它们击落。

汤姆很高兴他们能把这些鸟再次杀死，因为这样能鼓舞他那些伦敦同胞的士气。不过他还是忍不住会想，把它们打下来是否明智。这样做难道不会让它们的主人对废墟地区发生了什么更加起疑么?

恰德雷·珀玛罗伊告诉他不要担心："那些鸟看不到任何会让绿色风暴认为我们不是一群住在棚户区里的乌合之众的东西。即便它们能看到什么，绿色风暴也有比我们更严重的问题要操心。等到他们缓过劲，派飞艇过来的时候，新伦敦就已经离开了。"

汤姆偷偷地摸了摸木头以祈求好运[1]。他知道工程师们正在尽可能地努力工作，以完善柴尔德麦斯引擎，但他忍不住想到了昨天那场失败的测试。万一接下来的测试又失败呢?

他真希望自己能帮更多的忙。恰德雷·珀玛罗伊请他担任历史学家公会会长的时候，他曾经被感动过，十分认真地去做文物收集的工作。不过现在他已经明白这是一份生造出来的工作，并不是真的有必要。新伦敦是为了未来而建的，不是为了过去。

吃完午餐，珀玛罗伊宣布他要去子宫区，于是汤姆自告奋勇和他一起去。毕竟，他以前经常修理"鬼面鱼"号的，他确信工程师们能在

---

1. 根据西方民间传统，当即将碰到坏事的时候，摸摸木头以祈求好运。

新城市上找到一些焊接或者布线之类的小任务给他干。不过还没等他们俩从伏尾区走出二十码远，警钟就又响起来了。

“仁慈的魁科啊！”珀玛罗伊惊呼一声，转身朝伏尾区入口跑去，“如此无休止地骚扰，我们哪还能干得成什么事啊？我真想写一封措辞严厉的信给纳迦将军，告诉他这可算不得睦邻友好……”

汤姆现在看到远处的潜猎鸟已经相当习以为常了，不过食堂外面新串起来的那些尸体还是让他感到不安。他催促着珀玛罗伊往掩蔽所跑，同时往天空瞥了一眼，立刻庆幸还好自己看了。因为那些潜猎鸟已经成群结队地飞了回来，这次它们不再是一个个盘旋的小黑点，而是变成了呼啸而来的黑影，像从太阳里射出来的导弹一样向下俯冲。

“趴下！”他大喊一声，把珀玛罗伊推到地上，险险避开一只疾掠而过的潜猎鸟，那只鸟的钢爪从老人的头顶上方不到一英寸的地方嗖地擦了过去。警钟再度响了起来，在通往子宫区的路上，人们大声叫喊，四散奔逃。萨博·皮博迪以前曾经击落过一只间谍鸟，此刻他端着他的闪电枪从伏尾区里跑了出来，急着想在自己的射杀记录上再添一笔。一只鸟朝他冲了下来，对着他的脸挥舞剃刀般锋利的爪子，他顿时丢下枪，双目失明地倒在地上尖叫起来。其他鸟从菜园里种豆子的支杆间横冲直撞地飞了过来，不停袭击一群吓坏了的小孩，孩子们的老师试图把他们送进伏尾区里寻求安全。但即使在那里，在舒适温馨的小屋之间，也都有死鸟在拍打着翅膀。

汤姆颤抖地望着这一切，尽力保护好珀玛罗伊。萨博似乎已经晕过去了；他的闪电枪掉在只有几英尺远的地方。在汤姆年轻的时候，他可能会尝试抓起枪来，做出某些英雄般的举动，然而现在他却害怕自己的心脏病会再次突然发作，而且这些鸟让他恐惧得几乎没有办法移动脚步。

袭击开始时，芮恩、西奥和凯特刚刚从伏尾区西边的锈铁山上冒出头来。他们都听到了警钟的叮当声，两个姑娘盯着下方的人们在迅猛俯冲的鸟群前四散奔逃，一时还不知道到底是怎么回事。

“爸爸在那儿！”芮恩说。她看见汤姆在珀玛罗伊旁边的地上一动不动，离这边大概三十英尺远。她转向西奥，但西奥早就看见了汤姆，于是便穿过被鸟群遮蔽的阳光朝他冲去。

凯特恐慌得开始抽泣了起来。芮恩夺过她的弩弓，打开保险栓。这些年轻的伦敦人表现得非常军事化，但直到此刻为止，那些行动对他们来说都不过是一场游戏罢了，他们之前从来没有见过真正的暴力。芮恩见过，尽管她知道自己过后会像果冻一样发抖，此刻她却异常平静。她瞄准一只扑向西奥的鸟，在它碰到他之前便用一支弩矢射穿了它。一支弩矢是没法杀死潜猎鸟的，但撞击的力量足以把它推偏路线，西奥埋头直奔，浑然不知自己刚才有多危险。

那只鸟被芮恩吸引了注意力。它掉头朝她飞来。芮恩从凯特的箭囊里抽出另一支弩矢，但那只鸟在她来得及填装之前就会扑到她身上。她扔下弩弓，从路边的残骸堆里抓起一根扭曲的铁水管，在那只鸟朝她伸出爪子的那一刻将它从空中一下子砸落。随后凯特也拿起一段废铁，两人一起把那只扑腾的潜猎鸟砸得粉碎。

西奥朝汤姆跑到半路上，才意识到他还没想好行动计划。刚才他动身跑了过来，仅仅是因为他想让芮恩看到他勇敢的样子，并且还因为他一直觉得纳茨沃西先生完全没法照顾他自己。一只只鸟的影子拂过地面，翅膀在水坑中的倒影于他眼前闪现。他甚至还赤手空拳……

汤姆和那个老人再过去一点的地方，有一支银色的枪躺在地上。西奥纵身朝它扑去，感觉就在自己飞扑的同时有爪子撕裂了他头顶上方的空气。他翻过身，手忙脚乱地拿起枪，在它复杂的电线和导管阵列之间摸索扳机。他真希望它能更简单些——每一个士兵都知道，你没法依赖那种破解出来的古代科技垃圾——不过他告诉自己，要饭的哪还能挑食吃呢，然后就把枪对准了一只飞过的潜猎鸟。当他扣下他希望是扳机的那个东西时，一束纯粹的闪电将那只鸟射落到了他脚边，一瘸一拐还冒着烟。他大吃一惊，站起身来，将枪口转向另一只鸟。等到他射落了四只鸟后，其他人开始注意到他，不过到了那时，伦敦人也在对它们开火了——明亮的能量噼啪作响地从与他手中那把类似的其他枪口中射出来，一只只冒着烟的鸟和如雨般的羽毛在四周掉了下来。

然后，突然之间，这场袭击就结束了。一只孤零零的鸟向东高飞而去，它飞得太高了，朝它发射的闪电束也打不到它。警钟还在不断叮当叮当地响，直到有人跑去告诉那个敲钟的姑娘现在她可以停手了。人们紧张地从刚才藏身的洞穴和裂缝中爬出来，拍掉衣服上的铁锈碎片，震惊得脸色苍白，不发一声。受伤的人们呻吟着，他们的朋友在大声呼救……

“它们为什么袭击？”人们问，“为什么是现在？都已经这么多年了……”

“那不是一场真正的进攻。”西奥说，一想到假如那些不是武装勘查鸟而是重型攻击鸟群的话自己会怎么样，他就开始微微颤抖起来，“那只是一次探测，他们想要测试你们的力量……”他放眼四周，第一次好好地端详起这座简直不可能真正存在的定居地来。

伦敦人回瞪着他，想知道这个穿着敌人制服的年轻人是从哪儿冒出来的。

汤姆缓缓地站起身，并扶着恰德雷·珀玛罗伊也站了起来。他的心脏跳得很重，但他并没有生病难受的感觉；唯一令他担心的症状只是自己看到了一个不会消散的幻影；他仿佛看见西奥·恩戈尼站在他面前，手里还抓着一支闪电枪。

“你好，纳茨沃西先生。”那个幻影说道，并紧张地挥了挥手。

随后芮恩跑了过来——身上脏兮兮的，额头上还割开了一道口子，但除此之外安然无恙，感谢魁科——她跑过来拥抱他，询问他是否平安无事？并且说道：“这是西奥，爸爸，西奥到这儿来了，你记得西奥吧，西奥一路从非洲跑来找我们了。”

37 废墟之间的爱情

对于一个身穿绿色风暴外衣的年轻反牵引主义者来说，这不是一个来到伦敦的好时机。人们既恐惧又愤怒，朝着山国的方向挥舞拳头，质问蘑栖到底为什么要攻击他们。如果不是西奥曾经击落了五只噩梦般的潜猎鸟这一事实，他就有可能身陷困境了。“那可不代表什么。”加拉蒙先生坚持说，“那可能正是他们的计划的一部分，好让我们接受他，这样他就能把我们都杀死在床上！”但珀玛罗伊让他住口；这个年轻人救了他，还有其他许多人，因此大家都准备好了来欢迎他，珀玛罗伊自己就是其中之一。

汤姆和芮恩也出声附和，解释西奥是如何与他们一起乘坐了一段时间的“鬼面鱼”号，并拜访了牵引城市考姆翁布，那时候他可没有显露出要杀死任何人的意愿。人们慢慢地、不情愿地开始承认，说到底，西奥可能并不是一名绿色风暴的特工，他只是一位迷路的陌生人，应该得到热情好客的接待。

伤者得到了护理，瞭望哨的人手加了倍，闪电枪又充好了电。恰德雷·珀玛罗伊看上去抖得厉害，但他坚称自己完全没事，并问了西奥一大堆问题，都是关于战争局势的。这些问题西奥只回答得出其中很小一部分，因为恰德雷·珀玛罗伊对战争的理解都是基于历史学家的观点，全都是关于将军们的战略、计划、决策，而当西奥在烂泥里逃亡奔命的时候，实在完全没有注意到这些。

下午晚些时候，当西斜的阳光笔直照进伏尾区，照进他们那座小棚屋的窗户里时，汤姆和芮恩终于能单独与西奥相处了。一边吃着喝着芮恩从厨房要来的蛋糕和荨麻茶，他们一边对他讲述他们的冒险故事，也听他说他自己的。这时候，汤姆才第一次知道西奥遇到了赫丝塔；知道了她怎样从沙海里救出了他，之后又发生了什么，直到她与纳迦夫人登上那艘小型护卫舰的那一刻为止。

他们在听西奥讲的时候，芮恩一直握着她父亲的手。他的眼睛里噙满泪水。但他唯一说的只是："现在赫丝塔在哪里？"

西奥摇摇头："边界线上真是太混乱了。我想她的飞艇安全离开了。但不管她在哪里，她都会没事的。我从没见过谁像她一样勇敢或坚强。而且史莱克先生也会照顾她……"

"史莱克。"汤姆说着，摇了摇头，"所以你们俩在云中 9 号上见到的的确是他。我以为我已经在黑岛上永远地干掉他了。我讨厌想到那个老恶棍又站起来到处走动。"

“要是他没有那样做，我现在也就不会在这里了，纳茨沃西先生。”西奥说道，“自从伊诺妮将他再次复活后，他已经改变了。”

汤姆并不怀疑西奥说的话，但是他始终不能摆脱自己对过去那个史莱克的记忆，记忆中的那个史莱克既凶残又疯狂，在二十年前一路穿过锈水沼泽来追杀他。现在史莱克和赫丝塔又走到了一起，就好像当年她还是个小女孩时那样。一种罕见的苦涩感觉充溢着他的心胸。他嫉妒那个古老的潜猎者。

到了晚上，太阳沉入西方的迷雾之中，废墟地区上方的天空颜色变得好像紫丁香一样。芮恩把西奥带到了子宫区去，这样他就能亲眼看到伦敦人在那里干什么。她感到紧张，因为尽管他是那种温和而文明的反牵引主义者，他毕竟还是个反牵引主义者，从小受到的教育就是仇恨与恐惧所有会移动的城市。不过新伦敦对她来说已经变得如此重要，因此她一定得带他来看看，她必须知道他对它有何感想。

他们到达机库后，他站在那里，抬头望着那座新城市，看了很长一段时间。与此同时芮恩紧张地解释它是怎么会变成这样的，以及那些有趣的镜子一样的东西是用来干什么的。她说不清他在想什么，她甚至都不知道他有没有在听。

“可是它没有轮子。”最终，他开口说道。

“我告诉过你了，它根本不需要轮子。”芮恩说，“所以你不必用那种老派的眼光来看它，它不会翻乱你们那些珍贵的绿色土地，也不会碾碎鲜花或者小兔子。这根本算不上是一座牵引城。你可以把它当作一艘非常大、飞得非常低的飞艇。”

他们从新伦敦下方的阴影中穿过。在他们头顶上方，工程师们像蜘蛛一样在城市的腹部爬来爬去，进行调整和修理。在他们周围，机库地上放着一桶桶清水和成箱的腌肉，等待装载上船。此外还有许多装满咯咯叫的家禽的笼子，以及成堆的罐头食品。这些罐头都是由废品回收队从废墟地区深处的被人遗忘的杂货店和储藏室里发掘出来的。甚至连伦敦人长久以来居住的那些棚屋，也被拆解开来，装上手推车和废金属制造的滑橇，以便运送到这座新的郊镇上。芮恩领着西奥走到外头时，正好遇上一列这样的滑橇从伏尾区过来，爬上那条小径，在暮光中扬起一大片尘埃和铁锈碎片。从子宫区的北边传来了岚·皮博迪和他的伙伴们的说话声，他们正忙着把残骸从机库入口处清开，再装上炸药。等到新伦敦出发离开的时候，就先得把机库的门炸掉。

“那么，你觉得怎样？”芮恩问。西奥的沉默让她担忧。她把他拉进路旁废墟的一道裂缝里，这儿长着苹果树。她觉得蘑栖置身于这树叶的沙沙低语之中可能会感到更自在些。她觉得他会为大自然将伦敦城的废墟重新变成森林而感到鼓舞。“告诉我吧。”她说道。

“你是要跟他们一起走吗？”西奥问。

“是的。”芮恩说，“爸爸想去。我也想去。我想要站在新伦敦上，感受它的移动，奔向一个个新的地方……”

“去狩猎吗？”

“去做贸易，就像安克雷奇以前那样。”

“那些更大的城市会狩猎你们。”

“他们追不上我们。”

一只鸟在灌木丛中扑打翅膀。那只是一只乌鸫罢了，但它让他们俩都吓得一缩，相互更加靠近了。

“问题是……”他说道，“我没想到会是这样。我还以为你们只是来这儿探险的……”

“那是彭尼罗的错。”芮恩说，她一紧张就会讲很多话，“要是他没有把我的信弄湿，你就应该知道沃尔夫的那套理论的……”

“嘘……”西奥将一根手指放到她的唇边，让她安静，他说，“我以为你正处于危险之中，因为眼下野蛮人再次向东推进了。当时我希望能找到你，带你和你的父亲跟我一起回家去，回扎戈瓦。”

哦，好烦啊！芮恩想。因为她刚才相当确定他就要再次吻她了，然而现在她明白那不会发生。他是个蘑栖，而她是一个城市姑娘。他永远不会赞同新伦敦的。然后她又想，好吧，那又有什么关系？按照现在的趋势，他们可能都会被哈洛巴洛吃掉，或是在明晚之前就被潜猎鸟啄成碎片。

所以她反过来吻了他。

一只孤零零的电子眼有那么一瞬间聚焦在了芮恩和西奥身上，它放大图像，对准了他们的体温在废墟冰冷的背景上抹出的一片热斑。一个计算机大脑花了一秒钟的极小一部分的极小一部分时间来考虑他们，然后就把他们给忘了。奥丁将它的视线转向西边，再拉回来，费劲地想要理解它醒来后所面对的这个难以理解的世界。它的主人的那些占地辽阔的城市，纽约和圣洛杉矶[1]，它被送上轨道就是为了保护它们的，可这些城市现在都在哪儿呢？那些新的山脉又是从哪儿来的？还有那些新的海洋？而那些在欧洲大陆上爬行、身后拖着又长又黑的废气尾烟的巨大车辆又是什么呢？

这件古代武器紧紧地抓住这个大变样的世界所能给予它的某样熟悉事物，一串加密数据流如同一根丝线，从亚洲中部丘陵地区的某个地方升了上来。

1. 圣洛杉矶是一座虚构的未来城市，由南加州的圣地亚哥和洛杉矶合并而成。许多科幻小说和电影都提到过这座超级城市。最早出现在电影《银翼杀手》中。

38　风的无数声音

牵引城市的战争进展顺利。装甲城市温特图尔打了败仗，达姆施塔特[1]和多特蒙德卫星城陷在了锈水沼泽里的某处，但其余城市遇到的阻力都小得让人惊讶。在黑烟滚滚的天空中，它们的飞行机器绕着圈子，不断侵扰正在撤离的绿色风暴飞艇集群，而它们自己的飞艇，还有悬挂在装甲气囊下的浮空火炮平台，则将成群结队的潜猎鸟引诱过来，然后将它们砸成血泥与羽毛的乱流。

等到绿色风暴军队的崩溃已经显而易见，阿德莱·布朗便决定是时候让曼彻斯特登场了。再过一两个星期，城市达尔文主义的美好旧时光就会回来，而到了那时，他想要看到曼彻斯特站在食物链的顶端。他的这座城市在其周围聚集起了一众收割郊镇，张开巨颚向东驶去，一路往它的肠道里填入变成废墟瓦砾的各种瞭望塔、堡垒、谷仓、农场和风力涡轮机。

就在芮恩在伦敦废墟中吻西奥的时候，曼彻斯特正从新近才种植的森林中推出一条路来，驶向那座名叫前线指挥所的定居地。飞貂军环绕着它飞行，对着蘑栖的火箭炮扫射。装甲郊镇狼人镇和埃弗克里奇[2]争先恐后地行驶在它们母城的前方，如同两条训练有素的狗。

一队狐狸精型飞艇从蘑栖城塞中的某处升起，朝着曼彻斯特破空而来。奥拉·图旺布利给她中队的其他人发了个信号，于是飞貂军聚拢了起来，组成阵形，呼啸着朝那些飞艇冲去。那些飞艇左右分散，射出漫天的空对空火箭。奥拉右边机翼方向上的一架飞行机器（柳条编织旋翼机“大蓝普利茅斯”[3]号）撞到了扑面而来的一枚火箭上，被炸成了碎片，烟雾令奥拉难以视物。她咒骂了一声，跟在发射了那枚火箭的飞艇后面，追着它朝西飞去，打算用“战斗树袋熊”号上的机枪从那艘飞艇的转向舵片上不断撕扯碎块下来。她将一梭梭炽热的子弹射进飞艇的侧面，望着充气单元开始燃烧起来。飞艇里的乘员慌忙跳船逃生，一只只白色的逃生气球在飞艇周围绽放开来。一些飞行员把逃生气球视为良好的射击训练靶，不过奥拉总是坚持飞貂军应该击落飞艇，而不是击落人，所以她绕过那艘焚烧坠落的飞艇，去帮助她的战友们对付其余的飞艇。

---

1. 德国城市，位于黑森州。
2. 位于英格兰西南萨默塞特郡的一座村庄。
3. 名字来源于美国20世纪80年代著名乐队“传声头像”的一首单曲。

在她离曼彻斯特大约三英里远的时候，天空裂开了。传来一声尖啸，然后又是一声咆哮。她苦苦挣扎着想要拉起“战斗树袋熊”号的机头，但它还是朝着地面坠去。就在这时，她看到一支白色火焰构成的长枪斜贯天空。“战斗树袋熊”号的帆布机翼开始冒烟。奥拉一边喊着各位神祇和女神的名字，一边将灭火器对准机翼上烧起来的地方喷射。天空中弥漫着烟雾和亮光。她觉得自己看到那支火焰长枪一路扫向北方，转了个弯朝曼彻斯特的一座郊镇扫去。当它离开之后，尖啸声和咆哮声随之淡去，她这才意识到“战斗树袋熊”号的引擎停转了，而她也没有办法重新启动引擎。

她乘着燃烧森林上方的热气流，转向曼彻斯特，但曼彻斯特一动也不动，它的装甲上破了个大洞，履带也被摧毁了，一层层的城市都变成了废墟，将火焰喷向烧焦了的天空。奥拉从没想到过世界上会有这么大的火。她绕着这座城市的尸体飞了一圈，失声恸哭。一想到有如此多的人已经死了或是濒临死亡，就不禁令她惊骇万状。她做不了任何能帮到他们的事情。她驶向西北方，寻找一片可以降落的地方。天空中的亮光已经不见了，但它在平原上画出了一条由燃烧的灌木所构成的曲线。沿线那些郊镇和城市曾经所在的地方，现在只剩下一座座巨大的火葬堆在熊熊焚烧。

最终，“战斗树袋熊”号开始在较冷的空气里失去浮力，一座装甲城市恰于前方浮现。那是穆尔瑙，静止不动，但完好无损，其上的瞭望哨认出了奥拉的飞行机器，于是在最顶层的装甲上打开了一个入口，让她飞进去。当“战斗树袋熊”号在菩提树上大街着陆的时候，她感觉到轮子变形弯曲，整个起落架全都散了架；她在一阵疾风暴雨般飞射的碎木屑和断钢丝中停止了滑行，烧焦的帆布迎风飘舞。之前她都没意识到这架可怜的老风筝被烧得有多严重。而直到她看见跑上来帮她的人们直勾勾地盯着她看，她才意识到她自己烧得有多严重。她的粉红色飞行服已经烧成了黑炭色，她的脸也变黑了，只有她戴护目镜的地方变成了眼睛周围的两块白斑。

她挥手让医疗人员走开，手套散发出的烟雾在空中留下了尾迹，她一边咳嗽一边步履蹒跚地走向市政厅。她必须把她所见到的景象告诉别人，因为据她所知，她是唯一一个活着逃脱的人。“我必须见到大元帅……”她气急败坏地说道。

冯·科波尔德在市政厅前的台阶上迎上了她：“图旺布利小姐吗？那道光——那些大火——我们与曼彻斯特失去了联络，还有布雷斯劳[1]、机械城市摩洛……那儿到底出了什么见鬼的事情？”

“曼彻斯特没了。”奥拉·图旺布利说道。她瘫软了下来，冯·科波尔德一把抓住她，他的白衣服被煤灰和鲜血蹭脏了。“它们都没了。”奥拉说，“让你的城市掉头。撤退！快跑！绿色风暴有了一样新的武器，它能摧毁一切……”

---

1. 即波兰城市弗罗茨拉夫，二战以前是德国城市，以布雷斯劳的名字而为人所知。二战后被割让给了波兰，改名为弗罗茨拉夫。

“一位信使，先生！一位前线来的信使！”

纳迦的副官的声音在碧玉宝塔的作战指挥室里轰然回响，也在将军的脑袋里轰然回响。纳迦想象不出这个人为什么如此兴奋。整整一周从前线来的都是信使，而他们带来的则都是坏消息。纳迦甚至都不确定前线到了哪里。他曾经有过的运气已经抛弃了他。也许它与伊诺妮一起死去了。

“纳迦将军！”

好吧，他来了，这名信使，他的相貌十分普通；只是一名来自西部山脉中某座监听站的圆脸士官罢了。

“那么？”

这名少年鞠躬鞠得如此之低，以至于他的铅笔都从上衣口袋里滑了出来，稀里哗啦地掉在地板上：“实在抱歉，纳迦将军。我不得不亲自过来。我们所有的潜猎鸟都被重新分派到前线去了，而无线电信号又被什么东西干扰了……”

“到底什么事？”纳迦吼道。至少，他试图大吼，但发出的声音却只是暴躁的叹息。

“是纳迦夫人，先生！”(他的眼睛多么明亮啊，这个少年。战争开始的时候他甚至都还没出生吧？)“她还活着，先生！一只潜猎鸟从肖将军处飞了过来。它损坏严重，但我们还是破译了消息。纳迦夫人正在回家的路上。”

片刻之前，这名少年看上去还是一张毫无特色的大众脸，然而现在却英俊、勇敢、聪明。绿色风暴在想什么呢，就让这么一个优秀的年轻人给偏僻的监听站传信？纳迦摇摇晃晃地站起来，让他的动力装甲带他走向地图桌边："将这个人提拔为中尉。不，少校。"他感觉自己几乎重新变得年轻了。伊诺妮还活着！上百种新的作战方略在他脑海中绽放，仿佛一朵朵掉进水里的纸花。其中肯定有某一条能够阻止城镇人的推进吧？

她还活着！她还活着！她还活着！

他太高兴了，几乎过了整整一分钟，他才停下来，想到了最开始从沙漠里走出来，把伊诺妮死亡的故事绘声绘色地讲给他听的那名年轻女子。

他从手下的一名将领那里夺过一柄长剑。军官们和潜猎者们在他身前散开，让出一条路来，他的动力装甲带着他走出作战指挥室，走上楼梯。"纳迦将军，先生？"他身后那群人中的某一个喊道。

"那个叫罗希妮的姑娘，你这个傻瓜！"他大喊——或者试图大喊道。(事实开始变得清晰起来了；*她对我做了什么？*)"叫卫兵来！"可是他其实不想让卫兵来对付她，他想要亲手对付她，用这柄好剑，他想要切开她的脑袋，就像切西瓜那样。

他来到她远在碧玉宝塔西翼的房间门口，也懒得敲门。他的动力装甲载着他直接闯了进去，古旧木料的残片碎屑从他身上哗啦啦地掉下来。他爬上通向她的起居空间的五级台阶。她从座位上站起来，在他走上最上一级台阶时向他打招呼，就像往常一样可爱而又端庄。一扇高大的窗户在她身后敞开着，外面是沐浴在月光下的阳台。

“我的妻子还活着。”纳迦说，“她正乘着飞艇回家。你是要继续装哑巴，还是有什么遗言要说？”

有那么一会儿工夫，她瞪着他，表情显得很受伤，既吓坏了，又摸不着头脑。然后，当她意识到这么做已经再也不能洗脱她的嫌疑时，她就笑了起来：“你这个老傻瓜！我很高兴她还活着。这样她就能看到她主张的和平把我们带到了何方！把我们带到了毁灭的边缘！现在就连你也不会听她那套牵引主义者的谎言了。”

“你是什么意思？”

“你还不明白吗？”罗希妮又笑了起来，笑得有点疯狂，“她是为他们工作的！她一直都在为他们工作！你觉得她为什么会嫁给你？你完全不是一个少女梦中的王子，纳迦。你只是半个男人，裹在叮当作响的盔甲里。很快，你就连那也不是了。我会杀了你，将军，而你手下的人们将会挺身而出，杀死你那个叛徒老婆。然后，等到他们真正的领袖现身时，他们就会做好准备欢迎她回来了。”

“你在说——”纳迦开口说道。（然后就停了下来，因为就在这时罗希妮扯下了她的头发，这原来是一顶假发，下面藏着两样东西：一头短短的金发，与她棕色的脸异常不和谐，还有一把小小的气手枪，她就用这把枪对他开了一枪。纳迦的胸甲从子弹下救了他，但是冲力令他后退了一步，一路翻滚掉下了楼梯。）

“——什么？”他朝着天花板问，这时他已经躺在砸坏的门的碎片之间，晕头转向。

罗希妮——或者不管她是谁——出现在了楼梯顶部。那支枪还在她手中。这一次她瞄准了他的脸，而不是他的盔甲。她仍然在微笑。她说道："辛西娅·特怀特，隶属于潜猎者方的特别情报组。我们少数几个人还保持着信念，将军。我们知道她将再次复活。"

"你一直在给我下毒！茶！你——"

"说得没错！"这个姑娘快活地说道，"现在我就要完成这——"

然而她甚至连这句话都没能说完，因为就在那一刻，一柱亮光透过窗口直射进来，它是如此明亮，看上去简直就像是固体，并且又如此炽热，将辛西娅和房间里的其他所有人在一瞬间点燃了。一个既像咆哮又像尖啸的声音淹没了她的尖叫声。在楼梯间的阴影中，纳迦感觉热气扑面而来，就好像是从一座熔炉中喷出来的一样。在他上方，辛西娅·特怀特变成了一段焦黑的树枝，正在熊熊燃烧。一阵石头砸落的声音传来。碧玉宝塔开始向一边倾斜，仿佛它不想再栖息在这片山坡上了。纳迦试图站起来，但他的动力装甲不听使唤。光柱渐渐消散，辛西娅的灰烬散落在他周围。"救命！"他朝着烟雾中大喊，"救命！"

在他身后，一座古老的石墙像帘子一样被拽到一边。碧玉宝塔的主体已经消失了。他正俯瞰着一座山谷，那里曾是联盟的首都天京城矗立了上千年的地方。现在那儿什么也没有，只有连绵大火，以及风的无数哀鸣之声。

39　火光

芮恩和西奥一起往伏尾区走的时候，开始感觉尴尬起来。他们俩孤男寡女在废墟的那条裂缝里待的时间比她预期的更长。她确信自己终于掌握了接吻的技巧，不过她忍不住想到每个人都会知道她做了什么。就算她放开了西奥的手，他们之间的空气里仍然有某种带电的感觉，他们俩的视线完全没法从对方身上移开。

然而，虽然半数的伦敦人似乎都站在伏尾区外面的空地上，他们之中却没人朝西奥或芮恩看上一眼。他们都盯着西面。而当芮恩加入他们的时候，她便看见在犹如恐龙脊骨一样的废墟轮廓上方，天空中散发着红色的光芒，仿佛一场大火在地平线上燃烧。

“怎么啦，卢帕里尼先生？”芮恩看到凯特的父亲站在旁边，便问道，“那是在打仗吗？”

卢帕里尼一边摇头一边耸了耸肩。淡淡的令人毛骨悚然的声音随风吹来：尖啸声和咆哮声。一只幽灵般的光之翼照亮了西边的天空，将星辰也烫白了。芮恩不自禁地又握住了西奥的手。

“让我想起了我们轰掉老拜罗伊特的那一晚。”有人说道。

“芮恩！”汤姆急急忙忙地朝他们奔过来了，“我还在想你们到哪儿去了呢。你觉得那是什么，西奥？”

西奥摇了摇头：“它出现多长时间了？”

“大约半个小时——你们肯定也注意到那第一道闪光了？”

“哎……”芮恩说。

西奥对着天空皱起了眉头：“假如那是炮火的话，它与我以前见过的都完全不同。”

阿布罗尔博士从废墟地区边缘的那座监听站沿着小径匆忙跑来，他在那儿监听绿色风暴与那些正在逼近的牵引城的无线电消息。伦敦人围到他身边，大声地问他在电波上听到了什么。

“很难确定。”他紧张地说，眼镜片上闪烁着天空的反光，“有某种东西在不断干扰信号。不过，似乎……听起来就好像……”（“什么？什么？”他周围的人们催促道。）他使劲咽了口口水，喉结清晰地上下滑动了一下，“整座整座的城市都被摧毁了。”他说。他不得不提高嗓门，好让声音盖过其余人的大叫声、咒骂声，以及倒抽冷气的咝咝声：“曼彻斯特。还有牵引城社会的各座城市和郊镇……”

“古代科技！”恰德雷·珀玛罗伊尖叫道，他刚才穿着晨衣就走出来了，想看看外头大惊小怪是怎么回事，“肯定是的。绿色风暴有某种古代科技武器……”

“可他们为什么等到现在才使用它呢？”克莱蒂问。

“谁知道呢。也许连他们自己都害怕它。它肯定强大得极其恐怖。”

“但他们是在哪里找到它的呢？”另一个声音问，“它到底是什么？”

鲁派克·弗林特站在克莱蒂身后，双臂紧紧环抱着她：“也许那根本不是地球上的东西。记得吗，古代人在太空轨道上也留下了武器。万一绿色风暴找到了办法来唤醒那样一件武器呢？”

“绿色风暴的波段上也有求救信号。”阿布罗尔博士说，“报告说在天京发生了大爆炸。非常混乱难懂。抱歉。”

“也许牵引城社会派飞艇去了天京，想要炸掉控制这件武器的发射机吧。”珀玛罗伊猜测道。

又是一道波动的极光照亮了天空。“看上去他们没打中它。”岚·皮博迪说，“这很糟，不是吗？我的意思是，有什么能阻止蘑栖在第一眼看到我们离开废墟地区的时候不把他们的玩具对准新伦敦呢？”

珀玛罗伊叹了口气，耸了耸肩。“唉，那可没法子。”他说，“这是一个问题，正如你所说。不过我们对此什么都做不了。我们唯一能做的就是向魁科和克莱奥还有所有其他神明祈祷，祈祷绿色风暴觉得不值得把他们那件漂亮的新武器浪费一发在我们身上。毕竟，新伦敦很小。倘若魁科愿意的话，我们也许还是能溜走的。往北走，离开牵引城市和绿色风暴所在的这个恐怖世界。我一直想在死前看一眼冰封荒原……”

他提高了一点儿嗓门，让其他所有人不再盯着天空，转过身来听他说话。“这不会改变我们的计划。它甚至可以帮助我们，以一种可怕的方式；也许它会延迟哈洛巴洛的到来。所以都回床上去，尽量好好休息。观赏这场焰火表演可没什么用处，我们明天还有艰苦的工作要做。我呢，这就去打个盹儿。”

聚在一起的伦敦人们开始散开，三三两两地各自漫步回家。汤姆认出了那些经过他身边的人脸上的表情。他在永固寺见过这种表情，那是在十九年前。这是人们在刚刚了解到一个敌对文明成为了地球上最强大的力量时脸上的表情。尽管珀玛罗伊做出了勇敢的发言，他们还是害怕了。

只有芮恩和西奥看上去还挺平静，他们的脑袋相互依偎着，手臂各自搂着对方的腰，并肩走着。他们不相信某件古代武器就可以拆散他们；他们觉得两人所共同拥有的感情要比绿色暴风，比牵引城市，比世界上所有的古代科技加起来还要强大。汤姆让他们走过他身边，望着他们走到前头，不禁回忆起自己曾经也一度有过那样的感觉，与赫丝塔一起。

他与恰德雷·珀玛罗伊一起朝伏尾区走去。老人走得很慢，就仿佛之前的潜猎鸟对他造成的伤害比他所承认的更加严重，但当汤姆伸给他一只胳膊让他好靠一靠的时候，他却将它掸开了：“我还没到走不动路的地步哪，学徒纳茨沃西。虽然我必须说，自从你和你女儿到来之后，事情就越来越刺激了。先是潜猎鸟，再是郊镇，还有末日武器……几乎没有一分钟的安宁。”

又一道苍白的闪光在西方天空亮起。这一次它看上去更加明亮，汤姆觉得自己看到了一道白色的光刃划过群星之间，从某个无法估量的高度直击大地。他再次隐约听到了那种咆哮和尖啸的声音。“伟大的魁科啊！”他低声说。

“那些古代人，他们可真不浪费时间啊。”

“鲁派克说对了吗？它真的是在轨道上的某个地方吗？”

“这很有可能。”珀玛罗伊说，“上面有各种各样的东西在绕着转呢。古老的记录列出了一些应该是古代人悬挂到天上去的武器。钻石蝙蝠，金菊14，九姐妹，还有奥丁。其中绝大多数一定在六十分钟战争中被摧毁了，或者在那之后的几千年里从天上掉下来了。不过我猜有可能某一个还在上头，而纳迦的人则设法唤醒了它。”

“奥丁。”汤姆说，“我在哪儿听说过这个名字……”

“魁科保佑我们！你还真的在我的某节课上认真听讲了呢，纳茨沃西！”珀玛罗伊咯咯地笑了，但他的声音听起来很疲惫。汤姆心想，在寒风中闲逛对这位老历史学家可没什么好处，于是便开始继续往前走。反正现在那道白光也已经消失了，西面已经没有什么可看的，只有一种邪恶的红蒙蒙的亮光。

“那个名字是轨道防御行动[1]的缩写。”珀玛罗伊说道，他们一

---

1. 古代人将轨道防御行动（Orbital Defence Initiative）故意缩写成 ODIN 而不是 ODI，为了与北欧神话中的奥丁同名。

起漫步前行，“它是美帝国与大中华之间最后的也是最激烈的军备竞赛的一部分。我真想知道我们的蘑栖朋友到底是在哪儿挖出访问代码来的。”

“伟大的魁科啊！”汤姆突然说道，他的声音里充满了焦虑，让珀玛罗伊又停下脚步，转身望着他。

“没事吧，纳茨沃西？”

“没事。”汤姆说，然而他是在撒谎。他想起来为什么奥丁这个名字听上去那么耳熟了。在安克雷奇的《锡之书》的书页上，刻画着数以千计的数字和符号，而奥丁是其中唯一读得出来的字，芮恩曾经帮助迷失小子将这本书从桃花源里偷了出来。汤姆几乎都忘记了那本书——他以为在云中 9 号倾覆的时候，它已经被毁了。纳迦的手下肯定将它带到了山国，并用它来唤醒了天空中那件可怕的武器。

“请你……”他说，“不要把这些告诉芮恩。”

珀玛罗伊又咯咯地笑了，用胳膊肘捅了捅他：“不想破坏她的浪漫，嗯？我不怪你，纳茨沃西。我很高兴能看到，尽管有着这样那样的琐碎干扰，我们的年轻人们还是在谈恋爱的重要事业上干得颇有起色。而且我喜欢那个西奥 · 恩戈尼。他们两个很般配。”

“如果他们能渡过这场难关的话。”汤姆说，“如果我们中有任何人能活下来的话。”

“历史的力量将会做出决定。”珀玛罗伊说，“我一辈子都在研究历史，而在我所学到的事情中，有一样是确切无疑的，那就是你没法阻挡历史的力量。它就像一条发洪水的河流，我们只是被河水冲着走。那些大人物，比如纳迦，或者那些牵引城社会的家伙，也许会试着逆流而上，游一段时间，但是像我们这种小角色，我们所能希望的最好情况，就是尽可能久地把我们的头露出水面。”

“而等到我们沉下去了呢？”汤姆问，“那时候又会怎么样？”

珀玛罗伊笑了：“那就交给其他人了。例如你的女儿和她的男朋友。一个伦敦历史学家的女儿和一个反牵引主义者。也许他们就是未来。”

他们渐渐走近了他那座摆满书籍的舒适小屋。当他转身拉着汤姆的手时，汤姆突然说道：“珀玛罗伊先生，如果我发生了什么事情，你会照顾芮恩的，对吗？”

珀玛罗伊皱起了眉头。他似乎想说几句俏皮的话，可随后就发现汤姆有多么认真，于是便点了点头。“芮恩有西奥照顾。”他说，“不过，是的，我会尽我的一份力，假如她需要我的话。克莱蒂也会的，其他每一个伦敦人也都会的。你不必为她担心，汤姆。”

“谢谢你。”

他们肩并肩站了片刻。然后珀玛罗伊说：“好吧，晚安，学徒纳茨沃西。”

“晚安，市长大人。你真的肯定……”

“不要大惊小怪的。”珀玛罗伊亲切地说，“我完全有能力把我自己放到床上去。也不要太担心绿色风暴，或者哈洛巴洛，或者任何其他事情。伦敦能够应付的。”

他蹒跚地走了，汤姆慢慢地走回自己的小屋去，西奥现在也住在那里了。不过他走到门口的时候，就听到里面传来芮恩和西奥的声音，他们一定是在等着他回来。他们说话的声音很轻，听不清任何字眼，但是汤姆知道他们在说些什么。他们正在相互讲着那些汤姆和赫丝塔也曾相互诉说过的话语；恋人们总是会相互讲这些话，还总是会以为他们自己才是第一对说出这些话来的人。

汤姆不想打断他们，于是便转身离开，再度走到外头。他攀上了生锈的山丘之间，缓步散心。西边的天空看上去遍布瘀痕。我应当做些什么，他想。我为新伦敦只做了那么一点，实际上，就只有带来麻烦。我应当在这件事上做些什么。从某种程度上说，这是我的责任，一件家庭事务。可我怎么能阻止奥丁呢？我甚至不知道绿色风暴在哪儿控制它……

然后他想，也许我没法阻止奥丁，但也许我可以阻止他们把它用在新伦敦上。

纳迦将军是个好人，芮恩经常说起他在云中9号上是如何待她的，说他有多么公正、多么文明。也许他使用这件武器只是因为他害怕了、绝望了。也许他是那种听得进道理的人。如果他能与一个伦敦人会面，听取有关新伦敦的第一手信息，他肯定会明白绿色风暴没有理由要害怕它的吧？

汤姆全身抖得厉害，不得不坐下来。这能做得到吗？他觉得有可能。“鬼面鱼”号的油箱里有足够的燃料能够飞到永固寺。随后他就想起西奥告诉过他赫丝塔是如何救了纳迦夫人的。她也在山国吗，甚至就是现在？也许她能帮忙说服纳迦将军来听汤姆必须告诉他的事情？

他走回伏尾区。他在外头走的时间比他意识到的长很多；芮恩和西奥等他都等得睡着了。汤姆悄悄地从他们边上走过，来到自己的背包前，找出纸和一支铅笔，给女儿写了一封信。他把信留在她身边，站着俯视了她一会儿，听着她的呼吸，看着她的手指在睡梦中轻轻摆动，就好像以前她还是个婴儿的时候，他常常做的那样。他亲吻她的额头，她在睡梦中露出一个微笑，朝西奥依偎得更近了。

“晚安，小芮恩。”汤姆说，“睡个好觉。睡个好觉。”

然后他走出小屋，背起背包，离开了伏尾区，朝着霍洛韦路和“鬼面鱼”号停泊的地方走去。

在伦敦西面的平原上，沃尔夫·科波尔德站在他最喜欢的一个观察哨位上，位于哈洛巴洛的装甲脊柱上方。这座收割郊镇静止不动，埋在一座松散页岩的长长山丘之下，只有几座伪装得很好的炮台和瞭望塔露在外面。自从离开穆尔瑙集群以来，它只有在晚上才赶路，因为尽管绿色风暴的军队已经溃败，这片土地依旧是敌方领土：沃尔夫不想让他前往伦敦的旅行被任何愚蠢的战斗所打扰。

然而今晚，这座郊镇准备上路的时候，各种打扰都来了。

沃尔夫转动他的战地望远镜，数到了七……九……十二座巨大的篝火在西面燃烧。他太年轻，不记得美杜莎，但这个名字跳进了他的脑海里。他的瞭望哨——心腹之人——曾报告说有一道光刃从天上劈下来，点燃了那些火焰风暴。他侧着脑袋，盯着天上的群星。它们现在看上去可无辜了。

旁边的一个舱门吱呀一声打开。豪斯多弗钻了出来。

“怎么？”

“跟管无线电的小子们谈过了。”豪斯多弗说，“他们一直在尝试联络曼彻斯特、温特图尔、科布伦茨。什么回音都没有。从多特蒙德传来过某种求救信号，然后那个信号也静默了。”

沃尔夫盯着燃烧的地平线：“穆尔瑙呢？”

“不好说。现在每个频率上都有干扰。不过看起来蘑栖人找到了一个新玩具。”他等待着命令，但是却没有命令下达，“你想要我们掉头回去吗，还是别的什么？”

“掉头回去？”这个念头让沃尔夫略微惊讶。他考虑了片刻，然后摇了摇头，“你知道在六十分钟战争之后，什么东西存活下来最多吗，豪斯多弗？老鼠和蟑螂。这是真事。我从一本历史书里读到的。蟑螂和老鼠。所以让那些老城市烧去吧。现在是哈洛巴洛的时代了。一个属于狡猾、潜藏的生物的时代。启动引擎。笔直驶向伦敦。”

第4卷

40　他们对天空做了什么?

赫丝塔和她的同伴们从肖将军的新总部的射击缝后观看，见到火焰从天空中垂下，触碰到了那些正在朝前线指挥所趋近的城市，把它们逐一变成了灼热燃料和白炽气体的火柱。史莱克和他们在一起，但什么都没看见。那件神秘武器的能量脉冲干扰了他脑袋里同样神秘的机器，令他的视野一片空白，覆盖装甲的躯体无助地颤抖着。那些更加低级的潜猎者没有史莱克那样的力量，也没有伊诺妮在边上照顾，所以表现得更糟。黎明时分，前线指挥所的守卫者们发现他们的战斗潜猎者像倒下的铅铸士兵一样散布在战壕里。不过到了那时，这也已经不重要了，因为在西面的平原上，原本有许多城市和郊镇还有一群群飞艇集结的地方，现在除了烟雾外什么也没有了。

“他们对天空做了什么？”吃早餐的时候，赫丝塔一边问，一边朝窗外望去。头上的伤依旧让她感到虚弱。她一开始以为飘荡在屋顶上方的大理石色雾霾是自己病症复发的前兆—— 一定是她的眼睛或是脑子里有什么地方出了问题。可是瞥了一眼伊诺妮和彭尼罗惊恐的脸之后，她便知道他们也能看见这番景象。

太阳升起来了，散发着粉红色的光亮，好像缩小了一圈。到处有一片片好像雪花一样的东西飘落。“下雪了？”彭尼罗抱怨道，“在夏天？”

“这是灰。”史莱克郑重地说，“天空飘满了灰。”

肖将军利用战斗的间歇把“愤怒”号修好了。“我们无法联系上山国。”她对她的客人们说，“那件新武器似乎干扰了我们的无线电设备。所以我要送你们回去，带给纳迦一条讯息。我们需要得到命令。我们要进攻吗？要不要收复他们从我们这里夺走的土地？还是只要等着他们投降就好了？”

伊诺妮望着从一座座死去的牵引城上升起的烟柱。她说：“我不相信纳迦有这么一件武器而从来没有告诉过我。我不相信他使用了它。那么多条生命全都消逝了。这太可怕了！”

肖鞠了一躬：“从个人角度讲，我同意。可是让我们别说得这么大声。阁下，我手下的人对这件新武器都极为惊叹。”

这话说得没错，当他们走向“愤怒”号停泊着的平台时，他们四个能听见欢呼声和胜利的歌声从前线指挥所的下层传来，也从四周的战壕和工事里传来。枪声像开香槟酒一样砰砰响起，那是松了口气的绿色风暴战士们把他们原本留给牵引城的一些弹药转而朝着天空射击。一颗子弹擦过他们前方几英尺处的金属人行道，他们起初还以为是某颗去势已尽的弹头从天上掉了下来。“伟大的保斯基啊！”彭尼罗气冲冲地尖叫，“再过一会儿他们就要打中某个人的眼睛了！”

等到一个脸涨得通红，表情狂暴的士兵冲到了他们的路上，把另一发子弹推进他手中卡宾枪的枪膛，他们才意识到刚才那颗子弹本来是瞄准了伊诺妮的。

“阿留申人！”那名士兵大吼道。他指着伊诺妮对那些赶紧来到他身后的战友说：“她在这里，朋友们！那个试图摧毁风花并且诱惑纳迦的阿留申叛徒！”

史莱克站到了伊诺妮身前，亮出了他的指刃。那名士兵的同伴们匆忙后退，不过他还站在原地，仍旧在高喊：“你的日子到头了，阿留申人！**她复活了！**我们都听说过那些事了！一个潜猎者在布赖顿杀死了上千个城镇人！圣山上发现了一艘两栖贝壳船！潜猎者方回来了！”

赫丝塔拔出枪来，但是伊诺妮在她朝那个愤怒的士兵开枪前捉住了她的手腕：“不。让他去。谁知道他经历了什么痛苦呢？”

这时肖将军手下的几个人早已急急忙忙地从系泊平台赶来，把那个找麻烦的人拉走了。当他们抓住他的时候，那人还在尖叫：“纳迦才不可能让牵引城像这样烧起来！这是她的胜利！潜猎者方已经回到了天京，杀死了那个无能的懦夫！飞回家去吧，阿留申人，这样她就能把你也杀了！”

肖手下的人把他绑走了。伊诺妮浑身发抖。赫丝塔扶着她的胳膊，引着她快步朝系泊平台走去：“别担心。他疯了。要么就是喝醉了。”

“我从这儿的其他单生人那里听到过同样的谣言。”史莱克说，“当失败无可避免的时候，幻想旧日领袖归来对他们来说是一种安慰。”

“可是方已经死了，对吗？”彭尼罗说，他试图躲在潜猎者身后，“你砸碎了她。”

“她是死了。”伊诺妮说，“她肯定死了……”

然而半个小时之后，当“愤怒”号载着她升入被玷污了的天空中，开始往天京飞回去的时候，她依然微微颤抖着。

伦敦。夜晚让位于昏沉沉的黎明。到处都是浓雾。大雾弥漫在废墟边缘，那儿的残骸渐渐融入绿色灌木丛生的原野，大雾弥漫在废墟中心，那儿的雾气在锈蚀的甲板堆之间翻腾。大雾弥漫在子宫区的路上，大雾弥漫在生锈的山丘上。大雾潜入了伏尾区的小屋和棚子，大雾飘荡在一无所见的瞭望哨和毫无生气的风车周围，大雾垂落在停放在秘密机库中的“始祖鸟”号的舵片和索具上。大雾在平原上堆积得如此浓密，以至于在上空监视的潜猎鸟看不见伦敦的任何事物，只有废墟中几座高高的尖塔从雾气中探了出来，仿佛参差不齐的岛屿从白色海洋中破浪而出。

芮恩从不安的睡梦中醒来，听到屋檐上滴答滴答滴落的水声；西奥就在她的身边（所以至少他不是一场梦）；爸爸却还没有回来。她不情愿地从西奥温暖的身边离开，漫步穿过寒冷的小屋，朝每一个房间里张望："爸爸？爸爸？"

她回到西奥身边时踩皱了脚下的信。她的脑袋仍旧昏昏欲睡，所以她把他留下的简短讯息读了两遍，才开始明白过来。

她的哭声吵醒了西奥，她把信塞给他看。

我亲爱的芮恩：

当你读到这封信的时候，我应该已经在空中了。我很抱歉这样不辞而别，但是，就像你曾经写给我的那样："你只会试图阻止我。"我不想被你阻止，也不想记住你哭泣与不安或对我生气的样子。我以后只会一直记得我今晚看见你的模样，和西奥安全地待在一起。

我要去试着向绿色风暴解释，新伦敦对他们来说并不是威胁。那件新武器改变了一切，但我相信纳迦将军是一个好人，也许，要是我能令他明白我们伦敦人与他的人民并没有太大的不同，那样他就会让我们和平地离开了。也许我甚至能说服他停止使用那件新武器。我必须得试试。

我希望我过几天就能回来，亲眼见到新伦敦离开，但如果我死了，那也真的没关系；事实上，芮恩，反正我也快死了。巡回城的医生早就告诉过我。我已经拖了一段时间，应该很快就会死吧，有没有绿色风暴都一样。

奇怪的是，我对此一点也不在意，因为我知道，你会继续活下去，见识许许多多美妙的事情，而且总有一天你也会有自己的孩子，让你欢喜，让你担忧，就像你对我一样。我想，那就是历史教会我们的事情，即使一个个人终将死去，即使一个个文明也烟消云散，生活还是会继续；那些简单的事物会持久不变；它们会被一代又一代的人所重复。好吧，我活过我的生活，现在轮到你了，而我想要试着确保你所生活的世界里，至少会少掉一个威胁——

西奥都还没读完，芮恩就已经穿上外衣，快走到门口了。他很高兴有借口让自己不再读下去，这封是私人信件，他觉得自己这样看别人的信是不对的。“你去哪儿？”他问道。

“当然是机库啦！”

“他已经走了……他这么说的……”

“我知道他说了什么，可是我们不知道他是什么时候写的信，不是吗？他还生着病，也许他走完霍洛韦路所花的时间比他估计的要长。”她没有哭得稀里哗啦的，只是对汤姆居然有这么大的秘密瞒着她感到十分生气。他到底是怎么想的，以为没有她的帮助就可以独自一路飞去山国？

她和西奥一起向外跑去，只在厨房停了一下，讨了一瓶水。安琪正在帮忙做早餐。芮恩把信件塞给她，说道："叫醒珀玛罗伊先生，把这个给他看！"然后在安琪开口问问题之前飞快地跑了出去。

天色灰暗阴郁。芮恩觉得空气中弥漫着灰的气味，就好像那些被屠戮的城市所散发出的烟雾形成的巨幕一夜之间向东飘来，覆盖了伦敦。他们越跑，四周就变得越暗；浓雾遮蔽了废墟地区的深处，小径两旁高耸的残骸尖顶与锋利边缘看上去鬼气森森。

"你爸爸说的是真的吗？"西奥边跑边问，"他真的病得那么重吗？"

"当然不是了！"芮恩答道，"他这样说，只是因为他觉得这样我就不会对他去山国的事太难过了。他的心脏有时会痛，但他有药。那种绿色的药。"

浓雾越来越重。他们来到位于霍洛韦路东端的终点站时，连前方十英尺远的地方也看不清楚了。等到他们终于从这条旧管道中钻出来，便发现自己置身于一个白茫茫的世界中，尽管手拉着手肩并肩站在一起，他们还是几乎看不见对方的脸。

起初他们以为两架飞艇都飞走了，直到西奥撞到了"始祖鸟"号下方的尾翼，他们才意识到只有"鬼面鱼"号不见了。

"谁在那儿？"一个紧张的声音大喊。

"是我！芮恩！"

浓雾中出现了一团灰乎乎的痕迹，然后逐渐凝聚，变成了威尔·霍斯沃思与杰克·亨森。

“是哦，真的哪。”杰克说。

“过去吧，朋友。”威尔说。

“我爸爸在哪儿？”芮恩询问，她可没时间玩士兵游戏。

“他今天一大早来的。”杰克说道。

“很早。”威尔附和道，“他说珀玛罗伊先生叫他驾驶‘鬼面鱼’号去执行一趟侦察任务，很快就回来。我猜他现在正在上空兜圈子呢，被这场大雾耽搁了。”

“雾可是伦敦的真正特色哦！”杰克说道。

“为什么不阻止他，你们这群笨蛋！”芮恩尖叫起来。

“冷静一点！”

“他说这是委员会的命令。我们不能质疑的。”

“他带武器了吗？”西奥问。

威尔和杰克看上去怯懦不安：“不，他来这儿的时候没带。”

“可他让我们给了他一支闪电枪。他说要是他在这片豌豆汤一样的浓雾里遇到潜猎鸟的话，可能就派得上用场。”

芮恩转向西奥，几乎瘫倒在他身上。从霍洛韦路一路走来，她早已精疲力尽，而且她预感自己再也见不到父亲了。她想要放声大哭：“他走了。他永远地走了！”

脚步声和说话声带着阵阵回音从霍洛韦路潮湿的入口处传出。有人正朝这里走来，他们发出的声音在他们前头沿着隧道滚滚而来。西奥搂着芮恩安慰她，两人都等着那些新来的人出现。电提灯的强烈光束穿破浓雾，照出了空气中的一颗颗细小水珠，却没有映亮任何东西。

“扎戈瓦人吗？”灯光后方有一个暴躁的声音问道。

“我？”西奥反问道。

“举起你的双手来！离开那艘飞艇！”

“我根本不在它边上。”西奥抗议道。

“不，站在飞艇边上的是我。”威尔·霍斯沃思说。

“是吗？”浓雾中走出一个模糊的人影，是加拉蒙，他拿着从沃尔夫·科波尔德那儿抢来的左轮手枪。“芮恩在哪儿？”

“在这儿。”芮恩说道，“这是在干什么？”

“看来，我们及时地抓住了你们。”加拉蒙说。

“什么及时？”

其他身影出现在加拉蒙身后，他们在雾中像一圈石头般包围了芮恩与西奥。芮恩觉得自己在他们之中认出了荣·霍奇和凯特·卢帕里尼。

“他们打算偷走‘始祖鸟’号！”加拉蒙得意扬扬地大声说道，“纳茨沃西开着他自己的飞艇朝东飞走了，现在他派他的女儿和他们的绿色风暴同伙来开走‘始祖鸟’号。他们计划等绿色风暴的潜猎者攻进来时，让我们无路可逃。”

“你在说什么呢，你这个傻矮子？”芮恩大叫道，“我爸爸是去试着找纳迦谈谈……”

“没错！好把我们出卖给他的绿色风暴金主，是的，我们已经读过那封信了。我就觉得事情未免也太巧合了一点，你们的非洲朋友就正好在潜猎鸟袭击我们的那一刻出现了！是你们策划了那次袭击，好让他现身救我们，你觉得这样就能让我们相信他。好吧，芮恩·纳茨沃西，我要告诉你，我不相信他，我也不相信你，我更不相信你的叛徒父亲！”

芮恩的拳头完完全全地打中了他的鼻子。加拉蒙向后退入大雾之中，发出含混的尖叫（“喔！饿的鼻计！饿的鼻计！”）。芮恩还想整个人都扑到他身上去，尽管她已经看不到加拉蒙在哪里了，不过西奥阻止了她。芮恩一边抽泣着，一边冲着隐藏起加拉蒙的浓雾大喊：“你凭什么读我的信？那是私人信件！是我爸爸写给我的！我告诉安琪给珀玛罗伊先生看，没说给其他人看！”

“芮恩。”凯特来帮助西奥制止她，一边说道，“芮恩，芮恩……”

“加拉蒙才是真正的叛徒！等珀玛罗伊先生听说你企图逮捕西奥，他会——”

“芮恩……”

“什么？”

凯特低下了头，雾气凝成的水珠从她的发际滴落：“珀玛罗伊先生死了。”

“什么？”

“安琪拿着你爸爸的信去他的小屋时发现了他。昨天发生的一切对他来说肯定太刺激了。他是昨晚去世的，在睡梦中。”

加拉蒙脚步踌跚地从浓雾中走出来，一只手紧紧抓着鼻子，血不断从下巴淌下来。“把搭本都抓几来！”他带着鼻音下令道，“绑住搭本的帚。把搭本带到补尾居巨。宁急委员柜将决定怎酿主置搭本。”[1]

---

1. 加拉蒙因为受伤，说话口齿不清，就为：“把他们都抓起来！”他带着鼻音下令道，“绑住他们的手。把他们带到伏尾区去。应急委员会将决定怎样处置他们。”

41　在永固寺

“鬼面鱼”号噗噗地向东飞越被污染的天空，朝标志着山国东部边界的群山壁垒，以及那条穿越群山的宽阔通道飞去。这条通道被永固寺阻挡并把守着。当汤姆接近这座要塞城市的时候，他打开了无线电设备的通用频道，又发了一条消息，自从他离开伦敦起就一直在重复发送同样的消息，解释他是带着和平而来的。不过还是没有任何答复。他转动着无线电收发机前面的旋钮，上下调动电波的频率。静电噪音噼噼啪啪直响，好像松球扔进了火里一样，还有某种尖锐刺耳的干扰。隐隐约约地，在呼啸的白噪声之下，有人在用山国语讲话，语速飞快，语气恐慌。

再有十英里就到那条山脉了。汤姆从前曾在这片天空上飞过，和赫丝塔一起，从永固寺飞往伦敦，试图阻止另一件古老的武器。他试着不去想那趟航行是如何终结的，但那些记忆不受控制地泉涌而出。

疑虑开始咬啮他的内心。那一次他失败了，而他还会再次失败。他那个恳求纳迦的计划，昨晚在他看来还是如此有希望，然而现在却越来越让人觉得像在发疯。他不应该在这里的！他应该和芮恩待在一起……

他开始让“鬼面鱼”号转向，可就在他这么做的时候，他看到三个箭头形的黑色物体等候在他船尾方向的天空中。他觉得自己的心脏像只拳头一样攥紧了。关于昨天的袭击以及盗贼之窟那条长梯上的潜猎鸟的记忆围绕着他不停旋转。他从副驾驶座位上一把抓起杰克·亨森的闪电枪，努力让自己做好攻击准备。这些鸟会在很短的时间里就干掉“鬼面鱼”号，但至少他会带上它们中的十几只一起上路。

这些鸟待在原地。他开始明白过来它们不会攻击，只是监视着他。也许自打他从伦敦上空的雾层中飞升出来时，它们就已经在这儿了。在这片模模糊糊、焦油般的棕色光亮中可很难看清任何东西……

随后，终于，他一直等待着的声音在无线电里沙沙响起，那是一个严厉的声音，说着山国语。他朝东望去，便看到两艘狐狸精型飞艇的白色气囊在阴沉的天空中熠熠生辉。那个声音将它的命令翻译成了盎格鲁语：“野蛮人飞艇，关掉引擎。准备接受登舰。我们是绿色风暴。”

汤姆刚来得及把闪电枪藏到高居于气囊之中的一个隐蔽地点，那些人就登上了飞艇。他们就和汤姆记忆中盗贼之窟的绿色风暴士兵一样不友好，但他们不再像以前那样傲慢了，他们似乎很害怕：“你是怎么知道纳迦将军在永固寺的？”当汤姆试图解释他在他们城市的空域里做什么时，他们愤怒地质问道。

“我不知道。他是在这儿吗？我还以为他在天京。那儿是你们的首都，不是吗？我以为你们能把我从永固寺带到天京去。”

“天京已经没了。”绿色风暴巡逻队的首领说，一边紧张地在“鬼面鱼”号的飞行甲板上踱来踱去。

“没了？你是什么意思，没了？”

这个年轻的军官没有回答，然后她说：“方安娜的飞艇就叫作‘鬼面鱼’号。我在基础培训的时候看过一部讲述她生平的电影。”

“这就是那艘飞艇。”汤姆热切地说，“安娜是我的朋友。我从她那儿继承了‘鬼面鱼’号，当时她，当时她……”

“安静！”那位军官用山国语尖叫道。她迅速转身，平息手下人之间爆发出的一阵交头接耳。他们似乎来自五六个不同的国家，正忙着为彼此翻译汤姆的话。那位军官又吼了几条命令，于是其中两人走上前来抓住汤姆，并铐住了他的手。“你要跟我们去永固寺。”她说道。

“我只想得到机会与纳迦将军谈谈。”汤姆满怀希望地说，“我有重要的事情要告诉他。”

“关于那件新武器吗？”

“好吧，有一部分是，我想……”

更多的交头接耳，更多的命令，没有一句是以任何一种汤姆听得懂的语言说出来的。一些人回到了他们自己的飞艇上，将蛛丝般细长的登舰连接桥卷了回去。那位军官接手了“鬼面鱼”号的操控。他们朝永固寺飞去时，汤姆的目光越过她的肩膀张望，回想起了多年以前他与安娜和赫丝塔第一次来这儿时的场景。盾墙就像以前一样陡峭黝黑，而且依然以死去的城市的甲板作为盔甲，将这些甲板做成了巨大的金属圆盘，好像古代战士的盾牌一样。但在其最高处，联盟的橡树叶旗帜曾经飘扬的地方，如今变成一面面闪电旗耷拉着挂在发红的阳光中，在它们之间矗立着一座方安娜的巨大雕像，雕像指着西方，召唤群山的子民来对抗牵引城市。“鬼面鱼”号一路降落经过雕像旁边时，汤姆注意到她比真正的方安娜要漂亮多了，而且有许多鸟粪撒落在她的脸上。

然后他们就翻过了盾墙，沿着这座垂直城市的东侧下降，那些漂亮的阶梯道路和燕窝般的房子都还像汤姆记忆中的一样，只不过在最底层额外建造了一些系泊平台，还有数百座四四方方的混凝土军营如今覆盖了湖泊西端的山谷底部。“鬼面鱼”号从它们上方飞过，飞往市区之外的一簇建筑，它们坐落在从通道北壁向外凸出的一座巉岩峭壁上。汤姆瞧见一座古老的尼姑庵盘踞在崖顶的平地上，周围有许多帐篷环绕，似乎是某种营地。闪电旗无处不在，间杂着纳迦将军的巨幅画像。“鬼面鱼”号降落在悬崖底下的平台上，那儿有人用白色的石灰草草地写了几个巨大的汉字，而在其下方，又用歪歪扭扭的盎格鲁语写着：她复活了！

“那是什么意思？”汤姆问道。

“什么意思也没有。”抓住他的人厉声说道，“都是那些反对纳迦的麻烦制造者的谎言。”她是一个冷酷的年轻女人，根本没有心情聊天。不过她至少还是允许汤姆留下了他的绿色心脏病药丸，随后她的手下便推搡着汤姆穿过平台，来到平台后方几座低矮碉堡之中的一座，然后又进入了一间小小的石灰粉刷过的混凝土牢房里。

自始至终他都被呼来喝去，或者被押着走；自始至终都有别人看管着他。汤姆觉得无所畏惧，反正接下来发生的事情也由不得他，而且似乎也无关紧要。然而等到铁皮门在他身后砰然关上，只剩下他独自一人时，恐惧就慢慢爬上了他的心头。他在这里做什么？芮恩在伦敦又是如何对待他的离去的？而那个绿色风暴的姑娘说天京没了的时候，她是什么意思？是他听错了吗？还是她用错字眼了呢？

牢房里非常安静。这很奇怪，因为他上次在永固寺的时候，根植于他记忆中的那些事物之一就是各种声音：出租气球马达的噗噗声，街头小贩的叫卖声，还有从敞开的茶馆和酒吧里传出的音乐声。他站在牢房角落里的床铺上，从一扇装着栏杆的小窗朝外望去。城市在他眼前延伸开去，在这片由阶梯和住宅构成的陡坡上，除了旗帜之外没有任何移动的物体。没有烟从烟囱中飘出，没有飞艇等候在空港里。陡峭的街道上只有零星几个匆忙的身影。这座城市仿佛被遗弃了，而留下来的人全都去悬崖上头搭起了帐篷。真是神秘……

脚步声和说话声从他门外的狭窄入口通道里传来。他跳了下来，惊讶不已。他本来预料要等上好几个小时或者好几天之后绿色风暴才会来处置他。但是门打开了，荷枪实弹的卫兵身穿白色制服守在门的左右两侧，用他们的枪指着汤姆。在铮铮的盔甲声中，一个高大的黄皮肤男子走了进来，汤姆认出那就是纳迦将军，动力装甲载着他通过低矮的门口时，他不得不弯下腰来。汤姆松了口气，他希望得到接见的要求得到了认真对待。不过他为这种速度感到吃惊，也有点惊慌失措，因为他还没完全想好要对这位相貌凶狠的战士说些什么。

纳迦缓缓上下打量着汤姆，观察到了他风尘仆仆的衣服和蓬乱的头发，于是本来就细的眼睛眯得更细了。他的装甲看上去到处是刮擦的痕迹，显得十分破旧，里面的伺服马达每当他移动的时候就发出不正常的摩擦声和挤压声。他的脸上有一道伤口，新近才贴上纱布和胶布。

“你是野蛮人的特使？”

汤姆吓了一跳。这个人在说什么啊？

“你乘着风花的旧船前来，自称要谈谈关于那件武器的事。可是你看起来就像个空中流浪汉，甚至都没穿制服。现在牵引城社会已经对胜利如此确定，以至于他们希望我向一个小丑投降吗？”

“投降？可那件新武器……”

“是的，是的！”纳迦大声喊道，“那件新武器！你们摧毁了天京；你们摧毁了永固盐海，你们还差点摧毁了我！”

汤姆觉得就好像突然间发现某张一直以来引导他通过危险地域的地图其实是上下颠倒的一样。一种噩梦般的感觉。假如纳迦没有控制那件叫作奥丁的武器，那是谁干的？牵引城吗？可昨晚西边的那些大火……难道绿色风暴没有见到那些城市在燃烧吗？难道这个消息没有传到他们这儿吗？

他闭上双眼，深呼吸了一会儿。这一切都超出了他的控制。但他还是可以完成他来这儿的最初目标的。“我跟牵引城社会没有关系。”他说道，“我来自伦敦。”

“伦敦？”

“我是来请你……来恳求你……那儿的幸存者们——我知道你知道他们——他们正在建造某样东西，那样东西已经造了很多年。他们正在建造一座新的城市，一座飘浮的城市，不会伤害大地，也不想要吃你们的任何定居城市。我来这里是要告诉你，他们——我们——不想伤害你们，我们与绿色风暴之间没有争执。要是你能撤走你的鸟，让我们和平地离开废墟地区……”

纳迦皱起眉头：“一座飘浮的城市？”

“这叫磁悬浮。”汤姆说，“它可以说是飘浮……”他挥舞着胳膊，试图演示，然后想起了拉维妮娅·柴尔德麦斯说过的某些话，“它其实根本不是一座城市，更像是一艘非常大、飞得非常低的飞艇。我的女儿就在那儿……”

纳迦转向他身后的军官之一，用山国语厉声吼了几句。汤姆听不懂多少字，但他认出了那种语调。将军问的是："这个家伙疯了吗？为什么你要让他来浪费我的时间？"过了一会儿，他没有再看汤姆一眼，就大步走出了牢房。他的卫兵跟在他身后。

"求求你。"汤姆嚷道，"你的妻子会为我担保的！她在这里吗？她的同伴们在这里吗？"（他突然想到，如果天京被摧毁了，那么赫丝塔可能也跟它一起被摧毁了。）他说："求求你，我是西奥·恩戈尼和赫丝塔的朋友……"

"我的妻子？"纳迦转过身来盯着他，"她正在回家的路上。等她到了，我一定会把关于你的一切告诉她的。"不过他把这句话说得好像威胁一样，而不像是一句承诺。

门重重地关上。汤姆再度独自一人了。

在门外，纳迦停下来想了一会儿。他的手下聚集在一起，害怕地朝笼罩在雾气中的高耸的永固寺看了一眼。他知道他们在害怕什么。在摧毁了天京之后，野蛮人没有将他们的邪恶武器转向盾墙，为他们打开一条通往群山之国的道路，这似乎让人难以置信。然而，当他从天京的大灾难中设法抢救出几艘飞艇，在黎明时分飞到这里时，他们却发现此地完好无损，尽管民众和半数驻军早就逃到了山里。城镇人在等什么呢？（纳迦忽视了那些说牵引城市也都在昨晚被摧毁了的报告。这些报告肯定是搞错了，或者是敌人为了令绿色风暴更加混乱而散布的谎言。）

而这个疯子纳茨沃西乘着风花的旧船出现在这里，又意味着什么呢？

“伦敦。”他喃喃自语地说，“可怜的德朱曾经对我说起过一些关于伦敦的事情。”

他的一名军官，来自永固寺驻军的一位少校，动作潇洒地敬了个礼，说道：“那里的棚屋居民越来越活跃了，阁下。我们一直在用间谍鸟监视他们。”

“你有记录吗？”

“在千阶大道的情报办公室里有一份文件。”

“快去那里，把它拿来。”

少校敬了个礼便跑了，他的脸色因恐惧而发灰，显然预想着随时会有火焰从天上落到永固寺来。纳迦望着他离去。他惆怅地想了片刻伊诺妮，然后切断思绪，喃喃地说道：“伦敦……”

他还记得风花死后的那一晚，当时他站在盾墙的顶端，在他下方，北方舰队焚烧的烟雾从机库升起，伦敦的闪烁灯火则遥远而又暗淡。在纳迦将军看来，世界上的一切麻烦都始于伦敦。

42　葬礼鼓声

那天下午，当大雾渐散，污浊的阳光穿破雾气照在废墟地区上，伦敦的人民埋葬了他们的市长大人。应急委员会的八名成员没有戴帽子，袖子上系着黑纱，抬着那位老历史学家裹于寿衣中的尸体，走在一条锈铁山之间罕有人至的蜿蜒小道上。其余的伦敦人紧随其后。泰麦克斯·格劳特在一只用旧油罐做的鼓上打出了一种连绵不断的肃穆节奏。嘭，嘭，嘭，回声远远荡开，飘过废墟，飘过外面的平原，袅袅升入斑驳的天空，几只潜猎鸟仍在天上盘旋，飞得极高，哨兵们始终用充足了电的闪电枪警戒着它们。

普特尼河谷[1]是一片长满苔藓的地方，环绕在大堆的残骸碎片之间，这里树木亭亭如盖，浓荫遮蔽着自从美杜莎之夜以来其他故去的伦敦人。委员会成员们将他在这里放下，在他身上堆起泥土，然后用一块金属标牌为墓地做了标记。标牌上刻着他的公会徽记，一只回溯过去的眼睛。拉维妮娅·柴尔德麦斯向魁科念了一段祷文，祈求这位伦敦的创造者在幽冥之国迎接老人的灵魂。（身为一名工程师，她并不相信有神明或者死后的世界。不过她是珀玛罗伊的朋友，也是他的副手，她明白这种仪式是有必要的。）然后克莱蒂·波兹上前一步，用尖细而颤抖的声音向克莱奥女神唱了一首赞歌。

“他本该带领新伦敦驶出废墟地区的。”岚·皮博迪说。他对这一切不公愤愤于怀。

“现在……”加拉蒙先生说，“到了我们该选出一位新市长大人的时候了。”

“拉维妮娅会成为新任市长。”克莱蒂·波兹说道，“珀玛罗伊先生以前就是这么想的。”

“珀玛罗伊先生死了。”加拉蒙说，“委员会必须表决。然后我们就得讨论如何处置那些囚犯。”

芮恩没被允许参加葬礼。其他伦敦人为她求情，但是加拉蒙态度坚决，他的鼻子肿得有平常的两倍大，颜色像只茄子；他坚持认为芮恩和西奥是危险的绿色风暴特工，必须得锁起来。于是他们就被关进了两只多年前从城市残骸里拾来的旧笼子里，笼子以前是在环路公园的动物园里用来关动物的，现在被放在了伏尾区的一个阴湿角落里，

---

1. 现实中也是伦敦市内的一个地区，其中最出名的地标就是一座墓园。

加拉蒙用它们来关押任何他认为可能会威胁到伦敦安全的入侵者、杀人犯、疯子。但其实这些笼子以前从来没有派上过用场。当加拉蒙手下那些士兵们心怀歉意地将芮恩和西奥推进笼子里，加拉蒙看上去极为自得，在他们俩的身后用一把锁将笼门锁上了。

在那儿的阴影之中，芮恩仅有的家具就是一块床垫。她坐在床垫上为恰德雷·珀玛罗伊念了一段祷告，一边听着嘭，嘭，嘭的葬礼鼓声含含混混地传来，像心跳一样回荡在废墟上空。

"现在怎么办？"西奥在他的笼子里问道。尽管在伏尾区的这部分非常阴暗，芮恩还是能看到他隔着栏杆望着她。假如他们俩都伸出手去，他们就能碰到对方，但仅仅是他们的指尖能够相互碰到："接下来我们会怎么样？"

芮恩不知道。如此被控告并关押起来，实在让人伤心，可她觉得很难对愚蠢的老加拉蒙和她所有的伦敦朋友感到害怕。总有一天一切都会水落石出，她确信这一点。尽管如此，她还是难以好好地思索这件事；她的心思都被对珀玛罗伊先生的悼念和对她父亲的担忧占满了。

他们睡了一小会儿，又聊了一小会儿。芮恩无聊地用笼子上的稻草摆着图案。白昼悄悄溜走了。到了傍晚，当晚餐锣声召唤大家到公共食堂去时，安琪·皮博迪给他们带来了食物和清水。她把锡碗从笼子栏杆间塞进来，视线躲避着芮恩的目光。

"安琪？"芮恩问，"你不相信加拉蒙说我们的话吧，对吗？你知道我根本不是间谍的。”

“我再也不知道该相信什么了。”少女生硬地回答，“自从你们来了之后，就没有别的，只有麻烦，这点我是知道的。昨天来了那些潜猎鸟，然后你的朋友就出现了……萨博伤得很重，芮恩，我们都不知道他还能不能恢复视力，而且他脸上一辈子都会有疤了，你却一点都不关心，你昨晚就光顾着跟你的男朋友还是什么的出去了……这种行为看起来可不太好，对么？”

芮恩惭愧得晕头转向。的确，她没怎么想到萨博和其他在袭击中受伤的人，她心里想的都是西奥。“这是我做得不对。”她承认道，“可是也不能因此就说我是一个绿色风暴间谍啊。安琪，一个星期前，加拉蒙还说我们是哈洛巴洛一伙的，说是我和我爸爸把沃尔夫·科波尔德带来这儿的，你还记得吗？”

“我们怎么知道科波尔德的身份就是他说的那样？”安琪反驳道，“你说他跑掉了，去找他的哈洛巴洛。但他可能也是绿色风暴的人，现在已经安全到达永固寺或者别的什么地方了。”

这让芮恩想到了她的父亲。她从栏杆间伸出手去，想要碰到安琪，但安琪飞快地退后了：“安琪，你得让我从这里出去！我必须想办法跟上爸爸……”

安琪又后退了一步，消失在阴影中。“加拉蒙先生说咱们不能和你们讲话。”她说道。

芮恩一头扑到了床垫上，床垫回敬以一根尖利生锈的弹簧，蹦出来顶到了她的腰上。“我很抱歉，西奥。”她说。

“这不是你的错。”

“是我的错。要是我没有写信给你，你肯定还和你们自己人待在一起呢。你根本用不着到这儿来。”

“在云中 9 号上的时候，要是那天下午你没有在彭尼罗的游泳池边上和我讲话，我就已经在绿色风暴进攻云中 9 号的时候被杀死或者俘虏了，你也就根本用不着为我担心了。”

芮恩从笼子中伸出手去，碰了碰他的手指。她抚摸着他指甲坚硬温暖的轮廓曲线，抚摸着指甲边上略显粗糙的皮肤，抚摸着他手指上的涡纹，就好像在摸着一幅微型盲文地图上的等高线。

那天晚上的更晚些时候，他们被一个芮恩最没有想到会来看他们的人惊醒了。“芮恩？”一个声音问道。芮恩睁开双眼，就看到拉维妮娅·柴尔德麦斯蹲坐在她笼子的门外。这位工程师带了一盏蓝色玻璃罩的电提灯。在昏暗的灯光下，她的光头像一个异星球的月亮一样闪耀。芮恩爬起身来，又一次被床垫弹簧戳到了。她听到西奥也在隔壁笼子里有了动静。

“芮恩，我亲爱的，你醒了吗？”

“七八分吧。出什么事了？是关于爸爸的吗？”

“他还没有回来，孩子。”

“那么……”

“我们有了一位新的市长大人。”这位工程师说，“委员会今天晚上选出了他。”

“可我以为你是珀玛罗伊先生的副手，我以为……”

“委员会认为选一名工程师来当市长是不明智的。”柴尔德麦斯博士平静地说，“他们还记得克罗姆的统治。眼下战争临近，他们觉得选择一个具有安保工作经验的人才是明智的做法。”

“你不会是说……”

“加拉蒙先生现在是伦敦的市长大人了，芮恩。他利用了委员会的恐惧，来让他们支持他。我很抱歉地告诉你，他将很多人都推到了你的对立面上。我想大多数伦敦人都相信你和西奥还有你父亲是与那些潜猎鸟以及可怜的恰德雷的死有关的了。”

“可是……”

“嘘！我想他们会饶恕你，芮恩，毕竟，你是一个伦敦人的女儿。可是加拉蒙将要提议杀死西奥，而从今晚在食堂的各种言论来看，我想委员会中的大部分人都会站在他那边。他说我们不能允许一名反牵引主义者住在这里，并了解我们的秘密。”

“他疯了！”

“也许他是有一点。肯定是有妄想症。可怜的加拉蒙，在美杜莎之夜的时候，他还没现在的你大。他活下来的原因是他当时被关在深肠监狱里，因为马格努斯·克罗姆将他作为一名同情反牵引主义者的人送进了监狱。灾难次日，他带领一队幸存者东行，指望他一直敬佩的反牵引主义者会帮助他们，然而他们在平原上遇到的士兵就光朝他们开火了，可怜的加拉蒙靠躲在他朋友们的尸体底下装死才逃过一劫。”

“所以他才不相信反牵引主义者。”西奥说。

“可是这并不能给他借口去杀人！”芮恩抗议道，“而且这也绝对不能给其他所有人借口去放任他！”

“我同意。”老工程师说，“但是他们害怕了，潜猎鸟，战争，新武器。经过这么多年之后，就连离开废墟地区的提案也足以令他们不安。而当人们害怕的时候，就会激发出他们最坏的一面。所以我要让你们离开。我相信西奥能够帮你们在绿色风暴的某个定居地里找到安身之处。现在绿色风暴有了这件可怕的轨道武器，我觉得战争不会再持续多久了，所以你们在那儿的危险会比跟我们在一起要小得多。”

她伸手到她的橡胶外套里，拿出了某件古代科技设备，是工程师们肯定会一直放在他们口袋里的那一类东西。它看上去就像一个开罐器，像马蝇一样发出嗡嗡的声音，将芮恩笼子上的挂锁噼啪一下切开了。“我把你的背包带来了，芮恩。”柴尔德麦斯博士说着，走向西奥的笼子。芮恩还不太敢相信他们能出去了，她赶紧将胳膊伸进背带，将包包背在背上。

“让我来背。”西奥一边说，一边从他的笼子里爬了出来。

“我能行。我们轮流吧。”

拉维妮娅·柴尔德麦斯领着他们从一个小小的后门离开了伏尾

区，那仅仅是在伏尾区的甲板屋顶倾斜向下接触地面的地方开出的一个洞而已。她与他们从这个洞里钻出来，然后站在那儿望着他们出发进入废墟。随着他们渐渐离她远去，他们便靠得越来越近，就好像他们觉得一位老工程师是不会赞成人们手牵手的，于是想要等到安全地躲进阴影里之后再相互接触一样。

拉维妮娅笑了。她也曾有过自己的孩子，不过在过去的日子里，工程师公会把所有的新生儿直接带到公共育婴所抚养，从此她就再没见过她的小贝维斯。一定是很久以前就死了吧，她想，突如其来的悲伤让她回忆起了葬礼鼓声，回忆起了恰德雷·珀玛罗伊浑身冰冷地躺在普特尼河谷的泥土下方。如果她不是一位理性而自律的工程师，她肯定会觉得这个世界悲伤得让人没法活下去。

她望着芮恩和西奥，直到阴影和废墟吞没了他们。好吧，她想，少了一样要担心的事情。她快步穿过伏尾区，走上通往子宫区的路，返回她在新伦敦上的工作中去。

43 回家

“愤怒”号在日落后不久就抵达了永固寺，并在污浊的血色月光下飞过了盾墙。它朝着天京飞去，但一艘路过货船的主人建议它的船长改道：“天京在燃烧！野蛮人有了一样新武器！一支火焰长矛从天上射了下来！永固盐海也没了！纳迦逃到了永固寺，但就算是永固寺也没法抵挡天堂之火！你们快逃命吧！”

“出什么事了？”赫丝塔抱怨道，长途飞行让她疲惫不堪，脾气暴躁，一只手按着疼痛的脑袋，“所以牵引城就不能也有一件超级武器吗？”

“果然啊！”彭尼罗说，“等轨道热能射线等了这么多年，结果一下子来了两道……”

“也许绿色风暴没法控制这件新武器。”史莱克说。

“可它干掉了那些城市啊！我们亲眼看到的！除了绿色风暴还有

谁会那么做呢？”

“第三方势力。”史莱克猜测道，“有人既恨牵引城，又恨绿色风暴，想要散播混乱。”

“比如谁呢？”赫丝塔问。

“潜猎者方。”

“但她死了！”彭尼罗说，“不是吗？”

“也许我们在前线指挥所的单生人那里听到的传言是真的。”史莱克说，“我就是被再次复活的。万一也有人再次复活了她呢？”

“你认为她就是这些灾难幕后的人？”伊诺妮问道。她听上去很害怕，但也还抱着一丝希望，仿佛听到她丈夫不是始作俑者就能让她松一口气。

史莱克说：“那件新武器发射的时候，我想起了在我令她停止运行之前，她曾说过的某些话。她提到了一个叫作奥丁的东西。‘古代人送上天空的诸多武器中最强大的一件。’我相信她已经唤醒了它，正如她所计划的那样。她打击了天京，因为纳迦会在那里，她也打击了永固盐海，希望能杀死你，伊诺妮·零。”

“可是她已经死了。”彭尼罗坚持说道。

“他难得一回说得有道理。”赫丝塔赞同道，“你亲手砍下她脑袋的，史莱克。还把她身体的其余部分从云中 9 号上扔了下去。那样肯定把她干掉了。”

然而伊诺妮似乎仍焦虑不安。从前线指挥所来的一路上她都显得焦虑不安，现在她说道：“也许还不够。她是一种非常先进的型号。波普乔伊博士在其中放置了许多实验性的系统，就连我也弄不明白。假如有谁收集起了她身体的碎块，他们或许就能……”

她的声音低了下去。她愁眉苦脸地耸了耸肩。

“哦，太神奇了。”赫丝塔说。

“也有可能我说错了……”伊诺妮走到窗前，望着南方从天京飘来的混浊烟雾，“我希望是我错了。我们必须问问波普乔伊博士。等我们在永固寺一降落，我就发信去找他。波普乔伊会知道的。”

盾墙后方的城市一片寂静，只有十几盏路灯在黑沉沉的街道上亮着。谷底有更多的灯光，灯火汇成一条河流向东涌去，倒映在永固湖的水中。居民们正在逃难，就像赫丝塔上次来的时候，他们急着逃离美杜莎的威胁一样。她心想，这是个什么样的怪地方啊，住在这儿就得把所有财产一直打包好以便随时逃走。然后她就想起来美杜莎已经是差不多二十年前的事情，自从她和汤姆乘坐“鬼面鱼”号离开这座城市以来，已经有整整一代人成长起来了。

“诸神啊。”她又开始揉额头了，抱怨道，“这让我觉得自己太老了……”

几艘狐狸精型飞艇引导着“愤怒”号降落到一个临时机场，位于一座悬崖上方的古老尼姑庵后面。这座古代建筑的周围环绕着某些东西，粗看好像是巨大的苔藓，一团灰色棕色白色间杂的无定形物体。

那些是人。是来自永固寺的难民，以及天京的幸存者。这些幸存者乘坐货船和军用运输机所组成的杂牌舰队来到此地，那些飞艇此刻就沿着这座机场的边缘系泊着。人们挤作一团以抵御寒冷，身上裹着毛皮和毯子，躲在一顶顶遮阳篷和帐篷下面。当赫丝塔略带一瘸一拐地带着她的同伴们经过时，这些人站起来挪到一旁，一张张脸望着赫丝塔他们，形成了一条通道。窃窃私语声在人群中传开，仿佛风吹过树林，人们纷纷将纳迦夫人和赫丝塔的潜猎者指给他们的邻人和孩子看。

也许他们是在说纳迦夫人应该为这场灾难而负责，假如她没有摧毁潜猎者方，遭受折磨的就会是城镇人了。也许他们曾听说她死了。也许，看见史莱克和赫丝塔走在她边上，他们会以为她是一个从暗影殿堂来到此地的幽灵，身边还有两个魔鬼在守护着她。

伊诺妮几乎没有注意到她引起的骚动。她一直在想着潜猎者方。*我得和波普乔伊谈谈*，她想，然后朝着东边的湖岸望去。那位年老的潜猎者制造家的退休别墅就在那里——不过浓密的夜雾笼罩在湖上，她甚至都不确定从这里能不能看见波普乔伊的房子。

在尼姑庵门口，一名神情疲惫的士官向他们打了个招呼："纳迦夫人！*您安然无恙*！感谢诸神！"

安然无恙，伊诺妮心想。是的，即使方回来了，纳迦也会处理好一切的。她终于安全了。她朝那个少年回以敬礼。她想起来他是她丈夫在天京的手下工作人员之一，是一个和气的少年，有一头蓬乱的黑发，总是垂下来遮住他的眼睛。伊诺妮很高兴这个少年也幸存了下来。她说道：“我的丈夫在这里吗？”

“将军会乐坏了的！我会带您去见他！”

伊诺妮跟着他穿过高耸的雕花大门。赫丝塔、史莱克和彭尼罗跟着她，因为他们也不知道有什么别的事可做。

“我需要见那位科学家波普乔伊。”伊诺妮对他们的向导说，“你能帮我找到他吗？”

士官似乎很紧张：“他死了，纳迦夫人。在他位于湖边的家里被杀的，大约三星期前。我们认为是他的潜猎者之一出了问题，于是……”他耸了耸肩，“我听说了他的尸体变成了什么样。人类不可能有那样的力量……”

伊诺妮望向赫丝塔。史莱克说：**“你们找到那个杀死他的潜猎者了吗？”**

这个少年似乎对于有一个潜猎者向他问话而感到非常吃惊，不过他随即回过神来，说：“没有。不过波普乔伊的空中游艇被偷了。也许杀手是一具实验机型，可能拥有足以逃脱的智力。显然波普乔伊的屋子里到处都是……可怕的东西。”

他是在对伊诺妮说这话的，然而他的视线却越过了她，落在她的同伴们身上，仿佛才刚刚开始猜想他们是谁，而他自己又有没有权力把他们带进纳迦的应急指挥总部。

“这些都是我的朋友。”伊诺妮飞快地介绍了他们，“史莱克先生，彭尼罗教授，纳茨沃西夫人。”

那个少年皱起了眉头：“纳茨沃西？”

他把伊诺妮带到一边，两人用山国语交谈了片刻。赫丝塔听到纳茨沃西这个姓氏被提到了好几次。她朝自己肩上的大枪伸出手去，悄悄打开了保险，一边问史莱克道：“他们在说什么？”

潜猎者还没来得及翻译，伊诺妮就回到了他们身边，脸上带着微笑。“赫丝塔。”她说，“你的丈夫在这儿。”

她一定还是在用她自己那种古怪的语言在说话，赫丝塔心想，因为她说的话根本讲不通。

“汤姆·纳茨沃西。”伊诺妮说道，她将赫丝塔的双手握在自己的手中，对着她微笑，“他是今天早晨到的，乘着方安娜的旧船……”

“不。”赫丝塔说。她不相信，不愿意相信。

“他被关押在这座悬崖脚下系泊平台边上的一个牢房里。不过别担心，我会告诉纳迦立刻释放他的。你应该去见他，赫丝塔。”

“我？不去。”

“去见他。”伊诺妮脱下自己戴着的戒指，塞进赫丝塔手心里，然后将赫丝塔的手指曲起来握住它，“拿着这个，告诉守卫是我让你去的。史莱克先生会为你做翻译。他们就会让你和他说话。告诉他我的丈夫很快就会下令释放他的。”

“可是他不会想要见我的。派别人去吧。”

“你依然是他的妻子。”

“你不知道我做过的事情。”

伊诺妮踮起脚吻了她一下：“没什么是不能被宽恕的。现在去吧，我要和纳迦谈谈。”

赫丝塔转身离开，史莱克陪伴在她身边，走廊里的每个人都转过头来盯着她，猜测她是谁。

彭尼罗留了下来。“那么汤姆就在这儿，呃？”他说，“这些纳茨沃西家的人总是会在最不可能的地方出现啊。不过若蒙您许可，我想要留在您身边，女王陛下。您曾经提到过关于奖赏的小小事宜……”

“当然，教授。”伊诺妮说，她让他一起跟着那位士官穿过迷宫般的走廊。此地膜拜的神明与她的神祇名号不同，但古老的香火气息以及许多世纪以来沉淀入雕梁画栋之间的祈祷之声仍然让她感觉心情平静了下来。尼姑们身穿旱金莲色的长袍，簇拥在一扇扇门口望着她。绿色风暴的军官们匆匆经过，也朝她投来目光。他们中大多数人似乎都不乐意见到她，但她不在乎。感谢上帝她还能回到这里！她很高兴自己能够让赫丝塔与丈夫团聚，现在她开心地期盼着自己与纳迦的重逢。

走上三级台阶，来到一扇古老的门前。士官敲了敲门，然后帮伊诺妮推开门，让她走进去。彭尼罗跟着她。他身披灰色斗篷，看起来就像一位绿色风暴的高级军官，门内的守卫朝他利落地敬礼，目送他跟随伊诺妮走进纳迦将军的临时战争指挥室。

在一张铺满地图的大桌边站着几十个人，他们便是纳迦政府的残余人员。其中一些似乎很高兴看到伊诺妮的到来。纳迦从地图上抬起目光，视线紧紧盯着她。他的脸上有瘀青和伤口，他的动力装甲上有凹痕，他那只完好的手则打着脏兮兮的绷带。但他还活着。

“感谢上帝！”伊诺妮高兴地说道。她想要拥抱他，不过绿色风暴的领袖在公众场合、在他的军官们和政府要员们面前被拥抱，这似乎不太合适。所以她克制住了自己，垂下目光，低低鞠了一躬，说道：“阁下。”

纳迦什么也没有说。在他周围，聪明的人们都知道他有多么盼望她回来，于是他们相互心照不宣地捅捅对方，给彼此一个眼神，便开始收拾地图、佩剑和头盔，悄悄地往指挥室的各个出口退去。但是纳迦把他们叫了回来。他还是没有对他的妻子说话。

“我听说天京的事了。”伊诺妮说。

“攻击来自天上。”她的丈夫望着她的脸说，“我们认为是来自高空轨道上的那些古代邪恶兵器之一。一束光……一束能量……毁灭一切它接触到的东西……我对此一无所知。当它击中天京的时候，我正平躺在一座楼梯底下。”他想要做个手势，但他那件破损的外骨骼装甲肩部的齿轮相互摩擦卡死了。“见鬼！”他嘟囔道。

“让我来。”伊诺妮说。她很高兴有个借口能接触他。警惕的军官们退向两侧，让她能朝他走去。可是当她伸出手去拧松固定住他肩甲的螺栓时，他绑着绷带的拳头一下子击中了她的侧脸。她跌向一旁，撞到了桌子，然后摔倒在了地上，茶盏和量距器稀里哗啦地在她身边掉了一地。一些纳迦的军官叫出了声。她听见有人说："将军！别！"

"纳迦……"伊诺妮说道。她几乎难以相信发生了什么。她以为一定是他的外骨骼装甲出了差错，让他在并非自愿的情况下挥出了手臂。然而当她抬头望着他的时候，便顿时明白了这一击是蓄意而为的。

"这都是你的错！"他大喊道。他的机械手挥了过来，一把抓住了她的头发，将她像举一只袋子一样举了起来，"瞧瞧你的和平把我们带到了何种境地！你告诉过我对待野蛮人要像对待人类一样，可现在他们正在毁灭我们！"

伊诺妮从来没有想到过这样的场面。她不知道如何承受他的怒火。"不，不，不，不。"她说，"牵引城市也都被摧毁了，我看到它们在燃烧。你一定也接到了报告……"

"说谎！"

"纳迦，潜猎者方回来了！是她控制着那东西！"

房间里一阵窃窃私语。有人惊恐万状，有人难以置信。

"想想吧。"伊诺妮恳求道，"从布赖顿来的报告。在雪扇省找到的贝壳船……她想让我们以为是城镇人拥有那件武器，这样她就能用它来对付我们双方了！她疯了！我们必须找到她用来与那件武器对话的发射机，然后……"

“说谎！”纳迦说道，“我已经发现了那件武器是从哪里控制的。这次又是伦敦的工程师，就像美杜莎那回一样。我们长久以来忽略的那些棚户居民，几星期前开始像蚂蚁一样忙了起来，于是现在就发生了这事。”他从桌上的纸堆里抓起一张照片，那是由一只间谍鸟所拍摄的空中视角，“瞧！你可以看到他们的光头！他们爬满了那座废墟，就好像尸体上的蛆！而今天就有一个伦敦人来到这里，带着一些不着边际的故事，想把我们引入歧途。这是美杜莎的故事又重演了！一切都始于伦敦，又止于伦敦！”

“那么波普乔伊博士呢？”伊诺妮含糊不清地说，“方必定需要他来修理她，而当他做完，她就杀了他……”

“波普乔伊也是一个工程师！我们以为他投向了我们这边，但是他一直在为他过去的公会工作！我们在他别墅里发现的那具尸体被撕扯得不成样子，所以那可能是任何一个人！你从前的师父伪装死亡，逃到了伦敦，去帮他那群工程师老朋友布置新武器了。”

“不。”伊诺妮轻声说道。但他的理论的确能讲得通。她又有什么办法让他明白他错了呢？

纳迦盯着她，呼吸粗重。“而你也是他们计划的一部分，是吗，零？”他说道，他的声音越来越轻，越来越冷，“你从头到尾都是他们的手下，你这个阿留申女巫。是波普乔伊最开始把你带到碧玉宝塔来的。那时候你看上去多么羞涩，多么甜美啊！可是你摧毁了方，然后又让我分心了，在我耳边说着和平，说着爱情……”他抽出了他的剑，“而你从头到尾都只是在为城镇人争取时间，直到他们的新武器就绪！”

伊诺妮努力想要控制住自己浑身上下无助的颤抖。她朝她的丈夫伸出双手：“请相信我。我永远不会背叛你。我唯一想要的就是和平。”

纳迦又揍了她一下，用他的机械拳头给了她晕眩的一击。她双膝跪地，放声恸哭，她的双手掬着鼻子里流下的鲜血。他按低她的脑袋，扬起了剑。然而她纤细的脖颈暴露在灯光下时，看上去如此脆弱，苍白如象牙，他下不了手将它斩断。她的发际线边沿有一道污垢泥屑，小巧的耳朵背后沾满尘土，就像一个孩子。

纳迦用力甩下剑，剑锋深深插进地图桌的木头之中。伊诺妮抽泣着倒在他的脚边，他转过身，朝着手下的军官大吼：“把她带走！锁起来！我不想再听到什么和平言论了！”

他尽量不去看他们将她拖向门口。几个强硬派人物一直都是休战协定的反对者，此时便大声喊道：“杀死她！”其中一个还拔出了自己的剑，要是他的朋友们没有拉住他，他或许就当场把伊诺妮杀死了。

“住手！”纳迦喊道，沉重的大门在他的妻子身后关上了，一旦他见不到她那张受惊的脸，要变得坚强就容易得多，“我会亲手将叛徒零斩首，在大庭广众之下，在永固寺的中央广场上！”

听到他这番话的人中只有少数几个几乎就像伊诺妮刚才那样神情悲苦，大多数则为他的宣言而感到高兴，有些人甚至欢呼了起来。

“但首先……”纳迦对他们说，“我们必须汇集起所有的飞艇，飞到伦敦去。我们要夺取野蛮人的发射机，然后将那件新武器转向他们自己的城市！这场战争还没有输！跟随我，我们就会让世界再次变绿！”

44　火焰之柱

“没什么是不能被宽恕的。”伊诺妮是这么说的，但对于赫丝塔来说，当她迈入寒风之中，沿着长长的阶梯走到下面的系泊平台去时，她觉得自己所做的事情是不会被任何人宽恕的。她不知道自己能对汤姆说什么，也不愿想象他会对她说什么。可是她更不喜欢想到他被囚禁在那些小房子中的某一座里。借着系泊平台周围那些大灯的光亮，她能看到下方那些房子的屋顶。下面正忙忙碌碌的：地勤人员在为各艘飞艇灌注燃料和填充升空气体，其中之一就是“鬼面鱼”号，它那熟悉的锈红色气囊在绿色风暴战舰的一个个白色气囊之间清晰可见。

一切都变得模糊了。赫丝塔不得不用衣袖擦拭双眼。她很高兴伊诺妮和彭尼罗没有在这里看到她哭泣的样子。只有史莱克与她在一起（她能听到他那沉重而让人心安的脚步声从她身后的阶梯上传来），而史莱克以前早就见过她哭了。

平台后方的狭窄巷子里嘈杂混乱，绿色风暴似乎忙得晕头转向，就算是简单的装载飞艇的工作，也会在讲着不同语言和方言、来自不同部队的残余士兵之间，引发争执与分歧。赫丝塔从他们中间排开一条路穿了过去，一想到即将见到汤姆，就有一种恐慌渐渐加剧，感觉胸口和喉咙里就好像塞了什么东西一样。

她叫住一名路过的飞行员，问到牢房怎么走。那人见到她拿出纳迦夫人的橡叶戒指，便朝她鞠躬敬礼，这让赫丝塔感到颇为高兴。不过当她爬上那人所指出的石阶时，就听到身后传来了奔跑的脚步声。

“是那个单生人彭尼罗。”史莱克说。

“他又想怎样？”赫丝塔抱怨道。在内心深处，她却对能有借口推迟与汤姆的重逢感到暗自欣喜。

彭尼罗气喘吁吁地爬上石阶走到她身边。一看到他的模样，赫丝塔就知道有极其糟糕的事情发生了。“赫丝塔！史莱克！”他喘着气说，“感谢保斯基！我们得赶快逃走！我是说飞走！那个恶棍纳迦……”

“出什么事了？”赫丝塔询问道。

彭尼罗胡乱挥舞着手臂，想要找到某个大得足以表达出这场灾难程度的手势：“我不知道出什么事了，听不懂他们的外国话，不过那儿有些人相互也用盎格鲁语讲了，他们说她是个叛徒……”

“谁是个叛徒？”赫丝塔一把揪住他的衣领不停摇晃他，“出什么事了，彭尼罗？伊诺妮在哪儿？”

“我正要告诉你这个呢！她被关进监狱了！他打破了她的小鼻子，那个暴徒！他把这件恐怖的武器归罪于她。他们说他发誓一旦击败了牵引城市，就要砍掉她的头。啊，那个可怜的孩子！啊，慈悲的克莱奥啊……”

彭尼罗陷入了深深的沮丧之中，而等到赫丝塔开始理解了他的话时，便也随之感到一股强烈的悲痛与惋惜。她将这种感情以她一贯的方式隐藏了起来，开始发火：“你的意思是说一切都白费了？经历这么多的麻烦，走了这么远的路？还失去了西奥？我们就把她从一个囚牢里救出来后又送进了另一个囚牢？那头傻母牛难道就不能独自待上一分钟而不让自己被关起来吗？”她望着史莱克，而后者则静静地凝视着上方的建筑，“估计我们能做点什么吗？救她出来？”

“没门！”彭尼罗立刻说道，“他把她关进了某座很高的塔楼里。有潜猎者和带着手铳的人守着她。”

“那里有很多单生人。”史莱克表示同意，**“要救她的话我就得杀死几十个单生人。我没法那样做，而零博士也不会想要我那样做的。”**

“她肯定会想要我们自己逃命！”彭尼罗坚定地说，“他们在上面就像发疯的蜜蜂一样到处乱跑，做着各种准备，要起飞去袭击某些可怜的城市还是什么的。所以他们是不会放任我们不管的，不是吗？要是他们认为伊诺妮是一个叛徒，他们肯定会认为我们也是，而他们就会也想要把我们的脑袋来集齐一套……”他看到赫丝塔转过身去，赶紧扒挠着她的背脊，心怀恐惧地哭哭啼啼说道：“赫丝塔，你的飞艇就在这里，你得带我走……”

赫丝塔转身把他推开。他发出一声愤怒的叫喊，后退了几步，从石阶上滚了下去。“我们已经一起旅行得够久了。”她大喊道，“我在天空之城就告诉过你了，我不想让你上我的船。你可以自己去想办法。”

彭尼罗在她身后喊了些什么，但她没有回头看。在那些从系泊平台传来的噪声之上，她听到了另一些声音，从她上方某处传来的欢呼声和喇叭声，那是绿色风暴的残余部队在庆祝逮捕了伊诺妮。牢房门口的守卫也听见了这些声音，赫丝塔瞧见他迷惑的样子，不禁暗暗松了口气。在这座临时搭起的港口中，通信效率不尽人意，没有电话或者传声筒的踪迹，只有一些少年跑来跑去传递消息。可能再要过上几分钟，伊诺妮倒台的消息才会传到这下头，而等到关于她的同伴们的体貌特征描述开始传开则要花上更久的时间。

自然，橡叶戒指又令牢房守卫鞠躬敬礼。赫丝塔被迎入其中，史莱克用一种她不懂的语言解释她的来意。一个人跑了过来，打开一扇沉重的门，示意赫丝塔通过。“等在这儿。”她对史莱克说，然后便走了进去。里面点着一盏油灯，在缓缓摇曳的灯光下，她看见一名囚犯从床铺上坐了起来，脸朝她转来。

守卫用他自己的语言说了些什么，但他们两人都没有留意。

“汤姆？”赫丝塔说。

汤姆站起身朝她走来。他没有说话，赫丝塔猜想那是因为他见到她后太惊讶了，她猜想他根本不相信这真的是她。

她却不知道汤姆早就知道她来到山国了。其实，根据西奥之前所说的话，汤姆认为她来到这里已经有几天了。当牢房门打开，她走进来时，他的确吃了一惊，但不是非常吃惊，惊讶不是他没有说话的原因。赫丝塔伤得他非常深，他想到她的时候仍然会感到愤怒。可是现在她出现在了这里，就站在他几步之遥的前面，她那熟悉的气息随着从门口吹入的清风朝他飘来，他忽然发现自己还依然爱着她。如果他没有说话，那仅仅是由于他有太多各种各样的话要说了。

“哎。”赫丝塔讪讪地说道，“我们又见面啦！”

“我把芮恩留在伦敦了。”他估摸着她的第一个问题会是什么，于是便说道。

“在伦敦？”

“她和西奥在一起，没事的，她很安全，不过……”

“西奥 · 恩戈尼？你是说他还活着？”

“他想办法到了伦敦。告诉我们他见过你。说你是多么勇敢……救了纳迦夫人……”

守卫朝他们望来。赫丝塔将她的枪从肩上抡了下来，用枪指着汤姆的方向，用她那蹩脚的空中世界语对那个守卫说：“把囚犯的锁链解了，他得跟我走。”

守卫耸耸肩，赫丝塔没法判断他是否理解了她说的话，不过他似乎明白了大概的意思，快速解开了那条将汤姆锁在墙上的镣铐。赫丝塔抓起汤姆的胳膊，飞快地带他走了出去，一边朝其他守卫点点头。汤姆不知道自己是不是该拒绝与她一起走；是不是该告诉她，在她之前做过了那些事情后，他已经不再相信她了。不过现在看起来不是个好时机，而且除此之外，他心里也有那么一点儿对她再次开始发号施令而感到高兴。

史莱克正等在外头。当这个潜猎者死气沉沉的脸转过来瞪着他的时候，汤姆不禁向后缩去。

“没事的。”赫丝塔说道，“他现在是朋友了。”

“好吧。”汤姆说。他想起了西奥和他说起过的关于这个老潜猎者的事，不过还是觉得有些难以置信，“你好，史莱克先生。抱歉我曾杀了你。”

史莱克微微躬身，说道：**“我并没有为此而怨恨你。”**

在他们头顶上方，随着一声尖啸和咆哮声，天空被撕开了一条长缝。强光将他们全身笼罩，明亮得好像白昼，苍白得好像死亡。地面猛烈摇晃。史莱克抱着脑袋，他的双眼爆发出闪烁的光芒。系泊平台上士兵和装卸工的呼喊声变成了惊惧的尖叫。赫丝塔也尖叫起来，双臂搂着汤姆，将他拉到身边。然而他们上方的这道炽烈的光之剑并非瞄准了永固寺。它竖立在更南边的群山上，煌煌烈烈，尖啸不已，亮得让人无法直视，高得让人难以理解。天空中到处都是蒸汽，蓝色的闪电在其中噼噼啪啪地闪烁。

“它在做什么？”汤姆大喊，“那里没有城市……”

亮光消散了，尖啸声随之停止，变成了隆隆雷鸣，然后天空又变回了黑夜。大地仍然在颤抖。赫丝塔仍然紧紧抱着汤姆。史莱克发出咝咝的声音，摇晃着脑袋，渐渐恢复过来。一道云柱标示着亮光曾经所在的位置，在它的底端有一种红色的光芒汇集了起来，仿佛群山之中有一座火盆正在点燃。

“战山！”汤姆听到人们在说。“战山！”他自己也说了一声。他非常害怕。赫丝塔的拥抱一时间让他心安，直到他想了起来，才将她推开：“他们把它对准了战山！圣山在喷发！”

“谁会想要炸掉一座火山呢？”赫丝塔问，她对自己抱了他而感到很生气。在他们周围，警钟长鸣，哨声此起彼伏，白色的飞艇陆续升入夜空。谁又说得清那件武器什么时候会再度发射呢？

“来吧。”她说。

他们从空港的忙碌人群中穿插而过，走向“鬼面鱼”号停泊的平台。一群绿色风暴的飞行员正朝它跑去。赫丝塔朝他们大喊说她要乘这艘飞艇。气囊艉部的一个舱门还开着，她对着惊慌的地勤人员大吼，让他们把它关上然后站到一边去。那些人耸耸肩，敬了个礼，不过正当他们跑开的时候，一名空港官员匆匆走了过来，用空中世界语喊道：“你们的任务是什么？你们是哪个部队的？所有的飞艇都被纳迦将军征用了，要去袭击野蛮人！”

“不行。”赫丝塔伸出手，给他看伊诺妮的戒指，“我要亲自驾驶这艘飞艇，这是纳迦夫人的命令。”

那人看到戒指的时候本来已经开始敬礼了，但当他听到这戒指属于谁后就停下了动作。“纳迦夫人是城市达尔文主义者阴谋的走狗！”他一边大喊一边转身，“战友们！到这儿来！叛徒零的同伙就在——”

赫丝塔握起拳头，戒指亮光一闪，重重地一拳打在那人的肚子上，然后趁他佝起身子的时候对着他的脑袋又来了一下。她想要杀了这人，但不想在汤姆看着的时候做这事。于是她将那个大口喘着气的人扔在平台边缘的阴影中，催促其他人赶快走上登船跳板。别的飞艇也在从邻近的平台上起飞，这些是大型运输飞艇，要去上方的高原接载部队。没人注意到“鬼面鱼”号混在它们之间升了起来，它掉转方向飞过永固湖上空，红色气囊很快就混入了夜色之中。等到那个空港官员恢复过来，能够开始喊救命的时候，已经看不见它的踪影了，只有一道废气尾迹在平台上方的空气中渐渐消散。

他们熄灭灯光飞行，但远处战山喷发的火光从船舱舷窗照了进来，红得有些病态，亮得足以借着阅读。赫丝塔驾驶的时候，汤姆便站在窗边眺望那座火山东北侧撕开的一道新月形的裂缝。山峰本身已经隐藏在遥远的黑暗里，所以那道裂口看上去就好像一弯燃烧的月亮悬挂在夜空中。

“我还是不明白。”汤姆喃喃地自言自语，“为什么要攻击一座山？”

史莱克听到了他的话。**“战山会一连喷发好几个星期。”**潜猎者说道，**“尘云会干扰数千英里内的空中交通。许多省份都会被完全覆盖。绿色风暴没法从这样的打击中恢复过来。”**

“那么的确是牵引城市在控制奥丁……”

“是潜猎者方在控制它。”

“潜猎者方还活着？”

史莱克点点头。

赫丝塔先前一直集中精神在驾驶飞艇绕过一座高耸的尖岩，等到他们飞过尖岩来到其后方的开阔空域，她才稍微放松了一点，回过头来望着她的乘客们。“我们要绕个圈子，朝西飞。”她说，“我可以让你在伦敦下去，汤姆。”

“你的朋友纳迦夫人怎么办？”汤姆问，他从未与那位不幸的年轻女子见过面，但留下她被关在监狱里让他感到内疚，“也许等到纳迦的飞艇都飞走了，我们就可以……”

“她被严密守卫着。”史莱克说，**“他们不会让我们把她平安带走的。假如纳迦将奥丁归罪于她，那么有一个简单的办法可以救她——我会找到奥丁的地面基站，证明谁才是真正需要负责的人。”**

“可是地面基站可能会在任何一个地方。”赫丝塔抗议道。

“潜猎者方回到了山国。”史莱克说道。他一边转身，一边嗅着陈腐的空气，仿佛希望能闻到另一个潜猎者的气味一样。他找出一份天堂山脉的地图，将它铺在航图桌上。他的手指戳到了雪扇省，然后是永固寺：“她把贝壳船扔在了这里。她又在这里杀死了波普乔伊。她就在这片山脉的某处。让我下去，我会找到她的。”

“方安娜有一座房子，在一个叫作额尔德尼铁支的地方。”汤姆说，“我们接手‘鬼面鱼’号的时候，在她的遗物里发现了那所房子的地契。”他指着地图上的那个地方，“也许她回家去了。”

“有这个可能。潜猎者方说过她有着前世的记忆。也许那些记忆将她带了回去。”

汤姆很高兴潜猎者赞同他的建议。“你觉得我们应该回到永固寺去把这件事告诉什么人吗？”他问。

“当然不行！”赫丝塔说。

“他们不会相信我们的。”史莱克说，“他们认为我们是敌人的卒子。我必须亲自去额尔德尼铁支寻找她。”

“这是你自己的想法吗？”赫丝塔怀疑地问，“还是说伊诺妮的某个秘密程序仍旧在你的脑子里运行呢？”

史莱克转过身来望着她：“我不知道。不过零博士是为了某个目的而重新建造了我的。唯一能摧毁潜猎者方的就是我。我必须找出她来，重新杀死她。”

“还以为你不能杀任何人呢。”

“潜猎者不是活人，所以也称不上杀死。”史莱克耐心地说，“就算那是杀人，也是必须完成的。”他举起巨大的手朝着窗口，朝着南方燃烧的群山挥了挥，“假如让她继续这场毁灭行动，上百万的单生人就会死去。”

汤姆咽了口口水，紧张地说：“我可以带你飞到额尔德尼铁支去。”

“这不关我们的事，汤姆。”赫丝塔警告他说。

“这是我们的事。”汤姆对她说道，“因为如果你说的是对的，那么我们就是唯一真正知道谁该为这一切负责的人。假如我们听任其发生，那么留给芮恩的会是怎样一个世界呢？我们必须做些什么。”他想要解释奥丁和《锡之书》之间的联系，不过那样只会让赫丝塔觉得这都是芮恩的错，而这根本不是他想要说的意思。“我必须做些什么。”他低声说道。

“好吧。”赫丝塔说道，他就像以前那样，既可爱，又欠扁。她从来都没法抗拒他这种愚蠢的勇气，“好吧。我们就到这个叫额尔德尼铁支的地方去。反正我也没其他更好的事情可做。只不过等我们到了那儿的时候，你不准逞任何英雄，你不准冒生命危险，或者试图和潜猎者方讲话。你得安全地待在飞艇里，让史莱克去杀死她。而这一次，他最好能做得干净点。”

45 收割

芮恩渐渐醒来，她花了一会儿工夫来思考自己身在何方，然后才回想起发生了什么，于是感到担心起来。随后她便决定不去为这些操心，因为西奥就与她在一起，正发出轻柔的呼吸声，他的脸埋在她脖子的曲线之间，手臂搁在她身上，带来让人安心的重量感。

离开伏尾区之后他们就一路西行，因为芮恩所知道的每一条穿过废墟地区的道路都通向西边。他们一连走了好几个小时，一边始终竖起耳朵倾听是否有人追来。他们也看到了那道火流冲进了群山之中，于是便静静地站在那儿，手牵着手，望着战山后方的天空中渐渐涌起越来越盛的红光，将那座巨大火山的剪影清晰地映了出来。最后他们在废墟地区最西面的边缘停下来休息，这儿渐渐变成一片片零星的小块废墟地域，散布着一块块履带和甲板的残片，还有高耸的巨轮。他们在一个轮子的内部找到了藏身之处，这是一个大约十二英尺高的圆柱形空腔，一定是以前和曲轴相连的地方。（或者是连接杆，或者是某种机件，他们俩都不太了解牵引城市的巨轮，所以说不清。）这儿至少很干燥，也不太冷，他们相互依偎着，把芮恩的背包当作枕头，很快就进入了梦乡。

此刻，温吞吞的日光从圆形的洞口灌了进来。芮恩尽量温柔地唤醒了西奥，然后从他身边绕过，爬到了入口处。她向外张望，看到残骸的荒废边缘在朦胧的阳光下延伸开去。她继续朝外探出头去。雾太大了，看不清战山，不过她还是能看到战山上空的高耸烟柱，颜色好像淋湿的石板一样暗灰，高得极天际地。大地似乎在微微颤抖，她觉得自己听到了遥远处传来的隆隆声。

“好吧，这不是在做梦。”她说，“为什么绿色风暴要把那件武器对着他们自己的土地使用呢？”

“一定是另一场内战。”西奥说，他从拉维妮娅·柴尔德麦斯给他们的水壶里倒了些水，“纳迦大概在打击他的对手们。”

“真迷人。”芮恩说，“我们就是要去请求这些人庇护我们？”

“要么去那儿，要么就回到加拉蒙先生那儿去。”

“说得也对。早饭吃什么？”

“石头。”西奥说着，打开了拉维妮娅·柴尔德麦斯放在芮恩背包里的一个盒子，“我想它一开始的时候还是某种烙饼。它可能还挺有营养的……”

“嘘！”

隆隆声越来越响。大地明显在晃动，其震动幅度将古旧巨轮上的铁锈碎片都震落了下来。

“是火山？”芮恩说。

西奥摇摇头。

他们从藏身之处爬了出来，站在轮沿上，朝西凝望。隆隆声来了又去，回荡在风中。一个土丘颤颤巍巍地隆了起来，并且在他们的眼皮底下不断改变形状。灌木丛底下闪过一道金属的亮光，一团尾气废烟得意扬扬地升入了空中。

“哦，魁科啊！”芮恩说道。

“哈洛巴洛。”西奥轻声说道。

芮恩点点头。她几乎都快忘了沃尔夫 · 科波尔德的存在。她的第一个念头就是，*感谢魁科让我们在他到来之前就离开了废墟地区*，可是这个念头立刻就被随之而来的另一个想法熄灭了：*其他人怎么办？*

“我们得警告他们！”她说。

“为什么？”西奥问道，“他们很快就会知道的。要是它行驶得就像我看到它穿越边界线时那样迅速，在伦敦的人们没过多久就能听到它的引擎声了。”

“可他们也许听不到。”芮恩说，“哨兵们都很年轻，他们从来没听到过真正的城市引擎；他们会以为那是火山，就像我们之前一样……”她想要告诉自己，这就是伦敦人胡乱指责别人并把他们关在笼子里的报应，可是她能想到的就都是她的朋友们：安琪和萨博，克莱蒂，柴尔德麦斯博士，甚至加拉蒙先生也不应该得到被哈洛巴洛吞噬的下场。这么多年的穷思竭虑，这么多年的苦心竭力，这么多年的宵衣旰食，就这么全都浪费了，这让她惊恐万状——

“我们得拖住它。”她说道，“我要到哈洛巴洛上去，想办法转移他们的注意力。就算只能多赢得半个小时，或许也能帮上忙。你不明白吗？新伦敦今天就得启程，就在现在，不管有没有准备好！一旦它离开了废墟地区，它就能甩掉哈洛巴洛。”

“哦，你一个人可不行。”西奥说。

“必须得一个人，因为我没法带上你，你是全世界最像蘑栖的蘑栖人，还根本不会说谎，沃尔夫·科波尔德根本不认为你这样的人有生存的权利。所以你要离开，待在某个安全的地方。”

“芮恩。”西奥抗议道。她拥抱了他，紧紧地，紧紧地。如果要避开哈洛巴洛，假装这一切与她无关，这将会非常简单，然而事情并非如此，要是她父亲知道她本有机会拯救他的城市可却把事情搞糟了，他会怎么看待她？她又会怎么看待自己？她吻了吻西奥。“快走。”她说道，“有时哈洛巴洛会派出探子去前方，他们是步行的。如果他们抓到你，他们可不会问什么问题。请你快走。”

“我该怎样才能再找到你呢？”

“我不知道。”芮恩说着，从他身边退开。哈洛巴洛的引擎声已经变成了厉声轰鸣。“我会想到点子的。”她保证道，她自己也不舍得放开他的手，“你瞧，诸神花了那么大的力气才让我们聚到一起，你不会觉得他们会让一座愚蠢的极其危险的小装甲郊镇把我们分开吧，对吗？”她自我检讨了一番，因为她已经开始胡言乱语了。那回在考姆翁布的空港上也是同样的场景。每到这种时候她似乎就什么话都说得出来，唯有她真正想说的话却说不出口。

最后，还是西奥说了出来：“我爱你。”

“天啊，真的吗？我也是！你，我的意思是。我，我爱你。”她开始朝他走了回去，然后硬是把自己给拉住了。好吧，她心想，我已经对他说过了，现在当我坠入幽冥之国的时候，就少了一件后悔的事情。她转过身，开始磕磕绊绊地穿过尖刺丛生、块垒堆叠的生锈残骸，往北朝着哈洛巴洛的前进路线迎了上去。“躲起来！”她看见他还站在那儿，无助地从废弃巨轮的阴影中朝她望来，便赶紧对着他大喊，“快走，然后躲起来！”她继续往前走，心里半是担心他会坚持要跟她一起来，却又半是希望他会这么做。

等她再回头看的时候，就已经看不到他了。

西奥跑了一小段路，来到了一片赤杨林中。树林填满了一条古老辙印被刨出的凹坑。他在那儿停下了脚步。他想要和芮恩在一起，但他也知道假如哈洛巴洛人真和她描述的一样坏，那么他跑过去只会自寻死路，而且还会让科波尔德猜想芮恩为什么会和一个反牵引主义者在一起，从而给她带去更大的危险。

然而他不能就这样藏起来。

他掉头向东，开始朝着废墟地区轻快地跑去。伦敦人不是坏人。他们应该得到他所能提供的警示。他要跑到霍洛韦路西端的机库去，告诉守在那儿的小伙子们有什么正在向他们驶去。

芮恩跋涉过长到腰际的野草。随着远处火山的烟雾如帷幕一般遮住天空，日色随之昏暗了下来。仿佛末世般的天气。哈洛巴洛的引擎声静了下来。她猜想科波尔德是不是在舰桥上，用他的潜望镜观察着前方的土地。她脱下夹克，把它反了过来。红色的丝绸衬里在她经历了这一切冒险之后已经破旧褪色，但仍然是她全身上下颜色最鲜艳的东西。她爬上一块不知道叫作什么的残骸，在头上挥舞着夹克，大喊："沃尔夫！沃尔夫！是我！是芮恩！"

几分钟后她跳了下来，又开始迈着沉重缓慢的步子向前走去。她能感觉到随着那座收割郊镇渐渐逼近，地面在她脚下不安地颤动。她时不时地挥舞夹克并大喊，可是她甚至都不再能看见哈洛巴洛了，它已经潜藏到了一条更深的壕沟之中。芮恩瞄了一眼天空。没有潜猎鸟。说真的，她心想，当你需要绿色风暴和他们那件能摧毁城市的超级武器时，他们都去哪儿了？他们让哈洛巴洛开进了边界线后方这么远的地方，这可真是十足的能力低下。

她前方的一座灰乎乎的小土丘突然现出原形，站起身来用一支枪指着她，喊道："停下！"芮恩尖叫一声丢掉了手里的夹克。在她四周，更多浑身灰泥的人从灌木丛中现出身来。她不认识他们的脸，不过她从他们的打扮和带色的护目镜上能看得出来，他们正是哈洛巴洛的侦察队之一。她举起双手，尽量让自己的声音不要颤抖，说道："我是芮恩·纳茨沃西。我是你们镇长的朋友。"

其中一人对她搜身寻找是否藏有武器，他搜得非常彻底，远远超过芮恩觉得真有必要的程度。（他们应该知道你是不可能在胸罩里藏下任何非常危险的武器的吧？）他们的首领说道："你来。"然后他们就离开了，飞快地跑过崎岖不平的原野，挤过辙印侧壁上的缝隙，蹚过积水的辙印底部。那些人跑得又快又轻松，每当芮恩显出泄劲迹象的时候就会推她一把。等到哈洛巴洛的装甲侧翼出现在视野中，从淤泥和拔出的灌木之间露出一半时，芮恩已经精疲力竭了。

一扇舱门打了开来。侦察兵们把芮恩带了进去，并在她身后重重地带上了舱盖。随后哈洛巴洛就继续朝着废墟地区一路碾压而去。

在发生了那么多事情之后，回到这座潜地郊镇的街道上感觉真是奇怪。而等到站在沃尔夫·科波尔德的镇公所里，站在柔软的地毯上，周围环绕着天鹅绒的帷幕和精美的绘画，还有氩气灯的柔和光芒，这种感觉就的确更加奇怪了。芮恩盯着一面镜子里映出的自己，几乎认不出从里面望着她的那个披头散发风尘仆仆的年轻伦敦人了。

"芮恩！"

他们肯定是刚把他叫到了舰桥上。他穿着靴子和马裤，还有一件无领衬衫，大片大片的汗水从腋窝流下来在衬衫上印出水渍。他看上去比她印象中更瘦了，她猜想是不是独自穿越野外的旅程对他来说非常艰苦。有那么一瞬间，她感到很高兴能见到他并且松了口气。她抓住这一瞬间的感觉，用它摆出一个微笑，一个害羞而温暖的微笑："科波尔德先生……"

"为什么这么正式呢，芮恩？"他来到她身边，将她的双手握在自己的手中，"你来与我们会面，我真是太高兴了。什么风把你吹来的？你一个人吗？你的父亲在哪里？"

"他还在伦敦。"芮恩撒谎道。

"伦敦人是否知道我们来了？"

"还不知道。"芮恩对他说。

"那么你在这里做什么？"

"我一直在等你。我知道你会来的……"她让自己的笑容消失了，看起来就好像她快要哭出来，快要晕倒了。科波尔德扶着她坐到一张椅子上。"哦，沃尔夫。"她说，"爸爸被关起来了！你走之后，伦敦人认为我们一定是和你一起的。他们把我们锁在可怕的笼子里，是从动物园里拿来的关动物的旧笼子。爸爸身体不好，可他们不让他出去。所以我逃了出来，我一直住在废墟地区边缘的残骸里，等啊等，我还以为你永远不会来了呢！"

科波尔德的双臂搂住了她，将她的脸拉近贴在他的胸口。芮恩努力地挤出了几滴眼泪，然后她就发现要是自己尽力去想西奥和爸爸，就会真的哭起来。她声音颤抖地说:“哈洛巴洛是我唯一的希望。你会让我爸爸安全的,对吗,等你吃掉新伦敦之后?”

“当然,当然。”科波尔德一边说着,一边抚摸着她的头发,“今天晚上我们就能到达伏尾区,伦敦人和他们所有的一切都会成为我们的奖品,你父亲会安全的。”

芮恩从他身上挣开,表情惊恐:“今天晚上?可那样你就太迟了!他们今天下午就会离开!因为打仗的关系,启动的日期被提前了……哦,你必须更快才行!”

沃尔夫摇摇头:“这不可能。我们绕过废墟地区就得花这么久……”

“让我看看。”芮恩说着,用自己脏兮兮的手背擦了擦脸。

她跟着他走过闷热的步道,穿过拆解工场,那儿有一群人正在准备重型切割引擎。两人爬上通向舰桥的楼梯,看到豪斯多弗正在舵位上,他朝芮恩点头致意,古怪的眼镜片上闪过一道反光。他开始用德语对科波尔德说起话来,不过年轻的镇长挥手让他离开,然后带领芮恩穿过舰桥走向地图桌,一份废墟地区的地图早已铺在桌上。沃尔夫一定是在回到哈洛巴洛之后凭记忆将它画出来的,芮恩立刻就看出了几处错误,另外在废墟地区的中央还有一大片空白,因为沃尔夫从来没有去过那里。

他用一支量距器指着地图,沿着一条蜿蜒绕过废墟地区北侧边缘的路线,朝着伏尾区点去:“这就是我的计划……”

“为什么不直接从中间穿过去？”芮恩问道。

“我不知道那里有什么。残骸可能无法通行。而且那里还有伦敦人传言中的放电现象……”

“童话故事罢了。”芮恩轻蔑地说道，“它正如你猜测的一样。所谓妖精都是他们告诉我们的故事，好让我们不要到处探查。我们第一天所见到的景象是由加拉蒙手下的一个小子藏在废墟中用一支闪电枪伪造的。”她朝他露出一个微笑，“你瞧。假如你想要确保在他们的新城市移动之前抵达伏尾区，那就走这条路。那儿有一条类似山谷的通道，延伸穿过城市残骸，能够几乎把你一直带到目的地。而且在这一带也没有岗哨，所以你可以坚持更久而不被人发现。”

她拿起一支用一根磨旧了的绳子挂在桌角上的铅笔，在地图上画了一条线来让哈洛巴洛照着前进；这条线从西向东横穿废墟地区，正好通过电轨。

西奥到达的时候，在“始祖鸟”号边上放哨的小伙子们已经听到了沉闷的引擎声从西面传来。他们站在机库外面的一块高耸突出的残骸上，眯着眼睛朝黑暗中眺望。当西奥匆匆忙忙地向他们跑去时，他听见其中一人说：“我什么都看不见。是火山的声音。”然后另一个回答：“或者是某艘飞艇的引擎。也许有一艘飞艇在这片烟雾上方盘旋……”

“那不是一艘飞艇！”西奥大喊一声。那些人朝他转来时，他赶紧蹲下身，生怕他们会用弩弓朝他射击。不过他们只是瞪着他而已。他们仍是昨天和他说过话的少年。西奥努力回想起了他们的名字：威尔·霍斯沃思，还有杰克·亨森。

“威尔。”他一边说，一边向他们走去，同时伸展双手以显示他没有武器，“杰克，来了一座郊镇。哈洛巴洛。你们得警告其余人。你们的新城市现在就得出发。”

“别听他的。”杰克警告他的同伴道，“他是个蘑栖！加拉蒙先生说——”

“加拉蒙先生是错的。”西奥坚持说道，“假如我是一个蘑栖，我跑来警告你们哈洛巴洛的事情做什么呢？”

“也许根本就没有哈洛巴洛。”威尔说，他努力思考着，“也许这是蘑栖人的诡计。”

一阵引擎的咆哮从西南方的某处传来，淹没了他的说话声。还有残骸倒下的破裂声和撞击声。这两个伦敦人直愣愣地望着。尘埃和铁锈形成的云雾从南方天空飘了过来。

“它浮上来了！”西奥喊道，“它到达废墟地区的边缘了！拜托！”

“‘始祖鸟’号怎么办？”杰克问，“我们不能把它就这样留下！”

“我们得去叫鲁派克或者克莱蒂来……”

“没时间了！”西奥大喊。南方一英里外，饥饿的郊镇正从残骸废墟中撞出一条路来，造成的震动令他们脚下生锈的甲板也随之摇晃移动。

“哎，我们可没法驾驶它！”威尔哀号道。

“我可以。”

“对哦，飞去找你的那些臭蘑栖朋友，我们可不会上你的当！”

“威尔。”西奥吼道，“我和绿色风暴不是一起的！相信我！”他匆忙奔进机库，望着“始祖鸟”号，“它加好燃料了吗？”

“我想是的。鲁派克·弗林特昨天在这儿给它维护过了。”

西奥把船舱的门拉得咔咔响。门锁着，当他问钥匙在哪里的时候，威尔和杰克一脸茫然。西奥捡起一段金属砸开了门，然后从威尔的腰带上抓过一把小刀，开始砍那些系住飞艇的绳索。“飞艇的控制可能也锁上了。”他一边干活一边大喊，“不过没有关系。我们顺风，就算我没法启动引擎，还是比跑去伏尾区要快得多。”

威尔和杰克开口反对，然后就放弃了，加入他一起行动。绳索散开，飞艇随之抖了一下。西奥注意到前部引擎吊舱下方的架子上还有两枚火箭。要是他能前往伏尾区，说服“始祖鸟”号的机组成员和他一起回来，那么他们仍旧有机会拖延或者阻止哈洛巴洛，他听说过那样的故事，一枚瞄得很准的火箭，射落排气管垛，或是射进履带支撑部位的话，就能让整座城市停下脚步。那样的话，新伦敦就有时间逃脱了，也许西奥还能找到办法登上那座残废的收割镇，去到芮恩身边。

三个少年匆匆跑进船舱，解开了绳索的飞艇开始升空。在飞行甲板上，西奥发现他能控制升降舵和转向舵，不过他还是没办法启动引擎。阳光从船舱的窗户探进来，照着“始祖鸟”号从机库顶部升了出来，后面拖着伪装网和连根拔起的树木。疾风隆隆地鼓荡着气囊，推动飞艇向西飘去。西奥转动舵轮，让飞艇的前端摆向伏尾区。

第一枚火箭轰进了“始祖鸟”号气囊前端，纵向一路破开，在中央的充气单元里爆炸了，将一团翻腾的火焰从船艉喷了出来。船舱向一侧倾斜，西奥听见杰克和威尔放声尖叫起来。他一边竭力摆弄那些无用的控制杆，一边看到另一艘飞艇从“始祖鸟”号气囊扬起的一层层烟雾后方驶过，这是一艘小型武装货船，涂装成白色，还带有绿色风暴的闪电标记。它飞快驶过的同时，尾翼上一个武器巢里的机枪也开火了，无数子弹狠狠地射进“始祖鸟”号倾斜的船舱中，射到了威尔身上，将他撞得向后倒退，从破碎的窗口跌了出去。“威尔！”杰克尖叫道。西奥赶紧将他拖回飞行甲板。

透过烟雾，他头晕目眩地匆匆瞥了一眼废墟地区。在这片地区上空，一大群白色飞艇低低地盘旋着，充满了威胁感。绿色风暴来了。

46 捷径

这些战舰在伏尾区上空低低地盘旋，低到每个人都能看到飞艇发射架上闪闪发光的火箭以及旋转炮台上不停摆动的神风机炮。几个比较勇敢的伦敦人跑去拿弩弓和闪电枪，但加拉蒙先生对着他们大吼，叫他们别做蠢事。他恨绿色风暴，可他也知道试图与他们对抗简直是以卵击石。

有人将一块白床单绑在了一把旧扫帚柄上，打头的飞艇降下来时，岚·皮博迪便疯狂地挥舞着这面白旗。那是“愤怒”号，舰队中唯一真正的战舰，不过没有哪个伦敦人注意到其他飞艇看上去有多寒酸；他们都目不转睛地盯着“愤怒”号降落后从其舱门中蜂拥而出的士兵与战斗潜猎者。

纳迦将军第一个跳下船来，靠着他的动力装甲吸收了着陆的冲击力。他直起身，手握长剑，呼吸着废墟地区充满铁锈与泥土气息的空气，听见他的部队在他身后陆续着陆。他瞥向自己的右方，两架飞艇已经降落在了那儿的巨大楔形残骸顶端，其余飞艇正绕着它盘旋。一群手下正赶着更多的伦敦人沿着那儿的一条小路走来。

“四周安全，阁下。”他的副手，田副将，跑到他的身边单膝跪地行了个礼，并大声报告道。

“遇到抵抗了么？”

“我们的一艘武装货船击落了一艘从废墟西侧升空的飞艇。另外，炮艇‘为风花复仇’号被某种放电现象击中，全舰覆没。在被击中之前，它曾报告说在废墟西部有什么东西在移动。我已经派了‘饿鬼’号前去探查。”

纳迦朝等待着的伦敦人大步走去。他的脚沉入深深的锈片堆中，嘎吱作响，每走一步都发出令人不快的、仿佛他的拳头击中伊诺妮鼻子时的那种声音。他试着让自己别再想到她。她是一个叛徒，他严厉地对自己说道。要是他不坚决处置她的话，这支舰队中有一半人将会叛变。如果他还想将美好的地球从这些野蛮人与他们的新武器之下救出来的话，他就必须坚强。

但这些野蛮人真令人失望。他们衣衫褴褛，披头散发，除了一些自制的枪支与弓箭之外就手无寸铁，而他们一见到纳迦的军队登陆就把这些东西扔了。他们居然有菜园，看在诸神分上，就像真的人类那样啊！他们的首领是一个吓坏了的小个子，脖子上戴着废金属做成的市长链徽。“我是彻思尼 · 加拉蒙。”他用盎格鲁语说道，“伦敦的市长大人。我代表我的人民前来谈判。”

“发射机在哪儿？”纳迦吼道。

“什么？”加拉蒙惊恐地望着他，目瞪口呆。

纳迦举起了剑，但眼前这人淤青的面孔与肿起的鼻梁突然让他想到了伊诺妮，于是他把剑又放下了。他的动力装甲发出了摩擦声并嗡嗡作响，试图抵消他持剑手臂的快速摆动。“你们把它藏在哪儿了？”他质问道，“我们知道地面基站就在伦敦。否则你们为什么要潜伏在这儿这么多年？否则你们刚才为什么要用电击枪摧毁了我们的一艘飞艇？”

“那不是我们干的。”那人诚恳地回答，“那只不过是死去金属的电力释放。你的飞行员们飞得离电轨太近了。我对此深表歉意。”

“那么有报告称那儿的废墟里有动静，这又是怎么回事？”

“那儿什么也没有，只有我们的一些年轻人在放哨。”加拉蒙说，“请不要伤害他们，他们只是孩子——”

纳迦转身对待命的士兵下令：“这个野蛮人什么也不知道！给我把工程师们找来！”

“来了，将军！”一名士官跑上前来，身后跟着一队潜猎者，每个潜猎者都挟着一名拼命挣扎的光头俘虏。一位老妇人被扔在了纳迦脚边的地上。纳迦挥手示意手下退后，望着那个老妇人从地上爬起来。

“发射机在哪儿？”

这名工程师好奇地盯着他。纳迦升起一种不安的感觉，仿佛她能感觉到在他的严厉面孔之下有罪恶感与恐惧感在翻腾涌动。她说道：“这儿没有发射机，先生。”

“那你们是怎么跟你们的轨道武器交流的？”

她的眼睛睁大了，有那么一瞬间，纳迦开始猜想自己是不是哪里搞错了。伦敦人开始交头接耳，直到他的手下把他们铐起来，威胁他们，他们才安静下来。

工程师说道：“他们都很吃惊，将军，因为他们都相信是你在控制这件新武器。当然不是我们。我们不与任何人交战，我们只是在为自己建造一座新城市而已。”

“啊，是哦，你们的飘浮城市！你们的使者来永固寺胡扯这个的时候我就不相信那个故事，现在我也不信。让那些野蛮人住嘴！”他对着周围的手下大声喝道。那些野蛮人恐惧地望着他。一个小男孩哭了起来，但很快就被他的妈妈吓得噤声了。纳迦觉得有点儿羞愧。

当他转回身来面对那位女工程师时，她向他伸出一只布满淡紫色血管的细手：“来亲眼看看吧……”

攻击舰“饿鬼”号盘旋在“始祖鸟”号的燃烧残骸上方，确认无人生还，然后便掉头离开，飞往西南方去调查“为风花复仇”号的机组成员之前报告说的移动物体。在发出报告之后，废墟地区里就飞出一条如套索般的电光，将那艘飞艇拖陷了下去。“饿鬼”号的船长将飞艇拉高，因为他可不想落得一样的下场。他几乎立刻就看到了下方的一堆堆废墟在移动滑行。他俯瞰着下方的移动，大惑不解，直到一条旧履带跌向一侧，露出下方一路向前拱动着的布满伤疤的装甲外壳。

这座郊镇上的哨兵也在同一瞬间发现了头顶上方的飞艇。装甲内侧的发射井张开大口，射出一波火箭，钻通了“饿鬼”号，炸毁了它的引擎吊舱，将船舱砸成两半，并撕掉了一片尾翼。飞艇燃烧，下沉，朝下风处飘去，而哈洛巴洛则在其下方继续朝前犁去。

“该死！真是怕啥来啥！”

沃尔夫·科波尔德的怒吼吓得芮恩直往后缩。她非常确定哈洛巴洛此刻已经接近电轨的西端了，她一直在等啊等，等待第一个妖精轰击过来。而一旦这发生了，沃尔夫就会知道她背叛了他。不过暂时来说，她似乎还是安全的。沃尔夫看见她畏畏缩缩，便走过来站在她身边。他们站在舰桥的角落里，芮恩是特意跑到了这里，以免挡住他手下的人来来往往。

“没什么好担心的，芮恩。”他说道，“应该是我的前方火箭炮击落了一架绿色风暴的战舰。那群野人已经到伦敦了。”

“噢！”

“别担心！”看见芮恩惊愕的表情，他大笑起来，“我们以前跟绿色风暴交过手。我的哨兵们说这些飞艇都很旧了，是一堆杂七杂八的货船与运输舰。纳迦显然不觉得你那些伦敦朋友值得他派出一支真正的部队来对付。我们会轻而易举地把他们碾碎。”

他朝着豪斯多弗大声发号施令，那位领航员随即用舵位边上的传声筒大声将命令传递下去。郊镇加快了速度，它将大块大块的生锈金属撞到一旁，履带金属板与旧建筑的残段滚落到了郊镇外壳上，或者在它的沉重履带下被碾得粉碎，冲击带来的震颤穿透了舰桥的甲板与墙壁。芮恩紧靠在地图桌上。沃尔夫·科波尔德伸出手臂搂住她。“会没事的。”他承诺道，“再有一个小时，我们就到那儿了。谢谢你告诉我这条捷径，芮恩。我不会忘记你的帮助的。”

也许根本就没有什么妖精，芮恩心想。或者它们已经在攻击哈洛巴洛的外壳了，有许多妖精，但却无法对坚固的装甲造成任何伤害。也许她的小小计谋所带来的只是确保新伦敦更早地被吞噬。

而如果到了这一步，结果真的会那么糟吗？那样的话，伦敦人将会为他们对她所做的一切而得到应有的惩罚。说不定那也会带来好结果。芮恩想象着哈洛巴洛在柴尔德麦斯博士的科技帮助下变得越来越强大，越来越宏伟，一座有着很多层的飘浮城市。而她还可能会成为整座城市的女主人。也许沃尔夫会让她成为科波尔德夫人，他的新城市的市长夫人。在经历过了废墟地区的生活之后，一想到被他雅致的摆设与书籍环绕的新生活，便显得相当有吸引力。她会驯服沃尔夫，让他公正地对待手下的工人与战俘……

“我们正在进入你说的谷地，芮恩。”沃尔夫温和地说道。现在轮到豪斯多弗用潜望镜观测，沃尔夫正听着他的又一次报告：“前方道路畅通无阻，就像你保证的那样。”

西奥与杰克跑过一片乱七八糟无路可通的废墟，一路从电线、缆绳、梁架，以及如同被伐断的巨大红杉一样的倾倒的城市层间支柱之间挤过。从坠落的“始祖鸟”号上逃出来时，他们身上的衣服都被大火灼焦了。他们不知道自己身在何处，也不知自己该去何方，他们也听不见彼此的说话声，因为引擎的巨大噪声以及金属切削、研磨、撕扯、尖啸的声音，似乎从四面八方、从头顶的天空以及从他们奔跑的双脚所踏着的大地之下朝他们涌来。

前方两座瓦砾堆之间有一条裂隙。类似小径——或者更像是一条河床，每当下雨的时候，雨水就从城市残骸的高处顺着这儿喷涌而下。杰克朝那儿跑去，一边还喊着什么。西奥匆忙动身跟上他，但紧接着他就瞥见残骸上有一个标志。残骸堆在那座郊镇接近的时候，被其重量震得移了位，大片大片的铁锈崩落下来，将那个标志遮住了一半。这是一个骷髅与交叉大腿骨的粗糙图形。危险。

西奥记起了芮恩曾经告诉他的关于电轨的一些事情。

“杰克！”

在他的前头，杰克正跌跌撞撞地朝外走去，穿过裂缝走进一条有着火烧痕迹的宽阔山谷。“小心！”西奥大叫道，声音盖过了那些几乎令他听不清自己脑海中想法的巨大噪音，“回来！你会被闪电击中的！”

“啥？”

有什么东西击中了杰克，但却不是闪电。一支巨大的钢铁枪管突然从构成了谷地另一侧峭壁的残骸中伸了出来。杰克朝着西奥的方向往回拔腿狂奔，紧接着一段带抓钩的履带就像巨人的脚掌一样压在了他身上，一只两层楼高的巨轮从他的身上碾过并继续向前滚动，然后又是一只，再是另一只。那座郊镇的引擎发出低吼，拖着郊镇甩开了残骸，然后开始转向，预备沿着谷地加速朝东行进。这只是一座小郊镇，但从西奥所站的位置看去，它就好像占满了整个世界——这是一座装甲绝壁，上面布满了星星点点的小窗户、射击口、通风管、舱盖，以及无数铆钉织成的纹样，里面的人们全都没有意识到他们的履带下刚刚压扁了一个少年。

西奥站着的废墟也开始倾斜摇晃，像动荡不安的波浪一样翻腾，他赶紧向后爬去。他想要奔跑，但他选的那块宽阔平坦的甲板碎片开始倾斜得越来越陡，好像在攀登一座小山，然后又变成在爬一座悬崖，最后几乎是挣扎着用手指抠住一道垂直的峭壁。他掉了下去，撞到几块残骸碎片，像风车一样在空中旋转，沿着谷地的一侧不停翻滚，最后重重地摔进谷底的淤泥和水塘中。

他躺在地上瑟瑟发抖，咸水渗进衣服里，但他对此感到高兴，因为那冰冷的触感告诉他自己还活着。“感谢上帝！”他喃喃自语，“感谢上帝！”不过等到他接下来睁开双眼的时候，却发现实际上并不如自己刚才想的那样有多少可心怀感激的。

在他躺着的水塘四周生长着发育不良的矮小树木，眼下它们都变成了炭化的雕塑。再过去就是哈洛巴洛。它如同一道钢铁海啸，径直朝他汹涌扑来，无数跌落的残骸碎片如泡沫一般在它前方翻腾。西奥撑起身来，拔腿就跑，可是在他前方的废墟之中，一道巨大的亮光爆发了出来，在他头顶上噼啪作响，将他惶恐不安的身影投射在水塘边的片片铁锈上。

一束束亮得让人睁不开眼的电流，将哈洛巴洛束缚在了谷地的侧壁上。闪电踮着脚尖爬满了它的金属外皮，舔舐入它的窗户与导弹发射口，并点燃了挂在履带与艏部冲盾上的零星草木。引擎的咆哮声断断续续，最终消失不见，取而代之的是一种噼啪作响、皱皱巴巴、类似玻璃纸发出的噪声，就好像上帝正在将他的糖果包装纸揉成一团。

在舞动的蓝光中，西奥飞快地蹚过浅水，朝唯一一样不是金属的东西扑去——那是一块大石头，被伦敦的履带从地里翻了出来。他爬到岩石顶上干燥的地方，祈祷着自己的动作与湿衣服不会引来汹涌的电流。他头顶上方的天空被蓝色火焰织成的巨大牢笼所遮蔽，那些是布满了哈洛巴洛的缭乱光芒。在这块岩石脚下，电火花争先恐后地穿透废墟残骸，潮湿的泥土嗞嗞作响。一棵树呼的一声就点着了，像支火柴一样烧了起来。

随后，突如其来地，这场风暴便戛然而止。几星最后的电火花像跳弹般发出短促的尖叫，在哈洛巴洛与谷地侧壁之间拉出了一道道弧线。废墟哗啦啦地坍塌下来，散落在郊镇的履带四周。烟雾缓缓地飘荡，发出臭氧的气味。西奥终于想起来自己还要呼吸。

哈洛巴洛静静地躺在那里，一动不动，它的装甲上遍布着妖精的触碰所留下的烧伤痕迹。

“芮恩？”西奥对着一片死寂说道，“芮恩？”

47 伏尾区之战

纳迦将军站在子宫区的倾斜地面上仰望新伦敦。他能看见自己的模样倒映在这座微型城市底部的长长曲面上，也映在城市下方悬挂着的那些奇怪而晦暗的镜子里。为什么会有人要造出这么个东西来？难道纳茨沃西以前说的话都是真的吗？伦敦人真的相信这个新奇的玩意儿能飞起来？

他试着强迫自己把疑问先放在一边。他是一名军人，他习惯了这样做，然而今天，出于某种原因，他的疑问挥之不去，让人不得安宁。要是这座疯狂的城市确实就是伦敦工程师们一直在建造的东西，那么控制新武器发射机到底在哪里？伊诺妮对他说的是否也都是真话？他是否完全不讲道理地羞辱了她，打了她？

他派去新伦敦上的士兵们正在返回，他们沿着一条陡峭的登船梯往下爬。负责此次调查的年轻传令兵穿过油腻的地板跑来，向他敬了个礼："阁下，我们并未发现发射机的任何踪迹。显然没有任何东西的功率强大到可以联系上轨道武器的。"

纳迦转身离开。他闭上眼睛，眼前浮现出伊诺妮羞涩的浅浅微笑。她微笑着对他说："我早就告诉你了。"现在怎么办？他想。现在怎么办？

"我们是否应该摧毁这座野蛮人郊镇？"传令兵问。

纳迦望向它。每一座移动城市都是一个让人厌恶的怪物，必须让世界再次变绿。但今天，不知为何，他无法下达这样的命令。这时有另一个人快速跑进子宫区，打断了他们，令纳迦心里莫名一宽。那人大喊道："纳迦将军！'饿鬼'号被击落了！有什么东西正从西边接近！"

纳迦拔出了他的剑，大步走到了外头阴沉沉灰蒙蒙的天色之中。士兵们与恐慌的伦敦人们跟在他身后蜂拥而出。在锈铁山与瓦砾堆的后方，他隐约听见了 C50 超级斯特林陆地引擎的隆隆轰鸣。感谢诸神，他想，一座收割郊镇！终于，来了一个他可以不带一丝良心谴责就下手摧毁的东西。他转身面对等待着的传令兵，想下令发起空中袭击，但他还来不及开口，引擎的声音就突然被切断了，取而代之地响起了一种破裂的声音，一种抽打的声音……他转过身来，抬手遮在眼睛的上方，看见西方的地平线在闪电的映衬下不停颤抖。

"是妖精！"一个伦敦人大声叫道，"他们一定是径直穿越电轨过来的，那些可怜的家伙！他们受到攻击了！"

烟雾在哈洛巴洛的舰桥上缓缓飘荡，盘绕成一个个轻柔的扭结。芮恩仰天躺在地板上望着烟雾。黯淡的红色应急灯不停闪烁。有人在呻吟。她逐渐开始听见其他声音——哭泣声与怒骂声从郊镇的其他地方传来。此刻不再有引擎的声响将这些声音掩盖住了。

她努力想查看自己是否受伤。她觉得自己并无大碍。之前有人撞上了她，令她摔倒在地板上，也许她失去了几秒钟的知觉。她浑身颤抖，脑海中充斥着她刚刚见到的景象——无数火星从失灵的仪器与爆炸的控制面板上喷射出来，舵手惊声尖叫，因为握在他手中的金属舵轮变成了一幅蓝色光芒构成的曼陀罗。

芮恩觉得自己的计划成功了。她觉得自己应该感到高兴。

沃尔夫·科波尔德跌跌撞撞地站了起来。他的脸上淌着血，鲜血在红色灯光下显现为黑色。“起来！”他用嘶哑的嗓音大喊，“大家都起来！站起来！给我立刻启动应急引擎！豪斯多弗，到下面的引擎区去，给我一份损失报告！洛尔卡斯，把我们从这片见鬼的闪电沼泽里拉出去……兹比格涅夫，组织侦察队，现在就派他们出去，现在！”

“可闪电……”

“不管它是什么，它都已经过去了，暂时消耗掉了。我们不能让这点阻挠给伦敦人逃跑的时间。”

兹比格涅夫开始对着传声筒发号施令，与此同时洛尔卡斯把死掉的舵手尸体从舵轮上拖开，扔到地上。芮恩开始朝着升降梯慢慢挪去，科波尔德手下被炸得晕头转向的士兵的声音在她周围此起彼伏——有呻吟声，有充满恐惧的疑问声，也有咒骂声。有人用盎格鲁语问道："以撒切尔的名义，发生什么事了？"

"是她。"豪斯多弗说。他站在那儿，紧紧抓住科波尔德的椅背来支撑住自己。他指着芮恩，手几乎抖得跟芮恩的手一样厉害："是她领我们来这儿的！"

科波尔德看着她："不。"

"就是她。"豪斯多弗一边大吼，一边解开了腰带上的手枪皮套扣，"用你的理智好好想想，而不是用你的感情。她早知道会发生这种事情的！她希望把我们炸焦了好保护她的朋友们！"

"不。"科波尔德再次说道，但是芮恩看见他的脸色变了，他努力想要让自己相信她是无辜的，但是他说服不了自己。

芮恩拔腿就逃。站在楼梯顶端附近的一个男人伸出手来抓她，但她重重地一脚踢在他的裤裆里，一扭身从他旁边钻过，穿过舰桥的地板朝下层跑去。她手里抓着的钢铁扶手依旧带着阵阵电流刺痛感，让人发麻的微弱电击不断把她的手臂打得抬起来。她听见沃尔夫大喊："抓住她！"他的手下争相遵命，但他们跟她比起来就太迟缓了，此时她已经向下爬进了拆解工场的烟雾与阴影之中。

离地面还有最后几英尺的时候她直接跳了下来，落在了某个柔软的东西上。她透过重重浓雾瞄了那个东西一眼，发现那是一个死人，已经被穿透郊镇甲板的电流烧焦了。一瞬间她觉得恶心，因为她明白自己就是始作俑者。她不禁想到，当妈妈杀死那些猎手团的时候，是否就是这种感受?

“芮恩!”沃尔夫的大喊从她头顶上的某处传来,“你不会以为你能逃掉吧?”

芮恩霎时便将负罪感抛到脑后,开始逃跑。她踩着沉重的步子穿过拆解工场,一边心想,如果要怪谁的话,那就得怪沃尔夫·科波尔德,他一开始就不该带着他的城镇到这里来狩猎的。在她的前方,楼梯向上通往错综复杂的哈洛巴洛住宅街道区。她向那里跑去时,脚下的金属地面便开始颤抖,起初是很不规律地猝然颤动,然后渐渐稳定下来,变成一种如脉搏跳动般的节奏。

“他们已经启动后备引擎了,芮恩!”沃尔夫大喊道。

芮恩躲到一座废弃的城镇磨床的后面,从阴暗中张望,便看见沃尔夫穿过拆解工场,一边还警惕地呼唤着,就像捉迷藏游戏中的寻人者那样:“你可没料到这个结果,对吧?你以为引诱我们被那个闪电击中就能摧毁哈洛巴洛,可是哈洛巴洛比你知道的要更加强大,芮恩。我们马上就将再次启程,那时候我们就会吃掉你那些珍贵的伦敦朋友当作晚餐。要是你对我非常友好的话,我还会让你一直活到能看着他们死去……”

他身边一个受损的电力耦合器喷出了火花,芮恩看见他手中的长剑闪闪发光。他的身影消失在一根支撑柱后面,芮恩抓住机会逃跑,跑上楼梯,跑进了烟雾缭绕的昏暗街道上。

街道已经没之前那么昏暗了,哈洛巴洛的外皮上被撕开了一个个大口子，就好像有人用一个巨大的开罐器把它的装甲打开了一样。片片缕缕的阳光挟裹在烟雾中，透过那些大洞射了下来，喜爱阴暗的哈洛巴洛人则试着避开阳光，他们匆忙跑来跑去，修补那些大洞。几队武装士兵跑了过去，但他们不是来找芮恩的。她像其他人一样藏身在阴影之下，朝着艉部一溜小跑，想找到一条出路。几个出击口打开了，但它们都被急着跑到外面的废墟地区去的拾荒者们挤得水泄不通。芮恩努力不去想他们到了伏尾区后会做些什么。至少伦敦人应该已经对他们的到来有所警觉；那些妖精所发出的声响就连在去永固寺的半路上都应该能听得到。可即使他们有时间准备，他们又怎能抵抗得了哈洛巴洛那些冷酷无情的探子呢?

“芮恩！”她的身后传来一声大吼。

她转了个弯跑进一条叫作七号堆栈闸道的昏暗管形街道。刚在其中走到一半的时候，她就听到脚步声从身后飞快跑来。“芮恩！”那说话声被回音搅得失了真，听起来不像人类的声音。她尽力跑得更快，但是一双强有力的手抓住了她，把她举起来转了半圈。

“西奥！”

“你受伤了吗？”西奥问。

芮恩摇摇头。她想要说些什么，但嗓子发哑。她抱住了西奥。

“我从郊镇艄部附近的一扇舱门进来的。”他说道，“闪电劈过来的时候那扇舱门就打开了。我爬了进来，开始四处寻找，然后就听见人人都在抓你。我跑到艉部就看见了你，于是我就喊……”

“我听到了。我还以为你是沃尔夫·科波尔德。我以为你此刻应该已经在很远的地方了，十分安全……”

“我不能就这样离开你。”

芮恩把他抱得更紧，说道：“西奥，我们不能待在这儿。我们必须找到一条路离开这里。这座郊镇马上就要再次出发了。一切都是无用功。我以为我能阻止他们，可我做的只是激怒了他们……”

纳迦沿着小路走向伏尾区，而与此同时他那支临时拼凑起来的空中舰队则再次起飞，升入伦敦上空，飞艇群的巨大阴影从瑟缩在一起的俘虏头上疾速掠过。纳迦四处寻找加拉蒙，发现后者悲伤地坐在一块菜圃边上。“让你的人寻找掩护。”纳迦命令道，“在外面的废墟某处来了一座收割郊镇。他们很可能已经派了突击小队朝我们逼近。让所有人都进那个什么子宫区去，我们能在那儿防御他们。”

加拉蒙抬头望着他，茫然而恐惧，还带着一些不解。仿佛为了要让他信服似的，废墟里有十几处地方突然迸发出一波波疾速飘动的烟雾，有什么东西嗡嗡地飞过他的头顶，叮当一声击中了纳迦的护胸甲，令将军向后蹒跚退了几步，随后他的动力装甲才抵消了冲击力。两个等候在一旁的绿色风暴士兵身体旋转着倒了下去，他们的四肢好像小丑一样甩动，引得几个在旁边看着的孩子笑了起来。其余士兵开始四散逃跑寻找掩护，一边把子弹推上膛，一边对着恐慌的伦敦人大喊，叫他们闪开别挡路。加拉蒙开始高呼：“所有人都去子宫区，拜托！快进子宫区去，所有人！快一点！”

在锈铁山的上空，一艘纳迦部队的飞艇突然炸成了片片烟雾，并喷射出猩红的火焰。另一艘飞艇向下方地面上的某个目标发射了一枚火箭，但下方射出的炮火撕掉了它的引擎吊舱与方向舵，于是那艘飞艇剧烈颤抖着停了下来。不管那是哪座郊镇，显然它在一头撞进电轨陷阱之后依然幸存了下来。“哈洛巴洛。”伦敦人之前是这么说的。纳迦依稀记得这个名字，那是一个隐秘的地方，即使是绿色风暴的情报部门也只在传闻中听过它。不过纳迦这一辈子已经对抗过太多其他收割郊镇了，比如埃弗克里奇和狼人镇，还有霍尔特和魁科大神镇。它们都十分顽强，即使撕掉它们的履带，摧毁它们的引擎，它们还是会伸出备用的巨轮，启动应急发动机，继续前进。他抬起手遮住眼睛上方的亮光，望着自己一方的飞艇熊熊燃烧——现在烧起来的已经有四架了。感谢诸神，许多逃生气球正向下飘落。他知道自己将要大战一场了。

他向后看去，检视伦敦人是否听从了他的命令，便见到他们匆忙沿着小路往上走去，正在前往子宫区。一些人背着大捆的随身物品，剩下的人紧握着吓坏了的孩子的手，或者扶着老人与一瘸一拐的病人。田副将正命令各支战斗潜猎者小队进入锈铁堆之间，制止任何四处晃荡的哈洛巴洛人并把他们杀死。

纳迦从他手下某个牺牲士兵的手里拾起一支卡宾枪，并把它扔给了他见到的第一个伦敦人，那是一个眼睛瞪得大大的姑娘。“掩护射击。”他命令道。有那么一瞬间，他怀疑自己是否做了一件蠢事，那个姑娘会不会把枪对准他。不过她跑开了，加入了他的军队中，与他们一起趴在菜园西边的废旧金属堆之间，朝着从锈铁山上跑来的城镇人随意射击。

“伦敦人的那座新城市该怎么办，阁下？”田副将跑过来，蹲在他的身边问道，“我们要摧毁它吗？”

纳迦盯着长楔形的子宫区，子弹像黄蜂般嗖嗖地从他的身边飞过。这么多年来住在瓦砾堆里，拼命工作，最后却只能眼睁睁地看着自己几乎完成的东西被一下子夺走，那会是什么样的感觉？

田副将还在不停地说着：“我们不能冒险让工程师们的技术落入这些牵引城社会的恶棍手中。”

纳迦轻轻地拍了拍他的肩膀：“你说得对。找到那个女工程师，告诉她发动引擎。新城市必须马上离开。”

田副将目瞪口呆地望着他，护目镜之后的双眼圆睁：“您放它走？可它是一座移动城市啊！我们发誓要摧毁一切移动城市的……”

“这不是一座城市，田副将。”纳迦说道，“这是一架巨大的、低空飞行的飞艇，而且在我看来它没什么害处。”

田副将盯着他看了更久，似乎明白了。他点点头，敬了个礼，纳迦看到他匆匆离去时咧开嘴笑了，一边蹲低身体，一边之字形前进以躲避子弹。纳迦感觉自己的身体在动力装甲之下颤抖，违背他多年来所信仰的一切并不容易。但伊诺妮教过他，有时候你必须抛弃或者改变信仰，以适应新的环境。他知道她会赞成他这么做的。

他穿过露天的场地来到菜园，在那个他之前给了一支枪的年轻伦敦姑娘身边蹲下来，“你叫什么名字，孩子？”

“安琪，先生。安琪·皮博迪。”

他用机械手捏了捏她的肩膀，把自己的勇气分享给她。以前在类似的困境中，他曾经多次以这种方式鼓励过其他许许多多吓坏了的年轻人：“好吧，安琪，我们要撤退回子宫区去，并挡住这些坏家伙，直到你们的人能让新城市动起来为止。”

“你是在帮助咱们吗，先生？忒棒咧！”

她年轻的脸庞与闪亮而吃惊的微笑令纳迦强烈地回想起了伊诺妮来，以至于他在跑去将同样的话传达给他自己的部队时，不得不拉起自己的面罩，这样他们就看不见他的泪水了。他感谢诸神让那座郊镇来到了这里，让他有仗可打，有人民可以保护，没有让他迷惑的政治，没有要担心的超级武器，只有一个手握长剑、直面野蛮人、像战士般死去的机会。

48 航向额尔德尼铁支

在如一道道白色刀锋般的群山之上，天空充满着回忆。“鬼面鱼”号飞离永固寺的一路上，汤姆和赫丝塔没怎么说话，不过他们也无需那样做，他们各自都明白对方在想什么。他们乘着这艘小船经历的那些航行，他们驾驶它绕过的那些浮云城堡，他们在下方见到过的粼粼大海，玩具般的微小城市，空中商队与贸易站，还有从南极冰川上崩裂下来的巨大冰山……这些回忆将他们联系在一起，将他们相互拉近，然而它们都被赫丝塔做过的事情所玷污和损坏了。

所以他们没有说话。他们轮流休息，轮流进食，而当他们同处于飞行甲板上的时候，他们只会谈到群山，谈到风向，谈到三号充气单元里不断下降的气压。汤姆把藏起来的闪电枪拿了出来，解释如何操作它。他们飞过了一些小镇，零星的高山牧场，还有织带般的道路。他们没有看到其他飞艇。汤姆让无线电一直开着，但他们唯一听到的就是几声含糊不清的战斗代码，这些混乱的求救呼叫出现在难以锁定的频率上，中间穿插着干扰脉冲，就好像浪花打在遍布砾石的海滩上一样。日色渐隐。天空被火山灰和城市排放的烟雾笼罩。“鬼面鱼”号飞越了一片高原。额尔德尼山的雪峰在前方拔地而起。

一个悲哀而令人反感的念头进入了汤姆的脑海：这是他生命中的最后一趟旅程了。

仿佛猜到了他的想法似的，赫丝塔牵起了他的手：“别担心，汤姆。我们会没事的。我们最擅长的就是毫无希望的行动了，记得吗？”

汤姆望着她。她正凝重地注视着他，期待他给她一个微笑，作为某种宽恕或是赞同的标志。可他又为什么要宽恕她呢？他将手抽了回去。“你怎么能那样做？”他大喊道。自她离去之后他一直积蓄的怒火从体内轰然爆发了，令她踉跄后退，仿佛被他打了一样，“你出卖了安克雷奇！你把我们所有人都出卖给了猎手团！”

“都是为了你！”赫丝塔的脸涨得通红，她的伤疤颜色变深，看上去充满了怒气，她的声音含糊不清，每当她心烦意乱的时候就会这样，令她接下来要说的话很难听清，“为了你，我才这么做的，因为我担心你会跟弗蕾娅·拉斯穆森走……”

“我真该那么做的！弗蕾娅可不会杀人，也不会觉得杀人很开心，更不会在事后说谎掩饰！这么多年来，你怎么能一直对我说谎？还有在布赖顿的时候也是……抛下了那个年少的迷失小子……你怎么能那样做？”

赫丝塔举起一只手来掩住了脸。“我是瓦伦丁的女儿。”她说道。

“什么？”汤姆还以为自己听错了。

“瓦伦丁是我的父亲。”

汤姆依旧怒气冲冲。他以为这是又一个谎言：“大卫·肖才是你的父亲……”

“不对。”赫丝塔摇了摇头，她现在用双手同时掩住了脸，“我的妈妈在结婚前和瓦伦丁是恋人。瓦伦丁是我的父亲。我是在很久以前发现的，在盗贼之窟里，只不过我从来没有告诉你，因为我以为一旦你知道了，就会恨我的。可是现在反正你都已经恨我了，所以还不如让你知道真相。瓦伦丁是我的爸爸。我的身体里流着他的血，汤姆，那就是为什么我能够说谎，能够偷窃，能够杀人，而且还不会觉得有什么不对。我明白这些是不对的，可我就是感觉不到这一点。我是瓦伦丁的女儿。我就像他。”

她那只仅存的灰色眼睛从手指尖偷瞄着他，就好像她又变回了那个羞涩且遍体鳞伤的少女，变回了多年以前他爱上她时的模样。一段回忆涌上了汤姆的心头，如在阳光下一般清晰，那是在芮恩十三岁那年夏天，当时芮恩和赫丝塔刚开始闹别扭，赫丝塔站在他们位于天狼星路的家中楼梯底下，抬头对着她那个绷着脸的女儿大喊：“你就像你外公！”当时汤姆以为她在说大卫·肖，所以他还觉得很惊讶，因为赫丝塔一直说大卫·肖是一个安静且和气的人。但是当然了，那时候她心里想的是她的亲生父亲。

他感觉自己的最后一分怒气也流光了，只余下颤抖和羞愧。她把这样一个秘密守了那么久，对她来说会是一种什么样的感觉？

“还有芮恩也是。”赫丝塔现在已经哭了起来，她抽着鼻子说，“她的体内也有他，否则她为什么要偷那本《锡之书》？否则她为什么要从我们身边逃走？所以我才必须离开，汤姆。也许她只有你的话，她就会没事了，也许她体内的瓦伦丁就不会出来……”

“芮恩像的不是泰迪乌斯·瓦伦丁。”汤姆柔声说道。他走到她身边，握住了她的双手，将她的手拉到两旁放下来，好让他能看见她的脸，“假如你现在能见到她的话，小赫，她非常勇敢，也非常美丽。她就像凯瑟琳。”

他本以为自己不会想要吻她的，可突然之间，他意识到他除此之外别无他求，甚至自从他们分开时起就是这样了。她所做的那些曾经让他如此恼火的事情，她对他说过的谎和杀过的人，这些只是让他更加想要她了。他还是个孩子的时候就喜欢瓦伦丁，而现在他喜欢瓦伦丁的女儿。他吻了她的脸，她的下巴，还有她伤痕累累的被泪水打湿的嘴唇。“我不恨你。”他说道。

史莱克一直在位于气囊内部高处的驻地警戒着是否有人追上来。他听见了从飞行甲板上传来的那些声音，他们身体移动的沙沙声，还有他们相互倾诉的低语声。赫丝塔对另一个单生人的恒久迷恋令史莱克感到悲伤。这一点同时也令他恐惧，因为从汤姆病态的不规律的心跳声中，史莱克清楚他活不了多久了。没有了他，赫丝塔要怎么办？她怎么能把自己的一切希望都寄托在如此脆弱的东西身上？尽管如此，她的细小说话声依旧从升降梯飘了上来，以只有潜猎者的耳朵才能听见的音量喃喃低语："我爱你我爱你我永远爱你汤姆哦只爱你到永远……"

史莱克尴尬地尽力不去听。他艰难地将注意力集中在身周的其他杂音上。在引擎的噪音、气囊织物的鼓动声，以及风吹过缆索的声音之下，他听见了一些极其微弱的声音，那是第三个人的心跳，另外一对肺的呼吸，还有似曾相识的害怕得牙齿打战的声音。

气囊框架的支柱之间放着几只空箱子。一堆防水帆布在角落里瑟瑟发抖。史莱克将帆布扯到一旁，俯视着缩在下面的那个单生人。

要让史莱克这样单调而机械化的语音听上去显得疲倦可不是件容易的事，但他竟然做到了。

"那么，教授，我们又见面了。"

"船上有一名偷渡者。"老潜猎者带着他的俘虏从升降梯爬了下来，宣布道。汤姆和赫丝塔闪电般分开，各自拉直衣服，整理凌乱的头发，不情不愿地将注意力转到被史莱克推到飞行甲板上来的宁禄·彭尼罗身上。

“求求你，求求你，求求你，饶了我！”彭尼罗正在恳求，然后停下来加了一句，“喔，你好！纳茨沃西！”

汤姆笨拙地点了点头，但什么也没有说。他知道已经没有时间留给他与赫丝塔独处了，因为下方的高原逐渐变窄，逐渐抬升，而额尔德尼山的陡峭山崖在前方只有几英里远了。

“把他从舱门扔出去！”赫丝塔一边气呼呼地说，一边扣上她衬衫的钮扣，“把他给我，我要亲手扔他下去！”她觉得只有把彭尼罗从数千英尺的高空扔到下方那些尖锐的岩石上去才能让她找回尊严。不过她明白汤姆是不会想要那么做的，所以她克制住自己，问道：“以诸神的名义，你是怎么溜上来的？”

“我不能就这么任你们把我留在永固寺，对吧？”彭尼罗开始喋喋不休地说道，“我的意思是，看在保斯基的分上，我可不要留在那儿，让纳迦砍掉我的脑袋或什么的。作家们要是只能以装在箱子里的形式存在的话，那可就要丧失一切公众吸引力了。所以我趁那些绿色风暴的家伙给这艘飞艇加燃料的时候悄悄溜上了船，躲在货舱里。要是史莱克先生没有过来查看的话，我现在还在那儿呢，根本不会给你们造成任何麻烦。话说回来，我们这是要去哪儿啊？天空之城？巡回城？肯定是某个安全的好地方吧，我猜？”

“没有任何地方是安全的了。”汤姆说道，“我们要去额尔德尼铁支。”

“哪儿？而且，说实在的，为什么？”

“因为我们认为潜猎者方就在那儿。”

彭尼罗的眼睛暴凸了出来，他瘫软地被史莱克抓着：“可是她会杀死我们所有人的！她有飞艇、士兵、潜猎者……”

“我不这么认为。”汤姆说，“我认为她就是孤身一人。否则她又怎么能在不被纳迦的情报人员怀疑的情况下回到那儿呢？”他咕哝了一声，紧紧抓住自己的胸膛，感觉心脏在高纬度的稀薄空气中不堪重负。一时间，他恨死了彭尼罗。这个老头到这儿来干吗？为什么他一直阴魂不散地跟着他们？他猜想自己是不是该把心脏问题告诉赫丝塔。一旦她知道了那个旧伤会让他丧命的话，她绝对会不假思索就杀了彭尼罗的……

然而他还是不想告诉赫丝塔他病得有多严重。他想要尽可能久地假装自己能够活下来，想要今晚睡在她的怀抱中，想要第二天一早和她继续飞行，前往新的天空中，开始新的冒险。

“把他绑在艉舱里。”他说道。

“可汤姆，你得讲道理啊！”彭尼罗大声哀号。

“把他绑得紧紧的。我们不能冒险让他到处乱跑。”

史莱克把气急败坏的探险家拖走了，赫丝塔用指尖摸了摸汤姆的脸，然后跟了上去，一边向他保证会亲手打紧绳结，再让史莱克看着他。汤姆独自留在飞行甲板上，驾驶着“鬼面鱼”号在额尔德尼山的雪峰之间穿行，不断上升、上升，直到那些最高的山峰从窗外滑过，恍如一艘艘封得死死的巨大飞艇，它们返照的灰光笼罩着如幽如梦的雪原。

赫丝塔回到飞行甲板上的时候，汤姆说："假如安娜的旧地图没错的话，再过半小时我们就会到达那座山谷上空。"

"应该没错。"赫丝塔说着，从他身后抱住了他，"额尔德尼铁支是她的家，对吗？"

汤姆点点头。他想要再吻吻她，但他一直紧张地关注着飞过的一座座尖峰和巉岩，都没空瞧上她一眼。"安娜有一回对我说，她退休之后想要住在这里。"

赫丝塔把他抱得更紧了："汤姆，等我们到了那儿，要是真的是她，我们只要让史莱克杀了她就好，对不对？你不会想要试图和她对话，或者和她争辩，或者求助于她的善良本性，对不对？"

汤姆顿时一脸怯懦。赫丝塔太了解他了，她早就猜到了他心里整天想着的那半拉子计划。他说道："那次在盗贼之窟，她似乎认出我来了。她放我们走了。"

"她不是安娜。"赫丝塔提醒他道，"只要记住这点就好。"她吻了吻他耳后颈项间的凹陷处，脉搏快速跳动着的地方，"在云中 9 号的那天晚上，我对你说你很烦，我其实不是那个意思。你一点也不烦人。或者你也许是有点儿烦，不过却是以一种可爱的方式。你从来没有让我厌烦过。"

他们飞过了一条高山小道。在这条路的东侧，地面直坠而下，壁立千仞，下方是一座山谷，从上而下由白色渐渐过渡到绿色。陡峭的山谷底部是一条蜿蜒的河流，另一端则是一片湖泊，在湖心的一座小岛上，便坐落着风花的那所房子。汤姆通过“鬼面鱼”号上的旧双筒望远镜，看到房顶上探出了一个碟形天线。紧接着，天空就被羽翼遮蔽了。

第一波潜猎鸟撞碎“鬼面鱼”号的前窗时，赫丝塔刚来得及将汤姆推倒在地板上。两只潜猎鸟扑进了船舱，于是船舱里顿时充斥着它们的翅膀拍打声，它们眼冒绿光的脑袋胡乱甩动着。赫丝塔抓过闪电枪，在第一只潜猎鸟看到她之前便将它击落了。另一只对着她厉声尖叫，利刃一样的鸟喙对着她的眼睛直啄过来。赫丝塔用闪电枪对它开火，于是它就爆炸了，羽毛和黏糊糊的东西洒满了飞行甲板。赫丝塔低头看看汤姆：“你没事吧？”

“是的……”他看上去吓得脸色发白。赫丝塔扭着身子站了起来，动作带到了紧绷的肌肉，疼得她咝了口气。她朝窗外望去。更多潜猎鸟正绕着“鬼面鱼”号盘旋，她看到有两只正在撕扯右舷的引擎吊舱。赫丝塔用闪电枪透过侧窗瞄准，把两只都击落了，然后她把闪电枪扔给汤姆，从头顶上方的储物柜里一把拿出了她自己的枪。她沿着船舱的中央通道朝艉部走去。彭尼罗正在艉舱里尖叫，隔着半开的门赫丝塔就看到有翅膀在扑打，还看到了史莱克击退潜猎鸟时的盔甲闪光。“**赫丝塔！**”潜猎者大喊道。

“我没事。”她让他安心。她听见安娜曾帮她包扎弩伤的那个小医疗舱里也传来翅膀和爪子的声音。于是她一脚踢开门，将枪对准了扯破医疗舱天花板闯进来的那些潜猎鸟。这是支好枪——蒸汽动力的厌世60型，带有她从埃荷[1]便宜淘来的悬挂式榴弹发射装置——不过它在医疗舱里造成的破坏远超过潜猎鸟，把整面外墙轰成了筛子。透过密密麻麻的洞眼她看到更多潜猎鸟朝着引擎吊舱飞去。“哦，该死的。”她说了一句，然后便往吊舱的遮罩里射了颗榴弹进去，把引擎吊舱和那些潜猎鸟一起炸成了碎片。

她退回到舱外的过道里，喊道：“汤姆？你没事吧？”

“当然！别一直问！”

“那就让我们降落下去。”

“降落可不是个问题。”汤姆说。他检查了一下仪表面板上的那排气压计，就看到所有的指针都朝零转去。失去了右舷引擎吊舱令船舱失衡，剧烈地朝一侧倾斜。恐怖的黑影拍打翅膀在外面飞过，但汤姆尽量无视它们，把闪电枪节省到万一更多鸟飞进来的时候再用。绚丽的黄色火光从左舷窗口舐动飘入。气囊烧起来了。

赫丝塔踢开艉舱的门。史莱克正在将一只复活的老鹰撕成碎片。他看上去就像一个吓唬鸟的稻草人，身上沾满了黏质和羽毛。他将他那张死人面孔转向她，说道：**“这艘飞艇完了。”**

“‘鬼面鱼’号不会完。”赫丝塔坚定地说，“汤姆会让它平安降落的。到前面去。保护他的安全。”

---

1. 位于阿拉伯。

她站到一旁以让他通过她身边。她本希望潜猎鸟会杀了彭尼罗，不过它们都忙于对付史莱克了。这位探险家躺在地板上，还在她离开时的原地，五花大绑，嘴也被蒙上了，圆睁着双眼用恳求的目光仰望着她。赫丝塔考虑着要不要朝他开枪，然后便把枪背到肩上，拔出匕首，俯下身来。彭尼罗发出惊恐万状的尖叫，不过她只是动手去割他脚腕和手腕上的绳子。

等她再度站起身来的时候，艉部那扇长窗的剩余部分也分崩离析了，砸碎的玻璃化作碎冰般的瀑布，一只复活秃鹫的宽阔黑翼塞满了舱房。它拍打着翅膀朝赫丝塔飞来，爪子耙过彭尼罗的脑袋。赫丝塔扔下匕首，想要举起枪来，但已经没时间了。她听见自己放声尖叫；一种可怕、尖厉、小女孩般的尖叫。于是突然间，史莱克又回到了舱内，来到她身边，将她从那只俯冲而下的鸟喙前拉开，并一把抓住那只鸟，把它用力朝自己身上摁去，鸟喙上的刀刃在他的盔甲上刮出了片片火星。

“鬼面鱼”号的又一个充气单元爆炸了，飞艇猛地一倾，它的前端翘了起来，艉部则沉了下去。赫丝塔被抛到了彭尼罗身上，后者则紧紧扒着舱壁。她看见史莱克跌跌撞撞地朝艉部滑去，在那砸得粉碎的窗外，群山于暮色中熠熠生辉。那只鸟十分顽强，尽管被压碎了大半，翅膀还在乱拍，爪子还在乱划。它的翅膀痉挛般地扑动，令史莱克站立不稳，失去了平衡。他压碎了床铺，撞上了艉部舱壁。舱壁在他的重量下发出木头破开的声音，开始断裂。

“史莱克！”赫丝塔尖叫起来，沿着已经变成山坡的甲板爬下去帮他。

“赫丝塔，别！”彭尼罗隔着堵嘴布大喊，把她往后拉。

舱壁塌了。史莱克转过头来朝着赫丝塔望了一秒。然后他就掉了下去，手里还抓着那只秃鹫。“史莱克！”赫丝塔又尖叫了一声，船舱便于此时又摆回到了水平。她踢开彭尼罗，爬到曾经是舱壁所在之处的那个大口子边上，扒在她敢于靠得离裂口最近的地方，“史莱克！”

没有回答。在狂风、烟雾以及她这艘濒临灭亡的飞艇如雨般坠落的燃烧碎片中，什么也看不见。只有史莱克最后一句叫喊的回音，从他坠入的深渊中向她反弹了回来：“**赫丝塔！**”

俞饼坐在潜猎者的花园墙上，望着那艘燃烧的飞艇在天空中画出一条长长的明亮尾迹，一直延伸到山谷阴影的深处。风吹走了声音，或者燃烧的飞艇也许并不会发出任何声音。无论如何，这一切似乎都发生在无声无息之中。这幅画面非常美丽。被引燃的充气单元就好像一个个喷泉，喷出无数金色的碎片，一边坠落，一边闪烁消隐。熊熊燃烧的潜猎鸟想要振翅飞离，但它们也掉了下来。它们的明亮倒影在湖水中迎着它们升了上来，直到最后两者相遇，激起一股白色的蒸汽。

背后的脚步声令俞饼回头望去。潜猎者站在那儿观望着。“那是‘鬼面鱼’号。”她平静地悄声说道，“能有人把它带回家来真是令人愉悦啊……”

飞艇降落在湖泊另一侧的岸边沼地里。它燃烧的烟雾布满芦苇荡上空时，俞饼几乎能确定自己看到有人从飞艇里面跑了出来。是纳茨沃西先生，他心想，还有赫丝塔。他突然间感到了担心，因为他记得自己曾经发誓要对赫丝塔做的事，而他却不确定自己是否有勇气那样做。

他的潜猎者的手扶在了他的肩头。“他们对我们算不上威胁。”她低语道，“我们不会伤害他们。”

然而俞饼却在外套下攥紧了匕首，心里想到了他上次见到“鬼面鱼”号时的事，那时它抛下他飞入了布赖顿的蓝天之中。

汤姆抱着那支珍贵的闪电枪，蹚过齐踝深的水，踏上了湿草地。赫丝塔紧跟在他身后，把彭尼罗扔在地上。潜猎鸟群中残存下来的那些仍旧围绕着熊熊燃烧的气囊抓扯、尖叫，想要一直撕咬它到死。赫丝塔抬起枪来，把最后几颗榴弹射入了大火之中。爆炸照亮了湖水，照亮了环绕着湖泊的山坡和悬崖，也照亮了湖心小岛上孤零零的房子。“鬼面鱼”号的火箭也带着一溜橙色火光发射了出去。随后就只剩下滚滚浓烟，他们曾经的那艘小飞艇如同一只破碎的鸟笼，火焰萦绕在其上翩翩起舞，二十年的回忆，就这样烧成了焦炭和乌黑的金属。

“汤姆？”赫丝塔问道。

“嗯。”他说道。胸口疼了起来，但没以前那么厉害了。也许与赫丝塔再度重逢已经治愈了他破碎的心。他希望如此，因为他的绿药片都在“鬼面鱼”号的舵舱里。

“我们的‘鬼面鱼’号。”她说道。

“它只是一件东西罢了。”汤姆一边说着，用燎焦的袖口擦了擦眼睛，然后环顾四周，“我们都没事，这才是最重要的。史莱克在哪儿？”

“他丢了。掉下去了。在那儿的什么地方……”赫丝塔指着宏大而沉寂的群山说。

“他会赶上来吗？”

赫丝塔不安地耸了耸肩：“他从很高的地方掉下去的，汤姆。他救了我，然后他就掉下去了。他也许摔坏了。他也许死了，而这一次没人把他再度复活。”

“那么就只有我们了。”汤姆说。他再度将她拥入怀中，吻了她。她身上的气息正如他们第一次接吻的那晚一样，有灰、有烟，还有她自身的强烈汗味。他如饥似渴地爱着她，他真高兴他们又能再次独处，置身于危险和野外，在这里她无论做过什么都不再重要了。

当然，还不能算是独处。他把彭尼罗给忘了，后者在沼地里跪坐起来，用急躁的、被蒙着嘴的含混声音说：“帮个忙不介意吧？”

赫丝塔不情愿地从汤姆身边离开，对着那所房子点了点头：“一定就是那个地方了。”

“那么，我们最好动身去那儿吧。”汤姆从肩上取下闪电枪，开始检查它，与此同时赫丝塔再次绑住了彭尼罗的手和脚，把她之前割断的绳索两头再度打上了结。

“你们不能把我留在这里，绑得什么都干不了！”彭尼罗嘴上绑着布条抱怨道。

“我们不能让你随便乱跑。”赫丝塔说，“你会为了一把铜子儿就把我们出卖给那个潜猎者的。”

“可要是你们不回来呢？”

“那就祈祷我们会回来。”她建议道。

把这个老头留在后面让汤姆不太高兴，不过他明白她是对的。即使没有彭尼罗在后头给他们添乱，他们也已经处在足够危险的境地了。

“你们打算怎么离开这个地方？”他们动身离开的时候，彭尼罗号叫道。不过他们对此也没有答案，于是赫丝塔便只是将他的堵嘴布扎得更紧了。

额尔德尼铁支的这座山谷是一片贫瘠而岩石嶙峋的荒野。赫丝塔喜欢这里。她听得见青草在歌唱，也闻得到泥土的芬芳，这里让她回想起了橡树岛。她拉着汤姆的手，他们一起在幽暗的光线中穿行，时不时地回头望一眼曾经是“鬼面鱼”号的那座燃烧火盆。地面逐渐抬升，形成了一条长满青草的陡坡，一直通向位于一道松树防风林后方的系泊平台。这些树的针叶在风中梳过，发出持久的叹息。同样的风也砰砰地扑打在一艘空中游艇绷紧的硅丝气囊上。这艘飞艇锁着，看上去废弃已久，不过知道它在这儿还是让汤姆和赫丝塔多了几分希望。他们继续前进，再度向着湖泊方向下行，朝着那条堤道而去。

赫丝塔从汤姆手中拿过了闪电枪。他呼吸粗重，气喘吁吁。“等在飞艇这儿。”她说道，“让我去。”

汤姆摇摇头。她用指尖触摸着他的脸，还有他的嘴，在寒风中带着一丝温暖。他们一同走上了堤道。汤姆走得很慢，但赫丝塔对此却很高兴，因为这意味着她能走在他前头，做好准备来应付在那所房子里等待着他们的无论什么事情。一阵尖锐的声响传来，不过当她转向声音来处时却发现那只是湖边的冰层在相互倾轧摩擦。更远处，清澈的湖水映出一片澄静的灰色。她再度转向前方，朝那所房子望去。

有人站在堤道上。

“汤姆！”她大喊一声，举起了闪电枪。但她并没有扣下扳机。站在那儿望着他们的并不是一个潜猎者。只是一个孩子，一张憔悴苍白的脸，褴褛的衣衫，还有大蓬肮脏的头发。她走近几步，认出了他来。他是怎么到这里来的？不过这不重要了。赫丝塔彻底放下枪，转身对汤姆说：“是俞饼！”

她身后响起奔跑的脚步声。她听见男孩闷哼一声，于是她转过身来，就看见匕首闪着寒光，在他手中向她的咽喉刺来。她抛下闪电枪，一把抓住他纤细的手腕，将刀逼开，扭着他的胳膊，直到他痛呼出声才将他放开。她接住掉落的匕首，将它插进自己的腰带，仿佛是一位严厉的教师没收了一支弹弓一样。她推开俞饼，他摔倒在地，放声哭了起来。

“汤姆。”一个低语声从他们上方传来，“赫丝塔。你们能来拜访真好。”

是潜猎者。她一直站在堤道尽头的阴影中，那儿是十级磨损的石阶，通向一道大门。她小心翼翼地走下石阶，一瘸一拐，青铜面孔上闪烁着微微灰光。

“她是我的潜猎者！”俞饼大叫道，“我在你抛下我之后找到她的。她对我很好。她会帮我杀了你的！”

赫丝塔想找闪电枪，但它落到了水边的岩石中间。她爬下去拿它然而一双钢手抓住了她，将她举了起来，拖着她，握住了她的脸，一条金属手臂把她拦胸抱住，用力地拉了回来，顶在坚固的胸甲上。

“不！”汤姆大喊着，朝那支掉落的枪跑去。

“请不要做出让人不快的事，汤姆。”潜猎者低声说道，“否则我会折断她的脖子。我很轻易就能做到这一点。你不会想看到这发生吧，对吗？”

汤姆停下脚步。他说不出话来。他感觉就好像有人将一根生锈的烤肉叉戳进了他的左腋窝里，深深地刺进他的胸膛。疼痛还向下蔓延到了他的胳膊，向上蔓延到了他的脖子，他的下巴。他跪倒在地，大口喘气。

“可怜的汤姆。”潜猎者说道，“你的心脏。可怜的东西。”

俞饼匍匐在她脚边，神情饥渴。“杀了他们！”他用他那尖细而愤怒的声音叫道，“先杀她，再杀他！”

“他们是安娜的朋友，俞饼。”潜猎者说。

“可是他们抛下了我！”俞饼抽泣着说，“她杀了小印和舒寇叶！我发誓会杀了她的！”

“他们俩很快就都要死了。”

“可是我发过誓的！”

“不行。”潜猎者低语道。

俞饼又叫了几声，扑上来抢赫丝塔腰带上的匕首，但是潜猎者将他扫到了一旁，力量大得把他抛出了堤道，掉到了冰面上。冰层在他身下绽开一条条裂纹，发出嘎吱嘎吱的呻吟声，不过并没有破碎。痛苦和背叛让俞饼大声号叫。他慢慢地爬回堤道，一边抽泣着，一边跌跌撞撞地踩着潮湿的石头，朝离开房子的方向跑走了。

潜猎者方放开赫丝塔，朝汤姆俯身下去。她的钢手放在他的胸口，她的双眼闪烁不息，侦测到了他心脏磕磕绊绊的不规律跳动。“可怜的汤姆。”她轻声说道，“没多少时间了。”

“他出什么事了？”赫丝塔问。

“他就要死了。”潜猎者说。

“他不能死！哦，他不能死！求求你！”

“这不重要。”潜猎者轻声说道，“很快所有人都要死了。”

她用双臂抱起汤姆，走上石阶，穿过了冰冻的花园，赫丝塔跟在她身后，走进了她那所坟墓般的房子。

49　新生

他们匆匆忙忙地沿着七号堆栈闸道走，浓密的空气中满是下方引擎区里传来的发电机嗡嗡声和维修工人噔噔奔跑的脚步声。他们沿着似乎无穷无尽的生锈梯子向上爬去，随着引擎恢复工作，振动令铁梯也开始颤抖。芮恩精疲力竭，惊恐万状，浑身酸痛，每吸一口空气就会对胸背部的紧绷肌肉造成戳刺般的疼痛，唯一推动她继续前进的动力就是现在西奥和她在一起。他不时伸手抚摸她，鼓励她，但他们不能说话，因为这些潮湿的扶梯竖井里的声音太吵了。当受伤的郊镇挣扎着动起来的时候，这些钢铁喉管里就充斥着灼热的呼吸和愤怒的咆哮声。

他们很快就迷路了。他们想要往前往下走，但管状的街道扭曲盘旋，自我缠绕，毫无目的性地兜着圈子，最后反而将他们俩引向了上方和后方。他们终于钻出来的时候，已经置身在引擎区中心的某片开阔广场上空的一条悬空步道上。向下俯瞰，视线越过一排排灯火通明的窗户以及巨大的管道，就能见到下方的空间里有上百个硕大的黄铜活塞在上下滑动，喷出一股股蒸汽。在西奥和芮恩探出栏杆观看的时候，它们的运动速度还在不断加快。

栏杆在颤抖，整座郊镇朝前一倾。“它动了！”芮恩大喊，可是西奥听不见她的话。不过没必要重复说，因为到了这个地步，很明显哈洛巴洛已经再次上路了。而且也没有时间来重复，因为就在这时一名身穿油腻工装的引擎工人从悬空步道上的一个舱门里钻了出来，瞪着他们，随即张大嘴巴朝下方的工友们大声呼喊。

西奥和芮恩赶紧逃跑，他们找到了一条螺旋扶梯，向上钻入盘绕在他们头顶上方犹如低音大号般的管道迷宫里。他们顺着郊镇装甲的曲线轮廓奋力向上攀爬，冷凝水像温暖的雨滴一样落到他们身上。在扶梯顶端有一扇舱门，他们俩一起动手扭转沉重的把手，才将它推了开来。阳光倾泻而入，同时进来的还有清新的寒风。芮恩朝扶梯下方望去，看见一道道手电筒的光亮在下方的悬空步道上晃动，人们聚集了起来，盯着他们指指点点。西奥早已爬出了舱门，他随即伸手将芮恩也拉到了外面的露天空地。

至少我会死在阳光下，芮恩心想，她气喘吁吁地躺在哈洛巴洛肮脏的装甲背脊上。这座郊镇的背脊正中有一条狭窄的步道，没有栏杆，两侧就是几百英尺宽的饱经风霜的装甲，逐渐倾斜向下，过渡到郊镇的边缘，履带连接的地方，履带缝隙间填塞着泥土和大块大块的铁锈。再往外，便只见伦敦废墟的一座座尖峰和高塔飞快地掠过。

西奥将舱门在他们身后重重地关上，开始拖着芮恩离开那里，嘴里还喊着科波尔德手下的人正在跟着他们上来。不过他们还没来得及走出多远，四周的金属就突然喷发出点点火星和一股股细小的烟尘，芮恩意识到他们遭到了机枪扫射——准头不怎么够，感谢魁科。

西奥飞身扑倒，半趴在她身上，与此同时，一个圆滚滚的白色轮廓从左舷的废墟中扶摇直上。透过哈洛巴洛履带甩上来的飞溅铁锈和泥土，芮恩看见那是一艘外形相当古旧的飞艇，带着绿色风暴的标志，炮塔不断旋转，朝疾速前进的郊镇喷出一梭梭火光。

“绿色风暴来了！”芮恩喊道。

“我们是朋友！”西奥大叫道，芮恩抓着他，以防他在挥舞手臂大喊的时候从哈洛巴洛的背上被甩出去，“救命！救命！”然而对于那艘飞艇中的飞行员来说，西奥只不过是又一个在郊镇上爬来爬去的跳蚤般大小的身影，他们得到了命令要摧毁这些人，于是他们转过枪口，再度瞄准了他，芮恩只听见子弹咻咻地飞过头顶，赶紧将西奥拉倒，趴在她身边。

离他们趴着的地方几码开外，郊镇装甲上的一扇圆形舱盖滑开了，然后一座旋转式炮台像玩偶匣里的小丑一样弹了出来。这座炮台安装在一个旧游乐场旋转木马的转盘上，后者属于很久以前哈洛巴洛吞噬的一座沿海娱乐镇。所以当炮台一圈圈旋转的时候，它就不断发出欢快的汽笛风琴音乐声，伴随着一团团硝烟和一缕缕白色蒸汽。它的四支长长炮管有节奏地在开火时便缩回到装甲外罩里，不断将炮弹织入郊镇上空。之前朝芮恩和西奥开火的那艘飞艇炸成一团火球，很快就被隆隆前进的郊镇抛在了后头。头顶上方，另外两艘飞艇转向离开，它们的气囊和尾翼上都布满了破破烂烂的洞眼。

这时在子宫区里已经能听见哈洛巴洛到来的声音。伦敦人带着他们努力抢救下来的一切财产拼命登上他们的新城市，与此同时那座逼近的郊镇所发出的废金属铿锵撞击声已经充斥着外面的天空，并回荡在中央机库里。

一名绿色风暴的传令兵跑来找纳迦，后者正等候在新伦敦艉部的露天甲板上："我们的飞艇阻挡不了它，先生。'进击牡丹'号刚刚被击落了。只有'愤怒'号和'守护面纱'号剩了下来。"

"让它们驶走。"纳迦命令道，"让地面部队登上这个……机器。"他转过身来，看见拉维妮娅·柴尔德麦斯从通往引擎区的那座扶梯井里现出身来，并向他跑了过来。"什么事，伦敦人？"

"我们准备好了，我想。"老工程师说道。

"很好。收割郊镇已经临近。我要乘上我自己的飞艇，我会尽可能久地阻挡它，不过它很强。最好祈祷你们的新伦敦速度够快。"

"它很快的。"柴尔德麦斯博士向他保证道。纳迦转身离开，步履沉重的机动装甲载着他朝登舰舷梯走去，一队队的绿色风暴士兵正在迅速登船。柴尔德麦斯追着他跑了上去，不断被沿途士兵推来搡去："你应该留下来，将军！一座城镇的诞生可是一件大事！"

纳迦转身鞠了一躬，继续疾步前行。"祝你好运，工程师！"柴尔德麦斯听见他如此喊道。她望着他离开，心想，这可真是奇怪，他竟然成为了新伦敦的接生婆。随后，她想起了自己的职责，便赶紧回到自己的岗位上去。随着她的助手们逐一拉动柴尔德麦斯引擎的启动杠杆，甲板开始颤动起来。等到她回到了自己位于甲板下层中央的指挥室里时，推进器的微弱呜呜声已经升高到了超出她听觉的范围，紧接着地板就奇怪地浮动了一下。新伦敦飞起来了。

她伸手够到了传声筒，接通了市长大人位于新市政厅顶部的领航室："你好！准备好了吗？"

"一切就绪。"加拉蒙的声音传来，低沉含糊而又怒气冲冲。拉维妮娅·柴尔德麦斯将传声筒挂回挂钩上，望着她手下船员的一张张混合着害怕和期待的脏兮兮脸庞。即使在这里，她也能听到哈洛巴洛一路横冲直撞穿过废墟地区向她驶来时所发出的碰撞声和隆隆声。她点了点头，于是手下的人便冲向了各自的控制岗位。

在子宫区外面，随着哈洛巴洛临近时的噪音越来越响，纳迦望见这座郊镇派出的侦察兵都仓皇跑到一旁。他用手枪朝其中两人开火，令他们加快了脚步。伏尾区西面那些锈铁小山上方的天空里飘满了尘埃和残骸碎片，就好像那儿有一座废铁喷泉爆发了一样。突然间，锈铁山自身也开始挪动、滑行、隆起、炸裂，哈洛巴洛的暴力鼻吻撕开它们，拱了出来。

子宫区猛地一晃，似乎往下一沉。在它的北端，皮博迪手下的人引爆了炸药，于是机库出口处那扇高大生锈的铁门便在梦境般的慢动作中向前倒下，砸在了外头的瓦砾和铁锈之中。

哈洛巴洛一路碾过伏尾区的废墟，在它钩齿密布的履带上挂着各种窗帘和地毯的鲜艳碎片。巡航舰“守护面纱”号朝哈洛巴洛发射了一波火箭，然后赶在这座郊镇背上剩下的那座旋转火炮来得及转过来瞄准它之前便向上飞出了射程范围。“愤怒”号朝子宫区俯冲而下，纳迦跑上前去，在它悬停于地面上的一瞬间便跳上了飞艇。等到他的动力装甲载着他钻进舱门来到飞行甲板上时，这艘飞艇已经再度升高了。一位女飞行员朝他跑来进行报告，但纳迦紧张得就像一个等待生产的父亲，挥手让她离开。他跑到一个射击口边上，向下张望着子宫区的出口。

“快点啊！”他喃喃自语地说，“快点啊！”

锈铁山轰然崩裂，像潮水一样卷过郊镇，芮恩和西奥趴在哈洛巴洛的背脊上，努力相互遮挡。金属仿佛巨大的拳头和牙齿，撞击着、刮擦着郊镇的装甲，一些金属碎片翻滚着飞到高高的空中，有些撞到郊镇外壳上后反弹起来，落点离得近到芮恩都能感觉到它们嗖嗖飞过时带起的风。然后它们就都消失不见了，伏尾区被整个儿压在了履带之下。前方，子宫区就位于下一座山梁的顶端。

“看！”芮恩大喊，“西奥！快看！”

新伦敦从旧机库敞开的门口现出身形，侧腹的一面面金属镜子像金币一样闪闪发亮。它悬浮在子宫区外停了片刻，微微沉了一沉，仿佛还不太自信似的。一座新生的城市，芮恩心想，就如同过去历史上的那样，这一刻她无比希望自己的父亲能在这里，与她一起见证它的诞生。

新伦敦恢复平稳，随后开始动了起来，它渐渐加速，外壳下方如热气般的波动也随之越来越剧烈。它穿行于废墟地区之中，朝着北方飘去。哈洛巴洛也转向了北方，它的引擎咆哮着增强了马力以追逐那座新城市，突如其来的强烈颠簸让芮恩失去了平衡。她笨拙地胡乱挥舞着手臂向后退了几步，一刹那间甚至担心自己会滚下斜坡，掉进郊镇履带不断啮合的轮齿之间，不过她还是奋力抓住了一个握把。当她手脚并用地爬回西奥身边时，她看见他们爬上来的那扇舱门被再次推开了，沃尔夫·科波尔德钻了出来。

他看上去很高兴见到他们，不过不是以某种友好的方式。

50 潜猎者之屋

眼前有一些蓝色的方块。灰蓝色的方块，映衬在黑色背景上。汤姆完全没想过自己还能醒来，但他却慢慢地从记忆模糊的梦境中清醒了过来。那些方块原来是天空，透过残破不堪的房顶上的一个个破洞显露出来。云层已经散开，一抹夕阳在发霉的墙面上时隐时现。他躺在某个柔软的东西上面，发霉与潮湿的气味笼罩着他。他觉得自己的手脚好像远在几英里之外，头也沉得抬不起来，还有人在他的胸口里塞了一块四四方方的巨大石块。四肢上传来的针扎般的微弱刺痛感才让他知道自己还活着。

“汤姆？”传来一声耳语。他挪动脑袋。赫丝塔弯腰看着他：“汤姆，我最亲爱的……你昏了过去。那个潜猎者说是因为你的心脏。她说你就快死了不过我知道你不会的……”

“潜猎者……”汤姆开始明白过来自己身处何地。潜猎者方把他抄了起来，并带着他进了这所房子。她让他躺在一张床上，一张很旧的、虫蛀严重的、长满杂草的床，连床上的帏帐都被蛾子啃得疏疏拉拉，但它毕竟还是一张床，是一个你把想要照顾的人放在上面的地方。

“她让我们活下来了。”他说道。

赫丝塔点了点头：“她绑住了我的手脚，但没绑住你的。她懒得绑你。要是你能够到我腰带上的匕首……”

她突然住口不言，因为潜猎者方就在此时一瘸一拐地走进了房间，坐在床脚上，用她冰冷的绿色眼睛望着汤姆。

“安娜？”他虚弱地问。

“我不是安娜。”潜猎者轻声说道，“只有一堆安娜的记忆。但我很高兴你能到这儿来，汤姆。安娜很喜欢你。你是她最后的记忆。她躺在雪地上，你俯视着她，呼唤她的名字。”

“我记得。”汤姆用微弱的声音说道，“当时我以为她已经死了。”

“差不多吧。”潜猎者低声说道，“但没有完全死去。你会明白的。很快你就要走上同样的旅程了。”

“但我还没准备好。”

“安娜也没准备好。可能从来没人是准备好了的。”

在她身后，透过敞开的门口，汤姆能看见一间堆满机器的房间，有各种指示灯、屏幕，以及对他疲惫震惊的大脑来说太过复杂难以理解的一个个零件。他说："奥丁……"

"我在这儿与它对话。"

"为什么你要把它用在你的自己人身上？"

潜猎者望着他，头微微侧向一边。"这是一首序曲，真正的交响乐还未开始。"她轻声说道，"我两边都攻击，好让他们都以为是对方开的火，他们就会忙于相互应付而不会来找我，那样就会给我所需的时间。"

"来做什么？"

"我一直在准备一串指令，这是一串很长很复杂的序列。不久之后，当奥丁再次飞过这片群山上空时，我就会开始发送这串指令。它们会让奥丁切换到新的轨道，并给它新的攻击目标。"

"什么目标？"

"火山。"潜猎者说道，她温柔地伸出手，轻抚汤姆的头发，"今晚奥丁会攻击唐怀瑟火山链沿线的四十个点。然后会攻击全世界各处，德干火山迷宫、百岛群岛……"

"但是为什么？"赫丝塔问道，"为什么要攻击火山？"

"我在令世界重新变绿。"

"啥？"汤姆大叫，"就靠让它被浓烟与灰烬所覆盖，还要杀死成千上万的人……"

"数以百万计的人。别激动，汤姆、你可怜的心脏也许承受不了，而我可是很希望能与一位理智的人聊聊的呢。"

“那我呢？”赫丝塔问，就好像她担心潜猎者试图把汤姆从她身边抢走一样。

“只要你不做傻事或者搞破坏，你就是安全的。我猜想你会在一周之内饿死——这儿没有食物剩下。但在那之前，我会很高兴有你们的陪伴。安娜总是感觉我们的命运是联系在一起的，自从在斯泰因上我们相见的第一晚起就是那样了……”

潜猎者停了下来，望向她的身后，在隔壁房间错综复杂的电缆堆中有一盏灯开始闪烁，红色，红色，红色。

“不能给坏人喘息的时间。”她轻声说道。

外面，俞饼哭哭啼啼地沿着湖岸蹒跚前行。他的潜猎者打了他。她原本可以杀了他的。她把他赶了出来。她不再关心小俞饼了。她从未真正地关心过他。他一边低声啜泣，一边嘀嘀咕咕，跌跌撞撞地走过礁岩与砾石，直到他脚下一空，摔倒在浅水里。冰冷的湖水惊得他一下子哑口无言。

湖水的另一边，曾经是“鬼面鱼”号的那座熔炉正在渐渐熄灭，变成了一堆温暖宜人的红色篝火。俞饼沿着湖岸的边缘走向失事地点。此刻飞艇几乎烧得什么都不剩，只留下几根支柱、气囊骨架，与一个扭曲变形的引擎吊舱，被烧得炽热发光。不过爆炸使飞艇货舱里的物品撒满了芦苇荡，俞饼在废墟中找到了几个食物罐头。当然，它们的标签都已经被烧没了，但俞饼摇动这些罐头的时候，它们便发出了振奋人心的晃荡声，其中一个（赞美狡猾的狄基[1]！）是四四方方的鱼罐头——沙丁鱼，或是小鲱鱼——盖子上附着一把开罐钥匙。俞饼用钥匙拧开罐头，狼吞虎咽地吃了起来，捞出鱼肉跟那美味的卤汁一起塞进嘴里。

肚子里有了东西以后，他感觉好多了，开始在芦苇丛中到处嗅探，想找找看有没有其他垃圾可以利用。没过多久他就听到从上坡的岩石中传来一个哀怨的声音："呜呜呜呜呜！呜呜呜呜呜！"

俞饼蹑手蹑脚地朝声音处爬去，心想着汤姆与赫丝塔在飞船上肯定还有一个同伴，他在飞艇坠落的时候受了伤，于是就被他们抛弃了。（正是他们干得出来的事情！）然而当他到了那里时，却发现是一位可怜的老人，五花大绑，嘴也被堵住了，汤姆与赫丝塔的又一位受害者。

"伟大的保斯基啊！"俞饼把堵嘴布拉下来后，那人喘着气说道。俞饼接着用沙丁鱼罐头的锋利边缘锯断了绑着他的绳子，那人又说："勇敢的少年啊！谢谢你！"

"他们在里面。"俞饼说。

"谁？"

"赫丝塔跟她的男人。潜猎者把他们带进去了。说他们是她的朋友。怎么会有人觉得赫丝塔是朋友的？那张脸——足够让你把早饭吐

1. 迷失小子们所信仰的神明。

出来。如果你吃了早饭的话。我已经几周没吃东西了。帮我把这个罐头打开，先生。”

他问对人了，彭尼罗如此说道。绳子刚被解开，他就伸手到外套里面，拿出一把探险者用的小折刀，这是一件神奇的宝贝，打开后就变出一把开罐器，一把螺丝起子，一把小剪刀，一件能把嵌在飞艇系泊夹钳里的石头挑出来的设备，还有一组大大小小的刀刃，这让解开他脚上绳子的工作变得异常轻松。俞饼突然想到，他为什么不在自己花大力气用沙丁鱼罐头把他手腕上的绳子割断以前告诉他有这么一把刀呢？不过他希望能对这位新朋友产生好感，所以他认为可能是因为那人的脑子受了震荡的缘故。他的脑袋上有几道又深又长的伤口，血迹沿着脸流下来，就好像从蒸熟的布丁上淌下来的果酱一样。（俞饼的脑海还是被食物占满了。）

他们开了三个罐头。一个里头是炖海藻，一个里头是大米布丁，第三个里头是炼乳。这是俞饼有生以来吃过最美味的一餐了。

“我说。”彭尼罗一边看着他狼吞虎咽，一边斗胆说道，“你看起来是一个聪明的小伙子。你知道离开这里的方法吗，随便什么方法？”

“波普乔伊的游艇。”俞饼擦去下巴上的牛奶，含糊不清地说，“在靠近房子的那边。我不懂怎么驾驶它。”

“我懂！你觉得我们能把它偷出来吗？”

俞饼舔干净大米布丁的罐头盖，摇了摇头：“要有钥匙。没钥匙发动不了引擎，想翻过这么多山你总需要引擎，对吧？”

彭尼罗点点头：“我就是随口一问，钥匙在哪儿？”

“在她那儿。就挂在她的脖子上。用一根绳子穿着。但我不会再去那儿的。在她做了那些事以后就不会了！在我为她经受了那一切以后！”

少年开始哭泣。彭尼罗不习惯应付孩子。他拍着他的肩膀说：“好啦，好啦。”还有，“你明白女人都是啥样了吧。”他不断想着钥匙和空中游艇，紧张兮兮地瞄着那幢坐落在礁岩上的房子。屋顶上一些类似天线的东西正转来转去，在渐渐落山的夕阳下闪烁着血红的光芒。

十英里之外，史莱克在一片山间湖泊底部的冰冻淤泥中醒来。他的双眼启动了，照亮了悬浮在水中的尘泥杂质，如同头上的一个个星座。他回忆起自己摔了下来。他一路跌落经过悬崖与峭壁，撞穿了这座湖的冰面，留下一个可笑的大字形冰洞。他看不到自己上方的那个裂洞，所以他猜想这片湖一定很深，而且夜晚已经降临到了上方的世界。

他从淤泥中挣脱了出来，开始行走。当他走近湖岸的时候，水就慢慢变浅了。厚厚的冰层在头顶上方二十英尺处结成了一层泛着涟漪的天花板，慢慢地，这个距离又变成了十英尺。很快他便能伸手够到这片冰层，于是就用拳头打出了一条路来。他爬出了湖面，就仿佛一只难看的雏鸟从冰蛋里孵了出来一样。

月亮升了起来。“鬼面鱼”号坠落的引擎吊舱碎片在他上方高处的碎石坡上闪闪发亮。他一边嗅寻着赫丝塔的气味，一边朝着那些碎片攀去。

51　追逐

伦敦人曾经一直想象他们会以悠闲的姿态离开废墟地区，或许以不超过步行的速度移动，直到他们习惯了新伦敦的操控为止。然而，眼下他们在这儿，以新城市所能允许的最高时速向北疾驰，穿越旧伦敦的残骸废墟，绕过翻倒的古老城市层间支柱以及生锈的履带和轮子堆成的巨山。在引擎室里，工程师们焦急地推动一根根杠杆，调整磁力推进器的角度。而在市政厅顶层的驾驶室里，加拉蒙先生和他的领航员们透过没来得及镶玻璃的未完工观景窗向外张望，并朝舵手喊："往左一点！往右一点！往右一点！哦，我是说，左，左，左！"

哈洛巴洛紧追其后，只差半英里远，它的血盆大口已经做好了猎杀的准备，蒸汽从它圆钝的口鼻中滚滚喷出。它不必像新伦敦那样急转和绕行，对于新城市必须规避的那些巨大残骸堆，哈洛巴洛轻易就从中撞出了一条路来。这种碰撞所带来的频繁晃动和颤抖，一直威胁着芮恩和西奥，他们身处这座收割郊镇的背脊顶部，紧紧抓住不怎么稳固的把手，随时可能被颠簸震落下去。但沃尔夫·科波尔德早已习惯了他这座郊镇的运动，一点儿也不会站立不稳。他朝他们径直走来，中途根本没怎么停下脚步，除了偶尔会瞥一眼前方的景象，在看到哈洛巴洛与其猎物之间的距离不断缩短时，便咧开嘴露出一个笑容。

“你看到了吧？”他大喊道，“一切都是无用功，芮恩！再过十分钟，你那座珍贵的家园就将进入哈洛巴洛的肠道里。而你们，你和你的黑人男朋友——我要把你们的肠子像彩带一样挂在拆解工场的屋顶上，还要把你们的尸体钉在奴隶棚里，这样你的伦敦朋友就可以看到胆敢愚弄我的人的下场！”

这时他的距离已经近到可以挥剑劈向他们。芮恩和西奥向后爬去，想要离他远一点。一艘白色的飞艇翱翔飞过郊镇艉部，于是他们身后的那座旋转炮台发出了一阵断断续续的咆哮，但科波尔德只是大笑起来：“别指望那些蘑栖能来救你们！他们不敢进入这门火炮的攻击范围……”

他向前冲去，剑尖刺在离西奥的脚只差几英寸远的郊镇装甲上，火星四溅。西奥望向芮恩。在她的身边，一枚固定住哈洛巴洛装甲的粗重铆钉有些许凸在了钢板的外面，挂住了一段残骸碎片。西奥扑过去把那段残片拉了起来。这是一根半英寸直径的旧管子，锈迹斑斑，两端尖利。当剑使的话它太长太重了，但西奥没有更好的选择，于是他大叫一声转过身来，挥舞着那根管子向科波尔德攻去。科波尔德向后一跳，举起长剑挡住了这一击。他看起来很吃惊，甚至有些开心。“就是要这种精神！”他叫道。

在“愤怒”号上，纳迦说道：“我们必须干掉那座旋转火炮。除此之外我们没有其他办法能进入射程……”

“长官！”手下的一位飞行员打断了他的话，“在郊镇的背上——”

纳迦用望远镜沿着哈洛巴洛形如木虱的背脊轮廓扫视。炮台后方二十码处有两个人影似乎在跳舞——不，在战斗，他看到了他们双剑交击时迸射的火花：“是我们的人？”

“不清楚，长官。可是如果我们对着那门炮开火，无论那是谁，都可能被我们杀死……”

“那是没办法的事，舰长。让他们的神明保佑他们，我们有必须要做的事情。”

一波火箭从飞艇上射了出来，芮恩赶紧蹲下身躲避，其中一枚火箭呲呲地与她擦身而过，距离近到她甚至瞥见了火箭锥形头部上画着的咆哮龙头，以及侧面用粉笔写的汉字。这枚火箭轰在了靠近炮台的装甲上，但离炮台还不够近，只有几块弹片溅在了炮台上。其余的火箭都射偏了，它们在城市残骸的尖角上爆炸开来，没有造成任何损害。哈洛巴洛正加速通过一片地区，伦敦上层的狭长残片参差不齐地互相堆叠在一起，在这里形成了一个网格状的框架，斜阳西沉，一道道病态的绯红色光束透过这个格状框架照射下来。芮恩用双手紧紧抓住郊镇装甲，抬头望向一支支飞速掠过的锋利尖刺。这场面就好像是从一个胡乱摆放着刀叉餐具的庞大抽屉里疾冲而过。要是我们撞上其中某一支,她想，我们的一切问题就都迎刃而解了……

这些锋利的残骸碎片似乎没让沃尔夫·科波尔德觉得有多麻烦。他挥舞着长剑，对着炮手组喊了些什么，于是火炮就在一阵游乐场音乐之中转动方向，在郊镇艉部的空中轰出一团团黑烟。那艘飞艇仓促地改变飞行方向，在废墟后面暂时消失了一段时间。然后科波尔德重新发动对西奥的进攻，现在他更加认真起来，少了几分戏谑，就好像芮恩与她的男朋友是他在做正经事之前必须要先处理掉的后顾之忧一样。

西奥用尽全力，他来回地挥舞生锈的铁管，不断发出闷哼与叫喊，试图格挡沃尔夫的攻击，不过他不是剑士，也很难像沃尔夫那样能轻松地在不断摇晃着隆隆前行的郊镇装甲上立足。在一分多钟的时间里，西奥一直被逼着向旋转火炮的外罩不断后退，这时沃尔夫突然虚晃一招，西奥赶紧闪向一边来避开他的剑锋，以至于脚下失去了平衡。他笨拙地倒了下去，脑袋重重地撞在脚下的郊镇装甲上。那根铁管从他汗湿的手中飞了出去。芮恩在铁管叮叮当当滚过自己身边时将它一把抓住。这时沃尔夫已经站在了西奥的身边，举起长剑想要将他一剑毙命。

芮恩纵身向前扑了过去，她并不清楚自己想要做什么，只是下决心不能让沃尔夫得逞。她听见了有人在尖叫，其实是她自己的叫声，这是一声有力而刺耳的尖叫，带着恐惧、愤怒与惊惶，叫声似乎给了她所需要的勇气，让她能挥舞铁管去抵挡沃尔夫挥劈而下的长剑。

更多火星四下飞溅，震动沿着手臂传来，几乎让她脱臼。有那么一会儿工夫，沃尔夫惊讶地站着，看起来很滑稽，他呆呆地望着手里的剑柄，剑刃已经断了半截。他朝芮恩望去。然后他耸了耸肩，扔掉手中的断剑。他撩开外衣，从枪套里拔出一支闪闪发亮的崭新左轮手枪。

尽管四周有各种各样的噪声，郊镇也在无休无止地前行，但在那最后的瞬间，哈洛巴洛的脊背上似乎变得寂然无声、静止不动。甚至连那座旋转火炮也停止了射击。芮恩四处张望，期待着能发现某种奇迹般的脱逃手段，但却看到那些炮手都在从他们的小窗里直愣愣地盯着她。

“再见，芮恩。”沃尔夫说道。

他没有注意到，在郊镇艉部的上方，那艘不屈不挠的白色飞艇再次荡进了射程范围。他扣下扳机的同时，数枚火箭从他的身旁破空飞过，令他的子弹射偏了，只是轻轻擦过芮恩的头发，却没有碰到她。旋转火炮爆炸所产生的冲击波把他震得连连后退；他挣扎着想要自救，但脚下一滑，反而向前摔倒。芮恩仍旧紧握在手中的那根铁管尖端正好从胸骨下方的位置刺进了他的体内。冲击力震翻了芮恩，那根铁管的另一头嵌进了郊镇装甲上的一条缝隙里，顶着整支铁管完全扎透了沃尔夫的身体。

“噢！”他大喊一声，低头望着那根铁管。

“我很抱歉。”芮恩说道。

沃尔夫抬起头望着她。他的眼睛很蓝，很大，带着一种奇特的天真。他看上去就好像马上要哭了一样。芮恩拉动铁管，想要将它从他的身体里拔出来，但他向一侧重重地倒下，连着那根铁管一起，像破损的玩偶一般，一路翻滚，沿着郊镇侧面的斜坡掉了下去，直到最后撞在了履带上。

日后，芮恩会祈祷当那些机械滑动的金属块夹住他的时候，沃尔夫已经死了。她会告诉自己，当他被紧紧夹住、撕成碎片、犁入地下时，她听到的不是他发出的尖叫，而只是某处金属承受压力所发出的厉啸，是某些已经死去很久的伦敦城碎片被哈洛巴洛碾过时所发出的狂喊。

但在此刻，他们已经来到了废墟地区的外围边缘。一片广阔的平原在他们的前方铺展开去，如海面般空无一物，只有新伦敦的灯光在四分之一英里外的前方朝北疾驶，现在它正穿过这片空荡荡的平原，母城的残骸像一层蜕掉的皮一样被它抛在身后。

“小姑娘！”有人在大喊。芮恩还处在震惊之中，听不出那是谁的声音，肯定不是沃尔夫，也不是他的炮手，他们都跟旋转炮台一起消失了，更不是西奥，他正挣扎着站起身来，脑袋上撞到的地方流下一道道鲜血淌了满脸。芮恩抬头望去。绿色风暴的那艘白色飞艇正低悬在她头顶上，以某种奇迹般的飞行技巧与她的前进速度保持一致，这可是只有飞行员才能正确欣赏的高超特技。有人从船舱的某扇舱门探出身来拉她，她一开始以为是一个潜猎者，直到对方再次大喊："小姑娘！"并不耐烦地向她示意抓住他的手，她才认出那是纳迦将军。

"愤怒"号的船舱中充斥着硝烟与飞艇燃料的味道。纳迦来回踱着步，朝手下的飞行员们发号施令，他盯着芮恩看了很长时间，这才说道："你是伦敦人？被那座郊镇俘虏的？"

芮恩点点头，她紧抓着西奥，他们俩都还活着，这简直太让人难以置信了。眼下似乎不太适合向纳迦将军解释她与他以前曾见过面。她情不自禁地浑身打战，也难以遏制地一直想到沃尔夫·科波尔德。"愤怒"号从哈洛巴洛上方掉转方向朝新伦敦飞去时，她放开西奥，自己蜷缩在一个角落里，不断呕吐，直到胃里空空如也为止。

他们在新伦敦的艉部降落下来，一群伦敦人与绿色风暴的士兵正等在那儿。"芮恩！"安琪挥着手开心地大喊，早已忘记了芮恩曾经被怀疑是一名间谍。

"纳茨沃西小姐！恩戈尼先生！感谢魁科你们安然无恙！"加拉蒙先生大喊着，一边搀扶他们从船舱里走出来。*跟你没关系*，芮恩想这样说，不过她随即就意识到加拉蒙先生已经明白了自己的错，他那笨拙的拥抱是他道歉的方式，于是她便回抱了他一下。

新城市给人一种奇怪的感觉，你丝毫体会不到在一座牵引城上应有的震颤、隐约的冲击感，以及颠簸，只有一种恍如梦中的移动感和速度感。不过也许它的速度还不够快，因为哈洛巴洛已经填满了后方的视野，它张着血盆大口，露出里面的炽热熔炉与工厂。

“还以为科波尔德死了他们就会停下来呢。”西奥说。

“他们不知道他死了。”芮恩答道，“也可能他们知道了，但并不在意。即使主人不在，豪斯多弗先生和其他人也能处理简单的追猎行动。哈洛巴洛从不像沃尔夫关心哈洛巴洛那样关心沃尔夫……”

她不想谈到沃尔夫。她一辈子都忘不了当他意识到自己被芮恩杀了时看向她的眼神。她试图告诉自己，她所做的事情让自己感到内疚、感到变得污浊，这是一件好事。比像她妈妈那样漠不关心要好。但这种感觉却很不是滋味。

她拉起西奥的手，两人一起走到艉部的栏杆边上，与其他伦敦人站在一起。在他们的身后，纳迦正在对幸存的军官们下达命令，他对田副将说：“你搭‘守护面纱’号回永固寺去。我妻子相信是潜猎者方在控制着那件恐怖的新武器。你要协助她找到并摧毁它。”

“是，阁下……”

“新伦敦将得到安全通过我们领土的许可。”

“是，阁下……”

“现在，在我驾驶‘愤怒’号起飞之前，我要所有人都下船。”

“可是阁下，您不能独自飞行！”

“为什么不能？我在赞尼桑丹斯基和堪察加都独自飞过。我独自驾驶飞艇对抗过装甲城市布雷斯劳。我当然能对付这样一座小小的肮脏的野蛮人收割镇。”

田副将表示明白了，他向纳迦鞠躬敬了个礼，然后大声地下起命令来。芮恩环顾四周，想看看为什么大家都这么激动。她看见“愤怒”号的船员们跳到了下方的城市甲板上，看见纳迦操纵动力装甲载着他自己上了船。她移开了目光。城市后方正在进行的追逐可比绿色风暴能干出的事情引人注目多了。她几乎没有留意到“愤怒”号再次起飞。

哈洛巴洛穿过飞溅的湿泥朝他们驶来。它的装甲上千疮百孔，上层甲板还在着火，一条履带里还卡着什么东西，但豪斯多弗并不在乎。他的主人带他们千里迢迢到这里来吃这座城市，他以前还曾对这座城市心存怀疑，但现在他亲眼见到它在移动，见到它在飞行，他终于明白了年轻的科波尔德想要的是什么。“加大马力！”他对着传声筒高声叫道，“张开巨颚！他们毫无防御能力！他们是我们的！”

纳迦将“愤怒”号转向迎面而来的郊镇，并操纵飞艇几乎降到了地面高度。这是一艘不错的飞艇，当他轻轻碰一碰转向舵和控制杆，它就有所响应，当他把它提升到冲撞的高速时，它那强大的引擎便发出噗噗的轻颤声，这一切都让纳迦十分享受。随着哈洛巴洛张开大口，纳迦便径直瞄准了它拆解工场里的那一座座熔炉所发出的艳艳红光。

等到哈洛巴洛人开始明白过来他想干什么时，巨颚里的枪炮便开火了，击碎了船舱的窗玻璃，燃起了大火。一支手铳的子弹打穿了纳迦的胸甲，但他的盔甲依然支撑着他站得笔直，他的机械手臂紧紧抓着舵轮，让熊熊燃烧的飞艇保持着航线。郊镇开始合上它的巨颚，但为时已晚。纳迦发射了“愤怒”号剩下的所有火箭，望着它们在他前方飞射入郊镇的胃部。“伊诺妮。”他说道。于是她的名字，以及他对她的思念，都陪着他一起冲进了明亮的光辉之中。

爆炸很短暂，仿佛一朵向日葵在暮色中盛开，无数弹片就是塞满花盘的种子。先是一阵沉闷而含糊不清的隆隆声，接着是各种其他声响，沉重的咚咚声和扑哧声伴随着大块残骸碎片如雨点般落在野外。在新伦敦上，没人欢呼，甚至连绿色风暴的那些士兵，他们是唱着要把城市全都摧毁的欢快歌曲长大的，但如今看上去也都胆战心惊。一两块小的废墟碎片落在甲板上，如掉落的硬币般叮当作响。芮恩弯下腰捡起落在她身边的一块。这是一颗来自哈洛巴洛外壳上的螺帽，还带着爆炸的余温。她把它装进口袋，想着它应该能成为新伦敦博物馆里的一件好展品。

哈洛巴洛还剩下的部分——破损的艉部，大半被火焰吞噬——在野外的淤泥中停止不动了。它马上就会变成一片风景，就像老伦敦那样。幸存者们跌跌撞撞地逃离郊镇，困惑迷惘地盯着四周看。一些人望向填满了南边地平线的废墟地区，猜想着自己能在那里过上什么样的日子。另一些人则追着新伦敦跑，大声叫着救命，乞求他们的牵引主义者同伴不要把手无寸铁的他们留在绿色风暴的土地上。但新伦敦已经听不见了，它飞快地驶离他们，穿过广袤的黑暗平原，越来越小，直到在视野中只剩下一个斑点，那是从它的琥珀色舷窗中所透出的一抹微光，在宏大苍茫的暮色中闪烁。

52　遗言

潜猎者方一瘸一拐地在她的房间里兜着圈子走。她的青铜脸庞被那堆机器的闪烁光芒照亮，被她护目镜屏幕上跳动的数字映绿。汤姆和赫丝塔隔着打开的房门望着，每次潜猎者的视线转开，汤姆就挪动一点，慢慢地接近赫丝塔，直到他能够伸出手去，摸到她腰带上的匕首。

“现在不用太久了。”潜猎者低语道。她很高兴有听众在场，让她能够解释自己的工作。

汤姆正想着芮恩，他希望新伦敦不要靠近唐怀瑟山脉或是其他任何奥丁即将瞄准的地方。“为什么选火山？”他问道，“我还是不明白那样怎么能让世界变绿……”

潜猎者的手指灵巧地在象牙键盘上跳动：“你要从长远来看，汤姆。不光只是牵引城市会污染空气、撕裂大地。所有的城市都会这样，无论是定居城还是移动城。问题出在人类身上。他们所做的一切就都是污染和毁坏。绿色风暴永远也不会理解这一点，所以我没有告诉他们有关奥丁的计划。如果我们真的要保护大地，我们必须首先清除其上的人类。”

“这太疯狂了！”汤姆叫了起来。

“反人类，也许该这么说。”潜猎者承认道，“火山灰会阻塞天空，将地球笼罩在黑暗之中。寒冬会连续统治地球数百年。人类将会消亡。但是生命将会延续。生命总是会延续下来的。当天空最终澄清，世界就会再次变成绿色。苔藓，蕨类，森林，昆虫，最终还会产生高等动物。但不会再有人类。他们只会搞糟一切。”

“安娜不会想要那么做的。”汤姆说。

“我不是安娜。我只是利用她的记忆来理解这个世界。而我所理解的是，人类就是瘟疫，是一大群聪明的猴子，无法被大地所承受。所有的人类文明都毁灭了，汤姆，而且都出于同一个原因，人类太贪婪了。是时候为他们画上一个永久的句号了。”

汤姆挣扎着站起来，想着他能不能碰到那台机器，砸掉它，把那些复杂的电线和导管拔出来。潜猎者方似乎读懂了他的想法，修长的刀刃从她的指尖滑了出来。

“放明智点，汤姆。”她低声说道，“你病得很重，而我是一个潜猎者。你不可能做到的，而且赫丝塔希望你活得尽可能久些。她非常爱你，你知道的。”

她走到了那堆机器的后面，对穿过天花板一直连到屋顶上面天线的电缆做一些调整。汤姆从赫丝塔的腰带里抽出匕首，她摸索着从他那儿接过刀，夹在她的双手之间，笨拙地锯起了潜猎者用来绑住她手腕的旧绳子。

彭尼罗一边蹑手蹑脚地溜过堤道，一边努力想象着他将如何向他的痴迷读者群来描述这一系列的大冒险，借此来保持冷静。理智警告我应当远离那所恐怖的房子，可是所有城市的命运都悬在了天平上，而我那些可怜的同伴则被囚禁于其中。我知道逃跑会在彭尼罗家族的荣誉上留下一个不可饶恕的污点！(而且我真的需要那把钥匙，保斯基诅咒它！) 我忠实的土著人同伴，俞饼 (那是他的真名吗？) 带我到了这条致命堤道的一头，就不肯再往前走了。反正我也不会允许他那样做，因为我永远也不会让一个这样年轻的人冒着生命风险参与和潜猎者的殊死搏斗。(女潜猎者？潜猎女？神明在上，我希望不会真的走到搏斗那一步！我真希望那个小伙子有胆量代替我过来，那个恶劣的小懦夫……) 有一点儿令人不安的感觉，我承认，不过在我独自前行，穿越深沉的黑暗时，我开始感觉到一种奇异的镇定。在过去的很多年里，我陷入过许多危急的境地，而我所学到的就是，在任何情况下最好一直都保持冷静，泰然自若，并且**伟大的保斯基的毛屁股啊那个是什么？**

只是一只猫头鹰！

只是一只猫头鹰……

彭尼罗浑身颤抖，从他秘藏的扁酒壶里啜了一口白兰地，开始沿着岸边寻找汤姆的反潜猎者枪。那个少年说过赫丝塔把它扔在了这儿的什么地方。彭尼罗可不想在没有它的情况下朝那所该死的房子再多走一步。啊！它在这儿呢。还在嗡嗡作响。看起来毫无损伤。一件外观奇特的犀利武器，不过他们叫我神枪手彭尼罗可不是白叫的！我把这支奇怪的枪的枪托稳稳地支在我的肩头（它是该这么摆的吗？）继续如灵猫般地向前走去……

潜猎者方忙着操作她的机器。爬满护目镜视屏的文字与数字时不时地被灰色的模糊图像所取代。汤姆意识到他所见到的是已经有数千年没有人类见过的景象，从奥丁的眼里，由太空中所见的世界。奇怪的是，这番景象并不十分震撼。

奥丁真的能摧毁人类吗？它肯定会出故障的吧，或者耗尽了动力，或者潜猎者用来与它交流的那堆疯狂的旧机器里总有个什么东西会弄糟的吧，那样她的计划就完蛋了。他和赫丝塔费了这么大的力气，做出了这么大的牺牲，就为了来阻止这么个破绽百出的计划，想到这个就让他生气。至少美杜莎看上去还是值得付出生命的代价去阻止的，它的内脏可是塞满了一整座大教堂，它的眼镜蛇头居高临下耸立于伦敦之巅。而这个新武器只是一个太空垃圾，被一个疯狂的老潜猎者，从一个看起来和闻起来都像大学生宿舍一样的地方控制着……

在他身边，赫丝塔发出一声胜利的轻声咕哝，用刀割断了她手腕上的绳索。她弯下腰来开始对付绑住她脚踝的绳子。

潜猎者方又开始与奥丁对话了，她敲打着象牙键盘，轻声自言自语地念着代码，与她那台廉价的灭世装置进行沟通。有时候，她也会低声对汤姆和赫丝塔说话："想想看，我亲爱的，到处都是漂亮的岩浆……"方安娜从前就喜欢和人说话，而她所变成的潜猎者也继承了这种爱好。当赫丝塔悄声说："就是现在！"然后汤姆翻身下床，站起身来时，潜猎者说："你上哪儿去？"

"快走！"赫丝塔咬牙切齿地说道。她的手臂环绕着他，支撑着他，把他拖向最近的窗口。她没有受过汤姆那样的教育，她也没有怎么听懂潜猎者讲的长篇大论。她唯一关心的就是如何救出汤姆。她拒绝相信已经一点希望都没有了。

可是汤姆知道试图从潜猎者方面前逃脱是没有意义的，他们接近窗口时，潜猎者已经转身朝他们走来。汤姆扭过身来面对着她。赫丝塔仍在试图将他拉到窗口去，但汤姆挣脱了她。他来山国是为了谈判，而不是战斗。假如纳迦不愿听他讲，那么也许这个潜猎者会听。*我不是安娜*，她曾经这么说过，*只是安娜的一堆记忆*……可任何人不都只是一堆记忆吗？

汤姆朝她伸出手去。"我们不能留下来。"他说道，"我们有一个女儿。她需要我们。"

潜猎者的眼睛闪烁着："一个女儿……"

“她叫作芮恩。”

“一个女儿……”她当的一声将双手合在一起，“汤姆，赫丝塔……多美妙啊！当我，当安娜第一次看到你们两个在一起的时候，她，我就知道你们是天生一对！现在你们有了一个小女娃娃……”

“她已经不再是个小女娃娃了。”赫丝塔说，“她是一个超级刁蛮任性的年轻姑娘。”

“我们养育她长大。”汤姆说，“我们守护她安全；我们教她知识；她学会了驾驶‘鬼面鱼’号……而现在你要把她和所有其他人一起杀死。”

潜猎者耸耸肩——对于一名潜猎者来说这是个奇怪的动作，她的盔甲于是嘎吱摩擦：“不敲开鸡蛋你就没法煎蛋饼，汤姆。或者是不是应该反过来说？你们的这个女儿，她在哪里？”

“在伦敦。”汤姆说，“在伦敦的废墟里。那儿的人们正在建造一座新城市，一座飘浮的城市……”此刻他真希望自己曾经对柴尔德麦斯博士的科技原理解释听得更用心些，“这座城市不在地上爬，它也不吞吃其他城市，它甚至不会消耗多少燃料。为什么它就不能在你的绿色世界里占有一席之地呢？为什么芮恩就不能呢？”

潜猎者发出咝咝的声音，回到了她的机器边上。

汤姆跌跌撞撞地跟在她身后。赫丝塔刚才已经认命地听他们俩聊了半天，于是便和他一起走了过去。

潜猎者的手指又在嗒嗒地敲打着键盘了。中央屏幕上的灰色图像发生了变化，从战山的炽热伤口的景象，变成了拉得更远的云山雾罩的大地全景。然后镜头又再度拉近，屏幕后方的机械发出各种呼哧嘀嗒的声响，图像好像洗牌一样快速闪烁切换。一片炭灰色的斑块扩大成了伦敦城的废墟，然后填满了整个屏幕。奥丁的凝视一路扫向东方，然后转向北面，于是汤姆认出了普特尼河谷以及子宫区。

“没有东西在动……”潜猎者低声说道。

“那些亮斑是什么？”汤姆问。

“那些是燃烧的飞艇。”

“什么？”汤姆瞪大了眼睛，就看到更多白色火焰的斑点滑了过去；然后，就在废墟北侧边缘之外，一大摊燃烧的形状就好像在屏幕上撕出了一个洞。自从他离开之后，废墟地区到底发生了什么？芮恩发生了什么？他的心脏顿时拧成了一个拳头，开始捶打他的肋骨。

“啊！”潜猎者嗞嗞地说道，“那一定是你说的飘浮城市……”

她辨认起这些粗糙的图像来要比汤姆快得多。汤姆花了好一会儿工夫才明白过来他已经看到了新伦敦。它来到了废墟地区之外，正朝着北边移动。屏幕后方的机械嗡嗡转动，响个不停，屏幕上的图像则不断闪烁，变换，对着那座新城拉得越来越近，直到汤姆能看清在城市艉部跑来跑去的人。几十个人在栏杆边站成一排，在新伦敦载着他们安全离去的同时，他们也向后凝望着废墟地区。汤姆此刻能认出那些面孔来了，是他的朋友们的脸：克莱蒂和她的丈夫，加拉蒙先生笑了笑，看上去很开心——还有芮恩，蓬头垢面，脸上脏兮兮的看上去像是煤灰，但就是芮恩没错，汤姆看到她的脸从屏幕上滑过时不禁喊出了声，于是潜猎者方将奥丁的目光聚焦到了她的身上，不断地放得越来越大。

“是芮恩！她没事！”

汤姆感觉当看到他们女儿的脸从模糊的灰色图像中朝他们涌来的时候，赫丝塔的双手就握紧了他的胳膊。“芮恩。”她说道，声音听上去在颤抖，“她的发型是怎么回事？完全是倾斜不对称的……还有那边，在她后面，快看！那是西奥！”

奥丁再次放大图像，于是屏幕上除了他们女儿的脸之外就什么也没有了。汤姆走上前去，从潜猎者方身边挤过，伸手去触摸屏幕玻璃。在如此近的距离下，图像开始显得模糊，芮恩的脸分解成了线条、斑点，和晃动的亮光，这一抹阴影是她的眼睛，那一块白斑是她的鼻子。汤姆用双手摸索着滑过她脸颊的轮廓，真希望他能有办法穿过屏幕摸到她，对她说话。她一定也能感觉到他在望着她吧？可是她仅仅只是微笑起来，转过头去与她背后的少年说了些什么。汤姆感觉自己仿佛已经是一个鬼魂了。

潜猎者发出咝咝的声音，好像一只水壶慢慢地煮开。

“请不要伤害她。”汤姆说道。

“她会死。”潜猎者轻声说道，“他们都会死。这是为了地球好。你们的孩子还能再多活几年，如果她运气好的话……”

“假如她要忍饥挨饿，担惊受怕，一直望着飘满了灰的天空，那再多活几年又有什么用？”汤姆问道。他朝着潜猎者又走近了一步，心中激动不已，因为他有一种感觉，自己正在和她沟通，或者是沟通到了在她体内以某种奇怪的机械化形式残余下来的方安娜：“芮恩理应能活很长一辈子，活在安全之中，然后养育她自己的孩子们，然后再看到他们的孩子们……”

“多愁善感！”潜猎者嗤之以鼻，“一个孩子的生命与所有生命的未来相比不值一提。”

“可她就是未来啊！”汤姆喊道，“看看她！看看她和西奥——”

“这是为了地球好。”潜猎者冷酷地重复说，“他们都会死。”

“你自己也不相信这一点。”汤姆坚持说道，“你体内安娜的那部分不会相信的。安娜关心别人。你关心我和赫丝塔，因此救了我们。安娜，不要使用这个机器了。把它关掉。砸掉它。砸碎奥丁。”

他身子一软，双膝跪了下去，要不是赫丝塔支撑住了他，汤姆就会摔倒在地了。潜猎者发出愤怒的咝咝声。赫丝塔以为她就要攻击了，赶紧将汤姆拖向后方，然后转过身来，让自己的身体挡在他们之间。然而那个生物只是掉头离开了，一边用一只手敲打着自己的头颅：“波普乔伊在哪里？”

“死了。”赫丝塔板着脸说，“你杀了他。这事儿在永固寺都传遍了。”

“萨特雅，我……”潜猎者说道，“必须将他们彻底根除，这是为了地球……汤姆，汤姆，赫丝塔……”

又传来了那个骨质的声响，钢铁手指敲击象牙键盘的声音。绿色的字母一边闪烁一边朝上滚动。“她在做什么？”赫丝塔问，她担心这个发疯的潜猎者正在告诉奥丁将火焰投向新伦敦。汤姆摇摇头，他也跟她一样迷惑不解。潜猎者停了下来，研究从另一个屏幕上滚动下来的绿色光带，然后又继续打字，敲完最后一个键后便朝他们转过身来。她浑身发抖，这是一种快速的机械振动，就好像开到了最大马力的引擎吊舱。她那有如沼泽鬼火般的双眼闪烁不已。她朝客人们伸出了修长闪亮的双手。

“你做了什么？”汤姆问。

“我……她……我们……”

在房间的另一头，穿过另一扇门，他们听见有脚步踩在破碎地砖上的声响传了过来。潜猎者转过身去，面对着那个声音传来的方向，她的指刃滑了出来。彭尼罗一走进这个房间，她的绿色双眼就照亮了他的脸，于是他吓得大叫起来。彭尼罗正把那支闪电枪端在身前，当潜猎者作势要扑上来的时候，他便用力按下了扳机。一道火光于半空中绽开，在这支枪的枪口与潜猎者的胸膛之间剧烈抖动。潜猎者发出咝咝声，亮出了刃爪。彭尼罗一边后退一边哀号道：“啊啊！保斯基啊！求求你！饶了我！救命！走开！”同时一直没有把他的手指从扳机上松开。潜猎者的长袍烧了起来。闪电爬上了她平静的青铜脸庞，圣艾尔摩之火从她的指刃上倾泻而下。她重重地跌倒在了与奥丁通信的机器上，于是闪电也将机器包裹了起来。潜猎者大脑和护目镜视屏爆炸了，破碎键盘上的象牙键散落在地上形成颠三倒四的词句，仿佛是被揍得飞出来的牙齿。火焰沿着电缆直蹿上去，将天花板也烧着了。而此时彭尼罗还是在不断开火，不断尖叫，他一直开火，直到那支枪的能量最终衰竭。

过了一会儿，等他们开始习惯了四周的寂静后，他说：“我做到了！我杀了她！我！对了，你们身上有带着照相机吗？”

潜猎者方躺在她的机械火葬堆上。汤姆挥手驱散烟雾，走近了些，谨慎地看着她。她体内有东西在燃烧，他能闻到一股强烈的恶臭，还能看到火光在她的盔甲下方闪动。她的青铜面具脱落了下来，露出了下面的灰色面孔，干枯而咧着嘴。汤姆看着这张脸的时候努力不让自己感到厌恶，毕竟，他自己很快也要走上同一段旅程了。

那张已经死去的嘴动了动。“*汤姆*。”潜猎者叹息道，“*汤姆*。”然后就再没有别的了。那两只照明灯一样的眼睛里的绿光缩成了针眼般大小，接着就熄灭了。

彭尼罗瞪着自己手里那支射空了的枪，好像在奇怪它是哪里来的一样。他扔下枪，说：“下面停泊着一艘空中游艇。钥匙就挂在那东西的脖子上呢。”

汤姆根本没想过要问他是怎么知道的。他伸出手，拿到了钥匙。钥匙很容易就取了下来，因为穿起它们的绳子几乎都烧光了。

“这次她*真的*死了，对吗？”彭尼罗紧张地问。

汤姆点点头：“她已经死了很久了。可怜的安娜。”随后疼痛再度袭上他的胸口，他无法说话，弯下腰呻吟着，赫丝塔连忙靠近，想要抚慰他。

“我说！”彭尼罗说，“他没事吧？”

“他的心脏……”赫丝塔的声音很轻，还在发抖。她还是个小女孩的时候曾经看着母亲死去，在那以后，她还从来没像现在这样感到害怕和无助过。“别死啊，汤姆。”她与他一起匍匐在地上，尽可能紧地抱着他，“不要离开我，我不想再次失去你了……”她抬起头来，泪眼蒙眬地望着彭尼罗，“我们该怎么办？”

彭尼罗看上去跟她一样吓坏了。然后他说：“医生。我们得带他去看医生。”

“没用的。”汤姆虚弱地说。最糟糕的那一波痛楚已经过去了，他脸色苍白，惊魂未定，汗水在猎猎升腾的火光下闪闪发亮。他摇了摇头，说：“我在巡回城看过一次医生，他说这病没得治了……”

“啊，啊……”赫丝塔痛哭失声。

“伟大的保斯基啊！”彭尼罗叫道，“假如你那个医生有本事的话，他也就不会窝在巡回城那种小地方了，对不对？来吧，我们会帮你找到金钱和名誉所能买到的最好的医疗。我不会让你死在我面前的，汤姆，你和赫丝塔是我仅有的目击证人，能证明我刚刚杀死了潜猎者方！你得撑到全世界都听说了这件事！我会一眨眼就回到畅销书榜首位的！”他伸出手来，“把钥匙给我。他没法走过那条堤道。我会把空中游艇开到花园里来。”

赫丝塔怒视着他。

“哎，好吧。”彭尼罗说，“你去开游艇，我和汤姆留在这里。”

“请留下来，小赫。”汤姆虚弱地说。

赫丝塔便把钥匙给了彭尼罗，后者说道：“坚持住，汤姆。一会儿工夫就回来。你或者会想要在外头等着。”他一边飞快离去，一边加了一句，“因为这幢房子着火了呢。”

赫丝塔小心翼翼地拖着汤姆，跟在彭尼罗后头，沿着这座别墅里一间间腐朽的厅堂，走到外面的寒冷花园中。他们听见彭尼罗的脚步声咔嚓咔嚓地沿着堤道远去，然后一切都静了下来，只有屋子里火焰的呼呼飞舞声时而打破这片沉寂。火光在花园各处影影绰绰地浮动，每一片皑皑霜冻的草叶上，每一根结满冰凌的枯枝上，都闪烁着火光。赫丝塔将汤姆在一座封冻的喷水池边放了下来，脱下自己的风衣给他当作枕头。“我们会带你去永固寺。”她向他保证道，“伊诺妮会治好你的。她是个优秀的外科医生，救过西奥的命，或许，还救过我的。她会让你再次好起来的。”她用双手捧着他的脸。“你不会死的。”她说道，“我一点都不想和你再次分开了：我没法忍受这样的事。你会好起来的。我们会再次回到鸟道上去……”

“看啊！”汤姆说。

在群山上空，出现了一颗新星。它极其明亮，而且似乎越来越大。汤姆费力地站了起来，从喷水池边走出几步，好看得更清楚些。

“汤姆，当心……那是什么？”

他回视着她，眼睛闪闪发亮："是奥丁！它一定是……爆炸了！那就是她在彭尼罗出现之前做的事情。她命令它自毁了……"

这颗新星不停闪烁，如同魁科诞节的装饰灯，然后便开始渐渐隐没。在同一时刻，他们身后那所房子的屋顶在一声轰然巨响和无数喷薄而出的火星中垮塌了。一道尖锐如矛的痛楚也于此时穿透了汤姆的体侧。这道痛楚比以往任何一次都要强烈得多，汤姆甚至在倒下的瞬间就明白，他的生命已经走到了终点。

赫丝塔向他跑去，她的双臂环抱着他，汤姆听见她用尽全身力气尖叫着："彭尼罗！彭尼罗！"

彭尼罗来到系泊平台，便看见那个男孩从松树下爬出来迎接他。甚至这儿的地面也被岛上的火光照亮了，空中游艇的银色气囊上闪耀着让人愉悦的橙色反光。彭尼罗一边急匆匆朝飞艇跑去，一边挥舞着钥匙："现在没什么可害怕的了，小俞儿！我把你的潜猎者解决了。这种事就只需要一丁点儿高尚而传统的勇气就好啦。"

他打开船舱的锁，爬了进去。男孩跟在后头。游艇是一艘塞拉皮斯阳光型，与彭尼罗在布赖顿时拥有的那艘非常相似。他挤进驾驶座里，很快就在主驾驶盘下面找到了钥匙孔。灯光陆续亮了起来。燃料计和气体计都显示半满，引擎也在试了两次后便发动了起来。"首先我必须去接我的年轻朋友们。"彭尼罗说。在他们刚才一同经历了那样的事情后，他感觉汤姆和赫丝塔真的是他的朋友了，他的战友。他决心要救小汤姆。

“不行。”俞饼站在他背后，冷酷地说道。

“呃？不过没关系的，孩子，现在已经没有危险了……”

“马上离开。”俞饼说道。他从驾驶座背后伸出一只手来，将彭尼罗那把小折刀的刀刃抵在了他的脖子上。

“他们以前也抛弃过我。”他说道。

在花园里，赫丝塔听见引擎发出轰鸣并向上升起，便说道：“他来了，汤姆，飞艇来了！”

汤姆没有在听。他唯一听见的就只有“飞艇”两个字，当所有的疼痛和感觉都离他远去时，他再次看见了多年以前在伦敦城吞噬盐钩镇的那个下午，从小镇上飞起来的那些色彩鲜艳的飞艇。

空中游艇升了起来，悬浮在花园上空。引擎吊舱喷出的向下气流将赫丝塔的头发吹得狂舞不已，也让她身后燃烧的房屋像鼓了风的熔炉一样虎虎咆哮。她抬头望去。俞饼正透过船舱的一扇舷窗向下盯着她。赫丝塔认出了他脸上的表情，既严肃，又得意。她为他感到抱歉，因为他一定看到过也经历过了各种各样的事情，还千里迢迢跋涉来到这里为他自己报仇。随后俞饼便从窗口转过头去，朝彭尼罗喊了几句，于是游艇就向上升去，调整方向朝群山飞去，引擎的嗡嗡声逐渐减弱，直至归于寂静。

这一次无路可走了，赫丝塔心想。然后她又想，总有一条出路的。她再次从自己腰带上抽出俞饼那把修长锋利的匕首，将它摆在自己身边的阴影中。刀刃在黑暗中反射着闪烁火光，如同一道离开这个世界的狭窄出口。

她吻了吻汤姆的脸，于是在一时之间，他略略清醒了些，尽管他仍旧不怎么清楚自己身在何方。记忆与现实在他的心灵中相互纠缠，他觉得自己正躺在荒芜的大地上，身处在他刚刚从伦敦掉出来的第一天。但他不在乎，因为赫丝塔与他在一起，紧紧地抱着他，望着他。他明白自己有多么幸运，能被一个如此强大，如此勇敢，如此美丽的人爱上。

他最后所感觉到的，就是她向他吻别时的嘴唇轻触，而他最后所听到的，就是她粗哑而温柔的声音说道："一切都会好的，汤姆。无论我们现在去哪里，无论我们变成什么样，我们都会在一起，一切都会好的。"

53 余晖

当他们来找伊诺妮的时候，天还黑着，微风从他们关押她的那间房间的小窗里吹进来，风中尽是灰烬的气味。大地的轻微震颤令地板跟着抖动。伊诺妮整晚都能感觉到这种颤动。于是她的梦里到处都是石砌建筑轰然倒塌的声音，从永固寺传来，回荡在这座山谷之中。

她用冷水洗了洗疼痛的脸，念了祷告，因为她以为他们是要带她去处决了。不过当他们带她走下阶梯时，她便发现田副将在等着她。他看起来疲惫不堪，略显恍惚，制服上有一条条的泥印。

“纳迦死了。”他说道。

伊诺妮看到他正盯着她被打肿的鼻子以及散布在双眼周围的瘀青。假如纳迦死了，那么田副将就是永固寺里最高阶的军官，她心想。他会想要攫取权力，而他不会想让她留下来让人们想起他所代替的那个人。

“请跟我来。”他说道。

她跟着他走到外面，来到一个阳台上。寒风刮扯着她的衣服。南方天空仿佛一堵黑暗的墙壁，被火山的红光从后方微微照亮。尼姑们的吟唱声在这座建筑的某处持续不断地回响，每当大地震动，吟唱声就会在接下来的一段时间里变得更加响亮。在阳台下面的庭院里，伊诺妮看见几百张脸充满期望地仰望着，这些是绿色风暴的士兵和飞行员，还有从天京来的难民。

她在如此多的观众面前感到紧张，但她并不害怕死亡。她知道可怜的纳迦会在天堂里等她，还有她的母亲和父亲，以及她的哥哥埃诺，所有那些她爱过但又失去了的人，那些走在她之前的人。

“你觉得那是什么？”田副将问道。他也抬头仰望着，于是伊诺妮意识到庭院里的人们并不是在盯着她，而是盯着她头顶上方的某样东西，它更在尼姑庵的屋顶之上，更在群山之上。透过少数几块依旧清澈的天空，能看到数百颗流星正在坠落，或呈白色，或呈绿色，或呈冰蓝色。

“你觉得那是什么？”田副将又问了一遍。

他想要得到她的科学见解，伊诺妮明白了过来。她舔了舔已经变得十分干燥的嘴唇：“要我说的话，有某些东西——某些东西——正坠入上层大气层。”

“更多的武器？”田副将的声音听上去十分害怕。

伊诺妮看了一会儿，一边思考着：“不。不是的，我认为这是一件好事。我想有某样大型物体在轨道上爆炸了，那些流星就是它的一部分碎片，正在逐渐烧尽。”

“牵引城的那件武器？”田副将问道，“你认为它被摧毁了？”

“它不是他们的。”伊诺妮说。她想要解释自己关于潜猎者方的见解，并告诉他一定是史莱克找到了地面基站然后摧毁了它，不过再一想，这些最好还是作为秘密保留起来，假如牵引城知道了是谁将奥丁对准了他们，肯定会引起又一轮争端。“这全是一场意外。”她说道，“是某件古老的轨道武器失常了。让我们祈祷这一切已经结束。”

田副将点了点头，然后将手伸向他的剑。她已经告诉了他所想要知道的事情，伊诺妮心想，现在她对他来说已经没有用处了。她情不自禁地紧紧闭上了瘀青的双眼。她听见长剑呛啷出鞘。她听见金属与石头撞击发出铮的一声。她睁开一只眼睛，然后是另一只。田副将正跪在她面前，将他的剑摆在她脚下的石板地面上。在下面的庭院里，其他所有人也都跪下了。战士们低下了头，拳头贴在掌心，向她拱手敬礼。

“他们在干什么？”伊诺妮不知所措地问，“你在干什么？”

“我们的军队被击垮了。”田副将说道，“野蛮人的城市也毁坏了。世界陷入了混乱之中。我们需要一个人来带领我们走上新的道路。我不是能做得了那样事情的人。”

他站起身，牵起伊诺妮的手臂，轻轻地将她带到阳台前方，好让所有等在下面的人能够看到他们的新领袖。

空中游艇的引擎在离永固寺几英里远的地方失灵了，俞饼在那儿抛弃了飞艇，步行上路，把彭尼罗留在了身后。彭尼罗花了好一会儿工夫想要重新发动游艇，可是灰烬堵塞了它的进气管道，再也发动不起来了。借着划过北方天空的流星雨的亮光，彭尼罗不情愿地辨清道路，徒步穿行于飘扬的火山灰中，朝着最近的绿色风暴基地走去。到了那儿，他打算投降，但绿色风暴已经陷入混乱状态，没人愿意担负起一个城镇人俘虏的责任。“至少派飞艇去额尔德尼铁支吧！”彭尼罗恳求道，“我的朋友们也许还在那儿！那里就是地面基站！潜猎者方就是从那里控制着新武器……”

“没有人在控制新武器。”基地指挥官说，她挥舞着刚从永固寺收到的一份公报，“纳迦的遗孀说，是古代人的一个轨道设备发生了故障，因此随机摧毁目标。”

“可是……”

“你可以自由离开了，教授。”

花了几个月时间，彭尼罗才长途跋涉回到了穆尔瑙。他好好地利用了这段时间，把在外省的空港和驿站所度过的漫长等待都用来写他的最伟大的著作：《愚昧的军队》。以彭尼罗的标准来说，这本书的内容真实得让人吃惊。他在第一章里坦白承认了自己过去的所有谎言，随后尽可能接近事实地描述了他在额尔德尼铁支的见闻和行动。

不过等到他终于抵达大狩猎场的时候，他发现自己周遭的世界正在飞速变化。掠食城都变得如此凶残，而猎物又变得如此稀少，以至于最忠诚的城市达尔文主义者都开始猜想这个体系还能维持多久。人们在寻找生活的新方式，而穆尔瑙便在锈水沼泽西边的一座山丘顶上安定了下来，转变成了定居城，让所有人都大为震惊。战山的难民们搬迁到了这里，帮助穆尔瑙人开垦田地，种植谷物。老冯·科波尔德保留了几座收割郊镇，以及一支由奥拉·图旺布利领导的空军。他们嗖嗖地绕着农田边界飞行，吓退任何靠得太近的掠食城市。

彭尼罗并没有气馁，开始寻找出版商，可是韦睿德罗布和斯普尔不愿意碰他的新书。这些先生说，在斯班尼曝光揭露之后，没人还会相信宁禄·彭尼罗的任何不着边际的奇谈怪论。至少他们都不信。而且不管怎么说，蘑栖人现在也变得友好了，难道他没有听说过冯·科波尔德与纳迦将军的遗孀所签订的条约吗？而且，顺便问一下，他们付给他的前一本书的预付款到底怎么样了？

彭尼罗因债务而坐了十个月的牢，其无休无止的奇妙探险故事令狱友们不胜其烦。等他的一些来自月亮餐馆的老朋友凑到一起，帮他偿还了债务之后，他就溜去了巡回城。在那儿，他的一位旧情人，明蒂·白丝奈，依旧对他心怀好感。他在她家里度过了最后的岁月，两人倒也其乐融融。不过就算明蒂有保留地接受了他的故事，她也从来没有借给过他钱，让他得以出版《愚昧的军队》。

俞饼没有看到流星雨。奥丁的残骸划过天空的时候，他正身处于像盖子一样的战山烟雾下方。他在夜里绕过了永固寺，沿着充斥着灰尘和难民的道路继续走了几天。

他是唯一朝着火山方向走，而不是离开的人。这座大山的东侧已经被撕开了，住在山下的人们溃不成军地纷纷逃离。有传言说，好多镇子都被整个儿埋葬了，好多城市都被整个儿卷走了。不过在山的西坡，尽管不停晃动还被火山灰所笼罩，却没有遭到太大的破坏。当俞饼翻过隐修院上方的山脊时，他看见那幢小屋子依旧矗立着，牛群在草场上啃着从山下带上来的一捆捆干草，崭新的经幡在小路尽头的神龛上飘扬。他拖着流血的赤脚朝小屋门口走去，倒在台阶上。次日早上萨特雅出门给牛挤奶的时候发现了他。在他长满冻疮的手里，依旧紧紧握着他的潜猎者给他做的那匹小马。

后来他在那儿与萨特雅一起住了很多年，长成了一个强壮英俊的山国年轻人。他渐渐忘记了过去的许多糟糕经历，但他从没有忘记他在额尔德尼铁支做过的事情。那是他的秘密，一开始这秘密让他感觉强大而自豪，因为他执行了自己对诸神的承诺，将赫丝塔·纳茨沃西和她的丈夫送入了幽冥之国。但后来，等他长大成人，结婚生子，看着他的孩子在他养母的隐修院屋外的尘土中与安娜的小马玩耍，他开始感觉不太确定了起来。在那几年里，纳迦夫人大力推动和平，宣扬宽恕旧敌的政策。有时候俞饼也曾希望自己以前能多宽恕那么一点，让纳茨沃西夫妇登上那艘空中游艇。但至少（他对自己这么说），他并没有杀死赫丝塔和汤姆，他只是给他们上了一课，就像他们当年抛下他那样抛下了他们。他们都是坚忍不拔足智多谋的人，俞饼确信他们能够活下去的。

扎戈瓦

牵引纪元1027年4月25日

亲爱的安琪：

真是难以置信，自从我们在那个霜冻荒地上的聚落里与你分别以来，已经过了整整四个月了！而距离新伦敦的诞生也已经将近一年了！！我真希望西奥和我能与你一起参加周年庆，不过我们这几周还没法离开扎戈瓦。我祝愿你们在冰封荒原上的贸易一切顺利；祝你们能卖出一大批飘浮座椅给那些冰原城市里的人；也祝柴尔德麦斯引擎让你们远离掠食者的巨颚！

我此刻正在西奥父母屋子的花园里写这封信，坐在一座俯瞰峡谷的迷人露台上，沐浴在夕阳的余晖中。这儿很美，恩戈尼先生和太太还有凯洛和米利亚姆都十分亲切好客，而且他们似乎也都习惯了他们的西奥要娶一个城镇姑娘并生活在天空中这件事。

带我们来这儿的那个商人在中途曾停靠在天空之城补充燃料和升空气体。当我走进那儿的银行里时，我发现——你猜怎么着？——我发财了！我都快忘了沃尔夫·科波尔德为了让我们带他去伦敦而付的五千个金币，不过它们还都在那儿，安全地待在“鬼面鱼”号的账户里。留下这笔钱让我觉得有点内疚，不过我想我们是公平赚得这笔钱的，毕竟，我们正如沃尔夫要求的那样把他带到了伦敦，而他想要吞掉它也不是我们的错。不管怎么说，我已经花掉了这笔钱的一部分，买了一艘属于我自己的飞艇，在我写这封信的时候，它正在扎戈瓦的空港里进行全面检查。它是一艘改装的阿契贝1000型，我们打算把它叫作“鬼面鱼二”号。所以等我们回家的时候，我们自身就是贸易商人了，新伦敦的恩戈尼与纳茨沃西商号，向绅士名流们提供磁悬浮家具的供应商……现在没有了绿色风暴，新联盟与牵引城市缔结了和约，于是与东边的贸易又开启了。我们甚至有可能还会飞越大洋前往美洲，去探望在桃花源的安克雷奇的老朋友们和我过去的家，把发生的一切事情告诉他们。当然，我们也会经常来扎戈瓦的。

西奥收到过纳迦夫人的一封信，假如你想到她还有那么大一个新反牵引联盟要管理，而且大半个山国还埋在及膝深的灰里，你就会觉得她百忙之中还写信来可真是一片好意。她告诉西奥，在战山被轰击前的那一晚，妈妈和史莱克先生与她一起抵达了永固寺，他们救出了爸爸，乘坐“鬼面鱼”号飞走了。她似乎不知道他们去了哪儿，也不知道他们为什么要走，不过后来在额尔德尼山的一座山谷里发现了一艘带有热内—卡洛引擎吊舱的飞艇被烧焦的残骸。她说，假如我想的话，我可以到那里去，在他们死去的地方致奠。

她很善解人意，但我不想去那里。我确定爸爸和妈妈已经死了，但就算“鬼面鱼”号的残骸真的在额尔德尼山，他们也不在那里。他们走了。没人知道他们去了哪里，也永远没人会知道。不过我愿意想到他们是去了鸟道，飞向太阳的西面，飞过月亮，一起飞入无垠的天空，飞进奇妙的冒险之中。有时候，我会情不自禁地抬头仰望，就好像在我内心深处还有一些期待能看到“鬼面鱼”号会从某片云朵或是某座大山后面飞出来，带着他们回家……

现在天色已暗，月亮升了起来，西奥也过来了，他从屋里出来，沿着台阶跑下来告诉我晚餐已经准备好了。所以我现在就收笔了，愿这封信早日寄到你手中。

爱伦敦的一切，

芮恩

54　史莱克在新世界

史莱克到得太迟了。他像一个幽灵一样在群山之中穿梭奔跑，在破晓之前来到了额尔德尼铁支，无数流星的轨迹正划破湖上的天空。

那时候，屋子已经烧成了废墟，灰烬飘扬，残椽如炭，几缕白烟犹自飘荡在花园上空。在一间满是炭化了的机器的房间里，他找到了潜猎者方的残骸，便在她身边跪了下来。她大脑中由工程师制造的华而不实的那一部分已经停止了工作，然而他觉察到在剩下的更为古老的那一部分中，还有微弱的电子信号脉动，正在渐渐消散。他从自己的头颅上拔下一条电缆，插进了她头上的一个端口中。她的记忆对他低声诉说着，而他的心灵则将这些记忆尽情畅饮。

太阳升了起来。史莱克回到外面的花园里，在逐渐明亮的天光下，他看见了汤姆和赫丝塔在喷泉边等着他。先前在黑暗中他没有注意到他们，因为他们就和身下的石头一样冰冷。

史莱克在他们身边跪了下来，轻轻地拔出赫丝塔刺进她自己心脏的匕首。一开始他想，要是他动作快的话，还能把她带到永固寺去，让伊诺妮·零将她复活。可是当他动手将她抱起来的时候，他才发现她死的时候攥住了汤姆的手，而现在她依旧紧紧地依偎在他的手边。

如果潜猎者能哭的话，这时候他已经哭出来了，因为他霎时便清楚地知道，这是她最好的结局，她不会希望他把她从这个宁静的山谷中带走，或是从她所深爱的那个单生人身边带走。

于是他将他们俩一起抱起，带着他们离开那幢屋子。走过堤道的时候，他们松软尸体的重量激起了他的某段散乱模糊的记忆。他检查那是否是某段他刚从方安娜处吸收的记忆，可这段记忆却是他自己的。很久以前，在他还不是潜猎者的时候，他有过孩子。当孩子们困倦的时候，他把他们抱到床上去，那时他们也这么躺在他的怀里，绵软，沉重，正如现在的汤姆和赫丝塔一样。

这段记忆是一个残片，是一个礼物，伊诺妮·零向他保证过在他死前会呈现出他的过去，这段记忆便是首付的定金。不过还要过很久很久他的死亡才会降临。他被建造得经久不衰。

在山谷的尽头，一条小河奔腾流出巉岩，化作白练般的瀑布，他在那儿找到了一个地方，那儿长着一棵矮小的橡树。这棵树让他回想起了赫丝塔曾经对他说起过的她童年时代的那座失落小岛。他在那儿将她和汤姆放了下来，让他们肩并肩躺下，双手依旧交握着，脸儿乎贴在一起。他最后一次亮出爪刃，割掉了他们湿透的衣服、腰带和靴子，因为他们不再需要这些了。附近的山岩脚下有一个浅浅的洞穴，他走进去坐了下来，望着，等着，思索着在一个没有了赫丝塔的世界里，他还能找到什么可做的。

那天晚上，几艘飞艇嗡嗡地降落在湖边的废墟旁。过了一会儿后，它们又飞走了。

日子在额尔德尼铁支的山谷中一天天飞逝。在间断的日照下，汤姆和赫丝塔在一层尸衣般的飞蝇下开始膨胀，变黑。蛆和甲虫以他们为食，鸟儿飞下来啄吃他们的眼睛和舌头。很快，他们的气味便引来了在那个惨淡的夏天里一直饿着肚子的各种小动物。

史莱克没有动。他一点一点地关闭了他的各部分系统，最后只剩下他的双眼和意识还清醒着。他望着汤姆和赫丝塔体内的优雅骨骼结构慢慢暴露出来，他们赤裸的颅骨相互依偎，如同两颗蛋躺在湿发缠结成的窠中。寒冬将白雪堆在他们身上，春雨又将他们洗净。第二年夏天，青草在他们身下长得又密又绿，还有一棵橡树苗从赫丝塔如同白色篮子一般的肋骨之间长了出来。

史莱克望着这一切，年复一年，春去冬来，绿了又白。他们手脚的细小骨头散落在草丛中，仿佛一颗颗骰子，大一些的骨头垮了下来，还被狐狸啃过；他们慢慢变灰，慢慢变脆，最后已经很难分清两个人谁是谁了。

橡树苗长成了大树，枝叶亭亭如盖，到了夏天一片浓绿，在史莱克身上投下舞动的阴影，它掉落的橡实长出了新的树苗，它渐渐变老，长出连绵成串的苔藓，最后它死去、倒下、腐烂，把自身的一切供给年轻树木的根，于是这些新的橡树便渐渐沿着山坡扩展开去，一直到了湖边。

史莱克陷入了更深的朦胧之中。群星在他头上变得模糊不清，四季转瞬即逝。树木变成了森林。枯枝呼吸间绽满绿叶，绿叶忽而变为金黄，随后凋零，变成枯枝，又是一轮循环。

最后，有一个人的身影开始在他面前闪现，一次又一次地弯下腰，把什么东西围在他的脖子上。他用尽全力，开始唤醒自己，日夜的闪烁交替渐渐变得不再激烈，季节和世纪的轮回一点点地放慢了步伐。

一个夏日的早晨。古老的橡树林中，树叶上闪烁着青葱的光泽。一个个花环堆叠在史莱克的躯体上，更旧的花环放得枯了，残枝败叶跌碎在他苔藓茸茸的膝上。他的双肩长满蓬乱的蕨草。一只鸟儿在他的臂弯里做了个巢。至于汤姆和赫丝塔，他们什么也没有留下，只有一点尘埃在扭曲盘结的树根之间乘风旋舞。

一群山羊在林间穿行，它们颈间的铃铛轻柔地鸣响。一个单生人小男孩走来，站在那儿瞧着史莱克，另一个小女孩也跑了过来，她的年纪更小。他们有着赭色的皮肤，棕色的眼睛，以及沾染尘污的黑发。

“你们好。”史莱克说。他的声音比从前更加锈涩，更加尖厉。

那个男孩逃走了，可是那个女孩留了下来，用一种他不懂的语言对他说话。过了一会儿，她跑了开去，在橡树林中摘了几朵小小的蓝花，帮他做了一个花冠。她的哥哥也回来了，小心翼翼地，眼睛睁得大大的。那个小女孩拿了一些油脂，涂在了史莱克的关节上。他动了。他站了起来。石砾和猫头鹰的粪球扑簌簌地从他的身上撒落下来，他抖掉了身上的蛛网、鸟巢和青苔。

小女孩牵起他的手，她的哥哥领着他们，与一群咩咩叫铃铛叮当响的山羊一起，走到了山谷中。他们在一个小村子里停下脚步，成年的单生人们走过来，盯着史莱克，又用木棍和简单农具的柄捅捅他。他聆听着他们兴奋的交谈，开始释读他们的语言。他们原以为他不过是一座古老的雕像，枯坐在他的洞穴中。每年夏天，他们到高地草原上去放牧山羊的时候，就会在他的头颈上悬挂花环，以祈求好运。从他们母亲的母亲的时代起，他们就这么做了。

他乘上一辆马车，沿着小路驶到一条铺平的大道上，孩子们陪伴在他身旁。太阳比史莱克记忆中的更红，空气更加干净，山地的气候更加温和。一座城镇坐落在树木环拥的河谷之中。史莱克怀疑他的新朋友们是否知道这座小镇的古老金属围墙是用一座牵引城市的履带建造的，而小镇的几座圆滚滚的锈棕色瞭望塔则一度是城市的车轮。他们看上去都是些淳朴的人，他猜想他们的社会里根本就没有机器，不过当他们带着他穿过城镇大门时，他便看见木头和玻璃建造的精巧飞船像蜻蜓一样从一座座高高的石砌系泊塔上升了起来。银色的圆盘仿佛蒙着雾气的镜子一般，在飞船底部旋转着，它们周围的空气好像热风一样涟涟波动。

他们把他带到一个集会地，这座城市中心的一座大厅里。人们围拢到他周围来，询问各种问题。他是一种什么生物？他沉睡了多久？他是古老故事中的那种机械人吗？

史莱克回答不出来。他自己也问他们问题。他问在这个世界上哪儿还有城市跑来跑去，相互狩猎，相互吞噬。单生人们都笑了起来。当然没有了，城市只在童话里才会动起来，谁会想要住在一座会动的城市上呢？这个想法太疯狂了。

“你是做什么的？”最后，一个男孩排开人群走上前来，开口问道。史莱克俯视着他。他思考了一会儿，想到了波普乔伊博士曾对安娜说过的一些话。

“我是一架记忆机器。”他说。

“你记得什么？”

“我记得牵引城市的纪元。我记得伦敦和阿尔汉格尔斯克，泰迪乌斯·瓦伦丁和方安娜。我记得赫丝塔和汤姆。”

他的听众们一脸茫然。有人说道：“他们是谁？”

“他们生活在很久以前。但对我来说宛如昨日。”

找到史莱克的那个小女孩抬起头来望着他，说道：“给我们讲讲吧！”她周围的人们都微笑起来，点着头，盘腿坐下，等着听他从失落的过去给他们带来了什么样的故事。他们喜欢故事。一时间，史莱克几乎有点儿担心起来。他不知道该从何讲起。

他在他们给他搬来的椅子上坐下。他抱起那个小女孩放在自己膝上。亘古不变的阳光从大厅的窗子里如蜜般淌进来，他望着细小的尘埃在阳光下舞蹈。随后他转向那些单生人充满期待的面孔，开始讲述起来。

“那是一个阴沉沉的春日午后，狂风呼啸。”他说道，“伦敦城正横穿古代北海的干涸海床，一路追逐着某座采矿小镇……”

鸣谢

如果没有从莱恩·米切尔、莱昂·罗宾逊、丽兹·克罗斯、迈克·格兰和加文·威尔逊那里获得的灵感、建议和鼓励,《黑暗平原》及同系列前三部作品会是完全不同的样子。我还要万分感谢我的编辑们,他们是科尔斯滕·斯坦菲尔德、霍利·斯基特和凯蒂·莫兰,以及学乐出版社每位同仁,正是他们的努力,才会有致命引擎四部曲的成功。关于本书中的很多细节,我要感谢艾利森·詹曾,以及我的父亲迈克尔·瑞弗,他似乎是个万宝全书。最后,还要感谢尼克和基亚尔坦,同意我使用了他们的名字。

致命引擎系列全书终

图书在版编目(CIP)数据

黑暗平原/(英)菲利普·瑞弗(Philip Reeve)著;
姜迪夏译.—上海:上海译文出版社,2019.4
(致命引擎系列;4)
书名原文:A darkling plain
ISBN 978-7-5327-8015-0

Ⅰ.①黑… Ⅱ.①菲…②姜… Ⅲ.①长篇小说—英
国—现代 Ⅳ.①I561.45

中国版本图书馆 CIP 数据核字(2019)第 035744 号

黑暗平原
[英]菲利普·瑞弗 著 姜迪夏 译
责任编辑/黄雅琴 装帧设计/胡 枫 王楠莹

上海译文出版社有限公司出版、发行
网址:www. yiwen. com. cn
200001 上海福建中路 193 号
上海市崇明县裕安印刷厂印刷

开本 890×1240 1/32 印张 18.5 插页 2 字数 277,000
2019 年 4 月第 1 版 2019 年 4 月第 1 次印刷
印数:0,001—8,000 册

ISBN 978-7-5327-8015-0/I·4927
定价:69.00 元